W0328487

Fast tot

von

Ralph Haselberger

1.Auflage 2010
Persimplex Verlag
Autor: Ralph Haselberger
© 2009 Persimplex Verlag
Cover: Ralph Haselberger
ISBN: 978-3-942157-09-4
Persimplex Verlag im Internet: www.persimplex.de
Email: kontakt@persimplex.de

Dieses Buch widme ich meiner geliebten Frau Hind,
die mir stets den Rücken freihält und mir so die
langwierige Arbeit des Schreibens ermöglicht.

Langsam senkte sich der Nebel und hinterließ feine Tautropfen auf dem Stacheldraht. Die aufgehende Sonne tauchte die umliegenden Wälder in warmes orangefarbenes Licht. Eine Gestalt zappelte unbeholfen inmitten der mit scharfen Spitzen bestücken Drahtrollen.
Bei jedem Versuch sich zu befreien, fraßen sich weitere Haken in das Fleisch und packten ihr Opfer noch fester. Es dauerte nicht lange, bis nur noch ein Arm in der Luft wedelte, während der Rest des Körpers den Widerstand gegen die stählernen Klauen aufgegeben hatte.
Zwei Soldaten näherten sich dem beinahe bewegungsunfähigen. Ihre Gesichter waren durch Atemschutzmasken verdeckt. Einer blieb zurück, kniete sich hin, und legte auf den in scharfen Klingen Gefangenen an. Der andere lief zügigen Schrittes zu der Gestalt, zog eine Machete aus dem Stiefel und hackte so lange auf deren Hals ein, bis der Kopf zu Boden fiel.
Ein dritter Mann erschien mit einer Schubkarre. Seinem blauen Hemd mit der roten Armbinde nach gehörte er zur Zivil-Garde. Anstelle der Maske hatte er sich ein weißes Tuch vor Mund und Nase gebunden.
Die beiden Soldaten begannen den Torso zu bergen, womit sie sich offensichtlich schwer taten. Der Draht hatte sich fest um das rechte Bein geschlungen, als wollte er seinen Fang nie wieder hergeben. Schließlich ließ der Eine die Machete wieder in seinem Stiefel verschwinden und holte eine große Axt aus der Schubkarre. Mit mehreren Hieben trennte er das gefangene Bein oberhalb des Knies ab. Gemeinsam packten sie den Körper und warfen ihn auf die Karre. Der mit der Axt fingerte am Draht und befreite schließlich auch das Bein, hielt es triumphierend hoch und legte es auf seinen alten Besitzer. Er griff noch den Kopf an den Haaren und schmiss ihn hinterher. Dann verschwanden sie zusammen hinter den grünen Containern, die dem Militär als Basislager dienten.
Felix stand mit seinem Feldstecher auf den Resten der alten Schlossmauer und beobachtete das Geschehen am Stadtrand. Er ließ das Fernglas über das Militärcamp schwenken.
Er sah einen Offizier, der einen jungen Soldaten wild gestikulierend zurechtwies, woraufhin dieser seine Waffe unbeholfen hin und her drehte und von allen Seiten musterte. Der Rekrut durfte seinen Weg fortsetzen, als etwas anderes die Aufmerksamkeit des Offiziers er-

regte. Der Feldstecher folgte dessen Blick und brachte wieder den Mann in den Fokus, der eben den Leichnam abtransportiert hatte. Seine Schubkarre hatte er nicht mehr dabei. Er steuerte den Offizier an und sie sprachen kurz miteinander. Im Laufe des Gesprächs redete schließlich nur noch der Stahlhelmträger, und der Zivil-Gardist nickte. Mit jedem Nicken ließ er seine Schultern etwas tiefer sinken. Als der Soldat seinen Monolog beendet hatte, kehrte der Gardist um und ging wieder in Richtung der Container.
Der Offizier schaute ihm noch nach, als der Wächter mit den hängenden Schultern unvermittelt stehen blieb, seine Pistole aus dem Halfter nahm, sich den Lauf in den Mund steckte und abdrückte.
Felix wandte seinen Blick ab, bevor der Körper auf dem Boden aufschlug.
Wenigstens hat er sich in den Kopf geschossen, dachte er, während er von der Mauer stieg.
In den letzten Monaten hatte er gelernt, Entsetzen und Trauer mit bitterem Sarkasmus zu überspielen. Dies war vor allem wichtig, wenn man an vorderster Front seinen Dienst verrichtete, so wie er. Die Soldaten hingegen machten sich hier ein feines Leben. Sie schossen nur aus sicherer Distanz, während er außerhalb des Zaunes arbeiten musste.
Sein früheres Leben hatte sich um die Entwicklung von Computersoftware gedreht. Doch dafür gab es zurzeit keinen Bedarf, zumindest nicht hier. Und hier wollte er sowieso nicht lange bleiben. Also hatte er sich zum Bautrupp gemeldet. Im Grunde war jeder, der fähig war eine Schaufel zu halten, beim Bautrupp. Denn es gab noch reichlich zu tun, um die Stadt gänzlich vor den Untoten zu sichern.
Aber es war nicht seine Stadt und würde es auch niemals werden. Sein Ziel war der Norden.

~ * ~

Die Morgensonne fiel spärlich durch die vernagelten Fensterläden und projizierte Streifen warmen Lichts auf den Parkettboden. Gregor saß, nur mit einer ausgeleierten Unterhose bekleidet, auf der breiten

Ledercouch in der Lobby des alten Hotels und starrte durch seine langen fettigen Haare hindurch auf den überdimensionalen Fernsehschirm. Einst gab es hier Touristen und Geschäftsreisende, die eine nicht allzu teure Nacht in der Stadt verbringen wollten. Er war immer gerne bereit gewesen, gegen entsprechende Bezahlung für zusätzliches Amüsement zu sorgen. Ob Drogen oder Nutten, er hatte die nötigen Verbindungen gehabt und sich so binnen kurzer Zeit einen ganzen Haufen Geld beiseitelegen können.

Jetzt hatte er seine gesamten Vorräte weggeraucht, die Dealer und Freudenmädchen waren tot, sein Geld wertlos, und es gab weder Touristen noch Geschäftsleute. Nur Flüchtlinge, die den Weg bis hierhin geschafft hatten. Diese wurden aber zunächst in den großen Hotels untergebracht, in denen noch reichlich Platz war. Gregor rechnete nicht damit, dass er in absehbarer Zeit die Pforten für die Vertriebenen öffnen musste, zumal schon lange niemand mehr angekommen war. Im Moment wohnte nur eine Person mit ihm im Hotel, und die hatte er persönlich eingeladen. Es war Maik, ein Freund seit frühester Jugend. Ursprünglich hatte der in einem kleinen Dorf ein paar Kilometer vor Marburg gewohnt. Aber dort lebte jetzt niemand mehr. Damals, als es passierte, hatten sie gerade in Gregors Wohnzimmer gesessen, hatten getrunken und gekifft, und den Abend vor dem Fernseher verschwendet, wie sie es so oft gemacht hatten und auch heute noch taten. Jetzt waren aber nur drei Fernsehstationen auf Sendung, und Gregor zappte ohne Pause vor und zurück. Soldaten, die mit Flammenwerfern durch Straßenschluchten zogen, wechselten mit den Gesichtern diverser Amateur-Moderatoren und Europakarten, die mit unterschiedlichsten Symbolen versehen waren. Er ließ keinem der Programme auch nur die geringste Chance zu beweisen, dass es interessant sein könnte. Seit mehreren Tagen kamen ohnehin immer nur dieselben Nachrichten. Es kam ihm vor, als schaue er ein Endlosband und man wollte nur noch den Schein einer aktuellen Berichterstattung wahren.

Ohne überhaupt noch hinzuschauen, schaltete er immer schneller hin und her.

Interessanter war für ihn die Frage, was wohl seine Pflanzen machten, die er ein paar Tage vor der Apokalypse, wie diese Ära der

Menschheitsgeschichte in den Medien gerne genannt wurde, auf einer kleinen Lichtung im Wald ausgesetzt hatte. Das Wetter war optimal gewesen, und er war sich sicher, dass ihn diese Ernte zumindest über den Winter bringen würde, allerdings nur, wenn er das Gras in den nächsten Tagen auch ernten könnte.
Doch es gab da ein riesiges Problem, das ihm schier den ungewöhnlich klaren Verstand rauben wollte. Der Wald lag außerhalb der gesicherten Zone, und dort wollte er sich nicht aufhalten.
Maik schob seine massige Gestalt mit großen Schritten durch die Lobby. Auf Fremde hatte er mit den tätowierten Armen, dem dichten Vollbart und den langen Haare stets bedrohlich gewirkt. Im Grunde war er jedoch ein friedlicher Mensch. Leute, die ihn näher kannten, wussten das. Andere hatten vor seiner Erscheinung genug Respekt, um sich nicht mit ihm anzulegen. Und wenn es doch jemand tat, war Maik durchaus in der Lage, seine Masse argumentativ einzusetzen.
Die Ärmel seines dunkelblauen Hemdes hatte er abgeschnitten und die rote Armbinde hoch bis auf die Schulter gezogen. Ein ebenfalls rotes Tuch hatte er sich wie ein Cowboy um den Hals gebunden. Rechts und links unter seinen fleischigen Armen hatte er jeweils eine Walther P1 in einem Schulterhalfter stecken. Darunter in Brusthöhe auf jeder Seite zwei Ersatzmagazine. Waffen und Munition hatte das Militär gestellt, das Schulterhalfter hatte er einem Toten abgenommen, bevor er ihn auf den LKW, der zur Verbrennungsanlage fuhr, geworfen hatte.

Wortlos ließ er sich auf die schwarze Ledercouch neben Gregor fallen, nahm ihm die Fernbedienung aus der Hand und legte sie auf den mit Müll übersäten Tisch. Dann stütze er seine Hände auf die Oberschenkel und drehte sich zu Gregor um, sah dessen leeren Blick noch immer auf den Fernseher gerichtet und stieß ihn mit dem Ellenbogen in die Seite.

"Hey Kumpel, wo bist du mit Deinen Gedanken?", fragte er, als ihm Gregor schließlich den Kopf zuwandte.

"Es gibt nicht einen Krümel Dope mehr in der Stadt und draußen im Wald verwelken meine Pflanzen." Er klang verzweifelt.

"Das ist alles?" Maik machte sich keine Umstände seine Verwunderung zu verbergen, war aber gleichzeitig beruhigt, nichts Dramatischeres zu erfahren.

"Blödmann!", entgegnete Gregor und schaute wieder zum Fernseher, als erwarte er, dass der Nachrichtensprecher eine Liste mit Dealern vorlesen würde. "Gib mal den Aschenbecher rüber."
Was er meinte, war ein mittelgroßer Topf, der bis über den Rand mit Asche und Tabakresten gefüllt war. Gregor hatte den staubigen Inhalt des Kochgefäßes in den letzten Tagen mehr als einmal mit der Pinzette nach nicht ganz verbrannten Doperesten durchwühlt.
Maik ignorierte ihn. Nachdenklich ließ er sein Kinn langsam auf die Brust sinken und starrte auf seine Stiefel.

"Der alte Schuster hat sich eben in den Kopf geschossen", sagte er leise.
Gregor, der gerade selber nach dem Topf greifen wollte, hielt in der Bewegung inne.

"Was sagst du? ... Scheiße! ... Ich meine, was ist passiert?"

"Was denkst du wohl, was passiert ist. Er hat diesen ganzen verdammten Dreck nicht mehr ertragen. Sie haben heute seinen Bruder aus dem Zaun gezogen, und er war mit der verdammten Schubkarre dran."
Gregor hatte sich wieder umgedreht und starrte Maik mit großen Augen an. Bevor er jedoch etwas sagen konnte, sprach dieser weiter.

"Die haben ihn regelrecht zerlegt, um ihn aus dem Nato-Draht zu kriegen, und der alte Schuster hat alles ohne mit der Wimper zu zucken weggesteckt. Er hat seinen Job gemacht, wie immer. Das Einzige, was er wollte, war, den Leichnam ordentlich zu bestatten und ihn nicht mit den anderen zu dieser verdammten Verbrennungsanlage zu karren." Er schluckte. "Aber dieser idiotische Leutnant kennt ja nur seine verdammten Vorschriften."
Jetzt stoppte er mit seiner Erzählung. Er merkte, dass ihm die Sache näher ging, als er eigentlich zulassen wollte.
Gregor sank wie in Zeitlupe zurück in die Couch und wirkte neben Maik noch kleiner. Fassungslos schüttelte er den Kopf.
Dem alten Schuster hatte einst der Kiosk hinter der Schule gehört. Als Kinder hatten sie dort ihr Eis gekauft, später waren es Bier und Zigaretten. Er selbst war stets ein fester Teil des Stadtbildes gewesen, auch nach dem Tag, der alles verändert hatte. Immer wieder hatte er erzählt, wie er sich in seinem kleinen Laden eingeschlossen hatte, als die Toten die Stadt heimsuchten, und wie er dort ausgeharrt

hatte, bis das Militär einmarschierte. Ernährt hatte er sich in dieser Zeit von allem, was sein Sortiment hergegeben hatte, und er war schon beinahe verhungert, als sie ihn schließlich befreiten. Besonders lebendig hatte er die Momente geschildert, die sich mit dem Verrichten seiner Notdurft beschäftigten, was er nach eigenen Aussagen vom Dach aus erledigt hatte. "Sie haben mich belagert. Standen rund um meinen Laden und wollten mich fressen, aber ich hab ihnen einfach auf den Kopf geschissen", hatte er immer wieder voller Stolz verkündet.

Als die Militärführung eine zivile Hilfspolizei formiert hatte, war er einer der Ersten gewesen, die sich freiwillig zu diesem Dienst meldeten. Wenn er schon keine Waren mehr zum Verkaufen hatte, so konnte er wenigstens dafür sorgen, dass sich die Leute durch ihn etwas sicherer fühlten, war seine Argumentation gewesen. Und jetzt war er tot. Hatte sich einfach so selber gerichtet.

Gregor kämpfte mit den Tränen. Wie sehr wünschte er sich jetzt etwas zum Bedröhnen. Irgendetwas, das die Realität verdrängen könnte.

"Wer braucht diese verdammten Militärköpfe überhaupt?", sagte Maik mehr zu sich selbst und beantwortete seine Frage im gleichen Satz. "Ich jedenfalls nicht. Die führen sich hier auf wie die großen Macher. Aber schau sie dir doch an, verdammt. Die bekommen doch gar nichts auf die Reihe. Ich sag dir: Die brauchen uns und nicht umgekehrt."

Gregor schwieg dazu. Er hatte keine allzu großen Probleme mit dem Militär. Im Gegenteil war er froh, dass es jemanden gab, der ihm diese Kreaturen vom Hals hielt. Einzig die Tatsache, dass die Uniformierten zwischen ihm und seinen Pflanzen standen und ihn wahrscheinlich erschießen würden, wenn er durch die Wälder am Stadtrand streifen würde, stellte eine negative Komponente der militärischen Sicherung dar. Allerdings würde er auch ohne die Gefahr eines Kopfschusses nicht in den Wald gehen.

Er beugte sich nach vorne, griff sich die Fernbedienung und zappte durch die drei Kanäle. Immer noch keine aktuellen Meldungen. Er fragte sich, ob die Soldaten bei ihrem Versuch Frankfurt zu säubern, wieder einmal versagt hatten. Erst letzten Monat waren mehrere Tausend dort verschwunden.

"War 'ne verdammt harte Nacht und ein beschissener Morgen. Ich hau mich hin", sagte Maik, dem Fernseher zugewandt.
Er wartete keine Reaktion ab, sondern stand auf und steuerte zielstrebig die dunkle hölzerne Treppe an, die zu den Zimmern führte. Die Stufen knarrten unter seinem Gewicht, als er nach oben ging.

Gregor hörte das Schlagen der Zimmertür und wie sich der Schlüssel im Schloss drehte. Dann war er wieder allein mit all den nüchternen Gedanken, die sich durch Maiks Bericht noch weiter verfinstert hatten.
Trotzdem würde er heute noch seinen Rundgang machen müssen. Bei der Aufgabenverteilung zu Beginn des Wiederaufbaus hatte er die Wartung und Pflege der leer stehenden Gebäude der Oberstadt übernommen. Dies bedeutete für ihn maximal vier Stunden Arbeit am Tag. Aber vor allem konnte er so den Aufgaben entgehen, die eventuell einen direkten Kontakt mit diesen scheußlichen Gestalten zur Folge hätten. Es war ihm unverständlich, wie Maik und so viele andere es schafften, jeden Tag dieses Grauen zu verarbeiten ohne wahnsinnig zu werden. Und irgendwie hatte er auch Verständnis für den finalen Entschluss vom alten Schuster.

~ * ~

Leutnant Arno Beckmann riss sich den Stahlhelm vom Kopf, schmiss ihn in die hintere Ecke seines Bürocontainers und ließ sich mit vollem Gewicht in seinen Drehstuhl fallen. Es war heiß und stickig hier drin, obwohl alle der kleinen Fenster, die aus der Wellblechwand herausgestanzt waren, offen standen. Ein kleiner Ventilator auf dem Schreibtisch bemühte sich vergebens, eine frische Brise zu erzeugen.
Dann zog er seine Pistole aus dem Halfter und lud sie durch. Für einen Moment spielte er mit dem Gedanken, sich eine Kugel durchs

Gehirn zu jagen und dieses hoffnungslose Dasein zu beenden. Noch rechtzeitig, bevor die Überlegung zum Entschluss reifen konnte, legte er die Waffe vor sich auf den Schreibtisch, die Mündung auf die Tür gerichtet. Der junge Offizier war sichtlich überfordert. Eigentlich sollte er jetzt dort draußen sein und seinen Männern beistehen. Stattdessen kramte er eine Packung Valium aus der Schublade, drückte zwei Tabletten durch die Folie und ließ sie in seine Handfläche fallen. Mit einem Schluck lauwarmem Wasser aus der Feldflasche spülte er beide auf einmal hinunter.

Als er vor fünf Monaten mit seiner und den anderen Kompanien hier ankam, waren sie noch voller Zuversicht, bald Herr über die Situation zu werden. Doch schon die Säuberung der Stadt hatte sich als grausames Massaker erwiesen. Ganz anders, als er es auf seinen Lehrgängen vermittelt bekommen hatte. Er hatte bereits über zweihundert seiner Soldaten verloren, noch bevor sie die Stadtgrenze erreicht hatten.

Inzwischen hatte sich sein Truppe auf fünfzig übermüdete Soldaten reduziert, die tagtäglich um ihren Verstand kämpfen mussten, der sich aus Verzweiflung hinter dem Wahn verstecken wollte. Einige hatten diesen Kampf verloren und sich schlichtweg umgebracht. Einer hatte sich inmitten einer Horde Untoter mit einer Handgranate in die Luft gesprengt. Er hatte sie sich in den Mund gesteckt, um ganz sicher zu gehen, dass er nicht zurückkommen würde. Sein Plan war aufgegangen.

Beckmann hatte viele seiner Soldaten sterben sehen, und jeder einzelne war tief in seinem Gedächtnis eingebrannt. Vor allem die, die er selbst ein zweites und letztes Mal hatte töten müssen.

Wenn er schlief, erschienen sie ihm im Traum. Doch da wollten sie ihn nicht fressen. Da fragten sie nur nach dem Warum. Und jedes Mal, wenn er schweißgebadet aufwachte, beantwortete er sich diese Frage selbst: Hier in Marburg gab es Hoffnung für die Menschheit in Form eines großen Arzneimittelherstellers und Wissenschaftlern, die dort ehrgeizig an einer Lösung der Zombieplage forschten.

Das primäre Ziel der Operation war ihm gelungen. Das gesamte Werksgelände inklusive der Stallungen und auch der umliegende Wald waren gesichert. Zivile Bautrupps errichteten Barrikaden und

hoben Gräben aus. Die Lahn, die mitten durch die Stadt floss, diente als vorläufige Grenze und alle Brücken waren blockiert. Stacheldraht an flachen Uferstellen versperrte den Untoten, die mit dem Fluss angeschwemmt wurden, den Zugang.
Laut Zeitplan sollte allerdings schon die gesamte Stadt gesäubert und die Universitätsklinik auf der anderen Seite des Flusses unter Leitung des Sanitätstrupps besetzt sein. Man hätte auf die Versorgung von Tausenden Flüchtlingen vorbereitet sein sollen. Aber Beckmann zweifelte langsam daran, dass es überhaupt noch so viele Menschen da draußen gab - die Letzten waren vor Wochen hier angekommen. Außerdem benötigte er mehr Männer, mehr Material und vor allem mehr Munition, um auch nur annähernd eine Chance zu haben den Fluss zu überqueren. Er hatte schon den Befehl geben müssen, nur im äußersten Notfall zu schießen und nach Möglichkeit die Machete zu benutzen.
So konnte man keinen Krieg gewinnen, nicht einmal eine Schlacht.
Das Valium begann gerade seine Wirkung zu entfalten, als die Tür seines Containers aufgerissen wurde. Hereingestolpert kam ein junger Obergefreiter, nicht älter als Zwanzig, und versuchte so etwas wie einen militärischen Gruß.

"Melde, Herr Leutnant, ein LKW nähert sich von Süden auf der Bundesstraße."
Beckmann sprang auf und musste sich am Schreibtisch festhalten, damit er nicht sofort wieder umfiel.

"Militärisch oder zivil?", fragte er gegen den immer stärker werdenden Schwindel ankämpfend.

"Einer von uns." Hoffnung lag im Blick des jungen Soldaten.

"Greifen Sie sich den Rest ihres Trupps und passen sie auf, dass nichts reinkommt, was hier nicht rein gehört." Beckmann barg seinen Helm aus der Ecke. "Wir treffen uns am Südtor."

"Zu Befehl, Herr Leutnant." Der Obergefreite grüßte diesmal etwas gekonnter und verschwand wieder aus der blechernen Sauna.
Der Leutnant war skeptisch. Ein einzelner LKW konnte unmöglich die Verstärkung sein. Wahrscheinlich waren es ein paar Flüchtlinge, die diesen Laster irgendwo gefunden hatten. Aber dass es überhaupt jemand bis Marburg geschafft hatte, war immerhin ein Zeichen dafür, dass es immer noch Menschen dort draußen gab.

Er griff nach seinem Feldtelefon und drehte an der Kurbel. Wie oft hatte er früher Witze über diese vorsintflutlichen Dinger gemacht. Heute waren sie die einzige indirekte Kommunikationsmöglichkeit innerhalb der Stadt.

"Ich brauche drei Sanitäter. In fünf Minuten mit Ausrüstung am Südtor", befahl er in den Hörer.

Ohne eine Antwort abzuwarten legte er wieder auf. Dann stand er auf und machte sich selbst auf den Weg.

~ * ~

Maik saß auf dem Hotelbett. Sein Schulterhalfter hatte er ausgezogen und über einen Stuhl gehängt, so dass er vom Bett aus jederzeit danach greifen konnte. Eigentlich hatte er schlafen wollen, doch immer, wenn er die Augen schloss, sah er im Geist, wie der leblose Körper des ehemaligen Kioskbesitzers in einer Pfütze aus Blut auf dem heißen Teer lag. Die Bilder waren noch zu frisch, als dass er sie einfach aus seinem Kopf hätte verdrängen können.

Vor Gregor hatte er es nicht zugeben wollen, um nicht noch Salz in dessen Wunden zu streuen, aber in den Tiefen seines Herzens wünschte er sich jetzt auch nichts sehnlicher als etwas zum Betäuben und er dachte über die kleine Cannabis-Plantage nach, von der sein Freund immer wieder schwärmte.

Dieser Teil des Waldes war zwar nicht gesichert, aber es waren schon länger keine Zombies mehr aus dieser Richtung gekommen, zumindest nicht viele auf einmal. Immerhin hatte er zwei Pistolen und noch über einhundert Schuss Munition. Das sollte doch reichen. Die Soldaten stellten auch kein größeres Problem dar. Er wusste, dass sie den Befehl hatten, nur innerhalb der ersten Sicherungslinie zu schießen.

Das Hinderlichste war Gregors übertriebene Angst in Verbindung mit der Tatsache, dass er der einzige war, der die Lichtung wiederfinden konnte. Zwar war er zuversichtlich, dass Gregor auch die allergrößte Panik nach ein paar weiteren Tagen ohne Drogen über-

winden würde. Er konnte sich aber nicht vorstellen, wie dieser reagieren würde, wenn er dann tatsächlich einem dieser Wesen, das möglicherweise auch noch entstellt war, begegnen würde. Er hatte die Befürchtung, dass sein Freund dann durchdrehen könnte.
Langsam stand er auf und legte das Schulterhalfter wieder an. Schlafen würde er jetzt ohnehin nicht können. Stattdessen wollte er zum südlichen Tor, sich ein wenig mit den Soldaten unterhalten und nach Schwachstellen in deren Sicherung schauen. Sie würden ihn nicht einfach so gehen lassen, erst recht nicht mit der Munition. Also musste er eine Möglichkeit finden, unbemerkt hinaus und auch wieder hinein zu gelangen. In Letzterem sah er die größere Hürde. Wenn er den Worten seines Freundes Glauben schenkte, dann würden es wohl mehrere Säcke voll sein, die dort im Wald vor sich hin welkten. Er hatte sich vorgenommen, wenn überhaupt, nicht mehr als einmal diese Gefahr auf sich zu nehmen und deshalb soviel wie möglich mitzubringen.
Eventuell würde er einen der jungen Soldaten mit einem kleinen Anteil an der Ernte bestechen können. Potenzielle Kunden gab es reichlich. Die meisten der Jungs waren schon viel zu lange ohne Kontakt zu anderen Truppenverbänden und infolgedessen sehr nervös. Bereits vor drei Tagen hätte der Nachschub eintreffen sollen. Seitdem war dies Hauptgesprächsthema bei den Militärs, und Gerüchte, gespickt mit persönlichen Übertreibungen, machten vor allem bei den unerfahrenen Rekruten die Runde. Einige hatten gewettet, wann die ersehnte Munition endlich ankäme, und einige hatten darauf gesetzt, dass sie Marburg überhaupt nicht mehr erreichen würde. So einen würde er sich ausgucken.
Unten schlug die Eingangstür zu. Gregor war zu seinem Rundgang aufgebrochen.
Maik wartete noch etwas, und als es still blieb öffnete er seine Zimmertür. Noch würde er sein Vorhaben für sich behalten. Gregor wollte er erst einweihen, wenn der Plan Hand und Fuß hatte.

Seit dem Frühling stank es draußen permanent nach Tod. Wenn der Wind von Süden her wehte, gesellte sich das Aroma der nur notdürftig instand gesetzten Kläranlage hinzu.
Als Maik auf die Straße trat, herrschte gerade so ein Luftzug. Ange-

widert spuckte er den pelzigen Geschmack aus, der sich sofort in seinem Rachen breit gemacht hatte. An den Geruch der Leichen hatte er sich inzwischen gewöhnt, auch wenn die steigenden Temperaturen den Gestank stetig verschlimmerten. Alte faulende Scheiße hingegen würde bei ihm immer Brechreiz erzeugen.
Wie die Kulisse eines mittelalterlichen Schauspiels säumten alte Fachwerkhäuser die Straße zu beiden Seiten. Die wenigsten waren bewohnt, da ihre Eigner noch als vermisst galten. Solche Häuser sollten nur im absoluten Notfall an Flüchtlinge vergeben werden oder bis eindeutig feststand, dass definitiv alle ehemaligen Bewohner des Hauses tot waren. Einige andere Gebäude waren zerstört. Gerade Geschäfte und öffentliche Gebäude wiesen noch die Spuren von Panik und Wahnsinn auf, die die Menschheit in den ersten Tagen vom Ende der Zivilisation ergriffen hatte.

Unheimliche Erinnerungen stiegen in ihm auf, als er im Vorbeigehen durch die zerborstene Scheibe in den Verkaufsraum der ehemaligen Bäckerei blickte. Hier war er damals als Einziger einem grauenvollen Schlachtfest entkommen. Schon lange hatte der Regen das viele Blut von dem Kopfsteinpflaster gewaschen. Sein Unterbewusstsein schaffte es dennoch jedes Mal, die Szene komplett mit allen Details vor seinem geistigen Auge zu rekonstruieren, wenn er hier vorbei kam. Er sah wieder die blonde Bäckerin, wie sie verzweifelt versuchte, das Gitter vor ihrem Laden zu schließen. Hörte sie wieder schreien, als sich einer ihrer Nachbarn in ihrem Busen verbiss, während ein anderer mit den Zähnen ein Stück aus ihrem Oberschenkel riss. Er erlebte noch einmal, wie er ihr mit einem Polizisten zur Hilfe eilen wollte, spürte wieder die Leichenhände, die nach ihnen griffen. Erinnerte sich, wie ihm ein Schwall Blut ins Gesicht klatschte und der Gesetzeshüter von zwei lebenden Leichen heruntergerissen wurde. Er empfand noch einmal das Entsetzen, als er mit ansehen musste, wie ein dritter Untoter den Darm des Polizisten quer über die Straße hinter sich herzog. Allein die Tatsache, dass alle Untoten damit beschäftigt waren, ihre frische Beute zu zerfleischen, hatte ihn entkommen lassen.
Maik schlug sich mit der flachen Hand ins Gesicht und die Bilder verschwanden. Er stellte fest, dass kalter Schweiß auf seiner Stirn

klebte und beschleunigte seine Schritte.

Ursprünglich hatte die Stadt mehr als siebzigtausend Einwohner gehabt. Er kannte nicht die genauen Zahlen, aber inzwischen lebten nicht mehr als Zweitausend hier. Die meisten davon ware Flüchtlinge, die ihre Wohnungen anderenorts leer zurückgelassen hatten, so wie er selbst. Oben in den Fabriken wohnten noch einige Wissenschaftler, die der Apokalypse entkommen waren, indem sie sich über Monate im Hochsicherheitstrakt des Pharmakonzerns verkrochen hatten. Erst als das Militär diesen Teil der Stadt unter Kontrolle hatte, trauten sie sich, die Sicherheitsschleusen zu öffnen.
Scheinbar hatte es dort einen umfangreichen Nahrungsmittelvorrat gegeben, der nun aufgebraucht war. Denn seit ein paar Wochen erschienen auch die Forscher regelmäßig jeden Freitag bei der Lebensmittelverteilung in der alten McDonalds-Filiale. Sonst sah man sie fast nie in der Stadt, und wenn, dann wirkten sie hektisch und waren wenig gesprächsbereit.

Einmal hatte er sich mit einem von ihnen unterhalten können, als er die Essensausgabe überwacht hatte. Der Mann im weißen Kittel war noch recht jung gewesen, ungefähr dreißig und passte aufgrund seiner sportlichen Statur gar nicht in Maiks Klischeevorstellung eines Wissenschaftlers. Sehr schnell hatte er gemerkt, dass er nicht einmal die Hälfte von dem verstand, was der Gelehrte erzählte. Irgendwann hatte er ihn dann unterbrochen und gefragt, ob er nicht etwas LSD für ihn herstellen könnte. Was folgte, war ein Monolog darüber, wie unvernünftig Drogen dieser Art in der jetzigen Zeit wären. Dann hatte der Wissenschaftler, dessen Namen er sich nicht merken konnte oder wollte, das Gespräch beendet und sich seinem Hintermann in der Schlange zugewandt.

Große Sympathien hegte Maik gegenüber den Medizinmännern, wie sie in der Zivil-Garde genannt wurden, nicht gerade. In der Stadt erzählte man sich, dass sie dort oben an einem Impfstoff forschten, der verhindern sollte, dass die Toten wieder auferstehen. Einige wenige glaubten an abscheuliche Versuche mit diesen Kreaturen, die hinter den Stahltüren ablaufen sollten, und hin und wieder sprach

jemand die Vermutung aus, die Seuche hätte ihren Anfang in gerade diesen Laboratorien gefunden.
Maik verstand nichts von solchen Dingen. Was er verstand war die Tatsache, dass bis heute noch keiner aus den Laboratorien irgendjemandem aus der Stadt geholfen hatte.
Die südliche Zufahrt zur Stadt lag direkt am Ufer der Lahn. Hohe Maschendrahtzäune, die unmittelbar an der Uferböschung und zum Teil im Wasser standen, sollten verhindern, dass Untote von der anderen Seite der Stadt durch den Fluss ins gesicherte Gebiet gelangen konnten. In der Regel wurden sie von der Strömung einfach weggespült, doch gerade bei niedrigem Wasserstand gelang es Manchem durch das Wasser zu waten. Denen, die es geschafft hatten, sich am Zaun festzukrallen, machten Soldaten und Gardisten mit eigens dafür bereit gestellten spitzen Stahlstangen den Garaus. Er selbst hatte schon mehr als zwanzig dieser Gestalten auf diese Art erledigt. Anfangs hatte er einfach weit ausgeholt und die Stahlspitze durch den Kopf des Untoten gerammt. Dabei war er einige Male an den Maschen hängen geblieben und hatte einmal sogar ein Loch in den Zaun gerissen.
Inzwischen hatte er seine eigene Technik entwickelt und verfeinert. Wie beim Billard legte er die stählerne Stange an und zielte auf ein Auge des Zombies. Hier reichte ein kurzer Stoß, um den Stahl durch das Gehirn zu treiben und wenn einmal ein leerer Augapfel oder Teile des Gehirns an dem Spieß hängen blieben, konnte er sie bequem beim Zurückziehen an den Maschen des Zauns abstreifen. Mit dem richtigen sportlichen Ehrgeiz wurde auch die widerlichste Aufgabe erträglich.

Schon aus der Entfernung konnte er sehen, dass heute etwas anders war. Es waren mehr als doppelt so viele Soldaten wie sonst am Tor versammelt, und sie wirkten angespannt. Ein paar Sanitäter hielten sich im Hintergrund bereit. Auch Beckmann war da und Maiks Wut kochte wieder hoch. War er ihm heute Morgen bewusst aus dem Weg gegangen, um eine Auseinandersetzung zu vermeiden, so wollte er sie auch jetzt nicht heraufbeschwören. Erst einmal wollte er abwarten, was die Aufregung am Tor zu bedeuten hatte, in der Hoffnung, dass sich der Offizier gleich wieder verpissen würde. Er schob

sich in einen Hauseingang und beobachtete aus sicherer Distanz, wie die Soldaten durcheinander redeten, bis schließlich einer mit gestrecktem Arm auf die Straße außerhalb deutete.
Zwar hatte er nicht verstehen können, was dort geredet wurde, dafür hörte er jetzt ein leises Motorengeräusch in der Ferne.
Scheinbar hatte es der ersehnte Nachschub doch geschafft. Ob das gut oder schlecht für sein Vorhaben war, würde sich noch heraus stellen.

~ * ~

Fauliger Geruch lag in der Luft und nahm die Illusion eines schönen Sommermorgens. Felix arbeitete mit einem halben Dutzend anderer am Ausbau des westlichen Schutzwalls, dort wo die weiten Felder und Weiden waren. Sie mussten die Zäune tief in die Erde setzen, damit kein Untoter unter ihnen hindurchkriechen konnte. Weiter hinten waren Soldaten damit beschäftigt, die Zombies zu erlegen, die sich zu nah an den Bautrupp wagten. Mit dem Spaten hob Felix einen schmalen, einen halben Meter tiefen Graben aus, und hinter ihm trieben andere die Pfosten in die Erde, an denen später der Maschendraht befestigt wurde. Während die Anderen redeten und diskutierten, hackte und grub er schweigsam vor sich hin. Die Geschichte vom Suizid des Gardisten hatte inzwischen die Runde gemacht und die meisten hier hatten ihn wohl näher gekannt.
Felix vermied es, intensivere Bekanntschaften zu machen. Es war leichter, jemandem den Kopf abzuhacken, den man nicht so gut kannte.
Nachdenklich stützte er sich auf seine Grabwerkzeug, blickte in das Loch, das er für die Palisaden ausgehoben hatte und dachte an Christel, seine Verlobte und ihre sechsjährige Tochter. Sie hatten sich vor zwei Jahren kennengelernt und sich sofort ineinander verliebt. Nach drei Monaten war sie mit der kleinen Julia bei ihm eingezogen. Seit sechs Monaten hatte er sie nun nicht mehr gesehen. Er fragte sich, ob sie noch in Hamburg waren und ließ den Gedanken nicht zu, dass sie tot sein konnten, oder schlimmer noch, als Untote durch die Gegend

wandelten. Zuletzt hatte er mit ihr am Tag der Apokalypse telefoniert. Dann war das Telefonnetz zusammengebrochen, und es hatte sich seitdem keine Möglichkeit mehr ergeben, sie zu erreichen. Im Grunde lebte er nur noch dafür, sie zu finden.
Damals waren sie in Hamburg bei ihrem Vater, der seinen sechzigsten Geburtstag im großen Familienkreis zelebrieren wollte, verabredet.
Während sie mit der Kleinen dort bereits auf ihn wartete, hatte er im Stau bei Frankfurt festgesteckt. Er rief sie an, wollte ihr mitteilen, dass er wahrscheinlich in einem Hotel absteigen müsste, wenn sich der Stau nicht bald auflösen würde, aber soweit war er gar nicht gekommen. Sie weinte am Telefon und erzählte Dinge, die er zu diesem Zeitpunkt nicht einordnen konnte. Verstanden hatte er nur, dass sie große Angst um ihn hatte und er sich beeilen müsse. Noch bevor er richtig antworten konnte, war die Verbindung abgerissen. Die folgenden zwei Stunden versuchte er noch erfolglos ein Netz zu erreichen und gab schließlich auf. Also beschloss er, trotz seiner Müdigkeit durchzufahren, egal wie lange der Stau noch andauern würde. Bis dahin wollte er durch halb geöffnete Augen das Schauspiel im Wagen hinter sich beobachten. Ein alter Mann mit Stirnglatze und hochrotem Kopf schrie immer wieder seine Frau an, und diese schrie wild gestikulierend zurück.

Mal sehen, wer zuerst dem Herzinfarkt erliegt, scherzte er noch in Gedanken.
Kurz darauf war es tatsächlich passiert. Der Mann packte sich an die Brust, seine Mimik zu einer Maske aus Entsetzen und Schmerz verzerrt. Er bäumte sich noch einmal in seinem Sitz auf, um dann mit starrem Blick in sich zusammenzusinken.
Felix verfolgte die ganze Szene wie ein Theaterstück und war sich des Ernstes der Lage im ersten Moment gar nicht bewusst gewesen. Und vielleicht hatte er gerade überlebt, weil er nicht sofort reagierte. Ein Autofahrer auf der Nebenspur war geistesgegenwärtiger. Auch er musste den bis dahin recht unterhaltsamen Streit verfolgt haben. Der junge Mann war aus seinem Auto gesprungen und riss die Tür auf der Seite des Regungslosen auf. Zusammen mit der Frau beugte er sich über den Sterbenden. Andere Leute waren mittlerweile ebenfalls ausgestiegen, die meisten um zu gaffen, und so war die Sicht nach

hinten bald verdeckt. Seine Müdigkeit ersparte ihm die Entscheidung, ob er im warmen Auto bleiben oder sich bei Minustemperaturen einen Sterbenden anschauen sollte. Also war er sitzen geblieben, zuversichtlich, dass die Anderen die nötige Hilfe leisten würden.
Während der Tumult in seinem Rücken immer lauter wurde, schob er eine CD in den Player, setzte die Lautstärke etwas herauf und lauschte mit geschlossenen Augen „Wish you were here“ von Pink Floyd. Er wollte einigermaßen ausgeruht sein, wenn es wieder voran gehen sollte. Immerhin musste er noch über 600 Kilometer fahren.
Mit einem Mal begann sein Auto zu schaukeln und er schreckte hoch. Jemand war auf den Kofferraum gedrängt worden, wobei er eine tiefe Delle im Blech der Karosserie hinterließ. Diesmal wollte Felix sich nicht mit einem Blick in den Rückspiegel zufrieden geben, sondern er richtete sich auf und wandte den Kopf, bereit auszusteigen und den Verantwortlichen zur Rechenschaft zu ziehen. Das angespannte Gesicht des jungen Mannes auf dem Kofferraumdeckel starrte ihn angstvoll durch die Scheibe an. Der Alte mit der Stirnglatze lag auf ihm und zerrte an dessen Kleidung. Dann spritzte Blut auf die Heckscheibe und laute Schreie übertönten die Musik.
Für alle Fälle lag immer eine Dose Pfefferspray neben dem Sitz. Diese packte Felix und war gerade im Begriff aus dem Wagen zu springen, um dem Opfer einer blutigen Schlägerei beizustehen und den Schuldigen für den Schaden an seinem Wagen zu stellen. Doch kaum hatte er die Tür geöffnet, drängten sich die Schaulustigen nach allen Seiten auseinander, auch in seine Richtung.
Eine dicke Frau in einem hellblauen Kleid wurde gegen die Innenseite der geöffneten Tür gedrückt und drohte, diese aus den Angeln zu reißen. Beinahe wäre sie auf seinen Schoß gefallen. Gerade noch rechtzeitig konnte er seine Knie anziehen, um gegen das Gewicht zu drücken und die Tür wieder zu schließen. Er betätigte sogar noch die Verriegelung, denn um ihn herum schien Chaos ausgebrochen zu sein. Hinten waren mehrere Männer damit beschäftigt, den aufgebrachten Alten von dem Jungen zu lösen, was ihnen auch schließlich gelang, doch der hatte sich bereits den nächsten gepackt. Der größte Teil der Heckscheibe war mit Blut verschmiert, dennoch hatte er Schemen erkennen können, die aufeinander einschlugen oder wegrannten.

Der Junge, dessen Blut ihm die Sicht genommen hatte, war vom Kofferraum verschwunden, als das Schaukeln aufhörte. Dann war er auf der Beifahrerseite wieder aufgetaucht. Sein Pullover war vorne zerrissen und eine große, stark blutende Wunde vom Hals abwärts ließ die blanken Knochen des Brustkorbes erkennen. Den Blick hatte er starr nach vorne gerichtet, ebenso seine Arme, die er wie die Fühler eines Insektes vor sich hielt. Felix musste fassungslos beobachten, wie der Blutende in den Arm eines Helfers biss. Überall um ihn herum schrien Menschen und liefen orientierungslos durcheinander. Wieder war jemand über seinen Kofferraum gerollt, ein anderer war mit dem Hinterkopf gegen das Fenster zu seiner Linken geklatscht und hinterließ beim Hinabsinken eine dunkelrote Spur. Die Frau in dem hellblauen Kleid war vor seinem Auto gestürzt. Ein Mann warf sich auf sie und biss in ihren Bauch. Schon bald färbte sich das Kleid rot und sie hörte auf sich zu wehren.
Ab diesem Moment hatte sich sein Verstand geweigert, weitere Bilder dieser Art abzuspeichern.

Irgendwie war er aus dem Auto hinausgekommen. Verschwommen konnte er sich daran erinnern, dass die Dicke sich wieder aufgerichtet und nach ihm gegriffen hatte. Er hatte alles und jeden zur Seite geschlagen und war einfach nur noch gerannt. Dann klaffte eine große Lücke in seiner Erinnerung.
Das Nächste, woran er sich erinnern konnte, war, dass er auf einem muffig riechendem Sofa aufgewacht war und eine alte Frau, die er noch nie zuvor gesehen hatte, ihm mit einem kalten, feuchten Lappen die Stirn abtupfte. Sie hatte sich als Erika Welker vorgestellt und ihm erklärt, dass er in Sicherheit wäre. Ein wenig erinnerte sie ihn an seine Mutter, insbesondere durch ihre liebevolle, fürsorgliche Art, wie sie ihm die Hand gehalten hatte, als er aufgewacht war. Sie hatte ihn gefunden, als er vor ihrer Scheune bewusstlos zusammengebrochen war; mehr als zwanzig Kilometer von seinem Auto entfernt. Wie er dorthin gekommen war, konnte sie ihm auch nicht erklären. Er war entkräftet und hatte zahlreiche kleine Risse in der Haut gehabt, vor allem im Gesicht. Als er sich aufrichten wollte, spürte er einen dumpfen Schmerz in seinem rechten Fuß. Er zog die wollene Decke, die auf seinen Beinen lag, zurück.

Erschrocken sah er den geschwollenen, blau verfärbten Klumpen, der einst sein Fußgelenk gewesen war.

"Das wird schon wieder", hatte sie ihm zugesprochen, als sie seinen besorgten Gesichtsausdruck bemerkte.

Er hatte nichts erwidert, denn schlagartig waren ihm die Geschehnisse auf der Autobahn wieder ins Bewusstsein gedrungen.

Was war dort genau passiert?

Als wolle es die Frage unverzüglich beantworten, hatte er das Radio wahrgenommen, das aus einem anderen Raum zu ihm hinüber schallte.

" ... fordern wir Sie dringend auf, sich in ihren Wohnungen zu verschanzen, Fenster und Türen zu sichern und auf Hilfe zu warten. Hängen Sie nach Möglichkeit ein weißes Tuch oder Laken aus dem Fenster, damit die Rettungskräfte Sie schneller finden und evakuieren können.

Es wird geraten, sich einen Wasservorrat anzulegen, da Teile der Trinkwasserversorgung bereits zusammengebrochen sind. Ebenso sollten Sie Taschenlampen und Kerzen griffbereit haben, falls Sie länger ausharren müssen.

Versuchen sie nicht, mit dem Auto zu fliehen. Im gesamten Bundesgebiet sind die Autobahnen und die meisten Landstraßen durch Staus blockiert.

Wie aus Regierungskreisen gemeldet wird, besteht kein Grund zu einer Panik. Polizeikräfte und Bundeswehr hätten bereits erste Erfolge bei der Eindämmung des Problems erzielt, und Wissenschaftler auf der ganzen Welt würden sich mit nichts anderem als dieser geheimnisvollen Seuche beschäftigen. Für Personen, die sich im Freien im Raum Frankfurt aufhalten, wurden Auffanglager in den folgenden Orten eingerichtet: Bruchköbel, Bad Nauheim, Oberursel, Idstein, Kelkheim, Neu Isenburg, Dietzenbach und Groß-Gerau. Dort finden sie Schutz und ärztliche Versorgung.

Ich wiederhole die Liste: Bruchköbel, ..."

"Was zur Hölle ist passiert?", fragte er die alte Frau und bereute im gleichen Moment seine Wortwahl, als sie sichtlich schockiert schien.

Von der Tür her vernahm er eine tiefe Stimme, die ihn an den Sprecher der Hörspiele erinnerte, die er mit der kleinen Julia immer gehört hatte.

"Genau das ist passiert, mein junger Freund. Die Hölle hat ihre Tore geöffnet." In der Tür stand ein alter Mann in einem Arbeitsanzug.

"Ernst!", hatte seine Frau ihn angefahren, "lass unseren Gast erst einmal wieder zu Kräften kommen, bevor du ihn mit deinen Geistergeschichten beunruhigst."

Dann wandte sie sich wieder Felix zu und stellte fast entschuldigend ihren Mann vor. "Das ist Ernst, mein Mann. Bitte lassen Sie sich von ihm keine Angst machen."

Felix bezweifelte, dass er zu diesem Zeitpunkt noch nervöser werden konnte.

"Wie lange habe ich geschlafen? Was ist passiert?" Felix hatte sich unter Schmerzen aufgerichtet, sodass er den Mann in der Tür besser sehen konnte. Er war klein und stämmig und trug einen grünen Overall, der deutliche Spuren jahrelanger Feldarbeit trug.

"Sie haben fast zwei Tage durchgeschlafen, und Sie sehen aus, als wären Sie mit dem Kopf voran durch die Brombeeren gerannt", scherzte der Mann gekünstelt, dann hatte sich Besorgnis in seinen Augen abgezeichnet und er senkte die Stimme. "Es passieren wirklich schreckliche Dinge dort draußen."

Mit einer Fernbedienung schaltete er den Fernseher ein und regulierte die Lautstärke solange nach oben, bis er die Radiosprecherin übertönte.

Felix war damit beschäftigt, die Situation zu begreifen, und es war ihm nicht möglich, Christel und Julia dort irgendwie einzuordnen. Just in diesem Moment bemerkte er, dass er sein Handy und somit die einzige Möglichkeit erreichbar zu sein, verloren hatte.

"Ich muss dringend telefonieren", rief er in den Raum.

"Tut mir sehr leid, aber das Telefon funktioniert nicht mehr", antwortete der alte Mann bedrückt und deutete mit dem Kinn in Richtung des Fernsehers.

Dann sah Felix die Bilder, die sein Verstand nicht begreifen wollte. Der Nachrichtensprecher erzählte von Toten, die wieder aufstünden und die Lebenden anfielen und fraßen.

Zuerst sah er Aufnahmen aus einem Helikopter, der über Frankfurt kreiste. Zusammengeschobene Autos verstopften die Straßen. An vielen Orten brannte es und dunkle Rauchfahnen schränkten die

Sichtweite der Kamera ein. Dazwischen konnte man Menschen als Schatten erkennen, die scheinbar ziellos in den Häuserschluchten umherwankten.

Das alte Paar hatte sich derweil auf die Couch neben ihn gesetzt. Wie versteinert starrten sie zu dritt auf den Fernseher. Der Bauer hatte den Arm um seine Frau gelegt und sie an sich gedrückt. Hin und wieder war ein leises Schluchzen von ihr zu hören, dann schrie sie kurz auf, als die Kamera einen der Schatten heran zoomte und sie die erschreckenden Einzelheiten erkennen konnte. Das Gesicht war nur noch zur Hälfte vorhanden, die linke Seite war verbrannt und hatte den Kieferknochen freigeben. Wo das Ohr hätte sein sollen, befand sich nur noch ein verkohltes Loch. Als hätte dieses Wesen die Kamera gesehen, drehte es den Kopf und mit leerem Blick und gebleckten Zähnen schaute es direkt hinein.
Die alte Frau war noch näher an ihren Mann gerückt, sodass sie nun beinahe auf seinem Schoß saß. Mit zitternden Händen zog sie ihren Rosenkranz aus der Schürzentasche und richtete verzweifelte Gebete an den Himmel. Obwohl sie geflüstert hatte, war es Felix nicht entgangen, dass sie für ihre Kinder und Enkel betete. Seine Gedanken waren bei Christel und Julia gewesen, und obwohl er noch nie ein gläubiger Mensch war, hoffte er damals, dass seine Lebensretterin ihn und seine kleine Familie in ihre Gebete eingebunden hatte.
Es folgten Aufzeichnungen aus verschiedenen Metropolen, die alle das gleiche apokalyptische Szenario zeigten; auch Hamburg war darunter gewesen. Im Kommentar dazu hieß es, dass alle Überlebenden aus dieser Umgebung in einer Kaserne nahe Lübeck untergekommen waren. Militärische Sammelfahrzeuge wären im ständigen Einsatz, um Ausschau nach Flüchtigen zu halten.
Und immer wieder war die Ermahnung gekommen, dass jeder, der ein sicheres Dach über dem Kopf hatte, sich dort solange verbarrikadieren sollte, bis die Soldaten zur Rettung angekommen wären.
An Erklärungen des Phänomens hatte sich derzeit noch niemand herangewagt. Zahlreiche Untersuchungen würden laufen, hieß es. Und dass nur soviel gewiss wäre, dass jeder Mensch, der starb, binnen weniger Minuten als eine schreckliche Kreatur wiedererwachte.
Die Bilder, die er sah, zeigten allerdings nichts von diesen Forschun-

gen, sondern nur die zum Teil schrecklich verstümmelten Leichen, die steif und ungelenk durch die Straßen taumelten und verzweifelte Menschen, die versuchten, ihre eigene Haut zu retten. Irgendwann war das Bild verschwunden und ein lautes Rauschen hatte den Raum erfüllt, das alle Anwesenden aufschrecken ließ. Es war der letzte der drei Sender gewesen, die in diesem Haus empfangen werden konnten. Unbewusst war er froh gewesen, dass er nun keine weiteren Bilder dieser Art mehr sehen musste.

"Wir sollten tun, was die sagen", erklärte der Hausherr, nachdem er den Fernseher ausgeschaltet hatte.

Felix hatte ihn angeblickt und zunächst nicht verstanden, was er meinte.

"Wir müssen das Haus verbarrikadieren. In der Scheune liegen noch Bretter. Nägel habe ich auch genug.", sagte er entschlossen und blickte dabei aus dem Fenster zur Scheune.

Bis nach Hamburg oder Lübeck zu gelangen, erschien Felix inzwischen als unmöglich, nicht zuletzt der Schmerzen wegen, die durch sein Bein jagten, wenn er den Fuß zu belasten versuchte. Schweren Herzens entschloss er sich, bei dem alten Paar zu bleiben, bis er sich erholt hatte. Auch fühlte er sich verpflichtet, den beiden zu helfen, wo sie ihm doch offensichtlich das Leben gerettet hatten.

Der Hof lag weit außerhalb, viele Kilometer von der nächsten Siedlung entfernt und bot somit den natürlichen Schutz der Abgeschiedenheit. Bis zu diesem Tag hatte noch keiner der Untoten den Weg dorthin gefunden. Er musste nicht lange überlegen um zu wissen, dass er im Moment keinen sichereren Platz würde finden können.

"Lassen Sie mich helfen", sagte er und fragte sich gleichzeitig, wie er das mit seinem lädierten Fußgelenk bewerkstelligen sollte.

Als hätte sie seine Gedanken gelesen, erschien die Bäuerin wieder im Raum, in jeder Hand eine Krücke.

"Die brauche ich immer, wenn mein Rücken streikt. Vielleicht helfen Sie Ihnen jetzt ein wenig."

Mit den Krücken war es ihm möglich, einen echten Beitrag zur Sicherung des Hauses zu leisten. Noch bevor die Sonne unterging, hatten sie alle unteren Fenster und die Terrassentür mit starken Holzbohlen vernagelt. Auf jeder Seite des Hauses hing mindestens ein

weißes Laken und sogar auf dem Dach hatte der Bauer zwei Laken nebeneinander ausgebreitet. Felix war erstaunt, wie agil der Mann trotz seines Alters war.
Während der Arbeiten redeten sie viel. Er erzählte von Christel und der kleinen Julia, was sie an diesem Wochenende vorgehabt hatten und was sich auf der Autobahn zugetragen hatte. Zumindest soweit er sich erinnern konnte. Im Gegenzug erfuhr er viel von den Kindern und Enkeln der Bauern. Er lernte die Geschichte des Hofs kennen, der seit vier Generationen von dieser Familie bewirtschaftet wurde, und wie verbittert das alte Paar gewesen war, als ihre Kinder verkündeten, dass sie ein Leben in der Stadt dem Landleben vorzogen.

Früher hatte das alte Ehepaar hier eine florierende Landwirtschaft betrieben, die einen beachtlichen Gewinn abgeworfen hatte. Doch nachdem keines ihrer zahlreichen Kinder Interesse daran gezeigt hatte, den Hof weiterzuführen, hatten sie beschlossen, Vieh und Land zu verkaufen, um ihren Lebensabend ohne Sorgen und Arbeit verbringen zu können.
Ein paar Hühner und eine schwarz-weiße übergewichtige Katze waren die letzten verbliebenen Tiere auf dem Hof. Für ihren Eigenbedarf an Kartoffeln und Gemüse hatten sie noch einen kleinen Acker hinter der Scheune behalten. Trotzdem war es immer zu viel gewesen und im Keller bogen sich die Regalbretter unter der Last hunderter Einmachgläser. Außerdem besaßen sie noch zwei Tiefkühltruhen, gefüllt mit allem, was sich nicht hatte einkochen lassen.
Davon durfte Felix kosten, als am Abend ein herzhafter Eintopf von seinen Gastgebern serviert wurde. Obwohl das Essen bestimmt sehr gut war, schmeckte er nichts. Zu jedem Bissen musste er sich zwingen und er stopfte das Loch in seinem Bauch nur, um wieder zu Kräften zu gelangen.

Als sie so zusammen in dem vernagelten Haus saßen, war ein jeder wieder in seinen Gedanken versunken. Neben der Tür lagen zwei Mistgabeln und ein Schürhaken bereit. Zwar wollte sich keiner von ihnen vorstellen, diese Dinger jemals als Waffe benutzen zu müssen, doch strahlten sie eine gewisse Sicherheit aus. Niemand am Tisch hatte während des Essens ein Wort gesprochen. Erst nachdem die

Bäuerin mit dem Geschirr in der Küche verschwunden war, brach ihr Mann das Schweigen und erzählte etwas beschämt, wie groß seine Angst war.

Später am Abend drehte Felix noch am Radio. Die wenigen Sender, die er noch empfangen konnte, waren nicht sonderlich informativ. Durchweg hörte er verzweifelte Erklärungsversuche und spärliche Fakten. Interessant war der Vergleich zwischen den wissenschaftlichen und den religiösen Interpretationen des Phänomens. Letztere lieferten im Gegensatz zu den ernsthaften Wissenschaften allerdings bis heute keinerlei echte Hilfe. Aber erstaunlich fand er es schon damals, wie schnell die unterschiedlichsten Glaubensrichtungen die lebenden Toten in ihr Schema pressten.

Zwei Tage später war der Strom weg. Durch die schmalen Spalten zwischen den Brettern drang nur kärgliches Tageslicht in das Haus, und wenn sich der Himmel bewölkte, was zu jener Jahreszeit fast immer der Fall war, war es schlichtweg dunkel.
Sie waren sich aber darüber einig, keine der Barrikaden wieder zu entfernen. Fortan hielten sie sich tagsüber nur noch in den oberen Räumen auf, wo das Licht durch unverbaute Fenster fallen konnte. Jedoch bedeutete es auch das Aus für Informationen, denn Batterien für das Radio gab es keine. Die Abende verbrachten sie im Kerzenschein, unterhielten sich lange und intensiv und spendeten sich gegenseitig Trost.
Mit der Zeit ließen auch die Schmerzen in Felix Fuß nach und die Schwellung ging etwas zurück.
Am achten Tag kam der erste Untote an. Draußen war es bereits dunkel, als er gegen die Tür stolperte und alle drei in der Bewegung erstarren ließ. Es klang, als hätte jemand einen übergroßen nassen Schwamm mit der Wucht eines Baseballspielers gegen das Holz geworfen.
Felix löste sich als erster aus der Bewegungslosigkeit und humpelte mit seinen Krücken vorsichtig zur Tür. Deutlich konnte er das Kratzen von Fingernägeln auf dem schweren Eichenholz hören.
Hinter ihm hielt sich das Paar fest in den Armen, die Frau weinte leise. Als er die Tür schließlich erreicht hatte, war das Kratzen ver-

stummt. Stattdessen war das Wesen mehrfach mit dem ganzen Körper gegen die Tür geklatscht. Felix war sich sicher, dass es der Gestalt nicht gelingen würde in das Haus zu gelangen. Zu gut hatten sie die Zugänge gesichert. Dennoch zuckte er zurück, war aber gleichzeitig beruhigt, dass sich das Holz trotz der fleischig klingenden Schläge keinen Millimeter bewegte.
Der Untote zeigte sich davon wenig beeindruckt, ohne Unterlass warf er seinen Körper immer wieder gegen das Haus.
Schlaf fand in dieser Nacht niemand mehr.

Eine Woche lang versuchte die hungrige Gestalt alleine, an ihr Futter zu gelangen, dann hatten sich mindestens ein Dutzend weiterer Leichen dazu gesellt. Von den oberen Fenstern aus beobachtete Felix, wie sie über die Felder wankten, zielsicher in Richtung des Hofes. Er hatte sich damals schon gefragt, woher sie ihren Spürsinn hatten.
Fortan hämmerte und klatschte es von allen Seiten an das Haus und sie begannen, die Tür von innen ebenfalls mit Brettern abzusichern.
Während des Tages war Felix zumeist von einem der oberen Fenster zum anderen gelaufen, um sich zu vergewissern, dass sich noch keines der Bretter, die von außen vor die Fenster genagelt waren, gelockert hatte. Damit sich keine der Kreaturen richtig festkrallen konnte, benutzte er eine Bohnenstange, mit der er nach den bleichen Körpern aus dem Fenster stoßen konnte.
Bald waren sie fast zu etwas Vertrautem geworden.
Solange er sie aus sicherer Distanz von oben beobachtete, verloren sie zunehmend an Schrecken und Felix ertappte sich dabei, dass er anfing, ihnen Namen zu geben.
Primus hatte er sinnigerweise den getauft, der schon nach wenigen Tagen den Hof erreicht hatte.

Dann war da der Feuerwehrmann in seiner gelben Öljacke und dem schief über dem Auge hängenden Helm, der mit seinen dicken ledernen Handschuhen nichts greifen konnte.

Weiterhin hatte es die Tänzerin auf sein Fleisch abgesehen. Es war eine junge Frau im Abendkleid, deren Schienbein mehrfach gebrochen und immer wieder weggeknickt war, wenn sie es belasten woll-

te. Dadurch drehte sie stets ein paar Pirouetten, bevor es sie wieder zu Boden riss.
Am widerlichsten empfand er den dicken Beamten. Er nannte ihn so, weil er einen Locher in der verkrampften Hand hielt, mit dem er immer wieder auf die Bretter einschlug. Außerdem steckte ein großes Stück Holz, wahrscheinlich ein abgebrochenes Tischbein, in seinem Bauch und schob sich jedes Mal tiefer in seine Bauchhöhle, wenn er sich gegen die Fassade warf.
Auch zwei Soldaten waren unter den Untoten. Deutlich sah man ihnen an, dass sie einen langen Kampf ums Überleben hinter sich hatten. Ihre Uniformen hingen nur noch in Fetzen an den mit tiefen Bissen und Einschusslöchern übersäten Körpern. Der eine war ein Leutnant gewesen, dem anderen hatten die Schulterklappen inklusive weiter Teile der Schultern gefehlt. Waffen hatten sie leider keine dabei gehabt.
Mit jedem weiteren Tag der Belagerung wurde die Hoffnung auf Rettung geringer. Seine Gastgeber wurden stiller und gingen dazu über, Unterhaltungen, die sich auf die Realität bezogen, gänzlich zu vermeiden. Felix hatte Verständnis dafür. Auch er verdrängte, so gut es ging, Gedanken an die, die er liebte. Deshalb versuchte er erst gar nicht, die beiden über seinen Tagesablauf aufzuklären. Sie wollten nicht wissen, was genau dort draußen passierte und vermieden es, überhaupt noch aus dem Fenster zu schauen. Die meiste Zeit verbrachten sie fortan auf dem Dachboden und sahen sich alte Fotoalben an. Oft hörte Felix sie hinter der Tür am Ende der Treppe weinen, manchmal jedoch lachten sie auch. Sie waren dabei, sich auf den Tod vorzubereiten und er besaß den nötigen Respekt, sie dabei nicht zu stören.
Irgendwann kamen sie nicht mehr herunter und auch das Weinen war verstummt.
An der Tür zum Dachboden fand er einen Stapel Briefe. Der oberste trug seinen Namen als Anschrift.
Es war ein Abschiedsbrief, und er wusste es, noch bevor er ihn gelesen hatte. Sie dankten ihm für seine Hilfe, entschuldigten sich dafür, dass sie ihn nun alleine ließen und baten ihn, die restlichen Briefe an sich zu nehmen.
Die Umschläge waren vollständig adressiert und die meisten der

Empfänger kannte er aus den Erzählungen der Alten.
Er legte vorsichtig sein Ohr an die Tür. Bis auf den Wind, der über das Dach wehte, war es dahinter still. Er wusste nicht mehr, wie lange er dort gestanden hatte, bis seine Hand schließlich die Klinke umschloss und langsam nach unten drückte. Die Scharniere gaben ein kreischendes Geräusch von sich, als er der Tür einen vorsichtigen Schubs gab und diese aufschwang.

Was er dann sah, brannte sich tief in sein Gedächtnis ein.

Im hinteren Ende des großen Raumes hatten sie sich nebeneinander an einem Dachbalken erhängt. Gekleidet waren sie in ihre alten Hochzeitsgarderoben, und sie wanden sich in ihren Stricken, schaukelten hin und her, als würden sie seine Gegenwart wahrnehmen. Die einst so mildtätig aussehenden Gesichter waren zu violetten Fratzen mit hervorquellenden Augen entstellt. Unbeholfen wedelten sie mit ihren Armen und, mit zu Klauen erstarrten Händen, versuchten sie, nach ihm zu greifen.
Sofort hatte er den Blick abgewandt, sich umgedreht, die Tür hinter sich zugeschlagen und war die Treppe nach unten gestolpert. Auf der Couch, auf der er einst erwacht war, brach er weinend zusammen. Es war das letzte Mal, dass ihn das Schicksal eines Anderen wirklich berührte.

Ein paar Tage später rissen ihn die Schüsse aus seiner Lethargie. Draußen waren eindeutig lebendige Menschen. Aus dem oberen Fenster sah er die Soldaten, die in einer breiten Front auf den Hof zu marschierten, während sie Zombie um Zombie mit gezielten Kopfschüssen endgültig in das Reich der Toten verhalfen. Er schwenkte ein Bettlaken aus dem Fenster und schon bald darauf war er durch die Leichen gestapft, um letztlich in einem Bus mit anderen Flüchtlingen nach Marburg verfrachtet zu werden.

Hier war er nun seit über vier Monaten, hatte viele Menschen sterben sehen und es bis dahin erfolgreich verhindert, eine emotionale Bindung zu anderen einzugehen. Nur Christel, seine Verlobte, und die kleine Julia hatten noch immer einen festen Platz in seinem Herzen, und trotz der zunehmenden Aussichtslosigkeit der Lage, die sich vor allem durch die Nervosität der Soldaten äußerte, redete er sich immer wieder ein, dass sie bald wieder vereint sein würden. Im Grunde wartete er nur noch auf die passende Gelegenheit, dann würde er nach Norden fahren und sie suchen.

Ein Hindernis gab es aber noch.
Das Militär hatte sämtliche Benzinreserven beschlagnahmt und die zivilen Autos, die noch fahrbereit waren, standen im Parkhaus unter ständiger Bewachung.

~ * ~

"Da stimmt was nicht", bemerkte Leutnant Beckmann, als der LKW hinter dem Hügel auftauchte.
Der Laster fuhr langsam in Schlangenlinien auf das Tor zu. Zu unkontrolliert wie Beckmann befand.
"Sichern und Tor öffnen!", brüllte er seine Soldaten an.
Zufrieden beobachtete er, wie sich seine Untergebenen hinter Sandsackbarrieren rund um das Tor postierten und die Gewehre in Anschlag nahmen. Dieses Ritual hatte er seinen Leuten durch unzählige Übungen so fest eingetrichtert, dass jeder ohne nachdenken zu müssen, sofort seinen Platz fand. Jedem der Gefechtsstände war eine Nummer zugeordnet und jeder Nummer der entsprechende Soldat.
Er selber zog sich hinter die Panzersperren zurück und nahm seine Maschinenpistole von der Schulter, auf das Schlimmste vorbereitet.

Auf der anderen Seite des Flusses sammelten sich bereits wieder die Untoten und streckten ihre Arme wedelnd nach vorne. Einige versuchten durchs Wasser zu laufen und wurden von der Strömung mitgerissen. Irgendwo würden sie wieder angespült werden, und wahrscheinlich würden sie sich unverzüglich auf den Rückweg machen.
Der LKW war jetzt keine hundert Meter mehr entfernt und wurde zunehmend langsamer. Schließlich holperte er noch ein paar Meter vorwärts und der Motor erstarb.

Die beiden Soldaten, die die Flügel des großen Maschendrahttors geöffnet hatten und nun zu beiden Seiten der Straße standen, richteten Hilfe suchende Blicke zu Beckmann.

"Acht und Neun zum Sichern raus! Drei und Vier übernehmen den LKW!"

Fünf Soldaten sprangen auf.

"Scheiße! Sieben sofort zurück in die Stellung!", brüllte er den einen an, der scheinbar nicht in der Lage war, sich eine einfache Nummer zu merken. Solche Typen gab es immer in einem Trupp, und er hasste sie.

Die Situation ließ allerdings nicht zu, dass er ihn jetzt zur Schnecke machen konnte, und er wandte sich wieder den Soldaten zu, die auf dem Weg zum LKW waren.

"Feuererlaubnis auf dieser Seite bis zweihundert Meter!", rief er ihnen hinterher.

Ein Anflug von Stolz überkam ihn, als er den perfekten Ablauf der Aktion beobachtete, was seine Wut auf Nummer Sieben ein klein wenig dämpfte.

Als er sah, wie Nummer drei im Begriff war, die Tür zur Fahrerkabine zu öffnen, rechnete er fest damit, dass der Fahrer versuchen würde, sich auf seine Jungs zu stürzen, und genauso sicher war er sich, dass Nummer vier die Kreatur mit einem gezielten Kopfschuss niederstrecken würde. Umso überraschter war er, als er Nummer drei winken sah.

"Der Fahrer lebt", schrie er aufgeregt.

"Die Ladefläche ist sauber", rief Nummer neun.

Erleichterung machte sich unter den Anwesenden breit, nur Beckmann blieb angespannt. Solange das Tor offen stand und seine Leute dort draußen waren, bestand für ihn kein Grund zur Entspannung.

"Alles zurück! Bringt das Ding mitsamt dem Fahrer sofort hier rein."

Hinter ihm machten sich die Sanitäter fertig, den Fahrer zu versorgen. Für alle Fälle stand noch ein Notarztwagen bereit, der aber nur dann genutzt werden durfte, wenn der Verletzte nicht mehr selber laufen konnte und ein Transport zu Fuß ins Krankenhaus sein Leben unnötig gefährden würde.

Beckmann achtete peinlich genau darauf, dass kein Benzin verschwendet wurde. Er selbst legte alle längeren Wege nur mit dem Fahrrad zurück, und das erwartete er auch vom Rest der Stadt.
Der Lastwagen rollte mit den übrigen Soldaten im Schlepptau durch das Tor bis zu den Eisenträgern, die man zu dreidimensionalen Kreuzen zusammengeschweißt hatte. Mit einer Bahre rannten ihm die Sanitäter entgegen und zogen den bewusstlosen Fahrer aus der Kabine. Es war ein Unteroffizier einer Kompanie, die im dreißig Kilometer entfernten Gießen stationiert war, wo ebenfalls ein paar Genetiker in der dortigen Uniklinik mit der Erforschung der Seuche beschäftigt waren.
Beckmann kannte ihn von vorangegangenen Transporten. Zuletzt war er vor zwei Monaten hier gewesen. Von ihm hatte er erfahren, dass die Situation in Gießen weitaus dramatischer war als hier in Marburg. Dort hatte man es noch nicht einmal geschafft, einen Schutzwall aufzubauen. Lediglich einzelne Klinikgebäude waren sicher. Außer den Wissenschaftlern gab es dort auch kaum mehr Zivilisten. Wer sich dorthin verirrte, wurde mit dem nächsten Transport nach Marburg gebracht, was aber auch schon eine geraume Zeit nicht mehr passiert war.

Nun lag der Soldat auf der Bahre und hatte einen großen, nassen Blutfleck zwischen den Beinen.

"Nehmt um Himmels willen das Auto", wies er die Sanitäter an, was diese sich nicht zweimal sagen ließen.
Der Mann musste durchkommen. Seit Tagen reagierte niemand mehr in Gießen auf seine Funksprüche. Er befürchtete das Schlimmste und hoffte, dass der Unteroffizier ihn aufklären konnte, was dort passiert war.

"Ladung inspizieren!", befahl er seinen Leuten knapp und beobachtete weiter die Sanitäter, wie sie den Verwundeten in den Krankenwagen luden. Erst als der Wagen aus seinem Sichtfeld verschwunden war, wandte er sich wieder dem vermeintlichen Nachschub zu.
Ein beißender Gestank wehte ihnen entgegen, als zwei Soldaten die Plane zurückschlugen und auf die Ladefläche des Lasters kletterten.

Beckmann betrachtete sich derweil den Wagen von außen. Die rechte Seite war mit Einschusslöchern unterschiedlicher Größe übersät. Sogar das feine Muster einer Schrotladung zierte die Beifahrertür.

"Hier ist alles zerschossen", erklang eine Stimme hinter der Plane.

"Irgendwas läuft hier aus", rief ein anderer.

Er beschloss, die Sache selbst in Augenschein zu nehmen.

Mehrere längliche Holzkisten lagen kreuz und quer auf dem Blech verteilt. Das Holz war von Projektilen perforiert, und aus einer dieser Kisten quoll eine klare Flüssigkeit, die offensichtlich der Ursprung des beißenden Geruches war.

Gelbe Aufkleber zeigten an, dass es sich um Forschungsmaterial handelte. Militärischer Bestand wäre mit roten Zetteln versehen gewesen. Trotzdem schaute er sich jedes der Papiere genau an. Ausnahmslos las er lateinische Fachbegriffe, die ihm nichts sagten, konnte aber keinen einzigen Schuss Munition entdecken.

Die gesamte Ladung war für das Labor bestimmt und war zum Teil auch noch zerstört.

Enttäuscht sprang er vom Laster. Er winkte die beiden Soldaten ebenfalls von der Ladefläche.

"Schließen Sie die Plane wieder." Dann setzte er sich neben den Fahrer in das Führerhaus. Zu spät bemerkte er, dass sich eine Blutlache über die ganze Sitzbank verteilt hatte und jetzt langsam durch seine Hose sickerte. "Wir fahren, wenn Ihre Kameraden da hinten fertig sind hoch zum Labor 1."

Dann, ohne weiter auf ihn einzugehen, beugte er sich aus dem Fenster. "Der Rest des Trupps zurück in den Bereitschaftsraum!", kommandierte er die Soldaten, die immer noch hinter den Sandsäcken knieten.

Als der Laster um die Panzersperre manövrierte, blickte er zum anderen Ufer des Flusses. Er dachte an hunderte, wenn nicht sogar tausende von Untoten, die dort nach Nahrung suchend durch die Straßen torkelten. Auch einige seiner Leute waren darunter. Die letzten waren vor vier Wochen, bei dem Versuch mit Hilfe eines Hubschraubers Blutkonserven aus der Universitätsklinik zu bergen, in dem Gebäude verschwunden. Sechs Soldaten, unter ihnen auch der letzte in seinem Trupp, der einen Helikopter fliegen konnte. Was letztlich aber auch egal war, da der einzige Hubschrauber nun unerreichbar auf dem Dach der Klinik stand.

Wie zur Hölle sollte er so den Rest der Stadt säubern?

~ * ~

Seit nunmehr drei Stunden lag der Körper regungslos auf dem Seziertisch. Die Schädeldecke fehlte und der Kopf erinnerte an ein sauber aufgeschlagenes Frühstücksei. Zahlreiche Drähte steckten über den gesamten freigelegten Bereich verteilt tief in den Gehirnwindungen. Die Geräte, in die die Kabel mündeten, zeigten keine Reaktion, außer einigen waagerechten Linien in einem Diagramm auf dem Monitor und einem Dauerton aus einem kleinen Lautsprecher unterhalb der Apparatur.

Dr. Maurice Nachtigall schaltete die Überwachungselektronik aus. Der Ton verstummte. Behutsam zog er die Sensoren aus den Hirnwindungen des Toten und löste das metallene Gestell, das den Kopf fixierte. Dann befreite er Arm- und Fußgelenke aus den dicken Ledermanschetten, die seitlich und am Fußende des Tisches angebracht waren und deckte schließlich ein Tuch über den Leichnam. Unter dem Tisch zog er noch ein kleines rotes Plastikschild hervor, das er in Brustkorbhöhe auf das Leichentuch legte. Jeden Tag kamen ein paar zivile Helfer, die sich neutral "Entsorgungstrupp" nannten, vorbei. Sie leerten die Abfallbehälter, deren Inhalt den Hochsicherheitstrakt nicht verlassen durfte und in einem eigens dafür eingerichteten Krematorium vernichtet werden mussten. Hin und wieder, so wie heute, war auch mal eine komplette Leiche dabei.
Als er die über und über mit Blut befleckte Metzgerschürze auszog, atmete er tief ein und entließ die Luft mit einem tiefen Seufzer.
Jedes Resultat, das seine Forschung erzielte, schuf weitere Fragen und Ungereimtheiten. Er hatte bereits über hundert dieser Gestalten seziert und konnte noch nicht einmal erklären, wie sie genau funktionierten.

Sicherlich gab es reichliche Fakten, die meisten davon erschienen aber rein wissenschaftlich gesehen als unmöglich. So zum Beispiel die enorme Wahrnehmung dieser Kreaturen, ohne dass sie dazu uns bekannte Sinnesorgane besaßen. Er hatte schon welche gesehen, die weder Augen, Ohren noch Nase hatten, und dennoch über große Distanz das Vorkommen von lebendigem Fleisch witterten. Womit er auch bei der nächsten Frage angelangt war.
Sie fraßen, aber sie verdauten nicht. Selbst wenn sie noch einen völlig unverletzten Magen-Darm-Trakt ihr Eigen nannten. Was sie schluckten, landete zwar im Magen, blieb dort aber einfach liegen und machte den ganz normalen Fäulnisprozess durch, wie ein Stück Fleisch in einem abgeschalteten Kühlschrank. Ihr Blut gerann nicht, obwohl das Herz still stand und auch sonst kein Kreislauf vorhanden war. Den menschlichen Zerfallsprozess, der im Normalfall bereits fünf Minuten nach dem klinischen Tod in den Zellen des Gehirns beginnt, gab es nicht mehr. Vielmehr wiesen alle Proben, die er unter dem Mikroskop untersucht hatte, eine Veränderung der Zellstruktur auf, wie er sie noch nie zuvor gesehen hatte. Die Zellen selbst schienen nicht mehr zu arbeiten, aber sie zerfielen auch nicht. Dafür verband ein feines Geflecht, das so hauchdünn war, dass es selbst unter dem Mikroskop kaum zu erkennen war, die Zellen untereinander.
Alle untoten Körper, die er seit dieser Entdeckung untersucht hatte, hatten dieses Netz. Proben bei lebenden Menschen hingegen zeigten keinerlei Anzeichen dieser Veränderung.

Mit einem Schnalzen befreite er sich aus den Gummihandschuhen und warf sie in eine Plastikbox neben der Tür. Zusätzlich wusch er sich noch die Hände in dem stählernen in die Wand eingelassenen Waschbecken, bevor er die stählerne Tür öffnete. Noch einmal warf er einen Blick zurück auf den Toten, dann löschte er das Licht in dem gekachelten Raum und schloss die Tür hinter sich.
Zu beiden Seiten erstreckte sich der untere Flur des Sicherheitstrakts. Das bläuliche Neonlicht ließ den Korridor kälter und steriler erscheinen, als er eigentlich war. Mehrere Türen, die aussahen wie die, die er gerade hinter sich geschlossen hatte, rissen dunkle Schatten in das Muster der Fliesen.

Links führte der Gang zu einer Schleuse, die nur mit der entsprechenden Magnetkarte geöffnet werden konnte. Dahinter befanden sich das Treppenhaus und die Fahrstühle. Ging man in die andere Richtung, fand man sich alsbald vor einem Gitter wieder, das die Zellen am Ende des Korridors von den Laboratorien durch massive stählerne Stangen abtrennte. Dumpfe klatschende Schläge erklangen aus diesem Bereich. Ihm schauderte bei dem Gedanken, dass die Versuchsobjekte nur deshalb gegen die Türen ihrer Gefängnisse liefen, weil sie sein Fleisch witterten.
Der Neurochirurg ging zum Fahrstuhl und betätigte den Rufknopf.

"Maurice", hallte es von hinten durch den Flur. "Warte, ich komme mit. Oben wartet neue Arbeit auf uns."

Dr. Nachtigall drehte sich um.

Sein Kollege und Freund Dr. Pavel Woitek kam mit wehendem Kittel durch den Flur gelaufen. Mit seinen langen dünnen Armen, den viel zu kurzen Beinen und den struppigen rot-blonden Haaren wirkte er wie ein irischer Kobold.

Tatsächlich stammte er aus Tschechien und war Mikrobiologe. Sein Labor befand sich direkt neben dem Sezierraum, und oft saßen sie zusammen in der kleinen Teeküche, allein schon weil dort eine Kaffeemaschine stand.

"Pavel, was gibt's denn zu tun, außer den allgegenwärtigen Horror zu verkraften?", scherzte er und klopfte seinem Kollegen zur Begrüßung auf die Schulter.

"Oben steht der Chef-Soldat und hat irgendeine Lieferung aus Gießen für uns." Der Biologe zuckte mit den Schultern um deutlich zu machen, dass er keine genaueren Informationen hatte.

Eine Glocke ertönte und die Tür des Fahrstuhls glitt quietschend zur Seite.

"Für mich? Also ich habe nichts bestellt. Lassen wir uns mal überraschen. Wahrscheinlich wieder mal ein paar Präparate von Rüttgers. Hab' schon lange nichts mehr von ihm gehört." Nachtigall strich nachdenklich über seinen kurzen grauen Vollbart, die einzigen Haare an seinem Kopf und stieg hinter Woitek in die Kabine.

Der letzte Austausch mit Gießen lag wirklich schon ungewöhnlich lange zurück. Eigentlich zu lange, als das er noch gehofft hatte, jemals wieder etwas von Rüttgers zu hören.

Nachdem sie den Fahrstuhl verlassen hatten, mussten sie noch zwei andere Sicherheitsschleusen passieren, bevor sie in die Empfangshalle des Komplexes gelangten. Kaum hatten sie die letzte der Türen geöffnet, drang der aufdringliche Geruch von Formalin in ihre Nasen.

"Was ist denn hier passiert? Wollen sie uns ausräuchern?", rief Dr. Nachtigall in die Menge, die in diesem Fall aus vier Personen bestand.

Einer von ihnen war Leutnant Beckmann. Seine Uniform sah schlimmer aus, als Nachtigalls ehemals weißer Kittel, und von ihm ging auch der Gestank aus.

"Wir haben ein paar Kisten für Sie, Dr. Nachtigall. Einige sind beschädigt, und unglücklicherweise ist das der einzige Transport, der durchgekommen ist", sagte dieser und versuchte trotz seiner optischen und olfaktorischen Erscheinung die Haltung zu bewahren, die von einem Offizier erwartet wurde.

"Das ist offensichtlich", bemerkte Dr. Woitek und zog sich demonstrativ seinen Rollkragen über die Nase. "Was ist denn passiert?"

"Das werden wir noch herausfinden." Beckmann Körperhaltung verdeutlichte, dass er es ernst meinte. "Der Fahrer ist noch bewusstlos."

Die beiden Wissenschaftler warfen sich fragende Blicke zu. Pavel Woitek zog die Augenbrauen hoch.

"Haben sie den Inhalt schon untersucht?", fragte Nachtigall. "Ich möchte unten im Sicherheitsbereich keine unangenehme Überraschung erleben. Sie riechen nach Formalin, und darin legt man für gewöhnlich Leichen ein. Wenn ich richtig mutmaße, stammt dieser Geruch von den beschädigten Kisten."

Beckmann nickte den beiden Soldaten zu, die rechts und links von ihm standen, worauf diese nach draußen zum LKW rannten.

Pavel Woitek konnte durch die große Glastür erkennen, wie sie auf die Ladefläche sprangen und unter der olivgrünen Plane verschwanden. Keine Minute darauf kam einer wieder herunter und übergab sich neben dem Hinterrad. Dann kehrten sie zusammen in die Vorhalle der Laboratorien zurück. Ihnen stand das Entsetzen im Gesicht geschrieben, und Maurice Nachtigall konnte deutlich erkennen, dass sie etwas anderes, harmloseres erwartet hatten.

"Tote Babys ... in Glasflaschen ... ein paar liegen einfach so da rum ... alle tot ... das sieht schrecklich aus", stammelte der, der gerade eben noch seinen Mageninhalt verloren hatte.
Dann platzierten sie sich wieder neben ihrem Befehlsgeber.

"Gibt es irgendwelche Unterlagen? Irgendwelche Papiere, vielleicht eine Akte oder einen Brief von Rüttgers?", fragte Dr. Woitek, obwohl er die Antwort schon zu wissen schien.

"Nur die Lieferzettel, die an den Kisten selber kleben. Aber die müssten Sie sich schon selber anschauen. Mir sagen diese Bezeichnungen überhaupt nichts", antwortete Beckmann.

"Tun Sie mir einen Gefallen", wandte sich Dr. Nachtigall an die beiden Soldaten, "stellen Sie die Kisten auf den Rollcontainer und fahren sie das Ganze mit dem Lastenaufzug nach unten. Wir holen es uns dann ab. Vielen Dank, meine Herren."
Mit einem Achselzucken drehte er sich zu Woitek um, der noch immer irritiert über seinen hochgezogenen Rollkragen zwischen den Soldaten und ihm hin und her blickte.

"Rüttgers ist sich für gar nichts zu schade", drang seine Stimme durch den Stoff.

"Wahrscheinlich ist er längst tot", erwiderte Nachtigall nüchtern und war schon auf dem Weg zum Fahrstuhl. "Überleg' doch mal, wir sind gerade mal dreißig Kilometer von der Uniklinik entfernt und trotzdem haben wir keinen Kontakt mehr zu ihnen. Noch nicht einmal über Funk meldet sich jemand. Ich glaube, die haben den Kampf verloren."

Weder Nachtigall noch Woitek hegten große Sympathie für Dr. Rüttgers, den Chefarzt der Uni-Klinik in Gießen. Zwar hatten sie noch nie persönlich miteinander gesprochen, aber allein die Art und Weise, wie er seine Berichte verfasste, und vor allem, welch bizarre Ideen er mit hinein packte, ließen an seiner Seriosität als Wissenschaftler zweifeln. Zum Teil beruhten seine Erkenntnisse - Nachtigall weigerte sich allerdings, sie als solche zu bezeichnen - auf altertümliche Sagen und Märchen. Bisweilen vermischte er auch verschiedene Religionstheorien. Überlebt hatte er den Tag der Toten nur, weil er sich im Büro eingeschlossen hatte, als die ersten Untoten aus der Pathologie die Patienten in ihren Betten zerfleischten.

Woitek nickte wissend und zog den Rollkragen wieder nach unten, als sie die Tür der ersten Schleuse hinter sich geschlossen hatten.

~ * ~

Als Gregor die Lobby betrat, hörte er ein lautes Poltern aus der oberen Etage und blieb wie angewurzelt stehen.
Gerade hatte er seinen Rundgang beendet, der heute zwei Stunden länger gedauert hatte, weil er in einer Wohnung ein Drogen-Depot vermutete, nachdem er eine elektronische Briefwaage im Küchenschrank gefunden hatte. Die letzten zwei Stunden hatte er damit zugebracht, wie ein Besessener Schränke zu durchsuchen und Möbel zu verrücken. Beinahe hätte er sich dazu hinreißen lassen das Sofa aufzuschlitzen. Gefunden hatte er aber nichts.
Er war gereizt und nervös und wollte sich jetzt nur noch den Aschenbecher greifen und so lange mit der Pinzette graben, bis er eine komplette Mischung gefunden hatte.
Jetzt war da dieser Krach, welcher das traute Heim in etwas Bedrohliches verwandelte. Gregor tat das ihm einzig Logische. Er bewegte sich nicht mehr und schrie aus voller Kehle.
"MAIK. MAIK! MAI-IK!" Seine Stimme überschlug sich beim letzten Mal, und er klang wie ein Teenager im Stimmbruch.
Das Poltern hörte augenblicklich auf, und mit einem gewaltigen Schlag wurde eine Tür in der Gästeetage aufgestoßen.
"Was ist los, verdammt?", brüllte Maik, der, in jeder Hand eine Pistole schwingend, die Treppe heruntergerannt kam.
"Ich habe Lärm gehört ... und da dachte ich ... Alles in Ordnung bei dir?", fragte Gregor vorsichtig.
Maik versuchte seinen Schwung zu bremsen und geriet ins Straucheln. Für einen Moment sah es so aus, als würde er fallen und dabei wie in einem klassischen Western das Geländer durchbrechen.
"Ach Kleiner, mach dir nicht gleich ins Hemd. Ich hab doch nur was zusammengesucht" sagte er, als er wieder Halt fand. Seine Stimme klang fast fürsorglich. Hatte er doch bei der Intensität dieser Schreie mit dem Schlimmsten gerechnet.

Gregor entspannte sich langsam wieder, schloss die Tür hinter sich ab und bewegte sich zur Sitzgruppe. Erschöpft vom Schreck ließ er sich in die Couch fallen. Maik legte seine Pistolen auf dem Tresen der Rezeption ab - seine Schulterhalfter hingen wieder über dem Stuhl neben seinem Bett - lehnte sich grinsend dagegen und beobachtete Gregor, der noch immer fast so blass wie einer der Untoten war.

"Sorry, bin ein bisschen durch den Wind. Wollte keine Panik machen." Unsicher blickte er zu Maik hoch.

"Schon gut. Aber mach das nicht zu oft. Irgendwann kann ich nicht mehr rechtzeitig stoppen und walze dich einfach platt." Er grinste über beide Backen, beziehungsweise zeigte viele Zähne inmitten eines dichten Gestrüpps aus Haaren.

"Du hast wieder ausgesprochen gute Laune. Wie kommt's? Gut geschlafen?"

"Nee, gar nicht gepennt. Aber einiges klar gemacht."

Gregor ließ sich auf die Couch fallen und sah Maik ratlos an. "Häh? Was hast du klar gemacht?"

"Morgen früh geht's los!", sagte Maik mit einem ernsten Unterton, als er gerade eine bequeme Sitzposition gefunden hatte.

"Was geht los?"

"Wir werden morgen dein Gras ernten. Ich habe mit einem Gefreiten geredet und ..."

"Wer ist 'WIR'?", unterbrach ihn Gregor. Er saß kerzengerade auf der Couch und ahnte die Antwort bereits.

"Wir sind wir. Du und ich, Kumpel." Maik sprach ruhig aber bestimmt. "Entspann dich wieder und lass mich erst einmal ausreden. Ich habe da unten einen Gefreiten getroffen, der mehr als bereit ist uns zu helfen. Er wird uns nicht nur raus- und wieder reinlassen, sondern besorgt mir sogar eine UZI. Dafür will er nur zehn Prozent. Denk mal an die Unmengen Gras. Wenn es nur annähernd so viel ist, wie du behauptest, dann haben wir für lange Zeit Ruhe. Halte dich einfach dicht bei mir. Ich pass' schon auf dich auf."

Gregor entspannte sich nicht. Noch immer saß er mit aufgerissenen Augen auf der Couch und schüttelte ungläubig den Kopf. Er konnte nicht an das Gras denken. Viel zu sehr drängte sich die Angst vor dem ungesicherten Wald in den Vordergrund. Er vermied es sogar zu nahe an den Zaun zu gehen, weil er befürchtete, dass ein Untoter plötzlich daran rütteln oder ihn sogar einreißen könnte.

"Ich geh' da nicht raus!", platzte es aus ihm heraus.

"Du jammerst doch ständig, weil du nichts zu kiffen hast", konterte Maik und traf damit ins Schwarze. "Ich würde ja auch alleine gehen, aber ich weiß nicht wohin. Wärst du nicht immer so verdammt paranoid gewesen und nur alleine zu deiner Plantage geschlichen, dann wüsste ich auch, wo sie ist." Plantage war sicherlich übertrieben, aber das Wort schmeichelte Gregor. "Ich habe lange darüber nachgedacht, und es kann nichts schiefgehen, wenn du mir den Weg zeigst. Wenn es sein muss, nehme ich dich auch auf die Schulter. Außerdem sind in diesem Teil des Waldes schon lange keine Zombies mehr gesichtet worden. Das hat mir dieser Gefreite erzählt. Wahrscheinlich wird es nicht anstrengender als ein Spaziergang. Denk doch mal daran, welche Mengen dort auf uns warten. Das ist doch was anderes als die verdammten Reste aus dem Aschenbecher."
Instinktiv drehte sich Gregor suchend nach dem Topf um.

"Ich habe das Ding ausgeleert", ergänzte Maik und ließ Gregors Miene erneut zu einer Maske des Entsetzens erstarren. "Das war einfach nur noch eklig, und gefunden hättest du darin ohnehin nichts Verwertbares mehr."
Gregor war sich noch unschlüssig, ob er seine Augen nun hasserfüllt zusammenkneifen oder er einfach nur weinen sollte. Also tat er beides gleichzeitig.

"Du hast was getan? Da hätte ich mit Sicherheit noch mindestens 10 Pfeifen rausgeholt. Du Riesenarsch!" Er rutschte auf der Couch hin und her und war kurz davor, seinem Freund an die Kehle zu springen. Allein die Tatsache, dass dieser ihn mit einem Schlag ausknocken konnte, bevor er ihn auch nur erreichen würde, hielt ihn zurück.

"Reg dich ab, verdammt! Außer Schmerzen in der Lunge hätte das wirklich nichts mehr gebracht." Maik schlug einen strengeren Tonfall an. "Wir haben morgen die Möglichkeit, säckeweise frisches Gras nach Hause zu holen. Es hängt nur an dir. Ohne dich geht es, verdammt nochmal, nicht. Lass es dir bis morgen früh durch den

Kopf gehen. Der Typ, mit dem ich gesprochen habe, hat morgen von sechs bis zwölf Uhr Dienst am Tor. Ich habe ihm gesagt, dass wir uns um sieben dort treffen werden. Dann haben wir über fünf Stunden um zu ernten. Wenn du nicht willst, werden deine Pflanzen bald genauso verfault sein, wie diese verdammten Leichen da draußen. Also sag einfach Ja."

Gregor wusste, dass Maik recht hatte. Die Pflanzen einfach so verrecken zu lassen, käme einem Sakrileg gleich. Und seine Angst war vielleicht wirklich übertrieben. Aber was sollte er denn machen? Allein beim Anblick der untoten Kreaturen überkam ihn das blanke Entsetzen. Zwar war er sicher, dass Maik ihn mit allem, was in seiner Macht stünde, beschützen würde. Aber was, wenn das nicht ausreichte? Sein Geist projizierte grausame Szenarien vor seinem inneren Auge, in denen sie von abscheulich stinkenden Zombies umzingelt waren, die sie langsam auffressen wollten. Er stellte sich vor, wie Maiks Waffen versagten, oder die Munition ausging. In seiner Vorstellung lauerte hinter jedem Baum eine Leiche, die nur darauf wartete, ihn von hinten anzuspringen.

"Denk an das verdammte Gras, Kumpel!", bekräftigte Maik noch einmal, als er an Gregors Gesichtsausdruck bemerkte, wohin dessen Gedanken abdrifteten. "Dir wird nichts passieren. Mein Wort drauf." Die letzten Worte sprach er betont langsam und ruhig.

"Ich überlege es mir", sagte Gregor und erschrak vor seiner eigenen Äußerung. Aber gerade schob sich das Bild einer wunderschönen Hanfpflanze mit großen harzigen Knospen vor die Schreckensbilder.

Maik lächelte wieder. Er kannte seinen Freund gut genug um zu wissen, dass er ihn bereits überzeugt hatte. Morgen um diese Zeit würden sie schon einige Pfeifen durchgezogen haben und über seine Befürchtungen lachen. Wahrscheinlich würden sie über alles lachen.

"Ich packe noch ein paar Sachen für morgen zusammen. Also keine Panik, wenn es gleich wieder etwas lauter wird." Maik griff seine Waffen und stampfte die Treppe hoch. Oben drehte er sich noch einmal um und grinste. "Anschließend lege ich mich schlafen. Also auch keine Panik, wenn du plötzlich gar nichts mehr hörst. Gute Nacht oder Tag. Wie auch immer. Ich werde bis morgen früh durchschlafen."

"Bis dann", erwiderte Gregor knapp aber nicht unfreundlich. In Gedanken war er noch immer im Wald. Vielleicht sollte er doch noch einmal in die Wohnung mit der Waage zurückgehen. Hatte er überhaupt im Kühlschrank richtig nachgesehen?
Maik wühlte noch eine halbe Stunde in seinem Schrank, bevor er sich auf sein Bett legte und hatte schließlich neben der langen Schnur und den fünf großen schwarzen Müllbeuteln für den Abtransport noch einen zusammenklappbaren Spaten, eine kleine Heckenschere und für alle Fälle den kompletten Inhalt eines Verbandskastens in einen alten Armee-Rucksack gestopft. In den Seitentaschen steckte die restliche Munition, mit der er die UZI laden wollte. Munition von den Soldaten konnte er nicht erwarten, solange sie selber über jede einzelne Patrone Rechenschaft ablegen mussten. Auch er wollte nach Möglichkeit nicht schießen, allerdings nur, damit niemand der anderen Soldaten auf die Idee kam nachzuschauen, was dort im Wald vor sich ging. In erster Linie sollten die Pistolen zu Gregors Beruhigung dienen, aber auch zu seiner eigenen. Im Idealfall würden sie keinem der Untoten begegnen, da diese Seite des Flusses relativ sauber war und wenn doch, dann nur vereinzelten, die er bequem mit seiner Machete zur Strecke bringen konnte. Für Gregor hatte er noch eine alte Lederjacke gefunden, die aus so dickem Material war, dass sich jeder Zombie daran die Zähne ausbeißen würde. Für sich selber hatte er einen alten Tarnanzug bereit gelegt.

Im Traum fand er sich in einem von Horizont zu Horizont reichenden Cannabis-Feld wieder.

~ * ~

Für diesen Tag hatte Felix genug. Einmal war er heute nur knapp einer Zombieattacke entgangen, als er dicht an der Kläranlage mit dem Ausheben von Gräben beschäftigt war. Um die Gespräche der anderen Arbeiter besser ignorieren zu können, hatte er sich in Gedanken zu seiner Frau nach Hamburg geflüchtet. Diese Tagträume halfen ihm, den Kontakt zu anderen auf einem erträglichen Level zu

halten. Er hatte bereits genug getrauert, und es sollte ihm nicht zu nahe gehen, wenn einer seiner Kollegen zu Zombiefutter wurde. Deshalb suchte und fand er immer nur das Schlechte in seinem Gegenüber, selbst wenn es scheinbar nichts zu finden gab. Einer dieser Menschen hatte ihm heute das Leben gerettet, indem er den Schädel eines Untoten, der scheinbar frisch aus der Klärgrube gestiegen war, mit seinem Spaten spaltete, als dieser von hinten an ihn heran gewankt war und sich gerade auf ihn stürzen wollte. Es war ihm klar, dass er nur dank der Geistesgegenwart eines anderen Arbeiters noch am Leben war, aber viel mehr als ein 'Danke' hatte er daraufhin nicht herausgebracht und seinen Retter dann einfach stehen lassen. Der hatte wohl erwartet, dass sie sich nach der Arbeit zumindest mal zu einem Bier zusammensetzen würden, solange es überhaupt noch welches gab. Aber Felix hatte einfach nur seine Spitzhacke fallen lassen und war gegangen. Inzwischen hatte er bereits das Gesicht seines Lebensretters vergessen und Namen merkte er sich grundsätzlich nicht mehr. Zu schnell bekam ein Name eine Persönlichkeit.
Nur keine freundschaftliche Bindung entstehen lassen.

Er war einfach nach Hause gegangen. Das war in seinem Fall eine Suite im größten Hotelkomplex der Stadt. Seitdem lag er auf der Couch, starrte an die Decke und dachte an seine Liebe.
Sein Rücken schmerzte, als hätte er alleine den Limes aufgebaut. Für harte körperliche Arbeit war er nicht geschaffen. Jetzt würde er erst einmal duschen und sich dann nach einer anderen Beschäftigung umsehen. Vielleicht konnten sie ihn in den Laboratorien gebrauchen. Immerhin hatte er ein fundiertes Wissen im Umgang mit Computern und Programmen jeder Art, und das wollte er auch nutzen.
Das Wasser, das aus dem Duschkopf tropfte, war wieder einmal kalt. In letzter Zeit spielte die Heizung des Hotels immer häufiger verrückt, und offensichtlich gab es in der ganzen Stadt niemanden mehr, der dieses Problem in den Griff zu bekommen schien. Aber eigentlich war es ihm egal. Bis zum Winter wollte er sowieso nicht mehr in diesem Kaff bleiben. So wie sich eine Gelegenheit bieten würde nach Hamburg zu gelangen, wollte er sie nutzen.
Tropfend setzte er sich vor den Computer, den er sich schon an seinem zweiten Tag hier organisiert hatte. Die größte Satellitenanlage,

die er finden konnte, war daran angeschlossen und tagaus, tagein versuchte er irgendwo in der Welt Kontakt zu einem funktionierenden Server herzustellen. Bislang ohne jeden Erfolg. Er fand es erstaunlich, dass sich niemand auf der Welt dafür zu interessieren schien, dass zumindest die Kommunikation wieder funktionierte. Also vertrieb er sich die Zeit der Ruhe mit Aufbau-Simulationen und ärgerte sich darüber, dass es in der Realität nicht annähernd so gut funktionierte, wie es die kleinen logischen Idioten auf dem Monitor hinbekamen. Die wirkliche Welt konnte man eben nicht abspeichern und nach einem misslungenen Versuch neu laden. Vielleicht war es auch die einzig mögliche Konsequenz des menschlichen Stumpfsinns, dass es soweit gekommen war. Viel zu zögerlich hatten sie reagiert. Erst als die Situation völlig außer Kontrolle geraten war, die Lebenden den Toten schon weit unterlegen waren, beschlossen die Regierungen, den Untoten tatkräftig entgegenzutreten. Bis dahin stritten sie sich in unendlicher Diskussion darüber, inwieweit diese menschenfressenden Kreaturen in den Genuss der Menschenrechte kamen. Dabei machten sich diese Gutmenschen auch keinerlei Gedanken über die tiefere Bedeutung ihrer Einstellung, als sich ihre eigenen Reihen dezimierten und sie selber zum Futter ihrer Schützlinge wurden. Insbesondere die Kirchen sahen in dem Phänomen anfangs nichts Gefährlicheres als eine neue Massenauferstehung, ein göttliches Zeichen oder den Anfang vom Ende, was ja aus christlicher Sicht letztlich nur die Zerstörung des Bösen bewirkte. Selbst wenn es sich hierbei um einen Wink Gottes handelte, so würde es doch nichts anderes bedeuten als: "Ich scheiße einen großen Haufen auf Euch Menschen. Seht zu wie ihr alleine klar kommt. Übrigens, ihr könnt jetzt mit dem Beten aufhören."
Trotzdem war die große Kirche jeden Tag bis zum Bersten gefüllt, und einige Leute verbrachten den ganzen Tag in diesem kalten Gemäuer und schleuderten ihre Verzweiflung gen Himmel. Felix fragte sich, wann die Ersten damit anfingen, sich mit Knoblauch zu behängen. Seine atheistische Grundeinstellung weigerte sich strikt dem Zombie-Phänomen einen metaphysischen Charakter aufzudrängen. Zwar verstand er genauso wenig, was hier vor sich ging, glaubte aber fest an eine wissenschaftliche Erklärung, die nur noch nicht gefunden war. Aber wenn es möglich war, wollte er ein Teil dieser Forschung

sein, anstatt dort draußen Dreck zu schaufeln.

Der Weg zum Laborgelände führte ihn an dem großen Parkhaus vorbei. Hier standen Hunderte von Autos, zum Teil noch voller Sprit. Davor zwei Soldaten, die gelangweilt die Zufahrt bewachten, was in Anbetracht der geschlossenen Gitter eher überflüssig erschien. Felix hatte sich schon hundertmal gefragt, welche Bestimmung diesen Fahrzeugen zukam, da es doch verboten war, Kraftfahrzeuge innerhalb der Stadt zu benutzen, wenn kein Notfall oder ein militärischer Befehl vorlag. Die ihm einzige logische Erklärung bestand darin, dass auch das Militär damit rechnete, dass die Stadt irgendwann geräumt werden müsste.
Im Vorbeigehen nickte er den beiden Soldaten zu, die seinen Gruß müde erwiderten. Einer wünschte ihm noch einen schönen Tag, aber Felix hatte sie bereits hinter sich gelassen und hob nur noch ohne sich umzuwenden die Hand. Auf halbem Weg zum Forschungsgelände kam ihm ein olivgrüner LKW entgegen, der einen beißenden Geruch verströmte. In der Fahrerkabine erkannte er unter anderem diesen Bilderbuch-Offizier Beckmann. So einen Korinthenkacker hatte er noch nicht einmal während seiner eigenen Bundeswehrzeit erlebt. Und zu jener Zeit befand sich Deutschland im tiefsten Pazifismus, und die meiste Zeit seiner Grundausbildung hatte er mit Formaldienst verbracht. Zumindest kam ihm das rückblickend so vor. Um die aufgesetzten Höflichkeitsgesten zu vermeiden, blickte er in den kleinen Wald zu seiner Rechten, während der Laster links an ihm vorbeirauschte. Weit hinten in diesem Wald befand sich ein Drahtzaun. Als er frisch in dieses Lager gekommen war, war dort sein erstes Einsatzgebiet gewesen. Die Laboratorien lagen etwas außerhalb, und zuvor hatte der Zaun die Straße von beiden Seiten gesäumt. Ein halber Kilometer Spießrutenlauf, auf dem man von unzähligen gierigen Augen auf kürzeste Distanz angestarrt wurde, bis man zu dem Zaun kam, der das Labor umgab. Die Lebenden hatten nun expandiert und das gesäuberte Gebiet erstreckte sich seitdem auf der rechten Seite bis tief in den Wald und links über eine große Weide. Die einstigen Forschungsrinder und -schafe waren nun zu einem Bestandteil der Lebensmittelversorgung geworden, und Landwirte, die hier gestrandet waren, trugen neben der Bestellung

der Felder Sorge dafür, dass es genügend Milch, Eier und Fleisch gab. Auch nur eine Frage der Zeit, dachte sich Felix, bis das letzte Tier geschlachtet sein würde.
Vor dem Hauptportal standen die üblichen zwei Männer Wache und beäugten ihn misstrauisch. Einer nahm sein Gewehr von der Schulter, bereit, auf jeden Eindringling zu schießen. Felix hob in einer Geste, die pure Harmlosigkeit ausdrückte, die Arme in die Luft und präsentierte seine Handflächen.
Bloß nicht riskieren, dass einer von den beiden nervös wird und an den Abzug kommt.

Das Labor war das Heiligtum der Stadt und soweit er wusste, hatten die Wachen hier den Befehl, bei der geringsten Bedrohung zu schießen. Langsam ging er auf sie zu und rief ihnen, ganz entgegen seiner Art, schon von weitem einen schönen guten Tag zu. Während der eine Soldat sich hinter ein paar Sandsäcke, die seitlich neben dem Eingang aufgetürmt waren, kniete und das Gewehr in Anschlag nahm, lief ihm der andere schon entgegen.

"Halt! Stehenbleiben! Das ist militärischer Sicherheitsbereich!", rief er Felix an.
Felix tat wie ihm befohlen und blieb mit noch immer erhobenen Händen augenblicklich stehen. Der Soldat, irgendein Feldwebeldienstgrad mit dem Namen Wenzelbach, kam näher und baute sich vor ihm auf. Er war einen guten Kopf größer als Felix und mindestens zweimal so breit. Als er sicher war, dass Felix unbewaffnet war und ansonsten auch recht harmlos wirkte, entspannten sich seine Gesichtszüge.

"Guten Tag! Was kann ich für Sie tun?", fragte er mit tiefer Stimme im militärisch korrekten Tonfall.

"Ich wollte mich im Labor vorstellen", erwiderte Felix und wusste nicht so recht, was diesen Typen das überhaupt anginge. "Ich sollte wohl zu diesem Zweck mit einem der dort Arbeitenden reden. Würden Sie mich bitte anmelden." Er wunderte sich selbst ein wenig über den festen Unterton seiner Bitte.

"Wie ist Ihr Name? Haben Sie mit jemandem einen Termin? Wenn ja, mit wem?", setzte der Soldat, nicht im Geringsten beeindruckt, sein vorgeschriebenes Verhör fort.

"Felix Teichberger, und nein, ich habe keinen Termin, aber ich verfüge über Fähigkeiten, die dort drinnen möglicherweise gut zu gebrauchen wären. Es wäre nett, wenn sie bitte mal nachfragen könnten", erklärte Felix, und wieder war dieser harte Unterton in seiner Stimme. Er mochte diesen Wenzelbach nicht sonderlich und hoffte, dass er es ihn nicht allzu deutlich spüren ließ.

"Es tut mir leid, aber die Herren sind beschäftigt und haben keine Zeit für Bewerbungsgespräche." Das letzte Wort zog er in die Länge und schmunzelte dabei abfällig. "Sollte es hier einen Bedarf an Personal geben, würden Sie eine entsprechende Ausschreibung im Glaskasten der Verwaltung finden. Bestimmt finden Sie beim Bautrupp noch eine Aufgabe. Die brauchen immer Leute." Er machte eine kurze Pause und als Felix noch immer unbeweglich dastand, fügte er noch hinzu: "Ich darf Sie jetzt bitten, das Gelände zu verlassen."

In Anbetracht des Riesen vor ihm und der Gewehrmündung, die immer noch von der Seite auf ihn gerichtet war, sah er keine andere Möglichkeit, als unverrichteter Dinge wieder zu gehen. Den Gruß zum Abschied sparte er sich, drehte sich einfach um und schlenderte, leise vor sich hin schimpfend, den Weg zurück. Im Glaskasten hing seit Wochen nur noch ein Zettel mit der Aufschrift "Alle verfügbaren Kräfte melden sich bei der Bautruppverwaltung, Zimmer 104", und wenn man erst einmal dort registriert war und eine Schaufel halten konnte, fand man sich Gräben aushebend und Zäune verlegend an der Front wieder. Mit Sicherheit war auch ein Heizungsmonteur unter den Bauarbeitern, der die Hotelheizung reparieren konnte. Vielleicht sollte er doch noch mal in der Verwaltung vorbei schauen, dann könnte er wenigsten sein Warmwasserproblem ansprechen.

Unterwegs kam er wieder am Parkhaus vorbei und verlangsamte seinen Schritt. Es musste doch irgendwie möglich sein, ein Auto dort herauszukriegen. So unauffällig wie möglich spähte er durch die Schlitze der einzelnen Etagen.

In der zweiten Ebene stand ein großer Jeep, der ihn geradezu anzulächeln schien. So ein Fahrzeug und genügend Sprit wären ideal um sich bis nach Hamburg durchzuschlagen, aber durch die stählernen Fallgitter würde er damit auch nicht kommen. Außerdem standen immer zwei Wachposten davor, die schon Alarm schlagen würden, wenn er nur aus der Parklücke fahren würde.

Die Wachen waren in eine Unterhaltung vertieft und verstummten augenblicklich, als sie ihn bemerkten. Ein Verhalten, das Felix bei den Militärköpfen schon des Öfteren aufgefallen war. Scheinbar steckte ihr Job voller Geheimnisse, aber heute meldete sich in Felix die Neugierde. Er nahm allen Mut zusammen, verdrängte seinen Ärger und die Vorurteile gegenüber der Armee soweit es ihm möglich war und machte sich bereit, ein wenig Smalltalk zu halten.

"Na, noch alle Autos da?", eröffnete er ungezwungen das Gespräch.

"Wieso, wollen sie eins kaufen?", fragte der Eine, ein Rotschopf, Mitte zwanzig, der breit über seine speckigen Wangen grinste.
Felix überlegte, wie ernst er den Scherz nehmen konnte. Wäre es vielleicht möglich, die Wache zu bestechen? Aber womit? Geld hatte keinen Wert mehr.

"Klar, was soll denn der Jeep kosten?", fragte er lachend zurück. "Ich wollte mal eine kleine Picknick-Tour machen. Will jemand mitkommen?"

"Ich würde sagen, zwei Frauen und ein Kilo Koks", erwiderte das Speckgesicht spontan, als wäre schon einmal jemand auf dieses Geschäft eingegangen.
Jetzt lachten alle drei, auch wenn es Felix viel Überwindung kostete, hier den Fröhlichen zu spielen
Er hasste es, sich mit diesen Soldaten zu unterhalten, auch weil ihm einfach kein Gesprächsthema einfallen wollte, das über blöde Witze hinaus ging.

"Und sonst? Alles klar? Ich habe gehört, dass die Autos hier als Reserven für eine mögliche Räumung der Stadt bereit gehalten werden. Wann können wir denn damit rechnen, aufbrechen zu müssen?" Felix versuchte das Gespräch auf eine ernstere Linie zu führen, was ihm scheinbar auch gelang, denn das Lachen verstummte und zwei Augenpaare starrten ihn misstrauisch an.

"Wer erzählt so etwas?", fragte der andere Soldat und guckte Felix verwundert an.

"Habe ich kürzlich beim Essen aufgeschnappt", log Felix, wohl wissend, dass er jetzt die volle Aufmerksamkeit der beiden genoss.

"Hier hört man so Einiges. Ich habe kürzlich sogar Euren Offizier sagen hören, dass die Stadt bald aufgegeben wird." Das war natürlich ebenfalls frei erfunden, aber Felix bemerkte die aufkeimende Unsicherheit bei den jungen Soldaten, und er setzte noch einen drauf. "Es war sogar die Rede davon, nur einen Teil der Bevölkerung retten zu können."

Der Rotschopf schluckte deutlich hörbar und durchdrang Felix mit seinen Blicken, in der Hoffnung, genauere Informationen zu erhalten.

"Das sind doch nur Gerüchte", versuchte der andere, ein schlaksiger Mann mit hängenden Schultern, sich selbst zu beruhigen. "Außerdem werden wir auf jeden Fall mitkommen."

"Oder ihr bewacht das Labor, bis zum letzten Mann", relativierte Felix die Zuversicht.

Er fand es köstlich, wie er mit ein paar einfachen Lügen und Übertreibungen die Soldaten wieder in normale, nervöse Jungs zurückverwandeln konnte. Ein wenig entschädigte ihn das für die Abfuhr, die ihm der Feldwebel erteilt hatte, und er zog sogar die Möglichkeit in Betracht, die beiden so zu verunsichern, dass sie zusammen mit einem Auto flüchten könnten.

"Das glaube ich nicht. Wer sollte denn dann die ganzen Leute beschützen?", erwiderte der Rotschopf, aber das Zittern in seiner Stimme verriet, dass die Zweifel, die sich durch seine Gedanken fraßen, stärker wurden.

Felix zuckte nur mit den Achseln und konnte sich ein Schmunzeln nicht verkneifen. "Naja, ihr wisst sicher mehr als ich. Ihr sitzt ja an der Quelle."

Der Hintere begann von einem Bein aufs andere zu treten und man konnte deutlich erkennen, dass er verzweifelt versuchte, der Äußerung seines Kameraden Glauben zu schenken. Er schien im Geiste alle Möglichkeiten einer Evakuierung durchzuspielen, und seiner Nervosität nach zu urteilen, schnitt er bei den meisten eher schlecht ab. Der Vordere schien sich bereits konkrete Gedanken darüber zu machen, wie sie einer solchen Situation das Beste abgewinnen könnten.

Felix genoss das Schweigen, das eine Ewigkeit zu dauern schien, dann setzte er alles auf eine Karte und meldete sich wieder zu Wort.

"Also, ich habe weder Frauen noch Kokain, aber ich kenne einen Ort, der absolut sicher ist, allerdings nur, wenn wir uns rechtzeitig absetzen. Was haltet Ihr davon? Wir packen einen großen Picknick-Korb in ein schickes Auto und fahren in die Freiheit." Zwar lächelte er immer noch, ließ aber keinen Zweifel daran, dass er es ernst meinte.
Die Soldaten sahen erst einander, dann ihn an, und Felix war zufrieden, als er erkannte, wie sich in ihren Köpfen ein Kampf zwischen Pflichtbewusstsein und Überlebensinstinkt anbahnte. Scheinbar wartete jeder nur auf den anderen, damit dieser zuerst seine Loyalität aufgab.

"Würden Sie jetzt bitte weitergehen", ermahnte ihn der Rotschopf mit ernster Miene und veranlasste dadurch seinen Kameraden, ebenfalls eine stramme Haltung einzunehmen.

"War ja nur ein Vorschlag", sagte Felix grinsend und wusste, dass es sich eben um das letzte verzweifelte Aufbäumen ihrer Befehlshörigkeit gehandelt hatte. "Vielleicht schaue ich noch einmal vorbei. Schönen Tag noch."
Dann schlenderte er betont langsam an ihnen vorbei. Der Keim war gesät, und jetzt würde er ihnen noch ein bis zwei Stunden zum Nachdenken geben. Innerhalb dieser Zeit würden sie sich gegenseitig dermaßen verunsichern, dass sie ihm wahrscheinlich schon bald hier heraushelfen würden.
Selbst, wenn sich letztendlich keiner von beiden auf seinen Plan einlassen würde, so hatte er sich doch einen Einblick in die allgemeine Unsicherheit des Militärs verschafft.

Als er sich noch einmal umdrehte, sah er sie schon mit besorgten Mienen tuscheln, und er biss sich auf die Lippe, um nicht loszukichern.
Wie einfach das doch war, dachte er innerlich lauthals lachend und setzte seinen Weg zum ehemaligen Finanzamt fort, in dem aufgrund mangelnden Interesses an Geld die militärische Verwaltung untergebracht war.
Dort wurde so ziemlich alles, was in Zeiten wie diesen von Relevanz war, geregelt und bestimmt. Sei es die Erfassung von Neuankömmlingen, die Verteilung von Arbeiten oder die Ausarbeitung von Not-

standsgesetzen. Alles hatte in diesem Gebäudekomplex ein kleines Büro. Hier arbeitete auch Veronika, die ihn seit seiner Ankunft hier immer wieder auf ziemlich plumpe Art angemacht hatte, und wie Felix das sah, würde sie auch nicht so bald damit aufhören, und das obwohl er sie so unfreundlich wie nur möglich behandelte. Aber scheinbar schien sie das nur noch mehr zu reizen. Erst gestern hatte sie ihn mit heißem Tee überrascht, als er mit dem Ausheben der Gräben beschäftigt gewesen war. Sie hätte zufällig zu viel Tee gemacht und gleich an ihn gedacht, wie er sich abrackern müsse, und bevor sie ihn wegschüttete ... und so weiter. Er hatte den Tee wortlos getrunken, ihr die Thermosflasche ebenso wortlos in die Hand gedrückt und sich wieder seiner Arbeit zugewandt. Dann war er in seinem Graben verschwunden, ohne auch nur einmal zu ihr zurückzublicken. Das größte Problem waren ihre Naivität und ihre Dummheit, die Hand in Hand gingen, und so eine Frau kam für Felix ohnehin nicht in Frage. Abgesehen davon entsprach sie rein optisch genau seinem Anti-Typ. Sie schien Körperpflege für einen Luxus zu halten und war stets von einer Wolke aus altem Schweiß umgeben, der in der Nase brannte, sobald man ihr gegenüber stand. Sie wirkte irgendwie klebrig und hatte ein zerfallenes Gebiss, das so roch, wie es aussah. Offensichtlich fehlte ihr auch die geistige Begabung, eine Abfuhr als solche zu erkennen. Okay, er hatte sich direkt nach seiner Ankunft hier, der Höflichkeit halber, lange mit ihr unterhalten, und wenn er sich recht erinnerte, hatte er sie sogar einmal kurz gedrückt. Aber das hatte nichts mit Zuneigung zu tun gehabt. Er war nur froh gewesen, wieder unter lebenden Menschen zu sein, und sie war nun einmal seine erste Kontaktperson hier in der Stadt gewesen. Er hatte schon damals vermutet, dass es mit ihrer Intelligenz nicht allzu gut bestellt war.

Er verachtete dumme Menschen regelrecht, was ihn allerdings nicht davon abhielt, genau diese für seine Zwecke auszunutzen, und eben das hatte er jetzt vor. Denn sollte das mit dem Auto nicht funktionieren, gab es immer noch Veronika, die zwar für die Erfassung neuer Flüchtlinge zuständig war, ihm aber auch bestimmt einen besseren Job verschaffen konnte. Er hoffte nur, dass er dafür nicht mit ihr ins Bett musste.

Als er vor der Tür zu ihrem Büro stand, nahm er sich noch einmal vor, so freundlich zu erscheinen, wie es ihm in Gegenwart dieser Person möglich war, und setzte sein Sonntagslächeln auf, bevor er schließlich mit dem Knöchel gegen das Holzimitat klopfte. Ohne eine Antwort abzuwarten, drückte er die Klinke nach unten und steckte vorsichtig den Kopf in das kleine Büro. Veronika saß hinter ihrem Schreibtisch und versuchte ein Kreuzworträtsel zu lösen. Als sie ihn erkannte, blickte sie ihn zugleich erschrocken wie auch erfreut an.

"Hallo Felix. Womit habe ich denn diese Ehre verdient?", sagte sie und rückte sich den Kragen ihrer Bluse zurecht, sodass der Ausschnitt noch ein wenig weiter geöffnet war.

Oh, Mann, dachte Felix, schob sich ganz durch die Tür und schloss sie hinter sich. In Anbetracht der stickigen Luft hier drin, fiel es ihm wirklich schwer, sein Lächeln zu bewahren.

"Hallo, Veronika. Ich dachte, ich schaue an einem so schönen Tag wie diesem einfach mal bei dir vorbei und nehme dir etwas von deiner Langeweile. Wie ich sehe, hast du nicht viel zu tun. Kommen wohl nicht mehr viele Leute hier an, oder?", eröffnete er die Plauderei.

"Das ist ja lieb von dir" säuselte sie mit piepsiger Stimme, die Felix eine Gänsehaut über den Rücken jagte. "Tja, ich habe wirklich nichts zu tun. Immer nur warten, dass mal wieder einer kommt."

Felix setzte sich lässig auf die Schreibtischkante und blickte ihr in die Augen. Normalerweise war das nicht seine Art, aber er hatte schnell herausgefunden, dass sich Frauen wie Veronika enorm von einem solch lässigen Gehabe beeindruckt zeigten.

"Ich wollte mich noch mal für den Tee bedanken", begann er, "und mich gleichzeitig dafür entschuldigen, dass ich keine Zeit zum Reden hatte. Aber du weißt ja, wie das ist, der Graben muss schnellstmöglich fertig werden." Zufrieden bemerkte er, dass er sie bereits in seinem Bann hatte. Mit Sicherheit könnte er ihr jetzt auch einen Staubsauger verkaufen.

"Kein Problem", sagte sie und warf ihm einen schmachtenden Blick zu. "Für dich doch immer wieder gerne."

Felix verzichtete darauf, den letzten Satz einzuordnen und rutschte unauffällig ein paar Zentimeter auf der Schreibtischplatte nach hinten. Zu groß war die Gefahr, dass sie ihn plötzlich einfach küssen würde. Veronika dachte niemals lange nach, sondern handelte stets spontan.

"Du, ich habe eine kleine Bitte an dich", fing er an und ignorierte ihren verführerisch gemeinten Augenaufschlag. "Weißt du, ich kann mit der Arbeit am Zaun nicht allzu viel anfangen. Dafür kann ich perfekt mit Computern umgehen, und ich war sogar bei der Bundeswehr. Das sollte auch in meiner Akte stehen. Kannst du mir nicht einen Job vermitteln, der mehr mit meinen wahren Fähigkeiten zu tun hat?" Als sie ihn fragend ansah, fügte er noch hinzu: "Dann wäre ich nach der Arbeit auch nicht immer so müde, und wir könnten uns abends mal treffen."

Dieser Vorschlag ließ ihre Augen aufblitzen, und mit einem galanten Sprung vom Schreibtisch rettete er sich gerade noch davor, dass sie ihm um den Hals sprang.

"Oh toll!", erwiderte sie. Einen Augenblick später schaute sie wieder etwas enttäuscht, als sich Felix auf den Stuhl auf der anderen Seite des Tisches, außerhalb ihrer Reichweite, fallen ließ. "Das wäre wirklich mal eine schöne Abwechslung. Ich hatte schon Angst, du magst mich gar nicht."

Dann griff sie neben sich und zog die oberste Akte von einem hohen Stapel. Felix fand es nicht verwunderlich, dass es seine Akte war, die obenauf lag. Er seufzte nur leise vor sich hin. Dann beugte sie sich zu ihm herüber und achtete darauf, dass ihr struppiges Haar nicht die Sicht in ihre Bluse verdeckte.

"Also ich kann da eigentlich gar nichts machen", flüsterte sie mit schlecht gespielter Traurigkeit. "Ich kann dir nur einen Job geben, wenn einer frei ist." Sie wühlte in einer ihrer Schubladen, holte eine mehrseitige Liste heraus und blätterte darin. "Alles schon belegt. Da, schau selber." Sie reichte ihm die Blätter herüber und kam dabei gefährlich nahe mit ihren Lippen an seinem Ohr vorbei.

Felix nahm die Zettel entgegen und lehnte sich augenblicklich zurück. Dort standen etliche Beschäftigungen, die ihm wesentlich besser gefielen, eigentlich sogar alle. Jeder der Berufe war mit einem roten Stempel mit der Aufschrift „Belegt“ markiert.

"Ich würde dir so gerne helfen", säuselte sie nun wirklich niedergeschlagen, denn im Moment sah sie sich der Situation absolut hilflos

gegenüber, dabei wollte sie doch endlich ein Date mit ihm.
Felix ahnte, dass sie nicht von alleine drauf kommen würde und machte einen Vorschlag: "Du könntest mich doch einfach von der Liste des Bautrupps nehmen und mich bei der Zivil-Garde eintragen. Da gibt es doch seit heute einen weniger."

"Das kann ich nicht für dich machen", sagte sie enttäuscht. Dann hellte sich ihre Miene auf, und fast hätte Felix eine kleine Glühbirne darüber aufleuchten sehen. "Aber ich kann dich als neuen Anwärter nach ganz oben legen." Sie sprang auf und zog zwei Aktenordner aus dem Regal zu ihrer Rechten. Den einen öffnete sie, blätterte ihn durch, schlug ihn wieder zu, klappte ihn erneut auf, blätterte wieder und hatte schließlich die Seite gefunden. Jetzt suchte sie einen Stempel mit der Aufschrift „nicht tauglich“ und drückte ihn hinter Felix’ Namen aufs Papier. Zufrieden schlug sie den Ordner zu und lächelte Felix an. "Jetzt bist du schon mal aus dem Bautrupp raus."

"So einfach ist das?" Felix war überrascht.

"Naja, normalerweise darf ich das nur, wenn der Betreffende ein Attest vom Arzt oder sonst irgendeinen offiziellen Wisch mitbringt, aber versprich mir, dass du niemandem was davon sagst."
Felix nickte. "Natürlich erzähle ich nichts herum. Ich hänge doch da genauso drin wie du."

"Und jetzt krieg' ich einen Kuss", sprudelte es aus ihr hinaus, und sie warf sich mit gespitzten Lippen über den Schreibtisch.
Nun konnte er sich nicht mehr verweigern, und angewidert presste er seine Lippen auf die ihren, immer auf der Hut, dass ihre Zunge keinen Zugang zu seinem Mund fand. Bewusst zärtlich wehrte er sie schließlich ab, sodass sie seinen Ekel nicht bemerkte.

Zufrieden grinsend ließ sie sich wieder in ihren Drehstuhl fallen. "Lass uns erst einmal zusammen den Abend verbringen. Ich werde dich noch auftauen." Sie war der felsenfesten Überzeugung, dass seine Zurückhaltung auf reiner Schüchternheit beruhte.
Felix schauderte bei dem Gedanken daran. Zwar hieß es: Dumm fickt gut. Aber irgendwie schien diese Frau regelrecht besessen von ihm zu sein. Sein Eindruck bestätigte sich, als sie schließlich seine Akte aufschlug und er um das Passbild herum viele kleine rote Herzchen bemerkte. Auf der zweiten Seite seines Personalbogens radierte sie seinen alten Beruf aus und setzte dafür ZG-A ein.

"Zivil-Garde-Anwärter", übersetzte sie, als sie bemerkte, dass Felix ihr zusah. "Jetzt musst du noch den Antrag ausfüllen, und wenn du ganz lieb zu mir bist, hänge ich dir auch noch ein hoch offizielles Empfehlungsschreiben mit dran."
Aus dem anderen Ordner zog sie einen Antrag und legte ihn Felix vor.

"Hier, das musst du selber ausfüllen und unterschreiben."
Felix machte ein paar Angaben zu seiner Person, übertrieb, soweit es nicht nachprüfbar war, was seinen Wehrdienst anging und nannte als Grund, dass er sich als guter Bürger dieser Stadt dazu verpflichtet fühle, die Schwächeren zu schützen, und sich auch nicht zu schade für den Schubkarrendienst sei. Mehr wollte ihm nicht einfallen. Am Ende unterschrieb er und dachte darüber nach, was wohl die beiden jungen Soldaten gerade beredeten. Dann schob er den Antrag zurück zu Veronika, die schon mit geschlossenen Augen und kussbereiten Lippen über den Tisch gebeugt war. Mit dem Gedanken an das mögliche Empfehlungsschreiben überwand er sich erneut und wollte ihr einen flüchtigen Kuss geben. Doch kaum hatten seine Lippen die ihren berührt, spürte er auch schon zwei Hände an seinem Hinterkopf, die ihn näher zogen. Vor Schreck öffnete er die Lippen und keine Sekunde später war ihre Zunge tief in seiner Mundhöhle, wo sie wie ein Quirl herumrührte. Fast hätte er sich übergeben, und er versuchte sich mit aller Kraft aus dem Griff zu lösen, was nur zögerlich gelang. Schließlich war er frei und fiel zurück auf die Sitzfläche des Stuhls.

"Na, also", grinste Veronika, "du hast dir soeben eine spitzenmäßige Empfehlung verdient. Ich werde es heute Abend noch weiterleiten. Und jetzt musst du mir nur noch ein bisschen bei meinem Kreuzworträtsel helfen."
In Felix keimte die Frage auf, wer hier eigentlich wen für seine Pläne ausnutzte, aber wenn er hier raus wollte, musste er erst einmal auf sie eingehen. Auch die Zivil-Garde bot einen Weg nach draußen und er würde sogar eine Waffe bekommen.
Die nächsten dreißig Minuten verbrachte er damit, simple Fragen aus dem Kreuzworträtsel zu beantworten und die meisten der bisherigen ausgefüllten Felder zu korrigieren. Wie konnte ein Mensch nur über so wenig Wissen verfügen, dachte er immer dann, wenn er ihr wieder

den obligatorischen Kuss geben musste, jedes Mal, wenn sie die Lösung, die er ihr verraten hatte, erfolgreich in die Kästchen eingetragen hatte. Als er das Büro schließlich wieder verlassen durfte, waren seine Lippen taub und er hatte einen schrecklichen Geschmack im Mund. Selbst der Gedanke an seine Verlobte brachte keine Linderung. Er fühlte sich dreckig und würde erst einmal duschen müssen.

Nachdem er sich zum dritten Mal die Zähne geputzt hatte, beschloss er, sich sauber genug zu fühlen und schob sich noch ein Pfefferminzbonbon in den Mund. Dann machte er sich auf den Weg zum Parkhaus.

Schon von weitem erkannte er, dass sich dort nun andere Soldaten befanden. Als er näher kam, sah er, dass es sich um Unteroffiziere handelte.

Mist, die hatten schon Wachablösung, dachte er und ärgerte sich nun noch mehr, dass er so viel Zeit mit dieser Veronika verbracht hatte.

Grußlos schlenderte er an den Soldaten vorbei und fing ein paar Gesprächsfetzen auf.

"Der Beckmann hat die beiden ganz schön zur Sau gemacht", sagte der eine.

"Desertieren ist kein Spaß. Ich würde jedem persönlich das Hirn raus schießen, der hier einfach abhauen will", erwiderte der andere.

Dann bemerkten sie Felix und schwiegen. Erst als er außer Hörweite war, steckten sie wieder die Köpfe zusammen.

Felix ahnte, dass es sich bei den beiden, von denen die Unteroffiziere gesprochen hatten, um seine beiden Freunde handelte, die es wohl wirklich in Erwägung gezogen hatten, diese Stadt zu verlassen. Aber leider waren sie scheinbar dumm genug gewesen, sich dabei erwischen zu lassen. Hinter der nächsten Häuserecke machte er kehrt und ging wieder langsam an den Soldaten vorbei, doch diesmal hatten sie ihn schon vorher gesehen und blickten ihn nur finster an, als er an ihnen vorbei bummelte.

~ * ~

"Das ist der letzte Kaffee. Teil ihn dir gut ein", sagte Woitek und blickte traurig in die zur Hälfte gefüllte Glaskanne der Kaffeemaschine. "Wer weiß, ob wir jemals wieder welchen bekommen werden. Wir leben definitiv in der falschen Klimazone."

"Unten in der Stadt gibt es schon seit Wochen keinen mehr. Seid mal froh, dass wir noch nicht von den Koffeinjunkies des Militärs gestürmt worden sind", schallte es aus dem Flur. Heidrun Patzinger kam grinsend in die kleine Küche geschlendert. "Aber wenn die Herren Wissenschaftler noch ein Tässchen für mich übrig hätten?" Dabei bleckte die kleine, rundliche Frau ihr Gebiss und präsentierte den kleinen Spalt zwischen ihren Schneidezähnen.

"Wer könnte einem solchen Lächeln widerstehen? Setzen Sie sich zu uns." Maurice Nachtigall griff hinter sich, hob einen Klappstuhl aus der Ecke und baute ihn vor ihr auf. Dann wandte er sich an Woitek.

"Pavel, gib' doch bitte mal eine Tasse für unseren guten Geist rüber."

Die Küche war so klein, dass jeder nicht benötigte Stuhl zusammengeklappt und an die Wand gelehnt wurde, und spätestens wenn vier Leute gleichzeitig um den kleinen Tisch saßen, war nur noch einer in der Lage, an die Kaffeemaschine zu gelangen.

Früher war es verboten gewesen, überhaupt irgendwelche Lebensmittel hier runter zu bringen, geschweige denn, eine Kaffeemaschine zu betreiben. Kurz nach dem ersten Massaker im Gemeinschaftsraum eine Etage höher hatten er und einige andere Mitarbeiter alles, was sie aus der verwaisten Kantine retten konnten, hier herunter geschafft. Nur deshalb hatten sie hier solange in völliger Isolation ausharren können.

Der Tscheche stellte drei nicht ganz gefüllte Tassen auf den Tisch, ließ sich auf den letzten freien Klappstuhl fallen und zwinkerte der ehemaligen PTA und Krankenschwester zu.

"In der DDR haben sie damals einen Ersatzkaffee aus ... ich glaube Kartoffeln gemacht. Ihr solltet eure Forschung in diese Richtung verlagern", scherzte Heidrun, wobei sie ihren Ellbogen neckisch in Nachtigalls Seite stieß.

"Genau, wen interessieren schon die Leichen da draußen, wenn es hier unten leckeren Kartoffelkaffee gibt. Damit wären alle unsere Probleme gelöst", konterte der Neurochirurg bitter.
Im Moment war ihm gar nicht zum Scherzen zumute. Aber er vermied es, die herzensgute Assistentin auf die fünf Babyleichen hinzuweisen, die nur eine Tür weiter auf mehrere Tische verteilt aufgebahrt waren. Im Grunde war er ihr dankbar für die Unterbrechung, denn er musste eine unangenehme Sache diesbezüglich mit Woitek besprechen und hatte sich noch immer nicht die richtigen Worte überlegt. Zwar waren alle hier inzwischen äußerst abgebrüht und gerade Frau Patzinger hatte sich ein beinahe undurchdringlich hartes Fell zugelegt. Doch was er beim Auspacken seiner makaberen Lieferungen bemerkt hatte, und welche Überlegungen er seitdem anstellte, war keinesfalls ein Thema für einen Kaffeeklatsch. Außerdem wollte er die Sache zunächst mit Pavel unter vier Augen besprechen.
Dieser lehnte sich gerade, so bequem es auf den Plastikstühlen möglich war, zurück und nahm einen kräftigen Schluck aus seiner Tasse. Dann blickte er an die Decke, als wolle er sie mit seinen Augen durchdringen, um in die oben gelegenen Aufenthaltsräume zu schauen. Da oben, außerhalb des Sicherheitsbereichs, hatte es einst einen gemütlichen Kaffeeraum mit weichen Polstersesseln und Fernseher gegeben. Aber Pavel wollte diesen Raum nicht mehr betreten, seitdem er mit ansehen musste, wie ein guter Freund und Kollege dort zerrissen worden war. Mindestens ein Dutzend Menschen waren in diesem Raum gestorben, hauptsächlich Angestellte des Labors, aber auch ein Hausmeister und ein Mitarbeiter der Kantine. Sie hatten gerade die ersten Meldungen über die vermeintliche Seuche in den Nachrichten verfolgt und spekulierten eifrig über die beschriebenen Symptome, als die Tür aufsprang, vier Opfer dieser ominösen Krankheit in den Raum getaumelt kamen und über die umherstehenden Menschen herfielen. Er hatte nur überlebt, weil er aufgrund des großen Andrangs in die Ecke hinter der Tür gedrängt wurde. Vom ersten Eintreffen der Untoten hatte er nur mitbekommen, wie ihm die Tür beinahe ins Gesicht geschlagen wäre und hinter dem Holz laute Schreie erklangen. Irgendetwas hatte auf der anderen Seite der Tür gelegen und für einen Moment war er in der Ecke gefangen. Durch einen kleinen Spalt hatte er sehen können, wie ein Kollege mit Ar-

men und Beinen versuchte, sich von den beiden auf ihm liegenden Gestalten zu befreien, die immer wieder in seine Brust und seinen Hals bissen und er schließlich aufhörte zu schreien. Dann hatte er all seine Kräfte zusammengenommen und sich gegen die Tür gestemmt. Das Hindernis hatte sich als Sessel erwiesen, in dem ein Wissenschaftler der Krebsforschung gerade von einer Kreatur, der die Kopfhaut fehlte, was den blanken Schädel freigab, zerfleischt wurde. Aus dem Augenwinkel hatte er die vielen Menschen erkennen können, die in ihrem eigenen Blut auf dem Boden lagen. Nach einem Augenblick des Schocks hatte er entschieden, dass er hier niemandem mehr helfen konnte und war mit einem gewaltigen Satz, wie er ihn unter normalen Umständen niemals geschafft hätte, über den Sessel und das grausame Szenario hinweg gesprungen. Dann war er geradewegs zur Sicherheitsschleuse gerannt, suchte im Rennen schon die Code-Karte, die ihm den Zugang zum Sicherheitstrakt ermöglichte und schrie dabei aus voller Kehle.

Nackte Angst hatte ihm Flügel verliehen. Fast wäre ihm die Karte aus der Hand gefallen, als er sie in den schmalen Schlitz des Lesegeräts stecken wollte und erst beim zweiten Versuch hatte er den richtigen Zahlencode eingegeben. Trotzdem konnte er sich nicht erinnern, dass er zuvor oder auch danach noch einmal so schnell gewesen wäre. Kaum hatte er die Tür hinter sich geschlossen, hörte er, wie etwas von der anderen Seite dagegen schlug. Durch das kleine Sichtfenster hatte er einen der Pförtner erkannt, dessen Namen er sich noch nie hatte merken können. Blut war ihm aus dem Mund gesprudelt und hatte die Scheibe rot gefärbt, als er mit seinen Zähnen über das Panzerglas kratzte. Er war sich nicht sicher gewesen, ob er es hier mit einem Verletzten oder einem blutrünstigen Monster zu tun hatte, aber die Tür wollte er um nichts in der Welt mehr öffnen. Erst als er die dritte und letzte Sicherheitstür hinter sich gelassen hatte und diese im Schloss eingerastet war, blieb er einen Moment stehen und verschnaufte. Er war mit dem Rücken gegen die weiß gestrichene Wand gefallen und langsam auf den Boden gerutscht, wo er mit angezogenen Beinen sitzen blieb, während Tränen der Erleichterung über seine Wangen liefen. Zwar hatte er zu diesem Zeitpunkt noch nicht gewusst, was überhaupt passiert war. Aber er realisierte, dass er gerade noch einmal mit dem Leben davongekommen war.

Schließlich hatte ihn das Erlebte überwältigt und sein Bewusstsein in ein schwarzes Loch des Verdrängens gestürzt. Irgendwann hatte ihn Heidrun Patzinger mit einem Cognac in die Realität zurück geholt. Die Geschehnisse in den oberen Etagen waren auch nach hier unten durchgedrungen. Durch das Haustelefon waren die hier Tätigen angewiesen worden, auf keinen Fall die Schleusen zu öffnen. Der erstickende Schrei am Ende der Durchsage hatte dafür gesorgt, dass niemand auch nur in Versuchung kam, gegen diese Anweisung zu verstoßen. Aber auch hier unten war es zu Zwischenfällen gekommen, als sich im Sezierraum der Pathologie eine Leiche plötzlich aufgerichtet hatte und zwei der Pathologen dermaßen verwundete, dass diese kurze Zeit später ihren Verletzungen erlagen und ebenfalls wieder zurückkehrten. Nur der Geistesgegenwart von Heidrun Patzinger war es zu verdanken, dass der Tod seinen Kriegsmarsch nicht hier unten hatte fortsetzen können.
Die Pathologieräume hatten allesamt kleine Durchreichen in den Türen, und als Heidrun sah, wie sich die lebenden Toten auf eben diese zubewegten, legte sie blitzschnell die Riegel um. Später hatten diese drei Zombies den restlichen Wissenschaftlern als erste Versuchsobjekte auf einem völlig neuen Gebiet gedient und einer davon vegetierte noch heute in seiner Zelle und stellte sozusagen das erste Langzeitexperiment dar.

Das lag nun schon Monate zurück und Pavel fragte sich, ob ihre Forschung jemals zu einem Erfolg führen würde. Er war Mikrobiologe und hatte sich bis zu diesem Zeitpunkt mit derartigen Untersuchungen noch nicht einmal ansatzweise beschäftigt. Aber wer hatte das überhaupt? Innerhalb der letzten Monate hatte er sein Potenzial auf eine gänzlich andere Richtung lenken müssen, die ihm noch nicht einmal besonders lag. Aber letztendlich ging es hier allen so, und jeder musste sich anstrengen und auf einem Forschungsgebiet Ergebnisse erzielen, das während seines Studiums noch nicht einmal bekannt gewesen war.

Das leise Plopp einer ankommenden Rohrpost holte ihn wieder in die Gegenwart zurück.

"Ich wette, das sind wieder ein paar Blümchen für unsere Patienten", sagte Heidrun Patzinger und stellte ihre Tasse auf dem Tisch ab. Dann tänzelte sie durch die Tür auf den Gang.
Pavel grinste und zwinkerte ihr hinterher.
"Oder Arbeit für uns, die wir hier keine Verehrer haben", murmelte er zu Maurice.
Außer Dr. Nachtigall und ihm waren noch neun weitere Wissenschaftler und ungefähr zwanzig Assistenten mit der Erforschung dieses Phänomens beschäftigt. Und jeder einzelne forschte in eine andere Richtung. Mindestens einmal am Tag trafen sich alle zu einer kurzen Besprechung im Konferenzraum in den oberen Etagen, um die bisherigen Ergebnisse ihrer jeweiligen Arbeiten auszutauschen. Die Meisten benötigten für ihre Arbeit nur ein paar kleine Präparate und kamen deshalb kaum in direkten Kontakt mit den Untoten, worüber sie auch äußerst dankbar waren. Einer von ihnen war Dr. Mario Schneider, der sich mit der Errichtung eines natürlichen Schutzwalls beschäftigte, bisher aber ohne jeden Erfolg. Er war Biologe und schickte in unregelmäßigen Abständen Proben von neu gezüchteten Pflanzen mit der Rohrpost nach unten, die Heidrun Patzinger dann in die Zellen verschiedener Versuchsobjekte schmiss und deren Reaktion genau dokumentierte. Manchmal bemühte er sich auch persönlich in den Leichenkeller, wie dieser Bereich von den Kollegen gerne genannt wurde, und brachte bei dieser Gelegenheit ganze Rollcontainer voller Topfpflanzen mit. Eigentlich war die botanische Seite dieser Wissenschaft sein Steckenpferd gewesen, und angestellt hatte man ihn hier ursprünglich, um den Bereich des großen konzerneigenen Gewächshauses zu leiten. Damals dienten seine Pflanzen ausschließlich zur Gewinnung lebensrettender Substanzen. Heute galt es, Gewächse zu entwickeln, die untote Kreaturen abschreckten und sie davon abhielten, durch sie hindurch zu marschieren. Die meisten von ihnen stanken genauso schlimm wie die Zombies selber.
"Hab' ich's doch geahnt. Ein duftender Strauß Grün für unsere Gäste", hallte es fröhlich durch den Flur." Ich bringe ihn gleich zu Nummer drei. Mal sehen, ob sie ihn auch mag."
Dann tänzelte die Assistentin mit der verschlossenen Röhre in der einen und ihrem Schlüsselbund in der anderen Hand an der Küchentür vorbei in Richtung der Zellen.

"Passen Sie auf sich auf. Und schauen Sie doch bitte noch nach, ob Eins vielleicht schon verhungert ist" rief ihr Pavel hinterher.

"Optimist", bemerkte Maurice. "Ich glaube, vorher werden wir an Altersschwäche sterben. Die Dinger verhungern nicht. Die brauchen noch nicht einmal Nahrung. Sie fressen ausschließlich aus Instinkt oder Mordlust. Ich weiß es nicht, aber aushungern ist definitiv die falsche Methode."

"Maurice", sagte Pavel ernst, "was ist los mit dir? Das war doch nur ein Scherz. Seit dieser Lieferung bist du völlig verändert und reagierst auf jeden Witz so angespannt. Wir sind uns doch einig, dass wir uns nicht unterkriegen lassen, nur weil ein paar Leichen durch die Gegend laufen. Und tote Babies haben wir auch schon zur Genüge gesehen. Natürlich ist es kein schöner Anblick, aber es ist nun mal die Realität, und wir arbeiten daran, eben diese zu verbessern."

Dr. Nachtigall stellte seine Tasse laut auf den Tisch, so dass ein paar Tropfen des Kaffees über den Rand spritzten. Dann griff er nach den Zigaretten seines Kollegen und fingerte mit zittrigen Händen eines der Stäbchen aus der Packung. Pavel gab ihm Feuer, während er ihm tief in die Augen blickte. Maurice war eigentlich Nichtraucher, und es war ein deutliches Zeichen von Stress, dass er jetzt rauchte, was höchstens einmal pro Monat vorkam. Tief inhalierte er den ersten Zug und unterdrückte den Hustenreiz. Dann beugte er sich über den Tisch zu seinem Kollegen.

"Hast du dich schon mal gefragt, woher diese Leichen kommen? Ich meine, fünf Babys, keines älter als 2 Monate. In Gießen gibt es keine Flüchtlinge, nur Wissenschaftler und Soldaten, und soweit ich weiß, war keiner von ihnen schwanger. Irgendetwas stimmt da nicht, aber ich komme beim besten Willen nicht darauf, was das ist." Er hielt kurz inne und zog noch einmal an dem Glimmstängel. "Und noch etwas: Soweit ich das beim Auspacken beurteilen konnte, sind sie alle verblutet. Ich will sagen, man hat ihnen das Blut bis auf den letzten Tropfen abzogen. Die Köpfe scheinen völlig intakt."

"Du meinst ... ", begann Pavel.

"Genau das meine ich", unterbrach ihn Maurice. "Sie sind tot und zwar ohne, dass man ihre Gehirne zerstört hat. Sie sehen auch nicht so aus, als wären sie überhaupt noch einmal zurück gekommen. Natürlich wird erst eine genaue Untersuchung zeigen, wie sie gestorben

sind. Aber es sieht aus, als hätte Rüttger hier lebendige Menschen, lebende, völlig normale Säuglinge ermordet."
Pavel nickte ernst und steckte sich ebenfalls eine Zigarette zwischen die Lippen.
Draußen im Gang hallten die kleinen, sich nähernden Schritte von Heidrun Patzinger wider.

"Sie hat sich die Blumen in den Mund gesteckt.", schmollte sie, als sie die Küche betrat. "Also wenn Dr. Schneider denkt, er könne Vegetarier aus ihnen machen, ist er möglicherweise auf dem richtigen Weg. Ich werde gleich mal den Bericht verfassen."
Ohne sich wieder zu setzen leerte sie den Rest ihrer Kaffeetasse, stellte sie in das Waschbecken und tänzelte hinaus.

"Ach ja, Nummer Eins erfreut sich bester Gesundheit. Vielleicht sollten Sie ihm das Rauchen beibringen", scherzte sie noch und war schon wieder verschwunden, ohne die ernste Stimmung, die seit eben an dem Tisch herrschte, zur Kenntnis genommen zu haben.

"Dieses Gemüt möchte ich haben." Maurice drückte die Zigarette auf einer Untertasse aus und ließ den restlichen Kaffee in seine Kehle laufen. "Ich für meinen Teil werde mich jetzt mal an die Babies machen. Komm doch mit, wenn Du nichts Besseres zu tun hast. Dann können wir dem Rätsel vielleicht gemeinsam auf die Spur kommen."
Er stand auf und verließ ohne ein weiteres Wort die Küche.
Pavel nickte, trank aber zunächst in aller Ruhe seinen Kaffee aus. So eilig hatte er es auch nicht, wieder an die Arbeit zu gehen.
Die kleinen toten Körper auf den Tischen waren wahrhaftig kein schöner Anblick. Als Dr. Woitek den Raum betrat, war sein Kollege gerade damit beschäftigt, mit dem Skalpell die Kopfhaut einer Leiche aufzutrennen. Als er den Kollegen bemerkte, hielt er inne und blickte auf.

"Da bist du ja endlich. Ich habe schon mal ohne dich angefangen", sagte Nachtigall und legte das Messer zur Seite.
Woitek drehte sich einmal um die eigene Achse, schaute sich in dem Saal um und verzog angewidert den Mund, verzichtete aber auf einen sarkastischen Kommentar, der ihm auf der Zunge lag. Stattdessen trat er an seinen Kollegen heran und blickte auf das Baby, das mit geöffnetem Brustkorb vor ihm lag und fragte nur: "Und?"

"Wie ich mir gedacht habe", redete Nachtigall darauf los. "Diese Babies sind nicht wieder auferstanden." Mit der Hand deutete er auf das Mikroskop. "Schau es dir selbst an. Völlig normale Zellstruktur. Bis jetzt konnte ich keinerlei zombietypische Veränderung feststellen. Vielleicht möchtest du ja das Gewebe noch genauer untersuchen. Ich mach gleich noch ein paar Präparate fertig, auch für die da oben."

"Mach ich. Was ist mit dem hier?" Dr. Woitek deutete auf ein Baby, das zahlreiche Verletzungen, die wie Schusswunden aussahen, aufwies.

"Habe ich mich noch nicht drum gekümmert. Scheinen aber Verletzungen zu sein, die auf dem Weg hierher passiert sind. Zum Teil stecken auch noch Glasscherben in der Haut." Dr. Nachtigall wedelte mit einer stählernen Schale und Glasteile klimperten darin. "Sei vorsichtig, dass du dich nicht schneidest."

Pavel Woitek ging die Reihe der Leichen entlang und betrachtete jede einzelne intensiv von allen Seiten.

"Wie lange sind sie schon tot?", fragte er. "Kann es sein, dass sie schon vor dem ersten Auftreten des Phänomens getötet wurden?"

Diesen Aspekt hatte sich Maurice Nachtigall noch nicht überlegt, und er sah seinen Kollegen mit großen Augen an.

"Du meinst, sie hatten gar keine Gelegenheit, zu Untoten zu mutieren? Das wäre zumindest eine Erklärung. Ich erinnere mich aber auch an eine Aussage von diesem Rüttgers, wonach er behauptete, dass man in Zeiten wie diesen die Entwicklung des Kindes im Mutterleib drastisch verkürzen müsse, um eine neue Zivilisation gründen zu können. Ich hielt es ja damals für ziemlichen Unsinn, aber vielleicht hat er wirklich etwas erreicht. Was mir persönlich jetzt aber wichtiger ist: Irgendjemand hat diese Babys hier ermordet, das ist Fakt, und ich will wissen, warum sie Rüttgers uns geschickt hat. Wenn er es tatsächlich geschafft haben sollte, eine menschliche Schwangerschaft auf weniger als die Hälfte zu verkürzen, dann hätte er doch mit Sicherheit etwas verlauten lassen. Aber lass uns die Sache nicht gleich an die große Glocke hängen. Vor allem sollten wir unsere Heidi nichts davon wissen lassen."

Nachtigall kannte ihre Vorgeschichte und wusste, dass sie lange Zeit als Kinderkrankenschwester auf einer Krebsstation gearbeitet hatte, und sie diesen Job aufgeben musste, weil ihre Nerven das Sterben

der jungen Leben nicht mehr verkraften konnten. Wenn es irgendwie möglich war, wollte er sie vor diesem Anblick verschonen.
Woitek nickte zustimmend. Auch ihm war es lieber, wenn möglichst wenige Menschen hiervon erfahren würden, solange sie noch nichts vorzuweisen hatten. Er hoffte nur, dass die Soldaten auch so viel Feingefühl besitzen würden und die Bevölkerung nicht unnötig aufregten.
Er ging zur Tür und zog die kleine Jalousie, die über dem Sichtfenster angebracht war, nach unten.

~ * ~

Die untergehende Sonne färbte den Himmel blutig rot. Wie jeden Abend verbrachte Leutnant Beckmann die letzte halbe Stunde seines Arbeitstages damit, die Geschehnisse der letzten 24 Stunden fein säuberlich in einen Ordner zu übertragen. Niemand zwang ihn dazu und noch niemals hatte er auch nur einen Blick in seine alten Aufzeichnungen geworfen, aber in irgendeiner Vorschrift war dies vermerkt, und Vorschriften waren nun mal dazu da, eingehalten zu werden. Die Formblätter fertigte er selber an und zog zu diesem Zweck präzise Spalten mit einem Lineal auf dem Karopapier. Jede einzelne Linie ließ ihn das um ihn herum herrschende Chaos ein wenig verdrängen. Insgesamt gab es sieben Spalten. In der ersten notierte er das Datum, in der zweiten stand der Name des diensthabenden Offiziers, also immer sein eigener. Die dritte und vierte Spalte beinhalteten die Namen der Soldaten des Wachtrupps, erst die der Tagschicht, dann die, die sich die Nacht um die Ohren schlagen mussten. Die Zivil-Garde wurde in der fünften Spalte erfasst. Schließlich folgte der unangenehme Teil der Tabelle, in dem er die Verluste unter den Soldaten und Zivilisten aufführte. Die Anzahl der getöteten Zombies erschien in der letzten Spalte. Die Rückseite des Blattes diente ihm als eine Art militärisches Tagebuch, in dem Bemerkungen Platz fanden, die sich nicht in Tabellen unterbringen ließen. Hin und wieder fanden sich hier sogar persönliche Eindrücke und Emotionen, wenn der Tag besonders ereignisreich gewesen war, so wie heute.

Den Fahrer aus Gießen hatten die Ärzte in ein künstliches Koma versetzt und noch immer schwebte er in akuter Lebensgefahr. Man hatte ihm versichern können, dass keine der Verletzungen von einem Zombie stammte, aber insgesamt neun Kugeln hatten sie aus seinem Körper herausgeholt, und eine zehnte steckte noch in gefährlicher Nähe des Herzens in einer Rippe. Es war ein Wunder, dass der Mann noch lebte, denn er hatte erheblich Blut verloren.
Beckmann war sich ziemlich sicher, dass Gießen verloren war. Es fiel ihm schwer, das zu akzeptieren, aber alle Fakten sprachen dafür. Den ganzen Tag über hatte sein Funker probiert, Kontakt aufzunehmen, doch auf allen Frequenzen erklang anstelle einer Antwort nur Knistern und Rauschen aus dem Kopfhörer, und so war es schon seit einer Woche. Am liebsten wäre er selbst mit ein paar Männern dorthin aufgebrochen, aber seine Leute hier reichten noch nicht einmal aus, um die Stadt vernünftig zu sichern, geschweige denn, den Rest von Marburg zu befreien. Überhaupt hatte er in den letzten Tagen rein gar nichts von außerhalb gehört. Sollte es denn möglich sein, dass er hier die letzte Bastion der Lebenden verteidigte, dass alle anderen Menschen bereits tot waren? Schnell verdrängte er diesen unheimlichen Gedanken.
Es musste ein anderer Grund für die Funkstille bestehen. Wahrscheinlich war nur das schwüle Wetter dafür verantwortlich, dass er keinen Kontakt mehr bekam. Immerhin arbeitete sogar noch das nahe gelegene Kraftwerk, und wo Energie war, war Leben.
Aber auch die eigenen Leute machten ihm Gedanken, denn die Moral in der Truppe wurde täglich schlechter. Am Nachmittag erst, ein paar Stunden nachdem sich dieser dämliche Gardist erschossen hatte, hatte er zwei Soldaten belauschen können, die ernsthaft darüber sprachen, zu desertieren. Sofort hatte er sich die beiden zur Brust genommen, und es waren einige klärende Worte notwendig gewesen, um sie wieder auf den Boden der Tatsachen zurückzubringen. Er hatte ihnen erklären müssen, dass sie sich eines Verbrechens schuldig machen würden und er sie persönlich vor das Kriegsgericht zerren würde. Um seiner Drohung Nachdruck zu verleihen, hatte er sie für den nächsten Tag zur Zaunstreife eingeteilt. Wenn sie lange genug an den hungrigen Leichen vorbei gelaufen wären, würden sie die Sicherheit, die ihnen das Militär bot, wieder zu schätzen wissen.

Außerdem beschloss er, sie in den nächsten Tagen genauer im Auge zu behalten. Loyalität war in diesen Tagen so wichtig wie noch nie, und er musste sich auf seine Leute blind verlassen können. Sonst könnte er die Stadt auch gleich aufgeben. Er spielte sogar mit dem Gedanken, neue Soldaten aus der Zivilbevölkerung zu rekrutieren, damit sie eine Chance hatten, über den Fluss zu gelangen. Dort drüben gab es noch viele Lebensmittel und jede Menge medizinisches Material, was hier dringend benötigt wurde. Nicht zuletzt die Blutkonserven, die hoffentlich noch gut gekühlt in der Klinik lagerten. Jetzt galt es aber, zunächst die Moral der Truppe zu stärken.

~ * ~

"Es geht los, Kumpel. Raus aus den Federn!" Maik hämmerte mit der Faust gegen Gregors Tür.

Aus dem Inneren ertönte ein missmutiges Brummen, gefolgt von einem Poltern, das Maik als Schuh, der gegen die Tür geworfen wurde, interpretierte.

"Denk an das Gras!", bekräftige Maik seine Forderung. "Wir dürfen nicht zu spät kommen, sonst haben wir nicht genug Zeit. Du hast eine halbe Stunde, um dich fertig zu machen."

Der Schlüssel drehte sich im Schloss, und die Tür öffnete sich. Mit zugeschwollenen Augen blinzelte Gregor zu ihm hoch. Er sah aus, als hätte er die ganze Nacht durchgesoffen. Aber so sah er immer aus, wenn er weniger als zwölf Stunden Schlaf hinter sich hatte.

"Einen wunderschönen guten Morgen, Kumpel." Maik grinste in das verschlafene Gesicht, obwohl auch er recht müde war. "Es ist kein Wölkchen am Himmel, die Sonne scheint, es sind mindestens zwanzig Grad draußen, und die Ernte muss eingebracht werden."

Dass Gregor um diese Zeit überaus schlechte Laune hatte, war völlig normal für ihn, und Maik kannte ihn lange genug, um diese Tatsache geschickt zu ignorieren. Spätestens, wenn er seine ersten drei Fluppen geraucht hätte, würde es ihm besser gehen. Deshalb hatte ihm Maik auch schon eine angesteckt und hielt sie ihm unter die Nase. Gregor nahm sie wortlos entgegen und zog sie fast mit einem Zug zur Hälfte leer.

"Dank dir", hustete er schließlich und schlurfte zu seinem Bett zurück.

Über dem Stuhl daneben lagen bereits sämtliche Klamotten, die er bei der Aktion tragen wollte, unter anderem auch die Lederjacke, die Maik ihm gegeben hatte.

Maik war erstaunt, dass Gregor gestern schon soweit gedacht hatte. Normalerweise kramte er jeden Morgen erst einmal in einem Berg wild durcheinander gewürfelter Kleidungsstücke und überließ es dem Zufall, wie er sich anzog. Die Sache war ihm also auch ernst, nahm Maik befriedigt zur Kenntnis. Er selbst war schon seit fünf Stunden auf den Beinen und hatte bereits seine Schicht bei der Zivil-Garde hinter sich gebracht.

"Ich warte unten auf dich", sagte er voller gespielter Vorfreude. "Mann, heute wird ein verdammt guter Tag für uns."

Als Gregor in Richtung Dusche watschelte und Maik sich sicher war, dass er nicht wieder im Bett versumpfen würde, ging er nach unten, um seine Ausrüstung noch einmal zu überprüfen.

Zwanzig Minuten später erschien Gregor auf dem Treppenabsatz. Die viel zu große Lederjacke verlieh ihm das Aussehen eines Kindes in den vermeintlich coolen Klamotten des großen Bruders.

"Ich habe Schiss, Maik. Versprich, dass du auf mich aufpasst", stammelte er.

"Klar, gebe ich auf dich Acht. Du solltest die Jacke aber erstmal über die Schulter hängen, damit wir nicht allzu sehr auffallen." Maik schmunzelte. "Du wirst dich totschwitzen, so wie du eingepackt bist."

Gregor vollführte ein paar Bewegungen, die entfernt an Karate erinnerten. "Geht schon. Am liebsten hätte ich eine bissfeste Ritterrüstung."

Maik brach in schallendes Gelächter aus. In seiner Fantasie sah er, wie Gregor laut scheppernd durch den Wald stakste, während ein Zombie nach dem anderen seine Zähne an der Rüstung verlor.

"Gibt's nicht. Also, dann mal los. Und kein Wort zu irgendjemandem. Wenn einer fragt, sind wir auf dem Weg um ... ", er kratzte sich nachdenklich im Bart, " ... um Sport zu machen."

Um fünf vor sieben war das Tor in Sichtweite und beide drückten sich zunächst in einen Hauseingang, um sich einen Überblick zu verschaffen. Niemand hatte sie auf ihrem Weg dorthin angesprochen, und Maik wollte auf den letzten Metern nicht riskieren, dass etwas ihren Plan durchkreuzte.

Vorsichtig lugte er um die Ecke. Drei Soldaten saßen auf ihren Helmen in nächster Nähe vom Tor, rauchten und ließen sich die Kopfhaut von der Morgensonne wärmen.

"Okay. Da vorne ist er. Der Typ rechts neben dem Wachhäuschen." Er schaute auf seine Uhr. "Noch fünf Minuten, dann sollten die anderen beiden zu einer Streife aufgebrochen sein, und unser Mann wird allein sein."

Hinter sich spürte er, wie Gregor anfing am ganzen Körper zu zittern, und er legte behutsam seinen Arm um dessen Schultern, gab ihm zu verstehen, dass er nichts zu befürchten hätte. Er hoffte, dass Gregor nicht doch noch im letzten Moment kneifen würde.

Die Soldaten erhoben sich nun von ihren Helmen und zwei von ihnen schulterten ihre Gewehre, sprachen noch ein paar Worte mit Maiks Kontaktmann und entfernten sich nach rechts. Bald waren sie hinter den Häusern verschwunden.

"Alles klar, sie sind weg", sagte Maik. "Dann lass uns mal los. Bist du bereit?"

Gregor nickte wortlos und die Angst spiegelte sich in seinen Augen wider.

Er fasste Gregor noch etwas fester um die Schulter und zog ihn gegen seinen Widerstand aus der Tür. Dann gingen sie auf den Soldaten am Tor zu. Von der folgenden Unterhaltung zwischen Maik und dem Soldaten bekam Gregor nichts mehr mit. Seine Gedanken kreisten ausschließlich um die potenziellen Gefahren, die dort draußen auf sie lauerten, und er merkte, wie seine Knie immer weicher wurden. Maik riss ihn aus seiner Tagträumerei, indem er ihn erst in den Rücken stieß und dann am Arm mit sich zog.

"Komm jetzt, Kumpel", sagte er und führte ihn zum Tor, welches sich nun eine Spalt breit öffnete.

"Viel Glück", hörte er den Soldaten sagen, dann schloss sich das

Tor hinter ihnen.
Gregor war kurz davor, einfach das Bewusstsein zu verlieren und sah Maik flehend an. Doch dieser grinste nur breit und zog ihn von der Straße weg in den Wald. Auf wackeligen Beinen, die ihren Dienst zu versagen drohten, stolperte er hinterher. Sie liefen ein kurzes Stück, bis sie hinter einem Erdwall außer Sichtweite des Zaunes waren. Maik setzte sich, zog Gregor zu sich herunter und begann freudestrahlend ein Magazin seiner neuen Waffe zu laden.

"Wir sind draußen, mein Freund. Du kannst jetzt deine Rüstung anziehen, wenn du willst", sagte er, während er eine Patrone nach der anderen in das Magazin schob, bis sich die Feder nicht mehr weiter zusammendrücken ließ.
Gregor ließ sich kein zweites Mal auffordern und zog sich die Jacke an. Dann wühlte er in seiner Tasche und zog zusätzlich noch ein paar Knie- und Ellbogenschützer über. Er sah aus, als wolle er in den Krieg skaten, fand Maik und konnte sich gerade noch eine Bemerkung verkneifen. Stattdessen zog er eine seiner Pistolen aus dem Halfter.

"Hier, nimm die, aber sei vorsichtig und lass sie gesichert, solange du nicht wirklich schießen willst." Er reichte sie Gregor, der sie mit zitternden Händen entgegen nahm. "Und schieße nur, wenn es nicht anders geht."
Es klackte metallisch, als Maik das Magazin in die Maschinenpistole schob, dann machte er sich daran, das Reservemagazin mit Patronen zu bestücken. Schließlich steckte er es in die Seitentasche seiner Tarnhose und erhob sich wieder.

"Jetzt bist du dran. Zeig uns den Weg!" Er reichte Gregor die Hand und zog ihn hoch.

"Erst einmal den Hügel hoch bis zur Kuppe. Da muss dann ein Weg sein ... hoffe ich. Ich bin noch nie aus dieser Richtung dorthin gegangen." Gregors Stimme bebte, und am liebsten wäre er sofort wieder zurückgerannt.
Trotz allem wirkte der Wald ruhig und friedlich. Die kleinen Nebelschwaden, die über den Boden krochen und die Morgensonne, die sich durch die Baumkronen schob, sorgten für eine beinahe romantische Stimmung und unter anderen Umständen hätte man sogar darauf hoffen können, ein paar Rehe auf der nächsten Lichtung zu se-

hen. Nur der Gestank erinnerte an die grausame Realität und Maik hoffte, dass sie nicht auf allzu viele verwesende Leichen stoßen würden. Auch wenn die Kadaver keine Gefahr für sie darstellten, achtete er doch gründlich auf den Weg vor ihnen, um Gregor den Anblick zu ersparen. Der Soldat hatte ihm erzählt, dass sich die meisten Zombies wohl auf der anderen Seite der Stadt herumtreiben würden, dort, wo der Bautrupp seine Arbeiten verrichtete. Sie sammelten sich immer dort, wo das meiste potenzielle Futter zu finden war, und hier gab es außer den Wachen nur selten etwas zu begaffen.

"Hey, ich will dich nicht heiraten. Halt ein bisschen Abstand", sagte Maik, als er merkte, dass Gregor ihm fast in den Rucksack kroch. "Halt lieber die Augen offen und achte darauf, dass uns nichts in den Rücken fällt."

Sie waren noch keine zweihundert Meter in den Wald vorgedrungen, da wurde der penetrante Geruch der Verwesung intensiver und Maik erkannte vor sich eine kleine Senke, in der mindestens zwei Dutzend Leichen im Nebel lagen, zum Teil schon skelettiert oder gründlich abgenagt. Sie waren aber eindeutig tot und würden nicht mehr aufstehen. Das waren wohl die Überreste des ersten Sturms der Armee auf die Stadt. Angewidert wandte er die Augen ab und zog Gregor nach rechts, damit der von diesem Anblick verschont blieb. Er würde noch genug davon zu Gesicht bekommen. Als sie weitergingen, wurde der Wald zunehmend dichter und die Baumkronen ließen immer weniger Licht bis zum Boden durchdringen. Große Farne und dichtes Unterholz machten das Gehen beschwerlicher und Maik musste mit seiner Machete einen Pfad durch das wirre Gestrüpp schlagen, während Gregor sich mit beiden Händen an der Pistole festhielt. Dabei schaute er sich nervös wie ein Kaninchen immer wieder nach allen Seiten um und zuckte bei jedem Zirpen einer Grille zusammen.

Nach einem steilen Aufstieg erreichten sie schließlich die Kuppe des Hügels. Der Weg war vorhanden, aber wo man früher ständig Spaziergängern mit ihren Hunden begegnete, war heute alles verwildert. Maik fand es erstaunlich, wie schnell sich die Natur erholte, wenn die Forstverwaltung nur für ein halbes Jahr ihrer Arbeit nicht mehr nachging. Abgeknickte Bäume lagen quer über dem Wanderweg und waren ihrerseits schon wieder von Moos und kleinen Pflanzen überzogen. Dazwischen lag ein Stahlhelm und bot einem Farn ein Zuhause.

"Hat was von den Anti-Kriegs-Postern aus den Siebzigern", scherzte Maik und bemerkte noch gar nicht, dass Gregor einige Meter hinter ihm nach Luft japste und unbeholfen an der Sicherung seiner Pistole herumfingerte, während ihm der Angstschweiß von der Stirn tropfte.

Als er keine Antwort vernahm, drehte er sich um und sah schließlich auch den Untoten, der seine Finger immer wieder in den Boden grub und sich mit seinen Armen Zentimeter für Zentimeter in Richtung Gregor zog. Wo die Beine hätten sein sollen, befanden sich nur noch abgefressene Stümpfe und Moos hatte sich bereits auf den Knochen angesiedelt. Der Oberkörper war weitgehend intakt, aber das Gesicht war zu einer schrecklichen Fratze entstellt, in der sich bereits diverse Insektenlarven eingenistet hatten. Das Wesen kam nur sehr langsam von der Stelle, da es sich hoffnungslos im Unterholz verfangen hatte und stellte keine ernst zu nehmende Bedrohung dar. Maik hielt es für unangebracht eine Kugel auf diese Gestalt zu verschwenden und sprang mit gezückter Machete auf den stärker denn je zitternden Gregor zu.

"Nicht schießen, ich mach das mit der Machete", rief er, doch da hatte Gregor die Sicherung bereits gelöst. Ein Schuss krachte und schlug einen halben Meter vor dem Kopf des Untoten in den Boden. Erde spritzte auf. Gregor schrie hysterisch. Ein weiterer Schuss löste sich, dann noch einer und noch einer. Immer wieder zog Gregor laut kreischend den Abzug durch. Acht Mal knallte die Pistole und mit jedem Schuss entfernten sich die Einschläge weiter von dem Untoten. Völlig paralysiert aber schreiend stand er da und versuchte noch weiterzuschießen, als der Schlitten der Waffe schon lange hinten hängengeblieben war. Wie ein kleines hysterisches Kind fing er an zu weinen, als die Kreatur weiter auf ihn zurobbte. Maik griff nach der Pistole und drückte sie nach unten, dann holte er mit der Machete aus und schlug sie dem Zombie in den Nacken. Der Kopf purzelte auf ihn zu und der Rest des Körpers sackte in sich zusammen.
Hinter ihm schrie Gregor lauter als zuvor.

Maik wirbelte herum in der Befürchtung, noch mehr Untote zu sehen, die sich auf seinen Freund stürzen wollten. Dieser stand immer noch wie angewurzelt da, starrte mit panischen Augen auf den Kopf, der einen Meter vor seinen Füßen lag und ihn mit seinen toten Augen anstarrte und schrie aus vollem Hals. Noch einmal vergewisserte sich Maik mit einem Rundumblick, dass sonst keine Gefahr drohte und packte Gregor fest an den Schultern.

"Komm runter, Kumpel! Hör auf zu schreien! Es ist alles in Ordnung, du verdammter Idiot!" Wie ein Kopfkissen hob er ihn vom Boden hoch und schüttelte ihn solange durch, bis das Gekreische in seiner Kehle erstarb.

Gregor begann wieder zu schluchzen, jetzt aber bedeutend leiser als zuvor, und als er wieder festen Boden unter den Füßen hatte, verstummte er ganz. Maik sah ihm mit finsterem Blick in die Augen.

"Du verdammtes Arschloch! Das war alles andere als nötig." In Maik kochte die Wut. "Nicht nur, dass du acht Schuss verschwendet hast. Du hast wahrscheinlich auch noch die gesamte Stadt auf uns aufmerksam gemacht. Verdammtes Arschloch!" Grob riss er die Pistole aus Gregors Händen. "Gib die verdammte Knarre her!"

Wie eine Marionette, der man die Fäden gekappt hatte, fiel der Beschimpfte in sich zusammen und auf die Knie, schließlich trommelte er mit den Fäusten auf den Boden.

"Gregor! Reiß dich zusammen, verdammt." Maik packte ihn unter der Schulter und zog ihn wieder hoch. Er wusste, dass gerade seine Nerven mit ihm durchgegangen waren, und die Beschimpfungen wohl genau der falsche Weg waren, um ihn wieder zu beruhigen, aber er war mehr als sauer.

"Ich ... ich hab doch von Anfang an gesagt, dass ich nicht hier raus will", versuchte sich Gregor zu entschuldigen, wusste aber selber, dass es letztlich seine Entscheidung gewesen war. "Tut ... tut mir leid."

Die Entschuldigung war ehrlich, und der flehende Blick in seinen Augen reichte aus, um Maiks Groll ein wenig schwinden zu lassen.

"Ist schon okay, Kumpel", sagte er leise und legte seinen Arm um die Schultern des noch immer bebenden Häufchen Elends. "Wir müssen weiter und zwar schnell. Ich habe keine Lust, dass wir hier einem Einsatztrupp begegnen. Du bleibst jetzt immer direkt neben

mir, und wenn du irgendetwas siehst, was dich nervös macht, sage es zuerst mir."
Gregor nickte kaum merklich und ließ sich von Maik bis zum Rand des Spazierwegs führen. Mit jedem Schritt kehrte etwas mehr Ruhe in seinem Körper ein, und er atmete wieder langsamer.

"Rechts oder links? Wo geht's weiter?", wagte Maik zu fragen und hoffte inständig, dass er eine brauchbare Antwort erhalten würde.

"Links, glaube ich", antwortete Gregor vorsichtig. "Irgendwo muss hier ein Hochsitz stehen. So ein Ding mit grünem Wellblechdach. Dahinter führt ein kleiner Pfad wieder in den Wald."

Ein ausgebrannter Jeep lag auf dem Weg und hatte den Baum zu seiner Rechten angesengt. Der verkohlte Rest eines Armes lugte darunter hervor. Maik führte Gregor an der anderen Seite vorbei.

Im Unterholz raschelte etwas und Gregor zog hektisch an Maiks Ärmel und deutete mit der anderen Hand auf eine Stelle, an der sich die kleinen Büsche hin und her bewegten. Maik blieb stehen und richtete seine Maschinenpistole auf das Buschwerk. Mit der linken Hand hielt er die Machete bereit zum Schlag. Er war angespannt, aber in erster Linie hatte er Angst, dass sein Freund wieder ausrasten könne. Zwar hatte er ihm die Waffe abgenommen und musste somit nicht befürchten, sich eine Kugel einzufangen, aber die Panik, die Gregor verbreitete, wirkte ansteckend und ein Schauer durchzog seinen Körper, als schließlich ein Kaninchen aus dem Dickicht sprang und dann Haken schlagend davon hoppelte.

"Hey, wenn es hier sogar Hasen gibt, sind bestimmt keine Zombies in der Nähe. Immerhin fressen sie auch die", beruhigte Maik seinen Freund, der immer noch mit riesigen Augen das Unterholz beobachtete. "Weiter geht's."
Nach einer Kurve, die den Jeep aus dem Blickfeld verschwinden ließ, kam der Hochsitz in Sicht. Ein windschiefes Ding, dessen Leiter bereits durchgefault war.

"Ist er das?" Maik wollte ganz sicher gehen, dass sie am Ende nicht doch in der falschen Richtung unterwegs waren.

"Jow, das ist er. Wir sind richtig." Gregor lachte. Ob es Vorfreude, Erleichterung oder einfach nur Wahnsinn war, konnte Maik zu die-

sem Zeitpunkt nicht einschätzen.
Noch zweihundert Meter trennten sie von dem Gestell und der Weg bis dahin schien frei von Hindernissen. Gregor rannte los, zielstrebig auf den Freisitz zu, als wären sie dort jenseits aller Gefahren.

"Hey, warte! Verdammt noch mal!", rief ihm Maik hinterher, doch Gregor hörte ihn nicht mehr.

Maik sah keine andere Möglichkeit, als ihm hinterher zu sprinten. Etwas, das er schon aufgrund seines Körpergewichts ungern tat. Unter diesen Umständen war es ihm auch kaum noch möglich, zwischen die Bäume rechts und links des Weges zu schauen. Doch er sah die Leiche, die unter den Sprossen der morschen Leiter lag und hoffte, dass sie sich nicht mehr bewegte. Wer weiß, was Gregor beim nächsten Schock anstellen würde.

Im nächsten Moment wusste er es.

Ein spitzer Schrei durchdrang den Wald, dann taumelte Gregor zurück, stolperte über einen Ast, der zu normalen Zeiten schon lange von den Forstleuten beseitigt worden wäre und schlug mit dem Hinterkopf auf den Schotter. Dort blieb er liegen.

"Verdammte Scheiße", brüllte Maik, als er sich dem Bewusstlosen rennend näherte. Seine Machete hielt er hoch erhoben, in der Angst, der Körper unter der Leiter würde sich aufrichten.

Beim Näherkommen erkannte er jedoch schnell, dass sich hier nichts mehr regen würde. Lediglich das Skelett war übrig geblieben. Reste einer Militäruniform klebten an den Knochen. Aber auch Gregor bewegte sich nicht mehr. Mit geschlossenen Augen lag er auf dem Rücken und wirkte so ruhig wie schon lange nicht mehr. Schnaufend beugte er sich über ihn und hob vorsichtig seinen Kopf an. Zu bluten schien er nicht, also konnte es so schlimm nicht sein.

"Hey, aufwachen!" Sanft schlug er ihm auf die Wangen.

Es knackte im Wald. Diesmal viel lauter als eben bei dem Kaninchen. Maik fuhr hoch, die Maschinenpistole im Anschlag.

"Hallo? Ist dort jemand? Ich bin bewaffnet", rief er.

Die Antwort kam in Form eines weiteren und diesmal noch lauteren Knackens. Äste wurden irgendwo ganz in der Nähe zertreten. Das war kein Hase.

Eine Frau brach aus den Büschen hervor und stolperte auf Maik zu.

Sie trug eine dicke Daunenjacke, die an mehreren Stellen große Risse aufwies, aus denen bei jedem Schritt ein paar Federn quollen. Ein Ast steckte in ihrem Hals und ließ den Kopf in einer unbequem aussehenden Schräglage auf den Schultern hin und her schaukeln. Ihre Haut schimmerte bläulich-grün. Die Arme hatte sie nach vorne gestreckte, und sie kam langsam näher. Ihre Knie waren durchgestreckt und schienen steif zu sein. Maik ließ die Maschinenpistole sinken und schlug mit der Machete zu. Die Klinge traf sie dort, wo der Ast aus dem Hals austrat, wurde durch diesen abgelenkt und verschwand in ihrer Schulter. Er spürte ihre Hand, wie sie versuchte, sich in seiner Weste festzuhalten. Noch einmal schlug er zu. Diesmal traf er den Kopf seitlich unter dem Ohr. Blut spritzte, als er den Stahl aus dem Schädel zog und ein drittes Mal zuschlug. Den letzten Schlag setzte er tiefer an, traf den Hals unterhalb des Astes und der Kopf kippte zur Seite weg. Als das Wesen zusammenbrach, landete es auf Gregor, der noch immer ohne Bewusstsein auf dem Boden lag. Maik riss geistesgegenwärtig den Körper nach oben und stellte befriedigt fest, dass der Kopf nur noch an ein wenig Haut hing und die Untote nun wirklich tot war. Mit aller Kraft schleuderte er die Leiche zurück in den Wald. Ein bisschen war er stolz, dass er noch keine Munition verschwendet hatte und für den Moment fühlte er sich unbesiegbar.
Dann blickte er wieder zu seinem Freund. Friedlich schlummernd lag er da und war von oben bis unten mit Blut besudelt. Also nahm er seine Feldflasche vom Gürtel und ließ das Wasser über Gregors Gesicht fließen. Dabei wischte er mit der Hand die Überreste dessen, was dem Zombie aus dem Halsstumpf gequollen war, von Augen und Mund seines Freundes.

"Mach jetzt bloß nicht schlapp", flüsterte er mehr zu sich selbst, während Gregor langsam die Augen öffnete.

"Du blutest", sagte Gregor schwach und versuchte im gleichen Moment nach hinten wegzukriechen.

"Ist nicht mein Blut", beschwichtigte Maik und wischte sich mit dem Unterarm übers Gesicht.
Er war heilfroh, dass Gregor wieder wach war, auch wenn er noch sehr verwirrt wirkte und versuchte, seine Umgebung einzuordnen.

"Was ist ... was ist passiert?", stammelte er und blickte sich ängstlich um.

"Den aufregenden Teil hast du verschlafen", grinste Maik. "Aber wenn du nicht willst, dass ich dich hier festbinde, solltest du verdammt noch mal bei mir bleiben", fügte er etwas strenger hinzu.

Gregor erkannte den Hochsitz und erinnerte sich an die Leiche darunter. "Ist es tot?" Er griff nach Maiks Arm.
Maik nickte.

"Danke." Langsam zog er sich an Maik hoch. "Scheiße, mein Schädel tut höllisch weh." Er rieb sich mit der freien Hand den Hinterkopf. Dann sah er an sich herunter und bemerkte das Blut. Erschrocken starrte er Maik ins Gesicht.

"Keine Angst. Das stammt auch nicht von dir", beruhigte Maik ihn, als er sah, wie die Panik erneut in seinen Augen aufkeimte. "Aber bleib jetzt verdammt nochmal bei mir!"
Gregor lächelte gezwungen und hatte offensichtlich die Orientierung wiedergefunden.

"Wir sind gleich da. Da hinten ist die Lichtung. Noch fünfhundert Meter", sagte er, deutlich zuversichtlicher klingend und deutete in die Richtung, aus der eben noch die Untote gekommen war.

"Sehr schön." Maik beschloss, über seine Auseinandersetzung mit dem Zombie kein Wort mehr zu verlieren, und Gregor stellte auch keine weiteren Fragen.
Der wollte bestimmt nicht wissen, was um ihn herum geschehen war, als er sich im Reich der Träume befunden hatte. Er war am Leben, er war abgesehen von dem dröhnenden Schmerz im Kopf unverletzt, und das zählte. Auch war er fest entschlossen, nicht mehr von der Seite seines Beschützers zu weichen.

Die letzten Meter waren anstrengender als erwartet. Der Frühling hatte seine Chance genutzt und dichtes Gestrüpp auf dem Boden wachsen lassen, so dass Maik jetzt pausenlos mit der Machete im großen Bogen vor sich hin und her schlug. Sollten noch mehr Zombies ihren Weg kreuzen, so wollte er einen gut passierbaren Fluchtweg in seinem Rücken wissen. Nach jedem zweiten Schritt blieben sie einen kurzen Moment stehen und lauschten in die Umgebung. Anschleichen konnten sich diese Gestalten nicht, dazu bewegten sie sich zu ungelenk. Die größere Gefahr ging von dem dichten Unter-

holz aus und der Möglichkeit, dass dort noch irgendetwas ohne Beine darauf wartete zuzupacken.
Maik schaute auf seine Uhr. Sie waren nun schon über eine Stunde unterwegs und noch nicht am Ziel. Schätzungsweise hatten sie gerade einmal einen Kilometer zurückgelegt. Von der Stadt war aber nichts mehr zu sehen oder zu hören.

Mit jedem weiteren Meter wurde der Wald etwas lichter, und mehr und mehr Sonnenlicht lugte durch die Baumkronen. Maik glaubte schon das süßliche Aroma der Blüten zu riechen. Bald darauf standen sie auf einer Lichtung, in deren Mitte ein Dutzend wohlduftender Hanfpflanzen gediehen. Lachend fielen sie sich in die Arme, als sie die mannshohen Büsche mit den unzähligen klebrigen Knospen sahen.
Sie waren keinen Tag zu früh gekommen.

Die letzte Anspannung in Gregor verflüchtigte sich und wich einer manischen Euphorie. "Was hab ich dir gesagt, Mann? Sind sie nicht herrlich? Oh Mann, siehst du meine Babys?", jubelte er. "Sie sind erwachsen geworden und haben sich prächtig entwickelt." Er tanzte und hüpfte wie eine bekiffte Waldfee zwischen den Pflanzen herum.

"Du hast nicht zu viel versprochen, Kumpel", stimmte ihm Maik zu.
Dann standen sie inmitten der Büsche, genossen die Faszination, die von ihnen ausging, rieben hier und da an den Blättern und rochen dann an ihren Fingern.
Zwei der Pflanzen waren niedergerissen, aber so frisch, dass das Harz noch aus dem Stängel tropfte. Maik verdächtigte die Untote, die wohl kurz zuvor hier vorbeigekommen war.

"Ok. Dann lass uns die Ernte einbringen", lachte er und schmiss seinen Rucksack vor sich auf den Boden. "Schneide du sie ab, Kumpel. Ich passe auf, dass uns nichts überrascht."
Er reichte Gregor die Heckenschere und zog Plastikbeutel und Kordel aus der Tasche. Dann stellte er sich auf einen Baumstumpf und blickte sich sorgfältig in alle Richtungen um, während Pflanze um Pflanze fiel.

"Schau dir diese Knospen an", sang Gregor immer wieder. "Die kleben wie Pattex. Ich habe noch nie so gutes Gras gezogen."

Maik beobachtete lieber die Umgebung. Er war heilfroh, dass sie es trotz Gregors Aussetzern bis hierhin geschafft hatten und war bestrebt, dass sie auch wieder gesund zurück kommen würden. Noch immer befürchtete er, dass bald ein Trupp Soldaten hier auftauchen könnte. Zwar hatten sie die Anweisung, nicht außerhalb des schützenden Zauns zu agieren, aber durch die Schüsse und die lauten Schreie könnten sie vielleicht doch auf die Idee gekommen sein, dass man hier jemandem helfen müsse.

Gregor arbeitete wie ein Besessener und befreite die Stämme von den Blättern und den harzigen Blüten, um sie sogleich in die Mülltüten zu stopfen. Schon bald waren alle fünf Beutel bis zum Rand gefüllt und er hatte Schwierigkeiten sie zuzubinden. Den Rest steckte er in Maiks Rucksack.

"Hey Mann, das sind jede Menge Kilos", sagte er euphorisch. "Wir können das Zeug in der Sauna trocknen, wenn wir wieder zu Hause sind." Jeder noch so kleine Funken Angst war aus seinen Gesichtszügen verschwunden. Zum ersten Mal seit Wochen wirkte er wieder richtig glücklich, so als gäbe es überhaupt keine Bedrohung mehr. "Hey Mann, lass uns gleich einen kiffen. Ich hab Papers dabei." Triumphierend zog er ein zerfleddertes Päckchen überlanges Zigarettenpapier aus der Hose.

Auch Maik genoss die gute Stimmung, trotzdem er seine Umgebung nicht aus den Augen ließ und sich, stetig drehend, in alle Richtungen umblickte. "Nein Kumpel. Lass mal gut sein." Er winkte ab und spähte weiterhin zwischen die Bäume, während er sprach. "Warte, bis wir sicher zu Hause sind. Ich möchte meine Sinne ganz gerne zusammen behalten, wenn ich mich hier durch den verdammten Wald schlage. Und du solltest das gefälligst auch." Der letzte Satz klang wie ein Befehl, was Maik durchaus beabsichtigte.

Gregor blickte betroffen auf, als hätte man ihn geschlagen. "Ist ok, Mann. Hast ja recht", gab er leise zurück. Dann fügte er noch etwas lauter hinzu: "Dann lass uns endlich gehen."

Maik überließ Gregor den Rucksack und einen Müllbeutel. Er selbst band jeweils zwei der Säcke mit einem langen Strick zusammen und hängte sich über jede Schulter ein Paar, so dass er sie im Falle eines Angriffes einfach abschütteln konnte. Die Heckenschere ließen sie aus Platzmangel zurück.

"Dann los, Kumpel", sagte er mit gespielter Fröhlichkeit und lächelte in Gregors Gesicht. So richtig entspannen würde er sich aber erst wieder im Hotel.
Gregor grinste breit zurück und stapfte geradezu todesmutig an Maik vorbei. Wenn Gregor in seiner guten, wenn auch im Moment etwas trotzigen Stimmung blieb, dann würde der Rückweg ein Spaziergang, realisierte Maik. Dabei wünschte er sich noch mehr, dass sie keinem Untoten mehr begegnen würden. Doch gerade hatte er den Gedanken beendet, da hörten sie Schüsse, die aus Richtung der Stadt kamen; und es waren viele. Der Klang ganzer Maschinengewehrsalven hämmerte durch den Wald. Wie angewurzelt blieben sie stehen und sahen sich fragend an. In Anbetracht der spärlichen Munitionsvorräte des Militärs war das mehr als ungewöhnlich.

"Was ist das?", fragte Gregor und die Angst keimte plötzlich wieder in ihm auf.
Maik zuckte nur mit den Achseln, und die Säcke, die an seinen Schultern hingen, hüpften nach oben.

"Ich hoffe nur, das hat nichts mit uns zu tun", sagte er und bereute seine Äußerung im gleichen Moment, als er die Unsicherheit in Gregors Blick bemerkte. "Scheiß drauf, verdammt. Wir gehen jetzt einfach zurück." Er blickte auf seine Armbanduhr. "Und wir sollten zusehen, dass wir zur vollen Stunde das Tor erreichen. Dann wissen wir, dass die Streife gerade aufgebrochen ist." Er schaute noch einmal auf seine Uhr. "Lass uns keine Zeit verlieren.'
So schnell es das Gepäck und der unwegsame Untergrund zuließen, liefen sie aus dem Wald und waren erleichtert, als sie schließlich den Wanderweg erreichten. Wieder ratterten Maschinengewehre, diesmal näher. Jetzt konnten sie auch den Motorenklang eines Lkw deutlich hören. Keiner von beiden achtete mehr auf den Kadaver, der noch immer unter dem Hochsitz lag. Stattdessen lauschten sie konzentriert den Geräuschen, die von der Stadt nach hier oben drangen.
Vereinzelte Schüsse, Motorengeräusche - was auch immer dort unten vorgehen mochte, es passte nicht in ihren Plan.

"Wir gehen da drüben lang", sagte Maik und schlug die entsprechende Richtung ein.
Dort gelangte man an den Rand des Waldes, an dem sich die breite Zufahrtsstraße unterhalb des steilen Hanges entlang schlängelte.

Zunächst wollte er sehen, was dort unten passierte. Er ärgerte sich, dass er keinen Feldstecher mitgenommen hatte, obwohl mindestens drei davon im Hotel herumlagen. Am Waldrand ließ er die Säcke fallen, legte sich flach auf den Boden und robbte bis zur Kante des Abhangs. Hundert Meter vor sich und zwanzig Meter unter sich sah er einen Militärlastwagen auf der Straße stehen. Weißer Dampf quoll unter der Motorhaube hervor und ein blutiger Arm hing aus dem Beifahrerfenster. Die Schüsse hatten inzwischen aufgehört.

Maik wusste die Situation nicht richtig einzuordnen, aber scheinbar war der Lkw aus der Stadt gekommen. Zumindest zeigte die Schnauze, so wie er da auf der Straße stand, weg vom Tor. Als wäre jemand auf der Flucht gewesen.

Das Tor war noch ungefähr zweihundert Meter Luftlinie in der anderen Richtung entfernt. Seine Vermutung schien sich zu bestätigen, als er den durchbrochenen Zaun bemerkte. Als kleine schwarze Schatten im Gegenlicht konnte er Soldaten erkennen, die hektisch umherliefen. Einige waren bemüht, das Tor wieder aufzurichten. Vier andere näherten sich vorsichtig dem Lastwagen, dabei hatten sie ihre Gewehre im Anschlag. Maik rutschte ein kleines Stück zurück und zog sich einen kleinen Busch über den Kopf. Hinter sich konnte er Gregor spüren, der inzwischen auch flach auf dem Bauch lag.

"Was ist da unten los, Mann? Kannst du was erkennen?", fragte Gregor.

"Ich habe nicht die geringste Ahnung, aber wir können jetzt unmöglich da runter. Die sind alle völlig aus dem Häuschen. Überall springen Soldaten herum und ich glaube, gleich geht es so richtig ab." Maik bemerkte, dass der Arm, der eben noch aus der Fahrerkabine hing, verschwunden war. "Pass du mal auf, dass uns nichts in den Rücken fällt. Ich versuche da unten genaueres zu erkennen."

Für einen Augenblick hatte Gregor die Möglichkeit, dass sich hier noch weitere Untote herumtreiben könnten, erfolgreich verdrängt. Jetzt schluckte er laut, drehte sich aber dennoch um, bereit, im nächsten Moment Alarm zu schlagen. Zu seiner Erleichterung war alles ruhig. Keine knackenden Äste, kein Rascheln im Unterholz, nur Bäume.

Maik spähte wieder über den Rand und beobachtete. Leider konnte er nicht verstehen, was die Soldaten miteinander sprachen, aber den

Handzeichen nach zu urteilen, rechneten sie mit einer bösen Überraschung, als sie den Lkw umstellten. Und sie sollten recht behalten. Als einer der Soldaten die Beifahrertür öffnete, fiel ihm eine Gestalt um den Hals, hielt sich an seinen Schultern fest und dann ertönte ein panischer Schrei. Der Soldat lag auf dem Boden, und auf ihm hockte der nun offensichtlich untote Beifahrer. Ein anderer Soldat eilte zu den beiden Ringenden und schlug mehrfach mit dem Gewehrkolben auf den Zombieschädel ein. Einmal traf er die Brust seines auf dem Boden liegenden Kameraden, der noch immer versuchte, sich von dem Fleischfresser zu befreien. Ein paar Hiebe später sank der Zombie über seinem vor Schmerzen schreienden Opfer zusammen.
Aus der Stadt kam ein Krankenwagen angerast.
Der Soldat, der mit seinem Gewehrkolben den Schädel des Untoten komplett zertrümmert hatte, rollte die Leiche von seinem verletzten Kameraden und beugte sich zu diesem herunter. Er hatte aufgehört zu schreien, als zwei Sanitäter aus dem Rettungswagen sprangen und mit Notfallkoffern bewaffnet zu ihm eilten. Kaum hatten sie sich über den vermeintlich Verletzten gebeugt, zuckten sie zurück. Der Soldat richtete sich langsam auf, schlug unbeholfen mit den Armen nach den Sanitätern und zerrte am Hosenbein des einen. Ein dritter Soldat kam um das Fahrzeug gelaufen, zog seine Machete aus dem Stiefel und enthauptete den soeben Wiederauferstandenen. Der Kopf rollte einige Meter die Straße entlang, bevor er auf dem Seitenstreifen liegen blieb. Der Henker taumelte und mit vor dem Gesicht zusammengeschlagenen Händen kauerte er sich am Vorderrad des Lastwagens zusammen, während die restlichen Soldaten die Ladefläche des Lkw untersuchten. Einer sprach in sein Funkgerät und kurz darauf kam ein weiterer Lkw aus dem Tor gefahren. Er hielt vor dem qualmenden Laster, und Soldaten befestigten sogleich eine Abschleppstange. Der Soldat, der noch immer neben dem Lkw kauerte, wurde von den Sanitätern auf die Bahre verfrachtet und in den Rettungswagen geschoben, der sofort wieder zurück in die Stadt fuhr.
Zwei Soldaten warfen die Leichen auf die Ladefläche. Ein anderer klaubte den Kopf von der Straße und warf ihn hinterher. Dann setzte er sich ans Steuer des hinteren Lastwagens und wartete, bis er abgeschleppt wurde. Fünf Minuten später war das Tor wieder geschlossen und nur noch die große Blutlache auf der Straße erinnerte daran, dass

gerade wieder zwei Menschen ihr Leben gelassen hatten.
Maik hatte die Geschehnisse aufmerksam verfolgt und versuchte vergebens, sich einen Reim darauf zu machen. Was er sicher wusste war, dass drei Tote innerhalb von zwei Tagen zu viel waren und dass ihre Pläne gerade durchkreuzt wurden. Er schaute auf seine Uhr. Viertel nach eins. Sie würden noch mindestens eine dreiviertel Stunde hier draußen ausharren müssen, bis sie sich wieder an das Tor wagen konnten. Hoffentlich würde sich die Lage bis dahin wieder beruhigen.
Als er die Straße entlang in die andere Richtung blickte, stellte er erschrocken fest, dass dem nicht so war. Über den Asphalt wankten mindestens zwanzig Schatten, die eindeutig das Tor zum Ziel hatten. Noch ein paar hundert Meter und sie würden in Sichtweite der Wachen sein. Hier hinauf würden sie es zwar nicht schaffen, aber die Tatsache, dass sich noch so einiges an dem Tor tun würde, bereitete ihm ein überaus schlechtes Gefühl. Gregor sagte er erst einmal nichts davon. Es war sehr wahrscheinlich, dass es am Tor bald nur so vor Soldaten und Zombies wimmeln würde und es noch Stunden dauerte, bis sie sich wieder dort unten blicken lassen konnten. Er rutschte auf dem Bauch zurück, hockte sich neben Gregor und machte einen Rundumblick durch den Wald.

"Alles ruhig hier oben", sagte Gregor, als er Maik neben sich bemerkte. "Was war denn da unten los? Plötzlich ist alles wieder so still."

Maik überlegte kurz. Tatsache war, dass es gleich nicht mehr so ruhig sein würde, dass in wenigen Minuten ein ganzes Rudel Untoter am Maschendraht des Tors reißen würde und dass infolgedessen bald mindestens genauso viele Soldaten auf der anderen Seite erneut das Feuer eröffnen würden.
Die Wachmannschaft würde verstärkt werden und wahrscheinlich noch einige Zeit dort bleiben. Stattdessen antwortete er: "Da gab's einige Scherereien mit ein paar Zombies. Nichts Besonderes, aber erschrick nicht, wenn sie gleich noch mal schießen. Ein paar sind noch da, aber keine Angst, hier hoch können sie nicht klettern." Die zwei toten Soldaten ließ er bewusst unerwähnt.
Trotzdem wurde Gregor nervös und dachte zu Maiks Bedauern auch noch weiter, als dieser sich erhofft hatte.

"Dann sind doch bestimmt jede Menge Soldaten da. Wie sollen wir da wieder reinkommen?" Gregors Stimme begann zu beben. "Die werden uns doch eiskalt abknallen, weil sie uns für Zombies halten, wenn wir plötzlich aus dem Wald kommen. Scheiße Mann, entweder wir werden erschossen oder ... oder gefressen. Wir hätten niemals ..."

"Sei verdammt nochmal still! Ich hab dir gesagt, du brauchst keine Angst zu haben", unterbrach ihn Maik barsch. "Die Zombies sind da unten, wir sind hier oben. Die können nicht hoch und wir bleiben erst einmal hier und warten ab, bis sich die Situation da unten entspannt hat."

"Und wenn sich da nichts entspannt? Was machen wir, wenn sie den ganzen Tag dort bleiben?"

Gregor näherte sich wieder dem Stadium der totalen Panik und Maik hatte seine liebe Mühe ihn zumindest soweit zu beruhigen, dass er nicht wieder vollends ausflippte.

"Dann überlegen wir uns was anderes, wie wir wieder reinkommen, aber es ist noch verdammt früh, und die paar Monster haben die da unten ganz schnell erledigt. Du bist ein totaler Pessimist. Ich wette, in spätestens einer Stunde sitzen wir schon wieder vor der Glotze, während das Gras vor sich hin trocknet." Den letzten Satz sprach er bewusst langsam, damit Gregor auch jedes Wort mitbekam.

"Wie wäre es, wenn wir einfach über den Zaun klettern würden? Für uns stellt der doch kein großes Hindernis dar", begann Gregor zu betteln und rutschte noch ein Stück näher an seinen Freund heran.

"Wenn wir über den Zaun klettern, riskieren wir, auch von einer Streife oder sonst irgendjemandem dabei erwischt zu werden. Das können wir uns immer noch überlegen, wenn wir absolut gar keine Möglichkeit sehen durch das Tor zu kommen. Aber jetzt bleiben wir hier und warten ab." Maik hatte große Mühe, seine eigene Anspannung zu verbergen.

"Ist gut, Mann ... Ich vertraue dir", sagte Gregor kleinlaut und blickte sich dabei ängstlich wie ein Kaninchen vor dem Fuchsbau um.

Er kramte währenddessen einen kleinen harzigen Stängel aus dem Rucksack und begann darauf herum zu kauen. Berauschen würde es ihn zwar nicht, aber es brachte ihn auf andere Gedanken. "Schmeckt gut", sagte er schmatzend. "Willst du auch einen?"

Maik griff zu und schob sich einen kleinen Ast in den Mundwinkel. Es war beruhigend, an etwas zu knabbern, und der Geschmack von frisch geerntetem Gras war schon etwas Feines.

Unten erklangen die ersten Schüsse, und Gregor fuhr zusammen. Der Rhythmus war nicht so hektisch wie zuvor, es waren einzelne Schüsse, und die Pausen zwischen ihnen boten genügend Zeit zum Zielen.

"Bleib hier und pass weiter auf unsere Rücken auf", sagte er zu Gregor und robbte wieder zur Kante des Hangs. Auf der Straße lagen schon einige der Untoten, während die restlichen zielstrebig auf das Tor zu torkelten. Fast jeder Schuss der Soldaten war ein Treffer in den Kopf einer dieser Kreaturen. Insgesamt konnte er fünf Uniformierte hinter dem Zaun knien sehen, die ihre Gewehrmündungen durch den Maschendraht geschoben hatten. Die Zombies waren noch ungefähr fünfzig Meter von ihnen entfernt und je näher sie kamen, desto genauer trafen die Kugeln ihre Ziele. Maiks Befürchtungen schienen sich nicht zu bestätigen. Schon mehr als die Hälfte der Zombies lag tot mit zerplatzten Köpfen auf der Straße, und binnen weniger Minuten würden bestimmt auch die restlichen mit dem Wandeln aufgehört haben. Auch kamen keine neuen Soldaten hinzu. Offensichtlich waren sich diese fünf ihrer Sache ziemlich sicher.

Maik schaute noch einmal in die andere Richtung und entdeckte zwei Nachzügler, die ihre stinkenden Körper auf das Tor zuschoben. Solange nicht noch mehr von diesen Biestern kommen, könnten sie es vielleicht wirklich in einer Stunde schaffen, dachte er und ließ den Stängel genüsslich von einem Mundwinkel zum anderen wandern.

Unten krachten weiterhin die Gewehre. Dann war es für einen kurzen Augenblick leise, und schließlich knallten noch zwei Schüsse, bis endlich völlige Stille einsetzte. Vor dem Tor war nun alles ruhig, und Maik zählte vierundzwanzig Kadaver auf der Straße davor verteilt, inklusive der zwei, die die Nachhut gestellt hatten. Soweit er blicken konnte, sah er keine weiteren Zombies. Er schaute wieder zu den Soldaten und stellte befriedigt fest, dass sie bereits ihre Waffen schulterten und sich gegenseitig gratulierten.

Er drehte seinen Kopf zu Gregor und lächelte. "Na, Kumpel, was hab ich gesagt. Sind schon alle erledigt. Bald können wir heim." Dann drehte er sich wieder um und sah die Straße entlang.

Verdammte Schweinerei, dachte er und fragte sich, welche arme Sau unter seinen Kollegen der Zivil-Garde heute die Schubkarre fahren musste. Lange brauchte er auf die Antwort nicht warten, denn schon kamen sie, und es waren viele. Insgesamt waren sechs Gardisten mit Schubkarren im Einsatz. Die Soldaten verzichteten darauf mit anzupacken und sicherten mit vier Mann die Straße, was völlig überflüssig war, da das Gelände weit einsehbar war und nicht ein Strauch als mögliches Versteck in Frage kam.

Nach dreißig Minuten war der letzte Kadaver verschwunden, aber der Asphalt war rot vom Blut, und mit Sicherheit lagen noch einige Schädelstücke herum. Die Wachen trieben sich aber immer noch zu fünft am Tor herum. Maiks Uhr zeigte kurz vor zwei. Mit etwas Glück hätten sich die überflüssigen vier Soldaten verzogen, bis sie das Tor erreicht hätten. Er kroch wieder zurück zu Gregor.

"Okay, Kumpel, lass uns Richtung Heimat gehen." Er stand auf und hängte sich wieder die Säcke über die Schultern.

Gregor konnte ein kleines euphorisches Lachen nicht unterdrücken, schulterte den Rucksack und nahm seinen Müllbeutel, den er wie ein viel zu großes Baby vor sich her trug.

Sie tauchten gerade soweit in den Wald ein, dass sie von unten nicht gesehen werden konnte. Hin und wieder blieben sie stehen und Maik schlich zum Waldrand um zu schauen, wie viele der Soldaten noch den Eingang blockierten. Als sie die Hälfte der Strecke hinter sich hatten, war nur noch einer zu sehen und Maik hoffte, dass es auch ihr Mann war.

Sie gingen tiefer in den Wald, weg von der Straße, um erst unmittelbar vor dem Tor den Schutz der Bäume zu verlassen.

Gregor quiekte erschrocken auf und konnte sich im letzten Moment beherrschen, um nicht laut loszubrüllen. Maik reagierte sofort und fand seinen Freund in der stinkenden Leichengrube stehen, vor deren Anblick er ihn auf dem Hinweg noch bewahrt hatte. Er hätte sich in den Arsch beißen können, dass er jetzt nicht daran gedacht hatte. Nun stand ein zitternder Gregor knietief in Knochen und verwesendem Fleisch und außer, dass er den Müllsack fast zerdrückte, war er unfähig, sich zu bewegen. Maik ließ seine Beutel von den Schultern rutschen und sprintete auf Gregor zu. So schnell wie möglich wollte er ihn dort herausholen, aber noch schneller wollte er selber durch die Grube rennen. Also sprang er mit einem weiten Satz direkt neben ihn. Angewidert hörte er die Knochen unter seinem Gewicht bersten, und dennoch fühlte es sich an, als würde er über eine durchgeweichte Matratze laufen. Ohne etwas zu sagen, packte er Gregor, warf ihn sich über die Schulter und tat einen weiteren Sprung, der ihn fast bis an den Rand der Leichenreste brachte. Noch einmal krachte es, und ohne Zeit zu verlieren, katapultierte er sich auf festen Boden. Dort warf er Gregor wie seine Säcke zuvor auf den Waldboden.

"Okay. War mein Fehler", gab er schnaufend zu. "Ich hätte dran denken müssen. Aber du hättest ja auch die Augen ein bisschen aufmachen können." Dann musste er lachen, weil Gregor noch immer völlig fassungslos auf dem Boden lag und wahrscheinlich gerade überlegte, wie er dorthin gekommen war. Er sah auch nicht so aus, als hätte er auch nur ein Wort von dem verstanden, was er gerade gesagt hatte, aber zögerlich begann auch er zu lachen.

Dann wurde Maik bewusst, wie nahe sie sich schon an der Stadt befanden und presste dem inzwischen hysterisch lachenden Gregor die Hand auf den Mund. "Psssst!", machte er und hielt sich den Zeigefinger der anderen Hand vor die gespitzten Lippen.

Erst als Gregor sich wieder unter Kontrolle hatte, nahm er seine Hand fort und lief in einem großen Bogen um die Leichengrube zurück, um seine Säcke wieder aufzunehmen. Gregor warf indessen noch einmal einen kurzen Blick in die Senke, schüttelte sich und entfernte sich soweit, bis ihm eine Reihe Büsche die Sicht darauf verwehrte. Den Beutel hielt er dabei die ganze Zeit über an seine Brust gepresst.

Als sie den Hügel erreichten, hinter dem Maik auf dem Hinweg seine Maschinenpistole geladen hatte, gab er Gregor zu verstehen, sich hinzuhocken. Jetzt trennten sie nur noch ein paar Meter von der sicheren Stadt. Seine Uhr zeigte zehn nach zwei. Er befreite sich von seiner Last und kroch bäuchlings den Erdwall empor um einen Blick auf das Tor werfen zu können. Niemand war zu sehen, auch ihr Kontaktmann nicht, und das Tor war verschlossen.

Er blickte sich genauer um.

Sie befanden sich jetzt fast auf einer Höhe mit der Straße, und er konnte nicht hinter die Häuser sehen. Er hob einen kleinen Stein auf und nutzte ihn als Wurfgeschoss, musste aber einsehen, dass die Distanz bis zu den blechernen Containern der Soldaten einfach zu groß war. Zwar flog der Stein noch über den Zaun, fiel dann aber beinahe lautlos in die Wiese. Als nächstes versuchte er es mit Pfeifen, erst unauffällig wie das Zwitschern eines Vogels, und als das nichts brachte laut auf zwei Fingern. Endlich erschien eine uniformierte Gestalt zwischen den Blechhütten und schaute sich fragend um.

Maik erkannte, dass es der Richtige war und begann zu winken. Noch immer blickte der Soldat in alle möglichen Richtungen und suchte nach dem Pfeifenden, übersah Maik aber konsequent.

Was für ein Idiot, dachte Maik und warf noch einen Stein, diesmal auf die Straße, fast vor die Füße des Uniformierten, der nun endlich den Kopf hob, den winkenden Maik sah und sein Gewehr von der Schulter riss.

Keine Sekunde zu früh rutschte Maik den Hügel wieder hinunter, denn da, wo eben noch sein Kopf war, spritzte die Erde hoch, unmittelbar gefolgt von einem Knall.

"Idiot!", brüllte Maik aus seinem Loch in Richtung des Soldaten, und es war ihm in diesem Moment egal, ob andere ihn auch hörten. "Wir sind es, verdammt."

Ein Pfiff erklang als Antwort. So hoffte Maik zumindest, als er langsam wieder nach oben kroch. Vorsichtig spähte er über die Kuppe. Der Soldat stand nun winkend am Tor. Er streckte seinen Kopf noch etwas weiter in die Höhe und als der Idiot mit dem Gewehr dieses auf der Schulter ließ und weiter winkte, wagte er es, sich ganz aufzurichten.

"Los, Kumpel", wandte er sich an Gregor. "Jetzt hat er uns erkannt. Ich geh erst mal alleine nach vorne und kläre ab, dass wir nicht von der Streife überrascht werden. Halt hier noch einen Moment die Stellung. Ich bin auf jeden Fall gleich wieder bei dir."

Gregor, der sich nach dem Schuss fast komplett unter den Säcken vergraben hatte, nickte nur kurz. Schwerfällig kletterte Maik über den Hügel und war alsbald aus seinem Blickfeld verschwunden. Keine Minute später war er wieder da.

"Alles klar. Los geht's! Schnapp dir deinen Sack und renn wie der Teufel", befahl Maik, während er sich seine Beutel schon übergeworfen hatte. Er wartete noch, bis Gregor auf die Füße gekommen war und sprintete los.

Als das Tor sich hinter ihnen wieder geschlossen hatte, musste sich Maik zusammen reißen, damit er dem Soldaten nicht augenblicklich seine Faust ins Gesicht drückte, doch dafür hatte ihn der Sprint zu sehr geschafft. Nach Luft ringend blickte er den Soldaten dermaßen finster an, dass dieser zwei Schritte nach hinten machte.

"Oh Mann, das tut mir wirklich leid, aber ihr habt ja keine Ahnung, was hier eben los war. Hier war alles voller Zombies. Ich bin noch total nervös."

"Halt einfach nur die Fresse", giftete ihn Maik an, als er wieder sprechen konnte. Dann griff er in den Rucksack auf Gregors Rücken, holte eine ordentliche Handvoll frisch Geerntetes heraus und warf es dem Soldaten vor die Füße. "Das reicht. In Anbetracht der Tatsache, dass du mir eben beinahe den Schädel weggeblasen hättest, kannst du froh sein, dass ich dir überhaupt etwas gebe", blaffte er ihn an. "Verdammter Idiot", fügte er noch hinzu, als er sich bereits umgedreht hatte, um den Rucksack wieder zu verschließen.

Der Soldat wagte nicht zu widersprechen und machte sich augenblicklich daran, das wertvolle Grün vom heißen Teer aufzuklauben.

"Und jetzt schnell nach Hause", sagte er zu Gregor, der bereits unruhig von einem Bein aufs andere sprang.

Der Soldat war immer noch mit dem Auflesen beschäftigt, da waren die beiden Freunde bereits hinter den Häusern verschwunden. Obwohl sie völlig erschöpft waren, rannten sie den größten Teil der Strecke, die nicht nur lang, sondern auch ausschließlich bergauf ging. Erst als sie die Oberstadt erreichten, legten sie eine kleine Pause ein. Maik japste nach Luft und war schweißgebadet, als sie schließlich vor dem Hotel standen, und ihm glitt zweimal der Schlüsselbund aus den Fingern, als er versuchte die Tür zu öffnen. Drinnen fielen sich beide in die Arme und ließen sich lauthals lachend auf die Sofas fallen.

"Wir haben es geschafft. Wir haben es geschafft", rief Gregor immer wieder, schüttelte das Gras über seinen Kopf aus dem Rucksack, und begann darin zu wühlen wie Dagobert Duck in seinen Talern.

"Ich packe schon mal wenig in den Ofen, dann kõnnen wir in einer Stunde schon Einen quarzen.", sagte Maik, lud sich seine vier Säcke wieder auf die Schultern und ging zur Küche. "Den Rest sollten wir aber nicht hier vorne rumliegen lassen. Wenn du dich ausgetobt hast, bring das Zeug mal in die Sauna", rief er Gregor noch über die Schulter zu, bevor er in der Küche verschwand.

~ * ~

Es war bereits später Nachmittag, als Felix erwachte. Jemand klopfte ausdauernd an seine Tür. Die ganze Nacht hatte er einem Fernsehsender gelauscht, der via Satellit Luftaufnahmen aus Russland ausstrahlte. Leider ausschließlich in Russisch, so dass er kein Wort der Kommentare verstanden hatte. Die Bilder hatten aber für sich gesprochen. Moskau war menschenleer, ebenso Petersburg und einige andere russische Metropolen, die er nicht zuordnen konnte. Gleichzeitig hatte er alle Kanäle seiner CD-Funk-Anlage abgehorcht, aber zu niemandem Kontakt herstellen können. Wo waren nur all die Funkenthusiasten aus vergangenen Tagen? Als die Sonne endlich am Horizont erschien, hatte er sich ins Bett gelegt und darüber gefreut, dass er nicht mehr graben musste. Schnell war er eingeschlafen und hatte einen wunderbaren Traum von Christel gehabt.

Es klopfte zunehmend lauter an seiner Tür.

"Moment! Ich muss mir erst etwas anziehen", rief er durch die geschlossene Tür und schlüpfte in seine Hose.

"Für mich musst du das nicht tun. Bleib einfach, wie du bist", kam die Antwort.

Oh nein, schoss es ihm durch den Kopf, als er Veronikas Stimme vernahm. Nun hatte er schon geantwortet Aber so dämlich, dass er sie jetzt noch glauben machen könnte, er wäre nicht zu Hause, war sie auch nicht. Schnell zog er noch sein T-Shirt über, das er bei jedem anderen Besucher einfach weggelassen hätte. Dann öffnete er die Tür.

Veronika fiel ihm sogleich um den Hals. Sie trug eine fast durchsichtige Bluse und einen extrem kurzen Sommerrock.

"Na, mein kleiner Gardist. Du bist ja doch schon angezogen", hauchte sie mit schlechtem Atem und knutschte in seinem Gesicht herum wie ein schlecht erzogener Hund, der sein Herrschen begrüßt. Dann wedelte sie mit einem Umschlag. "Ich habe hier etwas für dich und da bei uns sowieso nichts los ist, habe ich mir gedacht: Veronika, bring deinem Liebling die frohe Botschaft doch persönlich vorbei."

"Hallo", sagte Felix mürrisch, noch immer damit beschäftigt wach zu werden, ohne es sich anmerken zu lassen. "Was gibt es denn so Wichtiges?"

Am liebsten hätte er sie schnell an der Tür abgefertigt, aber ehe er reagieren konnte, hatte sie sich schon an ihm vorbei gedrängt und stand mitten im Raum. Resigniert schloss er die Tür und trottete auf die kleine Sitzgruppe zu, die im Eingangsbereich seiner Suite stand.

"Setz dich doch", sagte er in einem Anfall von Höflichkeit und ließ sich bewusst in den engen Sessel fallen. Leider setzte sie sich nicht, wie er gehofft hatte, auf die Couch, sondern versuchte es sich auf der Lehne seiner Sitzgelegenheit bequem zu machen, wobei sie ihren Arm um seine Schultern legte - nicht nur um Halt zu finden. Dann fächerte sie mit den Papieren vor seinem Gesicht herum und stieß ihm dabei beinahe die Ecke des Umschlags ins Auge. Als er danach griff, rutschte sie gänzlich auf seine Oberschenkel.

"So kann ich nicht lesen, geschweige denn, mich bewegen", kommentierte er seine Lage und schob sie behutsam von sich herunter.

Sie streckte ihm neckisch die Zunge heraus und setzt sich dann doch auf die Couch.

"Mach schon auf", forderte sie ihn kichernd auf.

In dem Umschlag befand sich ein schmuckloser Zettel mit der Aufschrift:

Einladung zum Bewerbungsgespräch

Bitte melden Sie sich heute bis 20.00 Uhr in der Wachstation, ehemalige Post, Bahnhofstraße.

Dieses Schreiben ist zum Termin mitzubringen.

Mit freundlichen Grüßen

Scheidbrenner, ZG-Leiter

Darunter befand sich der Stempel des hiesigen Amtsgerichts, welches seiner damaligen Funktion enthoben, nur noch als Lager diente. Es gab wohl auch niemanden mehr, der besondere Siegel oder Stempel herstellen konnte. Ansonsten handelte sich um eine schlechte Kopie auf Umweltpapier und war noch nicht einmal mit seinem Namen versehen. Lediglich die Unterschrift, die er niemals als Schneidbrenner entziffert hätte, war der Beweis, dass sich wirklich ein Mensch dieses Zettels angenommen hatte. Wie auch immer, dies war hoffentlich seine Fahrkarte hier raus. Die Trottel von der Zivil-Garde würde er schon überzeugen können, dass er der Richtige für den Job sein würde.

Er schaute auf seine Armbanduhr. Viertel vor sechs, er hatte wirklich lange geschlafen.

"Hey, danke Veronika", freute er sich. "Super, dass es funktioniert hat. Dann werde ich mich mal fertig machen."

"Für dich doch immer gerne", sagte sie und räkelte sich auf der Couch.

Felix stand auf und ging zur Tür, in dem naiven Gedanken, dass Veronika ihm folgen würde. Die wand sich jedoch weiterhin auf dem Sofa hin und her und machte keinerlei Anstalten zu gehen.

Es war nun nicht mehr zu übersehen, dass sie kein Höschen trug, und er wusste, was sie wollte, aber er wusste genauso gut, dass er es nicht wollte.

Na, gut, wenn es nicht anders geht, dachte er, soll sie eben hierbleiben, aber Sex kommt nicht in Frage.

Vorsichtshalber nahm er die Einladung mit und schloss die Tür schnell hinter sich ab, als er ins Bad ging. Was sich, wie sich alsbald bestätigte, als richtig herausstellte, denn kaum hatte er sich ausgezogen und das Wasser der Dusche angeschaltet, bewegte sich auch schon die Türklinke.

"Hallo. Du brauchst doch nicht abschließen. Ich kann dir den Rücken schrubben", rief sie durch die Badezimmertür. "Lass mich doch rein!" Bei den letzten Worten senkte sie ihre Stimme und klang schmollend.

Er tat so, als würde er sie nicht hören und stimmte zur Bekräftigung noch ein kleines Pfeifkonzert ein.

Veronika untermalte seine Melodien mit rhythmischen Trommeln an die Tür, und er pfiff noch etwas lauter. Endlich gab sie auf.

"Wow, was hast du denn hier für einen Kabelsalat?", hörte er es aus seinem Wohnzimmer. "Oh, da ist ja sogar ein Computer. Kann der auch Solitär?"

In Felix schrillten sämtliche Alarmglocken. Wenn diese Frau an seinen Rechner oder gar an die mühevoll ausgerichtete Satellitenschüssel ging ... Nicht auszudenken, was sie alles anstellen konnte. Er hatte Tage gebraucht, um alles so einzurichten.

Er sprang aus der Dusche, schmiss sich einen Bademantel über, riss die Tür auf und stürzte ins Wohnzimmer.

"Nein", schrie er durch den Raum, während er auf sie zurannte. "Geh da bloß nicht ran!"

Veronika zuckte zusammen und drehte sich zu ihm um. Erst sah sie ihn erschrocken an und als ihr Blick nach unten wanderte, begann sie zu grinsen. Felix wunderte sich nur kurz und bemerkte schnell das Dilemma. Er hatte vergessen, den Bademantel vorne zu schließen.

"Okay. Dann gehe ich eben da dran", sagte sie bestimmend und ließ ihre Hand zwischen seine Beine schnellen. Mit gezieltem Griff hatte sie seine Hoden umfasst und drückte sanft zu. "Du hast es aber bitter nötig, mein Liebling."

Sie ließ auch nicht los, als er einen Schritt nach hinten machen wollte, sondern griff sogar noch etwas fester zu, und machte ihm unmissverständlich klar, dass es besser war, stehen zu bleiben.

Angst keimte in ihm auf, sein bestes Stück hingegen, ausgelöst durch seinen noch nicht ganz verblassten Traum von Christel oder diese neue ungewohnte Situation, reagierte wie Veronika es wollte und schwoll an. Erneut fragte er sich, wer hier eigentlich wen benutzte, und als er spürte, wie Veronikas andere Hand seine Eichel massierte, wusste er die Antwort.

"Ich muss mich doch gleich melden", versuchte er sich aus der Affäre zu ziehen, aber Veronika schüttelte nur betont langsam und siegesbewusst mit dem Kopf und machte mit einem neuerlichen zärtlichen Druck auf seine Eier klar, dass sie ihn, im wahrsten Sinne des Wortes, in der Hand hatte.

"Du hast noch genug Zeit", sagte sie lächelnd und massierte mit der Hand sein nun völlig aufgerichtetes Glied.

Er hasste dieses Ding dafür, dass es ihm gerade jetzt so in den Rücken fiel. Mit einem Hänger hätte er besser dagestanden. Verzweifelt suchte er in Gedanken nach einem Ausweg, spürte aber, wie sich sein Unterleib gerade nach dem Eingang erkundigte. Schließlich gab er auf und flüchtete sich, wie schon so oft, in Träumereien von Christel. Nur dass diese einen anderen Inhalt hatten wie sonst auf der Baustelle.

Veronika führte ihn an seinen Genitalien zur Couch und setzte sich kurzerhand auf ihn. Felix schloss die Augen. Weit in der Ferne hörte er Veronika stöhnen und jauchzen, während er von Christel träumte. Es dauerte nicht lange und er entlud sich in ihr – begleitet von einem schrecklich schlechten Gewissen.

"Das nächste Mal wird aber besser", beschwerte sich Veronika mit einem bedrohlichen Unterton, als sie von ihm abstieg.

Er öffnete die Augen und sah, dass sie ihn finster anblickte.

"Sicher", sagte er, weil ihm sonst nichts anderes einfiel, stand auf und zog seinen Bademantel zu.

Irgendetwas an dieser Frau machte ihm Angst und er befürchtete, dass die ganze Sache bereits zu weit gegangen war.

"Naja, ich werde dann mal gehen", sagte sie etwas enttäuscht und fügte überlegener klingend hinzu: "Aber wir werden das bald wiederholen, und dann strengst du dich ein wenig mehr an."

Sie beugte sich zu ihm hinunter und drückte ihm, bevor er reagieren konnte, einen feuchten Kuss auf die Lippen. Dann drehte sie sich um und zog ihren Rock zurecht.

"Bis bald, mein Liebling", sagte sie im Gehen, ohne sich noch einmal zu ihm umzudrehen.

Für Felix hörte sich das wie eine Drohung an, und erst als die Tür hinter ihr im Schloss eingerastet war, wagte er sich wieder zu bewegen.

Was war da gerade passiert? Habe mich so einfach benutzen lassen? Und warum zur Hölle, habe ich außer Ekel auch noch Angst vor ihr? Diese und andere Fragen schossen ihm durch den Kopf, als er sich so gründlich wie schon lange nicht mehr wusch. Er fühlte sich vergewaltigt.

Diese Frau ist krank, sie ist von dir besessen, ertönte die Antwort in einem anderen Teil seines Gehirns.

Er duschte mindestens eine halbe Stunde lang, verbrauchte dreimal soviel Duschgel wie sonst und schmirgelte sich mit der Zahnbürste fast die Zunge blutig.
Als er sich endlich sauber fühlte, nahm er aus dem Kühlschrank die letzte Tüte Orangensaft und trank die Hälfte in einem Zug. Dann machte er sich mit der Einladung in der Tasche auf den Weg.

Er war halb acht, als er an seinem Ziel ankam, und er nahm das Gebäude zum ersten Mal bewusst wahr. Vor dem alten Post-Schriftzug hing ein Transparent mit der Aufschrift ZIVIL-GARDE, zusätzlich hingen an den Glastüren Plakate, auf denen so etwas wie ein Emblem abgebildet war. Nach genauerem Hinsehen erkannte er zwei gekreuzte Gewehre vor einem Totenschädel.

Nicht besonders originell und noch weniger kunstvoll ausgearbeitet, dachte er sich, aber was tut man nicht alles für die Freiheit. In einem Glaskasten, in dem früher noch die neuesten Sondermarken ausgestellt waren, hing nun ein Bild mit Trauerflor. Es zeigte den Gardisten, der sich gestern in den Kopf geschossen hatte und dessen Platz Felix nun einnehmen wollte.

Ein lautes Summen ertönte im Innenraum, als er die Tür aufdrückte und sofort hatte er die ungeteilte Aufmerksamkeit des einzigen Anwesenden im Schalterraum, eines alten, irgendwie schmierigen Mannes, der hinter dem Tresen gerade ein zerfleddertes Pornomagazin studierte.

"Schönen guten Abend", sagte Felix und zog den Brief aus seiner Brusttasche. "Ich habe hier eine Einladung zu einem Bewerbungsgespräch."

"Ach ja, der Neue. Komm mal her, damit ich dich richtig beäugen kann", krächzte der Mann mit heiserer Stimme.
Felix schätzte, dass er bereits sechzig oder mehr Jahre auf dem Buckel hatte, denn tiefe Falten durchzogen sein Gesicht.

Als Felix näher kam, legte der Mann das Heft zur Seite und streckte die Hand nach dem Schreiben aus.

"Dann warte mal hier, Jungchen. Ich melde dich an", sagte er mit zittriger Stimme, erhob sich mühsam und unter Stöhnen von seinem

Stuhl und humpelte durch eine Tür im hinteren Bereich.
Dieser Mensch war zweifelsfrei kein aktives Mitglied der Garde, und wenn doch, haben die hier ein riesiges Problem, überlegte Felix und musste schmunzeln.
Schließlich kam der Alte mit einem groß gewachsenen Mann, der trotz leichten Bauchansatzes noch eine recht sportliche Figur hatte, wieder zurück. Dieser weckte mehr Vertrauen in Felix, zumindest wenn es um die Sicherheit in der Stadt ging, und der nannte ihn auch nicht Jungchen.

"Willkommen bei der wahren Schutztruppe unserer Stadt. Holger Scheidbrenner, ehemaliger Polizeihauptmeister und nun Leiter der Zivil-Garde", begrüßte er Felix und streckte ihm eine Hand entgegen, die beinahe doppelt so groß war wie seine eigene.
Er trug eine dunkelblaue Hose und ein ebenso dunkelblaues Hemd, was wohl so etwas wie eine Uniform darstellen sollte und hatte an jedem Oberarm eine rote Armbinde. Der riesige Revolver, der in einem Halfter an seiner Taille baumelte, ließ ihn wie einen Westernhelden aussehen.

"Guten Tag. Felix Teichberger, mein Name. Ich sollte mich hier melden", erwiderte er förmlich und streckte ebenfalls seine Hand aus, die sofort ergriffen und kräftig durchgeknetet wurde.

"Am Händedruck erkennt man einen Mann", sagte der Gardist schmunzelnd. "Aber das kriegen wir schon hin."
Felix wusste nicht, was er von dieser Äußerung halten sollte und beschränkte sich darauf, das Schmunzeln zu erwidern.

"Gut. Gehen wir in mein Büro. Dort können wir uns in Ruhe unterhalten. Nach Ihnen."
Aus dem Augenwinkel sah Felix, wie der Pförtner wieder seine gesamte Konzentration dem Heftchen zukommen ließ, während er gefolgt von Scheidbrenner das kleine Zimmer betrat, das einst das Büro des Postleiters gewesen war. Das stand zumindest noch an der Tür.

"Nehmen Sie Platz", sagte Scheidbrenner und deutete auf einen Stuhl vor dem Schreibtisch, während er sich auf die andere Seite in einen Bürostuhl flegelte.
Felix musste unweigerlich an Veronika denken und wie sie sich über den Schreibtisch geworfen hatte, auch wenn er es ausschloss, dass

dieser Mann ihn verführen wollte.
Er setzte sich und hielt dem forschenden Blick seines Gegenübers stand.

"Wie Sie vielleicht schon gehört haben, hatten wir einen Toten in unseren Reihen zu beklagen, und diese Stelle muss neu besetzt werden."

"Ich habe es mitbekommen. Schreckliche Sache so etwas", heuchelte Felix Mitgefühl.

"Ja, schrecklich", bestätigte Scheidbrenner. "Aber genau deshalb brauchen wir Leute, die nicht so labil sind. In diesem Job werden Sie es mit vielen Leichen zu tun bekommen, ob nun lebendig oder wirklich tot. Denken Sie, dass Sie das aushalten werden?" Aus einer Schublade zog er das Formular, das Felix ausgefüllt hatte und las es schnell durch. "Sie schreiben, es würde Ihnen nichts ausmachen die Toten mit der Schubkarre abzutransportieren. Hatten Sie denn schon einmal so eine Arbeit übernommen, oder wie kommt es, dass Sie sich der Sache so sicher sind? Stellen Sie sich vor, sie würden einen Verwandten oder einen guten Freund erkennen." Er faltete die Hände, stützte sein Kinn darauf und sah Felix tief in die Augen.

"Ich habe keine Verwandtschaft hier", erwiderte er knapp. Dann fügte er noch hinzu: "Und selbst wenn es so wäre, weiß ich doch zwischen echten Menschen und diesen Monstern da draußen zu unterscheiden."

"Gut", sagte Scheidbrenner und überflog den Bogen noch einmal. "Sie waren bei der Bundeswehr. Das heißt, Sie können mit Waffen umgehen?"

"Ich weiß, wie man schießt und ich war einer der besten Schützen in unserem Zug", übertrieb er, denn im Grunde hatte er während seiner Wehrdienstzeit kaum Gelegenheit zum Schießen gehabt und lediglich seine Pflichtübungen absolviert.

"Gut. Wir brauchen Leute, die notfalls auch mit der Pistole umgehen können. Aber wir sind hier keine Rambos. Die Munition ist extrem knapp und wir bekommen nur wenig von den Militärs, das heißt, geschossen wird nur, wenn es absolut keine andere Möglichkeit gibt", sagte er ernst. "In der Regel benutzen wir die Macheten oder Stahlstangen, die wir den Zombies durch den Kopf bohren. Keine schöne Aufgabe, aber absolut notwendig. Haben Sie schon

mal jemandem den Kopf abgeschlagen?"
Felix musste passen und schüttelte den Kopf, aber sicherlich war so etwas auch nicht Voraussetzung, um hier aufgenommen zu werden. Sein Gegenüber nahm das stillschweigend zur Kenntnis und zog ein weiteres Papier aus der Schublade.

"Es gibt nicht viele, die ein Empfehlungsschreiben der Verwaltung mitbringen. Scheinbar haben Sie sich, seit Sie hier sind, schon des Öfteren durch enorme Einsatzbereitschaft hervorgehoben. Gut ...", sagte Scheidbrenner und nickte anerkennend.

"Naja, man tut, was man kann um zu helfen", sagte Felix etwas unsicher, da er nicht die geringste Ahnung hatte, was dort auf dem Empfehlungsschreiben stand.
Unauffällig versuchte er die Schrift zu entziffern, aber irgendwie schaffte es Scheidbrenner immer wieder, den Text mit seinen riesigen Händen zu verdecken.
Wieso hatte ihm diese dämliche Tussi nicht gesagt, was dort stand, anstatt ihn wie ein Tier zu ficken? Hoffentlich stellte ihm der Mensch dort auf der anderen Seite des Tisches keine Fragen dazu.
Aber der sagte nur sein obligatorisches "Gut" und erhob sich aus seinem Stuhl. "Ich schätze, wir können gut zusammenarbeiten." Er streckte ihm seine Hand entgegen. "Willkommen an Bord", sagte er zufrieden und brach Felix beinahe die Finger.
Felix, der inzwischen auch stand und vergeblich versuchte den Druck zu erwidern, lachte verlegen auf. Dass es so einfach ging, hätte er sich nicht gedacht. Endlich löste sich die Pranke von seiner Hand und Scheidbrenner bedachte ihn mit einer freundschaftlichen Geste - er legte ihm den Arm um die Schulter und führte ihn durch zwei andere Büros in einen, durch eine massive Stahltür gesicherten Tresorraum. An den Seiten waren etliche kleine Schließfächer, und in der Mitte, auf einem kleinen Tisch, lagen eine Pistole, ein Halfter mit zwei zusätzlichen Magazintaschen, die dazugehörigen Magazine, ein Päckchen mit Patronen und ein Handfunkgerät. An der gegenüberliegenden Wand stand ein großes Blechregal mit allerlei kleinen Kartons und größeren Holzkisten darauf.

"Das ist die alte Ausrüstung vom Kollegen Schuster. Er braucht sie ja nun nicht mehr. Ich habe sie gründlich reinigen lassen", bemerkte Scheidbrenner und deutete auf den Tisch. "Es macht Ihnen doch

nichts aus, oder?", fragte er rhetorisch. "Gut. Wir sind leider auf die Bestände der Armee angewiesen.
Unsere Polizeistation ist auf der anderen Seite der Lahn. Aber das wissen Sie ja."

"Kein Problem für mich", erwiderte Felix und fragte sich, wie genau Scheidbrenner seinen letzten Satz gemeint hatte. Bezog er sich möglicherweise auf etwas, was in dieser Empfehlung stand? Das nächste Mal, wenn ihn Veronika belästigen würde, wäre sie ihm eine Erklärung schuldig.
Von sich aus würde er aber keinesfalls zu ihr gehen. Dann lieber noch etwas Ungewissheit.

"Haben Sie ein blaues Hemd und eine Hose, so in der Art wie meine hier?", fragte Scheidbrenner und zupfte am Kragen seines Hemdes.

"Leider kein blaues Hemd. Hosen habe ich genug", antwortete er vorsichtshalber, denn er hatte die Kleidung, die ihm bei der Ankunft von der Warenverwaltung übergeben wurde noch nicht einmal komplett ausgepackt.

"Gut. Hemden sind kein Problem." Er ging zu dem Regal, holte aus einer kleinen Pappschachtel drei achteckige Aluminiumchips, wie Felix sie schon als Getränkemarken in Diskotheken gesehen hatte, hervor und legte sie neben die Patronen auf den Tisch. "Gehen Sie damit morgen zur Kleiderausgabe im ehemaligen Kaufhaus Ahrens. Für jeden Chip bekommen sie dort ein Hemd." Dann griff er in eine kleine Holzkiste und zog zwei rote Lappen heraus, die sich als Armbinden erwiesen. "Gut. Mit diesen Dingern erkennt Sie jeder in der Stadt als Angehörigen der Zivil-Garde. Tragen Sie sie, wenn Sie im Dienst sind oder bewaffnet vom Dienst kommen oder dahin gehen." Auch die Armbinden legte er auf den Tisch. "Brauchen Sie auch eine Machete?", fragte er und drehte sich schon wieder zu dem Regal um.

"Ja, sicherlich", antwortete Felix.

"Gut. Dachte ich mir." Er griff kurz in eine der hölzernen Kisten und legte eine Machete in einer olivgrünen Leinenhülle auf dem Tisch. Dann ging er in Gedanken eine Liste durch, überzeugte sich noch einmal mit einem gründlichen Blick auf die aufgereihten Gegenstände, dass er nichts vergessen hatte und hob schließlich die drei Aluminiumchips auf. Diese reichte er Felix und führte ihn an der

Schulter wieder aus dem Tresorraum.

Wieder in Scheidbrenners Büro reichte er Felix erneut die Hand.

"Gut", sagte er wieder. Damit wäre das Formelle soweit erledigt. Besorgen Sie sich morgen früh gleich die Hemden, und seien sie um 16.00 Uhr wieder hier. Herr ... ", er suchte mit dem Finger in einer Tabelle, die neben dem Schreibtisch an der Wand hing. " Herr Hofmeister wird sich um Sie kümmern und Sie einweisen." Dann quetschte er zum dritten Mal Felix Hand. "Auf gute Zusammenarbeit. Machen Sie uns keine Schande."

"Ich werde mein Bestes tun", erwiderte Felix, lächelte zufrieden und wartete sehnlichst darauf, dass der Leiter der Stadtwache seine Hand wieder freigab, die inzwischen schon richtig schmerzte.

Nach diversen Höflichkeitsfloskeln war er endlich wieder draußen und um drei Alu-Chips reicher.

"Na Liebling, wie ist es gelaufen?", erklang es neben ihm und Veronika kam mit ausgebreiteten Armen auf ihn zu gelaufen.

Auch das noch, dachte er und überlegte kurz, ob er nicht einfach weglaufen sollte. Immerhin hatte sie ihre Schuldigkeit getan und er hatte mehr als genug dafür bezahlt. Dann entschloss er sich doch zu bleiben, zumindest so lange, bis er herausgefunden hatte, was in seiner Empfehlung stand.

"Oh", sagte er, "hast du die ganze Zeit hier gewartet?"

Sie fiel ihm um den Hals. "Was denkst du denn? Natürlich will ich doch wissen, wie es meinem Liebling ergangen ist."

"Fast wäre es schief gegangen", übertrieb er mit wütender Stimme. "Du hast mir nicht gesagt, wer mich wofür empfiehlt. Ich wusste gar nichts dazu zu sagen."

Abrupt ließ sie ihn wieder los, stellte sich vor ihn und stemmte die Hände in die Taille. Dann sah sie ihn herausfordernd an. "Du hast mich ja nicht gefragt. Ich kann ja schließlich nicht an alles denken." Genauso plötzlich, wie sich ihre Augen verengt hatten, entspannte sich ihre Miene wieder zu einem Lächeln. "Ich habe nur geschrieben, dass du einer der wenigen Überlebenden bist, die sich damals freiwillig gemeldet hatten, um Lebensmittel von der anderen Seite zu holen." Sie überlegte etwas. "Und dass du ehrenamtlich im Stadtarchiv mit aufgeräumt hast." Wieder dachte sie nach. "Ich glaube, das war's."

"Du glaubst?", fuhr Felix sie an. "Die ganze Geschichte kann auffliegen, wenn ich nicht alles genau weiß."

"Warum bist du so böse?", fragte sie in weinerlichem Tonfall. "Ich hab doch so viel für dich getan. Liebst du mich denn gar nicht?"

Die letzte Frage ließ Felix zusammenzucken. Niemals hatte er auch nur im Entferntesten etwas von Liebe gesagt, geschweige denn gefühlt.

"Natürlich nicht", brach es aus ihm heraus. "Wie kommst du nur auf so etwas? Wir hatten bestenfalls eine kleine Affäre und selbst das ist noch übertrieben."

Mit geweiteten Augen schaute sie ihn an und biss sich dabei auf die Lippe.

"Aber ... ich ... du ... wir ... ", stammelte sie.

"Hör mal zu", unterbrach sie Felix. "Ich empfinde nichts für dich und das habe ich auch nie. Heute Nachmittag warst du diejenige, die über mich hergefallen ist und nicht umgekehrt. Du hast mich geknallt und es hat dir ja wohl auch nicht gefallen. Was willst du denn noch?"

Veronikas Blick wechselte zwischen traurig, schockiert und wütend hin und her, bis sie ihm schließlich mit zusammengekniffenen Augen tief in die seinen schaute, seinen Kragen packte, um sich daran hoch zu ziehen und ihm durch die Zähne bedrohlich zuflüsterte: "Du weißt nur noch nicht, dass du mich liebst, aber das wird sich noch ändern."

Dann schlug sie ihm mit der flachen Hand gegen seinen Brustkorb, drehte sich wortlos um und stampfte wütend davon.

Felix empfand die Situation noch als zu unwirklich, um reagieren zu können. Erst als sie hinter einer Häuserecke verschwunden war, lockerte er sich wieder. Das war schon das zweite Mal heute, dass sie ihn mit einer unterschwellig bedrohlichen Art dermaßen aus dem Konzept gebracht hatte. Er würde drei Kreuze in seinem Kalender machen, wenn er endlich hier abhauen könnte, nur weil er dann diese Frau nicht mehr sehen müsste. Bis dahin würde er sie einfach wieder wie vor seinem Anliegen behandeln, nämlich wie Luft. Auch würde er in Zukunft nicht mehr leichtsinnig antworten, wenn es an seiner Tür klopfte, ohne zu wissen wer draußen steht. Doch für heute hatte sie bestimmt genug und würde ihn in Ruhe lassen.

Er wartete noch ein paar Minuten und trat den Heimweg an. Nur aus Neugier machte er einen kleinen Umweg am Parkhaus vorbei. Noch immer standen die Unteroffiziere davor und stellten auch dieses Mal das Reden ein, als er in Hörweite kam. Egal, er würde schon noch hier rauskommen, ob er nun mit dem Jeep fahren oder sich einfach ein Militärfahrzeug greifen würde, spielte im Grunde genommen keine Rolle. Selbst einen Lkw würde er lenken können.

Als er im Hotel seine Zimmertür erreichte, erwartete ihn eine Überraschung. Aus buntem Papier hatte jemand Hunderte von Herzen in allen Größen ausgeschnitten und rund um seine Tür geklebt. Er musste nicht lange überlegen, um darauf zu kommen, dass dies Veronikas Werk war und er erwartete, dass sie jeden Augenblick aus irgendeiner Ecke springen würde, aber das geschah glücklicherweise nicht. Er wollte sich jetzt nicht mit Aufräumen beschäftigen. Wahrscheinlich würden am nächsten Tag wieder welche daran kleben, wenn er sie jetzt beseitigen würde. Also seufzte er noch einmal tief, schüttelte den Kopf und ging in seine Suite. Dort vergewisserte er sich zunächst in allen Zimmern von Veronikas Abwesenheit, bevor er sich vor seinen Computer setzte und auch das CB-Funkgerät, das daneben aufgebaut war, in Betrieb nahm. Routiniert schaltete er erst einmal alle Kanäle nacheinander durch in der Hoffnung, irgendetwas zu empfangen, um anschließend im Zweiminutentakt einen eigenen Hilferuf abzusetzen. Bis vor Kurzem hatte er noch den Funkverkehr zwischen Marburg und Gießen abhören können, aber seit über einer Woche herrschte dort bereits Funkstille, abgesehen vom Funker in Marburg, der immer wieder versuchte, Gießen zu erreichen. Aber mit dem wollte sich Felix bestimmt nicht unterhalten, zumal seine Anlage hier in den Augen des Militärs mit Sicherheit illegal war. Auf jeden Fall hatte er eine wesentlich größere Reichweite als der olivgrüne Funker dort unten. Also blieb er auf seinem selbst definierten Kanal 00 kurz hängen, hörte, dass Gießen noch immer nicht antwortete und schaltete weiter in der Erwartung, nichts anderes als Rauschen zu empfangen.
Jetzt allerdings hörte er Stimmen auf Kanal 6 und sie sprachen sogar deutsch.

~ * ~

"TATA!", rief Gregor, lauter als die Heavy Metal Klänge, die aus den Boxen hämmerten und präsentierte stolz seine neue Pfeife, die er, während das Gras im Backofen seine Feuchtigkeit verlor, aus diversen Haushaltsgegenständen gebastelt hatte. Sie war ungefähr einen Meter hoch, bestand im oberen Teil aus mehreren aufgeschnittenen Plastikflaschen, die miteinander verschmolzen waren und unten in das Endstück eines Abflussrohres mündeten. Ein gläserner Trichter aus der Küche diente als Pfeifenkopf und war mit viel Kerzenwachs und feuchten Tüchern abgedichtet worden.

Maik schaute sich das Konstrukt einen Moment voller Fassungslosigkeit an, schüttelte ungläubig den Kopf und prustete los.

"Wer soll das denn rauchen?", lachte er. "Da brauchen wir ja einen Kompressor, um das Ding erst mal mit Rauch zu füllen.

"Wieso?", Gregor schaute beleidigt. "Jeder zieht einmal kräftig an, und einer darf dann leer ziehen. Das geht schon."

Maik krümmte sich vor Lachen auf der Couch. "Wozu brauchen wir eigentlich noch Gras?", rief er mit erstickter Stimme. "Ich bekomme schon einen Lach-Flash, wenn ich mir das Ding angucke."

Gregor hob die Nase in die Höhe und schaute zur Decke. "Dann rauch ich sie eben alleine", sagte er gespielt schnippisch, was bei Maik einen weiteren Lachanfall auslöste.

Dann raffte er sich wieder auf, ließ Gregor, der noch immer neben seiner neuen Pfeife stand, mit einem Grinsen stehen und ging in die Küche. Kurze Zeit später - Gregor überlegte immer noch, was daran denn so lustig gewesen war - kam er mit einer Salatschüssel voller Gras zurück.

"Es ist angerichtet", sang er, als er die Schüssel auf dem Tisch abstellte. Er sah zu Gregor, der gerade damit beschäftigt war, seine Pfeife abzustellen, was sich aber mangels Statik als unmöglich erwies. Also lehnte er sie vorsichtig an die Couch und beugte sich tief einatmend über die Schüssel.

"Mjamm", machte er, griff sich eine Handvoll heraus und legte es vor sich auf eine alte Zeitung, die er in den letzten Tagen des Öfteren beinahe geraucht hätte, weil sie von Doperesten im Knick schon ganz braun war. Hektisch wühlte er in dem Müll auf dem Tisch, bis er endlich eine große Küchenschere in der Hand hielt. Dann begann er damit, die Knospen in Windeseile klein zu schneiden.

"Gregor mit den Scherenhänden", spottete Maik, stieß aber auf taube Ohren, da sein Freund seine ganze Aufmerksamkeit ins Grasschneiden legte. "Also, du kannst machen, was du willst. Ich rauche erst mal eine normale Pfeife."

Eine normale Pfeife bedeutete für Maik die nur dreißig Zentimeter hohe Wasserpfeife, die auf einem kleinen Beistelltisch neben der Sitzgruppe stand.

Gregor beachtete ihn nicht und schnippelte weiter wie ein Besessener an dem noch warmen Grün. Es dauerte keine fünf Minuten und er saß freudestrahlend vor einem kleinen Berg fein geschnittenem Gras, und es war erstaunlich, dass er sich dabei nicht verletzt hatte.

"Fertig!", rief er und bemerkte, wie Maik die kleine Pfeife auf den Tisch stellte. "Draußen bist du ein Held, aber beim Rauchen nur ein kleiner Feigling", stichelte er.

"Rauch du nur dein Konstrukt", sagte er grinsend. "Wirst schon sehen, was du davon hast. Ich trage dich nicht nach oben. Aber mal ernsthaft. Wohin willst du den ganzen Rauch denn ziehen? Ich kann mir nicht vorstellen, dass deine Lunge das packt." Er nahm sich ein wenig von dem Gras, mischte noch etwas Tabak darunter und stopfte seine Wasserpfeife. "Also ich wäre soweit. Wie steht's mit Dir und Deinem Rauchmonster?", lachte er, als er Gregor dabei beobachtete, wie der ganz langsam und vorsichtig den Trichter, der unten mit einem Sieb aus dem Wasserhahn geschlossen war, mit purem Gras füllte, peinlich darauf achtend, dass die wackelige Geschichte nicht undicht werden würde.

"Moment, ich hab's gleich", antwortete er, woraufhin Maik seine Pfeife wieder abstellen musste, damit sie ihm vor Lachen nicht aus der Hand fiel. Immer, wenn Gregor diesen Satz von sich gab, konnte er davon ausgehen, dass gleich etwas fürchterlich schief gehen würde, und so war es auch.

Gregor hatte den unteren Teil seines Rauchgeräts zwischen seine Knie geklemmt, während er mit einer Hand die Zeitung hielt und mit der anderen das Gras von dort in den Trichter schob. Je mehr er sich darauf konzentrierte, nicht zu fest an den Trichter zu stoßen und das

Gras trotzdem hineinzustopfen, desto weniger Aufmerksamkeit kam seinen Knien zu.
Bis schließlich der Druck zu schwach war, um die bereits mit Wasser gefüllte Konstruktion zu halten und diese ihm langsam entglitt. Vor Schreck versuchte er, sie am Trichter festzuhalten und Sekundenbruchteile später hatte er diesen in der Hand, während das Rohr auf dem Boden aufschlug und die Plastikflaschen abknickten. Gleichzeitig versuchte er, mit der anderen Hand die Reste der Pfeife aufzufangen und vergaß dabei die Zeitung mit dem Gras, das noch nicht im Trichter war. Zu guter Letzt hatte er nur noch den Trichter in der Hand und das meiste Gras war über ihn, den Boden und das Sofa verteilt.
Maik wollte eigentlich nicht lachen, aber der Reiz in seinem Zwerchfell war stärker. "Du siehst aus, als hätte dich jemand bestäubt, Kumpel. Am besten, du rauchst dich gleich selber."
Gregor versuchte grimmig zu gucken, scheiterte allerdings an seiner Verwunderung über das eben Passierte. Eigentlich sah er nur dämlich aus, was durch die Pfütze, die sich inzwischen vor ihm auf dem Boden gebildet hatte und das darin schwimmende Gras, welches langsam aus seinem Trichter rieselte, weil er ihn versehentlich waagrecht hielt, verstärkt wurde.

Als Maik sich wieder gefangen hatte, hielt er ihm noch immer breit grinsend die alte Standardpfeife hin. "Hier, für die Nummer hast du dir den ersten Zug verdient."
Schmollend nahm Gregor die Pfeife entgegen und ließ sich, während das Wasser wie ein Geysir blubberte, von Maik Feuer geben, zog den Rauch tief in seine Lunge und erstickte fast, als er den Hustenreiz unterdrückte, um das Eingeatmete möglichst lange wirken zu lassen. Im Pfeifenkopf knisterte es, und hin und wieder spritzte ein kleines Feuerwerk aus demselben, immer dann, wenn ein noch nicht ganz trockenes Stückchen von der Glut erfasst wurde.
Als Maik den Glaskolben entgegen nahm, musste er feststellen, dass die Mischung schon fast komplett abgebrannt war, doch er zuckte nur kurz mit den Schultern und zog den Rest weg, und schließlich atmete auch Gregor wieder aus. Binnen Sekunden saßen sie in einer undurchsichtigen weißen Wolke, die sich langsam über die gesamte

Hotellobby verteilte.

"Gleich noch einen hinterher", bestimmte Maik, der nicht allzu viel von der Mischung abbekommen hatte, und griff in die Schüssel.
Im Augenwinkel erkannte er seinen Freund, der im Nebel wie ein Drogenspürhund auf der Couch herumkroch und zu retten versuchte, was zu retten war. Tatsächlich konnte er einen beträchtlichen Teil des Grases wieder auflesen. Trotzdem wollte Maik lieber das frisch geschnittene vor ihm rauchen, als das von Dreck und Fusseln durchsetzte Gras, das Gregor wieder aufgesammelt hatte, und stopfte schnell die Mischung. Das Chillum war noch heiß, als er es über dem viel zu vollen Aschenbecher säuberte, wobei die Hälfte der Asche davon herunterrollte, um irgendwo unter dem Unrat ein neues und wahrscheinlich auch sehr beständiges Zuhause zu finden. Diesmal genoss er den ersten Zug selbst, zog den Rauch so tief ein, wie es ging und reichte die Pfeife an Gregor weiter.

So ging das ungefähr dreißig Minuten und viele Pfeifen weiter, und im Anschluss konnte man in der gesamten Hotellobby die Hand vor Augen nicht mehr erkennen. Im Hintergrund hämmerten Motörhead ihren Klassiker „Ace of Spades“ und hin und wieder ertönte ein Husten oder Keuchen oder beides zusammen.

"Oh verdammt", stöhnte Maik müde irgendwo inmitten der Wolke. "Wir haben es übertrieben, Kumpel." Dann begann er zu lachen und suchte vergebens nach einer Erklärung dafür.

"Sind wir jetzt auch Zombies?", kicherte es. "Ich habe mächtigen Hunger." Das letzte Wort erklang dumpf und bedrohlich, bis es von einem erstickenden Lachen abgelöst wurde.

"Dann iss doch was ... und bring mir was mit."

"Woher?"

"Aus der Küche."

"Was soll ich denn in der Küche?"

Für einen Moment herrschte Schweigen.

"Keine Ahnung. Hab ich vergessen."

"Ich habe Hunger."

"Dann iss doch was."

Das Gespräch lief noch eine unbestimmte Zeit so weiter, ohne dass sich einer von beiden auch nur einen Zentimeter bewegte und schließlich verstummten auch die Stimmen. Bald darauf war das letzte Lied der CD verklungen und es war still.

Still bis auf die Schüsse, die irgendwo in der Nähe oder in weiter Ferne hämmerten.
Der Nebel hatte sich inzwischen verzogen und beide sahen sich fragend an, während jeder für sich intensiv darüber nachdachte, ob er sich das Knallen nicht nur einbildete.
Gregor kam zuerst zu dem Schluss, dass dort wirklich geschossen wurde und räumte die letzten Zweifel mit Hilfe seiner aufkeimenden Angst aus.

"Da draußen schießt jemand", sagte er benommen.

"Hört sich ganz so an", erwiderte Maik langsam und müde und griff noch langsamer nach der Maschinenpistole, die neben ihm auf dem Boden lag. "Ist weit weg ... glaube ich." Er spähte mit zusammengekniffenen Augen zum einzigen nicht vernagelten Fenster in der Lobby. Durch die Gardinen fiel die rote Abendsonne und versprach warmes Wetter für den nächsten Tag.

"Wollen wir nachschauen?", fragte Gregor und hatte schon wieder vergessen, nach was er schauen wollte.

"Keine Ahnung. Hast du Lust?"

"Wovon redest du?", fragte Gregor und versuchte, den Faden wiederzufinden. Nachdem ihn Maik genauso planlos anstarrte, während sein benommener Geist nach einer Antwort fahndete und dabei die Frage vergaß, fügte er noch hinzu: "Ich bau erst mal einen."
Auch dazu sagte Maik nichts, aber Gregor vermutete ein Nicken bei ihm gesehen zu haben und machte sich daran, die Pfeife auszukratzen.
Wieder krachten Schüsse. Maik zählte sechs Stück, bis er vergaß, was er eigentlich zählte.
Gregor hatte die Pfeife inzwischen fertig gestopft und ließ bereits den ersten Rauch durch das schon gelbe Wasser gluckern.

"Hier, nimm", sagte er zu Maik, als er ihm die Pfeife mit zittrigem Arm entgegenstreckte, doch der lauschte noch immer angestrengt nach draußen und nahm ihn nicht wahr. Also zog Gregor einfach noch einmal.

Dann ertönte die Sirene und nach einem Moment des Überlegens ordnete sie Maik als Alarmsignal des Militärs und der Zivil-Garde ein.

"Verdammt", sagte er und griff nach seinem Schulterhalfter. "Alarm, ich muss raus." Unbeholfen versuchte er das Halfter anzulegen, steckte seine Arme aber immer wieder durch die falschen Schlaufen. Eine Pistole fiel dabei aus dem Leder und schlug mitten im Abfall auf dem Tisch auf. Er hob sie erst einmal nicht auf, sondern versuchte weiter in sein Geschirr zu kommen, was aufgrund des ungleichen Gewichts jetzt noch komplizierter war. Schließlich warf er es auf die Couch, bückte sich nach der Maschinenpistole, die er eigentlich gar nicht haben dürfte, und stolperte zur Tür. Als er in die Überreste von Gregors Pfeifenexperiment trat, wurde ihm schmerzhaft bewusst, dass er noch keine Schuhe an hatte. Er schaute verwundert an sich herunter und bemerkte, dass er noch nicht einmal eine Hose trug. Kurz überlegte er, ob er nicht auch so gehen könnte, kam dann aber zu dem Entschluss, dass er sich erst anziehen sollte. Dann bemerkte er wieder den stechenden Schmerz in seinem Fuß, und als er sich zurück in den Sessel fallen ließ und seinen Fuß betrachtete, sah er, dass er auf den Trichter getreten war und eine große Scherbe in seiner Ferse steckte.

"Verdammte Scheiße!", rief er aus. "Ich blute wie eine Sau." Dann riss er sich das Glasstück aus dem Fuß.

Gregor schaute benommen zu ihm und hatte nicht die geringste Ahnung, was von ihm erwartet wurde, und er kaute verlegen auf seiner Unterlippe.

"Kann ich dir helfen?", fragte er unbeholfen, noch immer auf Maiks blutende Ferse starrend.

"Natürlich kannst du mir helfen", brüllte Maik, der durch den Schock schon fast wieder bei klarem Verstand war. "Gib mir den verdammten Verbandskasten!" Und als Gregor ihn noch immer fragend mit zugeschwollenen roten Augen anglotzte, fügte er noch: "In der Seitentasche vom Rucksack.", hinzu.

Gregor reagierte zwar langsam, aber er reagierte und fand letztendlich auch den Verbandskasten.

"Hey Mann, du blutest ja", bemerkte er erneut, als er mit dem kleinen Koffer zurückkam.

Maik schüttete sich Unmengen von Desinfektionsmittel auf die Wunde und konnte dabei gerade noch einen lauten Schrei unterdrücken. Vergeblich versuchte er, die Ferse in einen Verband zu wickeln.

"Blitzmerker", gab er kurz zurück und mühte sich weiter mit dem Verband ab, der immer wieder abrutschte.

Die Sirene verstummte und man konnte wieder die Schüsse vernehmen, die nun häufiger geworden waren. Draußen rannten Menschen an den Fenstern des Hotels vorbei und redeten aufgeregt durcheinander, einige schrien hysterisch, und Maik verzweifelte noch immer an der Mullbinde.

"Hilf mir doch mal", forderte er Gregor auf, doch der lag schon wieder zusammengesunken auf der Couch, hatte die Augen geschlossen, zeichnete mit den Händen Symbole in die Luft und hörte nichts. Wahrscheinlich vermischte er gerade die Geräuschkulisse vor dem Hotel mit wirren Bildern, die willkürlich in seinem Kopf entstanden, und blendete sich so aus der Realität aus. Maik sah ein, dass er von ihm keine Hilfe erwarten konnte. Schließlich legte er einfach eine Kompresse auf den inzwischen kaum noch blutenden Schnitt und zog seine Socken darüber. Nachdem er endlich auch seine Hose gefunden hatte, zog er mit zusammengebissenen Zähnen seine Stiefel an. Dann hinkte er mit der Maschinenpistole in der Hand los. "Halt hier die Stellung", rief er Gregor im Hinausgehen zu, erhielt als einzige Reaktion jedoch nur ein bekifftes Stöhnen.

"Was ist passiert?", fragte Maik einen Mann, der mit einem Baseballschläger bewaffnet die Straße hinunter lief.

"Sie sind über die Brücke gekommen. Haben einfach den Zaun eingerissen", antwortete er und war schon weiter gelaufen, bevor Maik fragen konnte, von welcher Brücke die Rede war. Also rannte er, soweit es sein Fuß zuließ, hinterher. Insgesamt gab es sechs Brücken, die auf die andere Seite führten. Alle waren durch drei Reihen hohen Maschendrahtzaun und diverse Rollen Nato-Draht gesichert. Eigentlich war es unmöglich, dass die Zombies diese Barriere überwinden konnten, ohne bereits schon am ersten Zaun Alarm auszulösen. Was war geschehen?

Die steile Straße, die aus der Oberstadt hinunter zum Fluss führte, ließ seine Ferse bei jeder Belastung heftig schmerzen, und jetzt in der Bewegung registrierte er, dass er immer noch ziemlich stoned war. Des Öfteren musste er anhalten und sich an einer Häuserwand abstützen und war bemüht, sich nicht einfach hinzusetzen und einzuschlafen. Die nun näher klingenden Schüsse schafften es aber immer wieder, ihn an die gefährliche Situation zu erinnern und halfen ihm, sich wieder aufzuraffen.

Dann sah er die Menschenmasse, die sich auf der großen Kreuzung neben der katholischen Kirche versammelt hatte und die Soldaten anfeuerten, die in mehreren Reihen auf der Brücke knieten und Patrone um Patrone in die Masse der Untoten schossen. Ganze Berge von Toten lagen zwischen den Resten des Zaunes, und die nachkommenden Zombies hatten schon Schwierigkeiten, über diese hinweg zu steigen. Auch die Zivil-Garde war unter den Schießenden und Maik bahnte sich seinen Weg durch die Schaulustigen nach vorn, wo er seine Kollegen erkennen konnte.

"Wir müssen die Barriere wieder errichten", rief einer der Soldaten.

"Es kommen immer mehr. Wir brauchen mehr Munition", schrie ein anderer, und in der Tat war kein Ende des Untotenstroms zu sehen. Die gesamte Straße war überschwemmt mit stinkenden, hungrigen Kreaturen, die fest entschlossen schienen, sich ihre Nahrung zu holen. Scheinbar hatten sich alle, die vor kurzem noch rund um das gesicherte Gebiet an den Zäunen herumgetrieben hatten oder durch die Straßenschluchten des östlichen Teils von Marburg gewandelt waren, diesem Strom angeschlossen, und sie rückten immer weiter vor.

"Wir haben keine Munition mehr", drang es von der Front an Maiks Ohren.

Von hinten kamen nun auch einige der Zivilisten dazu, die sich mit Macheten, Stahlstangen oder einfach nur Knüppeln ausgerüstet hatten, wurden aber von den Soldaten am weiteren Vorgehen gehindert. Noch weiter hinten waren etliche Menschen mit bescheidenem Erfolg damit beschäftigt, einen Zaun, bestehend aus allem, was sie finden konnten, vor der Kreuzung zu errichten, so dass die Kreaturen, selbst wenn sie die Soldaten und die Zivil-Garde überwinden würden, nicht in die Stadt gelangen konnten.

Maik war nun auch an vorderster Front. Er hatte seine UZI auf Einzelfeuer gestellt, merkte aber schnell, dass er nicht annähernd in der Lage war zu zielen. Zu intensiv spürte er noch die Nachwirkungen der Rauchorgie. Die Soldaten machten ihre Sache recht gut, aber immer wieder hörte er statt eines Knalles nur noch ein Klicken aus den Gewehren, und die Soldaten hinter diesen Waffen traten den Rückzug an.

"Feuer einstellen!", befahl jemand von hinten durch ein Megafon, und Maik ordnete die Stimme Leutnant Beckmann zu. "Rückzug!", rief er weiter.

"Bringt die Verwundeten hierher", schrie jemand aus vollem Hals. Die Soldaten und alle anderen Menschen, die dort standen, versuchten, so schnell wie möglich wieder nach hinten über die Brücke zu laufen. Ein paar trugen Verletzte, die nicht mehr alleine laufen konnten oder zu langsam waren.

Als Maik sich umdrehte, sah er, wie sich zwei Schneepflüge langsam ihren Weg durch die Menschenmassen bahnten. Direkt hinter den Fahrzeugen wurden sogleich zwei Rollen Nato-Draht von den Soldaten, die bereits keine Munition mehr hatten, soweit über die Straße gezogen, dass nur noch eine kleine Lücke für die sich zurückziehenden Soldaten blieb. Auch Maik rannte zurück hinter die Absperrung. Als der letzte lebendige Mensch die Brücke verlassen hatte, stießen die beiden Schneepflüge nebeneinander in den Leichenberg und in die nachrückende Zombieherde.

Blut spritzte in hohen Fontänen und immer wieder mussten sie zurücksetzen, um nicht stecken zu bleiben. Zusätzlich erledigten sie so im Rückwärtsgang die Zombies, die sich an den Fahrzeugen vorbei drängten, oder nur ein paar Gliedmaßen verloren hatten, aber nicht getötet wurden. Einige konnten sich an den Schneepflügen festkrallen und wurden mitgeschleift, andere wurden über das Brückengeländer in den Fluss geschleudert. Je länger sich die beiden Fahrzeuge auf der Brücke hin und her bewegten, desto mehr wurden sie von den Zombies umlagert, und schon bald waren sie von oben bis unten rot gefärbt. Es dauerte nicht lange und einige Untote hatten es geschafft, mit ihren fauligen Händen an die Fenster zu schlagen, bis schließlich das Geräusch von berstendem Glas ganz leise im Hintergrund zu erahnen war. Dann driftete der rechte Schneepflug noch weiter nach rechts, durchbrach die Leitplanke und das Geländer und stürzte mit einem ganzen Rudel Untoter in die Lahn, wo er langsam versank. Weitere lebende Leichen drängten nach vorne.

"Sofort die Brücke räumen!", schrie Beckmann wieder durch sein Megafon. "Wir sprengen."

Schon seit langer Zeit waren Sprengladungen an allen Brücken angebracht worden, und sie waren nur für den absoluten Notfall gedacht, denn jede Verbindung in den anderen Teil der Stadt war wichtig, wenn dieser irgendwann einmal gesäubert werden sollte. Damit die Ladungen nicht versehentlich oder von einem Verrückten gezündet werden konnten, hatte man die Kabel so verlegt, dass sie an der Unterseite verliefen und erst am Ende der Brücke nach oben in einen abgeschlossenen Stahlkasten mündeten. An diesem machte sich Beckmann gerade zu schaffen, während zwei andere Soldaten die Zündapparatur herantrugen. Unterdessen versuchte ein weiterer Soldat über sein Funkgerät den Fahrer des noch intakten Schneepflugs zu kontaktieren. Immer wieder schrie er in das Walkie-Talkie, bekam aber keine Antwort. Dann blieb der Schneepflug mitten auf der Brücke und umringt von Untoten einfach stehen.

Als die Kiste geöffnet war, drehte Beckmann sich zu den Zivilisten um, die immer noch ihre Stadt verteidigen wollten, wenn es sein musste mit bloßen Fäusten.

"Achtung! Räumen sie unverzüglich die Kreuzung. Halten sie großzügig Abstand, laufen Sie, so weit wie Sie kommen. Wir werden die Brücke jetzt sprengen", rief er durch das Megafon. "Suchen Sie sich nach Möglichkeit eine Deckung und ziehen Sie den Kopf ein." Dann drehte er sich wieder zu dem stählernen Kasten mit den Kabeln um, die von den beiden Soldaten gerade an die Sprengvorrichtung angeschraubt wurden.

"Was ist mit dem Räumfahrzeug?", fuhr er den Funker an. "Wieso bleibt er stehen?"

"Er antwortet nicht mehr, Herr Leutnant", sagte der Soldat und ließ die Schultern hängen. "Zuletzt habe ich ihn schreien gehört."

Beckmann drehte sich wieder mit seinem Megafon zu den verbliebenen Zivilisten, die die erste Durchsage nicht verstanden hatten, oder die Explosion aus nächster Nähe beobachten wollten, um.

"Achtung! Achtung! Wir sprengen in wenigen Augenblicken. Räumen Sie sofort die Kreuzung!", brüllte er ihnen zu, und als es immer noch Schaulustige gab, fügte er noch hinzu: "Bewegt eure Ärsche hier weg und zwar schnell!"

Maik, der ebenfalls noch in dieser Menge stand, griff sich ohne darüber nachzudenken, einen Soldaten, der stark aus dem Oberschenkel blutete und unentwegt schrie, und trug ihn, wie er Gregor zuvor im Wald getragen hatte, bis hinter die Kirche, wo schon die gesamte Rettungswagenstaffel bereit stand, um sich der Verletzten anzunehmen. Einige waren schon dort und wurden an Ort und Stelle versorgt. Die meisten hatten Schussverletzungen, aber an manchen waren deutliche Spuren von Bissen erkennbar, so auch bei dem, den er gerade an der Hüfte hielt. Als ihn die Sanitäter in Empfang nahmen, konnte er das große Loch im Oberschenkel sehen und die durchtrennte Muskulatur. Erfahrungsgemäß hatten diese Patienten so gut wie keine Chance zu überleben. Von einem Sanitäter hatte er gehört, dass das Leichengift dafür verantwortlich war, und es bei einem Biss sofort zu einer Blutvergiftung kam, die so schnell verlief, dass man sie nicht aufhalten könne.

Die Tatsache, dass er selbst noch niemanden gesehen hatte, der einen Biss überlebt hatte, reichte ihm aber aus, um die aufkeimende Hoffnung, der Soldat könne vielleicht doch überleben, zu unterdrücken. Dennoch beschloss er, noch ein wenig zu bleiben und die Hand des Schreienden zu halten und ihm im Zweifel einen Kopfschuss zu verpassen, wenn er starb.

Zu dem Zeitpunkt, als die beiden Schneepflüge auf die Brücke fuhren, erwachte Gregor aus seiner Trance. Schwach erinnerte er sich, dass Maik gegangen war, aber wohin er wollte, war ihm gänzlich schleierhaft.

"Waren da nicht eben noch Schüsse gewesen?", überlegte er. Aber je mehr er versuchte sich zu erinnern, desto weiter schweiften seine Gedanken ab, bis ihm letztendlich und ohne ersichtlichen Grund nur noch das Wort Mähdrescher im Kopf herum spukte.

Also gab er das Denken auf und beschloss nach der Fernbedienung

zu suchen; vielleicht gab es ja wieder Sender mit neuem Programm. Seine Hände bewegten sich in Zeitlupe, als er sie nach dem Tisch ausstreckte. Irgendwo unter dem ganzen Müll lag sie bestimmt. Ohne etwas erkennen zu können, tastete er auf dem Tisch umher und fühlte mit einem Mal den kalten Stahl von Maiks Pistole. Vorsichtig hob er sie auf und wiegte sie mit beiden Händen hin und her.
Ihm fiel das Desaster im Wald wieder ein, wo er das fast unbewegliche Ziel aus nächster Nähe nicht ein einziges Mal getroffen hatte.
Mit ausgestreckten Armen hielt er die Waffe vor sich, zielte in Richtung des Fensters und versuchte, Kimme und Korn in Einklang zu bringen, was ihm aber aufgrund seiner schwankenden Arme, die immer noch ein bekifftes Eigenleben führten, nicht gelingen wollte. Dann hielt er die Waffe mit einer Hand waagrecht in der Luft. Zielen konnte er so zwar noch weniger, aber es sah sicher mächtig cool aus. Als er aufzustehen versuchte, donnerte eine gewaltige Detonation, die die Scheiben des Hotels erzittern ließ, und er fiel zurück auf die Couch. Gleichzeitig warf er vor Schreck die Waffe in hohem Bogen von sich, quer durch die Lobby. Dann stopfte er sich eine weitere Pfeife.

~ * ~

Zuvor lauschte Felix in seiner Suite angespannt den Worten, die abgehackt aus dem kleinen Lautsprecher drangen:
"... Kirche des ewigen Lebens ... Ja, wir sind auf dem Weg dorthin ...Haben fast alle Flüchtlinge aus dem Norden ..."
Felix hielt den Drehknopf für die Kanäle fest, als würde er befürchten, die Verbindung würde augenblicklich unterbrochen, wenn er los ließe. Völlig regungslos hockte er vor dem Lautsprecher und traute sich kaum zu atmen.
Flüchtlinge aus dem Norden, dachte er immer wieder. Darunter könnten sich auch Christel und Julia befinden.
Leider war der Empfang so schlecht, dass der andere Gesprächspartner ganz im Rauschen unterging. Konzentriert horchte er weiter.

"... Wir legen eine Rast im Umland von Hannover ein ... Nein, kein großer Verlust ... Wir bringen sie wie vereinbart mit ... mindestens zweihundert Frauen..."

Es gab also noch andere Überlebende, die sich nicht in irgendeiner Stadt eingeschlossen hatten. Dann brach die Verbindung ganz ab und es war nur noch statisches Rauschen zu hören. Ohne den Kanalschalter loszulassen, drehte er mit der anderen Hand an der Feinjustierung, und schaltete die verschiedenen Filter durch, aber ohne Erfolg. Schweiß hatte sich in feinen Tropfen auf seiner Stirn gesammelt und er japste nach Luft, bevor er sich das Mikrophon griff.

"Hier spricht Einsamer Sucher", sagte er, so ruhig er konnte, in das Sprechgerät. "Ich rufe alle, die mich hören können." Dann wartete er dreißig Sekunden, die ihm wie Stunden vorkamen.

Gerade wollte er seinen Hilferuf wiederholen, als es leise aus dem Lautsprecher knackte.

"Einsamer Sucher, hier Goblin666", hörte er eine Antwort ganz leise im Hintergrund, überlagert von lautem Rauschen und Knacken. "Wie sind Ihre Koordinaten?"

"Goblin666, ich befinde mich im Lager von Marburg an der Lahn. Wo seid Ihr unterwegs?", fragte er zurück und sein Herz schlug ihm bis zum Hals, als er auf die Antwort wartete, aber es drang kein Wort mehr zu ihm durch.

Früher hatte sich Felix nie für die Funkerei interessiert und deshalb waren seine Erfahrungen mit der Anlage mehr als bescheiden. Zwar hatte er sich eine der teuersten und laut Verpackung leistungsfähigsten Funkanlagen und die größte Antenne, die er hatte finden können, besorgt, aber wie weit seine Reichweite war, hatte er bislang nicht ausprobieren können. Wusste der Teufel, von wo er die Funksprüche aufgeschnappt hatte.

"Goblin666, hier Einsamer Sucher. Bitte meldet euch!", rief er noch einmal in das Mikrophon, aber auch diesmal blieb es still. Dafür hörte er die Schüsse und Schreie von draußen.

Er ging zum Fenster und spähte hinaus. Draußen herrschte Hektik in den Straßen. Menschen liefen und riefen durcheinander, und die Schüsse wurden schneller und zahlreicher.

Dann ertönte die Sirene.

Oft hatte er das noch nicht erlebt, denn dieses Signal wurde nur eingesetzt, wenn es wirklich brenzlig wurde. Er bedauerte ein wenig, dass er noch keine Waffen bekommen hatte, sah aber deshalb auch keinen Grund, jetzt ebenfalls auf die Straße zu rennen. Stattdessen beobachtete er weiter das Treiben unter ihm.
Soldaten und Gardisten rannten, begleitet von einigen mit Äxten und Stangen bewaffneten Männern, die Straße hinunter, bis sie am Ende nach links abbogen, wo es zur Brücke ging, während andere unbewaffnet und voller Angst die Straße hinaufrannten. Er würde erst einmal hier warten. Wenn sich die ersten Zombies die Straße entlang schoben, wäre noch genug Zeit, auf das Dach zu flüchten. Vorsichtshalber holte er die Stahlstange, die er auf der Baustelle hatte mitgehen lassen und die seitdem neben seinem Bett stand. Viele in der Stadt hatten sich so etwas als Waffe für den Notfall angeschafft.
Er beugte sich noch etwas weiter aus dem Fenster und beobachtete, wie zwei Schneepflüge die Straße hinunter fuhren. Viel Fantasie benötigte er nicht um sich vorzustellen, zu welchem Zweck sie unterwegs waren, und er fand den Gedanken widerlich. Aus dem Funkgerät erklangen weiterhin nur Störgeräusche, trotzdem ließ er es bei voller Lautstärke auf Kanal sechs eingeschaltet.

Hatte er vielleicht gar nicht so unrecht gehabt, als er mit den Soldaten gesprochen hatte? War diese Stadt jetzt wirklich dem Untergang geweiht? Diese und ähnliche Fragen gingen ihm durch den Kopf. Und vielleicht wäre das jetzt die Gelegenheit, in dem allgemeinen Chaos ein Auto aus dem Parkhaus zu holen und durch ein anderes Tor einfach durchzubrechen, aber dafür müsste er erst einmal das Sicherheitsgitter öffnen, was ihm ohne Schlüssel doch recht aussichtslos erschien. Außerdem könnte er dann nicht mehr seinem Funkgerät lauschen. Nach kurzem Nachdenken entschied er sich für das Warten in seiner Suite - in der Hoffnung, mehr von den Flüchtlingen zu erfahren, und beobachtete weiter die Menschen, die die Straße hoch oder runter liefen.
Die Schüsse hatten mittlerweile aufgehört, und als immer noch keine Zombies auf der Kreuzung zu sehen waren, war er zuversichtlich, dass die Soldaten wieder alles im Griff hatten. Dann erschütterte eine gewaltige Explosion den Boden.

~ * ~

Die massive Stahlbetonkonstruktion splitterte mit einem lauten Knall. Asphaltbrocken flogen in hohem Bogen in das Wasser und schlugen an beiden Ufern auf die Straße in den Boden. Dann fiel die Brücke in sich zusammen und stürzte mitsamt dem Schneepflug und etlichen Leichen in den Fluss.

Beckmann hatte in dem Moment die Sprengung befohlen, als er sah, wie der Fahrer des Schneepflugs von den Untoten aus der Fahrerkabine gezerrt wurde. Es war unmöglich gewesen, durch die Massen der Zombies bis zu dem Fahrzeug vorzudringen. Hunderte waren bereits über die Brücke auf die Lebenden zugewankt, hatten ihre zu Klauen geformten Hände nach vorne gestreckt und erwartungsvoll die Zähne gefletscht. Nun trieben sie im Wasser und füllten die gesamte Breite des Flusses mit ihren fauligen Körpern.

"Alle Mann vorrücken. Sofort den Zaun wieder befestigen", brüllte Beckmann einen Feldwebel an, der mit den Resten seiner Gruppe in Bereitschaft stand, als er sah, dass der Zaun am Ufer unter der Brücke von den Trümmern zerstört worden war und die ersten lebenden Leichen die Böschung hinauf krabbelten. "Nur im absoluten Notfall schießen", ergänzte er seinen Befehl, nachdem er überschlagen hatte, wie viel der wertvollen Munition heute schon verschossen worden war.

"Macht sie fertig", gab der Feldwebel seine Interpretation des Befehls weiter, und zehn Soldaten zogen ihre Macheten und rannten die Böschung hinunter.

Es folgte ein Gemetzel, wie man es aus alten Monumentalfilmen kannte. Macheten schwingend liefen die Soldaten die Böschung hinab und hackten sich, dem Wahnsinn nahe, durch die Zombies. Bald erkannte man nur noch an der Agilität, wer noch lebte oder wer wieder lebte, denn Schlamm und Blut ließen alle gleich aussehen.

Beckmann sah sich das Massaker von oben an und schüttelte resignierend den Kopf. Er musste wieder an die zwei Soldaten denken, die heute Mittag eine Flucht versucht hatten, und er bereute, dass er sie nicht vorher unter Arrest gestellt hatte. Einen hatten sie auf der

Flucht erschossen, der andere war mit einem Lkw entkommen und hatte sogar noch Munition, Benzin und Lebensmittelvorräte auf der Ladefläche. Sollte ihm dieser verräterische Feigling irgendwann noch einmal über den Weg laufen, würde er ihn eigenhändig exekutieren.

Auf dem gegenüber liegenden Rest der Brücke schoben sich die Zombies immer weiter über die Trümmer, und hin und wieder fielen welche aus der vordersten Reihe in die Fluten. Wenigstens hatte der Fluss an dieser Stelle eine gute Strömung, sodass viele einfach weggespült wurden.
Er hatte noch keine Ahnung, wie viele Tote es gegeben hatte. Auch über die Anzahl der Verletzten hatte er sich noch keinen Überblick verschaffen können, aber er ahnte, dass es viele waren. Diese Aufgabe stand ihm noch bevor, und es graute ihm davor, aber zunächst musste sichergestellt werden, dass kein Untoter mehr auf diese Seite der Stadt gelangen konnte.
Er fragte sich, welche unangenehmen Überraschungen dieser Tag noch für ihn bereithalten würde, und beobachtete weiter die wahnsinnige Schlachterei am Flussufer.
Ein paar Gardisten trugen eine Rolle Nato-Draht heran und legten sie oberhalb der Böschung ab, bevor sie sich zu den Soldaten gesellten und mit ihnen zusammen die Zombies in das Wasser zurücktrieben. Immerhin stellte das kein großes Problem dar, denn die meisten Untoten steckten im Uferschlamm fest und schafften es kaum, sich zu bewegen. Ein makaberes Schauspiel war es dennoch.
Das Wasser hatte sich von den ausblutenden Kadavern rot gefärbt, lose Körperteile trieben davon und die Soldaten jagten immer wieder ihre Klingen in die noch zuckenden Untoten. Beckmann fühlte sich an den Tag zurückversetzt, als sie die Barrikaden auf den Brücken errichtet hatten. Damals hatten sie ähnlich gekämpft, nur an allen Brücken gleichzeitig, und es hatte große Verluste gegeben. Aber damals hatte er auch viermal so viele Männer und wesentlich mehr Munition zur Verfügung gehabt. Heute hatten sie zwar den Rücken frei, aber die ganze Sache hier schien aus dem Ruder zu laufen.
Mit einem Schlag war die vermeintliche Sicherheit dahin, und die ohnehin schon angeschlagene Moral seiner Leute würde sich dadurch

auch nicht verbessern. Sowie sie den Zaun an dieser Stelle wieder in Ordnung gebracht hätten, müssten auch noch alle anderen Brücken überprüft werden, selbst wenn sie die ganze Nacht damit zu tun hätten. Aber vorher würde er auch mit Valium keinen Schlaf finden können.

Wie konnte das überhaupt passieren, dass sich diese Kreaturen alle hier versammelten? Wenn er es nicht besser wüsste, könnte er meinen, sie hätten sich abgesprochen, aber die Monster waren doch zu keinem Denken fähig. Das einzige, was ihnen blieb, war der Trieb zu morden und zu fressen.

Sollte es möglich sein, dass sie sich über die Zeit weiterentwickelt hatten? Über seine eigenen Gedanken erschrocken schüttelte Beckmann verwundert den Kopf.

Der Feldwebel kam die Böschung hoch gekrochen. Seine Uniform war getränkt von Blut und er wirkte matt und ausgemergelt.

"Das Ufer ist sauber, Herr Leutnant", sagte er und deutete einen militärischen Gruß an.

Beckmann erwiderte nichts, sondern nickte ihm zu, wobei er sich zu einem optimistischen Lächeln zwang.

Die übrigen Soldaten der Gruppe kamen zusammen mit den Gardisten nun auch nach oben. Keiner sah besser aus als der Feldwebel.

"Wir können den Zaun wieder aufrichten", sagte einer, "aber das wird bei weitem nicht mehr so stabil, wie es vorher war."

"Dann zieht eben noch einen zweiten dahinter hoch", gab der Feldwebel zurück, kratzte sich nachdenklich am Kopf und schaute erwartungsvoll zu seinem Offizier, in der Hoffnung einen besseren Vorschlag von ihm zu erhalten, doch der schwieg.

Die Soldaten diskutierten einen Moment untereinander, dann machten sich vier von ihnen auf den Weg, um das Material für den zweiten Zaun zu besorgen.

Beckmann wandte sich wieder dem Feldwebel zu. "Wenn Sie hier fertig sind, machen Sie eine Bestandsaufnahme. Ich brauche genaue Informationen über Waffen und Munition. Außerdem erwarte ich einen ausführlichen Bericht über den Sicherheitsstatus sämtlicher Brücken. Sie finden mich später in meinem Büro." Er atmete tief durch. "So etwas darf nicht noch einmal passieren." Bevor er ging,

drehte er sich noch einmal um und sagte etwas leiser: "Fertigen Sie auch eine Liste aller Gefallenen an. Ich kümmere mich jetzt um die Verwundeten."
Dann machte er sich auf den Weg zum Krankenhaus, auch um sich einen Nachschub an Valium zu besorgen.
Zurück in seinem Container drückte Beckmann sich zwei Tabletten aus der neuen Packung. Eine hatte er schon zwei Stunden zuvor genommen, bevor er das Krankenhaus betreten hatte.
Sechzehn Verwundete hatte es allein unter den Soldaten gegeben, davon waren sieben von Untoten gebissen worden, und niemand glaubte, dass sie noch lange zu leben hatten. Sie waren bereits an die Betten fixiert und auf den Nachttischen lagen aufgezogene Spritzen mit Säure bereit. Aber besonders ärgerte er sich über die vielen Schussverletzungen, die sich Zivil-Garde und Militär in dem Durcheinander auf der Brücke gegenseitig beigebracht hatten. So etwas durfte einfach nicht passieren.
Es klopfte an die blecherne Tür.

"Herein", rief Beckmann und gab sich Mühe, so gelassen, wie es die Situation zuließ, zu erscheinen, wobei ihm die Valiumtabletten nicht wenig halfen.
Der Feldwebel öffnete mit großem Schwung die Tür und musste den Kopf einziehen, als er wütend eintrat. Noch immer war seine Uniform in Blut getränkt, und auch im Gesicht klebten Überreste des Massakers. In der Hand hatte er eine Akte und schmiss sie vor Beckmann auf den Tisch.

"Achtzehn Männer haben wir verloren", blaffte er seinen Vorgesetzten an, schlug die Akte vor ihm auf und fuhr mit seinem Zeigefinger von einer Tabelle zur nächsten, wobei er eine rotbraune Spur auf dem Papier hinterließ. "Zwei Tote gab es bei der ZG. Sechzehn unserer Leute liegen im Krankenhaus und ein paar von ihnen werden es nicht schaffen."

"Beruhigen Sie sich, Feldwebel", sagte Beckmann streng und deutete auf den Stuhl vor seinem Tisch. "Setzen Sie sich", befahl er. Als der Feldwebel saß, fügte er hinzu: "Und jetzt machen Sie einen vernünftigen Bericht.

"Herr Leutnant." Er zog die Worte bewusst in die Länge und war kurz davor zu platzen. "Um es kurz zu machen", erklärte er weiter, "wir haben inklusive Ihnen und mir noch dreiundzwanzig einsatzfähige Soldaten, dreiundsiebzig Gewehre, zwölf MGs, wovon mindestens zehn nicht auf ihre Funktion überprüft werden können, was mich zum nächsten Punkt bringt. Wir haben noch zweitausend Schuss Gewehrmunition und eintausend 9-mm-Patronen verpackt, dazu kommt noch die Munition, die die Jungs in ihren Magazinen haben, was allerdings nicht mehr viel sein kann." Er machte eine Pause und schaute Beckmann herausfordernd an, aber dieser hatte sich auf seinem Stuhl zurückgelehnt, die Arme hinter dem Kopf verschränkt und wartete schweigend, dass der Feldwebel seinen Bericht fortsetzen würde.

"Herr Leutnant", sagte er dann. "Wenn es nach mir ginge, würden ich sagen, wir packen unser gesamtes Material auf die LKWs und sehen zu, dass wir hier wegkommen."

Trotz des Valiums sprang Beckmann auf und hämmerte mit der Faust vor dem Feldwebel auf den Tisch.

"Feldwebel!", brüllte er. "Wir haben einen Auftrag zu erfüllen. Allein für diese Aussage könnte ich Sie vors Kriegsgericht zerren." Speichel tropfte ihm aus dem Mund und wurde von dem Papier der Akte aufgesogen. "Nehmen Sie gefälligst Haltung an!"

Der Feldwebel erhob sich betont langsam von seinem Stuhl und schaute seinen Vorgesetzten missbilligend an.

"Meine Äußerung tut mir leid. Das war sarkastisch gemeint", sagte er. "Aber wenn Sie sich nicht schnell was einfallen lassen, kann ich für keinen der Jungs mehr garantieren. Wir haben erst heute Mittag mit ansehen müssen, wie blank die Nerven in der Truppe liegen."

"Für Sarkasmus haben wir keinen Platz, Feldwebel. Wenn der Zaun sicher ist, machen Sie für heute Schluss. Lassen Sie die ganze Nacht doppelte Streife laufen. Die ZG hat uns dabei mit allen Kräften zu unterstützen. Sehen Sie zu, dass Sie unter den Zivilisten noch Freiwillige finden, die wenigstens die Brückenabsperrung im Auge behalten." Beckmann hielt kurz inne, dann fiel ihm noch etwas Wichtiges ein. "Und keine Waffen an die Zivis verteilen, die sollen nur Alarm schlagen, wenn irgendwo eine Lücke entsteht." Er überlegte kurz und rieb sich das Kinn. "Teilen Sie, wegen mir, Macheten und Funkgeräte an die Freiwilligen aus. Sofern wir noch was haben."

"Zu Befehl, Leutnant", hielt der Feldwebel den militärischen Ton aufrecht. "Ich werde zusehen, was sich machen lässt."

"Ich verlasse mich auf Sie, Feldwebel", sagte Beckmann nun wesentlich ruhiger. "Wegtreten."

Der Soldat verließ den Container und ging in die Nacht hinaus, während Beckmann sein Gesicht in den Händen vergrub und überlegte, ob er noch eine Valium vertragen könnte.

Zweiundzwanzig Soldaten außer ihm, das war ein Witz. Selbst wenn sie alle rund um die Uhr Dienst verrichteten, würde es große Lücken in der Sicherung geben. Es würde keinen anderen Weg geben, als neue Soldaten zu rekrutieren, auch wenn er damit die wenige Munition auf Leute aufteilen musste, von denen er nicht einmal mit Sicherheit sagen konnte, dass sie mit den Waffen überhaupt umgehen konnten.

Ganz objektiv betrachtet hatte sein Feldwebel recht. Es musste etwas geschehen, irgendetwas, das den Menschen hier, vor allem aber seinen Leuten, wieder Zuversicht in die Zukunft vermittelte.

Aber das würde erst morgen früh passieren, denn das Valium entfaltete seine ganze Wirkung, sodass er es nicht einmal mehr in sein Haus mit Garten schaffte, dass er für sich beschlagnahmt hatte. Stattdessen baute er sich hier im Container das schmale Feldbett auf, das an der Wand lehnte. Den Tagesabschlussbericht verschob er auf den nächsten Morgen - das tat er das erste Mal, seit er hier war.

Er war schnell eingeschlafen und durchlebte im Traum noch einmal den heutigen Tag, nur dass er nun jedes Mal selbst unter den Opfern war. Einmal sah er sich sogar selbst als Zombie.

~ * ~

Gregor lag noch immer auf dem Sofa und war zum x-ten Mal damit beschäftigt Gras zu zerkleinern, als Maik die Tür öffnete. Die Luft in der Lobby konnte man beinahe schneiden, und Maik drängte sich die Frage auf, ob sein Kumpel überhaupt noch etwas zum Rauchen übriggelassen hatte.

"Hey Mann", lallte Gregor, "da bist du ja endlich wieder. Ich dach-

te schon, ich müsste alles alleine rauchen."
Maik war gar nicht zum Lachen zumute. Zwar hatte er den verletzten Soldaten nicht erschießen, aber dafür mit ansehen müssen, wie die Sanitäter ihm schließlich eine Spritze in den Nacken gejagt hatten, sodass er endlich in Frieden ruhen konnte. Bis dahin hatte er immer wieder neue Verwundete aufgesammelt und zu den Sanitätern gebracht. Aber immerhin hatte er sich dadurch das Gemetzel am Ufer ersparen können. Die Schmerzen in seiner Ferse hatte er dabei ignoriert und sich stur auf das Tragen der schreienden Verletzten konzentriert, aber jetzt meldeten sie sich dermaßen stark zurück, dass er mit dem Schlimmsten rechnete, wenn er seine Stiefel endlich ausziehen würde.

"Hi, Kumpel. Bau für zwei. Ich rauche mit", sagte er erschöpft, legte seine Maschinenpistole auf den Tresen und zog sein blutgetränktes Hemd aus. Er ließ es achtlos auf den Boden fallen und schaute an sich herunter und auf seinen pochenden Fuß, der noch im Stiefel steckte.

"Du siehst irgendwie anders aus", bemerkte Gregor und lachte.

"Das liegt wohl daran, dass ich die letzten Stunden damit verbracht habe in Blut und Gedärmen zu baden, während du dich hier zugedröhnt hast", gab er sichtlich genervt zurück. "Warte mit der Pfeife auf mich. Ich muss erst mal duschen." Dann hinkte er nach oben.
Sein Fuß war weniger lädiert als er befürchtet hatte. Zwar hatte sich die Kompresse von der Schnittverletzung entfernt und die Socke hatte das meiste Blut aufgesogen, aber das Desinfektionsmittel hatte eine Entzündung erfolgreich verhindert. Trotzdem würde er sich morgen früh noch einmal im Krankenhaus melden.
Das Wasser in der Dusche färbte sich rot, als es von seinem Körper abtropfte. Das meiste Blut hatte sich in seinen Haaren und seinem Bart festgesetzt, und er musste es mehrfach durchspülen, bis er alles heraus bekommen hatte. Schließlich warf er sich einen Bademantel über und hinkte wieder nach unten. Auf dem Weg schmiss er noch seine Klamotten in den Wäschekorb, der langsam aber sicher überquoll. Es war wieder einmal dringend an der Zeit zu waschen, doch das konnte warten bis nach der Pfeife.
Wider Erwarten hatte Gregor tatsächlich auf ihn gewartet und saß mit einer fertig gebauten Pfeife und dem Feuerzeug im Anschlag auf

der Couch.

"Na, endlich Mann", sagte er. "Ich warte hier schon seit Stunden auf dich. So lange kann doch keiner duschen."

"Die Kacke ist am Dampfen", erwiderte Maik und setzte sich wieder in seinen Sessel. "Sei froh, dass du von dem ganzen Scheiß nichts mitbekommen hast."

Gregor versuchte, die Worte in einen Zusammenhang zu bringen, scheiterte aber wieder an *Mähdrescher*. "Wasis ... pass ... passiert?", lallte er und wollte die Pfeife anzünden.

Maik war schneller und nahm sie ihm aus der Hand. "Nachdem, was ich gerade durchgemacht habe, gehört der erste Zug mir", sagte er bestimmend. "Außerdem siehst du aus, als hättest du sowieso schon mehr als genug."

Bevor Gregor überhaupt reagieren konnte, hatte Maik bereits den Rauch inhaliert. Es tat verdammt gut, und er hatte gerade beschlossen, heute nichts anderes mehr zu tun. Gregor saß noch auf der Couch und schaute abwechselnd auf die Pfeife an Maiks Mund und seine Hand, in der er sie eben noch gehalten hatte.

"Wir müssen die Hütte hier besser absichern", sagte Maik, als er die Pfeife an seinen Freund zurück reichte. "Wir brauchen ein verdammtes Alarmsystem oder irgendetwas, das verhindert, dass die Bude plötzlich von Zombies überrannt wird. Ich glaube, die Sicherung der Stadt können wir langsam vergessen."

"Häh?", fragte Gregor, der nichts von dem verstand, was er hörte.

"Hast du denn gar nichts mitbekommen?", brach es aus Maik heraus. "Wenigstens die Sprengung hättest du doch hören müssen."

Gregor überlegte angestrengt. "Ach ja, da war was. Hatte ich schon wieder total vergessen." Er machte eine Pause und blickte nachdenklich zur Decke, während er versuchte, den Abend zu rekonstruieren. "Wer hat denn was gesprengt?"

Maik war fassungslos über Gregors Begriffsstutzigkeit und erzählte, was passiert war, ließ aber die allzu blutigen Details aus, als er sah, wie sich Gregors Augen vor Schreck weiteten und er unruhig auf der Couch hin und her rutschte. Immerhin hatte er jetzt seine volle Aufmerksamkeit und wiederholte noch einmal seine Bedenken.

"Ich fühle mich in der Stadt nicht mehr sicher", führte Maik fort. Er setzte sich aufrecht in den Sessel und blickte zur Tür. "Wir hatten

heute wirklich verdammtes Glück, dass nicht noch mehr passiert ist, aber ich weiß jetzt, wie schnell sich die Lage hier ändern kann." Er machte eine kurze Pause und zog wieder an der Pfeife, die ihm Gregor entgegenstreckte. "Ich will vorbereitet sein, wenn hier alles den Bach runter geht", fügte er beim Ausatmen an und hustete.
Gregor dachte nach und zog heftiger als zuvor an dem Glaskolben. Maik erwartete so bald keine Reaktion von ihm. Also führte er seine Überlegungen fort.

"Okay. Die unteren Fenster sind bis auf eins komplett vernagelt, und wenn wir die Jalousie immer unten lassen, kommt nichts rein", sagte er und erntete sogar ein zaghaftes Nicken von Gregor. "Ab sofort machen wir nachts die Tür richtig dicht, wenn wir nicht gleich wieder raus wollen", sagte er und ging zur Eingangstür. Diesmal achtete er sorgsam auf dem Boden, um nicht in eine weitere der Scherbe zu treten, die noch immer auf dem Teppich lagen. Er griff nach dem Gurt und ließ die eiserne Jalousie vor der Tür herunter.
Gregor zuckte zusammen, als das Metall auf dem Boden aufschlug.

"Ich muss morgen verdammt früh raus", sagte Maik, nachdem er sich wieder auf seinen Platz setzte. "Nach diesem Zwischenfall ist ein Briefing morgen früh zur Ablösung angesagt. Lass uns noch schnell einen rauchen, bevor ich mich pennen lege."
Das ließ sich Gregor nicht zweimal sagen und sofort wuselte er mit der Schere in dem Grün, dann wurde er aber trotz seines Zustandes ernst. "Hey Mann, hat es viele Tote gegeben?", fragte er.
Maik nickte und musste an den jungen Soldaten denken, der schreiend an seiner Schulter gehangen hatte. "Es waren zu viele, Kumpel", antwortete er schließlich mit gesenkter Stimme. "Mach eine kräftige Mischung", fügte er hinzu.

Am nächsten Morgen hämmerte es gegen die Jalousie. "Aufmachen ihr Penner!", rief jemand.
Maik schreckte aus dem Sessel hoch, in dem er die letzte Nacht verbracht hatte und schaute auf die Uhr, die über dem Tresen hing.
Verdammt, schon nach neun, dachte er, sprang auf und lugte aus dem Fenster neben der Tür. Davor stand Holger Scheidbrenner, der Leiter der Zivil-Garde und tippte ungeduldig mit dem Fuß auf. Als Maik sich in der Lobby umsah, beschloss er, den ehemaligen Polizisten

besser nicht herein zu lassen und öffnete nur das Fenster.

"Morgen Holger", rief er durch den Spalt und hoffte, dass der Duft der unzähligen gerauchten Pfeifen nicht nach draußen dringen würde. "Bin gleich soweit, was gibt's denn so Dringendes?"

"Guten Morgen, der werte Herr. Hast du das Briefing heute Morgen vergessen?"

"Sorry, ich habe verschlafen, weil ich ein paar Schmerztabletten nehmen musste", rief Maik durch den Spalt. "Hab mich gestern ein wenig verletzt."

"Hättest dich wenigstens bei den Sanis melden können. Was ist passiert? Haben dich auch diese Idioten mit ihren Gewehren ins Visier genommen?"

"Nein, nein. Nur ein ganz normaler Haushaltsunfall. Nichts Besonderes", sagte er und hoffte, dass seine Erklärung reichte und Scheidbrenner nun wieder gehen würde, aber dem war nicht so.

"Gut. Ist sonst alles in Ordnung bei dir? Was macht dein Mitbewohner, ist mit dem auch alles klar?"

Maik schaute instinktiv zur Couch und sah, dass Gregor mit der Pfeife in der Hand eingeschlafen war. Das dreckige Wasser war ausgelaufen und hatte sich in sein T-Shirt gesogen, während er laut schnarchte.

"Keine Probleme hier. Gregor hat nichts abbekommen", sagte er. Außer, dass er stinkt wie ein Abwasserkanal, fügte er in Gedanken hinzu. "Kann ich sonst noch was für dich tun?", fragte er schon ein wenig genervt.

"Und ob du das kannst. Schwing deinen Arsch runter ins Hotel und hol einen neuen Anwärter ab, und komm dann mit ihm zur Post. Ich habe dich für die Einweisung eingeteilt." Scheidbrenner hatte sich inzwischen direkt zum Fensterspalt gewandt und rief den Befehl in die Lobby. "Sein Name ist Felix Teich ..." Er kramte einen Zettel aus der Tasche, las ihn und reichte ihn durch das Fenster an Maik. "Felix Teichberger, Zimmer 501."

"Aber mein Dienst fängt doch erst um 15.00 Uhr an", gab er zurück, merkte aber sogleich, dass dies ein Fehler gewesen war.

"Vergiss den Dienstplan, Maik. Wir haben Ausnahmezustand", brüllte Scheidbrenner ihn an. "Und zwar solange, bis wir uns wieder einigermaßen gegen diese Monster dort draußen verteidigen können.

Hast du die fauligen Untoten etwa schon vergessen? Ich sag dir was: Verarsch mich nicht. Sei in spätestens einer Stunde mit dem Neuen unten auf der Station, und ich verliere kein Wort darüber, welcher Gestank sich mir hier aufdrängt."

Maik schluckte. "Ist in Ordnung. Ich werde da sein", sagte er kleinlaut.

"Gut. Das hoffe ich, und sei nüchtern", sagte Scheidbrenner. Dann kam er ganz nah an den Spalt und flüsterte mit bedrohlicher Stimme: "Sollte ich dich auch nur einmal stoned im Dienst erwischen, dann reiß ich dir höchst persönlich den Arsch auf und du findest dich beim Aufbau der Zäune wieder.

"Kannst dich drauf verlassen", antwortete Maik.

"Gut. Bis dann", sagte Scheidbrenner, drehte sich um und ging.

~ * ~

Felix hatte gerade einmal drei Stunden geschlafen, als es an seine Tür hämmerte. Die ganze Nacht hatte er damit verbracht den Funkverkehr abzuhören, und tatsächlich hatte er gegen Mitternacht noch einen Funkspruch von Goblin666 aufgefangen, war aber außerstande gewesen, Kontakt herzustellen. Soweit er es mitbekommen hatte, sprach Goblin666 mit einem gewissen Tuareg12 oder so ähnlich. Letzteren hatte er selber nicht hören können, aber die Meldungen, die Goblin666 absetzte, hatten davon gehandelt, dass sie südlich von Hannover in einer Fabrikhalle untergekommen waren. Außerdem war die Rede von mindestens fünfhundert Flüchtlingen gewesen, die diese Kirche des ewigen Lebens erreichen wollten.

Eigentlich hatte er vorgehabt, bis mindestens zum Mittag zu schlafen, aber irgendjemand gönnte ihm das wohl nicht, und er hatte auch schon einen Verdacht, wer das sein könnte.

Umso überraschter war er, als nach dem dritten energischen Klopfen eine tiefe Männerstimme durch die Tür drang.

"Hallo? Felix Teichberger?", rief der Unbekannte.

"Ja, wer ist da?", rief er zurück und war froh über jeden, der nicht Veronika hieß.

"Zivil-Garde, Maik Hofmeister. Wir fangen jetzt mit der Einweisung an", erklang es aus dem Flur.

Felix schaute verwundert auf seine Uhr und prüfte, ob sie vielleicht stehen geblieben war. "Einen Moment, ich komme", sagte er, während er noch schnell in seine Hosen schlüpfte und zur Tür ging.

Als er öffnete, erschrak er zunächst vor der massigen Gestalt, die draußen stand und ohne Aufforderung sogleich den Raum betrat. Der Riese musterte ihn skeptisch, schaute auf seine Uhr und murmelte etwas in seinen Bart.

"Guten Morgen", sagte Felix und fügte mit ironischen Unterton hinzu: "Kommen Sie doch rein."

"Morgen. Wir müssen in spätestens zwanzig Minuten in der Zentrale sein", murmelte Maik und lehnte sich an die Wand. Er war müde und sein Rücken schmerzte von dem zum Schlafen viel zu unbequemen Sessel, aber er wollte nicht riskieren, zu spät zu kommen.

"Der Scheidbrenner hat mir gesagt, ich solle heute um 16.00 Uhr erscheinen. Eigentlich wollte ich noch etwas ausschlafen, und ich bin noch nicht einmal geduscht", bemerkte Felix, während er den Rest seiner Klamotten zusammensuchte.

"Mir geht's da nicht anders", erklärte Maik. "Aber seit dem Chaos gestern Abend hat sich einiges geändert." Er schaute sich in dem Raum um, bis sein Blick auf der wirr verkabelten Rechneranlage hängen blieb. "Computerfreak?", rief er ins Schlafzimmer, in dem Felix gerade verschwunden war.

"Genau", rief Felix aus dem Nebenraum. "Beschäftigen Sie sich auch damit?", fragte er zurück. In seinen Klischeevorstellungen war so ein Langhaariger früher entweder Rocker oder Programmierer gewesen, wobei ihm Letzteres deutlich lieber gewesen wäre.

"Nee, hab nur mal 'ne Playstation gehabt."

Felix seufzte leise und beschloss, den Smalltalk hier erst einmal abzubrechen und die Kleidersäcke weiter nach dunkelblauen Hemden zu durchsuchen. Schließlich fand er ein Jeanshemd, das den Anforderungen der Uniform entsprechen würde. Zusätzlich hatte es im Gegensatz zu Maiks Hemd noch Ärmel.

Fünf Minuten später stand er fertig angezogen wieder vor Maik, der ungeduldig mit den Fingern an die Wand trommelte.

"Noch keine Ausrüstung bekommen?", fragte Maik und sah an Felix hinunter.

"Die liegt noch bei den Schließfächern", antwortete dieser und schaute auf das Schulterhalfter, das unter Maiks Schultern hervorlugte, und wovon eines leer war. "Herr Scheidbrenner hat alles, was ich brauche, dort auf den Tisch gelegt. Sie sollten mich heute erst einmal einweisen."

Maik schmunzelte. "Jaja, der Scheidbrenner ist ehemaliger Bulle. Nimmt das ziemlich genau mit den Sicherheitsbestimmungen." Er streckte seinen Rücken durch und ein lautes Knacken erklang. "Aber bevor diese Förmlichkeiten hier einreißen: Ich heiße Maik." Er streckte Felix die Hand entgegen. "Wir duzen uns alle bei der Garde", fügte er hinzu.

"Felix", erwiderte der und ergriff Maiks Hand, die, genauso wie die Scheidbrenners, augenblicklich so fest zudrückte, dass es schmerzhaft wurde.

"Okay, Felix, lass uns gehen", sagte Maik und lockerte den Griff.

Keine Minute zu früh erreichten sie die Wachzentrale, denn Scheidbrenner stand bereits ungeduldig hinter dem Tresen des ehemaligen Postgebäudes.

"Guten Morgen, die Herren. Ihr habt euch sicher schon miteinander bekannt gemacht", begrüßte er die beiden. "Gut. Dann gib ihm mal seine Ausrüstung, Maik, und erkläre ihm den Ablauf hier." Er warf Maik einen Schlüsselbund zu.

"Wir haben auch einen neuen Dienstplan erstellt, und da du heute morgen nicht beim Briefing warst, bilde dir nicht ein, du könntest da noch was dran ändern", wandte er sich noch einmal direkt an Maik, der mit dem Neuen schon auf dem Weg zum Tresorraum war.

Maik beschloss, nichts darauf zu sagen. Letztendlich war es ihm egal, wann sie ihn eingeteilt hatten und er hätte im Briefing ohnehin keine besonderen Wünsche geäußert. Wie es aussah, würde er sich sowieso erst einmal des Neuen annehmen müssen.

Er schloss die Stahltür auf und ihm fiel der alte Schuster wieder ein, dem zweifelsfrei der größte Teil der auf dem Tisch liegenden Ausrüstung gehört hatte.

"Bedien dich", munterte er Felix auf, der noch etwas unentschlos-

sen in der Tür stand.
Felix trat vor den Tisch und griff einfach von oben weg, was dort lag. Zuerst stülpte er sich die Armbinden über und griff dann nach dem Halfter. Unbeholfen fingerte er an den vielen Haken und Ösen herum und versuchte den Gürtel auf seine Größe einzustellen, was nicht so recht gelingen wollte.
Schließlich bekam Maik Mitleid und half ihm dabei, das Leder passend zu machen.

"Hier kommt das Funkgerät rein", erklärte er Felix die vielen kleinen und größeren Taschen, die ringsum angebracht waren. "Hier die Ersatzmagazine und die Große da hinten kannst du nutzen, wie du willst." Schuster hatte dort immer seinen Tabakbeutel drin, fügte er in Gedanken hinzu. "Die Machete kannst du auch am Gürtel festmachen" Er deutete auf zwei kleine Haken. "Aber du kannst sie auch am Unterschenkel tragen. Wichtig ist nur, dass du sie oben und unten fest verschnürst, sonst baumelt sie rum."
Felix entschied sich für den Gürtel und zog die unteren Riemen fest um seinen Oberschenkel. Als er schließlich die Pistole einstecken wollte, hielt ihn Maik zurück.

"Warte noch mit der Waffe. Ich will erst mal schauen, ob alles richtig sitzt", sagte er und zupfte hier und da an dem Gürtel und der Machete. "Du hast ja noch gar keine Handschellen", stellte er schließlich fest, ging zum Regal und holte ein paar aus einer der Kisten. "Die hängst du am besten hinten neben die große Tasche. Kannst sie auch da rein tun." Nach einem schnellen Funktionstest gab er sie an Felix weiter. "Pass aber gut auf den Schlüssel auf. Häng ihn dir am besten um den Hals."

"Was soll ich damit?", fragte Felix. "Zombies festnehmen?"

"Kannst du ja mal probieren." Maik lachte. "Nein, wir sind unter anderem dafür verantwortlich, dass hier niemand ausflippt. Im Grunde sind wir so etwas wie Bullen. Wenn hier also jemand von der Bevölkerung ruhig gestellt werden muss, ist das unser verdammter Job - aber nur bei den Zivilisten.
Wenn irgendeiner von den Soldaten austickt, ist das nicht unser Problem."

"Verstehe. Ist so was schon mal vorgekommen?"

"Bisher habe ich die Dinger noch nie gebraucht", erwiderte Maik.

"Aber es ist auch nicht verkehrt, so etwas bei sich zu haben. Ich habe sogar zwei Paar in meiner Tasche. Du hättest letzte Nacht sehen sollen, was hier los war. Oder warst du auch dort?"
Felix schüttelte den Kopf. "Ich hatte ja noch keine Ausrüstung."

"Egal, wenn es hart auf hart kommt, musst du dich im Zweifel durch die Zombies durchprügeln, und wie die Dinge im Moment stehen, könnte das sogar schneller passieren, als uns lieb ist." Maiks Augen wanderten zum Boden, als ihm die Bedeutung seiner Worte selbst klar wurde. "Aber jetzt erkläre ich dir erst einmal, wie du mit der Pistole umzugehen hast, und ich meine damit die allgemeinen Sicherheitsbestimmungen, an die wir uns hier halten." Als er den skeptischen Blick von Felix bemerkte, fügte er noch hinzu: "Du hättest mal sehen sollen, wie viele der Soldaten sich gestern in der verdammten Hektik gegenseitig abgeknallt haben."
Felix musste an die beiden Soldaten denken, die er gestern so verunsichert hatte und fragte sich, ob das mit diesem riesigen und äußerst selbstbewussten Kerl vor ihm auch funktionieren würde. Während Maik ihm erklärte, wie und wann die Pistole zu laden und zu sichern war, versuchte Felix sein Gegenüber einzuschätzen. Schließlich machte er einen vorsichtigen Versuch.

"Denkst du, die Stadt kann noch lange verteidigt werden?", fragte er Maik, als dieser ihm seine Pistole reichte.

"Was denkst du?", antwortete er mit einer Gegenfrage. "Du hast eine verdammt große Funkanlage in deiner Bude stehen. Sicherlich hast du schon was von außerhalb gehört." Er schaute ihn durchdringend an.
Jetzt war Felix verunsichert. Sollte er Maik von den Funksprüchen erzählen, die er letzte Nacht aufgefangen hatte? So, wie er redete, hielt er nicht viel von dem Militär in der Stadt, und wahrscheinlich würde er die Information für sich behalten. Dennoch beschloss er, erst einmal nichts davon zu erwähnen und antwortete so belanglos wie möglich: "Nein, ich habe nichts gehört. Es gibt wohl nicht mehr viele Funker in der Reichweite meiner Anlage. Aber was die Stadt angeht, habe ich ein ungutes Gefühl. Gestern erst haben zwei Soldaten versucht abzuhauen, habe ich gehört. Einen haben sie wohl erschossen, aber der andere konnte mit einem Lkw entkommen. Ich frage mich, wie weit er gekommen ist, so alleine."

"Hm", machte Maik. "Keine Ahnung, aber solange der Zaun uns zumindest die meisten der Untoten vom Hals hält, fühle ich mich hier doch relativ sicher. Außerdem haben wir in unserer Bude alles was wir brauchen. Also ohne triftigen Grund würde ich hier nicht abhauen wollen. Obendrein habe ich einen guten Freund hier, auf den ich ein wenig aufpassen muss."
Felix schob, wie Maik es ihm vorgemacht hatte, ein Magazin in die Pistole und steckte sie in das Halfter. Jetzt sah er aus wie ein richtiges Mitglied der Zivil-Garde, fühlte sich aber immer noch wie ein Schauspieler, der nur so lange wie es unbedingt nötig war, seine Rolle verkörperte. Immerhin herrschte hier ein anderer Ton als bei den Soldaten, aber dieser Maik war schon ein sonderbarer Typ. Ein Kerl wie ein Baum, der nicht so aussah, als würde er sich große Gedanken über andere machen und dem man besser aus dem Weg ging, aber wenn er von der Stadt und seinen Freunden sprach, klang er so fürsorglich und sanftmütig, dass es schon fast beängstigend war. Noch schlimmer war, dass er langsam so etwas wie Sympathie für Maik verspürte und nichts dagegen machen konnte. Wenn er diesen Job noch so lange behalten wollte, bis ihm endlich die Flucht gelingen würde, müsste er sich schon etwas kollegialer geben als zuvor im Bautrupp.

"Lass uns dann mal zum Chef gehen", sagte Maik von hinten. "Ich wette, der will dir auch noch einiges erklären."
Sie gingen wieder zurück in den ehemaligen Schalterraum. Der schwere Gürtel zog ungewohnt an Felix' Hüfte. Scheidbrenner saß auf dem Tresen und begutachtete ihn, als sie den Raum betraten.

"Gut", sagte er. "Passt ja wie angegossen." Dann wandte er sich wieder an Maik. "Die Ausrüstung hat er, dann führe ihn erst einmal durch die Zentrale, und schaut euch dabei mal den Schichtplan an."

"Geht klar, Chef", erwiderte Maik und führte Felix in den hinteren Flur, zeigte ihm die Küche, den Ruheraum, und kurz darauf standen sie auch schon vor der Plexiglasscheibe, auf der in einer Tabelle alle möglichen Dienste aufgeführt waren.
Felix' Interesse galt vor allem den Diensten, die mit Fahrzeugen erledigt werden mussten. Leider fand er nichts dergleichen. Es gab verschiedene Streifen, teils am Zaun entlang, teils quer durch die Stadt. Dann gab es noch den Schubkarrendienst, den er schon zur Genüge

beobachtet hatte.
Weiterhin gab es einen Dienst innerhalb der Zentrale, bei dem sein Name allerdings kein einziges Mal auftauchte.
"Was ist mit den Leichen, die in die Verbrennungsanlage gefahren werden?", fragte er Maik und versuchte, so uninteressiert wie möglich zu klingen.

"Das machen die Soldaten selber. Scheinbar trauen sie uns nicht zu, einen ihrer verdammten Lkw fahren zu können", antwortete er abfällig. "Ist auch ganz gut so. Schon schlimm genug, dass wir die Kadaver einsammeln müssen."
Maik betrachtete den Dienstplan noch einmal genauer und schien etwas zu suchen. Schließlich seufzte er deutlich hörbar und drehte sich zu Felix um.

"Wir sind heute Mittag mit dem verdammten Uferzaun dran. Fängt ja gut an dein erster Tag", sagte er und murmelte noch etwas Unverständliches in seinen Bart.
Nach dem Rundgang, der diesen Namen eigentlich gar nicht verdient hatte, gingen sie wieder in den Schalterraum und Maik gab Felix zu verstehen, dass er einen Moment warten solle, während er auf Scheidbrenner zuging.

"Ich finde Thomas und Werner nicht auf dem Plan. Sind sie ...?", begann er.

"Sie sind tot", unterbrach in Scheidbrenner. "Werner ist von einem beschissenen Soldaten umgelegt worden, als er helfen wollte, den Zaun wieder aufzustellen, und Thomas ist ...", er schluckte. "Zuletzt habe ich ihn gesehen, als sich mindestens ein Duzend dieser widerlichen Geschöpfe auf ihn gestürzt haben. Ihm konnte niemand mehr helfen."

"Verdammte Scheiße", war Maiks einzige Reaktion, bevor er sich wieder mit gesenktem Kopf umdrehte.
Felix, der das Gespräch mitbekommen hatte, sagte nichts dazu. Er wusste auch nicht, wie er reagieren sollte. Schließlich hatte er keinen der beiden gekannt und offensichtlich erwartete auch niemand, dass er einen Kommentar dazu abgab.
Maik kam sichtlich betrübt zu ihm zurück und schlug mit der Faust gegen die Wand.

"Verdammter Barras", brummte er. Dann sah er zu Felix. "Versprich mir, dass du dich aus der Schusslinie dieser verdammten Schwachköpfe hältst."

"Tut mir leid", sagte er leise zu Maik und meinte es sogar ernst.

"Danke, ist schon okay. Pass einfach nur auf, dass du am Leben bleibst."

Wieder spürte er Maiks tiefe Anteilnahme am Schicksal anderer, die so gar nicht zu dessen Äußerem passen wollte.

"Wir haben noch über eine Stunde Zeit bis unsere Streife beginnt", brachte Maik das Gespräch auf ein anderes Thema. "Hast du Lust noch was zu trinken bis es losgeht? Kaffee gibt's hier zwar auch keinen mehr, aber irgendwas wird noch da sein. Dann können wir uns ein wenig besser kennen lernen."

Felix sah keine andere Möglichkeit, wenn er das Vertrauen, dass man in ihn hatte, nicht aufs Spiel setzten wollte, also stimmte er zu und sie gingen gemeinsam in die Küche. Maik fand dort noch ein wenig Tee in der Kanne, goss zwei Tassen ein und reichte eine an Felix weiter. Dann hockte er sich auf das Sofa, das an der Wand stand und griff sich die Fernbedienung vom Fernseher, der an der gegenüberliegenden Wand auf einem Rollwagen stand. So verbrachten sie die Zeit vor dem Fernseher, während Maik zwischen den zwei letzten erreichbaren Sendern hin und her schaltete. Am Anfang suchte er noch mit dem automatischen Suchlauf nach eventuell anderen oder sogar neuen Sendern, die ein aktuelleres Programm ausstrahlten, gab aber nach zehn Minuten auf und blieb auf dem, der am laufenden Band kurze Berichte von den Säuberungsversuchen unterschiedlicher Städte zeigte, die allesamt mindestens einen Monat alt waren. Auf neue Nachrichten wartete er vergebens und auch der Videotext war seit geraumer Zeit nicht mehr aktualisiert worden.

Dann erzählte Maik seine Geschichte, wie er hier hängen geblieben war, wie sie die Zeit vor der militärischen Offensive hier überlebt hatten und wie er sich jetzt mit Gregor eingerichtet hatte. Den kleinen Ausflug in den Wald verschwieg er.

Dennoch war Felix schnell von der Erzählung gefesselt und berichtete im Anschluss wie automatisch von seinem eigenen Schicksal. Er erzählte von dem alten Paar, dass ihm das Leben gerettet hatte, beschrieb Maik das Chaos auf der Autobahn, wie er seinen ersten Untoten gesehen hatte und endete mit der Fahrt nach Marburg. Über Christel und die kleine Julia verlor er jedoch kein Wort. Zu sehr schmerzten die Gedanken an die beiden. Trotzdem hatte er Maik zum Schluss mehr erzählt, als er jemals einem Menschen hier von sich preisgegeben hatte. Als ihm das bewusst wurde, ärgerte er sich über seine eigene Redseligkeit und fragte sich gleichzeitig, womit es Maik geschafft hatte, an seinem Schutzschild zu rütteln, ohne dass er es überhaupt gemerkt hatte.

~ * ~

Maurice Nachtigall löschte das Licht im Sezierraum, trat auf den Flur und schmiss die Tür hinter sich zu. Die letzten vierundzwanzig Stunden hatte er damit zugebracht, die Leichen von zwei Säuglingen zu zerfleddern. Anders konnte man diese makabere Forschung nicht beschreiben.

In der Küche war es noch hell und leise klang Tschaikowsky aus dem Kassettenrekorder, der auf der Spüle stand. Es war eins von Woiteks Bändern, die er immer dann spielte, wenn er in einer Sache nicht mehr weiter wusste. Auch er hatte die ganze Nacht und den ganzen Morgen durchgearbeitet.

Als er den Raum betrat, fand er seinen Kollegen schlafend auf dem Tisch zusammengesunken. Er stellte die Musik leiser.

Enttäuscht stellte er fest, dass die Kaffeekanne restlos geleert war und er füllte seine Tasse mit Wasser. Leise setzte er sich gegenüber dem Schlafenden auf einen Stuhl und ließ erschöpft die Schultern hängen.

Bis auf die Musik war es absolut still hier unten, nicht einmal die Zombies waren zu hören.

In der morgendlichen Besprechung war das Hauptthema nicht die Forschung, sondern der Sturm der Untoten über die Brücke gewesen. Nachtigall kam dies ganz gelegen, denn über seine Arbeit wollte er im Moment ausschließlich mit Pavel Woitek sprechen, zumindest solange er noch keine Ergebnisse erzielt hatte. Ohne sich über die

Herkunft auszulassen hatte er den Kollegen in den oberen Etagen einige Präparate zur Analyse zukommen lassen. Alles deutete darauf hin, dass es sich hierbei um ganz normales menschliches Gewebe handelte, das, so die einhellige Meinung der Kollegen, von jemandem stammte, der entweder vor der Katastrophe oder direkt durch eine Hirnverletzung gestorben war. Niemand hatte auch nur irgendeine Besonderheit feststellen können, und damit war die Sache für die da oben erledigt.
Nachtigall hingegen ließ die Frage nicht los, warum Rüttgers ihm die Leichen geschickt hatte.
Was hatten diese Babies mit ihrer Forschung hier zu tun?
Schon wieder in Gedanken um seine Arbeit verstrickt, griff er nach Pavels Zigaretten und zündete sich mit dessen Feuerzeug ein Stäbchen an.

Schon die zweite heute, dachte er, wenn das so weiter geht, bin ich Kettenraucher. Wahrscheinlich gehen uns die Zigaretten endgültig aus, wenn ich von der Sucht nicht mehr loskomme.
Vor ihm zuckte Pavel mit dem Kopf auf der Tischplatte und brabbelte etwas auf Tschechisch, während ihm der Speichel aus dem Mundwinkel tropfte.
Maurice schaute auf seine Uhr. Wenn man lange genug hier unten am Stück gearbeitet hatte, wusste man schließlich nicht mehr, ob es Tag oder Nacht war. Jetzt war es fast Mittag und er hatte beschlossen für heute erst einmal Schluss zu machen, sofern sein Kollege keine neuen bahnbrechenden Ansätze vorzuschlagen hatte, aber so sah er derzeit nicht aus. Er selbst war mit seinem Latein am Ende. Was auch immer Rüttgers ihm sagen wollte, er hatte keinen blassen Schimmer, nach was er suchen musste.
Es klackte, als die Kassette am Ende angelangt war und der Play-Knopf des alten Recorders nach oben schnellte. Nun öffnete auch Woitek wieder zaghaft die Augen und richtete sich auf.

"Oh, hallo Maurice. Bin wohl eingeschlafen", nuschelte er, als er Nachtigall bemerkte und wischte sich verschämt den Speichel von der Wange.

"Morgen Pavel. Du tropfst", erwiderte dieser und zwang sich zu einem wenig überzeugenden Grinsen.

"Wie spät ist es?", fragte Woitek und beantwortete sich die Frage selbst, indem er auf seine Armbanduhr schaute. "Oh, dann habe ich ja gar nicht so lange geschlafen. Aber ich habe ziemlich intensiv geträumt ..."

"Hast du noch irgendetwas rausfinden können?", unterbrach ihn Nachtigall.

"Nein, außer dass ich es erstaunlich finde, was ich immer für ein wirres Zeug träume, wenn ich hier unten einschlafe." Er streckte die Arme von sich und gähnte mit weit geöffnetem Mund. "Es wäre doch mal interessant zu sehen, was im Augenblick des Todes mit dem Körper passiert", sagte er immer noch gähnend.

Nachtigall sah ihn mit großen Augen an. "Was hast du gerade gesagt?"

Woitek war sich der vermeintlichen Wichtigkeit seines letzten Satzes nicht bewusst und schaute verwundert zurück.

"Hm?", begann er. "Ich sagte nur, dass wir den Exitus an sich einmal genauer untersuchen sollten, aber das wird wohl kaum möglich sein."

"Vielleicht doch." Nachtigall sprang von seinem Stuhl auf und wanderte um seinen Kollegen herum durch den kleinen Raum. "Lass uns mal im Krankenhaus anrufen. Gestern sind dort viele schwer Verletzte eingeliefert worden. Vielleicht gibt es dort mögliche Versuchsobjekte." Er schaute Woitek an und kratzte sich nachdenklich an seinem kahlen Kopf. "Das könnte das fehlende Glied sein - die Metamorphose. Vielleicht haben wir bislang etwas übersehen."

Jetzt war es Woitek, der erstaunt zu Nachtigall blickte.

"Wir haben vielleicht etwas übersehen, weil wir es gar nicht sehen konnten", erklärte Nachtigall, inzwischen wieder hellwach, weiter. "Es war einfach nicht mehr vorhanden, als wir die Untoten schließlich untersucht haben. Verstehst du, was ich meine?"

Woitek verstand nicht und zuckte mit den Schultern.

So ernst hatte er seine Idee nicht genommen, und er fand den Gedanken alles andere als erfrischend, dass sie jetzt auch noch lebenden Menschen während des Sterbens Gewebeproben entnehmen sollten.

"Ich rede von einem Stoff, einer Verbindung oder was auch immer, was nur so lange im Körper verbleibt, bis die Metamorphose zum Untoten abgeschlossen ist", redete Nachtigall weiter und wanderte, so gut es in dem engen Raum ging, auf und ab. "Wir wissen, dass das

Zentrum des Übels im Stammhirn liegt. Von dort breitet sich das Geflecht über den gesamten Körper aus. Aber was passiert in genau diesem Moment? Was veranlasst die Zellen sich zu verändern? Es könnte durchaus sein, dass mit dem Tod ein Transmitter, woraus auch immer entsteht, der nach getaner Arbeit wieder zerfällt."
Woitek dämmerte, was in Nachtigalls übermüdetem Verstand vor sich ging. Natürlich hatten ihre Forschungen bislang keine vernünftigen Ansätze hervorgebracht, wie man die Lage unter Kontrolle bringen könnte, aber sein Kollege schien von dieser Idee dermaßen begeistert, dass er jetzt nur noch hoffte, er würde sich wenigstens bis morgen Zeit lassen, so dass sie erst einmal richtig ausschlafen konnten. Doch als er den Gedanken aussprechen wollte, war Nachtigall bereits im Flur und steuerte das Telefon an.

Erschöpft ließ er den Kopf wieder auf den Tisch sinken.

~ * ~

Es war Nachmittag, als Gregor erwachte. Gequält richtete er sich auf und streckte mit lautem Knacken seine Wirbelsäule durch. Der penetrante Gestank, der aus seinem T-Shirt drang, ließ ihn würgen. Schnell zog er es aus und warf es weit von sich in die Ecke. Mit zusammengekniffenen Augen schaute er sich in der Lobby um und beschloss, den Tag mit Aufräumen zu beginnen. Zunächst würde er sich aber eine Guten-Morgen-Pfeife gönnen. Immerhin lag noch genug geschnittenes Gras auf dem Tisch. Maik hatte ihm vor dem Gehen noch die Pfeife aus der Hand genommen und auf den Tisch gestellt. Bis auf eine gelb-braune Neige war der Glaskolben leer. Missmutig stand er auf, kratzte sich zwischen den Beinen und ging in die Küche, um das Wasser wieder aufzufüllen. Dann setzte er sich auf die Ledergarnitur, nahm einen kräftigen Schluck aus einer Wasserflasche und begann mit dem Stopfen der Pfeife.

Während er rauchte, schaltete er durch die Fernsehkanäle, stellte enttäuscht fest, dass er nunmehr nur noch zwei Stationen empfing, die immer noch diese uralten Bilder zeigten, und ging mit der Pfeife zur Stereoanlage, die hinter dem Tresen der Rezeption aufgebaut war. Gelangweilt wühlte er in den CDs, die über die ganze Theke verteilt waren. Er entschied sich für AC/DC und grölte laut mit, als Bon Scott von seinem Highway to Hell sang und beseitigte dabei die Trümmer seines selbst gebauten, und wie sich herausgestellt hatte, zu instabilen Rauchgerätes. Als er so über den Boden kroch, um alle Scherben des gläsernen Trichters aufzusammeln, fiel ihm Maiks Pistole ins Auge, die unter die Heizung gerutscht war. Vorsichtig hob er sie auf und legte sie auf den Tisch. Wo er schon einmal da war, beschloss er, dass man auf einem Bein nicht stehen könne, warf sich auf die Couch und machte eine zweite Pfeifenmischung fertig.

Irgendwann verklang das letzte Lied auf der CD und die Kommentare der schon lange nicht mehr aktuellen Berichte, die aus dem Fernseher klangen, waren neben Gregors Husten die letzten Geräusche in der Lobby. Er drückte auf der Fernbedienung herum, stellte den Ton lauter und lauschte zum x-ten Mal, wie die glorreichen Truppen in Frankfurt einmarschierten. Jeder wusste inzwischen, dass dies die letzte Meldung über die fünfhundert Mann war, und dass sie genauso gescheitert waren, wie die vielen Soldaten vor ihnen. Allein das U-Bahnsystem dieser Stadt stellte für die Armee ein unüberwindbares Hindernis dar und Gregor war sich sicher, dass Frankfurt niemals von den Untoten befreit werden könnte. Er war froh hier in Marburg zu sein, wo die Militärs es doch immerhin geschafft hatten, einen Teil der Stadt abzusperren und gänzlich von Zombies zu säubern.
Es war zwar kein perfektes aber zumindest ein relativ sicheres Leben, und mit dem Vorrat an Gras war der unangenehme Beigeschmack, nämlich das Gefühl eingesperrt zu sein, ziemlich erträglich. Irgendwo tief in ihm gab es auch immer noch die Hoffnung, dass bald alles wieder so wie früher sein würde. Zwar hatte er keine Ahnung von dem, was die Wissenschaftler dort oben in ihren Labors trieben, noch vertraute er ihnen nicht sonderlich, aber irgendwie gab es ihm die Gewissheit, dass es Menschen gab, die ernsthaft an diesem Problem arbeiteten.

Der Fernseher zeigte Bilder von Panzern, die über die Rollbahnen

des Frankfurter Flughafens fuhren und die umherstreifenden Zombies mit ihren Ketten zermalmten. Hinter den Panzern liefen noch jede Menge Soldaten zu Fuß und schossen auf alles, was noch nicht als matschiger Haufen auf dem Asphalt klebte. Ein paar hatten Flammenwerfer, so dass einige der Zombies lichterloh brennend zwischen den verwaisten Flugzeugen durch die Gegend taumelten, bis sie irgendwann zusammenbrachen. Auf den ersten Blick hätte man glauben können, dass die Soldaten keinerlei Probleme mit den Untoten hatten, und sicherlich waren die Bilder auch so zusammengeschnitten, dass dieser Eindruck provoziert wurde, aber wenn man genauer hinsah, trugen erschreckend viele der Zombies dieselben Uniformen wie ihre Angreifer. Einige hatten sogar noch Gewehre in den Händen. Ohne zu wissen, wie sie damit umzugehen hatten, schleiften sie die Waffen zumeist achtlos hinter sich her.
Gregor wusste nicht, wie oft er diesen Film schon gesehen hatte, aber nach seinem Ausflug in den Wald hatten die Bilder eine ganz neue Bedeutung für ihn, und er dankte dem Herrgott, dass ihm so etwas bislang erspart geblieben war. Dann fiel ihm Maik wieder ein, wie er gestern Abend von oben bis unten mit Blut besudelt nach Hause gekommen war, und ein Schauer lief ihm eiskalt den Rücken hinunter. So einen Job wie die Soldaten oder auch wie Maik würde er niemals machen können.
Bei diesem Gedanken blickte er auf die Uhr und stellte fest, dass er schon vor Stunden seinen Rundgang hätte machen müssen. Doch er zuckte nur kurz mit den Schultern und entschied, ihn heute ausfallen zu lassen. Zwar hatte er jeden Tag einen kurzen Bericht bei der Militärleitung abzugeben, der sich in der Regel auf zwei Worte wie Alles unverändert beschränkte, aber nach der turbulenten letzten Nacht hatte der Feldwebel bestimmt ganz andere Sachen zu tun und würde gar nicht merken, wenn er sich nicht meldete.
Sein Blick fiel wieder auf Maiks Pistole, die auf dem Tisch lag. Träge beugte er sich vor, nahm sie in die Hand und betrachtete sie von allen Seiten. Er fand es immer wieder erstaunlich, dass dieses kleine Ding ein Leben kurzerhand beenden konnte, vorausgesetzt der Schütze stellte sich nicht ganz so dämlich dabei an wie er selbst. Zwar hatte ihm Maik schon vor langer Zeit gezeigt, wie man dieses Ding lädt, sichert, wieder entsichert und vor allem, wie man damit

zielt, aber eine unterschwellige Ehrfurcht vor der Gefährlichkeit solcher Waffen, die tief in seinem Unterbewusstsein hauste, hatte dafür gesorgt, dass er einfach kein richtiges Interesse daran gezeigt und folglich auch niemals das Schießen geübt hatte. Jetzt ärgerte er sich ein wenig darüber, denn so hatte er gestern ein ganzes Magazin leer geschossen, ohne einen direkt vor ihm am Boden liegenden Untoten auch nur zu streifen.
Er erinnerte sich an Maiks Worte, dass sie das Hotel sicherer machen müssten, und dann hatte er noch irgendetwas sehr Beunruhigendes gesagt, das ihm jetzt, so sehr er sich auch anstrengte, nicht einfallen wollte. Aber mit Sicherheit hatte es etwas mit der Explosion der letzten Nacht zu tun gehabt.
Er beschloss, nicht mehr darüber nachzudenken und Maik zu fragen, wenn er endlich wieder nach Hause kommen würde - falls er dann noch daran denken würde. Stattdessen wollte er sich ein wenig mit der Pistole anfreunden, denn er hatte das Gefühl, dass er sie in nicht allzu ferner Zukunft nochmal brauchen würde.
Er nahm die Waffe mit beiden Händen auf, hielt sie mit gestreckten Armen vor sich und achtete peinlich genau darauf, nicht den Abzug zu berühren. Dann richtete er sie auf den Fernseher und versuchte die Zombies und Soldaten, die dort zu sehen waren, mit Kimme und Korn zu verfolgen, was aber kaum gelang, allein schon, weil der Schnitt der Bilder viel zu schnell war. Also richtete er die Waffe auf alle möglichen Dinge, die in der Lobby umher standen. Nacheinander gerieten die Boxen, die antike Standuhr, die Pfosten des Tresens, die an der Garderobe hängenden Jacken und alles andere, was ungefähr die Größe eines Zombies hatte, in sein Visier.
Peng, rief er und kicherte wie ein kleines Kind, wenn er wieder einen imaginären Untoten niedergestreckt hatte und wollte sich mit einer weiteren Pfeife belohnen. Die Pistole legte er bewusst in seinen Schoß, als er die Pfeife mit Gras füllte und mit jedem Zug verringerte sich seine Furcht vor dem todbringenden Stahl. Als er die leere Pfeife auf den Tisch stellte, hatte er sie schon wieder ganz vergessen und war überrascht, was dort in seinem Schritt lag.

"Wir werden schon noch Freunde", sagte er zu der Pistole und hielt sie dicht vor sein Gesicht, um mit zugeschwollenen Augen intensiv das aufregende Muster des Griffes zu studieren.

Er hatte keine Ahnung, wie lange er die verschiedenen Rillen mit dem Finger entlang fuhr, um immer wieder neue imaginäre Straßen von einem Ende des Griffstücks zum anderen zu verfolgen, als sich die Ereignisse zu überschlagen begannen.

~ * ~

"Hast du Familie hier?", fragte Felix und schlenderte weiter neben Maik am Uferzaun entlang.

"Gregor ist meine Familie. Alle anderen sind tot", antwortete Maik und drehte sich zu ihm um. "Was ist mit dir? Hat einer von deinen Leuten überlebt?"

Die Frage traf Felix wie ein Stich ins Herz. Das Bild von Christel und der kleinen Julia tauchte völlig unerwartet vor seinen Augen auf, und ihm wurde schwindelig.

Noch vor wenigen Stunden hätte er jedem geantwortet, dass das seine Angelegenheit wäre und den Fragesteller einen großen Scheißdreck anginge. Bei Maik funktionierte das nicht. Obwohl er ihn erst seit wenigen Stunden kannte, schaffte der es mit jeder Minute mehr an Persönlichkeit zu gewinnen, als all seine Kollegen auf der Baustelle in den ganzen Monaten zuvor. Von ihm ging eine Geborgenheit aus, die schlichtweg als ehrlich zu bezeichnen war, und obwohl er keinerlei Beweis dafür hatte, war er sich sicher, dass Maik ihm in jeder Notlage mit allem, was ihm möglich war, helfen würde, zumindest solange sie hier gemeinsam auf Streife waren.

"Alles in Ordnung?", fragte Maik, als er bemerkte, wie Felix mühsam das Gleichgewicht hielt.

"Es geht schon wieder", sagte er schließlich. "Ich musste nur gerade an jemanden denken. Lass uns einfach weitergehen."

Maik legte ihm die Hand auf die Schulter. "Wir haben alle Menschen, die wir liebten, verloren", sagte er mit ruhiger Stimme. "Du musst nicht drüber reden, wenn du nicht willst."

"Sie sind nicht tot", brach es aus Felix heraus. "Ich weiß, dass sie überlebt haben."

Maik nickte nur verständnisvoll und blickte ihm von oben herab ins

Gesicht. Felix kämpfte mit den Tränen, und schlussendlich gewannen die Emotionen. Er stand vor Maik und kam sich wie ein kleines Kind vor, als Angst und Trauer den Weg in seine Mimik fanden und sich das Wasser in seinen Augen sammelte. Die letzte schützende Mauer war gefallen. Maik hatte sie mit seiner unergründlichen Sympathie in Grund und Boden gestampft, sodass jedes Gefühl, dass Felix zu verbergen suchte, nun den Weg nach draußen fand.

Verdammt, dachte Maik, bin ich denn hier der Einzige, der noch nicht völlig mit den Nerven runter ist? Er legte seinen Arm um den völlig aufgelösten Felix.

Felix entzog sich der Umarmung und bemühte sich die Fassung zurück zu erlangen. Er wischte sich die Tränen aus dem Gesicht und ging einen Schritt zurück.

"Ist wieder alles klar", sagte er langsam und schluckte, weil er genau wusste, dass überhaupt nichts klar war. Er war nicht hier, um sein Herz auszuschütten und Maik war nicht sein Psychologe. Er war hier, um schnellstmöglich einen Weg nach draußen zu finden, und zwar mit einem Auto, genügend Sprit, Lebensmitteln und jetzt natürlich seiner Pistole, aber das musste er für sich behalten, und es bereitete ihm ein wirklich schlechtes Gewissen, Maik so auszunutzen. Vor allem, als er in das mitfühlende Gesicht blickte, das ihn mit echter Besorgnis anschaute.

"Maik", sagte er vorsichtig. "Es gibt da noch etwas ... " Und dann erzählte er von Christel und von Julia, wie sie sich kennengelernt hatten und ergänzte seine Geschichte von vorhin um die Passage, in der er das letzte Mal mit ihr telefoniert hatte. Während Maik geduldig und gelegentlich nickend zuhörte, sprach er sogar über die Funksprüche, die er aufgefangen hatte.

Maik wurde hellhörig. "Kirche des ewigen Lebens?", fragte er im Anschluss. "Noch nie gehört."

"Ich auch nicht. Bestimmt irgendeine Sekte."

"Und jetzt willst du da hin?", fragte Maik.

Felix sagte nichts und sah verstohlen an Maik vorbei, registrierte aber noch ein Schmunzeln, das unter dem Vollbart hervor lugte.

"Gehen wir einfach weiter", sagte Maik schließlich. "Wir haben noch ein ganzes Stück vor uns, bis wir zum anderen Ende kommen."

Die nächsten zehn Minuten schwiegen sie und beobachteten die lebenden Leichen, wie sie versuchten das andere Ufer zu erreichen und schließlich weggespült wurden. An den etwas seichteren Stellen blieben sie zumeist im Schlamm stecken und wedelten mit den Armen. Die Wenigen, die es tatsächlich bis zu dem Zaun geschafft hatten, erledigte Maik mit der Stange und zwinkerte Felix zu, wenn er einen vermeintlich guten Billardstoß hingelegt hatte, aber der schien mit seinen Gedanken noch weit weg zu sein.

"Rauchst du eigentlich?", eröffnete Maik wieder das Gespräch, als sie das Ende des Uferzauns erreichten. Er streckte Felix ein silbernes Zigarettenetui entgegen, worin sich einige Selbstgedrehte befanden.

"Naja, ich hab es mir vor über vier Jahren abgewöhnt." Er zog zögerlich eine Zigarette aus dem Etui. "Ach, warum eigentlich nicht." Maik gab ihm Feuer.

Felix inhalierte, hustete und klaubte sich anschließend mit den Fingerspitzen den Tabak von der Zunge. "Ich konnte es schon mal besser", scherzte er.

"Rauchst du auch andere Dinge?", fragte Maik vorsichtig, weil er hoffte, diesen Trauerkloß am Abend vielleicht auf andere Gedanken bringen zu können.

"Früher habe ich mal Zigarillos geraucht. Warum?", erwiderte er.

"Nur so", sagte Maik, als er sah, dass Felix seine Anspielung nicht einmal andeutungsweise verstanden hatte, was einem Nein gleich kam.

Sie waren nun am südlichen Tor angekommen, und Maik dachte daran, wie er gestern mit Gregor durch die Wälder geschlichen war. Der Soldat, der sie rausgelassen und bei der Rückkehr fast erschossen hatte, war gerade nicht im Dienst, was vielleicht auch besser für ihn war, denn Maik hatte noch immer eine ziemliche Wut auf den Kerl. Er machte eine kurze Meldung, und der Soldat trug in das Wachbuch die Ankunft der Streife ein.

"Jetzt geht's den ganzen verdammten Weg wieder zurück", sagte er zu Felix und setzte sich in Bewegung.

Felix, der das Tor auf Fluchtmöglichkeiten untersuchte, folgte ihm langsam, den Blick noch immer nach draußen gerichtet.

Hier könnte man mit einem guten Auto einfach durchbrechen, und wenn der Wagen auch noch schnell genug war, konnte man hinter der Kurve verschwunden sein, bevor die Wachen ihre Gewehre von

der Schulter reißen konnten.
Das Hauptproblem bestand in erster Linie, an ein Auto zu gelangen. Sicherlich könnte er mit seiner neuen Pistole und etwas Glück die beiden Wachen vor dem Parkhaus erschießen, aber er war kein Mörder und wollte auch nicht zu einem werden.

"Hey, was ist los mit dir? Du musst schon nach vorne schauen", rief ihm Maik zu.

"Musste nur gerade an so eine irre Tussi denken, die sich hier irgendwie in mich verknallt hat und einfach nicht locker lässt", log er, dachte aber im gleichen Moment auch wirklich an Veronika.

"Hehehe. Es gibt schlimmeres, und solange es nicht die verrückte Veronika ist, genieß' es doch einfach", lachte Maik.

"Sie heißt Veronika", erwiderte Felix trocken und ließ seine Mundwinkel noch etwas weiter nach unten hängen.

"Oh", machte Maik, "aber es ist nicht die aus der Verwaltung, oder?"

"Doch." Unsicherheit schwang in Felix Stimme mit. "Muss ich mir Sorgen machen?"
Maik grinste noch immer. "Sagen wir es so: Sie ist verdammt bekannt in der Stadt und hat den Job in der Verwaltung eigentlich nur bekommen, damit man sie besser unter Kontrolle hat."

"Unter Kontrolle hat?", wiederholte Felix und starrte Maik mit großen Augen an.

"Naja, also ich habe gehört, dass sie die einzige Überlebende aus der Psychiatrie hier in Marburg sein soll, und angeblich hat sie nur überlebt, weil sie gerade mal wieder aus der Anstalt geflohen war, als das Chaos über uns hereinbrach und sie Unterschlupf bei den anderen in der Kirche fand."

"Warum war sie denn in der Klappsmühle?", fragte Felix ängstlich.

"Kann ich dir nicht sagen. Irgendwas mit krankhafter Eifersucht oder so. Einige behaupten auch, sie wäre eine Nymphomanin, aber das kannst du ja selber herausfinden." Beim letzten Satz musste Maik wieder lachen. "Es gibt aber wirklich Schlimmeres", fügte er noch hinzu.
Felix schluckte und dachte nicht ohne Scham daran, wie sie ihn regelrecht vergewaltigt hatte.

Ein Untoter rüttelte zähnefletschend direkt neben ihm am Zaun und ließ ihn einen erschrockenen Sprung zur Seite machen.

"Das ist meiner", sagte Felix, als er sich wieder gefangen hatte. "Gib mir bitte mal die Stange rüber."
Er verpasste dem Zombie einen so kräftigen Stoß ins Auge, dass er spürte, wie das Metall am hinteren Teil des Schädels wieder anschlug.

"Hey, das war verdammt gut", lobte ihn Maik, als Felix die Stange wieder aus dem Kopf der Kreatur zog, die jetzt in sich zusammensackte. "Jetzt musst du nur noch zusehen, dass du den Kadaver irgendwie in den Fluss schiebst, sonst stinkt es hier bald noch mehr."
Felix stocherte durch den Zaun hindurch nach dem leblosen Körper und schaffte es mit Maiks Hilfe schließlich, dass der Leichnam von der Strömung mitgenommen wurde. Er fragte sich, wohin all diese Leichen trieben und vor allem, wie es an diesem Ort wohl stinken würde.
Sie liefen die Strecke noch dreimal hin und zurück, bevor ihre Schicht beendet war und sie sich bis zum nächsten Tag voneinander verabschiedeten. Zwar machte Maik noch einen Versuch, Felix für den Abend einzuladen, aber dieser blockte ab. Diesmal war es aber keine Ausrede, vielmehr war Felix wirklich ziemlich müde und wollte eigentlich nur noch in sein Bett fallen, sodass Maik den Heimweg allein antrat.

Auf dem Weg zur Oberstadt dachte er angestrengt über seinen neuen Kollegen nach und versuchte ihn einzuschätzen, und je mehr er nachdachte, desto sicherer erschien es ihm, dass Felix nicht mehr lange hierbleiben würde. Zwar hatte er kein Wort darüber verloren, aber die Art und Weise, wie er von seiner Verlobten gesprochen hatte, war Indiz genug dafür, dass er lieber heute als morgen seine Sachen packen würde, um von hier zu verschwinden. Er fragte sich, ob Felix eventuell sogar schon einen Plan hatte, aber selbst wenn, hielt er es doch für ziemlich unwahrscheinlich, dass er seine Verlobte finden würde - falls sie überhaupt noch am Leben war. Interessanter waren für Maik die Funksprüche, die Felix aufgefangen hatte, und er war fest entschlossen, ihm in den nächsten Tagen einen Besuch abzustatten, um sich selbst davon überzeugen zu können. Immerhin kam es nicht besonders häufig vor, von anderen Überlebenden zu hören.

Als er das Hotel erreichte, waren alle Jalousien herunter gelassen und er hoffte, dass Gregor nicht wieder total bekifft eingeschlafen war. Zunächst klopfte er vorsichtig gegen das Metall vor der Tür, erntete aber keinerlei Reaktion. Dann hämmerte er kräftiger dagegen, und als es immer noch still blieb, trat er mehrfach gegen das scheppernde Aluminium und rief Gregors Namen. Schließlich hörte er, wie das Fenster hinter der Jalousie geöffnet wurde.

"Bist du allein?", hörte er Gregors Stimme ängstlich aus dem Inneren.

"Hey Kumpel. Klar bin ich alleine", rief er. "Mach endlich auf, ich bin verdammt müde und mein Fuß tut weh. Ich will jetzt rein."

Langsam hob sich Lamelle für Lamelle des Rollos vor der Tür, und als die Sicherung zur Hälfte oben war, ging auch die Tür auf. Maik duckte sich und schlüpfte in die Lobby. Hinter ihm schloss Gregor sofort wieder die Tür und ließ auch die Jalousie unverzüglich wieder nach unten rattern, sodass Maik in dem spärlich beleuchteten Raum kaum etwas erkennen konnte.

"Was ist denn hier los?", fragte er, während sich seine Augen langsam an das Dämmerlicht gewöhnten. "Warum hast du hier alles dunkel gemacht?"

Dann sah er den großen Blutfleck auf dem Boden direkt vor sich und schaute zu Gregor, der dahinter stand und am ganzen Körper zitterte. Instinktiv griff er nach seiner Waffe.

"Ich hab Scheiße gebaut", erwiderte Gregor mit bebender Stimme und war wieder einmal kurz davor die Fassung zu verlieren. "Maik, ich hab riesige Scheiße gebaut. Es tut mir so leid."

Maik hatte keine Ahnung, was sein Freund ihm mitzuteilen versuchte, aber er sah, dass es besser war, wenn sie sich erst einmal setzen würden, bevor dieser umkippte. Also machte er einen großen Schritt über die Blutlache, packte Gregor am Arm und ging mit ihm zur Sitzgruppe. Auf dem Tisch sah er seine Pistole liegen, die er heute Morgen vergeblich gesucht hatte. Gregor zitterte noch immer, auch als er ihn auf die Couch drückte und sich direkt neben ihn setzte.

"Okay, Kumpel, bleib jetzt ganz locker, und erzähl mir, was hier verdammt noch mal passiert ist", sagte er, nachdem er sich davon überzeugt hatte, dass das Blut nicht von Gregor stammte.

Gregor schluchzte. "Es ... es war ein Versehen", stammelte er. "Ich wollte das nicht tun ... aber das Ding ist einfach losgegangen, und dann ... ", er schluckte, "dann war er auch schon tot ... und dann musste ich ihn nochmal töten."

Maik verstand kein Wort. Er beugte sich nach vorn, packte Gregor bei den Schultern und schaute ihm tief in die vor Angst geweiteten Augen. "Was ist, verdammt nochmal, passiert? Wen musstest du töten?", fragte er ganz langsam und eindringlicher.

Gregor holte tief Luft und suchte nach den richtigen Worten, was ihm offensichtlich ziemlich schwer fiel, da sein Blick immer wieder auf die Pistole fiel. Maik bemerkte das und nahm die Waffe an sich, um sie in seinem Schulterhalfter verschwinden zu lassen. Dann beugte er sich noch ein wenig weiter zu Gregor und wiederholte seine Frage. "Gregor, was ist hier passiert?"

"Ich ... ich habe den Wenzelbach erschossen", platzte es aus ihm heraus."Aber es war ein Versehen ... Scheiße. Ich wollte das doch nicht. Aber er hat das Gras gesehen und dann fing er an rumzuschreien. Er hat mich bedroht ... und dann sah er aus wie ein Zombie. Ich hatte einfach eine Scheißangst, Maik."

Inzwischen hatten sich Maiks Augen an die Dunkelheit gewöhnt und er schaute sich in der Lobby um, suchte nach einer Leiche und stand auf. Sein Freund wimmerte, als Maik zögerlich der roten Spur folgte, die ihn quer durch die Küche in den Kühlraum führte. Zur Sicherheit zog er seine Waffe, bevor er langsam den schweren Griff der Tür nach hinten zog.

Die Tür knackte und quietschte beim Öffnen und Maik stand vor dem mit Plastiktüten abgedeckten Toten. Noch immer die Pistole auf den vermeintlichen Kopf des Körpers gerichtet schob er mit seinem Fuß vorsichtig die Plane zur Seite.

Der Feldwebel war eindeutig tot. Maik entdeckte zwei Einschüsse in der Brust, einen im rechten Arm, ein letzter hatte seinen Kiefer zertrümmert und ein Loch in der Rückseite des Schädels hinterlassen. Angewidert zog er die Tüte wieder zurück über den Kopf der Leiche und lief zurück zu Gregor, der zitternd auf der Couch saß und noch unter Schock stand.

"Verdammte Scheiße", schrie er durch die Lobby. "Was hast du

verdammt nochmal getan? Bist du denn völlig übergeschnappt?"
Gregor kauerte sich in der Ecke der Couch zusammen und vergrub das Gesicht in seinen Armen.
Mit großen, festen Schritten stürmte Maik auf Gregor zu und packte ihn hart an beiden Schultern.

"Schau mich verdammt nochmal an! Was hast du dir dabei gedacht?" Er schüttelte ihn heftig hin und her und war kurz davor auf ihn einzuschlagen.
Gregor zuckte bei jeder Silbe, die ihm entgegen schmetterte, zusammen und versuchte sich vergeblich aus dem Griff zu winden, aber Maik packte nur fester zu.

"Kannst du dir in deinem verdammten zugekifften Hirn vorstellen, was du da angestellt hast?", brüllte Maik weiter. "Du hast den zweitwichtigsten Mann des Militärs gekillt." Trotz seiner Wut musste er beim letzten Satz unerklärlicherweise beinahe lachen, fasste sich aber rechtzeitig wieder und schrie weiter auf Maik ein. "Du kannst deinen verdammten Arsch darauf verwetten, dass die ihn suchen und nicht eher aufgeben werden, bis sie wissen, was mit ihm passiert ist. Die werden bald auch bei uns aufkreuzen." Seine Stimme drohte sich zu überschlagen, und er atmete erst einmal tief durch, dann ließ er die Schultern seines Gegenüber los und plumpste, seinen Kopf fassungslos schüttelnd, in seinen Sessel.

Seine Wut hatte er herausgebrüllt, das rationale Denken fiel ihm nun wieder leichter, und gerade wollte er Gregor sagen, dass sie so schnell wie möglich das Blut in der Lobby beseitigen müssten, da meldete sich dieser zu Wort.

"Sie waren schon da", jammerte er mit kaum hörbarer Stimme und sank wieder in sich zusammen, während ihn Maik mit aufgerissenen Augen fixierte.

"Wer war schon da?", fragte er entsetzt und richtete sich in dem Sessel soweit auf, dass er schon fast wieder stand.

"Zwei Soldaten ... die haben ihn gesucht", stammelte Gregor, und bevor Maik erneut losbrüllen würde, fügte er noch schnell hinzu: "Ich habe sie nicht rein gelassen ... hab so getan, als wäre niemand zu Hause ... aber ich habe sie vorm Fenster reden hören."
Maik war dankbar, dass die Sätze aus Gregors Mund zunehmend

Sinn bekamen, und er bewahrte die Ruhe.

"Was haben sie gesagt?", fragte er ruhig, aber bestimmend. "Erinnere dich, Gregor!"

"Sie wussten, dass Wenzelbach zu mir wollte .. ", antwortete er ängstlich und fügte noch ängstlicher an: "Ich war heute ... ich hab ihm heute keine Rundgangs-Meldung gemacht, und die wollte er sich holen ... und die beiden wollten wiederkommen, wenn ... du zu Hause bist." Die letzten Worte waren kaum noch zu verstehen, so leise flüsterte er nun. In Maiks Kopf hallten die Worte dennoch überdeutlich wider und er sprang auf.

"Was, verdammt? Du willst sagen, dass die gleich vor der Tür stehen?", fragte er laut. "Dann lass uns den verdammten Dreck hier wegputzen. Hoch mit dir, verdammt!", schnauzte er, als er bemerkte, dass Gregor keinerlei Anstalten machte, sich zu bewegen. Dann packte er ihn am Arm und zog ihn auf die Beine.

"Du besorgst jetzt, so schnell es geht, jede Menge Lappen. Ich hole Wasser aus der Küche", befahl er und stieß Gregor mit der Hand in Richtung der kleinen Abstellkammer unter der Treppe, in der sich die Putzmittel befanden. Er selbst rannte in die Küche und ließ zwei Eimer gleichzeitig mit Wasser voll laufen.

Als er zurück in die Lobby gerannt kam, stand Gregor schon mit einigen Putzlappen bereit, ließ die Schultern hängen und wirkte insgesamt wie ein kleiner Junge, der etwas Schreckliches ausgefressen hatte und nun alles auf eine Karte setzte, um so bemitleidenswert wie möglich auszusehen.

Maik ignorierte den Gesichtsausdruck und schüttete kurzerhand einen der Eimer über der Schleifspur aus, griff sich ein paar Lappen von Gregor und warf sie in das Wasser-Blut-Gemisch.

"Mach hin, verdammt", feuerte er Gregor an, der wie paralysiert neben der großen Blutlache stand und betroffen nach unten blickte. "Komm in die Gänge, verdammt. Dieser Mist muss weg, und zwar jetzt gleich."

Er wrang die Lappen wieder und wieder aus, und der Eimer war bereits zur Hälfte mit roter Flüssigkeit gefühlt, als Gregor sich endlich bequemte, in die Hocke zu gehen.

"Ich glaube, ich muss gleich kotzen", jammerte er, als er den ersten Lappen in die Lache tauchte.

"Wenn du jetzt reiherst, dann hau ich dir eine rein", blaffte Maik und rubbelte hektisch über den Holzboden. "Sieh zu, dass du die verdammte Scheiße wegkriegst."
Maik wischte wie ein Besessener und schaute immer wieder zur Uhr. Die Schicht der Soldaten dauerte noch eine knappe Stunde, und aller Wahrscheinlichkeit nach würden sie direkt nach Schichtende hier vorbeischauen. Sie hatten nur noch verdammt wenig Zeit und er drängte Gregor unentwegt schneller zu arbeiten.
Dieser würgte immer wieder, während er die mit Blut vollgesogenen Lappen auswrang, schaffte es aber, sich nicht zu übergeben.
Mehrmals mussten sie die Eimer leeren, bis sie zumindest den groben Dreck aus der Lobby beseitigt hatten, und Gregor war gerade dabei, die Putzutensilien in der Abstellkammer zu verstauen, als es an das Rollo hämmerte.

"Herr Stern? Herr Hoffmeister?", erklang es militärisch von draußen.
Die beiden Freunde im Inneren zuckten synchron zusammen und Gregor blickte flehend zu Maik, in der Hoffnung, dass dieser eine Idee hätte, die Situation zu retten, denn sie trieften geradezu von Blut.
Maik legte seinen Zeigefinger vor die gespitzten Lippen und schlich zu Gregor.

"Okay, Kumpel, jetzt kommt's drauf an. Verzieh dich in die Küche und lass dich nicht blicken. Ich versuche, sie irgendwie abzuwimmeln", flüsterte er ihm ins Ohr.
Maik schaute sich indessen in der Lobby um und machte eine kurze Bestandsaufnahme. Der Boden war nass, aber kein Blut war mehr zu sehen. Auf dem Tisch stand noch die Pfeife und jede Menge Gras war darum verteilt. Seine Pistolen hatte er in den Halftern und insgesamt sah er aus, als hätte er gerade in Blut gebadet.
Schnell warf er sich eine Jeansjacke, die an der Garderobe hing, über und wischte sich die Hände noch einmal an der Hose ab. Das Gras war egal, eventuell könnte es sich noch als nützlich erweisen, um die beiden abzulenken.
Es hämmerte wieder gegen die Jalousie.

"Hallo? Ist denn niemand da?", vernahm er die Stimme von draußen.

"Moment, ich komme", rief er zur Tür und schaute sich noch einmal um, während er darauf zuging.
Gerade wollte er zum Gurt des Rollos greifen, da bemerkte er den großen Blutfleck in Kopfhöhe an der Wand direkt daneben. Jetzt war es zu spät um ihn wegzuputzen, also schaltete er kurzerhand die Deckenbeleuchtung aus, sodass nur noch die kleinen Lampen über der Rezeption für gerade soviel Licht sorgten, dass die Aufmerksamkeit automatisch auf diesen Tresen gezogen wurde. Dann zog er die Jalousie nach oben.
Draußen standen zwei einfache Gefreite und musterten Maik skeptisch, der mit seinem Körper den gesamten Türrahmen ausfüllte. Vergeblich versuchten sie, einen Blick an ihm vorbei in den dunklen Raum zu erhaschen.

"Guten Abend, Herr Hoffmeister", sagte der Größere von beiden. "Ist denn der Herr Stern zuhause?"

"Hab ihn seit gestern Abend nicht mehr gesehen", gab Maik knapp zurück, der hoffte, dass sie gleich wieder verschwinden würden, was sie allerdings nicht taten.

"Er hat heute keine Meldung gemacht. Daraufhin ist Feldwebel Wenzelbach zu ihm aufgebrochen, um nach dem Rechten zu sehen, aber er ist nicht zurückgekommen. Dürfen wir reinkommen?"
Maik fand es lächerlich, wie formell diese beiden Typen dort draußen ihre Show abzogen und verbiss sich einen dummen Spruch.

"Und was hab ich damit zu tun?", fragte er und ignorierte deren letzte Frage.

"Es gibt einen Zeugen, der gesehen hat, wie Feldwebel Wenzelbach heute Nachmittag hier hinein gegangen ist", sagte der Kleine mit quäkender Stimme, die den Anschein erweckte, dass er den Stimmbruch noch vor sich hatte.

"Ich bin eben erst von meiner Schicht gekommen, und will jetzt nur noch unter die Dusche. Ich weiß von keinem Besuch", sagte Maik. "Keine Ahnung, was euer Zeuge da erzählt hat, aber ich war heute Nachmittag nicht hier."
Die Sache mit dem Zeugen war alles andere als gut und er überlegte, ob er mit bloßem Abstreiten der Tatsachen die Lage unter Kontrolle behalten konnte.

"Darum geht es ja", sagte der Große wieder. "Irgendjemand hat ihn rein gelassen. Vielleicht ist Ihr Mitbewohner ja, während Sie auf Schicht waren, wieder aufgetaucht. Haben Sie schon nach ihm gesucht?"

"Habe ich. Hier ist niemand außer mir", gab Maik zurück und tausend Gedanken schossen ihm durch den Kopf. Mit einem Zeugen hatte er nicht gerechnet. Dann änderte er kurzerhand seinen Plan. "Kommt doch rein und schaut euch selber um", sagte er gespielt gelangweilt und trat einen Schritt nach hinten.

Die beiden Soldaten schauten sich an, der größere nickte dem anderen zu und beide betraten das Dämmerlicht in der Lobby.

"Ziemlich dunkel hier drin", bemerkte der Kleine. "Können wir vielleicht ein wenig Licht machen?"

"Ich wollte mich ja auch gerade von meiner Schicht erholen", gab Maik mit einem genervten Seufzen zurück und trat hinter die beiden, um die Tür wieder zu schließen, ließ sie dabei aber nicht aus den Augen.

Als sie sich zu ihm umdrehten, blickten beide verdutzt in den Lauf jeweils einer Waffe, die Maik ihnen nun an die Stirn hielt.

"Lasst die Gewehre fallen und dann Hände hoch", wies er sie streng an, dann rief er durch den Raum nach Gregor, der zögernd aus der Küche kam und die Situation mit Entsetzen realisierte.

"Was haben Sie vor?", fragte der Kleine ängstlich und streckte die Arme so hoch in die Luft, als ginge es darum, die Decke zu erreichen.

"Hey Mann, was machst du da?", fragte Gregor fast zeitgleich und nicht weniger verunsichert.

"Komm her, Kumpel, und nimm ihnen die Pistolen ab, aber lass die Finger vom Abzug." Dann wandte er sich wieder an die Soldaten. "Ihr zwei! Umdrehen!"

Unsicher griff Gregor nach den Pistolen und zog sie aus den ledernen Halftern.

"Was haben Sie mit uns vor? Bitte tun Sie uns nichts", jammerte nun der größere der Soldaten.

"Wir gehen in den Keller! Wenn ihr tut, was ich sage, wird euch nichts passieren", sagte Maik. "Und jetzt vorwärts!"

Mit den Waffen dirigierte er sie durch die Küche, wo sich die Tür zum Keller befand. Er spürte deutlich, wie sie angesichts der Blutspuren in der Küche erschraken.

"Macht nur, was ich sage, wenn ihr überleben wollt, und ihr seid spätestens Morgen wieder zuhause", bekräftigte er seine Anweisung und drückte dem Großen, der wie angewurzelt stehen geblieben war, den Lauf der Pistole fester ins Genick, woraufhin der sich wieder in Bewegung setzte.

"Gregor, mach die Kellertür auf und das Licht an", rief er seinem Freund zu, der in jeder Hand eine Pistole wie etwas furchtbar Ekliges zwischen Daumen und Zeigefinger hielt, bis er sie sichtlich erleichtert auf dem Tresen ablegte.

Dann eilte er an Maik und den zwei Geiseln vorbei und öffnete die Aluminiumtür, hinter der die alte steinerne Treppe nach unten führte und tastete nach dem Lichtschalter. Unten blitzte eine Neonröhre auf, und Maik führte seine Gefangenen hinunter. Er hatte nicht den Eindruck, dass einer von den beiden daran dachte, den Helden zu spielen, trotzdem achtete er darauf, keinen aus dem Visier zu lassen.

Gregor stand derweil am oberen Ende der Treppe und schaute ungläubig zu, wie Maik die Soldaten zu dem großen, massiven Stützpfeiler führte.

"Komm runter", rief Maik ihm zu. Der setzte sich langsam in Bewegung und stieg Stufe für Stufe hinunter. "Mit dem Rücken an die Säule! Du auf die Seite, du auf die andere", wies er die Soldaten an.

"Bitte tun Sie uns nichts", flehte der Kleine unentwegt, als er Maiks Waffe an seiner Schläfe spürte.

"Nimm meine Handschellen aus dem Gürtel und kette sie um den Pfeiler aneinander", sagte Maik zu Gregor, der sichtlich befürchtete, dass sein Freund jetzt auch durchdrehen würde. "Keine Sorge, Kumpel. Wenn die beiden weiterhin so kooperativ sind, wird ihnen nichts passieren", ergänzte er noch, um Gregor ein wenig zu beruhigen, der mit zittrigen Händen die stählernen Fesseln um die Handgelenke der Soldaten legte und einrasten ließ.

Erst als die beiden mit nach hinten verdrehten Armen und dem Rücken zum Stützpfeiler auf äußerst unbequeme Art und Weise miteinander fixiert waren, ließ er die Pistolen sinken und nahm ihnen die Macheten aus den Stiefeln. Schließlich überprüfte er noch einmal selbst die Handschellen, durchsuchte ihre Taschen und nahm die Reservemagazine an sich.

"Tut mir leid, Jungs, aber es geht nicht anders", sagte er nun ruhiger zu den Gefesselten. "Morgen seid ihr wieder frei." Dann eilte er die Treppe hoch und gab Gregor zu verstehen, dass er ihm folgen sollte, was dieser sich nicht zweimal sagen ließ und hinter ihm her rannte.

Oben schlossen sie die Kellertür und Maik ließ sich an ihr auf den Boden gleiten und schnaufte kräftig durch. Gregor sah ihn fassungslos an, aber bevor er erneut fragen konnte, was hier eigentlich los war, brach Maik das Schweigen.

"Wir hauen ab", sagte er verbittert und kleine Zweifel rührten sich in seinem Hinterkopf, ob er wirklich das Richtige getan hatte. "In dieser Stadt haben wir keine Zukunft. Früher oder später werden sie es bestimmt rausbekommen. Außerdem geht dieses Kaff langsam aber sicher vor die Hunde ... oder sollte ich lieber vor die Zombies sagen?"

Gregor schaute noch immer, als hätte er kein einziges Wort verstanden, und vermutlich hatte er das Wesentliche, nämlich, dass sie die sichere Stadt verlassen wollten, bereits wieder verdrängt.

"Pack deine Sachen. Wir brechen heute noch auf."

Gregor blickte ihn mit aufgerissenen Augen an und schüttelte unbewusst den Kopf.

"Ich verstehe nicht", sagte er schließlich und stolperte zurück, bis ihn die Arbeitsfläche aus Edelstahl aufhielt. Mit den Händen klammerte er sich an der Kante fest. "Da draußen ist doch alles voller Zombies. Wo ... wo sollen wir denn hin?", fragte er nervös und wartete immer noch darauf, dass sich alles als geschmackloser Scherz entpuppen würde.

"Erkläre ich dir später. Ich weiß aber, wie wir hier rauskommen, und jetzt müssen wir erst einmal unser Zeug zusammenpacken." Er bemerkte die Hilflosigkeit in Gregors Mimik und ließ sich auf einen kleinen Kompromiss ein. "Okay, Kumpel, wir können vorher noch einen rauchen", sagte er und grinste gekünstelt.

Das verstand Gregor auf Anhieb. Wie in Trance und ohne ein weiteres Wort zu verlieren, verließ er die Küche und setzte sich auf die Couch. Maik kam ihm hinterher und fiel in seinen Sessel, sich der Tatsache bewusst, dass dies wahrscheinlich das letzte Mal sein würde, dass er hier sitzen konnte, um eine Pfeife zu rauchen. Gleichzei-

tig machte er im Geist eine Aufstellung von den Dingen, die er auf alle Fälle mitnehmen musste.
Gregors Verstand weigerte sich noch immer, diesen Umstand überhaupt in Erwägung zu ziehen und konzentrierte sich voll und ganz auf das Stopfen der Pfeife. Mit dem Inhalieren des ersten Zuges verdrängte er sogar erfolgreich den toten Feldwebel im Kühlraum und die beiden Soldaten im Keller.
Auch Maik genoss die Wirkung des Rauchs, obwohl es seine geistige Aufstellung wieder zunichte machte. Er blieb noch einen Moment sitzen, dann griff er sich die Gewehre und Pistolen der Soldaten vom Tresen und stieg die Treppe hinauf. Er ging in sein Zimmer und begann den ersten seiner Rucksäcke mit Klamotten vollzustopfen. Keine fünf Minuten später kam Gregor die Treppe hinauf gepoltert und blieb hustend und sich an den Rahmen lehnend in der Tür stehen.

"Hey Maik?", sagte er unsicher, "Hast du das eben ernst gemeint? ... Ich meine das mit den Sachen packen und so."
Maik schaute von seinem Rucksack auf, in dem gerade ein paar Unterhosen verschwunden waren. "Natürlich", versicherte er etwas verwundert. "Du hast uns die Suppe eingebrockt, also beschwer dich nicht. Ich habe auch keine große Lust nach draußen in die Wildnis abzuhauen, aber wir haben keine andere Wahl. Die machen uns kalt, wenn das rauskommt. Aber du kannst vergessen, dass ich dich hier hängen lasse. Also schnapp dir, was du brauchst und sag dem Hotel Lebewohl." Er machte eine Pause, damit Gregor reagieren konnte. Als dieser aber nur mit offenem Mund stehen blieb, hockte er sich auf sein Bett und erklärte die wichtigsten Punkte seines Plans.

Im westlichen Teil der Stadt gab es zwei Zäune. Der Innere verlief eng um die Häusergrenze und stellte nur einen zusätzlichen Schutz dar. Dahinter war ein weiterer Zaun des Sicherheitsbereichs, weit über die Stadtgrenze ausgedehnt, so dass er noch ein paar außerhalb liegende Bauernhöfe und einige große Weiden mit einschloss.
Die Bauarbeiten an der Grenze waren seit gestern eingestellt worden, da alle Baukräfte an den Brücken gebraucht wurden. Die Streife kam dort bestenfalls einmal in zwei Stunden vorbei, und an einigen Stellen konnte man, zumindest als agiler Mensch, gut durch den Zaun schlüpfen, da hier kein Graben auf der anderen Seite war. Es gab

auch keine Minen dort, da dieser Bereich ständig erweitert werden sollte und die Gefahr, dass einer der Bauarbeiter auf eine vergessene trat oder hackte, war zu groß. Überhaupt gab es nur wenige Minen, und die paar, die zur Verfügung standen, waren an der nördlichen Grenze der Stadt verlegt.

Vom äußeren Zaun aus waren es keine zwei Kilometer mehr bis zum nächsten Dorf, und Maik war sich ziemlich sicher, dass er dort noch einige fahrbereite Autos finden würde. Die Strecke bis dorthin würden sie allerdings zu Fuß bewältigen müssen.

Nachdem Maik in groben Zügen erklärt hatte, was er genau plante und Gregor noch einmal darauf hinwies, dass er ihn auf jeden Fall mitschleifen würde, packte er seine Waffen zusammen und schaute Gregor herausfordernd an.

Doch der stand noch immer mit aufgerissenem Mund da und wartete darauf, dass Maik ihm erklären würde, dass er nur einen Scherz gemacht hatte. Dies geschah aber nicht, stattdessen forderte er ihn nochmals auf, endlich seinen Rucksack zu packen.

"Aber das Hotel ... ", begann Gregor schließlich.

"In diesem Hotel liegt ein toter Soldat - den du gekillt hast - und zwei weitere sitzen gefesselt im Keller", unterbrach ihn Maik, "und wenn wir nicht bald von hier verschwunden sind, liegen unsere toten Körper demnächst auch im Kühlraum. Das heißt, wenn wir Glück haben, denn wahrscheinlich würde Beckmann uns an die Zombies verfüttern."

Langsam wurde Gregor der Ernst der Lage bewusst und er schluckte deutlich hörbar. "Wohin willst du denn fahren?", fragte er zögernd, als er wieder sprechen konnte. "Du weißt ja nicht mal, ob außer uns noch irgendjemand lebt."

"Doch, es gibt noch Überlebende da draußen. Wir werden uns nach Norden durchschlagen müssen. Ich habe von einer großen Gruppe Menschen in der Nähe von Hannover gehört." Dann richtete er sich auf, blieb einen Moment stehen und schaute angestrengt nachdenkend an Gregor vorbei. "Ich muss noch mal weg und bin in ungefähr einer Stunde wieder da", sagte er unvermittelt und drängte Gregor aus der Tür, um sie hinter sich abzuschließen.

"Hey ... ", sagte Gregor und sah ihn erstaunt an.

"Pack du inzwischen deine Sachen", fiel Maik ihm ins Wort. Er

hatte jetzt wirklich keine Zeit, um seine gerade gefasste Idee zu erklären. "Komm mit runter und mach die Tür hinter mir wieder dicht. Wenn jemand kommen sollte, verhalte dich still. Lass auf keinen Fall jemanden rein. Ich werde rufen. Erschreck dich aber nicht, ich bringe wahrscheinlich noch jemanden mit. Und lass bloß die Finger von den Waffen!"
Noch bevor Gregor die Information verarbeiten konnte, war Maik schon die Treppe hinunter gehastet und horchte an der Eingangstür.

"Alles ruhig. Lass mich jetzt raus", kommandierte er Gregor, der ihm hinterhergerannt kam.

"Aber was ... ", fing Gregor wieder an zu stammeln.

"Erkläre ich dir dann", unterbrach Maik die Frage. "Jetzt ist keine Zeit." Er zog die Jalousie zur Hälfte nach oben, öffnete die Tür und war schon unter dem Rollo durchgeschlüpft, bevor Gregor erneut zu einer Frage ansetzten konnte.

"Mach wieder zu", forderte er Gregor von draußen auf, nachdem er sich rechts und links davon überzeugt hatte, dass sich niemand auf der Straße bewegte.
Gregor tat, wie ihm aufgetragen, und bemühte sich immer noch zu verstehen, was Maik gerade gesagt hatte. Dann ging er zur Couch und stopfte sich eine Pfeife. Anschließend musste er packen, aber bis dahin wollte er verdrängen, warum er das musste.

~ * ~

Verwirrt kam Felix von seiner ersten Streife zurück. Müde schob er sich Stufe um Stufe durch das Treppenhaus, um endlich in das Bett seiner Suite fallen zu können. Er war verwirrt und ärgerte sich über seinen Tränenausbruch, der ihn beinahe seiner Fassade beraubt aber andererseits irgendwie befreiend gewirkt hatte. Die nächsten zwölf Stunden wollte er nur noch schlafen.

"Hallo Liebling", hallte es ihm aus dem Flur entgegen, als er das Treppenhaus auf seiner Etage verließ. Er zuckte zusammen.
Vor seiner Tür stand Veronika an die Wand gelehnt und er verfluchte

sich, dass er nicht damit gerechnet hatte, obwohl es ja so absehbar gewesen war, dass diese Verrückte hier auf ihn lauerte. Er hätte einfach ein Zimmer auf einer anderen Etage aufgebrochen und dort geschlafen, wenn er nur einmal richtig nachgedacht hätte.

Jetzt war es zum Abhauen zu spät. Ihm fielen die Worte von Maik wieder ein, die er über Veronika verloren hatte und er stellte sich vor, wie sie in einer Zwangsjacke gefesselt von einer Gummiwand zu anderen prallte. Hätte er sich eigentlich gleich denken können, dass ihr sonderbares Verhalten nicht erst mit den Zombies Einzug gehalten hatte. Wie auch immer, jetzt ging es darum, diese Frau so schnell wie möglich abzuwimmeln. Ohne ihr die geringste Beachtung zu schenken, ging er wortlos auf sie und seine Suite zu. Doch noch bevor er die Tür erreichte, drückte sie sich mit der Schulter von der Wand ab, baute sich direkt vor ihm auf und versperrte mit ihrem Körper den Zugang zum Schloss.

"Na, mein Liebling", wiederholte sie ihre unbeachtete Begrüßung. "Du siehst ja richtig gefährlich aus mit all dem Zeug da." Mit dem Mittelfinger spielte sie am Verschluss seines Gürtels. "Du musst mir jetzt unbedingt erzählen, wie es war."

"Hör zu. Ich bin müde und will jetzt schlafen", erwiderte er barsch und drehte sich zur Seite, bevor sie ihn wieder an den Eiern packen konnte. "Lass mich einfach nur in Ruhe."

"Ooooooh", machte Veronika enttäuscht. "Mein armer erschöpfter Liebling. Ich massiere dich zum Einschlafen ein wenig, dann bekommst du wieder bessere Laune." Sie nestelte weiter mit ihren Händen von hinten an seinen Hüften.

Felix wollte sich gerade wieder zu ihr herumdrehen und sie abwehren, als er zu spät bemerkte, dass sie seine Pistole in den Händen hielt.

"Hmm ... du hast ja eine mächtige Kanone", sagte sie lüstern und strich zärtlich über den Lauf, der auf beängstigende Art und Weise auf Felix' Brustkorb gerichtet war.

Felix öffnete erschrocken den Mund. "Vorsicht mit dem Ding, die ist geladen", sagte er so ruhig, als würde er mit einem Grundschüler reden und streckte behutsam seine Hand danach aus, aber Veronika war schneller und verbarg die Waffe hinter ihrem Rücken, hüpfte um ihn herum und präsentierte verschmitzt lächelnd ihre braunen Zähne.

Dann fuchtelte sie verspielt mit der Waffe vor seinem Gesicht umher, während sie mit der anderen Hand Knopf für Knopf ihre Bluse öffnete. Allein die Tatsache, dass sie die ganze Zeit über den Finger am Abzug hatte, hinderte Felix daran, ihr das Ding einfach aus der Hand zu reißen und sie lauthals anzuschreien, was ihr denn überhaupt einfiele, ihm dermaßen auf den Geist zu gehen.

"Ich werde doch meinen Liebling nicht erschießen", säuselte sie und strich dabei mit der Mündung über seine Brust.

Instinktiv wich er zurück, stieß aber mit dem Rücken an die noch immer verschlossene Tür und war zwischen ihr und Veronika, die sich mit der Waffe vor der Brust gegen ihn drückte, eingeklemmt.

"Hab keine Angst, mein Liebling", versuchte sie ihn zu beruhigen. "Aber du könntest langsam mal die Tür aufschließen. Wir haben schließlich noch einiges vor."

Es war offensichtlich, was sie vorhatte, und Felix beschloss, die Sache ein für alle mal zu klären, auch wenn er davon ausging, dass sie sich nicht von Worten beeindrucken lassen würde. Noch einmal würde er sich aber nicht von ihr vergewaltigen lassen, und diesmal war er fest entschlossen, auch körperliche Gewalt einzusetzen, um sie loszuwerden. Zuvor musste er sich aber wieder seiner Waffe bemächtigen.

"Veronika", sagte er fest, "gib mir sofort meine Pistole zurück."

"Gleich, gleich. Gehen wir doch erst mal rein. Du hast doch bestimmt viel zu erzählen", antwortete sie aufgeregt. "Wir wollen doch nicht die ganze Zeit auf dem Flur stehen bleiben."

Sie trat gerade soweit zurück, dass Felix genügend Platz hatte sich umzudrehen und die Tür aufzuschließen.

"Oder soll ich das Schloss aufschießen?", fragte sie neckisch und richtete unbeholfen die Pistole darauf.

Felix schüttelte heftig den Kopf und steckte den Schlüssel in das Schloss. Er hasste es, so ausgeliefert zu sein, aber gerade nach dem, was Maik erzählt hatte, traute er Veronika so ziemlich alles zu.

Noch bevor er selber seine Suite betreten konnte, hatte sie sich schon an ihm vorbei geschoben. Sie präsentierte sich mit nun vollends aufgeknöpfter Bluse in der Mitte des Raumes und winkte ihn mit der Pistole zu sich heran.

"Komm und hol dir deine Kanone", forderte sie und schob mit dem

Lauf ihren Rock nach oben.
Wie erwartet trug sie wieder kein Höschen. Felix lief es eiskalt den Rücken herunter. Insgeheim hoffte er, dass sich jetzt ein Schuss lösen würde. Immerhin war die Waffe nun nicht mehr auf ihn gerichtet, und er machte einen entschlossenen Schritt nach vorn.

"Okay, Veronika, jetzt gib mir endlich meine Pistole wieder. Das ist kein Spielzeug", sagte er wieder etwas fester und ging weiter auf sie zu.
Veronika machte keine Anstalten, seiner Forderung nachzugehen, sondern lächelte ihn nur weiterhin vermeintlich verführerisch an, während sie langsam rückwärts zu der Couch ging, auf der sie ihn gestern erst missbraucht hatte. Dort setzte sie sich mit weit gespreizten Beinen hin und schob ihren Rock vollends nach oben.

"Komm her, mein Liebling", flüsterte sie in einem Tonfall, der erahnen ließ, dass sie ein Nein nicht zulassen würde, "und leck mich ein bisschen."
Felix' Magen begann sich zu verkrampfen, als er in das haarige Dreieck blickte, das noch Überreste vom letzten Fick beherbergte, und er versuchte zu verdrängen, wie ekelhaft es dort unten stinken würde, denn gewaschen hatte sie sich offensichtlich mindestens seit gestern nicht.

"Nun komm schon!", sagte sie nun noch etwas fordernder und zielte mit der Pistole in seine Richtung. "Du willst es doch auch."
Es gab nur wenige Dinge, die er jetzt weniger wollte und er überlegte, wie hoch seine Überlebenschance wäre, wenn er jetzt einfach die Flucht ergreifen würde. Letztlich musste er aber seine Waffe wieder bekommen, und deshalb ging er weiter auf sie zu. Als er direkt vor ihr stand, nahm er das widerliche Aroma wahr, das aus ihrer Scham dünstete.

"Wie wäre es, wenn wir erst einmal duschen würden", sagte er vorsichtig und bemühte sich, in die andere Richtung zu atmen. "Ich bin ziemlich verschwitzt und klebrig."
Innig hoffte er, dass sie zustimmen und die Pistole weglegen würde, wenn sie unter dem Wasserstrahl stand, sodass er sie endlich vor die Tür setzten könnte, ohne dass es zu weiteren sexuellen Abartigkeiten kam. Doch sie reagierte ganz anders.

"Ich mag es schwitzig und klebrig", sagte sie forsch, zeigte sich

schließlich doch einsichtig und stand auf, sodass er ihre zwar großen, aber nicht unbedingt wohlgeformten Brüste an seiner Brust spüren konnte. "Aber nur, wenn wir zusammen duschen", sagte sie nun verheißungsvoll. "Los, zieh dich aus."
Er zögerte und spürte, wie sie mit der unbewaffneten Hand an seinem Gürtel zu Gange war, während sie mit der Pistole über seinen Rücken strich. So, wie die Lage war, musste er sich zumindest soweit auf sie einlassen, bis sich die Gelegenheit bot, ihr die Waffe zu entreißen.

"Ich kann das allein", sagte er barsch und entzog sich ihrem Klammergriff. Er warf seinen Waffengürtel auf die Couch und zog das Hemd aus, dann drehte er sich von ihr weg, bevor er sich seiner Hose entledigte und ignorierte die begeisterten Ohs und Hmms, die in seinem Rücken erklangen.

"Bist du nun zufrieden?", fragte er schließlich genervt.
Er fühlte sich gedemütigt, als er völlig nackt vor ihr stand und sie bewundernd pfiff.

"Die Waffe bleibt hier", sagte er bestimmt und war gerade im Begriff ins Bad zu gehen. "Ich brauche das Ding noch, und sie darf nicht nass werden."
Sowie sie die Pistole aus der Hand legen würde, wollte er Veronika packen und aus der Suite werfen.

"Oh, was haben wir denn hier?", sagte Veronika in seinem Rücken. Als er sich umdrehte, sah er, wie sie sich an seinem Waffengürtel zu schaffen machte.
Sie hatte die Pistole wieder in das Halfter zurück gesteckt und nestelte an den anderen Taschen herum. Darauf hatte er gewartet.

"Okay, Mädchen", sagte er entschlossen, "es wird Zeit nach Hause zu gehen."
Er packte sie grob am Oberarm und zog sie von der Couch weg. Im nächsten Moment bereute er seine Unaufmerksamkeit, als er das kalte Metall der Handschelle an seinem Handgelenk spürte und diese einrasteten, bevor er den Arm zurückziehen konnte. Als er zurückwich, stellte er erschrocken fest, dass die andere Seite um Veronikas Handgelenk geschlossen war. Irritiert betrachtete er die Kette zwischen ihnen. Immerhin war sie jetzt unbewaffnet, und damit das auch so blieb, zog er sie schnell von der Couch und dem Gürtel weg. Dann

brach es aus ihm heraus.

"Sag mal, bist du total bescheuert?", schrie er sie an und war kurz davor sie zu ohrfeigen. "Du bist doch völlig durchgeknallt."

Sie sah ihn mit großen traurigen Augen an, in denen sich Unverständnis über seine Reaktion widerspiegelte. Dann schlang sie ihre freie Hand um seine Hüfte und presste ihren Unterleib an den seinen, als würde das alles erklären.

"Nicht böse sein, mein Liebling, aber ich kann doch nicht riskieren, dass du mir einfach davonläufst", zwitscherte sie.

"Ich bin nicht dein Liebling, und was du dir auch immer in deinem kranken Kopf ausgemalt hast, vergiss es einfach." Er griff nach dem Schlüssel, den er in die Kette, die ihm Christel einst schenkte, eingefädelt hatte.

Aber Veronika reagierte schneller und riss ihm die gesamte Kette vom Hals, um sie triumphierend über ihre Schulter hinweg aus dem Fenster zu schleudern. Dann sah sie ihn mit zusammengekniffenen Augen an.

"Wir sind jetzt fest miteinander verbunden", zischte sie leise und ließ Felix, der noch völlig verdattert die Flugbahn des Schlüssels verfolgte, wissen, dass sie es ernst meinte.

"Was ... was?", stotterte er und rannte zum Fester. Dabei riss er sie, ungeachtet des Schmerzes, als ihm der Stahl das Handgelenk aufscheuerte, kurzerhand mit sich. "Was denkst du dreckige Schlampe eigentlich, was du hier abziehst?", brüllte er und ignorierte ihr Stöhnen, als sie stürzte und über den Teppich von ihm mitgeschleift wurde.

Fünf Stockwerke unter ihm lag nun irgendwo in dem dichten Buschwerk der Anhänger von Christel und - im Moment noch viel wichtiger - der Schlüssel. Und er war hier nackt an eine völlig Wahnsinnige gefesselt, die ihn vernaschen wollte. Aus dem Augenwinkel nahm er wahr, wie sie sich wieder aufrichten wollte, wobei sie schließlich heftig an der Fessel zog.

"Das hat weh getan, Liebling", jammerte sie, und Tränen liefen über ihre Wangen. "Warum bist du so gemein zu mir?" Ihre Stimme klang mit einem Mal traurig und naiv, wie bei einem kleinen Mädchen, und sie glotzte ihn ebenso treu und fragend an.

Doch Felix war noch viel zu aufgebracht, um darauf hereinzufallen, und obwohl er sich nicht daran erinnern konnte, jemals in seinem Leben eine Frau geschlagen zu haben, holte er aus und klatschte ihr die flache Hand mit einem lauten Knall ins Gesicht. Sie ließ sich auf die Knie fallen, riss ihm dabei noch mehr Haut vom Handgelenk und blieb wimmernd neben ihm hocken.

Für einen Moment war er fassungslos über seine eigene Reaktion und beinahe geneigt, Veronika in den Arm zu nehmen um sie zu trösten, packte sie aber nur am Arm, damit die Handschellen nicht noch weiter in sein Fleisch einschnitten und zog sie zum Sessel, auf dem er seine Kleidung hatte fallen lassen.
Dabei achtete er darauf, dass sie der Pistole nicht zu nahe kamen. Als er seine Hose wieder angezogen hatte, fühlte er sich deutlich sicherer. Zwar hätte er sich am liebsten ein Suspensorium, wie es verschiedene Sportler trugen, eingepackt, aber die Jeans verhinderte zumindest, dass sie ihn wieder an den Eiern packen konnte. Zurzeit weinte sie aber nur und unternahm keinen Versuch, sich ihm weiter zu nähern, sondern bemühte sich sogar Abstand zu halten, soweit es die Fessel zuließ.
"Zieh dich an", fauchte er sie scharf an, "wir gehen runter und suchen den Schlüssel."
Es ärgerte ihn, dass er außer einem kleinen Schraubenzieher und einer spitzen Zange kein Werkzeug im Haus hatte und hoffte, dass sie niemandem auf der Straße begegneten.
Als sie ängstlich zu ihm hoch blickte, bemerkte er, dass sie an der Lippe blutete, und er erschrak.
"Tut mir leid", sagte er nicht ganz ernst gemeint, "ist normalerweise nicht meine Art, aber du hast mir keine andere Wahl gelassen."
Beschämt wandte er sich ab. Trotzdem machte ein kleiner Funken der Genugtuung ganz hinten in seinem Kopf auf sich aufmerksam. Immerhin war er es jetzt wieder, der die Situation kontrollierte und er würde nicht zulassen, dass sie ihm noch einmal entgleiten würde.
Dann verspürte er einen kurzen, dumpfen Schmerz am Hinterkopf und es wurde Nacht um ihn.

~ * ~

Lustvolles Stöhnen und Jauchzen drang durch die Tür, und Maik klopfte noch etwas lauter als zuvor dagegen.
Unter anderen Umständen wäre er diskret wieder verschwunden, aber die Angelegenheit duldete keinen Aufschub. Schon bald würden weitere Soldaten vor dem Hotel stehen und er hoffte inständig, dass es nicht passierte, solange Gregor allein dort war. Zwar hatte er seine Waffen vorsichtshalber in seinem Zimmer eingeschlossen, aber es würde schon reichen, wenn Gregor auf sich aufmerksam machte. Dann würden sie mit Sicherheit die Tür aufbrechen und früher oder später auch die gefangenen Soldaten oder gar den toten Feldwebel finden.

"Verdammt", brüllte Maik nervös und gereizt durch die Tür, "wenn du nicht sofort aufmachst, trete ich die Tür ein und zieh dich persönlich aus der Fotze."
Als das Stöhnen nicht aufhörte und im Gegenteil noch lauter wurde, trat er einen Schritt zurück und ließ seinen Fuß mehrmals mit Kraft gegen das Holz krachen. Beim vierten Tritt brach das Schloss aus dem Rahmen und die Tür schwang auf. Die Schreie der Lust erklangen nach wie vor und die erste Vermutung, dass Felix sich gemütlich vor dem Video einen runterholte, schien sich zu bestätigen, da er nur eine Frau hören konnte. Als er ins Schlafzimmer trat, wurde er eines Besseren belehrt. Felix lag mit geschlossenen Augen auf dem Bett, und auf ihm saß Veronika, die wie eine Besessene auf seinem Becken ritt.

"Felix", rief er laut in den Raum, "wir müssen uns dringend unterhalten."
Die peinliche Situation war ihm egal. Warten, bis die beiden mit ihrer Nummer fertig wären, konnte er wirklich nicht. Doch Felix reagierte nicht. Dafür fuhr Veronika erschrocken herum und stieß einen spitzen Schrei aus. Maik ignorierte sie.

"Felix, verdammt", rief er noch einmal und ging näher zum Bett.
Veronika sprang von ihrem Opfer herunter und hockte sich verlegen hinter die andere Seite des Bettes. Jetzt bemerkte Maik die Handschellen, die blutige Spuren an Felix und auch Veronikas Handgelenken hinterlassen hatten. Felix' andere Hand war mit einem Gürtel an den Bettpfosten gefesselt, und er rührte sich nicht, selbst als Maik in an der Schulter packte und rüttelte.

"Was macht ihr denn hier für bescheuerte Spielchen, verdammt ...", fragte er in den Raum.
Er unterbrach sich, als er den kleinen roten Fleck unter Felix Kopf entdeckte und schaute bestürzt zu Veronika, die anscheinend gerade versuchte unter das Bett zu kriechen und nur von den Handschellen daran gehindert wurde.
"Felix", sagte er wieder und schlug ihn rechts und links auf die Wange, "verdammt, komm zu dir."
"Was hast du, verdammt nochmal, mit ihm gemacht?", wandte er sich an Veronika, die verwirrt über den Rand des Bettgestells lugte, und scheinbar nicht fähig war zu antworten.
"Wo ist der Schlüssel?", bellte er sie trotzdem weiter an und löste schon einmal Felix Hand aus dem Gürtel, der mit einem großen Knoten um den Bettpfosten geschlungen war. Wenigstens atmete er noch.
Dann ging er um das Bett herum zu Veronika, die sich allerdings mit einem Sprung über Felix auf die andere Seite rettete. Dabei riss sie Felix herum und Maik bemerkte, dass der rote Fleck auf dessen Hinterkopf und dem Kopfkissen doch größer war, als er ursprünglich angenommen hatte.
"Verdammt!", brüllte er Veronika an. "Bleib stehen und gib mir einfach nur den Schlüssel."
"Der ist weg", antwortete sie außer Atem, und ihre Stimme wechselte zwischen Spott und Angst hin und her
"Wie? Der ist weg." Maik sah sie ungläubig an. "Verdammt, dein Freund ist verletzt, wir müssen ihn verbinden. Hast du nicht gemerkt, dass er blutet?"
"Aus dem Fenster gefallen", sagte sie kleinlaut, konnte sich ein Grinsen aber nicht verkneifen, was Maik nur noch ungehaltener machte.
"Was soll der Scheiß?"
"Wir gehören jetzt zusammen", erwiderte sie stolz und schaute verliebt zu Felix.
Jetzt wurde auch Maik bewusst, dass diese Frau, die dort an seinen neuen Kollegen gefesselt war, völlig irre war, und er mutmaßte, dass Felix' Verletzung nicht unbeabsichtigt geschehen war. Er hatte ja schon Einiges von Veronika gehört und auch, dass sie hin und wieder

zu Gewalttaten neigte, aber dass sie so weit gehen würde und einen Menschen fast umbrachte, nur um ihre Lust zu stillen, hätte er nicht erwartet. Im gleichen Moment stand für ihn fest, dass er sie auf keinen Fall noch einmal mit ihm allein lassen konnte, und er schaute sich im Schlafzimmer um, ob er nicht ein geeignetes Werkzeug fand, um die Handschellen zu knacken.

Die Dinger waren ziemlich stabil und einfach aufbiegen ließen sie sich keinesfalls. Es wäre schon mindestens ein Bolzenschneider oder eine Eisensäge notwendig, um Felix aus dieser brenzligen Situation zu befreien. Nachdem er nichts Brauchbares finden konnte, probierte er sogar seine eigenen Schlüssel, allerdings ohne Erfolg. Aber er konnte jetzt unmöglich gehen, denn dann, befürchtete er, würde Felix es nicht überleben. Entweder würde er an seiner Kopfverletzung verbluten, oder Veronika würde ihn vorher zu Tode ficken. Er befand sich in einer Zwickmühle.

Normalerweise hätte er einfach gehen und die beiden ihrem Schicksal überlassen können, aber er mochte Felix, und außerdem wäre es sicher hilfreich, jemanden dabei zu haben, der schon einmal mit anderen Überlebenden in Kontakt getreten war und ziemlich viel von dem ganzen Computerkram verstand. Zwar hatte er noch keine Ahnung, wozu das dort draußen von Nutzen sein konnte, aber wenn, wären sie mit Felix darauf vorbereitet. Also zog er seine Pistole aus dem Halfter und wandte sich an Veronika.

"Komm wieder hier rüber", sagte er, "aber langsam und vorsichtig."

Doch diese rührte sich nicht, sondern duckte sich noch weiter hinter dem Bett.

"Verdammt, ich werde dir nichts tun", erklärte er, so ruhig er konnte, "aber ihr müsst die verdammten Handschellen loswerden, und wenn ich sie aufschießen muss."

Als Veronika ihn weiterhin nur ängstlich mit offenem Mund anstarrte, fügte er noch hinzu: "Oder willst du, dass dein Freund hier stirbt und dann als Zombie an deiner verdammten Hand hängt?"

Sie schüttelte ängstlich den Kopf und kroch wie in Zeitlupe hinter dem Bett hervor.

"Okay. Dann steig jetzt wieder über ihn drüber und komm hier her, aber vorsichtig", befahl er ihr und richtete seine Pistole vor sich auf

den Boden.
Langsam kletterte sie über Felix, und Maik legte ihn behutsam wieder auf den Rücken, so dass er seinen gestreckten Arm so weit wie möglich von seinem Körper entfernt auf der Matratze platzieren konnte. Veronika stand, sich die Hände schützend vor den Busen haltend, neben Maik und blickte eingeschüchtert zu ihm hoch.

"Dreh dein Gesicht weg", erklärte er ihr und legte Felix ein Kissen an die Seite des Kopfes. Dann legte er noch eine Ecke der Bettdecke über die Kette und presste den Lauf der Pistole darauf. Gründlich tastete er mit der Mündung nach dem mittleren Kettenglied und drückte ab.
Veronika schrie laut auf, als der Schuss in ihrer unmittelbaren Nähe knallte. Sie versuchte ihre Hand wegzuziehen. Gleichzeitig erwachte Felix aus seiner Ohnmacht, um nun einen reißenden Schmerz vom Handgelenk bis zur Schulter zu spüren, der ihn ebenfalls aufschreien ließ. Maik reagierte sofort, ließ die Pistole neben sich aufs Bett fallen und hielt sowohl Veronikas als auch Felix Unterarm fest, der seinerseits einem natürlichen Reflex folgte und seinen Arm wegziehen wollte.

"Hey Felix", sagte er, "bleib liegen, wir bringen alles wieder in Ordnung. Dann drehte er seinen Kopf zu Veronika, die kreischend in der Ecke neben dem Bett stand und immer heftiger versuchte, ihren Arm aus seiner Umklammerung zu befreien.

"Halts Maul, verdammt!", brüllte er sie an und quetschte ihr Handgelenk, woraufhin sie zwar verstummte, aber immer noch weiter zog. Dann wandte er sich wieder Felix zu, der inzwischen die Augen geöffnet hatte und ungläubig in die Runde starrte.

"Alles in Ordnung, Felix", beruhigte er ihn. "Bleib still liegen. Ich hab alles unter Kontrolle."
Er zerrte Veronika am Handgelenk ein wenig näher, um den Zug von der Kette zu nehmen und schob mit der anderen Hand die verschmauchte Decke weg. Enttäuscht erblickte er auf das peinliche Resultat seines Befreiungsversuchs. Scheinbar ging das doch nicht so einfach, wie er es aus diversen Filmen kannte, denn das anvisierte Kettenglied wies jetzt lediglich eine Halbmondform auf, war aber noch gänzlich geschlossen. Dafür qualmte es um so mehr aus dem schwarzen Loch in der Matratze. Er fluchte ein leises Verdammt vor

sich hin, zog die Decke wieder über die Kette, legte erneut mit der Pistole an und erklärte Felix noch schnell, dass er sich abwenden solle.
Dann drückte er noch einmal ab.
Wieder schrie Veronika und versuchte in die Ecke des Zimmers zu flüchten, sodass Maik fester zupacken musste. Diesmal verzichtete er darauf sie anzubrüllen, sondern machte ihr mit einer kleinen Drehung des Handgelenks klar, dass sie besser ruhig sein sollte, was sie nach einem kurzen Quieken auch war.
Erneut zog Maik die Decke weg, und die Kette war etwas mehr verbogen als zuvor, aber noch immer nicht entzwei. Diesmal hatte er die andere Seite erwischt, so dass das Kettenglied nun fast eine Acht darstellte.

Noch ein Treffer in die Mitte und sie ist durch, motivierte er sich selbst im Geiste und legte die qualmende Decke wieder darüber, tastete nach dem Ziel und schoss.
Jetzt schrie Felix auf und Maik riss die Decke, in deren Innerem irgendwo ein Brand schwelte, augenblicklich weg.
Die Kette war durch, aber auch Felix stählerne Fessel hatte sich verformt und tief in dessen Handgelenk gefräst.

"Alles in Ordnung, Mann, das kriegen wir wieder hin", sagte er beruhigend zu Felix. "Ich hoffe nur, dass niemand die Armee verständigt hat."
Er steckte seine Pistole wieder in das Halfter und warf Veronika einen feindseligen Blick zu, der ihr klarmachen sollte, dass sie sich auf keinen Fall bewegen solle, solange er es ihr nicht erlaubte.

"Hast du Verbandszeug in der Bude?", wandte er sich wieder Felix zu, der sich abwechselnd den Kopf und den Unterarm betastete.
Felix schaute noch immer benommen und sein Blick wechselte zwischen Maik, Veronika und seiner Hand hin und her, während das Hirn die verschiedenen Komponenten den entsprechenden Erinnerungen zuordnete, oder es zumindest versuchte.

"Im Bad", antwortete er knapp und schaute weiter irritiert in die Runde, "unter dem Waschbecken."
Maik drehte sich wieder zu Veronika um, die leise wimmerte und sich das Handgelenk reibend in der Ecke kauerte.

"Hol es, verdammt!", brüllte er sie in militärischem Tonfall an.

An die Wand gepresst, drängte sie sich an Maik vorbei und rannte, sowie sie aus seiner Reichweite gelangte, wie von einer Tarantel gestochen, aus dem Schlafzimmer.
Maik wurde langsam nervös, hatte er doch ursprünglich nur vorgehabt Felix abzuholen, so musste er jetzt auch noch eine völlig verfahrene Situation meistern. Als ob der heutige Tag nicht schon aufregend genug gewesen war. Schon beinahe eine halbe Stunde hatte er bis jetzt verloren, und er mochte gar nicht an Gregor denken, dem, wenn er nervös wurde, einfach alles zuzutrauen war. Das hatte er zumindest in den letzten Tagen bewiesen.
Schüchtern und mit zittrigen Knien stand Veronika im Türrahmen und hielt einen großen, weißen Verbandskasten mit einem roten Kreuz vor ihren Oberkörper. Maik sprang auf und riss ihr den Kasten aus den Händen, sodass sie erschrocken zurückstolperte und der Länge nach auf den Rücken fiel.

"Komm hierher, wo ich dich im Auge hab", befahl er ihr und ignorierte ihr Gejammer.
Als sie wieder zaghaft neben das Bett gekrochen war, hockte er sich zu Felix. Zum Glück ließ das Blut, welches in Felix' Haaren klebte, die Verletzung schlimmer aussehen, als sie letztendlich war. Eine kleine Platzwunde von nur einem Zentimeter Länge zierte den oberen Hinterkopf von Felix, aber dass er heftig geblutet hatte, ließ sich nicht von der Hand weisen, und so wickelte Maik einen provisorischen Kopfverband, der eher an einen Turban erinnerte, um dessen Kopf. Immerhin war die Wunde jetzt bedeckt. Währenddessen überlegte er krampfhaft, was er nun mit Veronika anstellen sollte, die sich nun aufgerichtet hatte und Felix mit besorgtem Blick fixierte. Wenn er sie einfach gehen lassen würden, bestünde die Gefahr, dass sie irgendwelche Geschichten in der Stadt erzählte, die am Ende noch die Soldaten alarmieren könnten. Hier bleiben konnte sie allerdings auch nicht, denn das, was er Felix gleich erzählen wollte, war auf keinen Fall für ihre Ohren gedacht.

"Kannst du aufstehen?", fragte Maik und reichte Felix die Hand, damit er sich daran hochziehen konnte.
Felix nickte benommen, was er sogleich bereute, denn ein stechender Scherz ließ ihn die Augen zusammenkneifen. "Geht schon", sagte er mit zusammengebissenen Zähnen. "Danke, Maik."

"Keine Ursache", erwiderte der, dann beugte er sich dicht zu Felix Ohr und flüsterte leise: "Pack ein paar Sachen zusammen. Wir hauen ab."
Felix wich etwas zurück und blickte ihn erstaunt an.

"Ich erklär es dir gleich, wenn ich mich um Veronika gekümmert habe", flüsterte Maik weiter. "Du willst doch weg?!"
Wieder zog Felix seinen Kopf zurück, diesmal aber, um verwundert zu nicken.

"Gut", sagte Maik und imitierte mit einem Schmunzeln Scheidbrenners Stimme. Dann stand er auf und ging zu Veronika, die diesmal ohne zu stolpern vor ihm zurückwich.

"Sie zu, dass du, verdammt nochmal, verschwindest", blaffte er sie an, "und bilde dir bloß nicht ein, irgendwelche Scheiße zu erzählen, sonst kette ich dich an einen Zombie."

"Aber ...", begann sie mit weinerlicher Stimme, kam aber nicht weiter, da Maik mit riesengroßen Schritten auf sie zu stampfte.

"Verdammt", brüllte er laut, "hau endlich ab, und lass dich nie wieder hier blicken."
Er trieb sie vor sich her aus der Suite und machte erst wieder kehrt, als er sie auch noch durch den Gang ins Treppenhaus gejagt hatte.
Zurück in der Suite fand er Felix mit wirrem Blick auf der Couch sitzend, während er seine Kleidung zusammensuchte. Hin und wieder stöhnte er auf, wenn die Handschelle in der Wunde schabte.
Maik setzte sich dorthin, wo vorhin noch Veronika gesessen hatte, und bevor Felix irgendwelche Fragen stellen konnte, erzählte er seinen Plan und wie es dazu gekommen war. Diesmal ließ er keine Einzelheit aus. Er hatte beschlossen, dass er Felix vertrauen würde. Schließlich hatte er ihm wahrscheinlich das Leben gerettet, und selbst wenn er sie nicht begleitete, würde er doch Stillschweigen über die Sache bewahren.
Während der Geschichte arbeitete Felix' Hirn auf Hochtouren, aber er vermied es, Maik mit den vielen Fragen, die ihm in den Sinn kamen, zu unterbrechen.

" ... Also was ist? Bist du dabei?", endete Maik, ging zu ihm hinüber und ließ seine flache Hand aufmunternd auf Felix Schulter klatschen.

"Natürlich", antwortete Felix, der beschlossen hatte, dass die Ein-

zelheiten auch später geklärt werden konnten. "Ich bin bereit zum Abmarsch."
Er ging ins Schlafzimmer und brachte einen prall gefüllten Rucksack mit, den er schon seit Wochen für einen solchen Fall bereitgestellt hatte, und der neben persönlichen Dingen alles enthielt, was er glaubte auf seiner Flucht nach Norden gebrauchen zu können. Auch die Briefe, die ihm das alte Paar mit ihrem Tod anvertraut hatte, steckten in der Seitentasche.

"Dafür ist wohl kein Platz mehr", sagte er betrübt und deutete zu seinem Computer und der Funkanlage. "Hätte mir doch lieber einen Laptop besorgen sollen." Dann zuckte er gleichgültig mit den Schultern, grinste Maik an und sagte: "Auf geht's!" Damit stiefelte er, wie er hoffte, zum letzten Mal aus der Suite.
Maik folgte ihm.

"Ich komme mit!", ertönte eine Stimme hinter ihnen, als sie im Begriff waren, die Tür zum Treppenhaus zu öffnen.
Beide drehten sich augenblicklich um. Veronika hockte zusammengekauert in einem benachbarten Türrahmen und stellte ein jämmerliches Bild dar. Sie hatte sich die Lippe aufgebissen und frisches Blut lief in einer dünnen Spur am Kinn hinunter. Ihre Bluse hatte sie nur notdürftig geschlossen und ihre Haare sahen aus, als hätte sie sie sich selber ausgerissen. Dass es tatsächlich so war, bestätigten die einzelnen Strähnen, die noch zwischen ihren Fingern hingen. Ihre Augen blickten mit einer solchen Erbärmlichkeit, dass die beiden automatisch ein schlechtes Gewissen bekamen, selbst wenn sie keinerlei Grund dafür sahen, der das rechtfertigen würde. Um ihren bemitleidenswerten Zustand noch Nachdruck zu verleihen, stand sie langsam, wie ein geprügelter Hund auf und ging zögerlich und mit hängenden Schultern auf Felix und Maik zu, die sich gegenseitig fragend anschauten.

"Ich habe alles gehört", sagte Veronika und kam näher. Mit Tränen in den Augen blickte sie auf den Boden. "Ich will mitkommen."
Gerade als Maik die Fassung wiedergefunden hatte und ihr entgegen stürmen wollte, um ihr ein für alle Mal deutlich zu machen, dass sie sich das abschminken könne, schaute sie ihm in die Augen und sagte mit bebender Stimme: "Ich habe keine Angst vor dir. Wenn du mit meinem Liebling aber ohne mich von hier abhauen willst, kannst du

mich auch gleich umbringen." Sie schluchzte. "Und das wäre bestimmt auch notwendig." Sie wandte sich an Felix. "Ich werde nicht zulassen, dass du einfach so verschwindest." Dann fing sie lauthals an zu weinen.
Zum ersten Mal sah Felix sie wirklich traurig. Diesmal war es keine Schauspielerei und auch kein Trotz. Mit einem Mal bekam er Mitleid, und so sehr er auch gegen diese Gefühle ankämpfte, irgendetwas tief in seinem Unterbewusstsein befahl ihm, sie in den Arm zu nehmen und alle Vorsicht zu vergessen.
Maik beobachtete die Szene voller Skepsis. Natürlich wäre auch er nicht in der Lage gewesen ihr etwas anzutun, sondern er hatte sie lediglich einschüchtern wollen, wie schon zuvor. Jetzt aber nahm die Situation eine Wendung, die sich seinem Einfluss entzog, wenn er auch nicht verstehen konnte, warum Felix mit einem Mal so weich geworden war, wo diese Frau ihn doch beinahe umgebracht hatte.
Dieser stand da und hatte die Arme um ihre Schulter gelegt, während sie ihren zitternden Kopf an seine Brust drückte. Dabei schluchzte sie immer wieder irgendwelche Worte, die Maik aber nicht verstehen konnte.
Um nicht ganz in Vergessenheit zu geraten, meldete er sich schließlich wieder zu Wort. Er ging zu den beiden hin und klopfte Felix auf die Schulter.

"Hey Mann, wir haben keine Zeit für solche Liebesszenen", sagte er und holte Felix in die Wirklichkeit zurück, woraufhin dieser sich sogleich von Veronika löste und sie sanft von sich stieß.
Er schaute verwirrt zu Maik, der ungeduldig mit dem Fuß tappte.

"Entscheide du", sagte er zu Felix. "Willst du sie dabei haben? Wenn nicht, mach dir selber Gedanken, wie wir sie loswerden."
Den letzten Satz sprach er etwas leiser, brachte aber deutlich zum Ausdruck, dass er nicht bereit war, irgendjemanden zu töten. "Aber entscheide dich, verdammt nochmal, jetzt", sagte er wieder lauter und bestimmter.
Felix schaute hilfesuchend an ihm hoch, während er mit den Händen Veronika abwehrte, die wieder versuchte, sich an ihn zu drücken. Maik blieb hart und überließ Felix ganz allein die Entscheidung. Im Grunde genommen wäre es ihm lieber, wenn sie sie mitnehmen würden, nur um sicher zu stellen, dass niemand ihre Flucht verhinderte.

Aber er würde den Teufel tun, Felix das zu sagen. Auf keinen Fall wollte er später dafür verantwortlich gemacht werden, wenn sie wieder über Felix herfiel. Und dass sie das tun würde, war für Maik so sicher wie das Amen in der Kirche. Um ihm ein wenig auf die Sprünge zu helfen, griff er Veronika am Oberarm und zog sie unsanft zu sich heran. Dann blickte er ihr ernst von oben herab in die Augen.

"Solltest du mitkommen, dann spielen wir nach meinen verdammten Regeln", fuhr er sie an. "Das bedeutet für dich, du hältst dich von Felix fern, hältst die Klappe, wenn dich niemand fragt und tust, was ich dir sage. Und auf gar keinen Fall bekommst du eine Waffe." Seine Hand schloss sich fester um ihren Oberarm und sein Blick wurde noch ein wenig strenger. "Hast du mich verstanden?"

Erst als sie nickte, ließ er sie los, und sie stolperte mit einem Lächeln im Gesicht nach hinten. Sie zeigte, dass sie alles verstanden hatte, indem sie es vermied, Felix gleich wieder um den Hals zu fallen und nur freudestrahlend zu ihm hinüber lächelte.

Maik stellte den Kopf schräg und blickte herausfordernd zu Felix, der sich Veronikas Lächeln geschickt entzog und mit ernstem Gesicht die Gurte seines Rucksacks überprüfte, während er in Gedanken abwog, wie viel gefährlicher es durch Veronikas Mitkommen für ihn werden würde.

Maik tappte ungeduldiger und etwas fester und schneller mit dem Fuß auf.

Felix trat vor Veronika, sah ihr fest in die Augen und versuchte dabei, genau so böse zu schauen wie Maik vorhin, was ihm allerdings nicht einmal annähernd gelang und sie ihn deshalb kein bisschen eingeschüchtert aber dafür verliebt anblinzelte.

"Okay, Veronika", sagte er streng. "Ich sage Ja, allerdings nur, wenn du mir versprichst, dass dieser ganze Mist von dir augenblicklich aufhört. Damit meine ich jede Art von körperlicher Annäherung." Er machte eine kleine Unterbrechung, atmete tief durch und gab ihr die Gelegenheit, etwas dazu zu sagen. Aber sie strahlte ihn weiterhin an und lächelte sogar noch breiter, als er hinzufügte: "Und wenn du mich jemals wieder mit einer Waffe bedrohen, mich fesseln oder mich gar wieder mit einem Aschenbecher niederschlagen willst ... oder mit irgendwas anderem, dann ... " Für einen kurzen Augenblick ließ er die Pause wirken. " ... dann werfe ich dich den Zombies eigenhändig zum Fraß vor."

"Hauptsache, ich bin bei dir, mein Liebling", sagte sie noch breiter grinsend als zuvor.

"Und nenne mich nie wieder Liebling!", stoppte er barsch ihren drohenden Redeschwall. "Ich bin nicht dein Liebling, bin es nie gewesen und werde es auch niemals sein."

"Versprochen", sagte sie und hätte ihn beinahe vor Freude wieder umarmt, konnte sich aber noch bremsen und hopste stattdessen aufgeregt auf der Stelle.

~ * ~

Über sechshundert Menschen saßen auf dem kühlen Boden einer großen verrotteten Lagerhalle. Außer einigen großen Containern, wie man sie von Güterzügen kennt, standen noch neun Reisebusse in der ansonsten leeren Halle, und das Getuschel der Menschen hallte von den Wänden wider.

Viele lauschten den Worten eines kleinen dicken Mannes mit blondem Haarkranz, der auf einem hohen Container stand und mit ausladenden Gesten, die ihn wie einen Fernsehprediger aussehen ließen, zu ihnen sprach.

Ein paar Leute standen etwas abseits und hörten ihm nicht zu, sondern waren damit beschäftigt, sich gegenseitig in die Arme zu nehmen und zu beruhigen. Vor ein paar Tagen erst war ein Bus des Konvois verunglückt. Niemand konnte letztendlich beantworten, was genau passiert war. Fakt war, dass der Fahrer auf einer Brücke die Kontrolle verloren hatte und mit dem Bus in die Leine gestürzt war. Mit ihm fanden über fünfzig weitere Menschen ihr Grab in dem Fluss.

Jetzt saßen die Übrigen der Gruppe schon seit zwei Tagen und Nächten in dieser Halle fest und es hatte fast den Anschein, dass es ihre letzte Station werden sollte, denn draußen hatten sich schon unzählige Zombies - die meisten hier bezeichneten sie als Wandelnde, vor allem, weil das weniger erschreckend klang - versammelt und versuchten mit unmenschlicher Hartnäckigkeit, in das Innere der Halle,

zu ihrer Nahrung zu gelangen.
Der Mann auf dem Container redete lauter, um sich gegen die Untoten, die sich von außen gegen die stählernen Tore warfen, und die Kinder, die vor Angst laut weinten, akustisch durchsetzen zu können. Er sprach von der Gründung einer neuen Zivilisation, vom Ende der Ära des Schreckens und von göttlichen Weisungen, die ihn zu alledem bemächtigten. Dennoch galt die Aufmerksamkeit der Meisten den Fenstern und Türen.
Wieder einmal saßen sie in der Falle, und wieder einmal predigte der Mann auf dem Container und versuchte zu erklären, wie sie nun weiter vorzugehen hätten und vor allem, dass sie ihr Gottvertrauen bewahren sollten. Je länger er redete, desto weiter holte er mit seinen Armen aus und riss sie bei jeder Erwähnung Gottes in die Höhe. Er ignorierte die Zwischenrufe, die ihm mitteilten, wohin er sich seinen Gott stecken könne und auch die Proteste der gläubigen Menschen, die zwar noch das Vertrauen in Gott besaßen, aber ihrem menschlichen Führer schon lange nichts mehr zutrauten. Allein die Tatsache, dass dreißig bewaffnete und ihm absolut hörige Männer an den Wänden verteilt standen, verhinderte, dass sich ein wütender Mob bildete.

"Es ist ein trauriger Verlust für uns alle", setzte er zum Schlusswort seiner Rede an, "aber all diejenigen, die uns verlassen haben, und all diejenigen, die uns auf unserem beschwerlichen Weg noch verlassen werden, unsere Verwandten und Freunde, da bin ich sicher, meine Freunde, sind nun an einem besseren Ort. Ihre Seelen sind aus den Wandelnden herausgetreten und zu unserem Herrgott aufgefahren. Satan hat sich nur ihrer leblosen Hüllen bemächtigen können." Er machte eine Pause und wartete, bis das Gewirr aus Stimmen wieder etwas abgeklungen war. "Lasst uns nicht das Vertrauen auf Gott verlieren. Denn nur mit Gottvertrauen werden wir den richtigen Weg finden können." Den letzten Satz schrie er beinahe und fügte noch gedämpft hinzu: "Und nun lasst uns gemeinsam beten."
Eine junge Frau, die unmittelbar vor dem Container stand, hielt ihm demonstrativ den gestreckten Mittelfinger entgegen.

~ * ~

"Scheiße Mann, das kann doch nicht dein Ernst sein", maulte Gregor, als er allein mit Maik in dessen Zimmer stand. Sie waren zusammen nach oben gegangen, während Felix und Veronika in der Lobby warteten und mit einer Eisensäge, die ihnen Maik gegeben hatte, die Handschellen bearbeiteten.
"Weißt du denn nicht, wie durchgeknallt die Alte ist? Und wer ist überhaupt der Typ mit dem Turban?"

"Der Typ heißt Felix und ich denke, wir können ihm vertrauen ... " Maik packte einige Werkzeuge in seinen Rucksack und erzählte zusammengefasst die gesamte Geschichte von Felix, zumindest soweit er sie kannte.
Gregor nickte zwischenzeitlich und gab seinen Protest schließlich auf. Mit dem Gedanken an Veronika konnte er sich allerdings nicht anfreunden. Schon gar nicht, nachdem er erfahren hatte, was sie vor wenigen Stunden mit Felix angestellt hatte. Aber das waren nicht seine einzigen Bedenken. Er kannte Veronika wahrscheinlich am besten hier, denn früher war sie des Öfteren spät in der Nacht in der Hotelbar aufgetaucht, und mehr als einmal hatte er sie vor die Tür setzen müssen, weil sie die Gäste belästigte. Seit sie schließlich in die Psychiatrie eingewiesen wurde, kursierten die wildesten Gerüchte über sie in der Stadt, und auch an der Theke der Bar war Veronika über mehrere Wochen das Gesprächsthema Nummer eins gewesen. Üble Geschichten wurden dort über sie erzählt und im Nachhinein war er froh, dass er noch am Leben war, obwohl er mehrfach mit ihr in Streit geraten war. Da war die Rede von mindestens drei Mordversuchen, die ihr Ex-Mann überstanden hatte, bevor er schließlich mit seiner neuen Freundin in eine Gegend weit weg von hier gezogen war. Im Supermarkt soll sie sich einmal in einen Kassierer verliebt haben, den sie dermaßen mit ihrer penetranten Aufdringlichkeit terrorisiert hatte, dass er seinen Job kündigte und kurzerhand in eine andere Stadt zog. Als sie das erfahren hatte, mussten die Regale in der Getränkeabteilung dafür büßen. Einige Male hatte sie schon wegen solcher Ausraster vor Gericht gestanden, und mehr als einmal lautete die Anklage auf Körperverletzung. Das einhellige Gerücht über den Grund ihrer Einweisung war, dass sie mitten in der Stadt eine Frau zu Boden gerissen und auf sie eingeschlagen hatte, weil diese das gleiche Parfüm trug, welches sie immer wieder an der

Kleidung ihres Ex-Mannes gerochen hatte, wenn er spät in der Nacht aus irgendwelchen Bordellen gekommen war.
All das führte er als Einspruch an, aber Maik winkte nur ab und sagte, er habe alles unter Kontrolle. Gern hätte Gregor das geglaubt, aber er hatte sie schon selbst bei ihren gewalttätigen Aussetzern erlebt und blieb skeptisch.

"Wenn sie einen von uns will, dann ist das Felix", beendete Maik schließlich die Diskussion. "Um dich brauchst du dich also nicht zu sorgen." Er bedachte Gregor mit einem schelmischen Blick. "Oder willst du sie etwa für dich alleine?" Dann lachte er los, auch um Gregors Anspannung zu lösen.
Dieser verdrehte die Augen und machte würgende Geräusche, als er mit dem Finger gegen seine Stirn tippte. Dann musste auch er lachen.
Maik machte sich derweil weiter an seiner Ausrüstung zu schaffen. Ihm schien es, als wäre er der Einzige, der sich ernsthaft Gedanken darüber machte, was sie dort draußen alles benötigten, und so verstaute er noch allerlei Werkzeug und ein kleines Fernglas in einer Umhängetasche. Dann schrieb er einen kurzen Brief, den er an der Eingangstür anbringen wollte. Es handelte sich um eine Nachricht an die Soldaten, die sich spätestens morgen früh dort treffen würden, dass sich zwei ihrer Kameraden im Keller des Hotels befanden. Den toten Feldwebel ließ er unerwähnt. Sie würden ihn schon selber finden.

Als die Dämmerung einsetzte, begab sich die Gruppe auf den Weg, und insbesondere Gregor nahm schmerzlich Abschied von seinem Hotel, das er befürchtete niemals wiederzusehen. Aus der Unterstadt erklang das Geräusch der Bauarbeiten, als er die Tür abschloss und traurig auf den großen Reisekoffer hinabblickte. Sein Gepäck bestand in erster Linie aus seinem Gras, das jetzt stark gepresst in diesen Koffer passte. Er hatte es sogar noch geschafft, seine Wasserpfeife zwischen die harzigen Knospen zu stopfen. Die längste Zeit hatte es allerdings in Anspruch genommen, Maik davon zu überzeugen, wirklich alles mitzunehmen. Sie waren dahin gehend verblieben, dass Gregor ganz allein für den Transport verantwortlich bleiben würde.
So stand er nun mit einem Koffer da, der so groß war, dass er sich im

Zweifelsfall selbst darin verkriechen könnte.
Zuvor hatte Maik sich vergewissert, dass zurzeit keine Streifen in der Oberstadt unterwegs waren, und Veronika war noch einmal in ihre Wohnung zurückgekehrt, um notdürftig einen Rucksack zu packen, der nun schwer an ihren Schultern zog. Ihr fiel der Abschied nicht sonderlich schwer - im Gegenteil. Bevor sie das Haus verließ, hatte sie noch schnell sämtliche Fotos aus ihren Alben gerissen, mit Schnipseln aus alten Zeitungen, die in mehreren Schichten vermischt mit Müll den Bodenbelag der gesamten Wohnung darstellten, zu einem Scheiterhaufen auf dem Wohnzimmertisch aufgetürmt.
Dann hatte sie eine hohe Kerze in der Mitte platziert und angezündet.

Es war an der Zeit ein neues Leben anzufangen - ein Leben an der Seite ihres neuen und einzigen Geliebten. Irgendwann würde auch er merken, dass das Schicksal sie zusammengeführt hatte, damit sie gemeinsam ihre Zukunft bestreiten würden.
Verliebt sah sie zu ihm hinüber und rückte kaum merklich etwas näher an ihn heran, als sich die Gruppe in Bewegung setzte.

Die Gewehre der Soldaten trugen Maik und Felix, und sie hatten sie vorsichtshalber noch in dunkle Stoffbahnen gehüllt, die zuvor einst die Gardinen in den Zimmern gewesen waren. Aus der Entfernung waren sie so nicht mehr als Waffen erkennbar. Sollten sie aber tatsächlich jemandem begegnen, würde es dennoch sehr schwer werden, das viele Gepäck zu erklären. Also schlichen sie durch schmale Seitenstraßen und wichen, so oft es möglich war, in die Gärten der Einfamilienhäuser aus, von denen Gregor sicher wusste, dass niemand dort wohnte. Kurz bevor sie den Zaun erreichten, mussten sie sich beinahe eine Stunde hinter einer Hecke verstecken, während auf der Straße davor zwei Frauen diskutierten, wie man die Fenster und Türen am geschmackvollsten verbarrikadieren könne.

Es war bereits stockfinster, als sie auf dem Feldweg vor dem hohen Maschendrahttor standen und einige Minuten stumm verweilten. Das Tor war mit einer dicken Kette samt Vorhängeschloss gesichert. Gregor schaute wehmütig zurück zur Stadt und man konnte in der Stille der Nacht ein leises Schluchzen von ihm vernehmen. Er hatte

die Hosen gestrichen voll und die Bilder des letzten Waldausflugs bahnten sich immer wieder ihren Weg an die Oberfläche seiner Gedanken.
Dazu kam die Finsternis der Nacht, denn die schmale Sichel des abnehmenden Mondes spendete kaum genug Licht, um zwei Meter weit zu schauen. Es war nahezu unmöglich, einen Baum von einem Untoten zu unterscheiden, selbst wenn man direkt davor stand. Zwar hatten sie sich jeder eine Taschenlampe eingesteckt, aber solange sie in Sichtweite der Stadt waren, verzichteten sie darauf, diese einzuschalten. Er überlegte inzwischen ernsthaft, ob er sich nicht einfach der Justiz, beziehungsweise dem, was von ihr übrig geblieben war, stellen sollte und dafür in der Sicherheit der Stadt verbleiben könnte. Schnell verwarf er den Gedanken wieder, auch weil er daran dachte, wie diese Justiz auf sein Vergehen reagieren würde. Schließlich dachte er darüber nach, ob er vielleicht erst einmal einen Joint rauchen sollte, denn bevor er das ganze Gras in den Koffer packte, hatte er sich noch ein paar Joints gedreht, die er in einem schwarzem Zigarettenetui mit einem großen grünen Hanfblatt auf dem Deckel in der Brusttasche seiner Weste verstaute. Sein heftiger Herzschlag ließ das Etui erzittern. Noch während er darüber grübelte, wanderte seine Hand wie von selbst zu dem Behältnis und zog es aus der Tasche. Gerade wollte er sich eine der konisch Gedrehten in den Mund stecken, da ertönte das heulende Geräusch der Sirene aus der Stadt. Vor Schreck fiel ihm der Joint aus den zittrigen Fingern und verschwand, bevor er auf dem Boden landete, in der Dunkelheit.
Auch Veronika erschrak und krallte sich in Felix' Arm, der vor lauter Erstaunen gar nicht bemerkte, wie sich ihre Fingernägel in seine Haut bohrten. Er reckte den Hals, um zur Stadt hinunter zu sehen.
Die vier standen in einem Kreis und jeder Einzelne schaute die Anderen schweigend an.

"Ob das uns gilt?", flüsterte Gregor ängstlich in die Runde und brach damit das Schweigen. Aber die Frage hatte sich bereits jeder im Geiste gestellt.
Dann bückte er sich und tastete im hohen Gras nach seinem Joint, gab aber sogleich wieder auf, als etwas Vielbeiniges über seine Hand krabbelte. Erschrocken richtete er sich wieder auf und erklärte den verlorenen Joint zum Geschenk an die Götter.

"Verdammt", begann Maik, "das würde jetzt noch fehlen. Wie auch immer, wir müssen uns beeilen." Er zog einen Bolzenschneider aus seinem Rucksack und einen Moment später baumelte die Kette lose am Zaun. "Kommt jetzt!", zischte er der Gruppe zu und zwängte sich durch den Spalt im Tor.

Die anderen taten es ihm gleich und Felix schloss den Durchgang wieder soweit, dass das Tor zumindest auf den ersten Blick unversehrt aussah. Noch einmal schaute er zurück zur Stadt.

"Feuer", rief Felix. "Das ist Feueralarm. In der Stadt brennt irgendwas."

Keiner erwiderte etwas und niemand achtete auf Veronika, die zufrieden vor sich hin lächelte.

"Na, wenigstens sind die da unten jetzt abgelenkt", ergänzte Felix, als keine Reaktion auf seine Entdeckung erfolgte.

Gregor hatte wieder zu Maik aufgeschlossen und stöhnte mehrmals auf, wenn der Koffer ihm wieder gegen Knöchel oder Knie schlug. Nebeneinander stolperten sie schnell den ausgefahrenen Feldweg entlang durch die Dunkelheit. Sie liefen an riesigen Feldern vorbei, auf denen in erster Linie Kartoffeln angebaut wurden und an Weiden, wo tagsüber die letzten Rinder grasten. Mit Zombies rechneten sie in diesem Gebiet zwar nicht, aber trotzdem waren sie auf der Hut und jedes Geräusch, das aus den Feldern drang, ließ Maik anhalten und die Waffen zücken. Sie brauchten viel mehr Zeit als erwartet, bis sie endlich und ziemlich außer Atem zu den Höfen kamen.

Tot und verlassen lag das kleine Dorf da. Leben wollte hier niemand mehr und nur die, die sich um die Landwirtschaft kümmerten, betraten den Ort noch manchmal. Hier hatte es keine Überlebenden gegeben, als die Welle der Untoten über das Land schwappte und man konnte davon ausgehen, dass in jedem der Häuser mindestens ein Mensch auf schreckliche Weise gestorben war. Bislang hatte sich noch niemand die Mühe gemacht, die Spuren des Todes zu beseitigen. Lediglich die Leichenreste hatte man irgendwann neben dem Dorf begraben. Einhundertundvier kleine hölzerne Kreuze zierten eine Wiese, auf der einstmals mehrere Duzend Kühe gegrast hatten. Gezählt hatte sie keiner von ihnen, aber jeder in der Stadt kannte die Geschichte und die Anzahl der Gräber.

Direkt hinter dem Ort war der äußere Zaun errichtet, der bis jetzt auch scheinbar gut gehalten hatte. Dahinter führte die Straße weiter zwischen verwilderten Feldern hindurch über den Hügel. An diesem standen sie nun, und Maik leuchtete mit seinem Strahler die Außenwelt ab. Zu seiner Freude erkannte er die Silhouette mehrerer Autos, die nur ein paar hundert Meter den Berg hinauf auf der Straße standen. Außerdem schienen hier gar keine Untoten unterwegs zu sein. Zumindest konnte er keinen sehen. Wahrscheinlich waren sie inzwischen alle in der Stadt und versuchten ein weiteres Mal, über die Brücken an ihre Nahrung zu gelangen.

Das sollte ein Kinderspiel sein, dachte er und setzte seine beiden Rucksäcke und die Umhängetasche ab. Dann drehte er sich zu Gregor um und ließ seinen Arm auf dessen Schulter fallen.

"Okay, Kumpel. Ich geh' jetzt raus. Bleib ganz cool und warte hier. Wir sind gleich mit einem Auto wieder da", sagte er und hatte sogar einen Hauch von Abenteuerlust in der Stimme, was Gregor allerdings völlig kalt ließ. Er nickte nur kurz und zaghaft mit dem Kopf. Der Weg bis hier hin war ihm schon abenteuerlich genug gewesen. Mehr denn je wünschte er sich zurück in sein Hotel, und alles sollte so sein wie früher. Kein Toter, keine gefesselten Soldaten und am besten auch keine Zombies mehr.

"Felix. Leg dein Gepäck ab. Du kommst mit und hältst mir den Rücken frei", sagte Maik.

"Geht klar", antwortete dieser knapp und ließ den Rucksack von den Schultern gleiten. "Was machen wir mit den Gewehren?", fragte er noch und sah mit missbilligendem Blick zu Gregor und Veronika. Maik verstand das Problem, denn auch er wollte nicht, dass einer von den beiden hier mit einer Waffe zurückblieb. Gregor hatte schließlich schon mehr als einmal bewiesen, dass er nicht fähig war, die Beherrschung zu bewahren, und Veronika würde er noch nicht einmal einen Stock anvertrauen.

"Nehmen wir mit, aber häng dir das Gewehr um und nimm lieber die Pistole. Wenn du wirklich schießen musst, dann kannst du mit der anderen Hand noch die Lampe halten", erwiderte Maik schließlich und schnitt mit dem Bolzenschneider einen schmalen Spalt in den Zaun, sodass sie ihn von außen wieder dicht machen konnten. Denn dass die Zombies ihretwegen die Stadt überlaufen würden,

wollte er schließlich nicht.
Er drehte sich wieder zu Gregor um, der mit Veronika ein wenig verloren dastand.

"Hey Kumpel, zieh nicht so ein Gesicht. Pass lieber auf, dass hier alles ruhig bleibt und unsere Lady sich benimmt", sagte er und ließ seinen Blick zu Veronika schweifen. "Und du", er schaute ihr drohend in die Augen, "denk daran, was ich dir gesagt habe."
Ohne eine Antwort abzuwarten, drehte er sich wieder um und schlüpfte durch den Zaun. Felix sprang hinterher.

"Schieß nur, wenn es unbedingt sein muss", sagte er zu Felix in dem Vertrauen, dass dieser sich daran halten würde. "Los geht's!", rief er. Dann trabte er die Straße hinauf.
Felix lief hinterher und leuchtete abwechselnd rechts und links über die Felder. Nichts rührte sich dort, und sie sahen den ersten Untoten erst, als sie die Autos erreichten. Das Wesen hämmerte von innen an die Scheiben eines alten Opel, als Felix den Lichtkegel darauf richtete, und hinterließ dabei schmierige braune Spuren auf dem Glas. Es war ein junges Mädchen, nicht älter als zehn Jahre und scheinbar der einzige Zombie, der noch in den Wracks gefangen war. Erschrocken verharrte Felix' Blick auf der kleinen Untoten, deren Haut durch die lange Zeit im Inneren des Wagens ledrig und aufgedunsen zugleich erschien.
Ohne dass er Einfluss darauf nehmen konnte, rekonstruierte sein Gehirn die vermeintliche Angst und den Todeskampf der Kleinen in ihrem blechernen Gefängnis, und unweigerlich musste er an Julia denken. Erst als Maik ihn von der Seite anstieß, schaffte er es, den Blick abzuwenden.

"Denk nicht drüber nach", sagte Maik, der bemerkte, wie Felix' Gedanken rotierten. "Sie hat es hinter sich."
Er griff Felix am Oberarm und zog ihn von dem Opel weg zu den anderen Karossen. Felix schüttelte sich am ganzen Körper, als könne er sich so von den Gedanken befreien. Bald hatte er sich tatsächlich wieder gefasst.

"Welchen nehmen wir?", fragte Felix, nachdem er sich einen groben Überblick verschafft hatte. "Die sind ja ziemlich ineinander verkeilt."

"Auf jeden Fall einen Leeren", antwortete Maik und leuchtete

nacheinander in die Autos.
Insgesamt standen ungefähr ein Dutzend der verbeulten Karossen auf der Kuppe, und weiter hinten die Straße entlang konnte er noch einen ganzen Pulk weiterer Wagen erahnen, die dort ineinander gefahren waren und den Weg blockierten. Bei den meisten hier oben standen die Türen offen, und zum Teil konnte man noch deutliche Spuren des Massakers erkennen, das hier stattgefunden haben musste.

Etwas raschelte im Unterholz und beide fuhren herum.

"Nicht schießen", zischte Maik und zog seine Machete aus dem Stiefel. "Wenn es nur einer ist, schaffen wir das auch so."
Auch Felix zückte die Machete und leuchtete in Richtung des Geräusches, entdeckte aber nur ein paar Rehe, die wegsprangen, als der Lichtstrahl sie erfasste. Erleichtert lachten sie auf.

"Man wird ganz schön paranoid hier draußen", alberte Felix gekünstelt und versuchte zu verbergen, dass ihm der Schreck in alle Glieder gefahren war.

"Ist auch verdammt notwendig", erwiderte Maik. "Lieber übervorsichtig sein, als gefressen werden."
Dann entdeckte er einen Landrover weiter vorn in der Schlange und ging zielstrebig darauf zu.

"Der sieht gut aus", sagte er und deutete mit der Lampe darauf. "Hoffen wir, dass er noch läuft", fügte er leise hinzu.
Er biss sich auf die Lippe, als er den Innenraum ausleuchtete. Die Armaturen und der gesamte Innenraum waren mit einer dunklen Patina aus getrocknetem Blut und Fliegendreck überzogen. Eine große Blutlache auf der Fußmatte war zu einer braunen Kruste erstarrt. Nicht gerade ein Traumwagen, aber der Schlüssel steckte und das war die Hauptsache, denn keiner aus der Gruppe wusste, welche Kabel man miteinander verbinden musste, um ein Auto kurzzuschließen. Außerdem war ein geländegängiges Auto von großem Vorteil, da die meisten Straßen mit rostendem Blech verstopft waren und sie selbst auf dem kleinen Stück bis zur nächsten Ortschaft mindestens zweimal auf die Feldwege ausweichen müssten.

"Dann wollen wir mal", murmelte Maik, schwang sich auf den Fahrersitz, drehte den Schlüssel, und es geschah ... nichts. Das erwartete Leiern des Anlassers blieb aus und nicht ein Licht der

Armaturen zeigte auch nur ein bisschen Motivation um aufzuleuchten.

"Verdammt", fluchte Maik und schlug mit beiden Fäusten auf das Lenkrad, "hier ist kein Saft mehr drauf."

"Hier leider auch nicht", rief Felix enttäuscht, der bereits in dem Wagen hinter ihm Platz genommen hatte.

Ein paar Minuten später hatten sie bis auf drei Autos, von denen bei zweien der Zündschlüssel fehlte und im dritten das untote Mädchen unablässig mit dem Kiefer gegen die Scheibe hieb, alle ausprobiert. Selbst der Audi, der mit offensichtlich gebrochener Achse im Graben lag, hatte noch einen Funken Strom in der Batterie.

"Vergiss es", brummte Maik, "die hatten wahrscheinlich alle das verdammte Radio an. Außerdem stehen die bestimmt schon seit dem Winter hier.

"Anrollen lassen?", fragte Felix resigniert, doch Maik schüttelte nur den Kopf.

"Wir gehen weiter. Wir wissen ja noch nicht mal, ob die verdammten Karren nicht auch schon den ganzen Sprit verbrannt haben. Und bis wir die Kisten hier durch die Gegend geschoben haben, sind wir auch im Dorf", rechtfertigte Maik seinen Entschluss und spekulierte noch hinzu: "Wenn ich mich richtig erinnere, steht da unten noch ein größerer Jeep."

Das war zwar geraten, aber wahrscheinlich hatte er damit sogar recht. Viele der Bauern, die in den umliegenden Dörfern gelebt hatten, besaßen Geländefahrzeuge, und bestimmt stand der ein oder andere frisch poliert und voll aufgetankt in der Garage.

Derweil wurde Gregor unruhig. Hatte er eben noch die Lichtkegel zweier Taschenlampen am Horizont wahrgenommen, starrte er jetzt in absolute Finsternis. Außerdem machte ihn Veronika nervös, weil sie die ganze Zeit über irgendetwas vor sich hin brabbelte, vom dem er lediglich hin und wieder das Wort Liebe heraushören konnte. Es interessierte ihn auch nicht, was sie da sagte. Ihm war nur wichtig, dass sie ihn in Ruhe ließ.

Aber auch dieser Felix war ihm nicht geheuer. Im Grunde genommen war Gregor niemand geheuer, den er nicht schon seit mindestens zehn Jahren kannte. Dass Felix jetzt aber mit Maik unterwegs war, verschaffte ihm nicht unbedingt mehr Sympathie. Außerdem hatte er ein paar saublöde Sprüche über seinen Koffer und dessen Inhalt abgelassen, als ob ihn die Sache irgendetwas anginge. Überhaupt war dieser Kerl ein ziemlich spießiger Charakter, der nicht kiffte, aber einen Turban trug, mit dem er aussah, als wäre er den Opiumhöhlen Indiens entsprungen. Und letztendlich war er der Grund dafür, dass sie Veronika am Bein hatten.

Frustriert holte er einen Joint aus seinem Etui und zündete ihn an.

"Ist das gut?" Veronika hatte sich leise an ihn herangeschlichen und stand nun direkt hinter ihm.

Gregor erschrak und verschluckte sich am Rauch. Fassungslos schaute er sie an.

"Was willst du?", hustete er mit zornigem Gesichtsausdruck. Er hasste es zu husten, vor allem weil dadurch der wertvolle Qualm wieder aus seiner Lunge gepresst wurde.

"Ich will wissen, ob das gut ist, was du da machst", wiederholte sie ihre Frage und deutete mit dem Finger auf den Joint.

Verdutzt blickte er an sich hinunter und auf die glühende Tüte. Im Geiste suchte er eine Verknüpfung zwischen Gras und Veronika, fand aber nichts in seiner Erinnerung, was darauf hindeutete, dass er sich schon mal mit ihr auch nur über das Kiffen unterhalten hatte. Wenn er sich recht erinnerte, hatte sie früher noch nicht einmal Alkohol getrunken, und mit Drogen noch nie etwas am Hut gehabt - mal abgesehen von den Psychopharmaka, die sie ihr mit Sicherheit in der Klinik verpasst hatten. Es schien ihm aber nicht erstrebenswert, sie stoned zu erleben. Also zuckte er nur mit den Schultern und drehte sich wieder zum Zaun um.

Von den Taschenlampen war noch immer nichts zu sehen, und ein Auto konnte er auch noch nicht hören. Veronika brummelte etwas in seinem Rücken. Er vermutete eine Beleidigung, beschloss aber, sich nicht aus der Ruhe - sofern man in seinem angespannten Zustand überhaupt davon sprechen konnte - bringen zu lassen und ignorierte sie. Tief sog er den Rauch in die Lunge, hustete ihn aber erneut erschrocken wieder aus, als direkt vor ihm ein Untoter an den Zaun gewankt kam und daran rüttelte. Gregor machte einen Satz nach hinten und kollidierte mit Veronika, woraufhin sich beide auf dem Boden liegend wiederfanden. Den Joint hielt er nach wie vor in si-

cheren Händen.
Der Zombie biss in den Zaun und leckte mit seiner von Pusteln überzogenen Zunge durch die Maschen. Langsam richtete sich Gregor wieder auf und entfernte sich rückwärts vom Maschendraht. Beinahe wäre er erneut über Veronika gestolpert, die noch immer am Boden lag und abwechselnd ihn und den Zombie anstarrte.
Bei dem Untoten handelte es sich um einen Mann, dem die Nase fehlte. Er trug einen langen Pelzmantel, der mit Blut und Dreck verklebt war, sodass er wie ein Werwolf direkt nach einem Festmahl aussah. An der Kleidung konnte man in den meisten Fällen erkennen, seit wann die Betreffenden als Untote unterwegs waren. Dieser hier war wohl einer der ersten Stunde, als es noch bitterkalt gewesen war.
Jetzt erhob sich auch Veronika und schaute sich suchend um. Schließlich fand sie eine verrottete Schaufel, die von den Bauarbeiten übrig geblieben war, packte sie und ging auf den Untoten zu. Der rüttelte weiter am Zaun und bemühte sich mehr denn je mit seiner Zunge an sein Futter zu gelangen, zumindest solange, bis er sie sich in den Maschen einklemmte und nun daran fest hing.
Veronika lächelte und stieß mit aller Kraft den Stiel der Schaufel durch den Zaun. Sie traf den Zombie etwa dort, wo einst die Nase gewesen war, und das Holz verschwand in dessen Kopf. Der Untote wurde zurückgeworfen und fiel nach hinten um - allerdings ohne seine Zunge, die nach wie vor fest im Draht klemmte. Veronika zog die Schaufel zurück, führte sie weiter unten durch den Zaun und stach noch mehrfach auf den reglosen Körper ein. Dabei fluchte und schimpfte sie und geriet immer mehr in Rage. Erst als der Stiel abbrach, hörte sie auf und ließ die halbe Schaufel im Zaun hängen.
Gregor, der weiter hinten stand, konnte nicht erkennen, wie sie den Untoten zugerichtet hatte, und eigentlich wollte er es auch gar nicht wissen. Immerhin regte er sich nicht mehr, und das war die Hauptsache. Veronika kam langsam wieder zu ihm zurück und wirkte auf eine beängstigende Art äußerst befriedigt. Als sie Gregors schockierten Blick bemerkte, drehte sie sich von ihm weg und murmelte etwas, was er wiederum nicht verstehen konnte, aber er vermied bewusst, sie jetzt anzusprechen und hoffte nur, dass Maik endlich wiederkommen würde.

~ * ~

Der Patient war schwach und kaum noch bei Bewusstsein. Heidrun Patzinger nahm ihm Blut ab. Sie hatte nicht mitgezählt, wie oft sie schon die kleine Ampulle mit dem roten Lebenssaft des Sterbenden aufgezogen hatte. Aber inzwischen befürchtete sie, dass der arme Mann am Ende noch an zu starkem Blutverlust dahinscheiden würde. Mitleidig schaute sie ihn an.
Er atmete unruhig und in immer kürzer werdenden Abständen sah es aus, als würde er ersticken. Angeschlossen war er an sämtliche Geräte, die Dr. Nachtigall in der kurzen Zeit hierher in sein Labor hatte schaffen können. Er maß die Herz- und Hirnfrequenzen, kontrollierte den Blutdruck und hatte sogar noch ein Gerät zur künstlichen Beatmung bereitgestellt. Letzteres wollte er aber nicht benutzen.
Er stand am Fußende des Bettes und schaute Dr. Berndt an, der neben ihm stand und mit zweifelndem Gesichtsausdruck den Patienten betrachtete. Normalerweise war dieser im Krankenhaus beschäftigt und versuchte, Leben zu retten. Als Nachtigall ihn angerufen hatte, um ihm seinen Plan zu erläutern, hatte er es zur Bedingung gemacht, dass er die fraglichen Patienten nur in das Labor bringen würde, wenn er sie bis zu ihrem Tode weiter betreuen konnte.
Dagegen hatten weder Nachtigall noch Weitek etwas einzuwenden gehabt. Im Gegenteil, sie waren froh, dass noch ein Mediziner mit dabei war, der eventuell ein paar Fragen über den allgemeinen Verlauf des Todes erklären konnte. Es hatte auch nicht lange gedauert, ihn von der wissenschaftlichen Bedeutung einer solchen Untersuchung zu überzeugen, und so hatten sie kurzerhand ein paar Behelfskrankenzimmer im Leichenkeller geschaffen, die jetzt zwei Menschen, denen eine Lebenserwartung von nur noch einigen Stunden bescheinigt wurde, beherbergten.
Heidrun Patzinger schaute traurig zu dem jungen Mann hinunter, der auf dem Bett fixiert mit dem Tod rang. Vorsichtig tupfte sie mit einem feuchten Tuch über seine Stirn.

"Armer Junge", bemerkte sie leise und drückte sanft seine Hand.
Dann verließ sie das Labor, das inzwischen zu einem Sterbezimmer umfunktioniert worden war und brachte die Blutprobe in das Zimmer

von Dr. Woitek, der dort schon seit Stunden mit den verschiedensten Analysen des Blutes beschäftigt war, welches ihm im Fünf-Minuten-Takt hereingebracht wurde.

"Danke, Frau Patzinger", sagte er geistesabwesend, als er die Probe entgegennahm. "Wird es noch lange dauern?", fügte er noch an.

"Er sieht gar nicht gut aus", antwortete sie traurig. "Ich glaube, er hat es bald überstanden."

Als sie wieder gegangen war, stellte Woitek die Ampulle in eine Halterung und ließ die Schultern sinken. Je länger sich das Experiment hinzog, desto weniger glaubte er an einen ernsthaften Erfolg desselben. Bislang zeigten ihm die Proben nur, dass sich eine Entzündung sehr schnell ausbreitete, die wahrscheinlich durch den Speichel des Untoten, der den Mann gebissen hatte, ausgelöst worden war. Dass dies allerdings nicht unbedingt etwas mit dem Zombie-Phänomen zu tun hatte, war schon seit längerer Zeit geklärt. Schließlich kamen auch Tote ins Leben zurück, die vorher keinerlei Kontakt zu einem Untoten gehabt hatten.

Nachtigall und der junge Arzt wurden derweil unruhig. Es war kein gutes Gefühl einem Menschen beim Sterben zuzuschauen.

Der entscheidende Punkt, nämlich der Zeitpunkt des Todes, würde hoffentlich ein paar neue Ansätze liefern. Gleich würde es soweit sein, denn das EKG des Mannes überschlug sich fast.

In der Ecke stand bereits ein Rolltisch mit den wichtigen Instrumenten, die Nachtigall gleich brauchen würde.

Er wollte sofort mit dem Tod, und noch bevor der Mann als Untoter zurückkommen würde, den Körper öffnen und er hoffte, dass die Zeit reichte, um ein paar Daten zu bekommen, die vielleicht etwas erklären könnten.

Berndt hatte bislang seine Zustimmung verweigert, dass er das Hirn schon vorher freilegen dürfe, und so musste er warten, bis das EKG nur noch eine gerade Linie anzeigte und Berndt offiziell den Tod bescheinigte.

Wertvolle Sekunden, die ihm möglicherweise fehlen würden. Mitunter kamen die Toten sehr schnell zurück und er hatte noch von keinem Fall gehört, bei dem es länger als zehn Minuten gedauert hätte.

"Holen Sie Dr. Woitek", wies er Heidrun Patzinger an, die leise schluchzend in der Tür stand. "Schnell, ich brauche ihn hier für die Trepanation."
Endlich ertönte ein andauernder Ton aus dem EKG und auch das EEG zeichnete nur noch gerade Linien. Ein paar Sekunden später gab Berndt sein OK und Nachtigall zog den Tisch neben das Bett.
Er fixierte den Kopf des frisch Verstorbenen in einem Metallrahmen, den er sich selbst aus ein paar Ersatzteilen gebastelt hatte. Dann setzte er das Skalpell an.
Für einen kosmetisch korrekten Eingriff hatte er keine Zeit, also schnitt er schnell einmal kreisrund um den Kopf, riss die Schädelschwarte grob herunter und setzte die kleine Kreissäge an.

"Öffnen Sie Brustkorb und Bauchdecke", befahl er seinem jungen Kollegen aus dem Krankenhaus.
Dieser stand jedoch fassungslos an der Wand und beobachtete voller Entsetzen das Schlachtfest, das Nachtigall vollführte.

"Machen Sie schon!", rief dieser lauter und strenger. "Uns bleibt keine Zeit zum Trauern." Woitek kam keuchend durch die Tür gerannt. "Pavel, es ist soweit. Ich brauche das andere EEG", sagte er und funkelte Berndt an, der nur sehr zögerlich den Schnitt ansetzte. "Los jetzt, wir müssen an alles, was da drin ist, ran. Ich möchte, dass Sie ihn mir so weit auseinanderklappen, wie es nur irgendwie geht."
Der Schädelknochen war ziemlich hart und das Sägeblatt hatte in der letzten Zeit schon zu viele Knochen durchtrennt, sodass es eigentlich schon lange hätte ausgetauscht werden müssen. Dementsprechend langsam kam er voran.

Berndt war derweil mit der Öffnung der Brust- und Bauchhöhle beschäftigt, und es war ihm anzusehen, dass er keine Freude bei dieser Arbeit verspürte.
Nachtigall hoffte nur, dass sich die ganze Sache auch irgendwie lohnen würde. Kaum hatte er die Schädelplatte abgenommen, schob er vorsichtig die Sonden des EEG tief in die Hirnwindungen des Toten.

~ * ~

Maik zog seine Pistolen aus dem Halfter, als sie das Ortsschild erreichten und die ersten Häuser mit ihren Taschenlampen erfassten.
Auf dem gesamten Weg waren sie keinem einzigen Zombie begegnet, was recht ungewohnt war im Vergleich zu ihrem Streifengang am Zaun entlang. Scheinbar hatten sich wirklich alle in der Stadt gesammelt.
Felix glaubte nicht, dass hier im Ort noch welche waren, besser gesagt, er hoffte es nicht. Trotzdem zog auch er seine Pistole.
Automatisch reduzierten sie ihre Geschwindigkeit so weit, bis sie nur noch langsam schlichen, bereit auf alles zu schießen, was möglicherweise aus dem Dunkel auftauchen würde.
Eine gespenstische Stimmung erfasste Felix, als sie das Dorf betraten. Ausgestorben lag es in der Dunkelheit und es war so still, dass sie sogar noch die Stadt in der Ferne wahrnehmen konnte.

Maik blieb stehen und hielt auch Felix an, dann lauschten sie in die Nacht.

"Wenn wir Glück haben, haben sich die verdammten Biester schon alle wieder verzogen", flüsterte er Maik zu.
Doch der hörte nicht zu und beschäftigte sich damit, das nähere Umfeld mit seiner Taschenlampe zu erhellen. Mehr als einmal reflektierten Überreste der Dorfbewohner den Lichtkegel. Überall lagen Knochen verstreut, und alle waren sauber abgenagt. Offensichtlich waren die Menschen hier ziemlich überrascht worden. Die meisten der Autos waren noch anständig geparkt, und einen Unfall hatte es hier überhaupt nicht gegeben. So wie es aussah, hatten sie es nicht einmal mehr bis zu ihren Autos geschafft.

"Zu fressen gibt es hier wohl nichts mehr", bemerkte Felix und ging Maik hinterher, der sich schon wieder in Bewegung gesetzt hatte und zielstrebig eine Hofeinfahrt ansteuerte. "Ich glaube, die sind alle in der Stadt. Da, wo sie uns Menschen riechen können, oder wie auch immer die uns wahrnehmen."

"Sie spüren es einfach, und ich befürchte, dass sie auch bald wieder hier sein werden."

Im Hof stand ein großer grüner Geländewagen und Maik lächelte zufrieden. Das Lächeln gefror ihm aber sofort wieder, als er die kleinen Schädel sah, die neben zwei ebenso zierlichen Brustkörben und einem ganzen Haufen anderer Knochen auf der durchgetretenen Treppe zur Haustür des alten Fachwerkhauses lagen.

"Hab ich mir gedacht", sagte Felix neben ihm und rüttelte an allen Türgriffen. "Abgeschlossen."

"Ich hab auch mit nichts anderem gerechnet", erwiderte Maik und ging langsam zur Haustür hinüber. "Aber die Schlüssel sind bestimmt im Haus. Komm mit, wir gehen rein."

Mit dem Fuß schob er die Knochen behutsam zur Seite und erklomm vorsichtig und mit gezückter Pistole die Treppe.

Felix folgte ihm und verdrängte die aufkeimenden Gedanken an die kleine Julia, als auch er die Kinderschädel im Schein seiner Lampe erblickte.

Die Tür stand offen, trotzdem drang ihnen der muffig Gestank des Todes entgegen, als sie in den dunklen Flur traten, und Maik zog gewohnheitsmäßig sein Halstuch über die Nase.

Entgegen Felix' Hoffnung gab es kein Schlüsselbrett neben der Haustür, wie man es in neunundneunzig Prozent aller Häuser fand, und er seufzte laut, als er die Wände ableuchtete.

Der Flur erstreckte sich noch ungefähr zehn Meter in die Tiefe und der Geruch wurde intensiver. Es roch nicht nur nach Tod, es roch vor allen Dingen nach Kot und Maik musste einige Male würgen und konnte gerade noch so verhindern sich zu übergeben.

Zu ihrer Rechten führte eine Tür in eine geräumige Küche, auf der anderen Seite ging es in ein mit alten Bauernmöbeln eingerichtetes Wohnzimmer. Von dort drang der wie schleimige Lappen in der Luft hängende Gestank in den Flur.

"Wir trennen uns. Geh du da rein", sagte Maik und deutete in das Wohnzimmer. "Ich schau mich in der Küche um. Schrei, wenn was ist. Und beeile dich, der verdammte Gestank bringt mich um. Lange halte ich das hier drin nicht aus."

Vorsichtig machte Maik einen Schritt in die Küche. Hier penetrierte vornehmlich das Aroma verdorbener Lebensmittel die Luft. Auf dem Boden lagen allerlei Töpfe und zerbrochenes Geschirr. Blutige Spuren zeugten von einem wilden Überlebenskampf. Maik leuchtete in die Ecke und sah einen Haufen Knochen. Offensichtlich war der

Kampf nicht erfolgreich gewesen. Gerade leuchtete er die Oberfläche des Tresens in der Mitte des Raumes ab, als er ein leises Wimmern dahinter hörte.
Sofort war er kampfbereit, richtete die Pistole in Richtung des Geräusches und ging langsam um die Theke herum.
Dass hier jemand so lange überlebt haben könnte, vermutete er nicht und war umso erstaunter, als er das verklebte Fellbündel in der Ecke sah. Ein dreckiger Schäferhund lag auf der Seite auf einer Decke und atmete schwach. Als Maik näher an ihn heranging, hob er langsam den Kopf und knurrte leise.

"Ist ja gut, mein Junge", sprach ihn Maik an und musste feststellen, dass das arme Tier völlig erschöpft war.
Der Hund fletschte halbherzig die Zähne und versuchte sich aufzurichten, gab aber auf halber Strecke wieder auf und ließ sich knurrend zurück auf die Decke fallen.
Maik ging vorsichtig noch einen Schritt an ihn heran und hockte sich vor den Hund, der ihm noch immer die Zähne zeigte.

"Du brauchst keine Angst zu haben", sagte er sanft und stellte die Lampe auf den Boden, damit sie dem Hund nicht ständig in die Augen schien. Auch die Pistole verstaute er wieder im Halfter.
Maik mochte Hunde, und damals, als man Hunde und Katzen noch für die Übertragung der Seuche verantwortlich machte, hatte er sich beinahe mit dem Militär angelegt, als diese all die Tiere einfingen und vernichteten. Bis dahin waren sie sogar mit Hunden auf Streife gewesen, und die treuen Vierbeiner hatten ihren Job recht gut gemacht, wenn es darum ging, Zombies aufzuspüren. Er hatte es schon damals nicht glauben wollen, dass die Schuld bei diesen, dem Menschen ergebenen Tieren zu suchen war, und wie sich einige Wochen und viele Tests später herausstellte, hatte er recht gehabt.

"Ganz ruhig, mein Junge. Du hast bestimmt Hunger. Ich schau mal, ob ich ein bisschen Futter für dich finde."
Bei dem Wort Futter richteten sich die Ohren des Hundes blitzartig auf, und für einen kleinen Moment vergaß er sogar das Knurren.
Langsam stand Maik auf, nahm seine Lampe und ging rückwärts zu einem Fenster, dass er zunächst einmal öffnete. Der Hund knurrte wieder und folgte ihm mit den Augen, doch das Knurren wurde mit jedem Schritt, den er sich entfernte, etwas leiser, bis er schließlich

nur noch winselte.
Maik durchsuchte die Schränke und fand allerlei Vorräte in Konserven und Einmachgläsern, die sie auf jeden Fall mitnehmen sollten, und in einem Hängeschrank standen jede Menge Dosen mit Hundefutter.
In einer der vielen Schubladen fand er schließlich auch einen Dosenöffner.
Hinter sich hörte er ein Schmatzen, als er das Futter auf einen Teller löffelte, und als er sich umdrehte, stand der Hund auf wackeligen Beinen vor ihm und schaute ihn mit erwartungsvollen Augen an.

"Na, so schwach bist du ja gar nicht", lachte Maik und stellte ihm den Teller vor die Nase.
Sofort stürzte sich der Hund darauf und in Sekundenschnelle war der gesamte Inhalt der Dose in seinem Hals verschwunden und er leckte geradezu wollüstig den Teller sauber, wobei er ihn quer über den Küchenboden schob.

"Na, das war gut", sagte Maik und der Hund spitzte erneut die Ohren.
Dann ließ er von seinem Teller ab und trottete noch immer sehr geschwächt zu Maik und stellte sich vor ihn. Vorsichtig streckte Maik ihm die Hand entgegen, während der Hund seinen Hals reckte, um daran schnuppern zu können, wobei er immer noch leise brummte.

"Keine Angst, du Feiner. Ich will dir nichts tun", sagte er mit beruhigender Stimme, als der Hund sich mit seiner Nase zum Unterarm vorgearbeitet hatte. Schließlich setzte er sich und hielt eine Vorderpfote in die Luft.
Maik musste lachen.

"Hey, mit wem redest du?", erklang Felix' Stimme aus dem Flur.
Der Hund stand wieder auf und knurrte in Richtung der Tür.

"Alles in Ordnung", sagte Maik zuerst beschwichtigend zu dem Hund und schließlich noch einmal etwas lauter zu Felix.

"Ich habe einen Schlüsselbund gefunden", sagte dieser schließlich triumphierend. "Aber es war nicht einfach an ihn ranzukommen. Eklige Sache. Ich musste ihn einem Skelett aus der Hosentasche ziehen."

"Hoffen wir, dass er passt", erwiderte Maik erfreut. "Ich hab übrigens einen Überlebenden gefunden."

Felix leuchtete irritiert zu Maik und als er sah, woher das Knurren kam, wusste er, wen Maik meinte und grinste.

"Na, da haben sich ja zwei gefunden", bemerkte er und sah amüsiert zu, wie der Hund schwanzwedelnd versuchte böse auszusehen. "Hat er auch einen Namen?"

Maik zuckte mit den Schultern. "Soweit sind wir noch nicht gekommen, aber ich glaube, er mag mich", sagte er lächelnd, während der Hund abwechselnd Pfötchen gab und ihm die Handfläche leckte. "Probier du schon mal den Schlüssel aus. Komm aber wieder rein. Hier gibt's noch einige Vorräte. Die packen wir ein." Er sah zu dem Hund, der ihn herzerweichend anblickte. "Ich werde ihm erst noch mal Wasser geben."

Kurz darauf hörte er draußen einen Motor aufheulen und der Hund unterbrach die Bettelei, um ein leises Bellen von sich zu geben. Maik kraulte ihn am Hals, was ihm offensichtlich gefiel, denn er setzte sich wieder und presste seinen Kopf in Maiks Hand.

Es gluckste in der Leitung und lediglich ein abgestandener Rest kam aus dem Hahn, aber es reichte noch aus, um eine Schüssel für den Hund zu füllen. Er schlabberte es in einem Zug weg und hob noch nicht einmal den Kopf, als Felix wieder das Zimmer betrat und wie ein Honigkuchenpferd grinste.

"Alles bereit zur Abfahrt, Maik", rief er stolz. "Der Tank ist noch mindestens halb voll, die Batterie hat auch noch jede Menge Saft und er schnurrt wie ein Kätzchen."

"Hört sich verdammt gut an", erwiderte Maik. "Dann lass uns Beute machen. Die Schränke sind voller Lebensmittel. Schau mal, ob du eine Kiste oder so was findest. Ich sortiere schon mal, was wir alles brauchen können."

Er leuchtete in jeden einzelnen Schrank und fand mindestens dreißig kleine und große Gläser, die mit der Hand beschriftet und mit Marmelade oder eingekochten Früchten gefüllt waren. Dann gab es noch jede Menge Dosen, einige enthielten Wurst oder Pastetenfleisch und ein paar andere Fisch. Die meisten aber beinhalteten Hundefutter.

Felix kam mit einem Wäschekorb zurück und sie füllten ihn bis zum Rand, sodass er fast durchbrach. Der Hund folgte ihnen, als sie den Korb zum Auto trugen, und kaum hatte Felix die Heckklappe geöffnet, sprang er beherzt hinein und legte sich bequem in die Ecke der Ladefläche.

"Der will wohl auch nicht mehr hierbleiben", sagte Maik grinsend, als er den Korb in den Wagen hob und neben das hechelnde Fellbündel stellte.

"Na, willst du mit uns kommen?", wandte er sich dem Hund zu, der daraufhin wie zur Bestätigung heftig mit dem Schwanz wedelte.

"Da haben wir wohl keine Wahl", sagte Felix und zuckte mit den Schultern. "Naja, so lange er uns nicht ins Auto kackt, soll's mir recht sein. Aber schon erstaunlich, wie lange der überlebt hat."

"Scheint ein guter Jäger zu sein. Viecher gibt's hier ja genug." Er betrachtete den Hund, der den Kopf schräg gestellt hatte und offensichtlich spürte, dass man von ihm redete.

"Vielleicht ...", begann Felix, wurde aber jäh unterbrochen, als der Hund mit gesträubten Fell und gefletschten Zähnen aus dem Auto gesprungen kam und seine noch unausgesprochene Vermutung bestätigte.

Ohne dass es einer der beiden bemerkt hätte, waren zwei Untote aus der Dunkelheit in der Einfahrt zum Hof aufgetaucht und taumelten langsam und steif auf sie zu. Der Hund sprintete auf sie zu und verbiss sich im Vorbeilaufen in der Wade des Vorderen, so dass der Untote strauchelte und mit einem schwammigen Geräusch auf das Kopfsteinpflaster klatschte. Der Hund zerrte weiter am Bein der Kreatur, machte dabei wilde Sprünge und Drehungen, sodass jedes Mal, wenn der Zombie den Oberkörper wieder aufrichten wollte, um nach ihm zu greifen, er wild herumgeschleudert wurde und schließlich wieder auf dem Rücken lag. Dieses Spiel machte er in Windeseile einige Male hintereinander und zog sich schließlich triumphierend mit dem Unterschenkel des Zombies im Maul unter das Auto zurück, wo er genüsslich das angefaulte Fleisch von den Knochen riss.

Maik und Felix hatte dieses Schauspiel so fasziniert, dass sie noch immer mit offenen Mündern auf den Zombie starrten, der jetzt mit nur noch einem Fuß versuchte aufzustehen, was natürlich gänzlich misslang, und beinahe hätten sie den anderen Zombie, der schon fast bei ihnen war, vergessen.

Plötzlich war er so nahe, dass Maik ihn nur noch mit dem Fuß wegstoßen konnte. Der Untote stolperte und fiel nach hinten um. Maik zog seine Machete, rannte ihm entgegen, bevor er wieder aufstehen konnte und schlug mit dem scharfen Stahl zu. Durch die Dunkelheit konnte er sein Opfer nicht richtig ausmachen und musste mehrfach hauen, bevor der Kopf des Zombies endlich von den Schultern fiel.

Auch Felix war nicht untätig. Er lief zu der einfüßigen Kreatur, die immer wieder umfiel und hieb auf ihn ein, merkte aber bald, dass mehr dazu gehörte, als wildes Hacken. Zehnmal hatte er bestimmt schon zugeschlagen und offensichtlich jedes Mal an einer anderen Stelle getroffen. Der Zombie zeigte sich aber unbeeindruckt davon, dass sein Rücken inzwischen nur noch aus einer roten Masse bestand. Nach wie vor bemühte er sich, wieder auf die Beine zu kommen, oder zumindest nach Felix zu greifen, der immer weiter zurückweichen musste. Er sprang aus der Reichweite des Zombies und ließ ihn jetzt näher kriechen. Konzentriert holte er weit mit der Machete aus und schlug mit aller Kraft zu, in der Hoffnung, diesmal den Hals zu treffen. Er spürte einen deutlichen Widerstand, ein hohl klingendes Geräusch und die Waffe steckte im Hinterkopf des Untoten fest. Aber sie war wohl ausreichend tief in den Schädel eingedrungen, denn der Zombie ließ die ihm verbliebenen Glieder hängen und rührte sich nicht mehr. Felix musste sich anstrengen, die Machete überhaupt wieder aus dem Schädel des Toten frei zubekommen.

"Verdammte Scheiße", rief Maik. Er war inzwischen über den Hof gelaufen und leuchtete die Straße hinunter. "Da kommen noch jede Menge von den verdammten Mistviechern. Wir müssen hier so schnell wie möglich weg."

Felix rannte zum Auto zurück und schwang sich auf den Fahrersitz.

Dann kam auch Maik angesprintet, rannte um das Auto herum und rief demonstrativ auf die Ablage klopfend: "Hey Hund, spring rein, wenn du mit willst." Der Hund verstand und schon lag er mitsamt seiner Beute neben dem Wäschekorb.

"Oh nein, Hund", tadelte ihn Maik und deutete auf den schon ziemlich abgenagten Unterschenkel. "Der bleibt hier."

Auch das schien der Hund zu verstehen, war diesmal aber nicht bereit zu gehorchen, sondern wies mit tiefem Knurren darauf hin, dass ihm das Bein äußerst wichtig und er nicht bereit war, es kampflos herzugeben.

Vorne startete Felix den Motor und schaltete das Licht ein.

"Maik, mach schnell. Sieh zu, dass du herkommst", schrie Felix fast panisch.

Im Lichtkegel der Scheinwerfer tauchten mindestens ein Dutzend der Untoten auf, die sich auf den Hof drängten.

"Wir sprechen uns noch", zischte er dem Hund zu, der sich bereits als Sieger sah und anschickte, das Fleisch zwischen Schien- und Wadenbein herauszupulen.

Maik schlug die Heckklappe zu, rannte nach vorn, schwang sich auf den Beifahrersitz und schlug sich die Knie an. Dann rückte er die Sitzfläche soweit es ging nach hinten und schloss die Tür.

Die ersten Leichen erreichten das Auto und fielen gegen die Motorhaube.

"Gib Gas", rief Maik. "Fahr einfach mitten durch, und halte nicht mehr an."

Felix gab Gas.

Der Wagen holperte, als er über die Körper rollte Rechts und links trommelten faulige Hände an die Scheiben und hinterließen schmierige Spuren. Einer schaffte es auf die Motorhaube und starrte mit toten Augen durch die Windschutzscheibe. Allerdings nur so lange, bis Felix das Steuer hart einschlug und in die Straße einbog. Der Zombie konnte sich nicht mehr halten und landete unsanft auf der Straße. Felix konnte es sich nicht verkneifen, so zu lenken, dass er ihn mit dem Hinterrad noch erwischte. Dann verließen sie das Dorf, in dem sich die lebenden Leichen über die Straße schoben.

"Geschafft", sagte Felix nicht ohne Stolz, als sie den Berg hinauffuhren und die hungrigen Horden hinter sich ließen.

"Hast du gut gemacht." Maik klopfte ihm anerkennend auf die Schulter. "Ich frage mich nur, woher plötzlich so viele von ihnen kamen."

In Maik regten sich erste Zweifel, ob es wirklich so gut gewesen war, die Sicherheit der Stadt zu verlassen. Wenn hier an diesem abgelegenen Ort schon solche Unmengen von Zombies unterwegs waren, wie wird es dann wohl in der restlichen Welt aussehen? Aber einen Weg zurück gab es nun nicht mehr. Das hätte er sich früher überlegen müssen, bevor er die beiden Soldaten mit der Waffe bedroht hatte.

Vielleicht hätten sie die Leiche einfach irgendwo vergraben und darauf hoffen sollen, dass die Sache irgendwann in Vergessenheit geraten würde.

Der Wagen holperte, als Felix von der verstopften Straße auf die Felder auswich und brachte Maik wieder in die Realität zurück.

"Hey, schau mal", sagte Felix freudestrahlend und deutete unter das Armaturenbrett. "Hier gibt es sogar ein CB-Funkgerät."

Maik war derweil damit beschäftigt, das Handschuhfach zu inspizieren und fand weitere interessante Dinge. Neben einem nicht ganz so alten Straßenatlas lagen dort noch eine Hundeleine, eine kleine Digitalkamera und ein ganzer Haufen CDs, die sich allerdings bei näherer Betrachtung als unbrauchbar herausstellten, da es sich ausschließlich um Volksmusik handelte.

"Verdammt, jetzt weiß ich auch, was ich vergessen habe. Meine CDs. Also um Musik müssen wir uns noch dringend kümmern", ärgerte sich Maik, kurbelte das Fenster hinunter und warf die Silberscheiben kurzerhand hinaus.

Dann schaltete er das Funkgerät ein und spielte einen Moment an den Knöpfen um festzustellen, dass sie niemanden empfangen konnten. Er schaltete das Rauschen wieder ab und ließ sich zurück in den Sitz fallen, der unter seinem Gewicht in Verbindung mit dem holprigen Untergrund ächzte.

"Vielleicht sollten wir sie einfach hier lassen", sagte Felix leise, während er den Wagen wieder zurück auf die Straße lenkte. "Ich rede von Veronika", fügte er hinzu, bevor Maik ihn fragen konnte. "Ich meine, was bringt es uns, sie mitzunehmen? Sie macht ohnehin nur Schwierigkeiten, und wenn wir erst einmal unterwegs sind, kann sie Alarm schlagen so viel sie will. Ehrlich gesagt, ich fühle mich in ihrer Gegenwart nicht sicher."

Maik war ein wenig erstaunt über die Kälte in Felix' Stimme, aber er erwiderte nichts darauf. Sicher, auch er selbst hegte keine große Sympathie ihr gegenüber, aber er war davon überzeugt, dass sie das nicht so einfach akzeptieren würde. Doch so sehr er Felix' Bedenken verstehen konnte, wollte er nicht verantwortlich dafür sein, wenn sie sich aus Verzweiflung etwas antat. Andererseits wusste er auch nicht, ob er sich auf sie verlassen konnte. Noch war sie eingeschüch-

tert, aber würde das auch so bleiben, wenn sie erst einmal unterwegs waren?
Gleich erreichten sie den Zaun, und bevor er sich dazu äußerte, wollte er erst einmal abwarten, was Felix unternehmen würde.

~ * ~

Dr. Nachtigall schaltete das EEG ein, während Dr. Berndt immer noch damit beschäftigt war, den Brustkorb des Toten zu öffnen.

"Ich weiß nicht, wonach Sie hier suchen", sagte Berndt vorwurfsvoll und zeigte sich sichtlich angewidert von der Art, wie Nachtigall den Leichnam bearbeitete.

"Das weiß ich selber nicht", gab Nachtigall trocken zurück. "Aber wir wissen ja noch nicht einmal, wie diese Kreaturen überhaupt funktionieren."

"Hmm", machte Berndt und brach das Brustbein des Leichnams.
Dr. Woitek und Frau Patzinger waren im Sekundentakt damit beschäftigt, eine Blutprobe nach der anderen zu fertigen, wobei Woitek peinlich genau darauf achtete, sie chronologisch geordnet abzulegen.

"Was mache ich jetzt?", fragte Bernd, der in den geöffneten Körper des Toten sah, als dieser zu zucken begann.
Der Tote öffnete die Augen und starrte Bernd hungrig an. Unweigerlich wich der Arzt zurück und stolperte gegen die Wand.
Auch Heidrun Patzinger zog ihre Hand erschrocken von der Kanüle, die sie in die Armbeuge des Mannes eingeführt hatte.
Der Untote zappelte, so weit es ihm in seiner Fixierung möglich war, hin und her und schaffte es schließlich sogar, den Kopf in dem Metallgestänge soweit zu bewegen, dass die Sonden verrutschten und Nachtigall die Messung abbrechen musste.
Zum Abschluss bohrte er mit einer langen Sonde nach dem Stammhirn und rührte solange darin herum, bis die Glieder des Soldaten wieder erschlafften.
Heidrun Patzinger ließ die Schultern hängen und schlurfte aus dem Raum.
So hatte Woitek sie noch nie gesehen. Er verschloss noch schnell die

Box mit den Blutproben und lief ihr hinterher.
Berndt hingegen stand bleich vor dem geöffneten Körper und empfand nur Abscheu und Entsetzen gegenüber Nachtigall und seiner pietätlosen Art. Doch der beachtete ihn gar nicht, sondern war mit dem Betrachten der Ausdrucke beschäftigt.

"Sie können gehen", sagte er zu Berndt, ohne von seinen Diagrammen aufzusehen. "Ich kümmere mich schon ums Aufräumen."
Als Berndt wortlos den Raum verließ, rief er ihm noch "Danke für Ihre Unterstützung" hinterher.

~ * ~

Als das Licht der Scheinwerfer über die Kuppe schien, vergaßen Gregor und Veronika für einen Moment ihre gegenseitige Antipathie und fielen sich vor Freude und Erleichterung um den Hals, stießen sich aber sogleich wieder angeekelt voneinander ab.

"Sie kommen. Sie kommen", rief Gregor immer wieder und tänzelte um seinen Koffer.
Bis dahin hatte er sich in Überlegungen verstrickt, ob er sich nicht vielleicht in einem der Häuser hier unten einrichten sollte. Vielleicht würde man ihn hier gar nicht bemerken.
Veronika hielt sich etwas zurück, als würde sie noch eine unangenehme Überraschung erwarten. Die lange Wartezeit hatte sie verunsichert, auch weil Gregor total stoned und ihr absolut keine Hilfe gewesen war, als der Untote am Zaun auftauchte. Nachdenklich blickte sie den Lichtern entgegen, die sich ihren Weg durch die Dunkelheit bahnten und auf sie zuhielten. Sie musste sobald wie möglich zusehen, dass sie Maik und seinen bekifften Freund loswurde, damit sie endlich wieder mit ihrem Liebling, den sie in Gegenwart der anderen nicht mehr so nennen durfte, alleine war. Vorerst würde sie sich aber zurückhalten und die Brave spielen müssen.
Felix brachte den Wagen wenige Zentimeter vor dem Zaun zum Stehen. Im Scheinwerferkegel tauchten Gregor und Veronika auf, die sich beide schützend die Hand vor die Augen hielten.
Maik sprang als erster aus dem Auto und bemerkte zunächst die ab-

gebrochene Schaufel im Zaun und dann die Leiche mit dem zertrümmerten Schädel neben der Straße. Er war sich ziemlich sicher, dass das vorher noch nicht so gewesen war und ließ seine Hand vorsichtshalber zum Griff der Machete wandern.
Gregor stand hinter dem Zaun und hielt seinen Koffer wie einen Schutzschild vor sich.

"Hey Kumpel", begrüßte er ihn. "Was ist denn hier passiert?" Er deutete auf den verstümmelten Leichnam. "Warst du das etwa?"
Gregor schüttelte den Kopf, nachdem er einen flüchtigen Blick auf den Leiche geworfen hatte.

"Das war ich", rief Veronika stolz von der Seite und schob sich mit Taschen und Rucksäcken durch das Loch im Zaun.
Maik pfiff anerkennend durch die Zähne und leuchtete mit der Taschenlampe noch einmal auf die Leiche. Er erkannte den abgebrochenen Stil, der aus den Resten des Kopfes hervorschimmerte.
Dann beugte er sich hinunter zu Felix, der noch immer am Steuer des Jeeps saß und schaute ihn mit einem Blick an, der ihm unmissverständlich klar machte, dass das nun folgende absolut ernst gemeint war und sagte leise: "Sie kommt mit. Ich denke, wir können sie gebrauchen."
Bevor Felix etwas erwidern konnte, richtete er sich wieder auf und wandte sich an Gregor, der noch immer hinter dem Zaun stand und ohne Aufforderung auch nicht herauskommen würde.

"He, Kumpel, verdammt komm jetzt. Die Freiheit wartet", rief er und leuchtete den Boden nach vergessenen Gepäckstücken ab. Scheinbar hatte Veronika schon das gesamte Gepäck aus dem Zaun geschoben, mit Ausnahme natürlich von Gregors Koffer, den der mit seinem Leben verteidigt hätte. Tatsächlich stande alle anderen Taschen und Rucksäcke fein säuberlich auf ihrer Seite der Absperrung aufgereiht und warteten nur noch darauf, verladen zu werden.
Also, auch wenn sie nicht ganz richtig tickte, so sah Maik sie doch als große Hilfe, und die Überlegung, wie Gregor wohl allein auf den Zombie reagiert hätte, bestärkte ihn in seiner Meinung, Veronika nicht einfach hier zu lassen.
Gregor setzt sich ausgesprochen langsam in Bewegung. Vorsichtig näherte er sich dem Zaun und schaute bei jedem Schritt rechts und links an dem Drahtgeflecht entlang, den Koffer fest an sich gepresst.

"Nun mach mal hin, verdammt!", feuerte Maik ihn an.
Behutsam, als wäre er mit Nitroglyzerin gefüllt, schob Gregor endlich den Koffer durch das Loch und kroch hinterher. Schließlich stand er mit paranoidem Kaninchenblick vor ihm.

"Verdammt, du bist ja schon wieder völlig zugeraucht", bemerkte er und schüttelte den Kopf. "Pack den Koffer hinten rein." Dann machte er sich daran, sein eigenes Gepäck zu holen.
Gregor schrie laut auf, als er die Heckklappe öffnete und ihn ein Hund mit einem Knochenpaar im Maul, an denen noch ein Schuh steckte, anknurrte.

"Was ist das?", schrie er ängstlich, aber Maik war schon neben ihm.

"Das ist ..." Er dachte nach und blickte zu dem Hund. "Das ist ein Hund."
Gregor war einen Schritt nach hinten gesprungen, und der Hund entspannte sich, als er Maik hörte, der beruhigend auf ihn einredete.

"Er hat uns quasi das Leben gerettet", sagte er wieder zu Gregor. "Ist ein verdammt cleverer Kerl." Nachdenklich blickte er zu dem Hund, der mittlerweile wieder auf dem Bauch lag und mit schmatzenden Geräuschen das Fleisch aus dem Schuh herausfischte.

"Ich glaube zumindest, dass es ein Kerl ist", erklärte er, "darauf hab ich gar nicht geachtet. Aber was ich sagen wollte: Er hat bis jetzt überlebt und sich wohl von den Zombies ernährt. Ist ein verdammt guter Zombiekiller."
Gregor schaute skeptisch zu dem dreckigen Fellhaufen, der ihn zwar nicht mehr anknurrte, aber immer noch genau im Auge behielt.

"Und wo soll mein Koffer hin?", fragte Gregor missmutig.
Er hatte so seine Probleme mit Hunden, seit ein Drogenspürhund einmal sein Dope im Auto aufgespürt hatte. Das war auch ein Schäferhund gewesen.

"Pack ihn einfach rein. Er wird schon Platz machen, wenn du ihn wegschiebst", sagte Maik aufmunternd. Aber Gregor reichte ihm nur den Koffer und ging vorsichtshalber noch einen Schritt zurück.

"Mach du doch", sagte er. "Ich traue dem Vieh nicht."
Maik warf ihm einen bösen Blick zu, packte den Koffer und stellte ihn auf die Ablage. Der Hund ging zwar erwartungsgemäß zur Seite, aber viel Platz blieb ihm nicht mehr, und sie hatten noch ziemlich

viel Gepäck.
Veronika näherte sich inzwischen vorsichtig der Fahrertür, als Felix gerade ausstieg. Ganz bewusst hatte sie ihn, solange er am Steuer saß und über irgendetwas nachzugrübeln schien, nicht angesprochen. Stattdessen hatte sie sich Rucksack um Rucksack geschnappt und zum Auto gebracht, wobei sie weder Maik noch Gregor ansah. Noch nicht einmal über den Hund hatte sie ein Wort verloren.

"Hallo Felix", sagte sie schließlich schüchtern wie ein kleines Mädchen. Aber diesmal erschien es Felix nicht gespielt, sondern echt.
"Schön, dass ihr es geschafft habt", fügte sie leise hinzu.

"Hm, hm", machte Felix nur, ließ sie stehen und ging um das Auto herum zum Kofferraum. So umgänglich sie jetzt auch war, so tief steckte auch noch der Groll ihr gegenüber in ihm.
Sie sah ihm nach und setzte sich dann schweigend auf die Rückbank. Der Hund beschnupperte sie neugierig durch das Gitter, das die Ladefläche vom restlichen Innenraum des Wagens trennte. Das Tier vergaß sogar für einen Moment seinen Knochen. Hinten stapelten Maik und Felix die Taschen und fixierten sie mit ein paar Spanngurten, die im Boden befestigt waren, so dass der Hund noch genügend Raum hatte, um sich hinzulegen.

"Fährst du weiter?", wandte sich Maik an Felix, als sie die Klappe schlossen.

"Klar, wenn du die Karte lesen kannst und mir sagst, wo ich hin muss", antwortete er und ging zur Fahrertür. "Ich kenne mich hier in der Ecke kein Stück aus."

"Kein Problem. Aber wir sollten vorher erst einmal klären, wohin wir eigentlich fahren wollen."

"Das würde mich auch so langsam mal interessieren", mischte sich Gregor ein und beäugte Felix voller Misstrauen.

"Erst mal weg von hier", antwortete Maik für ihn. "Nicht, dass sich die verdammten Soldaten doch noch an unsere Fersen heften. Viele Möglichkeiten haben wir im Moment sowieso nicht. Ich würde sagen, erstmal die Straße rauf und solange fahren, bis wir ein einigermaßen sicheres Plätzchen für eine erste Rast finden."
Er ging um das Auto herum und stieg auf den Beifahrersitz. Dann drehte er sich zu Veronika um, die hinter Felix saß.

"Verdammt gute Arbeit", lobte er sie, setzte aber noch hinzu: "Wenn du dich weiter so verhältst, können wir gut miteinander auskommen."
Gregor saß neben ihr und schaute immer wieder furchtsam nach hinten, von wo der Hund ihm misstrauisch in die Augen starrte. Derweil war Felix mit dem Funkgerät beschäftigt und stellte es auf die Frequenz, auf der er zuletzt mit Goblin666 gesprochen hatte. Leises Rauschen erfüllte das Fahrzeug.

"Meine Damen und Herren, bitte schließen Sie die Türen und stellen sie das Rauchen ein. Wir werden in wenigen Augen-blicken starten", sagte Felix förmlich und ließ den Motor an.

"Hä?", machte Gregor, zog einen Joint aus seinem Etui und zündete ihn an.
Felix gab Gas und kurbelte demonstrativ sein Fenster hinunter, sodass Gregor die Glut ins Gesicht flog.

"Hey!", beschwerte sich dieser. "Was soll der Scheiß? Warn mich wenigstens vor, wenn du hier drinnen einen Tornado entfachst."

"Tut mir leid", sagte Felix, was allerdings nicht wirklich der Fall war. "Aber ich rauche mir meinen Kopf nicht mit dem Zeug zu. Und ich habe auch keine Lust, dass ich hier damit eingenebelt werde. Wenn du dein Kraut also schon hier drinnen rauchen musst, dann verpeste mich wenigstens nicht damit."

"Arschloch", sagte Gregor leise und hielt den Joint demonstrativ zu Maik. "Hier, Mann."
Maik spürte die Spannung zwischen den beiden, wie er sie auch schon im Hotel erlebt hatte. Ihm war klar, dass Gregor gerade seine Loyalität auf die Probe stellen wollte. Schon beim Verladen hatte er deutlich gespürt, dass sein Freund eifersüchtig war.
Also ging er einen Kompromiss ein, nahm den Joint mit einem Danke entgegen und kurbelte sein Fenster ebenfalls herunter.
Felix blickte derweil starr auf die Straße vor ihnen und ignorierte die beiden Freunde, die sich langsam das Hirn benebelten. Nur aus dem Augenwinkel nahm er missbilligend wahr, wie Maik immer tiefer in den Sitz sank und dabei genussvoll an dem stinkenden Glimmstängel zog.
Als die beiden dann auch noch anfingen, aus unerklärlichen Gründen zu kichern, drehte er das Funkgerät auf volle Lautstärke, was Gregor

aber nur zum Anlass nahm, auf seinem Schenkel einen Takt mitzutrommeln, den nur er in dem Rauschen erkannte.

Na, das kann ja heiter werden, dachte Felix und fragte sich, wie Maik sich jetzt noch anständig verteidigen wollte, falls es brenzlig werden würde. Und das könnte in jedem Moment der Fall sein.

Als er von oben auf das Dorf schaute, aus dem sie eben noch vor den Untoten flüchteten, schauderte er. Die Hauptstraße war, soweit er sie von hier aus einsehen konnte, gefüllt mit wankenden Schatten.

Es waren mindestens hundert dieser schrecklichen Gestalten. Einfach durchbrechen würden sie da nicht können. Er stoppte den Wagen und schaute zu Maik hinüber, der ihn breit angrinste.

"Schau mal da runter", sagte er zu dem Bekifften, der ihn irgendwie gar nicht realisierte. "Da unten ist alles voller Zombies", bekräftigte er den Ernst der Lage. "Maik. Ma-aik." Er wedelte mit der Hand vor dessen Augen herum.

Endlich reagierte dieser und schaute Felix erstaunt an, als wäre er gerade frisch aus einer anderen Dimension gekommen.

"Oh, verdammt", sagte er verwirrt. "Was ist los?"

"Da unten ist alles voller Zombies", wiederholte Felix und deutete mit dem gestreckten Zeigefinger auf das Dorf.

"Aha", antwortete Maik und versuchte mit zusammengekniffenen Augen etwas zu erkennen.

"Und?", fragte Felix inzwischen ziemlich ungeduldig. "Du hast gesagt, du kennst dich hier aus. Wie können wir das Kaff am besten umfahren? Mittendurch werden wir es wohl nicht schaffen."

Maik überlegte äußerst angestrengt und strich sich dabei durch seinen Bart. Am schwierigsten war es für ihn, sich die Frage zu merken, während er die verschiedenen Antwortmöglichkeiten im Geiste durchging.

Er schüttelte sich den Kopf frei, dann sah er Felix wieder an.

"Fahr wieder ein Stück zurück und dann die Straße links", sagte er schließlich und überlegte keine Minute später bereits, warum er das gesagt hatte und ob es richtig gewesen war. Dann erinnerte er sich wieder. "Wir fahren zuerst einmal in Richtung Gießen. Ich will wissen, was dort verdammt nochmal, passiert ist", fügte er schließlich entschlossen hinzu.

Felix sah ihn verwundert an. Soweit er wusste, mussten sie in die entgegengesetzte Richtung, wenn sie nach Hannover wollten.

"Was soll da schon passiert sein?", motzte er Maik an, dessen bekifftes Grinsen ihm ziemlich auf die Nerven ging. So hatte er ihn nicht kennen und schätzen gelernt. Es war, als hätte ihn das Kraut um hundertachtzig Grad gedreht und aus dem zuverlässigen Wachmann einen begriffsstutzigen Hippie gemacht. "Die sind alle tot. Überrannt von den Zombies", erklärte er trocken.

"Ist mir, verdammt nochmal, egal. Wenn wir schon hier draußen rumfahren, dann lass uns wenigstens mal nachschauen. Wir müssen ja nicht reinfahren. Nur soweit, wie wir kommen", erklärte Maik. "Außerdem hab ich einige Leute in Gießen gekannt. Also rede nicht so abfällig."

Felix sagte nichts mehr, wendete den Wagen und fuhr die Straße wieder hinauf.

Noch sechsmal mussten sie nach längerer Fahrt umdrehen und mehrere Kilometer zurückfahren, weil sie in einer Sackgasse gelandet waren, und es dauerte bis zum Morgen, als sie endlich Gießen erreichten. Gesprochen hatten sie während der ganzen Zeit nur das Nötigste, und Gregor war schließlich eingeschlafen.

Felix hatte nicht mitgezählt, durch wie viele kleine Dörfer sie gefahren waren, aber überall bot sich ihnen das gleiche Bild. Leichenreste lagen auf den verschmutzten Straßen, Autos waren auf mitunter groteske Art ineinander verkeilt, einige Häuser waren abgebrannt oder zeigten deutliche Spuren, dass man versucht hatte, sie anzuzünden, und alles war leer und ausgestorben. Letzteres allerdings nur kurzzeitig, denn auch wenn sie nur kurz anhielten, tauchten binnen weniger Minuten die ersten Untoten aus der Dunkelheit auf. Was in Anbetracht der Tatsache, dass sich die Zombies nur sehr langsam und ungeschickt bewegten, ein sicheres Zeichen dafür war, dass sie wirklich überall lauerten, und ihre Nahrung auf große Distanz wahrnehmen konnten.

Maik war in seinem Sitz zusammengesunken und hielt sich krampfhaft wach. Erst als die ersten Ausläufer von Gießen in Sicht kamen, richtete er sich wieder auf und schaute interessiert aus dem Fenster. Inzwischen war die Sonne aufgegangen und im Morgennebel konnte er die Schatten der lebenden Leichen erkennen, die über die umliegenden Felder taumelten. In der Stadt waren bestimmt noch mehr. Einen, der den Fehler gemacht hatte, auf die Straße zu treten, überfuhr Felix kurzerhand, und der laute Knall, als der Kopf gegen den Kühler klatschte, bevor er unter dem Auto verschwand, ließ Gregor aufschrecken. Der Hund quittierte das mit einem kurzen Bellen, und Gregor erschrak erneut, woraufhin sich beide finster anstarrten.

"Und jetzt?", fragte Felix und fuhr soweit in die Stadt hinein, bis die Straße abwärts ging und einen Blick in die Eingeweide des Häusermeeres gewährte.
Er zog seinen Feldstecher unter dem Sitz hervor und warf einen kritischen Blick hindurch.

"Wir sind da", sagte er weiter durch das Fernglas schauend, "und wie ich befürchtet habe, laufen Tausende von den Viechern da unten rum. Du willst nicht ernsthaft sagen, dass du da reinfahren willst."
Von allen Seiten näherten sich die Untoten dem Wagen. Noch waren sie weit entfernt, aber wenn sie noch lange hier stehen blieben, wären sie umzingelt von Fleisch fressenden Leichen.

"Doch", erwiderte Maik jetzt hellwach. "Wir tauschen die Plätze. Ich fahre."
Er schaute sich noch einmal in alle Richtungen um, sprang aus dem Wagen und eilte zur Fahrerseite.

"Rutsch rüber", sagte er, als er die Fahrertür aufriss.
Felix hielt das für den richtigen und möglicherweise letzten Zeitpunkt, die allgemeine Missstimmung im Wagen beizulegen.

"Hör zu, Maik", sagte er versöhnlich. "Tut mir leid, dass ich eben so gereizt reagiert habe, aber innerhalb der letzten vierundzwanzig Stunden ist einfach viel zu viel passiert. Ich bin mit den Nerven völlig runter." Er machte eine Pause, die Maik dazu nutzte, ihm verständnisvoll zuzunicken. "Und ich habe absolut keine Lust in diesen Kessel zu fahren. Auch nicht als Beifahrer."

"Hmm", machte Maik nachdenklich. "Wir könnten drum herumfahren, aber ich will, verdammt noch mal, zum Klinikgelände und sehen, was dort passiert ist." Dann sagte er weniger versöhnlich: "Wenn du lieber hier bleiben willst, dann tue dir keinen Zwang an. Ich fahre hin." Er gab Felix einen Augenblick Zeit um etwas zu erwidern, und als dieser nicht reagierte, stellte er ihn vor die Wahl:

"Und jetzt steig aus oder rutsch rüber."
Felix rutschte auf den Beifahrersitz.
Hierzubleiben wäre glatter Selbstmord, außerdem bezweifelte er, dass Maik ihn wirklich allein hier zurückgelassen hätte.

Überall waren die Straßen mit Autos und Barrikaden verstopft. Scheinbar hatte es hier längere Kämpfe gegeben, als die Menschen noch glaubten, es würde sich um ein lokales und vor allen Dingen zeitlich begrenztes Problem handeln. Letztlich hatten sie aber verloren, und nur einige Ärzte und Wissenschaftler oben auf dem großen Gelände der Universitätsklinik, bewacht von einer Kompanie der Armee, waren übrig geblieben. Anfangs, als es noch Piloten und Hubschrauber gegeben hatte, flogen diese ständig zwischen Gießen und Marburg hin und her, tauschten Materialien und Informationen der Zombie-Forschung aus. Eines Tages blieben die Flüge aus, und in Marburg machte das Gerücht die Runde, dass die Piloten mitsamt ihren Hubschraubern geflüchtet seien. Der letzte der Marburger Hubschrauber war ein paar Tage später mitsamt seiner Besatzung im östlichen Teil von Marburg verschwunden. Seitdem hatte er nichts mehr am Himmel gesehen, was auf andere Menschen schließen ließ.

Anders als in den kleinen Dörfern wirkte die Stadt nicht verlassen, im Gegenteil. Hier wandelten die Toten scheinbar orientierungslos und in Massen durch die Straßen. Wie bei einem Volksfest taumelten sie durcheinander und rempelten sich an. Wurde einer dabei gedreht, lief er einfach stur weiter in die Richtung, in die er gerade schaute, aber sie waren stets in Bewegung. Niemals blieb einer stehen. Auch konnte man keinen sehen, der sich hinsetzte oder gar hinlegte, außer wenn sie am Fressen waren.
Felix spähte mit dem Fernglas in die Stadt hinunter und studierte das untote Leben, sozusagen das Verhalten der Untoten in freier Wildbahn.
Gelangweilt trotteten sie auf der Kreuzung umher, noch fünfhundert Meter von ihnen entfernt, und Maik rollte langsam auf sie zu.
Wie auf ein geheimes Kommando hin verharrten die Untoten kurz und drehten sich langsam herum. Ein eiskalter Schauer lief Felix über den Rücken, als ihm hunderte von Zombies ins Gesicht starrten.

"Sie kommen. Sie haben uns bemerkt", sagte Felix so gefasst wie möglich. "Da kommen wir nicht durch, Maik. Das sind zu viele."

"Ich will gar nicht durch sie durch", knurrte Maik und ließ den Wagen noch ein paar Meter weiter rollen. "Ich will, dass diese verdammten Dinger zu uns kommen."

"Scheiße! Was hast du vor?", schrie Gregor von hinten, der just in diesem Moment die Situation realisierte.

"Keine Panik, Kumpel. Ich habe alles unter Kontrolle. Ich werde die verdammten Dinger nicht an uns ranlassen."

Sie kamen aus Häusern und den Seitenstraßen, angelockt vom frischen Fleisch und reihten sich in die hungrige Armee ein. Jetzt waren sie nur noch hundert Meter von ihnen entfernt.

Felix rutschte auf seinem Sitz hin und her und hielt schließlich das Gewehr aus dem Fenster.

"Ganz ruhig, Felix", sagte Maik und schaltete in den Rückwärtsgang.

Im Rückspiegel sah er einige Zombies, die sich von hinten dem Wagen näherten, aber es waren nicht so viele, dass er sie nicht überfahren konnte.

Veronika saß stumm und mit geweiteten Augen auf dem Sitz und gab nur ein leises Wimmern von sich, das jedoch im Knurren des Hundes unterging, der verzweifelt an der Scheibe kratzte und auf die Jagd gehen wollte.

In Schrittgeschwindigkeit fuhr er den Wagen zurück und schlug so ein, dass er quer auf der breiten Straße stand.

Felix starrte Maik erstaunt an.

"Was zum Henker hast du vor?", fragte er flehend und blickte von den Zombies zu Maik und wieder zurück auf die lebenden Leichen.

"Gleich geht's weiter. Ich kenne ein paar Abkürzungen hinten rum. Vorher will ich nur sichergehen, dass sich nicht so viele in den engen Gassen herumtreiben, und deshalb locke ich sie gerade raus. Ich hab da mal was in einen Film gesehen."

Die Untoten waren inzwischen auf fünfzig Meter an das Auto herangekommen und noch immer schien der Strom nicht abzureißen.

"Schau sie dir doch an", erklärte Maik weiter. "Die sind so stumpfsinnig und vor allem sind sie verdammt langsam. Die können sich doch gar nicht so schnell umdrehen, wie wir hinter den Häusern ver-

schwunden sind."
"Und was soll das bringen?", fragte Felix erstaunt. "Das ist doch nur ein kleiner Teil derer, die sich in der Stadt herumtreiben. Außerdem ist das nicht Hollywood."
"Pittsburgh", brummte Maik in seinen Bart und ließ Felix im Unklaren darüber, warum er das gesagt hatte.
Noch dreißig Meter trennten die Toten von den Lebenden.
"Vielleicht verständigen sie sich ja untereinander und die anderen kommen auch alle hier hoch", argumentierte Maik, wusste aber, dass es in erster Linie von ihrem Glück abhing, ob sein nicht ausgereifter Plan gelingen würde oder sie in eine Falle führen würde.

Vor einigen Jahren war er als Taxi-Fahrer in Gießen unterwegs gewesen und kannte folglich alle Schleichwege, und er hoffte darauf, dass das Gros der Toten auf den Hauptstraßen unterwegs war. Dann könnte er die breiten, mit Autowracks und Barrikaden blockierten Straßen umfahren.
Noch zehn Meter.
Auf der Rückbank vergrub Gregor seinen Kopf zwischen den Beinen und bereitete sich mental darauf vor, gleich bei lebendigem Leibe gefressen zu werden.
Veronika saß immer noch kerzengerade da, hatte aber die Augen zusammengekniffen und kaute auf ihrer Unterlippe herum, so dass das Blut schon an ihrem Kinn herunterlief.
Noch fünf Meter.
Felix starrte in die zerfetzten Gesichter. Teilweise waren sie verbrannt, vielen fehlten große Stücke Fleisch und blanke Knochen lugten daraus hervor, anderen fehlten ganze Körperteile. Keiner von ihnen sah aus, als wäre er friedlich gestorben. Und auch hier gab es ziemlich viele Untote in Militäruniform, so wie sie es auch schon in den Fernsehberichten gesehen hatten.
Die Ersten ließen ihre Hände auf das Dach und an die Scheiben klatschen.
Gregor wimmerte und Felix machte sich mit zittrigen Händen bereit, wie ein Wahnsinniger um sich zu schießen.
"Festhalten", rief Maik unvermittelt und gab genauso überraschend Gas.

Die Reifen quietschten und Felix sah eine Wand aus Untoten an sich vorbeirauschen. Der Hund wurde gegen die Heckklappe geschleudert und jaulte kurz auf. Gregor, der sich zu einer Kugel zusammengerollt hatte, wurde auf Veronika geworfen und von ihr zurückgestoßen.
Maik trat das Gaspedal durch. Die, die sich von hinten dem Auto genähert hatten, erwischte er mit dem Kotflügel und bei einem war er sicher, dass er ihm mit dem Vorderrad den Kopf zermatscht hatte. Er grinste verbissen. Die Zombies schlichen geschlossen dem Wagen hinterher. Mit hoher Geschwindigkeit bog Maik in eine kleine Seitenstraße, die zwischen einigen Fabrikhallen durchführte, und die Meute war aus dem Rückspiegel verschwunden. Ohne das Tempo wesentlich zu verringern, bog er mal rechts, mal links ab. Die übrigen Insassen, insbesondere der Hund, wurden heftig durchgeschüttelt. Schließlich erreichten sie ein dünn besiedeltes Neubaugebiet am Rande der Stadt. Erleichtert stellte Maik fest, dass sein Plan aufzugehen schien.
Hier draußen waren tatsächlich nur wenige der wandelnden Leichen unterwegs und er musste nur ein paarmal auf den Seitenstreifen oder in die Vorgärten ausweichen, um stehen gelassene Autos zu umfahren.
Jetzt bremste er den Jeep ab und brachte ihn in einem Kreisverkehr zum Stehen. Er war sichtlich angespannt, als er sich zu Felix herumdrehte.

"Na, was hab ich dir gesagt? Bleib einfach ruhig und vertraue mir", sagte er und schwitzte dabei.

"Na gut, du bist ein Held", scherzte Felix mit einem ordentlichen Schuss Sarkasmus. "Aber ich weiß immer noch nicht, was du hier zu finden hoffst." Mit dem Finger tippte er, über Maik hinweg, auf die Tankanzeige. "Es wäre sinnvoll, wenn es sich dabei um eine Tankstelle handeln würde."

Das Grinsen in Maiks verschwitztem Gesicht fror ein und er schielte, ohne den Kopf zu bewegen, nach dem Armaturenbrett. Er erkannte etwas im Augenwinkel und drehte dann schließlich doch den Kopf, und zwar ruckartig. Der kleine Zeiger befand sich bereits im roten Bereich. Zwar noch im oberen Teil, aber wie weit der Sprit noch reichen würde, konnte niemand beantworten, der es nicht schon einmal mit diesem Auto ausprobiert hatte. Und Maik befürchtete, dass er gerade im Begriff war, eben dies zu tun.

"Verdammter Mist. Wie viel verbraucht denn diese verdammte Karre?", knurrte er, schlug mit der Faust auf das Lenkrad, sodass die Hupe kurz aufblökte. "Hättest du auch früher drauf achten können, verdammt. Immerhin bist du die meiste Zeit gefahren."

Vor gar nicht allzu langer Zeit waren sie an einer Tankstelle vorbeigekommen. Aber genau dorthin hatte er jetzt die Zombies gelockt. Natürlich gab es noch reichlich andere in der Stadt, aber Maik fielen im Moment nur die ein, die an den Hauptstraßen gelegen waren.

Felix gab sich gelassen und zuckte abfällig mit den Schultern. Er war von vornherein dagegen gewesen nach Gießen zu fahren, und im Moment war es ihm egal, ob sein Leben in Gefahr war, solange er die Genugtuung spürte, recht gehabt zu haben.

Maik warf ihm einen vernichtenden Blick zu und schlug noch einmal auf das Lenkrad.

Keiner von ihnen hatte an den Sprit gedacht und natürlich konnte er Felix nicht die ganze Schuld daran geben, dass sie hier nun mit fast leerem Tank standen. Aber der war die ganze Strecke gefahren und hatte die Tankuhr direkt vor seiner Nase gehabt.

"Scheiße, verdammt", presste Maik zwischen den Zähnen hervor und schlug ein drittes Mal auf das Lenkrad. "Wenn wir noch lange hier rumstehen, werden wir gefressen. Also spar dir deine verdammte Überheblichkeit und überleg lieber, wie es weitergehen soll."

"Maik, es werden immer mehr von den Biestern", meldete sich Gregor aus dem hinteren Teil des Wagens ängstlich zu Wort. "Was auch immer du vorhast, beeil dich damit."

Felix drehte sich zu Gregor um. Dann lass du dir doch was einfallen", fauchte er ihn an. "Soweit ich mich erinnere, hast du noch keinerlei produktiven Beitrag zu der Misere geleistet. Mal abgesehen davon, dass du der Grund für die völlig überstürzte Flucht bist."

"Niemand hat dich gezwungen mitzukommen, Arschloch", blökte Gregor zurück und spürte, wie Veronikas ihm ihren Ellbogen in die Niere stieß.

"Aua. Mach das nicht nochmal, du Schlampe", brüllte er sie an und hob drohend die Faust.

"Nenn mich nicht Arschloch", zischte Felix von vorne.
"Ich bin keine Schlampe", beschwerte sich Veronika von der Seite.
"FRESSE HALTEN und zwar alle, verdammt!", brüllte Maik und schlug diesmal auf das Armaturenbrett, woraufhin das Radio zu rauschen begann.
Dann startete er den Motor und gab Gas.
Zwei Untote, die schon sehr nahe herangekommen waren, erfasste er beinahe gleichzeitig und holperte mit hoher Geschwindigkeit über die Körper, sodass Gregor aus dem Sitz gehoben wurde und sich den Kopf anstieß.
"Ich fahre jetzt zum Klinikgelände", erklärte Maik wütend. "Falls irgendjemand einen besseren Vorschlag hat, kann er sich gerne melden. Ansonsten Maul halten."
Tatsächlich erschienen immer mehr Zombies in ihrem Sichtbereich. Sie kamen über die Wiesen gestolpert, wankten aus den schmalen Straßen und schienen, egal welchen Weg Maik auch einschlug, schon auf sie zu warten. Immer wieder knallten untote Körper gegen die Kühler und Maik musste die Scheibenwaschanlage benutzen, um die Scheibe vom Blut zu reinigen, das ihm zunehmend die Sicht nahm.

~ * ~

Die Echos der Hustenanfälle tönten durch die Halle, in der die Flüchtlinge nun schon seit über drei Tagen festsaßen.
Viele von ihnen waren krank, litten an Erbrechen und Schmerzen in der Lunge, und zu allem Überfluss war ihnen das Trinkwasser ausgegangen. Einige der Kranken hatten hohes Fieber und man musste damit rechnen, dass sie nicht mehr lange zu leben hatten. All diejenigen waren zusammen in einer Ecke untergebracht und dort war das Husten auch am lautesten. Einer der bewaffneten Männer, die die Gruppe bewachten und von dem Prediger nur die Engel genannt wurden, stand dabei und wartete mit gezogener Pistole.
Nur wenige hatten in der Nacht geschlafen, denn noch immer klatschten die lebenden Toten gegen die großen stählernen Schiebe-

tore und es schien nur noch eine Frage der Zeit, bis eines der Tore aus der Verankerung brach. Immer häufiger rieselte feiner Zementstaub aus der Wand, dort, wo die Bolzen der Tür in den Beton eingearbeitet waren.
Der Prediger bestieg einen Container, betrachtete sich die Menschen von oben und schüttelte besorgt den Kopf.
Die Menschen vertrauten ihm nicht mehr, hatten sogar das Vertrauen in Gott verloren, und das war schlimm. Vielleicht strafte der Allmächtige sie deshalb mit Krankheit. Aber er war für diese Menschen verantwortlich und er hatte einen Auftrag. Er hatte seinem Gott geschworen, diese suchenden Seelen in die Kirche des ewigen Lebens zu begleiten, um eine neue Zivilisation zu beginnen.

Lange war er noch nicht der Prediger und noch vor einem Jahr hätte er jeden ermorden lassen, der so etwas behauptet hätte. Damals ... als er noch seine Strafe in der JVA Fuhlsbüttel absaß. Aber das war Vergangenheit, und innerhalb der zwölf Jahre, die er dort verbracht und die Bibel studiert hatte, war aus ihm ein gläubiger Mensch geworden, der nur noch auf den ausdrücklichen Befehl von Gott tötete.

Heute am frühen Morgen hatte er wieder zu ihm gesprochen und er gab sein Okay, als der Prediger ihm die Notwendigkeit einiger Opfer erklärt hatte. Wie schon so oft zuvor, war er ihm ganz plötzlich in einem weißen Licht erschienen, das so grell blendete, dass es dem Prediger in den Augen schmerzte. Er hatte sogar den Eindruck, dass es heller als sonst gewesen war. Vielleicht lag es auch daran, dass Gott ihn dabei erwischt hatte, wie er mit seinem harten Schwanz in der Hand von seinem Bus aus die Kinder beim Spielen beobachtet hatte. Erst hatte er ein schlechtes Gewissen, aber als Gott nur verständnisvoll lächelte, erschien ihm das unbegründet.
Gott hatte ihm die Entscheidung überlassen, wen es treffen sollte, was dem Prediger sehr entgegen kam, denn er wusste bereits, wer dafür in Frage kam. Er schielte zu ein paar Leuten, die abseits an der Wand standen und angeregt miteinander diskutierten. Unter ihnen war auch die Frau, die ihn gestern mit dieser unchristlichen Geste beleidigt hatte, und sie führten irgendetwas im Schilde, was möglicherweise seine ganze Mission gefährden würde. Zu gerne hätte er

auch sie verfüttert, aber der Erlöser, zu dem sie alle unterwegs waren, hatte es ausdrücklich verboten Frauen zu töten. Aber er würde den gesamten männlichen Rest der Verschwörung bei ihrer Weiterfahrt als Köder einsetzen.
Sie mussten so schnell wie möglich von hier weg, bevor noch mehr Wandelnde die Hallen erreichten.
Er blickte zum Tor, das von zwei Engeln bewacht wurde. Ihre Waffen hielten sie vor sich und schienen fest erschlossen, jeden Aufruhr mit ebendiesen augenblicklich zu beenden. Zwanzig der Engel waren ehemalige Knastkollegen, die mit ihm zusammen ausgebrochen waren und völlig in seinem Bann standen. Schon im Gefängnis hatte er über ein unerklärliches Charisma verfügt, das es ihm ermöglichte, bei den Wärtern und dem Direktor als Musterhäftling angesehen zu werden, während er unter den Mitgefangenen als gefährlich und grausam galt. Letzteres hatte er mehrfach unter Beweis gestellt und Zecke, einer seiner Engel, hätte jetzt sicherlich noch zwei Daumen, wenn er damals eine lästerliche Bemerkung bezüglich Predigers Bibelwahn unterlassen hätte. Noch in derselben Woche war er auf Gottes Rat mit dem Daumen unter die Presse in der Gefängniswerkstatt geraten.
Jetzt winkte er ihn zu sich auf den Container.
Zecke wirkte auch inmitten der Flüchtlinge noch ungepflegt. Die halblangen frisurlosen Haare klebten in braunen, fettigen Strähnen an seinen Wangen und der wuschelige Bart schien mehrere Arten Kleintiere zu beherbergen. Bekleidet war er mit einer Militärhose und einem Unterhemd, das vor langer Zeit einmal weiß gewesen war. Jetzt hafteten Spuren von Blut, Schlamm und diversen Mahlzeiten daran und bildeten ein Muster, das man schon als Tarnanstrich auslegen konnte. Seine Augen waren blutunterlaufen und ein eiterndes Ekzem hatte sich auf seinem linken Nasenflügel ausgebreitet und drohte den Rest der Nase ebenfalls zu verschlingen. In der Hand hielt er eine doppelläufige Schrotflinte.
Als er schließlich auf den Container geklettert war und neben dem Prediger stand, überragte er ihn um mindestens einen halben Meter.

"Zecke, wir haben ein kleines Problem", sagte der Prediger ruhig. "Siehst du die Typen da unten neben dem Pfeiler?" Er deutete unauffällig in Richtung der Gruppe.

Zecke nickte.

"Gut, dann sieh zu, dass sie die Lotterie gewinnen."

"Kein Problem", sagte Zecke und fragte dann noch etwas verunsichert: "Alle?"

"Alle, bis auf die Frau natürlich", antwortete der Prediger. "Es sind viele Wandelnde da draußen. Da brauchen wir auch viele Köder."

Zecke nickte verständnisvoll.

Die Lotterie war etwas, was sich der Prediger hatte einfallen lassen, um seine Entscheidung so neutral wie möglich erscheinen zu lassen, wenn es wieder einmal darum ging, ein paar Märtyrer zu finden. Selbstverständlich hatten diese Freiwilligen, die sich für die Allgemeinheit opferten, besondere Privilegien, wenn sie das Paradies schließlich erreichen würden, und anfangs hatte er die Menschen hier noch soweit in seinem Bann gehabt, dass es stets genug Freiwillige gegeben hatte. Inzwischen zweifelten aber immer mehr an dem Wahrheitsgehalt seiner Worte, selbst wenn er direkt aus der Bibel zitierte, und er zitierte gern aus der Bibel. Er hatte dieses Buch noch niemals als Gesamtwerk gesehen und riss wahllos Absätze oder manchmal sogar nur einzelne Sätze aus dem Zusammenhang, solange sie zu dem passten, was er vermitteln wollte. Abgeschaut hatte er sich das vom Gefängnis-Pfarrer.

Damit sich niemand benachteiligt fühlen musste, ersann er die Lotterie.

Jedem Mann unter den Flüchtlingen wurde eine Nummer zugeordnet, die jeder während der Lotterie offen und deutlich sichtbar auf einem Zettel vor sich zu halten hatte. Dann zog ein Engel, meistens Zecke, so viele zusammengefaltete Zettel aus einer Pappschachtel, wie Märtyrer nötig waren.

Natürlich war es alles andere als Zufall, wer letztendlich gewann. Seit der ersten Ziehung schon wählte der Prediger immer diejenigen, die ihm am ehesten gefährlich werden könnten. Und wer das im Einzelnen war, brachte er durch seine Engel in Erfahrung, die stets mit offenen Augen und Ohren zwischen den Flüchtlingen wanderten.

Bei der Gruppe, die er soeben ausgewählt hatte, benötigte er allerdings keine weiteren Informationen seiner Männer. Er wusste einfach, dass sich dort eine Rebellion anbahnte. So etwas bemerkte er, auch wenn er nichts von den Gesprächen mitbekommen hatte.

Mit dem Absatz trat er mehrere Male kräftig auf den Container auf und der blecherne Hall ließ die Unterhaltungen verstummen. Die meisten Gesichter waren nun auf ihn gerichtet. Nur ein paar hatten offensichtlich kein Interesse an dem, was der Prediger zu sagen hatte. Es wunderte ihn nicht, dass auch die vermeintlichen Rebellen weiter in ihr Gespräch vertieft waren und ihn keines Blickes würdigten.

"Liebe Freunde", begann er seine Rede, "wie wir alle schon gemerkt haben, stellt Gott uns erneut auf die Probe. Er fragt sich, ob wir immer noch bereit sind seinem Wort zu folgen, oder ob wir uns vom Satan verunsichern lassen, auf das wir dereinst mit den Wandelnden ziehen, während der Leibhaftige unsere Seelen in seinen Fängen hält."

Ein Murmeln und Raunen durchzog die Menschen und selbst die letzten hatten nun ihre Augen auf ihn gerichtet.

"Meine Freunde", betonte er noch einmal, "sind wir bereit, uns dieser letzten Prüfung zu stellen?"

Zu Beginn ihrer Reise hatte er bei solchen Fragen eine deutliche Resonanz erhalten. Die Menschen hatten ihm ein lautes "Ja" entgegen geschmettert. Jetzt blieb es aber nahezu still, und es schien ihm, als würde sogar das Raunen leiser. Das war die richtige Zeit für ein Gebet, denn wenn er etwas wirklich gut konnte, dann war es, seine Worte mit theatralischen Gesten und einer geradezu oscarreifen Mimik zu unterstreichen. Und so ließ er sich auf die Knie und schrie aus vollem Hals Teile eines Gebets, das er ebenfalls in der Bibel gefunden hatte und das für solche Situationen bestens geeignet war, zumindest, wenn man den einen oder anderen Satz wegließ.

"HERR, Gott, mein Heiland, ich schreie Tag und Nacht vor dir. Lass mein Gebet vor dich kommen, neige deine Ohren zu meinem Schreien. Denn meine Seele ist übervoll an Leiden, und mein Leben ist nahe dem Tode. Ich bin denen gleichgeachtet, die in die Grube fahren, ich bin wie ein Mann, der keine Kraft mehr hat. Ich liege unter den Toten verlassen, wie die Erschlagenen, die im Grabe liegen, derer du nicht mehr gedenkst und die von deiner Hand geschieden sind. Du hast mich hinunter in die Grube gelegt, in die Finsternis und in die Tiefe. Dein Grimm drückt mich nieder, du bedrängst mich mit allen deinen Fluten." Er richtete einen flehenden Blick an die Hallendecke, dann betete er aus vollem Hals weiter: "Meine Freunde

hast du mir entfremdet, du hast mich ihnen zum Abscheu gemacht. Ich liege gefangen und kann nicht heraus, mein Auge sehnt sich aus dem Elend. HERR, ich rufe zu dir täglich; ich breite meine Hände aus zu dir. Wirst du an den Toten Wunder tun, oder werden die Verstorbenen aufstehen und dir danken? Wird man im Grabe erzählen deine Güte und deine Treue bei den Toten? Werden denn deine Wunder in der Finsternis erkannt oder deine Gerechtigkeit im Lande des Vergessens?"
Langsam richtete er sich schnaufend, schwitzend und mit hochrotem Kopf wieder auf und schaute erwartungsvoll in die Menge.
Die Menschen wussten genau, worauf der Prediger hinaus wollte, und es gab niemanden mehr unter ihnen, der sich diesen Prüfungen freiwillig stellen wollte. Sie wollten nicht mehr einsehen, dass Gott eine solche Entscheidung von ihnen verlangte. So grausam war selbst Gott nicht. Und so hofften sie, dass das Los nicht auf sie oder ihre nächsten Freunde fallen würde. Außerdem war es stets so, dass die, die sich gegen die Predigten stellten, bei der nächsten Lotterie gewannen. Nur ein paar Vereinzelte glaubten noch daran, dass es sich dabei um die Bestimmung Gottes handelte, und selbst die waren froh, wenn es sie nicht selbst traf.
Trotzdem wagte sich niemand, etwas gegen den Prediger und seine Engel zu unternehmen. Ein paar hatten es einmal versucht und wurden kurzerhand von den Engeln erschossen.
Diese vom Satan Fehlgeleiteten, so die Worte des Predigers, würden eine so starke Bedrohung für die Gemeinde darstellen, das ihm keine andere Wahl bliebe, und dann zitierte er die Bibel Thess. 2, 3-12.

Jetzt war es wieder soweit, dass er das verkündete, was jeder befürchtete. Er breitete die Arme aus, sodass er wie der gekreuzigte Jesus selbst aussah, einmal abgesehen von der gedrungenen Gestalt und der Halbglatze, die so gar nicht in das allgemeine Vorstellungsbild der biblischen Person passten.

"Liebe Freunde. Wir werden das Los entscheiden lassen, wer heute als Held in das Paradies einziehen darf. Aber wer die Glücklichen auch sein werden, sie sollen wissen, dass für sie ein Platz direkt neben unserem Herrn reserviert sein wird." Die letzten Worte sang er fast. "Holt nun eure Zettel hervor und haltet sie über euren Kopf, auf

dass sie der Herr sehen kann. Wir beginnen gleich mit der Lotterie."
Die Engel unterstrichen die letzten Worte noch einmal, indem sie demonstrativ mit ihren Waffen klapperten. Ein paar luden ihre Pistolen durch.
Der Prediger drehte sich zu Zecke um, der hinter ihm hockte und eilig die Zettel mit den Nummern beschriftete, die er gleich ziehen würde. Ein anderer Engel brachte eine graue Schachtel aus dem Bus, in der die Lose aufbewahrt wurden. Derweil verbargt Zecke die sieben neuen Lose zwischen seinen speckigen Fingern und nahm die Lostrommel entgegen.

~ * ~

Maik stieg auf die Bremse und der Wagen kam ruckartig zum Stehen.

"Wir sind nicht die einzigen, die dort rein wollen", bemerkte Felix leise und starrte voller unheimlicher Faszination auf die Massen von Untoten, die sich in mehreren Reihen den ganzen Zaun entlang an den Maschendraht klammerten. Es war erstaunlich, dass dieser dem Reißen und Zerren standhielt.

"Was ist da los?", wollte Gregor von hinten wissen, aber weder Maik noch Felix reagierten auf seine Frage. Also beugte er sich nach vorn und spähte zwischen den Sitzen aus der Windschutzscheibe. Auch Veronika reckte den Hals.

"Wo sind wir hier? Was ist das da vorn?", fragte Felix schließlich.

"Das ist die Uniklinik. Wir sind schon mitten auf dem Klinikgelände, und der Zaun dort ist wohl von den Leuten hier in Gießen hochgezogen worden." Er machte eine kurze Pause um durchzuatmen. "Hier war wohl das Lager. Und hier sind sie alle gestorben." Den letzten Satz sprach er leise und erwartete auch keine Reaktion darauf. Trotzdem, oder gerade deswegen meldete sich Veronika zu Wort.

"Das glaube ich nicht", stieß sie hervor und beugte sich soweit vor, dass sie mit Gregors Kopf zusammenstieß.
Maik und Felix drehten sich synchron zu ihr um.

"Was gibt's da nicht zu glauben, verdammt?", fuhr Maik sie an.

"Da steht doch sogar noch der Zaun."

"Genau deswegen", erwiderte sie. "Wenn hier alle tot wären, warum sind die Zombies dann nicht drin?"

Maik und Felix sahen sie verwundert an und auch Gregor, der sich noch den Kopf rieb, blickte sie von der Seite an.

"Da hast du recht", sagte Maik nach einer kurzen Zeit des Überlegens schließlich zu ihr. Dann wandte er sich wieder Felix zu. "Sie hat verdammt recht", wiederholte er. "Vielleicht ist bei denen da drin nur der Funk ausgefallen, und in Marburg glauben alle, hier würde niemand mehr leben. Ich will mir das ansehen. Wir müssen einen Weg finden, da rein zu kommen."

"Und dann?", sagte Felix barsch. "Wollen wir uns etwa als die Flüchtlinge aus Marburg vorstellen, von denen zufällig ein Idiot einen Soldaten erschossen hat?"

"Halts Maul, Arschloch!", beschwerte sich Gregor.

"Nenn mich nicht Arschloch, du blöder Junkie." Felix drehte sich wieder nach hinten um und funkelte Gregor hasserfüllt an.

"Ich lass mich wenigstens nicht von irgendwelchen Schlampen vergewaltigen", erwiderte Gregor trocken.

Felix richtete sich in seinem Sitz auf, holte mit der Faust aus und war drauf und dran nach hinten zu boxen, als er einen festen Griff um sein Handgelenk spürte, der seinem Arm keinerlei Bewegungsspielraum mehr ließ.

"Sag mal, hast du sie noch alle, verdammt?", brüllte ihn Maik an, ohne seinen Griff zu lockern. "Ich hab' gedacht, ich tue dir einen Gefallen, wenn ich dich mitnehme, aber glaub mir, wenn du so weitermachst, tue ich mir selbst einen Gefallen und schmeiß dich einfach raus. Wir sind hier verdammt nochmal aufeinander angewiesen und wenn du nicht willst, dass man dich Arschloch nennt, dann benimm dich auch nicht wie eins, verdammt!"

Dann zog er Felix' Arm grob nach unten und gab ihn wieder frei.

Er glaubte einen ähnlichen Gesichtsausdruck in Felix zu sehen, wie er ihn bei Veronika bemerkt hatte, als er sie durch das Treppenhaus getrieben hatte. Das war auch gut so.

Inzwischen überlegte er ernsthaft, ob es wirklich so gut gewesen war, Felix mitzunehmen, und er verdammte seinen ersten Eindruck von

ihm, der ihn dazu veranlasst hatte.
Veronika hingegen musste ihre gesamte Selbstbeherrschung aufwenden, damit sie Maik nicht auf der Stelle die Augen auskratzte. Immer wieder schaute sie zu Felix und beobachtete voller Entsetzen, wie dieser tiefer in seinen Sitz rutschte und nicht mehr wagte, etwas zu sagen. Irgendwann würde dieser widerliche fette Kerl dafür bezahlen.
Maik achtete nicht auf sie, stattdessen atmete er ein paar Mal tief durch und beruhigte seine Nerven.
Als er wieder nach vorn schaute, stellte er fest, dass nach wie vor noch kein einziger Zombie vom Zaun abgelassen hatte. Zwar hatten sich einige zu ihnen umgewandt, aber keiner machte Anstalten, sich dem Auto zu nähern.

Schon seltsam, dachte Maik, warum haben sie kein Interesse an uns?
Schnell wurde er eines Besseren belehrt, als der Hund ein lautes Knurren anstimmte und mit den Pfoten an der Heckscheibe kratzte.
Von den Vieren unbemerkt hatte sich von hinten ein ganzer Pulk Untoter aus den kleinen Gassen gedrängt, und die ersten waren schon bis auf wenige Meter an den Wagen herangekommen.
Ohne ein weiteres Wort zu verlieren, schaltete Maik in den Rückwärtsgang und trat aufs Gas. Alle Insassen, inklusive des Hundes, zuckten zusammen, als die untoten Körper gegen das Heck prallten und sich das Auto seinen Weg durch die verwesenden Leiber bahnte.
Als Maik das Steuer herumriss, flackerte ein rotes Lämpchen unter der Benzinanzeige. Er registrierte es aus dem Augenwinkel, presste angespannt die Lippen aufeinander und raste mit quietschenden Reifen in eine schmale Straße. Der Hund winselte, als er hart mit dem Kopf gegen die Scheibe schlug. Gregor und Veronika purzelten auf der Rückbank übereinander und Felix hielt sich krampfhaft am Armaturenbrett fest. Auch hier waren noch ein paar Untote unterwegs, und Maik überfuhr jeden, den er erwischen konnte. Bis auf den Hund wurde es für die restlichen Insassen ein vertrautes Geräusch, wenn ein menschlicher Schädel unter der Last des Geländewagens zerbarst.

"Was hast du jetzt vor? Wo rast du hin?", fragte Felix ein wenig unsicher, während der Wagen um enge Kurven schlitterte.

"Dorthin", antwortete Maik, nachdem er nach ein paar weiteren Kurven durch enge Gassen auf eine breite Hauptstraße bog und auf eine Tankstelle zufuhr.

"Und jetzt?", fragte Felix sarkastisch, als Maik den Wagen mit quietschenden Reifen zum Stehen brachte.

Mehrere verlassene Autos blockierten die Zapfsäulen, und zwischen ihnen konnte Felix mindestens ein halbes Dutzend Untote erkennen, die sich in dem blechernen Mäander verlaufen hatten. Viel mehr waren aber auf der Straße unterwegs und visierten mit ausgestreckten Armen den Geländewagen an, während sie langsam aber stetig näher kamen.

"Vergiss es", sagte Felix. "Hier kommen wir nicht an Benzin. Da müssten wir erst drei Autos aus dem Weg schieben, und dafür ist hier zu viel los."

"Die sind ja überall", jammerte Gregor und gab Felix damit unbewusst recht.

"Das sehe ich selbst, verdammt. Aber ich sehe auch noch was anderes", knurrte Maik in den Raum und verharrte mit dem Blick auf der roten Kontrolllampe, die nun stetig leuchtete, um den Fahrer darauf hinzuweisen, dass es nun allerhöchste Zeit war zu tanken.

Die Überheblichkeit in Felix' Stimme ging ihm gewaltig auf die Nerven und langsam wurde er nervös, bemühte sich aber, es sich nicht anmerken zu lassen. Insbesondere vor Gregor musste er den Schein wahren, alles unter Kontrolle zu haben. Sein Freund würde augenblicklich panisch werden, wenn er Maiks Unsicherheit auch nur ansatzweise spüren würde.

Behutsam, um die letzten Tropfen Benzin nicht zu verschwenden, trat er aufs Gaspedal, fuhr die Hauptstraße hinauf und umfuhr dabei geschickt die unzähligen Autos, die es nicht mehr bis zur Autobahn geschafft hatten und kreuz und quer auf der Straße standen. Er musste mehrere Male auf den Bürgersteig oder den begrünten Mittelstreifen ausweichen. Vor ihnen kamen immer wieder die Toten zwischen den Wracks hervorgekrochen und versuchten vergebens den Wagen mit dem Körper aufzuhalten, was in der Regel damit endete, dass sie mit einem klatschenden Schlag unter dem Auto verschwanden.

Schnell konnte Maik aber nicht fahren. Zu viele Hindernisse blockierten nicht nur die Straße, sondern auch die Sicht auf das, was dahinter lag. Zielstrebig steuerte er im Slalom auf eine andere Tankstelle zu, die weiter die Straße hinauf gelegen war.

"Mensch, fahr doch mal sachte", beschwerte sich Felix, als Maik den Wagen wieder ruckartig zum Stehen brachte.

Aber Maik achtete nicht auf ihn, sondern starrte mit entsetztem Blick auf den schwarzen Krater inmitten der verkohlten Überreste der Zapfsäulen. Ausgebrannte Autos säumten den Rand des Lochs, das der explodierte Großtank im Boden hinterlassen hatte. Dies war die klassische letzte Tankstelle vor der Autobahn gewesen.

Würde Felix jetzt sein verdammtes, provokatives "Und jetzt?" von sich geben, würde er für nichts mehr garantieren können. Doch der blieb glücklicherweise still.

Maik musste nicht in den Rückspiegel schauen um zu wissen, dass die Untoten bereits wieder hinter ihnen her waren. Von allen Seiten strömten sie auf den Wagen zu. Zwar langsam, weil für viele die leeren Autos ein unüberwindbares Hindernis darstellten, aber sie kamen in Massen. Es blieb keine Zeit zum Diskutieren. Maik lenkte den Wagen im Slalom zurück vorbei an den verkeilten Karossen. Zum Wenden hatte er keinen Platz und musste deshalb rückwärts fahren.

Felix hatte inzwischen sein Fenster herunter gekurbelt und hielt die Pistole schussbereit, obwohl er nicht glaubte, aus dem fahrenden Auto irgendetwas zu treffen. Seine Überheblichkeit war mit dem Entsetzen in Maiks Gesicht geschwunden. Die erste, von Wracks blockierte Tankstelle kam wieder in Sicht. Überdeutlich zeichneten sich die vielen Schatten der Untoten davor ab. Es waren mehr geworden. Viel mehr.

Maik steuerte den Wagen direkt auf sie zu.

Gerade wollte Felix ihn fragen, was er vorhatte, da fing der Motor an zu stottern. Der Wagen holperte noch ein paar Meter weiter und der Motor erstarb.

"Das war's", sagte Maik erst leise, dann schrie er: "ALLE RAUS", und riss seine Tür auf.

Die Zombies waren noch mindestens zwanzig Meter entfernt und taten sich schwer damit, um die liegen gebliebenen Autos herum zu finden.

Maik rannte nach hinten und riss die Heckklappe auf. Sofort sprang der Hund mit gesträubten Nackenhaaren an ihm vorbei, geradewegs auf den nächstbesten Untoten zu. Er schaute ihm nicht nach, sondern griff zielstrebig nach der Tasche mit der Munition.
Felix und Veronika waren mittlerweile ebenfalls aus dem Wagen gesprungen, nur Gregor saß noch zitternd auf der hinteren Sitzbank und war im Begriff, die Türen wieder zu schließen.

"Komm raus, Kumpel", schrie Maik in den Innenraum und Gregor zuckte zusammen. "Komm da raus. Sofort, verdammt", bekräftigte Maik seine Aufforderung.
Maik schlug die Heckklappe laut zu und stürmte zu Gregor. Er beugte sich über die Rückbank, kroch ihm noch ein Stück hinterher, als er ausweichen wollte, bekam ihn schließlich am Hosenbund zu packen und zog ihn ungeachtet seines Widerstandes aus dem Auto. Erst als Gregor keinen Kontakt mehr mit dem Wagen und Maik die Tür geschlossen hatte, ließ er ihn wieder los.

"Wir schlagen uns bis zur Klinik zu Fuß durch", befahl Maik und fügte, als er die entsetzten Blicke der Anderen bemerkte, noch hinzu: "Es ist nicht weit, und wie es aussieht, haben wir keine andere Möglichkeit. Los jetzt!"

"Du erinnerst dich, dass da oben alles von Zombies belagert wird?", rief Felix, der bereits unterwegs zu einem anderen Wagen war. "Hier stehen doch genug Autos rum." Er sprang in einen alten Golf und drehte den Zündschlüssel.
Die Batterie gab nicht mehr viel her, aber immerhin leuchteten noch ein paar der Lämpchen und der Anlasser quälte sich langsam vorwärts, dann hustete der Motor ein paar Mal, erweckte für einen kurzen Moment den Eindruck, als wolle er anspringen, doch dabei blieb es.
Veronika stand die ganze Zeit über angespannt daneben und fixierte Felix. Die Untoten, die sich ihr von mehreren Seiten näherten, schien sie komplett zu ignorieren.

"Komm jetzt, verdammt", rief Maik und war schon ein paar Meter den Zombies entgegengelaufen. Die Arme hatte er nach vorn gestreckt und hielt in jeder Hand eine Pistole. Drei Zombies waren direkt vor ihm und nur noch durch einen auf der Seite liegenden Smart von ihm getrennt.

Er zielte langsam und ging mit dem Lauf so nah an die Untoten, dass es nicht mehr möglich war sie zu verfehlen. Dann drückte er beide Waffen gleichzeitig ab. Auf der rechten Seite stolperte eine alte Frau mit einem grauen Dutt, der sich nun geöffnet und rot gefärbt hatte, rückwärts und brach in einer Lache aus Blut zusammen. Zu seiner Linken riss es einem jungen Mädchen in einem schwarzen T-Shirt mit der Aufschrift „Zicke" den Kopf nach hinten und Teile des Schädels explodierten mit einem Schwall Blut. Maik hatte keine Zeit, sich über den Wahrheitsgehalt der Aufschrift Gedanken zu machen, denn der dritte Untote schickte sich an, über den Smart hinüber zu klettern. Langsam und unbeholfen versuchte er, seinen verstümmelten Leib über das gelbe Blech zu ziehen. Sein Körper war beinahe vollständig verkohlt, und wenn seine Finger versuchten, sich irgendwo an der Karosse festzukrallen, kratzten die Reste seiner Fingernägel - vielleicht waren es auch die blanken Knochen - mit einem hässlichen Geräusch über den Lack, wobei sie braune Spuren hinterließen. Maik schauderte, als ihm das Wesen ins Gesicht starrte. Die vertrockneten Augen lagen zerknittert tief in den Höhlen und trotzdem hatte Maik das Gefühl, als würden sie ihn fixieren. Die Zähne leuchteten ihm aus der verkohlten Masse entgegen und gierig ließ es den Kiefer auf und zu schnellen. Es ließ sich noch nicht einmal sagen, welchen Geschlechts diese Kreatur zu menschlichen Lebzeiten gewesen war, so sehr hatte das Feuer den Körper entstellt. Von Ekel erfüllt, drückte er der Gestalt den Lauf dahin, wo sich einst eine Nase befunden haben muss und erlöste sie von ihrem untoten Dasein. Der verbrannte Schädel zerbarst mit dem Knall in mehrere Teile und der Torso rutschte wieder hinter den Smart.
Andere Untote rückten nach und schlossen die Lücke. Maik war klar, dass sich ihre Chancen hier lebend herauszukommen mit jeder Sekunde, die sie hier stehen blieben, verringerte. Was auch immer sie jetzt tun würden, sie sollten es schnell tun, denn Geschwindigkeit war der größte Vorteil, den sie hatten.

Inzwischen stand Felix neben ihm und hielt das G3 im Anschlag.
Es war für ihn ein seltsames Gefühl nach all den Jahren, die seine Bundeswehrzeit zurücklag, wieder so eine Waffe an der Schulter zu haben, und er bemerkte, wie schwer es ihm doch fiel, den Lauf auch

nur annähernd ruhig zu halten.
Als er auf einen nahe stehenden Zombie schoss, der gerade entdeckt hatte, dass man zwischen den Autos durchgehen konnte, riss es ihn fast von den Füßen, als sich gleich drei Schüsse auf einmal lösten. In der Hektik hatte er den Sicherungshebel auf Dauerfeuer gestellt. Außerdem hatte er den Rückstoß des Gewehrs ganz anders in Erinnerung, weniger intensiv. Ihm schmerzte die Schulter und als er schließlich wieder aufblickte, stellte er zu allem Überfluss auch noch fest, dass er den Zombie nicht einmal getroffen hatte und dieser seinen Weg unbeirrt fortsetzte. Bevor er erneut anlegen konnte, schob sich Maik an ihm vorbei und verpasste dem Zombie, einer typischen Gießener Hausfrau, deren rechter Arm am Ellbogen abgerissen war, was sie aber nicht daran hinderte, mit dem Stumpf nach Felix zu schlagen, mit seiner Pistole einen Kopfschuss. Inmitten der Autos brach sie zusammen, kam zwischen zwei Stoßstangen zum Liegen und erschwerte den nachfolgenden Untoten den Weg.

"Mir nach!", brüllte Maik und sprang zwischen den Zombies hindurch auf die schmale Straße zu, aus der sie ursprünglich mit dem Auto gekommen waren. "Los Hund! Komm!"

"Mein Koffer ...", rief Gregor, der sich, seit Maik ihn aus dem Auto gezerrt hatte, direkt hinter dessen Rücken aufhielt.

"Den holen wir später", gab Maik japsend zurück und rannte weiter durch die Blechkarossen und an den Zombies vorbei. Von allen Seiten griffen Arme nach ihm. Auch Gregor, der sich hinter Maiks Rücken presste und so zwangsläufig von dem Auto und dem Koffer entfernte.

Felix schloss zu den beiden auf. Das Gewehr hatte er wieder auf den Rücken geschnallt und stattdessen seine Pistole gezogen. Veronika drängte sich in seinen Rücken, wie es Gregor bei Maik tat, und von der Seite kam der Hund schwanzwedelnd und mit einem nicht näher identifizierbaren Stück Fleisch im Maul angaloppiert.

Maik rannte weiter vor. Die anderen folgten ihm.

Dann wurde Veronika von den Füßen gerissen.

Ein alter Mann mit offenem Bauch, dem noch ein paar angefressene Reste seiner inneren Organe heraushingen, bekam Veronikas Oberarm zu fassen und ließ sich auf sie fallen. Wie eine mechanische Klaue umschlossen die vermoderten Finger ihren Arm. Veronika

schrie aus voller Kehle und versuchte sich im Sturz noch an Felix festzuhalten, doch dieser wich, halb mit Absicht, halb vor Schreck, nach vorne aus. Der Untote begrub sie unter sich, während sie noch verzweifelt um Hilfe bettelte. Sie schrie noch lauter, als der Zombie den Mund unmittelbar vor ihrem Auge aufriss und die dunklen Zähne präsentierte. Brauner Sabber tropfte aus dem Maul.
Felix stand wie paralysiert daneben und beobachtete die Situation. Wie damals auf der Autobahn kam ihm das Geschehen so unwirklich vor, dass er nicht in der Lage war zu reagieren. Die Hilfeschreie von Veronika nahm er wie durch einen Filter aus dicker Watte war, und was Maik von hinten schrie, verstand er überhaupt nicht. Inzwischen hatte sich ein weiterer Zombie auf Veronika gestürzt. Ein Mann, in die Reste eines schwarzen, festlichen Anzugs gekleidet, der in Streifen an seinem Körper hing. Sein Leib war von unzähligen tiefen Schnitten übersät, die das faulige Fleisch überall aufklaffen ließen. In seinem Rücken steckten noch einige große Glasscherben. Veronika schrie, schlug und zappelte und schaffte es somit zumindest, den Kopf des Alten auf Abstand zu halten. Der andere Untote jedoch bekam ihr Bein zu fassen und schlug seine Zähne in ihr Kniegelenk. Ein grauenvoller Schmerz durchzuckte Veronika und zu ihren Angstschreien gesellten sich nun Schmerzensschreie.
Nur zu deutlich spürte sie, wie sich die Zähne unter ihrer Kniescheibe verklemmten und der Untote mit aller Kraft daran riss. Sie konnte das Bein noch nicht einmal wegziehen, weil der Alte inzwischen auf ihrem Bauch lag und in ihre Hüfte zu beißen versuchte. Und obwohl das Ganze bislang nur wenige Sekunden dauerte, war sie bereits am Ende ihrer Kräfte angelangt. Zu groß waren die Schmerzen, die sich über ihren gesamten Körper ausbreiteten. Für einen Moment sah sie Felix, der wie versteinert neben ihr stand und sie mit leeren Augen ansah, dann warf sich ein dritter Zombie auf sie und nahm ihr die Sicht.

Warum half ihr Felix nicht?

Mit einem Mal wurde sie sehr traurig und hörte auf, sich zu wehren. Sie war bereit, sich ihrem Schicksal zu ergeben, wartete darauf, dass sich weitere Zähne in ihr Fleisch fraßen und hoffte, schnell das Bewusstsein zu verlieren. Sie biss sich auf die Lippe und schloss die Augen.

Die Schüsse nahm sie nicht war. Sie bemerkte auch nicht, wie ihr ein Schwall Blut ins Gesicht klatschte, aber sie spürte, wie die Last von ihrem Körper genommen und sie nach oben gerissen wurde. Das erste, was sie wieder sah, als sie vorsichtig die Augen öffnete, war das bärtige Gesicht von Maik direkt vor ihrem eigenen, der sie besorgt anblickte, während er seinen Arm um ihre Hüfte geschlungen hatte und sie zu sich hoch zog.

"Bleib ruhig. Du bist sicher. Halt dich nur fest", sagte er zu ihr, als sich der Schmerz in ihrem Bein wieder meldete und sie aufschrie.

Maik beugte sich ein wenig herunter und legte ihren Arm um seine Schulter. Er griff noch etwas fester um ihre Hüften. Dann richtete er sich wieder auf, sodass ihre Beine kaum noch den Boden berührten und trug sie weiter. Direkt vor ihnen erkannte sie Felix, der eine Platzwunde an der Unterlippe hatte und sie verstört anblickte. Maik stieß ihn grob zur Seite.

"Verdammtes Arschloch! Das klären wir noch", fauchte Maik ihn an, als sie an ihm vorbeirannten.

Maik hielt sich nicht damit auf, die Zombies zu erschießen, wenn sie nicht unmittelbar vor ihnen standen und rammte die meisten nur mit seiner Masse aus dem Weg, sodass sie zu Boden fielen und erst einmal damit beschäftigt waren, wieder auf die lädierten Beine zu kommen.

"Warum hast du mir nicht geholfen?", weinte Veronika und versuchte Felix am Arm zu fassen, der vorsichtig aufgeschlossen hatte. Doch der entzog sich ihr sofort wieder und wurde ein wenig langsamer, um den Abstand zu vergrößern. Flehend schaute sie ihn durch ihre Tränen an und sah nur Kälte in seinen Augen.

Sie drehte den Kopf wieder nach vorn und sah noch, wie Maik einen untoten Polizisten, der nur noch ein Auge hatte, mit einem Schlag auf dessen Brust über ein ausgebranntes Motorrad katapultierte. Dann tanzten schwarze Punkte vor ihren Augen und sie wurde ohnmächtig.

Maik bemerkte, wie der Körper in seinem Arm plötzlich nachgab und schlaff herunterhing. Er hoffte, dass sie nicht gestorben war, bereitete sich aber schon vor, sie wenn nötig von sich zu stoßen. Im Laufen schüttelte er ihren schlaff gewordenen Arm von seiner Schulter und drehte sie so, dass sie mit dem Rücken an seiner Seite hing. Wenn sie wirklich sterben und zurückkommen sollte, so könnte sie ihn wenigstens nicht gleich beißen. Er griff noch einmal fester und beschleunigte seinen Schritt. Träge wankten die Zombies, die Arme vor sich gestreckt, hinter ihnen her. Einige andere kamen ihnen in der Straße entgegen. Selbst, als Maik durch Gartenanlagen und Hinterhöfe rannte, stießen sie stetig auf weitere Exemplare, die hungrig mit den Zähnen aufeinander schlugen. Sie waren wirklich überall, aber hier waren es weniger als auf der Hauptstraße. Maik wollte nicht auf demselben Weg wieder zurücklaufen, also bog er nach links in den Park, um die Festung inmitten des Klinikgeländes von der anderen Seite zu erreichen. Vielleicht hatten sie dort mehr Glück und fanden einen Eingang, der nicht von diesen Gestalten belagert wurde. Und tatsächlich begegneten sie, je weiter sie kamen, immer weniger Untoten. In diesem Bereich hatten sie bislang noch nicht ihre Witterung aufgenommen, oder waren schon zu den anderen auf die Hauptstraße getaumelt. Maik gönnte sich und den anderen erst einen kurzen Moment des Verschnaufens, als er keinen der Untoten in einem Umkreis von hundert Metern mehr sehen konnte. Vorsichtig legte er Veronika, die glücklicherweise noch atmete, vor sich auf das Gras, beugte sich vornüber und stützte sich mit den Händen auf den Oberschenkeln ab, wobei er heftig schnaufte. Gregor tat es ihm gleich.

Felix stand etwas abseits und riss sich den Verband vom Kopf. Abgesehen davon, dass er sowieso nicht mehr die Stelle bedeckte, die er schützen sollte, begann er darunter unerträglich zu schwitzen. Er warf ihn achtlos ins Gras und der Hund beschnüffelte ihn intensiv.

Der Hund war außer den Zombies der einzige, der sich noch für ihn zu interessieren schien. Die ganze Zeit über spielte er mit dem Gedanken, sich ein Auto zu suchen und allein loszuziehen, und zwar auf direktem Wege nach Hamburg. Realistisch betrachtet hatte er allerdings keine Chance, lebend aus dieser verfluchten Stadt herauszukommen, wenn er allein unterwegs wäre. Mit der Zunge betastete er seine Unterlippe, die stark geschwollen schien. Außerdem wackelte mindestens ein Zahn in seinem Unterkiefer, dort wo ihn Maiks Faust getroffen hatte.

Irgendwie hatte er es wohl verdient und war nicht besonders böse deswegen. Stinksauer war er allerdings, dass sie nun hier festsaßen, nur weil Maik unbedingt noch einen Blick auf dieses beschissene Lager werfen wollte.

"Hinter dem Hügel bei den Bäumen sollten wir den Zaun schon sehen können", sagte Maik noch völlig außer Atem und deutete mit dem ausgestreckten Arm auf eine kleine Baumgruppe, die von Büschen umwachsen war.

Er schaute nach hinten. Sie hatten die meisten wandelnden Leichen offensichtlich abgehängt. Zumindest der Mob, der die Straßen belagerte und ihnen von dort aus gefolgt war, war noch nicht zu sehen.

"Okay. Weiter geht's", sagte Maik noch immer schnaufend und richtete sich auf.

Rennen mussten sie jetzt nicht mehr und gingen deshalb mehr oder weniger gemütlich die letzten hundert Meter bis zu den Bäumen. Zwei Monster erschoss Maik noch auf dem Weg dorthin, aber eine ernsthafte Bedrohung hatten sie nicht dargestellt. Es war nur so, dass er langsam Spaß an der Sache fand.

Als sie die Bäume erreichten, konnten sie tatsächlich einen Blick auf den Zaun werfen und sogar noch etwas ins Innere des abgesperrten Gebiets schauen. Drinnen schien alles zombiefrei und in Ordnung zu sein, außer dass man auch keine lebendigen Menschen sehen konnte. Wenn jemand dort drinnen wäre, hätte er die Schüsse hören müssen.

Maik schaute sich um, aber abgesehen davon, dass sie jetzt eine andere Seite des hoch aufragenden Krankenhauses erblicken konnten, sah es am Zaun entlang genauso aus. Hunderte Leichen hingen daran und versuchten, in das Innere zu gelangen.

Sie hockten in den Büschen und schauten von oben auf die Untoten. Viele hatten ihnen den Kopf zugewandt und einige, die mit dem Rücken zum Zaun standen, wedelten mit den Armen in ihre Richtung.

"Warum kommen die nicht her?", fragte Gregor verwundert. "Die sehen uns doch."

"Keine Ahnung", antwortete Maik stellvertretend für den Rest der Gruppe.

"Wir müssen aber weiter", bemerkte Felix nervös, der es wieder wagte, etwas von sich zu geben. "Sie sind immer noch hinter uns her.

Da hinten kommt wieder ein ganzer Haufen von ihnen."
Maik drehte sich um und schaute an ihm vorbei. Im unteren Teil des Parks konnte er bereits die Horde erkennen, die eindeutig noch auf ihrer Spur war.

"Hoffen wir, dass sie wirklich am Zaun bleiben", sagte Maik und packte sich Veronika, die sich noch immer im Reich der Träume befand. Dann richtete er sich auf. Er deutete auf ein kleines Nebengebäude des Krankenhauses, das weiter hinten in den Zaun eingearbeitet war. "Wenn wir es bis dahin schaffen, können wir vielleicht durch ein Fenster einsteigen."
Langsam setzten sie sich in Bewegung und näherten sich vorsichtig dem Zaun. Die Zombies hatten sich nun fast alle zu ihnen umgedreht und fletschten hungrig die Zähne, aber noch immer kam kein einziger näher. Je dichter sie an die grotesk anmutende Wand aus lebenden Leichen, die den Zaun umgaben, kamen, desto sicherer war es, dass diese Zombies keine direkte Gefahr darstellten, denn sie rührten sich nicht von der Stelle.

"Die sind festgebunden", stellte Felix schließlich fest. "Irgendjemand hat die an den Zaun gebunden."

"Ein paar sind auch festgekettet", sagte Gregor und grinste abfällig zu Felix hinüber.

"Aber was soll das, verdammt? Wer macht denn sowas? Das ist doch total krank." Maik konnte nicht einordnen, was er dort sah.
Unmengen von Seilen und Ketten waren durch den Zaun gezogen und hielten die modernden Körper wie Fliegen an einem klebrigen Fliegenfänger an der Außenseite fest.

~ * ~

Gerade war er aus dem alten Hotel in der Oberstadt gekommen, wo er seinen Feldwebel identifiziert hatte. Jetzt knallte Beckmann die blecherne Tür seines Bürocontainers hinter sich zu, ging um seinen Schreibtisch und ließ sich auf seinen Stuhl fallen. Seine Ellbogen stützte er auf der Tischplatte ab und vergrub sein Gesicht, den Kopf vor Fassungslosigkeit schüttelnd, in den Händen. Mit dem Fuß trat er immer wieder gegen das Tischbein und spürte die Vibration in seinem Schädel. Er war nervös und angespannt, und es wollte ihm nicht gelingen, die finsteren Gedanken aus seinem Kopf zu vertreiben.

Wenzelbach, dachte er immer wieder, war einer der fähigsten Männer gewesen, die ihm zur Verfügung standen, wenn nicht sogar der einzig Fähige. Streng gesehen, war es dieser Feldwebel, der ihn selbst erst zu einem richtigen Soldaten gemacht hatte. Als man ihm diese vielen jungen Menschen anvertraute, damit sie unter seiner Leitung eine ganze Stadt befreiten und sicherten, war er selber erst seit zwei Monaten richtiger Soldat gewesen. Bis dahin hatte er die meiste Zeit auf Kosten der Bundeswehr studiert, und seine Beförderung zum Leutnant wurde nur durch die neuen Notstandsverordnungen gerechtfertigt. Wenzelbach hingegen war ein Soldat gewesen, der sich jede Beförderung und jede seiner vielen Auszeichnungen redlich verdient hatte. Und so hatte er auch schnell begriffen, dass der junge Leutnant noch einiger Weisungen bedurfte, die man nicht auf der Offiziersschule lernte.

Jetzt war er tot. Erschossen von zwei Hippies, die sich zu allem Überfluss auch noch mit Militärmaterial irgendwo verkrochen hatten. Er hoffte, dass sie nicht aus dem gesicherten Gebiet geflüchtet waren. Er wollte sie selber in die Finger bekommen und sehen, wie sie von den lebenden Leichen zerfleischt wurden. In diesem Fall würde er auf die Gesetze und Vorschriften scheißen. Es gab sowieso niemanden mehr, den das interessierte.

Er trat so fest gegen das Tischbein, dass der Schreibtisch ein Stück nach vorne holperte und sein Kopf aus den schwitzigen Händen rutschte. Beinahe wäre er mit der Stirn auf die Platte geknallt und irgendwie wäre es ihm auch egal gewesen.

Hektisch riss er die Schublade auf und wühlte solange darin herum, bis er ein Päckchen Valium zwischen den verschwitzten Fingern hielt. Er drückte gleich drei der Pillen aus dem Streifen und spülte sie mit einem kräftigen Schluck Wasser aus seiner Feldflasche hinunter.

Dann wühlte er in seinen Unterlagen nach den Akten der beiden unfähigen Soldaten, die sie im Keller des Hotels gefunden hatten, und die er heute Abend noch verhören wollte. Außerdem musste er noch ein paar Leute mit der Suche nach den Mördern beauftragen. Er war sich ziemlich sicher, dass sie sich noch hier in der Stadt aufhiel-

ten und er würde sie aufspüren.
Jemand klopfte an die Tür und ließ Beckmann hochschrecken.

"Herein!", sagte er viel zu laut und richtete sich in seinem Drehstuhl auf.
Die Tür schwang auf und die Abendsonne strahlte in den Raum, sodass Beckmann geblendet wurde. Mit zusammengekniffenen Augen erkannte er die Silhouette eines Arztes, den er schon ein paar Mal oben im Krankenhaus gesehen hatte. Er fragte sich, was der von ihm wollte, aber allein die Tatsache, dass es sich nicht, wie er befürchtet hatte, um ein paar verschreckte Männer seiner Truppe handelte, die von ihm wissen wollten, wie es nun weitergehen solle, nahm ihm etwas von seiner Anspannung. Vielleicht kam es auch von dem Beruhigungsmittel, das er eben in einer ordentlichen Dosis eingenommen hatte.

"Alles in Ordnung, Herr Beckmann?", fragte der Arzt und schloss die Tür hinter sich. "Sie sehen blass aus."

"Wenn Sie es in Ordnung finden, dass meine Leute hier einfach so von irgendwelchen Langhaarigen abgeknallt werden ...", antwortete Beckmann verbittert und merkte, wie ihm die Zunge schwer wurde.

"Setzen Sie sich", sagte er und deutete auf einen Stuhl, der an der Wand stand und fügte mit sarkastischem Tonfall noch hinzu: "Welche Hiobsbotschaft wollen Sie mir überbringen?"
Der Arzt - sein Name wollte Beckmann nicht einfallen - rückte sich den Stuhl so zurecht, dass er ihm direkt gegenüber saß und blickte ihn mit ernsten Augen an.

"Es handelt sich wirklich um eine schlechte Nachricht", begann er schließlich und zögerte einen Augenblick, als er in seinem Kopf nach den richtigen Worten fahndete. "Um es kurz zu machen: Der Fahrer, der vorgestern bei uns eingeliefert wurde, ist vor wenigen Minuten verstorben."
Beckmann nickte nur und blickte auf die Tischplatte, denn das Valium tat seine Wirkung und verhinderte einen Wutausbruch.

"Das ist aber noch nicht alles", redete der Arzt weiter, "sonst wäre ich nicht persönlich zu Ihnen gekommen. Es ist etwas sehr Ungewöhnliches geschehen."
Beckmann hob den Blick und schaute den Arzt neugierig an.

"Er ist nicht zurückgekommen", erklärte der Mann im Kittel weiter, und Beckmann beugte sich über den Schreibtisch näher an ihn heran, als ob er ihn nicht richtig hören könnte.

"Ich meine, der Tote ist nicht wieder aufgestanden. Er hat sich nicht in einen Zombie verwandelt, sondern ist einfach nur friedlich entschlafen", sagte der Arzt zur Erklärung.

"Das ist interessant", sagte Beckmann und bemerkte, dass er ein wenig lallte. "Warum erzählen Sie das nicht den Medizinmännern?" Er dachte kurz darüber nach, was er gerade gesagt hatte und fügte noch hinzu: "Entschuldigung Doktor ..."

Die Tabletten machten ihn unglaublich müde und eigentlich wollte er jetzt nur noch schlafen. Nur ein paar Stunden Ruhe, mehr brauchte er nicht.

"Ist wirklich alles in Ordnung?", vergewisserte sich der Arzt, dem das Lallen ebenfalls aufgefallen war.

"Ja, ja", antwortete Beckmann genervt. "Ich bin nur etwas müde."

Es kostete ihn ungeheure Konzentration die Worte zu artikulieren, und er wollte jetzt nur noch allein sein. Niemand musste mitbekommen, wie ihn die volle Wirkung des Medikaments treffen würde.

"Verfassen Sie einen schriftlichen Bericht darüber und schicken sie mir eine Kopie. Alles andere ist Sache der Medi ... der Leute oben im Labor", fügte er noch als militärische Weisung hinzu, wie es von ihm erwartet wurde. "Auf Wiedersehen."

Der Arzt erhob sich wortlos und ging zur Tür. Als er den Knauf in der Hand hielt, drehte er sich noch einmal um und schaute Beckmann vorwurfsvoll an.

"Sie sollten es nicht übertreiben", sagte er und deutete auf die Pappschachtel auf Beckmanns Schreibtisch. "Man wird leicht abhängig von dem Zeug und unsere Vorräte sind begrenzt. Außerdem sollten sie Ihre Entscheidungen bei klarem Verstand fällen. Wiedersehen, Herr Leutnant."

Nicht ohne Wut schmiss er die Tür hinter sich wieder zu, was Beckmann erneut hochschrecken ließ und ihn für einen Moment aus seiner Trance holte. Er nutzte die Gelegenheit, stand auf und verriegelte die Tür von innen. Er schaffte es noch, seinen Wecker auf den angesetzten Verhörtermin zu stellen und fiel auf sein Feldbett.

Sollen sich doch die Medizinmänner drum kümmern, dachte er noch, während er langsam wegdöste.

~ * ~

Gregor stand auf dem Sims des alten Backsteingebäudes und spähte durch das zerborstene Fenster ins Innere.

"Sieht leer aus", rief er den Anderen zu, die unter ihm warteten und die Zombies im Auge behielten, die sich langsam aber zielstrebig von allen Seiten näherten.

"Dann nichts wie rein mit dir", sagte Maik und schob Gregor von unten an, so dass er beinahe von selbst durch den glaslosen Fensterrahmen glitt.

Gregor sah sich um. Er stand in einem Büro, beziehungsweise in dem, was davon übrig war. Tische, Stühle, Schränke - alles war umgekippt und unzählige Papiere waren auf dem Boden verstreut. Aber es gab hier keine Zombies. Er öffnete beide Flügel des Fensters und Maik hielt ihm Veronika entgegen, die zwar nicht mehr bewusstlos war, sich dafür aber weinend an Maik klammerte, sodass dieser große Mühe hatte, sie so weit zum Fenster hochzuheben, dass Gregor sie greifen und reinziehen konnte.

Sie ließ sich neben ihn auf den Boden fallen und schrie auf, als ihr Knie den PVC-Belag berührte. Erschrocken sah Gregor, dass ihr Hosenbein von Blut durchtränkt war.

Als nächstes erschien Maik über dem Fensterbrett und zog sich in die Sicherheit des Hauses.

Draußen bellte der Hund und als Maik wieder aus dem Fenster sah, wedelte er in freudiger Erwartung mit dem Schwanz.

"Kannst du ihn soweit hochheben, dass ich an ihn rankomme?", fragte er Felix, der sich gerade anschickte, selbst den Sims zu besteigen.

"Ich versuch's", antwortete der und stieg wieder hinunter, wo der Hund ihn begrüßte.

Wenn es nach ihm ginge, würde der Hund einfach draußen bleiben. Dort könnte er Zombies jagen und hätte alles, was er brauchte. Aber er schwieg, um einem neuen Streit aus dem Weg zu gehen.

Etwas unbeholfen hievte er den Hund nach oben, wo Maik sich, soweit es ging, aus dem Fenster beugte. Nach einigem Hin und Her schaffte er es schließlich, den Hund im Genick zu packen und hochzuziehen. Mit einem halbherzigen Knurren ließ der Hund die Aktion über sich ergehen und wedelte wieder, als Maik ihn neben Veronika auf den Boden setzte.

Schlussendlich reichte Maik auch Felix die Hand und zog ihn ins Innere.

"Das war knapp", schnaufte Felix, als er schließlich wieder aus dem Fenster blickte und sparte sich weitere Erläuterungen, als er bemerkte, dass ihm niemand zuhörte.

In der Ecke des Zimmers wimmerte Veronika und schrie immer wieder auf, wenn der Stoff ihrer Hose über die Wunde schabte.

Neben der Tür fand Felix einen Verbandskasten und beschloss, dass er Einiges wieder gutmachen konnte. Maik hockte schon neben Veronika und schnitt mit seinem Messer ihr Hosenbein auf.

Der Zombie hatte ganze Arbeit geleistet. Durch den Stoff der Hose hatte er die Kniescheibe herausgerissen und ein großes blutendes Loch hinterlassen.

"Gib mir das Verbandszeug und pass auf die Tür auf", wies Maik Felix an, der bereits mit mehreren Mullbinden, Kompressen und einer Flasche Desinfektionsmittel neben ihm stand. "Nimm den Hund zu dir", fügte er noch streng hinzu, als dieser sich, interessiert schnüffelnd, Veronikas Bein näherte.

Dass Maik ihn plötzlich so kühl und von oben herab behandelte, passte Felix gar nicht, und er hoffte, dass wenigstens Gregor sein Maul halten würde, bevor es noch richtig Ärger gab. Doch der war gerade damit beschäftigt, einen Joint aus seinem Etui zu fingern.

Dieses Mistzeug wird noch mal dein Ende bedeuten, dachte er sich, während er Gregor missbilligend dabei beobachtete, wie er das Ding anzündete.

Veronika schrie laut auf, als Maik das Desinfektionsspray auf die Wunde sprühte und der Hund bellte überrascht.

Das Knie sah wirklich schlimm aus.

Vorsichtig tupfte Maik das Blut um die eigentliche Wunde herum ab, was angesichts des vielen Blutes, das immer wieder aus dem Loch quoll, sinnlos erschien.

"Das Bein muss ab", sagte Felix, der es nicht länger aushielt sich zurückzuhalten.

"Was, verdammt ...?", fragte ihn Maik wütend und erstaunt, als Veronika ängstlich und bitterlich weinend in die Runde blickte.

"Das Bein muss ab", wiederholte Felix kalt. "Wenn sie weiter leben will, dann muss das Bein ab." Und als Maik ihn noch immer erstaunt anblickte, fügte er noch erklärend hinzu: "Ich habe schon genug gesehen, um zu wissen, dass jeder, der von so einem Monster gebissen wird, innerhalb weniger Tage an einer Infektion stirbt."

Veronikas Blick wechselte hektisch zwischen Maik und Felix hin und her. Fast vergaß sie ihre Schmerzen aus Angst davor, ihr Bein zu verlieren. Andererseits wusste sie, dass Felix mit seiner Bemerkung wahrscheinlich recht hatte und sie weinte wieder.

"Hast du eine Ahnung, wie man so etwas macht?", fragte Maik herausfordernd, während er das Loch in Veronikas Knie mit mehreren Kompressen abdeckte und schließlich mit einem dicken Verband fixierte.

Felix schüttelte den Kopf und blickte zu Boden.

Veronika kreischte noch einmal, als Maik die Mullbinde festzog, und wurde erneut ohnmächtig. Kurz darauf war das Blut schon wieder durch den Verband gesickert.

"Dann lassen wir sie eben hier liegen", sagte Felix und fügte zur Bekräftigung, dass keine böse Absicht hinter seinem Vorschlag steckte, hinzu: "Hier ist sie erst einmal sicher, und wenn in diesem Lager wirklich noch jemand lebt, finden wir vielleicht einen Arzt für sie."

Maik überlegte kurz und musste einsehen, dass dies eine durchaus vernünftige Idee war, auch wenn er genau wusste, dass Felix nur darauf wartete, dass sie endlich abkratzen würde.

Also nickte er nur kurz, legte Veronikas Kopf, den er bislang mit seinem Arm gestützt hatte, behutsam auf den Boden und drehte sie auf die Seite, damit sie nicht ersticken konnte. Dann richtete er sich auf und griff seine Maschinenpistole.

"Bleib du bei ihr, Kumpel", sagte er zu Gregor und reichte ihm nach einem kurzen Moment des Zögerns eine Pistole und zwei Ersatzmagazine. "Bau bloß keine Scheiße damit. Am besten nimmst du sie gar nicht in die Hand, wenn du sie nicht unbedingt brauchst." Er nahm ihm die Pistole wieder ab und legte sie stattdessen auf die Fensterbank. "Den Hund lassen wir auch hier. Er ist ein verdammt

guter Zombiekiller und wird euch beschützen."
Gregor bedachte den Hund, der die Ohren aufgestellt hatte, mit einem misstrauischen Blick und knurrte ihn seinerseits an.

"Wir sind bald wieder da. Pass auf Veronika auf. So verrückt sie auch ist, sie hat einen besseren Charakter als manch anderer hier", sagte er noch und drehte sich beim letzten Satz zu Felix um.

Mit gezogener Waffe öffnete Maik die Tür und kurz darauf war er mit Felix in der Dunkelheit des Flurs verschwunden. Gregor schloss die Tür sofort hinter ihnen, auch weil der Hund gerne mit wollte. Dann setzte er sich unter das Fensterbrett neben Veronika, die leise stöhnte und rauchte seinen Joint zu Ende. Immerhin ließ ihn das die kratzenden Geräusche der Zombies verdrängen, die stetig versuchten, die Wand zu erklimmen und mit ihren Fingern über die Backsteine schabten. Der Hund setzte sich derweil vor die Tür und lauschte aufmerksam den Geräuschen, die aus dem Flur an seine sensiblen Ohren drangen. Davon hörte Gregor nichts, denn Veronika war mittlerweile wieder erwacht und weinte leise.
Zögernd schaute er zu ihr. Sie musste wirklich große Schmerzen haben. Zwar hatte Gregor bewusst in eine andere Richtung geschaut, als Maik die Wunde verarztete, aber der durch und durch mit Blut getränkte Verband war erschreckend genug.
Was sollte er machen, wenn sie plötzlich sterben würde? Und was wäre, wenn Maik nicht mehr zurück käme? Was, wenn die Tür plötzlich von Zombies geöffnet wurde und sie in das Zimmer strömten?
Er war viel zu nervös und ängstlich, als dass ihm der eine Joint zur Entspannung gereicht hätte. Er fischte das Etui erneut aus seiner Brusttasche. Enttäuscht musste er feststellen, dass nur noch vier der Grastüten übrig waren und er wunderte sich ein wenig, wann er denn die anderen alle geraucht hatte. Dann dachte er an seinen Koffer, der dort unten in einem verlassenen Auto und umringt von Zombies stand.
Wie hatte Maik das gemeint? Den holen wir später, hat er gesagt. Aber wann war später?
Er zuckte mit den Schultern und steckte sich einen neuen Joint in den Mund. Gerade ließ er das Etui wieder zuschnappen, da meldete sich Veronika mit leiser Stimme neben ihm.

"Bitte mach was. Ich habe solche Schmerzen", wehklagte sie und gab spitze Schreie von sich, wenn sie versehentlich das Bein bewegte.
Gregor sah zu ihr herunter. Im Moment tat sie ihm einfach nur leid und die Tatsache, dass sie unbewusst dafür gesorgt hatte, dass Maik endlich bemerkte, was Felix für ein Arschloch war, machte sie ihm auf eine ganz besondere Art wieder sympathisch.
Hoffnungslos überfordert schaute er zu ihr hinunter.

"Was kann ich tun?", fragte er angestrengt nachdenkend. "Wir haben wohl keine andere Wahl, als auf Maik zu warten. Er bringt bestimmt Hilfe mit."
Veronika fing wieder an zu weinen und zog zwischendurch den Rotz durch die Nase. Verzweifelt erhob sich Gregor und sah sich suchend in dem kleinen Zimmer um. Er schaute in den Verbandskasten an der Wand, öffnete die Schubladen des umgestürzten Schreibtisches und drehte den kleinen Schrank um, sodass er einen Blick hineinwerfen konnte. Er wusste nicht so recht, was er eigentlich suchte, aber war sich sicher, dass er es wissen würde, wenn er es gefunden hätte. Der Hund half ihm dabei, indem er alles, was er angefasst hatte, noch einmal inspizierte.
Er fand nichts und setzte sich wieder neben Veronika, die weiterhin vor sich hin schluchzte.
Während der Suche hatte er die ganze Zeit über den Joint im Mundwinkel gehabt und ganz vergessen ihn anzuzünden. Jetzt bemerkte er ihn wieder und hielt ihn zwischen den Fingern. Um sein Kurzzeitgedächtnis auszuschalten hatte der erste Joint wohl gereicht. Wenn er seine Angst doch genauso schnell vergessen könnte, aber die saß viel tiefer. Er schaute wieder zu Veronika, überlegte kurz und tat etwas, was er nie für möglich gehalten hätte.

"Willst du vielleicht mitrauchen?", fragte er sie und war immer noch erstaunt über sich selbst.
Auch Veronika sah ihn trotz ihrer Schmerzen verwundert an.

~ * ~

Drei weißbekittelte Männer standen im Leichenkeller des Labors um einen Seziertisch.

"Er ist nicht zurückgekommen?", fragte Dr. Nachtigall ungläubig, während er den Leichnam betrachtete.

"Wie ich sagte. Vor genau ..." Dr. Kleineke, der Arzt aus dem Krankenhaus, der den Leichnam ins Labor gebracht hatte, schaute auf die Uhr. "... vor genau sechsundneunzig Minuten habe ich persönlich den Tod bescheinigt."

"Gab es irgendwelche Besonderheiten? Irgendetwas, was sein Sterben vom Sterben der Anderen unterschied?", fragte Dr. Woitek von der Seite und mischte sich so in das Gespräch ein.

"Nein, außer dass es an ein Wunder grenzt, dass er solange überlebt hat. Sie hätten ihn mal sehen sollen, wie er aussah, als er bei uns eingeliefert wurde."

Woitek betrachtete die vielen frisch vernähten Wunden und konnte es sich vorstellen.

"Eins vielleicht noch", sagte Kleineke. "Der Mann hier ist ... ähm ... war der letzte Kurier aus Gießen."

Jetzt wurde Nachtigall wieder wach, und unweigerlich musste er an die toten Babys denken, die mit diesem Transport gekommen waren und nun im Kühlraum zwei Räume weiter untergebracht waren.

Die letzten Stunden hatten er und Dr. Woitek damit verbracht dem zweiten Soldat beim Sterben zuzuschauen, um ihn anschließend aufzuschneiden, was aber auch in diesem Fall zu keinem Ergebnis geführt hatte, da der Mann, noch bevor er den Schädel komplett geöffnet hatte, wieder anfing sich zu bewegen. Nachtigall hielt diese Untersuchungen an Sterbenden nach wie vor für sinnvoll und erhoffte sich einen Durchbruch in der Zombieforschung, allerdings fehlte ihm noch ein richtiger Ansatz. Er wusste einfach nicht, wonach er suchen sollte.

Vielleicht haben sie in Gießen doch etwas entdeckt, dachte er. Irgendetwas, das sie uns nur nicht mehr mitteilen konnten.

Woitek und Nachtigall sahen sich an.

"Wir fangen sofort mit der Obduktion an", sagte Nachtigall schließlich und beerdigte sein eigentliches Vorhaben, nämlich endlich wieder einmal durchzuschlafen.

Woitek nickte müde, aber auch in seinen Augen zeichnete sich die Neugierde ab, was dieser Leichnam für ein Geheimnis in sich trug.

"Ähm ... wenn Sie mich dann nicht mehr brauchen ...", begann Kleineke und brachte mit seiner Stimmlage zum Ausdruck, dass er sich nicht länger als unbedingt notwendig in dem Keller aufhalten wollte.

"Gehen Sie nur", erlöste Nachtigall ihn. "Kümmern Sie sich lieber um die Lebenden."

Kleineke lächelte erleichtert.

"Bringst du ihn hoch, Pavel?", wandte er sich an seinen Kollegen. "Ich fange in der Zeit schon mal mit dem Aufschneiden an."

"Mach ich doch gerne", antwortete Woitek und ging mit dem Arzt zum Fahrstuhl.

"Nochmal danke, Dr. Kleineke. Es könnte gut sein, dass wir bald einen Impfstoff gefunden haben", rief Nachtigall ihm noch hinterher und legte sich seine Instrumente bereit.

Er war ausgesprochen optimistisch, was den Toten anging. Entweder man hatte wirklich etwas in Gießen entwickelt, oder dieser Mann besaß eine natürliche Resistenz gegen das, was auch immer sich mit dem Tod im Körper entwickelte. Aber was es auch war, sie würden bestimmt eine Besonderheit an oder in ihm finden, die wenigstens einen neuen Ansatzpunkt für ihre Forschung offenbaren würde.

Als Woitek wieder zurück in das Labor kam, hatte Nachtigall bereits den Schädel geöffnet.

"Kaum dreht man dir den Rücken zu, da hast du schon wieder jemandem den Kopf aufgesägt", lachte Woitek und war offenkundig guter Dinge, denn allein der Anblick einer frischen Leiche, die tot blieb, war schon etwas Sensationelles.

"Du weißt doch, dass ich nicht widerstehen kann", scherzte er zurück und setzte noch hinzu: "Schlaf also niemals in meiner Gegenwart ein, wenn dir dein Hirn lieb ist."

Woitek tänzelte um den Tisch herum und untersuchte intensiv die Wunden des toten Kuriers, die über den gesamten Körper verteilt waren. Die meisten waren wohl Schussverletzungen oder Schnittwunden. Einen Biss konnte er nicht finden. Dafür stellte er etwas am Hals des Toten fest, was sein Interesse erregte.

"Maurice, schau mal hier", sagte er und deutete mit dem Finger auf

eine blaue Stelle an der Halsschlagader.
Nachtigall beugte sich interessiert zu der Stelle hinunter.

"Das ist ein Hämatom", bemerkte Nachtigall. "Ein Hämatom, möglicherweise von einer Injektion." Er beugte sich noch etwas weiter nach unten, sodass seine Nasenspitze fast das Ohr des Leichnams berührte. "Hier ist das Loch."

Woitek blätterte in der Krankenakte, die ihm Kleineke gegeben hatte.

"Hier ist nirgendwo ein Eintrag über eine Injektion in diesem Bereich", stellte er fest und klappte die Akte wieder zu.

"Dann lass uns schnell ein paar Proben nehmen." Nachtigall fühlte sich wie ein Detektiv, der gerade eine heiße Spur gefunden hatte. "Außerdem will ich eine komplette chemisch-toxikologische Untersuchung unseres Freundes hier."

Woitek zog sich ein paar Gummihandschuhe über, griff sich ein Skalpell und setzte zum Schnitt an. Es war die zweite Leiche, der er innerhalb der letzten zwölf Stunden einen Y-Schnitt verpasste. Die Öffnung des ersten Verstorbenen hatte glücklicherweise Dr. Berndt durchgeführt, denn im Gegensatz zu Nachtigall, der es immer wieder faszinierend fand, in diesen komplexen Apparat, den wir Körper nennen, hineinzuschauen, saß Woitek lieber hinter seinem Mikroskop und beschränkte sein Interesse auf die Präparate, die Nachtigall ihm lieferte.

"Ich weiß schon, warum ich mich nie für ein Medizinstudium habe begeistern lassen", bemerkte er naserümpfend, während er Proben des Gallenblaseninhaltes nahm.

"Und jetzt hast du es umsonst als Schnellkurs bekommen", stichelte Nachtigall. "Aber du stellst dich ganz geschickt an. Vielleicht sollte ich dich das in Zukunft immer machen lassen."

"Sei vorsichtig, sonst nehme ich dich aus", erwiderte Woitek schlagfertig und legte die Leber des Toten in eine Aluminiumschale.

Dann entnahm er eine Niere, spülte sie ab und legte sie in eine andere Schale.

Gerade wollte er sich an die Zweite machen, da öffnete der Tote seine Augen.

Nachtigall, der sich gerade anschickte, das Gehirn zu entfernen, bekam einen dumpfen Schlag am Kinn zu spüren, als der Leichnam den Kopf hob. Für einen Moment sah er Sterne und taumelte zurück.

Auch Woitek sprang weg vom Tisch, als die Hand des Toten sich an seinem Kittel festkrallte und versuchte, ihn zu sich zu ziehen.
Der Soldat richtete den Oberkörper auf und die Klammern, die seine Bauch- und Brusthöhle offenhielten, klapperten. Einige fielen von ihm ab und landeten scheppernd auf dem Edelstahl des Seziertisches. Der Zombie hatte die Zähne gefletscht und schnappte nach dem Mikrobiologen.
Durch eine gestolperte Drehung schaffte es Woitek, den Kittel abzustreifen. Mit dem Stoff in der Hand ließ sich der Untote vom Tisch fallen und landete mit einem klatschenden Geräusch auf dem Boden, wo sich sofort eine große Lache Blut unter ihm ausbreitete. Die Organe, die Woitek noch nicht entnommen hatte, baumelten zum Teil aus dem Torso, als er sich langsam wie in Zeitlupe bemühte, wieder auf die Beine zu kommen. Dabei schlug er immer wieder mit den Zähnen aufeinander.
Nachtigall lehnte noch an der Wand und rieb sich das Kinn. Viel hatte nicht gefehlt und der Zombie hätte ihn ausgeknockt. Jetzt sah er, wie sein Kollege durch den Raum stolperte, während sich der Untote mit dem blutgetränkten Kittel in der Hand hinter dem Tisch aufrichtete und die Arme nach Pavel, der starr vor Schreck in der Ecke neben der Tür stand, ausstreckte und mit Klauenhänden nach ihm schlug.
Geistesgegenwärtig griff Nachtigall nach dem nächstbesten Gegenstand, was in diesem Fall ein Bunsenbrenner war, und stürmte auf den Zombie zu. Ohne weiter darüber nachzudenken, rammte er den oberen Teil des Brenners mit aller Kraft in das Gehirn. Es gab ein schmatzendes Geräusch, als das Metall in der Masse verschwand und Blut nach allen Seiten spritzte. Er hielt seine provisorische Waffe noch fest, als der Zombie vor ihm zusammensackte. Dann ließ er den Bunsenbrenner neben die Leiche fallen und schüttelte sich das Blut und die kleinen Stückchen des Gehirns, die noch an seiner Hand klebten, ab. Er schaute sich in seinem Labor um Bis an die Decke war das Blut gespritzt, und von den Wänden kroch es in dünnen roten Streifen dem Fußboden entgegen.
Von gegenüber, am anderen Ende des Raums, schaute Woitek fassungslos auf den Kadaver. Auch er war über und über mit Blut besudelt.

"Was war das denn jetzt?", brachte Woitek schließlich heraus und tastete seinen Oberkörper nach etwaigen Verletzungen ab.

"Bist du in Ordnung?", fragte Nachtigall zurück, der auf die Frage seines Kollegen keine Antwort wusste.

Vorsichtig näherten sie sich von beiden Seiten dem Körper. Er lag auf der Seite und die Lunge hing schlaff wie eine mit Blut gefüllte Plastiktüte aus dem Brustkorb.

"Was war das?", wiederholte Woitek fassungslos seine Frage, als er unmittelbar neben dem Toten stand.

"Ich weiß es nicht", antwortete Nachtigall ehrlich. "Aber was auch passiert ist, wir sollten zusehen, dass wir mit den Untersuchungen beginnen."

"Ich brauche erst eine oder mehr Zigaretten", sagte Woitek, dem der Schock noch in allen Gliedern saß. Dann lachte er scheinbar grundlos schallend auf. Er lachte so lange, bis auch Nachtigall nicht mehr anders konnte und mit einstimmte.

Das hätte auch ziemlich schief gehen können, dachte er und lachte weiter.

Nach kurzer Zeit erlangte das Entsetzen die Oberhand und wie auf Befehl verstummten die beiden Wissenschaftler.

Wortlos packten sie die Leiche und hievten sie wieder auf den Tisch. Woitek sammelte noch die bereits entnommen Organe auf, die über den Boden verteilt waren, spülte sie nochmals gründlich unter dem Wasserhahn ab und legte sie in eine Kühlbox. Sonst veränderten sie nichts an dem Chaos und verließen erst einmal das Labor.

Die nächste halbe Stunde saßen sie in der Küche und sprachen kein Wort, dachten aber beide angestrengt darüber nach, wie knapp das gerade gewesen war.

Woitek schaltete den Kassettenrekorder auf Wiedergabe, so dass klassische Musik den Raum erfüllte und Nachtigall rauchte in dieser Zeit drei von Woiteks Zigaretten.

Beide schienen darauf zu warten, dass jeweils der andere mit dem Reden anfing.

"Zum Glück war unsere Heidi nicht da", brach schließlich Nachtigall das Schweigen.

"Ja. Die Arme hat heute schon genug mit ansehen müssen", bestä-

tigte Woitek und war der Meinung, dass er für heute auch genug hatte. "Ich kann nicht mehr, Maurice", brachte er schließlich mit viel Überwindung heraus. "Lass uns für heute Schluss machen. Der läuft uns nicht mehr weg."
Beim letzten Satz stutzte er selbst etwas, als ihm bewusst wurde, dass er heute schon einmal fälschlicherweise davon ausgegangen war.

"Du hast recht, Pavel. Ich bin auch zu müde, um mich noch konzentrieren zu können", erwiderte Nachtigall und rieb sich sein noch immer pochendes Kinn. "Aber lass uns drüben noch ein bisschen Ordnung machen." Mit dem Daumen deutete er über seine Schulter in Richtung des Labors.
Die anfängliche Euphorie über die Sensation, einen Menschen gefunden zu haben, der vermeintlich immun gegen diese Veränderung war, hatte sich verflüchtigt. Einzig die Tatsache, dass der Mann mehr als zwei Stunden benötigt hatte, um wieder zurückzukommen, machte ihn noch zu etwas Außergewöhnlichem.
Die Wissenschaftler erhoben sich und gingen unmotiviert zum Labor. Vorsichtig spähte Nachtigall erst einmal durch das kleine Sichtfenster in der Tür und war erleichtert, als er den Toten, so wie sie ihn auf den Tisch gelegt hatten, immer noch regungslos dort liegen sah.
Oberflächlich beseitigten sie das viele Blut, zumindest soweit, dass Heidrun Patzinger nicht gleich einen Schock bekommen würde, wenn sie am nächsten Morgen als erste hier im Keller ankommen würde. Richtig sauber war der Boden hier sowieso schon lange nicht mehr, und steril waren diese Räumlichkeiten seit dem Tag der Apokalypse ebenfalls nicht mehr gewesen.
Sie waren froh, als sie das Gebäude endlich verlassen konnten und gingen zusammen die Straße hinunter. An der ersten Kreuzung trennten sich ihre Wege. Beim Abschied kamen sie überein, diesmal wirklich auszuschlafen und die Untersuchungen, die ihnen noch bevorstanden, ruhig anzugehen. Per Handschlag schlossen sie einen Vertrag, der denjenigen, der es wagen würde, vor zehn Uhr früh wieder im Labor zu sein, dazu verpflichtete, den Boden im Obduktionsraum zu putzen.

~ * ~

Die Halle war erfüllt von lautem, donnerndem Lärm, als die Fahrer die Motoren anließen. Ängstlich drängten sich die Menschen in den ohnehin schon überfüllten Bussen noch dichter zusammen. Die meisten hatten ihre Blicke in den Innenraum gewandt, aus Angst durch Zufall in die Augen eines der Männer blicken zu müssen, die die Lotterie gewonnen hatten und jetzt dort draußen standen, bereit, die Tore zu öffnen.

Im ersten Bus saß der Prediger. Wie ein Reiseleiter hockte er auf dem Notsitz neben dem Fahrer und lächelte den Menschen im hinteren Teil optimistisch zu, während die Männer an den Toren ihm hasserfüllte Blicke zuwarfen. Dann griff er über den Fahrer hinweg und drückte dreimal hintereinander auf die Hupe, das Zeichen für die dort draußen, die Tore zu öffnen.

Christel, die in einem der hinteren Busse saß, kroch ein Schauer über den Rücken, als der plärrende Klang der Hupe von den Betonwänden zurückgeworfen wurde. Durch Tränen in den Augen blickte sie zu den Männern, die zögernd die Riegel der großen Tore nach oben zogen. Gestern noch hatte sie sich angeregt mit ihnen unterhalten, und sie schienen zu den wenigen zu gehören, die sich nicht weiter wie die Lemminge von dem Prediger in den Tod führen lassen wollten.

Das Gros der Menschen hier bestand aus verängstigten Schafen, die blind ihrem Führer folgten, und sie war froh gewesen, dass sie nicht die Einzige war, die große Zweifel an der Redlichkeit ihres Anführers hatte. Dass eben diese neuen Freunde jetzt dort draußen standen und auf den Tod warteten, machte ihr wieder auf erschreckende Art und Weise bewusst, dass sie richtig lag. Die Lotterie war schon immer eine abgekartete Sache, mit der sich der Prediger unliebsamer, oder sollte sie sagen denkender Menschen, entledigte.

"Sie sollten sich das nicht antun", vernahm sie die Stimme einer Frau in den Vierzigern, die mitleidig zu ihr hinüberblickte.

Christel wusste nicht, wovon die Frau sprach, aber ein Kloß in ihrem Hals verhinderte, dass sie sie fragen konnte. Stattdessen starrte sie die Frau verwundert an und gluckste dabei wie ein Fisch auf dem Trockenen.

"Sie sollten nicht nach draußen schauen", erklärte die Frau mit ruhiger Stimme. "Belasten Sie sich nicht unnötig."

Gerade wollte Christel ihr erklären, dass sie vor gar nicht allzu langer Zeit mit ansehen musste, wie ihre kleine Tochter von diesen Kreaturen in mindestens drei Teile zerrissen wurde und es wohl nichts mehr gäbe, was sie schlimmer belasten würde, da ergriff die Frau erneut das Wort.

"Ich habe gesehen, dass Sie mit ein paar von den Männern befreundet waren. Es tut mir sehr leid. Aber seien Sie stolz auf sie. Sie opfern ihr Leben für uns alle. Seien Sie sicher, dass sie voller Glanz und Gloria ins Paradies einziehen werden."

Draußen schepperte Metall.

Christel erwiderte nichts und schaute wieder aus dem Fenster.

Die Tore wurden aufschoben und augenblicklich schob sich eine Flut aus hungrigen Zombies in durch die Öffnung.

Jürgen und Wolfgang standen am rechten Flügel des ersten Tores, direkt neben dem Bus des Predigers, und Jürgen konnte deutlich das verächtliche Grinsen in seinem Gesicht erkennen, als er mehrfach auf die Hupe drückte. In ihren Gesichtern spiegelte sich das Wissen um ihren sicheren Tod und ein kleines bisschen Hoffnung, diesem doch noch zu entkommen. Sie hatten keinen gemeinsamen Plan. Jeder versuchte das, was ihm am vernünftigsten erschien. Doch kaum hatten sie die Riegel der Tore gelöst, drängten auch schon die lebenden Leichen durch den ersten Spalt und die Männer hatten Schwierigkeiten, die Tore ganz aufzuziehen, ohne vorher gefressen zu werden.

Augenblicklich gaben die Busse Gas.

Als erstes erwischte es Wolfgang, der ursprünglich den Entschluss gefasst hatte, sich durch die Zombies nach draußen durchzuboxen. Kaum tauchte die erste Fratze vor ihm auf, verpasste er dem Untoten auch schon einen Faustschlag mitten auf die Nase. Er spürte, wie seine Faust ein Stück weit in dem weichen modrigen Fleisch versank und sah, wie der Kopf des Zombies nach hinten gerissen wurde. Wahrscheinlich wäre er sogar umgefallen, wären da nicht die Massen der anderen, die von hinten weiterschoben. Bevor er zu einem weiteren Schlag ausholen konnte, bekam einer seinen Arm zu fassen. Kalte Finger, die nichts, was sie einmal festhielten, wieder losließen, umklammerten seinen rechten Unterarm. Wolfgang versuchte noch, den Untoten abzuschütteln, als ein reißender Schmerz in seinem anderen Arm ihn aufschreien ließ. Ein Zombie hatte sich bereits in seinen Oberarm verbissen und zerrte mit den Zähnen an seinem Bizeps. Ein weiterer biss ihm in die Hand und riss den Daumen von selbiger. Noch bevor er den Schmerz realisierte, riss ihm ein Dritter ein handtellergroßes Stück Fleisch aus der Schulter. Dann gaben seine Beine nach und er versank zwischen den lebenden Leichen auf dem Boden. Als letztes sah er eine Frau in Schwesterntracht, die ihn aus dunklen Augenhöhlen heraus anstarrte, bevor sie ihm in die Wange biss.

Jürgen war derweil in die Halle zurückgerannt und versuchte verzweifelt, auf den letzten der Busse zu klettern. Irgendwie wollte er es auf das Dach schaffen und so mit in die Freiheit fahren. Gerade fanden seine Finger Halt am Dichtungsgummi der Scheibe, da erreichte ihn der Strom der Untoten.

Einer hieb seine Zähne zwischen seine Beine. Zwar verhinderte der dicke Stoff der Jeans, dass der Zombie direkt an sein Ziel gelangte, aber er biss so fest zu, dass der Hoden in einem unerträglichen Schmerz zerquetscht wurde. Blitzschnell färbte sich die Hose im Schritt rot und Jürgen rutschte nach unten, wo er sofort von den Untoten unter sich begraben wurde. Sein letzter Blick in diese Welt zeigte ihm die braunen Zähne eines alten Mannes mit Glatze, der sich mit klappendem Kiefer seiner Nase näherte. Bevor dieser jedoch zubeißen konnte, gab der Stoff seiner Hose nach und ein neuerlicher, noch mächtigerer Schmerz ließ ihn das Bewusstsein verlieren, als ein Untoter ihm die Genitalien vom Körper riss.

Christel beobachtete die Szenerie mit Entsetzen. Sie sah den Mann, den sie als Jürgen kennengelernt hatte, wie er verzweifelt versuchte, irgendwo an dem Bus Halt zu finden. Er sprang hoch und kurz kratzten seine Fingernägel über das Glas des Fensters, dann wurde er von der verwesenden Masse nach unten gezogen und verschwand unter den wandelnden Kadavern, die sich auf ihn fallen ließen und die Lücke sofort wieder schlossen.

Sie passierten die Tore und der Bus beschleunigte weiter. Es holperte, als er sich über die Leichen walzte.
Drei andere Männer retteten sich in den hinteren Teil der Halle und kletterten auf einen der Container, wo sie bald von einer Traube Zombies umringt waren.
Volker, ein kleiner untersetzter Mann Mitte Vierzig, wie man sich einen Angestellten einer Dorfsparkasse vorstellt, rannte ziellos vor Panik zwischen den Bussen hindurch, bis er schließlich vom letzten Bus, in dem auch Christel saß, erfasst wurde und sein Brustkorb unter dem Vorderrad zerquetscht wurde.

Viele Zombies versuchten, sich ebenfalls am Bus festzuhalten und einige schafften es sogar für einen kurzen Moment. Die meisten der Untoten drangen aber noch immer in die Halle, den Männern hinterher, die verzweifelt versuchten, auf die Container zu flüchten. Christel konnte nicht mehr sehen, ob es welche schafften, aber selbst wenn, war es nur eine Frage der Zeit, bis sie dort vor Hunger und Durst sterben würden.
Eine Träne der Wut lief ihr über die Wange, und als sie die Hand der Frau an ihrer Schulter spürte, hätte sie ihr am liebsten einfach nur ins Gesicht geschlagen
Menschen wie du sind dafür verantwortlich, dass dieser Prediger uns wie Gefangene behandeln kann, dachte sie voller Groll, als sie den Kopf wandte. Sie sagte aber nichts, sondern betrachtete die Frau durch den Schleier ihrer Tränen und empfand aufgrund dieser unendlichen Naivität, die diese an den Tag legte, beinahe Mitleid mit ihr. Aber in der Stimmung für Diskussionen war sie im Moment wirklich nicht. Außerdem hatte sie beschlossen, sich mit ihren Bemerkungen in Zukunft zurückzuhalten. Zwar war ihr als Frau keine Nummer in der Lotterie zugeteilt, aber wer wusste schon, mit welchen heuchlerischen Bibelphrasen es der Prediger rechtfertigen würde, dass auch Frauen geopfert werden müssten, wenn sie ihm lästig wurde.
Dass sie ausgerechnet in diesen Bus einsteigen musste, war sicherlich auch kein Zufall. Hier fanden sich ausschließlich die treuen Schafe des Predigers, die sich weigerten selbst zu denken und alles stupid nachplapperten, was er ihnen vorbetete. Und immer waren sie bemüht, denkende Menschen wie Christel zu bekehren. Jetzt mit

frommen Sprüchen belästigt werden, würde ihre Wut nur noch steigern. Also zog sie behutsam die Hand der Frau von ihrer Schulter und lehnte ihren Kopf an das Fenster.

"Es ist schon in Ordnung. Mir geht es gut", sagte sie und schluckte. "Aber im Moment brauche ich einfach ein wenig Ruhe."

Dann drehte sie den Kopf weg. Sie brauchte wirklich Ruhe.

"Ich hab es ja nur gut gemeint", patzte die Frau offensichtlich beleidigt zurück und drehte sich zu einer anderen jungen Frau um, die im Mittelgang stand und leidenschaftlich betete.

Arme Irre, dachte Christel, du müsstest einfach nur begreifen, was hier auf unserer Welt passiert, und du wüsstest, dass es keinen Gott gibt, und falls doch, dann ist er ein Riesenarschloch. Wie auch immer, Beten ist der falsche Weg.

~ * ~

In jedem Zimmer im Erdgeschoss des kleinen Gebäudes bot sich Maik und Felix dasselbe Bild. Die Räume waren verwüstet und schon seit längerem nicht mehr betreten worden, wie eine dicke Staubschicht belegte. Allerdings sahen die Zimmer im Gegensatz zu den meisten Gebäuden, die sie seit der Apokalypse betreten hatten, nicht so aus, als hätten hier Untote gewütet - es gab keinerlei Spuren von Blut oder gar den Überresten menschlicher Körper. Vielmehr konnte man annehmen, eine Horde Hooligans hätte sich hier ausgetobt. Schränke und Tische waren fast ausnahmslos umgestürzt und als provisorische Barrikaden vor den meisten Fenstern aufgetürmt. Papiere und Formulare lagen zwischen Computermonitoren und Tastaturen kreuz und quer über den Boden verteilt.

Auch die Fenster die zum Lager führten waren mit dicken Brettern vernagelt, die so dicht aneinandergereiht waren, dass es unmöglich war, einen Blick nach draußen zu werfen. Der Flur wurde in ein unheimliches Dämmerlicht getaucht. Vor der gläsernen Eingangstür stand ein kleiner Bus so dicht davor, dass sich die Tür nur wenige Zentimeter bewegen ließ.

Es roch muffig, und der allgegenwärtige Gestank des Todes vermischte sich hier mit dem Geruch staubiger Akten.
Jetzt standen sie am Fuß der steinernen Stufen in die obere Etage. Die Treppe war notdürftig mit einigen Schreibtischen, die wohl aus den oberen Zimmern stammten, verstopft. Scheinbar hatte sie jemand einfach die Treppe hinuntergeschmissen.
Bislang hatten sie nur das Nötigste miteinander gesprochen, denn Maik war noch immer ziemlich sauer und hetzte geradezu durch das Gebäude. Nun musste er langsamer machen und vorsichtig über das verkantete Mobiliar klettern. Felix ergriff die Gelegenheit beim Schopf und brach das Schweigen.

"Hey Maik, lass uns endlich mal vernünftig reden." Felix ertrug es nicht mehr, wie Luft behandelt zu werden, und selbst auf die Gefahr hin, dass es eine neue Auseinandersetzung mit Maik geben könnte, war ihm das lieber, als ständig ignoriert zu werden.

"Was willst du reden?", fragte Maik barsch zurück, ohne sich zu Felix umzudrehen. Stattdessen behielt er weiter die Treppe im Auge.

"Ich wollte mich nur noch einmal entschuldigen. Ich weiß ja, dass ich mich ziemlich mies verhalten habe ...", begann er, "... aber ich war wie gelähmt ... und außerdem wollte ich ohnehin nicht hierher."

"Und das ist für dich ein Grund einfach zuzusehen, wenn einer von uns gefressen wird?", fragte Maik zornig zurück und wurde tatsächlich wieder wütender, als er daran zurückdachte. "Verdammter Dummschwätzer, verdammtes Arschloch. Ich habe dir schließlich die Wahl gelassen, ob wir Veronika mitnehmen, und du hast 'Ja' gesagt. Und wenn du ehrlich zu dir selbst bist, dann musst du dir eingestehen, dass sie sich an alle verdammten Abmachungen gehalten hat und außer irgendwelchen idiotischen Racheplänen in deinem Kopf keinerlei Anlass bestand, ihr nicht zu helfen."
Felix wollte etwas sagen, doch Maik ließ ihn in seiner Rage nicht zu Wort kommen und schimpfte weiter.

"Und hör auf mit dem verdammten Scheiß, dass du nicht hierher wolltest. Vielleicht will ich gar nicht nach Hamburg. Hast du darüber schon mal nachgedacht? Für mich war es in erster Linie wichtig, aus Marburg rauszukommen."

"Ich wollte ja nur sagen, dass es mir leid tut", sagte Felix kleinlaut, aber Maik ignorierte ihn und lauschte nach oben.

"Lass uns das besprechen, wenn wir wissen, dass wir hier drin sicher sind und Veronika verarztet haben. Vor allem bei ihr solltest du dich entschuldigen", sagte er. Dann deutete er mit dem Kinn die Treppe hinauf. "Weiter geht's."
Maik hatte weder Zeit noch Lust sich jetzt mit Felix auszusprechen und vermutete sogar, dass Felix nur Zeit schinden wollte, damit sie Veronika nicht mehr retten konnten. Außerdem wollte er Gregor nicht zu lange mit seiner Pistole alleine lassen.

Felix versuchte zwar sich noch weiter zu rechtfertigen, aber Maik ließ ihn einfach stehen und kletterte über den ersten Schreibtisch, sodass er keine andere Möglichkeit sah, als ihm zu folgen und die Beseitigung ihrer Probleme auf später zu verschieben. Die Möbelstücke waren nirgends befestigt, und manchmal mussten sie in der Bewegung innehalten, damit der ganze Haufen nicht ins Rutschen geriet. Vorsichtig erklommen sie Stufe um Stufe, bis sie im oberen Flur standen. Abgesehen von der Tatsache, dass die Fenster hier nicht vernagelt sondern mit eisernen Gittern gesichert waren, und das Licht der Morgensonne den Gang in einem angenehmen Orange erleuchtete, sah es hier genauso aus wie unten. Umgeworfene Möbelstücke ragten aus den Türrahmen in den Flur und Unterlagen bedeckten wie eine Schneedecke den Boden.

Fünf Türen konnte Maik ausmachen, die an der linken Seite in die Büroräume führten. Alle standen ausnahmslos weit offen. Zwischen den Türen waren auf der gegenüberliegenden Seite des Flurs die zum größten Teil zerborstenen, aber wie in einem Gefängnis vergitterten Fenster.
Von hier aus konnten sie endlich einen Blick auf das Lager werfen.
Der große freie Platz vor der Klinik war wie ausgestorben. Zwar standen noch einige Militärfahrzeuge herum, aber kein Mensch war zu sehen. Allerdings auch keine Leichen, ob nun tot oder lebendig.
Das große Hauptportal der Klinik befand sich in einem halbrunden, gläsernen Vorbau, der sich über die gesamte Höhe des Gebäudes erstreckte und einen Blick in das Treppenhaus gewährte. Maik konnte aber niemanden darin erkennen. Der Zaun sah von dieser Seite noch bizarrer aus als von außen. Unzählige Seile und Ketten waren

hier befestigt oder einfach zusammengeknotet, sodass es an die Rückseite einer Stickarbeit erinnerte.

"Geh schon mal vor und schau dich weiter um", sagte Maik zu Felix, während er den Blick über das Gelände schweifen ließ. Er glaubte nicht, dass hier oben noch irgendetwas Bedrohliches war. Gäbe es hier wirklich Zombies, so wären sie ihnen schon lange entgegengekommen.

Er überlegte, ob er nach anderen Überlebenden rufen sollte, beschloss dann aber, sich erst einmal einen Überblick zu verschaffen, zumindest soweit dies von hier möglich war, denn irgendetwas war hier faul. Etage für Etage schaute er an der Klinik empor und tatsächlich glaubte er im vierten Stock Schatten an einigen Fenstern gesehen zu haben.

Sollte es möglich sein, dass er hier keine Untoten sah, weil sie alle innerhalb des Krankenhauses waren oder waren dort Überlebende? Aber warum hatten sie sie dann nicht bemerkt? Schließlich hatte er mehrfach geschossen und auch Veronikas Schreie hätten sie doch hören müssen. Andererseits wären auch die Untoten dadurch wieder herausgelockt werden.

"Alles in Ordnung." Felix riss ihn aus seinen Überlegungen. "Absolut keine Spuren von Zombies. Aber ich habe hier was anderes Interessantes entdeckt."

Maik wandte sich zu ihm um. "Was hast du entdeckt?", fragte er ungeduldig. Er mochte es nicht, dass sich Felix alles so aus der Nase ziehen ließ.

"Schau es dir selber an", gab dieser nur zurück und deutete mit dem Arm in das mittlere Zimmer.

Mürrisch stiefelte Maik zu ihm und warf einen Blick in das Zimmer. Auch hierbei handelte es sich um ein Büro und auf den ersten Blick konnte er nicht erkennen, was Felix hier aufgefallen war. Dann sah er es aber auch.

Inmitten des Chaos' stand auf einem umgekippten Schrank ein Computer, dessen Bildschirm weiße Schrift auf einem blauen Hintergrund zeigte. Dahinter lagen ein paar leere Konservendosen und einige leere Plastikkanister. Felix griff sich einen Kanister, der neben dem Computer lag, schraubte ihn auf und roch an der Öffnung.

Es roch nach Plastik, nach nichts anderem und er vermutete, dass es sich hierbei um Trinkwasservorräte gehandelt hatte. Um seine Vermutung zu bekräftigen drehte er den Wasserhahn über dem kleinen Handwaschbecken in der Ecke des Zimmers auf und fühlte sich bestätigt, als nicht einmal ein Glucksen aus dem Hahn erklang.

"Und was bedeutet das?", fragte Maik gleichgültig mit den Schultern zuckend.

"Das bedeutet, dass hier jemand den Rechner aufgebaut hat, nachdem jemand anderes, oder auch derselbe, hier alles verwüstet und verbarrikadiert hat", sagte Felix und ersparte sich weitere Erklärungen darüber, dass der Monitor nur anzeigte, dass das Betriebssystem abgestürzt war. "Und wenn ich das hier richtig deute, hat hier wohl jemand über längere Zeit verharrt. Vielleicht bevor das Militär das Lager hier errichtet hat."

Während Maik noch in der Tür stand und darüber nachdachte, machte Felix sich bereits daran, den Rechner neu zu booten.

"Wenn wir Glück haben, läuft er gleich wieder", murmelte er zu sich selbst und starrte erwartungsvoll auf den Bildschirm.

"Und was soll uns das bringen? Wir sollten lieber zusehen, dass wir irgendjemanden auftreiben, der Veronika verarzten kann."

Doch Felix hörte nicht mehr auf ihn, sondern saß angespannt vor dem Rechner und hackte auf die Tastatur, die er inzwischen auf seinen Knien abgelegt hatte, um die Festplattenchecks zu überspringen.

"Vielleicht hat jemand was auf dem Rechner hinterlassen, was uns Aufschluss über die ganze Sache hier geben kann", sagte er ohne aufzublicken.

"Mach, was du willst. Ich sage jetzt den Anderen Bescheid. Aber mach nicht auf dich aufmerksam. Irgendetwas ist hier verdammt faul, und ich will erst rauskriegen, was das ist", erwiderte Maik und drehte sich wieder um.

Felix war in seinem Element, als sich die vertraute Oberfläche auf dem Monitor aufbaute. Flüchtig überflog er die bunten Icons, dann öffnete er den Dateimanager und betrachtete sich die einzelnen Programme, konnte aber außer der üblichen Büroauswahl nichts Besonderes entdecken. Schließlich schaute er nach, welche Dateien zuletzt geöffnet und welche Programme zuletzt gestartet worden waren. Erstaunt stellte er fest, dass das vor fünf Tagen zum letzten Mal der Fall gewesen war. Ganz oben in der Liste befand sich der Messenger,

ein primitives Chat-Programm, welches Felix damals, als die Welt noch nicht aus den Fugen geraten war und er im Internet ein zweites Zuhause gefunden hatte, aus Sicherheitsgründen niemals verwendet hatte. Erst jetzt bemerkte er das Netzkabel, das von der Rückseite des Rechnergehäuses in eine Steckdose in der Wand führte. Sollte es hier noch ein funktionierendes Netzwerk geben? Er wurde immer aufgeregter und merkte, wie seine Handflächen feucht wurden, als er sich die Netzwerkverbindungen anzeigen ließ. Sieben andere Rechner waren dort eingetragen, wovon allerdings die ersten sechs nicht erreichbar waren. Wahrscheinlich handelte es sich hierbei um die Trümmer, die er in den anderen Büros gesehen hatte. Ein Rechner allerdings gab ein Signal zurück.
Seine Euphorie wurde sogleich wieder gebremst, als er feststellen musste, dass er sich ohne Passwort nicht auf dem fremden Computer einloggen konnte. Also beschloss er, erst einmal die Dokumente auf der Festplatte nach Hinweisen diesbezüglich zu durchforsten. Die meisten Büroangestellten, die er in seiner früheren Tätigkeit kennengelernt hatte, waren nicht sonderlich kreativ, wenn es darum ging, Passwörter, die sie sich nicht merken konnten, zwischen irgendwelchen Dokumenten zu verstecken. Und er hatte schon mehr als einmal schlichte Textdateien auf den Rechnern seiner Kunden gefunden, in denen manchmal sogar Zugangscodes zu wichtigen Bankverbindungen abgespeichert waren. Also schaute er sich die zuletzt geöffneten Dokumente noch einmal an.
Das Aktuellste hatte den Namen Tagebuch.doc und war ziemlich groß. Er beschloss, das Netzwerk erst einmal ruhen zu lassen und sich diesem Text zu widmen, denn sollte der Inhalt halten, was der Titel versprach, würde er ohne langes Suchen bald wissen, was hier passiert war. Ungeduldig und nervös mit dem Finger auf die Maus klopfend, wartete er, bis Word das große Dokument endlich vollständig geladen hatte und war schließlich erleichtert, dass es sich nicht dabei verschluckt hatte.

~ * ~

Gregor drückte den Rest des Joints auf dem Fußboden aus und grinste Veronika an, die ihrerseits mit halb geöffneten Augen ihre Hand betrachtete, die sie in Wellenbewegungen vor ihrem Gesicht hin und her schwenkte. Dann kicherte sie erst leise und schließlich lachte sie schallend laut. Genauso unvermittelt wie sie damit begonnen hatte, verstummte sie wieder und schaute Gregor an. Wenigstens versuchte sie es, aber es fiel ihr unglaublich schwer, ihre Augen auf einen Punkt zu fokussieren.

"Na, wie geht's dir jetzt?", fragte er und provozierte mit seiner Frage einen weiteren Lachanfall von Veronika.

Oh Mann, dachte Gregor kopfschüttelnd, dabei hat sie doch nur ein- oder zweimal gezogen.

Obwohl es bei ihm schon lange nicht mehr diese Wirkung hatte, konnte er sich noch gut daran erinnern, wie er sich nach seinem ersten Joint gefühlt hatte. Verzweifelt versuchte er zurückzurechnen, wie viele Jahre das nun schon her war. Doch bevor er zu einem Ergebnis kam, bemerkte er, wie Veronika an seinem Arm zog.

"Mein Herz geht ganz schnell. Ist das normal?", fragte sie besorgt.

"Das bildest du dir nur ein. Versuch doch einfach zu schlafen. Wird dir gut tun", gab Gregor lapidar zurück und ließ seinen Kopf nach hinten gegen die Wand fallen.

Veronika hielt sich weiter an seinem Arm fest und hin und wieder drückte sie etwas fester zu.

"Ich kann mein Bein nicht mehr spüren", jammerte sie weiter.

"Sei doch froh, dann tut's auch nicht weh." Gregor war erschöpft von der ganzen Aufregung und hatte eigentlich gehofft, dass Veronika nach dem Rauchen friedlich einschlafen würde, aber das Gegenteil geschah und sie wurde gesprächiger als den ganzen Tag zuvor.

"Was denkst du, wie es ist, wenn man zurückkommt?", fragte sie plötzlich ziemlich ernst.

Bis zu dieser Frage hatte es Gregor erfolgreich geschafft, die Realität zu verdrängen. Jetzt zwang ihm Veronika einfach so einen Gedanken auf, der ihn unfreiwillig so sehr beschäftigte, dass seine Angst wieder an die Oberfläche kam und ihn nervös um sich blicken ließ. Er wusste nicht, was er auf ihre Frage antworten sollte. Auch, weil er befürchtete, dass es Veronika sehr bald selber herausfinden würde. Also schwieg er und hoffte, dass sich das Thema dadurch erledigen würde. Aber Veronika ließ nicht locker.

"Ich meine das ernst", sagte sie schließlich fester. "Was denkst du, was in diesen Kreaturen da draußen vorgeht? Das waren ja auch mal Menschen wie du und ich, und vielleicht sind sie es sogar noch. Vielleicht wissen sie gar nicht, dass sie gestorben sind. Hast du dir denn noch nie Gedanken darüber gemacht, was diese Wesen fühlen und ob sie überhaupt etwas fühlen? Meinst du, wir können uns dann noch an unser Leben erinnern?"

Gregor bekam keine Gelegenheit intensiver darüber nachzudenken, denn schon redete Veronika weiter und drückte aus, was sie wirklich beschäftigte.

"Ich habe Angst davor", sagte sie unsicher und begann wieder zu weinen.

Vorsichtig rückte Gregor etwas näher an sie heran und strich ihr behutsam die Haare aus dem Gesicht. Ihre Stirn war mit kalten Schweißperlen überzogen und sie atmete tief und schwer. Dann drehte sie langsam den Kopf zu ihm und lehnte sich an seinen Oberschenkel.

"Ich auch", sagte er nur und warf einen Blick auf den blutgetränkten Verband um ihr Knie.

"Danke, dass du nicht mehr böse bist. Du bist gar nicht so verkehrt", sagte sie schließlich mit schwacher Stimme. "Halt mich bitte fest."

Zögernd legte Gregor den Arm um sie, was der Hund zum Anlass nahm, seinen Platz vor der Tür zu verlassen und sich auf Veronikas andere Seite zu legen, von wo er bedrohlich zu Gregor schaute.

Ich hoffe, du hältst wenigstens zu mir, wenn sie sterben sollte, dachte er und sah den Hund herausfordernd an.

Der sprang im gleichen Moment wieder auf und rannte schwanzwedelnd zur Tür. Gregor wollte gerade zur Pistole greifen, als sich die Tür öffnete und er erleichtert feststellte, dass es Maik war, der von einem winselnden Hund angesprungen wurde.

"Alles klar, Kumpel?", fragte Maik, als er den Hund vor sich herschiebend durch den Türrahmen schritt.

"Mit mir schon", antwortete Gregor und zog vorsichtig seinen Arm unter Veronikas Kopf hervor, aber ihr geht es nicht gut." Dabei schaute er besorgt auf Veronika, die zwar eingeschlafen war und wieder ruhig atmete, aber noch immer ziemlich blass aussah und weiterhin kalt schwitzte.

"Oh Mann, sie sieht wirklich verdammt schlecht aus", bestätigte Maik und wehrte den Hund ab, der weiter versuchte sein Gesicht abzuschlecken.

"Hast du was gefunden?", fragte Gregor und ignorierte die Tatsache, dass Felix nicht mit zurückgekommen war.

"Naja ... ", begann Maik und strich sich über den Bart. " Das Gebäude hier ist auf jeden Fall schon mal sicher. Und Felix hat oben einen Computer entdeckt. Da bastelt er jetzt dran rum."

Bei dem Namen Felix rümpfte Gregor abfällig die Nase und schien jegliches Interesse an den Neuigkeiten verloren zu haben. Für Maik war das nichts Neues. Gregor hatte schon seit jeher nicht zuhören wollen, wenn von jemandem die Rede war, den er nicht leiden konnte, und hatte es auf diese Weise schon mehrfach geschafft, ein anregendes Gespräch jäh zu beenden. Das hier war aber zu wichtig, als dass sich Maik davon beeindrucken ließe, und er erzählte einfach weiter, auch wenn Gregor so tat, als würde er nichts mehr hören.

"Er meint, er kann damit vielleicht herausfinden, was hier passiert ist. Außerdem sieht es so aus, als hätte hier jemand einige Zeit gewohnt. Kann sein, dass das jemand war, der irgendwann von den Soldaten gerettet wurde, denn gestorben ist er hier drin wahrscheinlich nicht. Wir haben nirgendwo Spuren von Zombies finden können."

"Und was ist mit anderen Menschen? Einem Arzt vielleicht?", unterbrach ihn Gregor und deutete mit dem Kinn auf Veronika, die träumte und leise vor sich hin stöhnte.

"Ich weiß es nicht", antwortete Maik und sein Gesichtsausdruck zeigte, dass er sich wünschte, eine bessere Antwort geben zu können. "Irgendjemand oder irgendetwas ist im Klinikgebäude. Ich hab da was an den Fenstern gesehen. Draußen auf dem Hof ist aber keine Menschenseele zu sehen. Noch nicht einmal ein verdammter Zombie. Ich weiß nicht, was ich davon halten soll, und ich möchte nichts riskieren." Er sah wieder zu Veronika und fügte noch mit ernster Mine hinzu: "Aber wir sollten uns trotzdem nicht allzu viel Zeit damit lassen, es herauszufinden." Er machte auf dem Absatz kehrt und stiefelte wieder zur Tür.

"Ich schau noch mal nach, was der da oben macht", sagte er, bewusst Felix' Namen vermeidend, noch über die Schulter, und als der Hund nicht mehr von seiner Seite weichen wollte, sagte er noch: "Den Hund werde ich wohl mitnehmen müssen. Pass du in der Zeit schön auf Veronika auf. Ich bin gleich wieder da."
Dann verschluckte ihn die Finsternis des Flures.

Gregor schaute noch einen Moment in die Dunkelheit, dann sah er Veronika an. Sie schlief noch immer und hatte von Maiks kurzem Besuch wohl gar nichts mitbekommen.

So schlecht sieht sie doch gar nicht aus, dachte er und tupfte ihr mit einer Mullbinde den Schweiß von der Stirn, ich weiß gar nicht, was das Arschloch gegen sie hat. Er stellte sich vor, wie sie Felix vergewaltigt hatte und grinste, als er seiner Fantasie freien Lauf ließ. Irgendwann verschwand Felix aus der Vorstellung und er selber trat an seine Stelle. Doch ließ er sich nicht überrumpeln, sondern machte von Anfang an begeistert mit.

Als er die Augen öffnete, stellte er ein wenig erschrocken fest, dass er ziemlich geil geworden war und unbewusst seinen Penis durch die Hose hindurch massierte. Schnell zog er seine Hand aus seinem Schritt und dachte zwanghaft an die Geschichten, die man sich über Veronikas Vergangenheit in der Stadt erzählt hatte. Zwar hatte er es tatsächlich geschafft, die allgegenwärtige Bedrohung durch die Untoten für einen Moment gänzlich zu verdrängen, aber die Richtung, in die seine Gedanken abgedriftet waren, erschien ihm fast genauso beängstigend. Hoffentlich würde Maik bald wiederkommen, und hoffentlich würde Veronika nicht hier neben ihm sterben.
Unbeholfen, auch weil er es seit seiner frühen Kindheit nicht mehr gemacht hatte, fing er an zu beten. Dabei war er sich nicht sicher, an wen oder was er seine flehenden Worte richten sollte, beschloss aber, den Gott zu probieren, von dem er am meisten gehört hatte und blickte nach oben, während er ein altes Gebet rezitierte, das er vor unendlich vielen Jahren einmal im Religionsunterricht der Grundschule auswendig lernen musste.
Zwar musste er an einigen Stellen improvisieren, aber wenn es da oben wirklich einen Lieben Gott gab, dann würde er die Kernaussa-

ge, nämlich, dass Maik und er selbst heil aus dieser verfluchten Situation wieder herauskommen sollten, schon richtig interpretieren können.

~ * ~

Das Tagebuch erwies sich als wenig hilfreich, da es sich lediglich um eine Art Ausbildungsprotokoll einer Krankenschwester Namens Katja Friesing handelte. Es war unterteilt in Aufgaben und Bemerkungen und endete vor einem halben Jahr mit der Aufgabe "Bereitschaftsdienst in der Intensivstation". Lediglich ein Satz war vor zwei Wochen von einem vermeintlichen Scherzkeks noch zu den Aufgaben hinzugefügt worden und lautete: "Als Zombie durch die Welt wandeln."

Was für ein Idiot, dachte Felix und schloss das Dokument.

Einen Hinweis auf den Netzwerkzugang hatte er auf all den Seiten jedoch nicht finden können. Nacheinander öffnete er alle Textdateien, die er auf der Festplatte finden konnte, allerdings ohne den gewünschten Erfolg.

Schließlich erregte das Chat-Programm sein Interesse. Der Benutzer hier hatte sich *Pirat* genannt, und in der Buddy-Liste fand Felix nicht weniger als zwanzig Namen. Glücklicherweise gab es zu jedem Namen eine Log-Datei, in der die letzten Unterhaltungen abgespeichert wurden und so konnte Felix anhand des Datums einen Namen ermitteln, dessen letzter Kontakt mit dem Computer hier gerade einmal fünf Tage zurücklag. Möglicherweise gab es diesen *Sick_Warrior*, wie sich der Chat-Partner nannte, noch. Unwillkürlich fingen Felix' Finger an zu zittern, als er die entsprechende Datei anklickte. Er deutete es als gutes Zeichen, dass er dem Geheimnis des Lagers ganz nahe war. Ein kleines Fenster poppte auf, zeigte die ersten Zeilen des Gesprächs zwischen Sick_Warrior und Pirat von vor fünf Tagen, und obwohl Felix noch nicht einmal hier sein wollte und sich einen Scheißdreck für das Lager interessierte, spürte er ein aufgeregtes Kribbeln im Bauch, wie er es früher immer verspürt hatte, wenn er aus Spaß in fremde Netzwerke eingebrochen war.

Langsam begann er zu lesen.

Sick_Warrior: hallo?
Pirat: wow, es funktioniert tatsächlich. hallo! :-)
Sick_Warrior: hey, klasse. wie geht's dir so da drüben?
Pirat: könnte schlimmer sein. sie haben mir sogar noch was zu essen und zu trinken hier gelassen. an welchem computer bist du?
Sick_Warrior: bin direkt in den verwaltungsrechner gegangen. hier kommt so gut wie nie jemand hin.
Pirat: gut, pass auf dich auf. du musst mich schließlich noch hier rausholen. ich will hier nicht krepieren und mein wasser geht zur neige. in diesem loch funktionieren die wasserhähne nicht mehr.
Sick_Warrior: keine sorge. morgen sind wir hier draußen. ich hab schon alles organisiert. frank und murat sind auch mit dabei.
Pirat: erzähl schon. was habt ihr für einen plan???
Sick_Warrior: ok, pass auf. frank und murat haben morgen wache an der zufahrt zur notfall ambulanz. das heißt, wir haben die alleinige kontrolle über das tor. ich bin währenddessen mit der entsorgung der laborabfälle beschäftigt. punkt zwölf werde ich mir also einen laster schnappen, um das ganze zeug zur verbrennungsanlage zu fahren. vorher laden die anderen beiden aber noch einen zweiten lkw mit waffen und vorräten voll. und dann heißt es schnell sein. wir wollen uns nach marburg durchschlagen. die sollen wissen, was rüttgers hier veranstaltet. zum beweis werde ich die babies mitnehmen. aber jetzt zu dir: wir haben keine zeit, lange auf dich zu warten. halte dich also bereit. wenn du das brummen der motoren hörst, komm raus und renne, so schnell du kannst, hoch zur straße hinter der klinik. das sind nur zweihundert meter, das schaffst du locker. wir warten dann auf dich und werden dir, soweit es geht, die zombies vom hals halten. du springst dann zu mir in den lkw und auf geht es richtung marburg. alles verstanden?
Pirat: hmm, könnte klappen. viele zombies treiben sich nicht vor den fenstern rum. da komme ich durch. was ist, wenn sie dich verfolgen?
Sick_Warrior: wir werden so schnell sein, dass sie es erst bemerken, wenn wir schon aus gießen raus sind. außerdem sind zurzeit mehr als die hälfte unserer leute bei den experimenten. mich haben sie heute übrigens auch geimpft. mir war den ganzen morgen kotzübel.

Pirat: du armer (das war ironisch gemeint)!
Sick_Warrior: haha. ich werde wenigstens nicht zurückkommen und versuchen meine freunde zu fressen.
Pirat: glaubst du das wirklich? also ich traue dem rüttgers eher zu, dass dir bald ein paar tentakel auf dem rücken wachsen werden ;-). der typ ist doch völlig neben der spur.
Sick_Warrior: stimmt. aber ich hatte ja keine andere wahl. hätte ich mich geweigert, würde ich jetzt neben dir sitzen. also hoffe ich einfach das beste und warte ab was passiert, wenn ich den löffel abgebe.
Pirat: ich hab diesen genetikern noch nie über den weg getraut. wenn du mich fragst, ist das alles sowieso nur ein fehlgeschlagenes projekt von denen. wahrscheinlich wollten sie eine neue giftgaswaffe entwickeln.
Sick_Warrior: hehe. du wirst wohl langsam paranoid. naja, rüttgers' erklärung ist mindestens genauso verrückt wie deine. ;-)
Pirat: so abwegig finde ich meine theorie gar nicht. die von rüttgers ist allerdings wirklich ziemlich daneben.
Sick_Warrior: doch ist sie. wer sollte denn so eine waffe entwickeln wollen? niemand hat was davon, wenn die toten wieder aufstehen. außerdem, wenn das tatsächlich ein experiment der regierung gewesen wäre, dann hätten sie es schon längst unter kontrolle. aber das können wir morgen noch ausführlich auf der fahrt diskutieren. ich muss jetzt los. rüttgers hält wieder eine von seinen berüchtigten reden, und du weißt ja, da müssen alle antreten.
Pirat: na, dann wünsche ich dir viel spaß. ich vertreibe mir die zeit bis morgen mit moorhuhnjagd.
Sick_Warrior: werde ich haben. wenn es geht, melde ich mich heute abend nochmal. bleib also vor der kiste sitzen und halt die ohren steif. bis dann.
Pirat: okay. weit kann ich ja nicht weg. mach's gut.

Felix saß so gespannt vor dem Rechner, dass er nicht einmal bemerkte, wie Maik den Raum betrat, und erschrak, als der Hund sich hinter ihm aufbaute, um ihm über die Schulter zu gucken.

"Und, haste was gefunden?", fragte er und übersah, wie der Hund mit feuchter Zunge und üblem Atem Felix das Ohr leckte, sodass dieser mit dem ganzen Körper zusammenzuckte.

"Vor fünf Tagen war noch jemand hier und hat mit jemanden gechattet, der sich in der Klinik befunden hat", antwortete Felix und deutete mit dem Finger auf das Textfenster.

Maik überflog den ersten Teil, hatte aber keine Geduld, den gesamten Text zu lesen. Stattdessen wandte er sich an Felix.

"Irgendetwas, was uns jetzt weiterhilft?", fragte er ungeduldig.

"Ich bin noch nicht durch mit dem ganzen Text. Aber sagt dir der Name Rüttgers was?"

"War, glaube ich, ein Arzt hier, oder so was. Scheidbrenner hat den Namen ein paar Mal im Zusammenhang mit dem Krankenhaus erwähnt", sagte er schließlich. "Was ist mit dem?"

"Lies selber", bemerkte Felix und rückte ein wenig zur Seite, sodass Maik sich vor den Monitor setzen konnte.

Maik wollte sich aber nicht setzen. Er dachte an Veronika, die dort unten lag und dem Tod näher war als dem Leben, und an Gregor, der mit der Situation wahrscheinlich wieder hoffnungslos überfordert war.

"Dafür ist jetzt keine Zeit", sagte er ungeduldig. "Wir müssen sehen, dass wir jemanden finden, der Veronikas Bein amputieren kann oder noch besser, die Entzündung aufhält." Den letzten Teil des Satzes beendete er mit einem Schnaufen. Noch nie hatte er jemanden gesehen, der einen Biss überlebt hatte, und Veronikas Verletzung war schlimmer, als einige andere, die er schon erblickt hatte.

"Steht darüber was in dem Computer?", fragte er schließlich noch herausfordernd, als Felix keine Anstalten machte sich zu erheben.

"Nein, bislang noch nichts. Aber ich bin ja auch noch nicht mit dem ganzen Text durch. Das Einzige, was ich bis jetzt herauslesen konnte, ist, dass da drüben nicht alles mit rechten Dingen zugeht und dieser Rüttgers wohl der Chef der ganzen Sache ist. Ich glaube nicht, dass wir einfach so da rüber spazieren sollten", bemerkte Felix und als er Maiks ungeduldiges Schnaufen in seinem Rücken registrierte, fügte er noch hinzu: "Lass mich den Rest auch noch lesen. Vielleicht finde ich doch noch was raus."

"Okay, verdammt", schnaubte Maik und schaute auf seine Uhr. "Maximal fünf Minuten. Wenn du dann nichts Verwertbares hast, brechen wir ein Fenster unten auf und gehen zur Klinik."

"Alles klar", sagte Felix und scrollte den Text weiter nach unten.

Maik ging derweil auf den Gang und spähte aus dem Fenster zum Krankenhaus. Dort wo er vorhin die Schatten gesehen hatte, war nun alles dunkel, und auch hinter den anderen Fenstern konnte er nichts erkennen. Der Hund tat es ihm gleich und stellte sich mit den Vorderpfoten auf die Fensterbank. Leise winselnd beobachtete er die Untoten, die an den Zäunen fixiert waren.

Felix las derweil das restliche Protokoll des Chats. Wie versprochen hatte sich Sick_Warrior am Abend des gleichen Tages noch einmal gemeldet.

Sick_Warrior: hallo. endlich fertig.
Pirat: hallo! und ... hat er wieder ordentlich mist erzählt?
Sick_Warrior: hat er! ich glaube, er wird mit jeder rede fanatischer. heute hat er sich doch tatsächlich als das werkzeug gottes bezeichnet.
Pirat: so ein schwachkopf.
Sick_Warrior: das kannst du laut sagen. übrigens, erinnerst du dich noch an die kleine aus der kantine, die letzten monat hier angekommen ist?
Pirat: klar erinnere ich mich. ich bin schließlich erst ein paar tage hier drin. was ist mit ihr?
Sick_Warrior: tja, sie ist jetzt auch schwanger. schade eigentlich. ich hätte sie gerne mitgenommen.
Pirat: wirklich schade. naja, wie viele frauen kennst du hier, die noch keinen von rüttgers braten in der röhre haben? ich glaube, die kann man an einer hand abzählen.
Sick_Warrior: ist alles sehr bizarr hier. ich bin mal gespannt, wie die das in marburg aufnehmen.
Pirat: vielleicht stellen die einen trupp zusammen, der hier wieder für ordnung sorgt und unsere rechte hand gottes in eine gummizelle sperrt.
Sick_Warrior: könnte ich mir gut vorstellen. denn selbst wenn rüttgers wirklich erfolg mit seinen experimenten haben sollte, ist der preis dafür nicht gerechtfertigt. außerdem sind die marburger bestimmt nicht von seinem alleingang begeistert.
Pirat: ich werde jedenfalls kein gutes wort für ihn einlegen ;-)
Sick_Warrior: ich muss aufhören. da ist jemand im gang. bis morgen

um 12.00 uhr.
Pirat: ok. ich werde bereit sein.
Pirat: bist du noch da?

Weitere Einträge waren nicht in der Datei zu finden.

"Alles klar", sagte Felix und stand auf. "Ich bin fertig."

"Und?" Maik drehte sich zu ihm um und trommelte mit den Fingern auf die Fensterbank. Zu seinen Füßen hechelte der Hund.

Felix erzählte Maik in groben Zügen, was er gelesen hatte, während sie nebeneinander die Treppe nach unten gingen.

"Das heißt also, vor fünf Tagen waren hier noch jede Menge Leute", bemerkte Maik, als Felix mit seiner Geschichte endete. " Und jetzt ist kein verdammter Mensch zu sehen. Die Typen, die sich da unterhalten haben, haben es wohl geschafft. Naja, zumindest fast." Er dachte an den Lkw, den er vor vier Tagen am Marburger Südtor beobachtet hatte.

"Naja, es ist noch recht früh." Felix schaute auf seine Uhr. "Bestimmt schlafen die meisten noch."

Maik überlegte kurz. "Wir sollten rübergehen. Was auch immer da los ist, es ist bestimmt besser, als hierzubleiben und zuzusehen, wie Veronika stirbt."

Felix erwiderte nichts darauf, auch um Ärger zu vermeiden, sondern folgte Maik schweigend. Als sie jedoch das Zimmer betraten und er Veronika sah, wie sie kreidebleich dort lag und leise vor sich hin stöhnte, musste er sich eingestehen, dass auch er wollte, dass ihr jemand helfen könnte. Allerdings war er auch froh, dass sie schlief und er noch etwas Zeit hatte, über ein paar passende Worte der Entschuldigung nachzudenken, die keinesfalls verfänglich wären.

Dann hörten sie Schritte von draußen. Das heißt, der Hund war der Erste, der etwas bemerkte. Er stellte die Ohren auf und ein tiefes Grollen drang aus seiner Kehle, während er angespannt in den Flur spähte. Maik begriff erst, dass dort draußen jemand war, als er das Schlagen einer Autotür hörte. Kurz darauf startete ein Motor. Fast gleichzeitig rannten sie auf den Flur und sahen noch, wie sich langsam das helle Rechteck vor der Tür vergrößerte und den Schatten vertrieb.

Unsicher, was sich dort von draußen näherte, verharrten sie in der

Dunkelheit, die Waffen im Anschlag. Maik drehte sich zu Gregor um, der noch neben Veronika saß und hielt sich den Zeigefinger vor die gespitzten Lippen. Dann richtete er seinen Blick wieder nach vorn und beobachtete die Eingangstür, beziehungsweise die Schatten, die sich jetzt auf dem Boden abzeichneten. Dort draußen waren eindeutig lebendige Menschen. Sie wagten kaum zu atmen und besonders Felix war skeptisch, was sie jetzt erwarten würde. Nur der Hund stimmte zu allem Überfluss ein lautes Bellen an.

Maik fauchte ihm ein "Still" entgegen, was ihn allerdings nur für einen kurzen Moment verstummen ließ. Sein Blick huschte noch einmal in das Zimmer zu Veronika. Ihr Kopf ruhte in Gregors Arm, sie schlief.

Jetzt quietschten die Scharniere der Tür und Felix legte seinen Zeigefinger vorsichtig auf den Abzug seiner Pistole, die er mit gestrecktem Arm vor sich hielt. Aber auch Maik hatte die Schulterstütze seiner Maschinenpistole ausgeklappt und zielte in Richtung der aufschwingenden Tür. Der Hund knurrte wieder.

"Hallo? Ist jemand hier drin?", rief eine Stimme, bevor die Silhouette eines Menschen im erleuchteten Teil des Gangs erschien.

"Wuff", meldete sich der Hund zuerst und hektisch wurde eine Gewehrmündung in Richtung der Flüchtlinge gerichtet.

Bei dem Mann hinter dem Gewehr handelte es sich um einen Soldaten, zumindest trug er eine Uniform. Ein zweiter folgte ihm unmittelbar, ebenfalls mit angelegter Waffe.

"Hallo", sagte Felix halblaut und ließ die Pistole sinken, als er realisiert hatte, dass jede andere Reaktion wahrscheinlich ein Feuergefecht mit den Soldaten bedeutet hätte.

Die beiden Uniformierten kamen langsam auf sie zu. Auch sie hatten die Waffen heruntergenommen, hielten sie aber weiterhin so, dass sie jederzeit aus der Hüfte hätten schießen können.

"Seid Ihr alleine?", fragte der Vordere und blickte im Vorbeigehen in die Zimmer.

"Noch zwei Leute. Hier im Zimmer", erwiderte Felix, bevor Maik irgendetwas Falsches sagen konnte und deutete mit der Pistole in das Büro. "Eine ist verletzt."

"Wir kümmern uns drum", sagte der erste Soldat freundlich. Dann ging sein Blick nach unten zu dem dreckigen Fellbündel, das ihn

weiterhin anknurrte, und er fügte hinzu: "Wenn Sie den Hund festhalten."
Maik beugte sich zu dem Hund hinunter und sprach ein paar beruhigende Worte. Schließlich sah der Hund ein, dass von den beiden keine unmittelbare Gefahr ausging - noch nicht. Aber er hörte auf zu knurren und setzte sich direkt neben Maiks Bein, um das Geschehen weiter aufmerksam zu beobachten.
Die Soldaten waren nun bis auf zwei Meter herangekommen und die Situation entspannte sich. Während der eine sein Gewehr schulterte und Felix seine Hand entgegenstreckte, betrachtete der andere Gregor und Veronika.

"Willkommen in Gießen, oder sagen wir, das, was davon übrig ist", flachste der, der seine Hand vorstreckte.

"Danke", sagte Felix verunsichert und ergriff die Hand seines Gegenübers.
Dann streckte der Soldat seine Hand Maik hin, der bis jetzt noch kein Wort gesprochen hatte und wiederholte seinen Spruch.

"Freut mich", sagte Maik nur, während er den Arm des jungen Soldaten kräftig schüttelte. Er war nicht minder verwirrt als Felix. Aber allein die Tatsache ein paar Menschen zu sehen, die man eigentlich für tot geglaubt hatte, ließ seine Skepsis erheblich schrumpfen.

"Eure Freundin kriegen wir wieder hin", rief der, der jetzt neben Veronika kniete. "Wir haben gute Ärzte hier." Dann sprach er etwas Unverständliches in ein kleines Funkgerät, das er von seinem Gürtel zog.
Gregor hatte sich die ganze Zeit über nicht bewegt und traute sich auch nichts zu sagen. Ziemlich bekifft beobachtete er die Situation und versuchte, sich einen Reim darauf zu machen. Sicherlich erkannte er einen fremden Soldaten, der sich zu Veronika und ihm hinunter gebeugt hatte, und der ihm sogar in die Augen blickte, aber all das schien auf einer Bühne vor ihm abzulaufen. Es war ein Theaterstück, beschloss er schließlich, ein Theaterstück, in das er sich nicht einmischen durfte. In irgendeiner Art und Weise gerettet fühlte er sich seltsamerweise nicht.

"Sind Sie okay?", fragte der Soldat unvermittelt und zog Gregor somit aus dem Zuschauerraum auf die Bühne, und das, obwohl er keinen Text hatte.

"Ich glaube, er hat einen Schock", mischte sich Maik schnell ein, da er die Angst in Gregors Augen selbst auf die Distanz deutlich erkennen konnte.

"Das ist nicht selten heutzutage", sagte der Soldat fröhlich. "Aber das kriegen wir auch wieder hin."

Maik ging in das Büro zurück und schob Felix vor sich her.

"Kein Wort über Marburg", flüsterte er ihm ins Ohr, als sie den Raum betraten.

"Wer seid ihr, und was ist das hier?", fragte er schließlich den Soldaten, der ihnen aus dem Flur folgte. Er stellte sich so unwissend wie es ging, ohne an Glaubwürdigkeit zu verlieren und hatte sich schon eine Geschichte zurechtgelegt, die er erzählen wollte, wenn sie nach seiner Herkunft fragen würden.

Bevor der Soldat antworten konnte, drängten sich zwei andere Soldaten mit einer Bahre an ihm vorbei in den Raum und der Gefragte erteilte nun erst einmal ein paar Anweisungen. Die beiden neuen Soldaten hoben Veronika aus Gregors Arm und legten sie auf die Bahre. Sie wollten sie gerade aus dem Raum tragen, da baute sich Maik vor ihnen auf.

"Hey, wo wollt ihr sie hinbringen?", fragte er den verdutzt schauenden Sanitätssoldaten, der beinahe mit dem Gesicht gegen seinen Brustkorb geprallt wäre.

"Keine Sorge", mischte sich der erste Soldat sich ein. "Sie braucht dringend medizinische Versorgung und die gibt's nun mal im Krankenhaus. Also kein Grund zur Panik. Wir wollen euch nur helfen."

Skeptisch trat Maik zur Seite, und die Bahrenträger huschten an ihm vorbei in den Flur, wo alsbald auch ihre Schritte verklangen. Es war ihm klar, dass Veronika sofort verarztet werden musste, aber irgendwie fühlte er sich für die anderen verantwortlich und merkte nun, wie ihm die Zügel entglitten.

Hatte er die Gruppe den ganzen Weg über geführt, so war er jetzt nur noch einer von vier Flüchtlingen, die hier gestrandet waren.

Felix wurde indessen zunehmend misstrauischer, was die vermeintlichen Soldaten betraf. Es war nicht nur so, dass sie zum Teil noch nicht einmal Dienstgradabzeichen trugen und die Waffen recht unbeholfen handhabten. Sie wirkten so gar nicht militärisch. Zumindest völlig anders als Beckmanns Leute oder die Soldaten, die er während seiner eigenen Bundeswehrzeit kennengelernt hatte. Viele Fragen gingen ihm durch den Kopf und alle drehten sich mehr oder weniger um das, was er auf dem Computer entdeckt hatte.

"Gehen wir!", sagte einer der Uniformträger. "Wir bringen Sie ins Hauptquartier. Da sind noch einige Formalitäten zu erledigen, wenn Sie hier bleiben wollen."

"Moment mal", drängte sich Felix zu Maiks Verärgerung wieder in den Vordergrund. "Wer hat denn gesagt, dass wir hierbleiben wollen?"

Der Soldat schmunzelte verwegen und zwinkerte seinem Kameraden demonstrativ zu.

"Sie sind also nur auf der Durchreise?", scherzte er und betrachtete Felix mit gespielt besorgter Miene, und bevor Felix darauf reagieren konnte, fügte er noch als Erklärung an: "Sie werden doch wenigstens solange bleiben wollen, bis ihre Freundin wieder auf den Beinen ist. Und erfahrungsgemäß dauert es mehrere Wochen, bis die Infektion gestoppt ist. Außerdem, wo wollen Sie denn hin? Hier gibt's doch nichts mehr."

Der andere Soldat lachte deutlich hörbar aus der Ecke des Raums.

"Glauben Sie mir. Es ist gar nicht so übel bei uns", sagte er und grinste dabei weiter.

Na toll, dachte Felix, vom Regen in die Traufe, und er beschloss, nichts über sein wahres Ziel zu verraten. Hätten sich inzwischen nicht so viele Untote vor dem Fenster versammelt, würde er sich jetzt mit einem beherzten Sprung aus demselben verabschieden. Aber ganz objektiv betrachtet würde er keinen Meter weit kommen, geschweige denn, das Auto mit seinem Gepäck erreichen. Tief in seinem Inneren begann er Maik zu hassen.

~ * ~

Nach einer unruhigen Nacht mit viel zu wenig Schlaf war Heidrun Patzinger die Erste, die den Sicherheitsbereich betrat. Der vergange-

ne Tag lastete noch immer schwer auf ihrer Seele. Denn trotz ihres dicken Fells schaffte sie es nicht, die Bilder des sterbenden Soldaten aus ihrem Bewusstsein zu verdrängen, die augenblicklich vor ihr auftauchten, wenn sie die Augen schloss. Aus diesem Grund hatte sie in den frühen Morgenstunden, als die Dämmerung einsetzte, beschlossen, sich wieder in die Arbeit zu stürzen. So hatte sie es bisher immer gehandhabt und war die ganze Zeit über gut damit gefahren, auch wenn es ihr in diesem speziellen Fall etwas paradox erschien.
Als die letzte der Sicherheitstüren hinter ihr zuschwang und die Neonröhren flackernd den fensterlosen Gang erleuchteten, musste sie die Augen zukneifen. Sie blieb einen Moment stehen und atmete tief durch, als gelte es eine Mutprobe zu bestehen. In gewisser Weise empfand sie es auch als solche.
Langsam setzte sie sich in Bewegung. Zu ihrer Linken befand sich das Zimmer, in dem gestern die beiden Soldaten gestorben waren. Glücklicherweise war die Tür geschlossen, und sie hatte auch nicht vor, sie zu öffnen. Sie blickte auch nicht in die Laboratorien von Dr. Nachtigall, sondern lief, den Blick stur nach vorne gerichtet, zu ihrem kleinen Büro. Wie erwartet, hatten ihr die beiden Wissenschaftler einen ganzen Berg Akten und Notizen hinterlassen, die zu bearbeiten ihre Aufgabe war. In erster Linie handelte es sich um Tabellen, die mit den entsprechenden Werten gefüllt werden mussten. Anschließend gab es noch ein paar Diagramme zu zeichnen. Die oberste Akte war die des zweiten Soldaten, der gestern verstorben war.
Seufzend ließ sie sich auf ihren Stuhl sinken und hatte wieder das Bild des jungen Mannes vor Augen, wie er vergeblich mit dem Tode rang.
Blutspritzer zierten das Deckblatt. Darunter gab es einige handschriftliche Notizen von Dr. Nachtigall. Zwar hatte der Versuch keinerlei neue Erkenntnisse gebracht, aber etwas Besonderes war er schon, und deshalb musste sie alle Werte, die irgendwie erfasst wurden, in die entsprechenden Tabellen eintragen, damit sie mit den Werten von anderen Untersuchungen verglichen werden konnten. Sie sah aber schon auf den ersten Blick, dass hier nichts Außergewöhnliches zu erwarten war.
Gerade sortierte sie die Aufzeichnungen, als ein leises Poltern von

draußen erklang. Normalerweise schenkte sie so etwas keine Beachtung, diesmal jedoch wunderte sie sich, da sie davon ausging, allein hier unten zu sein. Sie schaute auf ihre Uhr. Wenige Minuten vor fünf. War vielleicht doch schon jemand am Arbeiten?
Jetzt schepperte etwas. Es klang, als hätte jemand ein Tablett mit Operationsinstrumenten auf die Kacheln fallen lassen. Sie erschrak und saß nun kerzengerade auf ihrem Stuhl. Das Geräusch war aus dem hinteren Teil gekommen, dort, wo die Zellen der Untoten waren. Langsam rollte sie mit ihrem Stuhl zur Tür, die sie wie immer offen gelassen hatte, und streckte vorsichtig den Kopf in den Gang. Das Gitter an dessen Ende war geschlossen.

"Hallo?", fragte sie halblaut und mit vibrierender Stimme. "Ist noch jemand hier?"
Es blieb still.
Sie lauschte weiter in den Gang und hörte nur das leise Brummen der Klimaanlage. Zum ersten Mal fand sie es unheimlich, alleine hier im Keller zu sein.

Bin ich so übermüdet, dass ich schon halluziniere?, fragte sie sich selber. Nein, gab sie sich Antwort, sie hatte sich die Geräusche nicht eingebildet.
Sie hätte einfach wieder gehen können, die Sicherheitsschleusen hinter sich schließen und der Wache am Eingang Bescheid sagen können. Damit würde sie aber eine Schwäche zeigen, die sie sich niemals eingestehen konnte.
Sie hatte nicht bis jetzt überlebt, weil sie bei jeder Kleinigkeit davongerannt war. Was auch immer dort draußen vor sich ging, es war nichts, wovor sie sich ernsthaft fürchten müsste. Schon gar nicht, wenn sie eine Waffe hätte. Sie schaute sich in ihrem kleinen Arbeitszimmer um und suchte nach etwas, womit sie sich im Zweifel wehren könnte. Zwar hatte Dr. Nachtigall noch irgendwo in seinem Labor eine Pistole verstaut, die ihm ein Soldat zur eigenen Sicherheit überreicht hatte. Aber der hatte die Waffe nur zögernd und auf Drängen des Offiziers an sich genommen und dann irgendwo in einem Schrank verschwinden lassen, mit der Begründung, dass Schusswaffen hier unten absolut überflüssig seien. Und bislang hatte sie auch noch niemand benutzt.
Wieder ein Geräusch.

Diesmal klang es, als hätte jemand ein Stück Fleisch auf den Boden fallen lassen. Heidrun Patzinger brauchte nicht viel Fantasie um sich auszumalen, was das gewesen sein könnte, aber bisher kannte sie solche Geräusche nur aus den Zellen, und dort war immer noch nichts zu sehen. Sie griff sich den Regenschirm, den sie neben der Tür entdeckt hatte und stand langsam auf. Auf leisen Sohlen schlich sie den Gang hinunter bis zu den Gitterstäben. In der oberen Ecke war ein Spiegel so angebracht, dass man von der sicheren Seite der Absperrung einen Blick auf die Zellentüren werfen konnte. Wider Erwarten war hier alles ruhig. Die Türen waren geschlossen und sie konnte sogar den einen oder anderen ihrer Gäste durch das schmale Sichtfenster in den Türen erkennen.

Ein weiteres Klappern, diesmal hinter ihr, ließ sie erschrocken herumfahren.
Das Geräusch musste aus dem Labor gekommen sein, das zum Kühlraum umfunktioniert worden war.
Sie schluckte. In diesem Raum lagen auch die Leichen der jungen Soldaten.
Den Regenschirm wie einen Speer haltend bewegte sie sich vorsichtig zu dem Labor. Glücklicherweise gab es auch hier ein Sichtfenster in der Tür und mit zusammengekniffenen Augen spähte sie hindurch, sah aber nichts weiter als absolute Finsternis. Natürlich brannte kein Licht, wenn dort niemand am Arbeiten war. Schnell lief sie wieder in ihr Büro und holte eine Taschenlampe aus ihrem Schreibtisch. Es war keine besonders starke Lampe, vielmehr handelte es sich um ein billiges Werbegeschenk, das vielleicht gerade dazu ausreichte, im Dunkeln ein Schlüsselloch zu finden, aber auf die Schnelle fand sie nichts Besseres. Wieder zurück an der Tür leuchtete sie mit der Taschenlampe, die zusätzlich auch noch ein paar neue Batterien vertragen könnte, in das Labor. Sie rechnete mit dem Schlimmsten, sogar damit, dass sie gleich in das Antlitz des toten Soldaten schauen würde, obwohl das unmöglich war, da sie selbst dabei gewesen war, als Dr. Nachtigall dessen untotes Leben beendet hatte. Als sie im schwachen Schein der Lampe die Tische mit den Leichen darauf sah, war sie zunächst wieder etwas ruhiger. Denn was auch immer diese Geräusche verursachte, es waren nicht die Leichen. Diese lagen zuge-

deckt und völlig unbeweglich auf den Edelstahltischen. So gut es ging leuchtete sie in dem Raum hin und her, aber so sehr sie sich auch anstrengte, konnte sie den hinteren Teil nicht erkennen. Aber was sollte dort auch sein?

Noch ungefähr zwei Minuten ließ sie den schwachen Lichtstrahl durch den Raum suchen. Auf dem Boden lagen ein paar Instrumente verteilt, die heruntergefallen waren, aber sie konnte nichts erkennen, was dafür verantwortlich sein könnte. Den Schirm hatte sie gesenkt und lehnte ihn an den Türrahmen, um mit der Hand ihren Schlüsselbund vom Gürtel zu lösen.
Etwas schabte an der Innenseite der Tür.

Sie merkte, wie ihre Hand zitterte und den Schlüsselbund klimpern ließ. Erneut leuchtete sie in die Dunkelheit, aber es war einfach nichts zu sehen. Sie beruhigte sich damit, dass sie den Schirm für das Geräusch verantwortlich machte und steckte den Schlüssel in den Zylinder. Dann legte sie die Taschenlampe auf den Boden und umfasste mit der Hand den Türknauf. Sie atmete noch einmal kräftig und entschlossen durch und drehte den Schlüssel im Schloss. Beherzt wollte sie die Tür aufstoßen, bemerkte aber schon nach wenigen Zentimetern einen Widerstand. Vorsichtig drückte sie kräftiger und das Hindernis auf der anderen Seite ließ sich tatsächlich nach hinten schieben. Bevor sie diesen Raum jedoch wirklich betrat, wollte sie wissen, was sie dort erwartete und keinesfalls durch das Dunkel stolpern. Ängstlich streckte sie ihre Hand durch den Spalt und tastete nach dem Lichtschalter.
Sie fand ihn und die Deckenleuchten fingen an zu summen. Warum brauchten die Röhren immer so entsetzlich lange, bis sie endlich für Licht sorgten? Während die Neonröhren unruhig aufblitzten, schob sie die Tür noch etwas weiter auf. Kalte Luft strömte ihr entgegen - und der Geruch des Todes. Sie griff nach ihrem Regenschirm und hielt den Stock fest umschlossen. Als erstes bemerkte sie das große blutige Leichentuch, dass auf dem Boden vor einem der Tische lag. Dann wanderte ihr Blick nach oben und sie erkannte den Körper eines Säuglings auf dem Tisch. Entsetzt hielt sie sich die Hand vor den Mund und unterdrückte so einen Schrei. Etwas hatte ihren Fuß

berührt, und als sie nach unten sah, erkannte sie ein weiteres Baby. Nur das sich dieses hier auf allen Vieren auf sie zu bewegte und sie mit toten Augen anstarrte. Erschrocken zog sie ihr Bein zurück und stolperte einen Schritt nach hinten. Während sie den untoten Säugling noch voller Entsetzen betrachtete und unfähig war, ihren Schirm in den kleinen Schädel zu stoßen, kroch ein zweites Baby um die Tür herum. Jetzt schrie sie aus vollem Hals.

Der kleine Körper klaffte auf und die geöffnete Bauchdecke schleifte über die Fliesen. Blassgelbe kleine Hände patschten über den Boden auf sie zu. Sie stand noch immer regungslos vor der geöffneten Tür, als der erste untote Säugling sie erreichte und ihre Wade mit seinem zahnlosen Kiefer quetschte. Als hätte sie ein ekliges Insekt auf dem Bein sitzen, versuchte sie das Baby abzuschütteln, doch der kleine Kauapparat war fest entschlossen, nicht mehr loszulassen. Mit dem untoten Kind am Bein sprang sie panisch schreiend über den Gang, während das andere Baby zielstrebig über die Türschwelle kroch und dabei eine feuchte Spur auf dem Boden hinterließ. Als der zwickende Schmerz in der Wade stärker wurde, holte sie mit dem Schirm aus und stieß zu. Fast ohne Widerstand glitt die metallene Spitze des Schirms in eine Fontanelle und versank tief in dem winzigen Kopf. Noch während sie den Schirm wieder zurückzog, übermannte sie ein Weinkrampf, und schließlich brach sie ohnmächtig zusammen. Der andere Säugling krabbelte weiter auf sie zu.

~ * ~

Zu dieser Zeit dachte Christel, wie schon so oft, über das Ziel der Reise nach. Sie waren die ganze Nacht hindurch unterwegs gewesen und sie hatte irgendwann aufgehört, sich anhand von Wegweisern zu orientieren. Zweimal hatten sie an verlassenen Tankstellen angehalten und die Busse wieder mit Diesel gefüllt, aber die Namen, die sie dort gelesen hatte, sagten ihr rein gar nichts. Im Moment war sie sich nicht einmal mehr sicher, ob sie sich noch in Deutschland befanden. Der Prediger erzählte immer wieder etwas von einer Kirche des ewigen Lebens, erörterte aber mit keinem Wort, wo diese zu finden sei,

und die Vorstellung, ihre Zukunft unter religiösen Spinnern zu verbringen, behagte ihr absolut nicht. Aber was hatte sie von der Zukunft überhaupt noch zu erwarten? Sie hatte jeden verloren, der ihr am Herzen hing. Zuletzt Julia, ihre kleine Tochter, die vor gerade einmal einem Monat bei lebendigem Leibe zerrissen wurde.
Sie schluchzte, wie sie es immer tat, wenn sie zurückdachte und bemerkte, wie sich ihre Augen erneut mit Tränen füllten.
Der Blick aus dem Fenster verschaffte ihr nur wenig Ablenkung. Die Welt lag in Trümmern, und das spiegelte sich in vielen erschreckenden Details wider, die den Straßenrand säumten. Überall lagen Autowracks in den Gräben oder blockierten die Straße, sodass die Busse meist Schlangenlinien fuhren. Hin und wieder erkannte man ein paar Untote, die außerhalb der Städte nur vereinzelt auftauchten. Am schlimmsten war aber das konsequente Fehlen jeglichen echten Lebens. Christels Verstand weigerte sich strikt, diese wandelnden Leichen als Lebewesen zu bezeichnen.
Die Frau neben ihr war auch schon wieder munter und unterhielt sich angeregt mit der Betenden. Christel vermied es, irgendwelche Gesprächsfetzen aufzuschnappen, die sie vielleicht noch wütender machen würde. Sie dachte an ihren Verlobten, Felix, und wie er sich immer wieder über die religiösen Gruppierungen lustig gemacht hatte. Eine Träne rann über ihre Wange und blieb als Tropfen an ihrem Kinn hängen. Wie in Trance tastete sie nach dem Handy, das sie in der Brusttasche ihrer Jeansjacke trug. Der Akku war längst nicht mehr geladen, aber selbst wenn er es wäre, gab es keine funktionierenden Netze mehr. Aber mit diesem Handy hatte sie zuletzt mit Felix telefoniert, und obwohl es nüchtern betrachtet unmöglich war, pochte irgendwo ganz tief in ihrem Herzen ganz leise die Hoffnung, dass es plötzlich klingeln und er sich melden würde. Zärtlich strich sie über die Beule in ihrer Jacke.

Die Sonne hatte sich gerade über den Horizont geschoben, da stimmte jemand auf den vorderen Plätzen ein Kirchenlied an, und nach der zweiten Textzeile schien der gesamte Bus mit einzustimmen - bis auf Christel. Sie saß zusammengekauert in ihrem Sitz und drückte sich so fest es ging an das Fenster, weg von den Anderen. Hin und wieder stupste sie die Frau neben ihr aufmunternd an und sang ihr dabei

schrecklich schief ins Gesicht.
Christel quittierte das mit einem finsteren Blick, der die Frau aber keineswegs davon abhielt, sie weiterhin fröhlich anzusingen.

Mach noch ein bisschen weiter und ich kratze dir die Augen aus, dachte Christel und richtete ihren Blick wieder in die tote Landschaft.
Sie war sich sicher, dass in den anderen Bussen nicht so eine ausgelassene Stimmung herrschte und fragte sich, wie diese ganzen dummen Leute hier überhaupt so lange überleben konnten. Im Moment wünschte sie, sie hätten es nicht geschafft.

~ * ~

"Verdammte Scheiße", flüsterte Maik vor sich hin, als sie das Vorzimmer betraten. "Hier sieht es aus wie in einer verdammten Kirche."
Die mit Holz getäfelten Wände waren über und über mit Kruzifixen behängt und dicke samtene Vorhänge in dunklem Rot hingen rechts und links der Tür, zu der sie geführt wurden. Sicherlich gehörte das nicht zur Standardausstattung eines Krankenhauses. Das meiste von dem Zeug stammte vielmehr aus einem Sakralbau.
Gregor, der die Bemerkung gehört hatte, nickte zustimmend, und ihm war deutlich anzusehen, dass ihm das nicht behagte. Auch Maik fühlte sich ohne sein Schulterhalfter nackt und unwohl. Aber die Soldaten, die sie abgeholt hatten, bestanden darauf, dass sie unbewaffnet vor den Doktor treten sollten. Maik hatte gar nicht versucht dagegen zu protestieren, sondern sein Halfter wieder abgelegt und sich eine Pistole blitzschnell unter das Hemd in den Hosenbund geschoben. Keiner der beiden Soldaten hatte das mitbekommen und sein kräftiger Bauch verhinderte, dass sie sich durch den Stoff abzeichnete. Jetzt aber war die Waffe so tief gerutscht, dass er seine Hose öffnen müsste, um sie herausziehen zu können. Außerdem beunruhigte ihn, dass sie Veronika seit gestern nicht mehr gesehen hatten. Zwar hatte einer der Soldaten, der sie gerade begleitete, versichert, dass es ihr den Umständen entsprechend gut ginge und man

die Infektion hatte stoppen können, aber darauf wollte Maik sich nicht verlassen.
Insbesondere die letzte Bemerkung gab ihm zu denken. Wie hatten sie die Infektion gestoppt und wieso war das noch niemandem in Marburg gelungen, während man es hier als selbstverständlich ansah?

Den letzten Tag und die darauf folgende Nacht hatten sie in der Sicherheit der Klinik verbracht. Vorher hatten sie jedoch noch die von dem Soldaten angekündigten Formalitäten erledigen müssen, und nachdem sie ein paar fantasievolle Angaben zu ihrer Herkunft gemacht hatten, wurde ihnen ein Zimmer mit Dusche zugewiesen. Es hatte noch einiger Diskussionen bedurft, bis es ihnen gestattet wurde, den Hund mit ins Lager zu nehmen, aber letztlich konnte Maik seinen Gastgeber von dessen Harmlosigkeit überzeugen und man schloss den Kompromiss, dass er frei im Lager laufen durfte, aber niemand ihn mit in das Gebäude nehmen durfte. Jetzt saß er mit einem Napf voll Wasser und ein paar Resten aus der Küche, die ihm ein Soldat besorgt hatte, vor dem gläsernen Eingangsportal und beäugte misstrauisch die vielen Untoten, die von außen an den Zaun gebunden waren.

Im Gegensatz zu Marburg gab es hier eine Großküche, von der aus die gesamte Versorgung mit Lebensmitteln geregelt wurde. Eine Frau, die deutlich schwanger war, hatte ihnen drei Portionen unidentifizierbares aber recht sättigendes Essen gebracht. Auf jeden Fall beinhaltete es Fleisch und Nudeln und schmeckte irgendwie nach Tomaten. Felix mutmaßte, dass es sich um gestreckte Soldatenverpflegung handelte, wie er sie selbst zu seiner Bundeswehrzeit mehr als genug vorgesetzt bekommen hatte. Kein guter Tausch, verglichen mit der frischen Kost in Marburg, fand er. Allerdings gab es hier auch bei weitem nicht so viele Menschen wie in Marburg. Ungefähr zweihundert hatte der Soldat erzählt.
Auch war das gesäuberte und umzäunte Gebiet nur einen Bruchteil so groß, wie das in Marburg, was die Sicherung des Geländes natürlich wesentlich einfacher gestaltete. Allem Anschein nach hatte man hier die Lage besser unter Kontrolle. Zumindest im Moment, denn er

hatte bis auf einen kleinen Kartoffelacker keinen Hinweis auf Landwirtschaft gefunden. Früher oder später würde es zweifelsfrei zu einem Nahrungsmittelengpass kommen.

Ein Begleiter lief an der Gruppe vorbei und klopfte vorsichtig an die von Vorhängen umrahmte Tür.

~ * ~

Derweil blickte Veronika benommen und mit vernebeltem Blick auf die weißen Deckenplatten über ihr. Alles war so hell und sauber.
Bin ich gestorben? Ist das das Paradies oder bin ich jetzt auch ein Zombie? Dumpf pochte der Schmerz in ihrem Bein und erinnerte sie an ihre Verletzung. Unter sich spürte sie eine weiche Matratze und es roch nach Desinfektionsmittel. Ein Geruch, der, obwohl sie ihn schon lange nicht mehr wahrgenommen hatte, noch fest in ihrem Gedächtnis gespeichert war. So roch es nur in einem Krankenhaus. Vorsichtig schaute sie sich um und tatsächlich befand sie sich in einem gepflegten Krankenzimmer. Erleichterung machte sich in ihr breit, wurde aber durch die Schmerzen wieder gehemmt. Mit den schlimmsten Befürchtungen senkte sie das Kinn auf die Brust und schaute an sich herunter. Die Decke wurde durch ein metallenes Gestell in genügend Abstand zu ihren Beinen gehalten und die Hoffnung, anhand der Konturen zu erkennen, ob sie noch beide Beine hatte, erlosch. Langsam näherte sich ihre Hand der Decke und schloss sich um eine Ecke. In dieser Position verharrte sie. Wollte sie wirklich wissen, wie es dort unten aussah? Sie wünschte, Felix wäre jetzt bei ihr. In ihrer Angst verdrängte sie, wie er sie die ganze Zeit über behandelt hatte und erfand romantische Geschichten, die sie mit ihm erlebt hatte. Aber weiterhin schien sie eine unsichtbare Barriere daran zu hindern, die Decke über ihren Beinen - oder ihrem Bein - einfach wegzuziehen. Hilfe suchend blickte sie sich um. Inzwischen hatte sich ihr Kreislauf wieder stabilisiert und es wurde ihr nicht mehr schwindlig, wenn sie den Kopf ein wenig aufrichtete. Sowohl zu ihrer rechten als auch zur linken Seite hin stand noch jeweils ein

Bett, aber offensichtlich war keines belegt, denn sie waren noch nicht einmal bezogen. Direkt neben ihr auf den Nachttisch hatte jemand eine Vase mit Gänseblümchen gestellt. Für Veronika stand fest, dass das nur Felix gewesen sein konnte, und für einen Moment lächelte sie. Dann fiel ihr der kleine Knopf auf, der zum Rufen der Schwester bestimmt war und an einem Kabel an der Oberseite des Bettes hing. Die rechte Hand weiter fest um den Saum der Decke geschlossen, griff sie mit der linken nach dem Knopf und drückte ihn. Ein kleines rotes Licht neben der Tür leuchtete und gebannt fixierte sie es.

Es vergingen mindestens zehn Minuten, die sie, außerstande sich zu bewegen, auf die Tür starrte, bevor diese sich schließlich öffnete und eine zierliche Gestalt als Schatten in dem Rechteck sichtbar wurde.

"Oh, hallo. Du bist ja schon wach", sagte der Schatten freundlich, als er näher kam und langsam eine junge Frau erkennbar wurde. Gekleidet war sie im klassischen Outfit einer Krankenschwester. Sie hatte lange dunkle Haare und freundlich lächelnde Lippen. Über dem linken Auge trug sie eine schwarze Augenklappe.

Veronika lächelte verkrampft zurück, schaute aber immer wieder hektisch zu der Stelle, wo sie ihr Bein vermutete.

"Hallo", erwiderte sie unsicher. "Wo bin ich?"

"Wir sind die Kirche des ewigen Lebens", antwortete die Krankenschwester und in ihrer Stimme schwang ein wenig Stolz mit. "Mein Name ist Tanja und ich bin heute für dich da."

Kirche des ewigen Lebens, überlegte Veronika. Wo hatte sie das schon einmal gehört?

"Mein Bein ...", begann sie schließlich, um das Gespräch auf ihr eigentliches Problem zu lenken. "Was ist mit meinem Bein?"

Ihre Hand schloss sich noch etwas fester um den Saum der Decke und es schien, als wollte sie die Decke festhalten, damit sie niemand wegziehen konnte. Gleichzeitig ließ sie ein stechender Schmerz unter der Decke zucken.

"Deinem Bein geht es gut", beruhigte sie Tanja und machte sich daran, selber nach der Decke zu greifen. "Dr. Rüttgers hat dich persönlich behandelt. Das können nicht alle von sich behaupten."

Entschlossen und gegen Veronikas Widerstand schlug sie die Decke zurück. Vor Schreck kniff Veronika die Augen zusammen, als erwar-

te sie trotz allem nur einen hässlich aussehenden Stumpf. Ganz vorsichtig lugte sie zunächst durch einen schmalen Schlitz zwischen den Lidern und öffnete die Augen nur zögerlich. Erst als sie zwei gleichlange Konturen erkennen konnte, öffnete sie die Augen ganz.
Beide Beine waren noch da, wo sie hingehörten, obgleich das eine in einen dicken Verband gehüllt war, der sein Zentrum über dem Knie hatte. Rechts und links stabilisierte ein metallenes Gestänge das Bein. Noch etwas ungläubig tastete sie mit der Hand danach, zog sie aber schnell wieder zurück, als sie den Oberkörper zu weit nach vorn beugte und versehentlich zu schnell bewegte. Ein spitzer Schmerzimpuls jagte durch das gesamte Bein.

"Felix ... ", sprudelte es plötzlich aus ihr heraus. "Wo ist Felix?"
Die Krankenschwester blickte sie irritiert an und wusste den Namen scheinbar nicht richtig einzuordnen. Viele Menschen, die bisher hier verarztet wurden, weigerten sich zu akzeptieren, dass ihre Angehörigen nicht mehr unter den Lebenden weilten und fragten deshalb immer wieder nach ihnen.
Inzwischen hatte sie es sich zur Angewohnheit gemacht, solche Fragen erst einmal zu überhören, in der Hoffnung, dass der Patient von alleine das Thema wechseln würde. Sie wusste nichts über Veronikas Vorgeschichte und vermutete, dass es sich bei diesem Felix um ihren Mann oder Freund handelte, der es nicht geschafft hatte. Die Art und Weise aber, wie Veronika sie anblickte, machte es ihr unmöglich, die Frage einfach zu übergehen. Vielleicht war es sogar wirklich so, dass der gesuchte Felix irgendwo hier in der Anlage war.

"Also ich weiß nichts von einem Felix", sagte sie und blickte dabei an ihr vorbei aus dem Fenster. Doch als sie bemerkte, wie Veronika aufgeregt atmete und beinahe mit dem Hyperventilieren anfing, fügte sie noch schnell hinzu: "Aber ich weiß wirklich nicht alles, was hier passiert. Eigentlich bin ich nur für diese Station verantwortlich und alles andere regelt der Doktor mit seinen Leuten. Ich kann ja mal nachfragen."
Erleichtert stellte sie fest, dass Veronika sich wieder beruhigte und ihren Körper entspannte. Der Gedanke, ihren Felix möglicherweise verloren zu haben, war für Veronika nicht zu ertragen, und so interpretierte sie die Aussage der Krankenschwester optimistischer, als diese es gemeint hatte.

"Geht es ihm gut? Wann kann ich ihn sehen?", fragte sie schon fast wieder euphorisch und klimperte erwartungsvoll mit den Augen.
Die Schwester trat unsicher einen Schritt nach hinten.

"Ich werde gleich nachfragen. Felix heißt er, sagst du?"
Veronika nickte eifrig und umarmte in Gedanken schon ihren über alles Geliebten.

~ * ~

Felix stand währenddessen mit Maik und Gregor vor einem riesigen antiken Schreibtisch, der mit kleinen Figuren und religiösen Symbolen aus den verschiedensten Kulturen überladen war. Dahinter saß ein alter Mann in einem dunkelroten Priestergewand, der sich als Dr. Rüttgers vorstellte. Als die drei den Raum betraten, sprang er auf, streckte die Arme in die Luft und grinste sie dermaßen breit an, dass es schon wieder unheimlich wurde. Felix musste unweigerlich an das Chat-Protokoll denken. So etwas Ähnliches hatte er aufgrund dessen erwartet und blickte vorwurfsvoll zu Maik.

"Willkommen in unserer kleinen Gemeinde, meine Freunde", begrüßte er sie und eilte um den Schreibtisch herum, um jedem persönlich und ausgiebig die Hände zu schütteln. Dabei hauchte er jedem einzelnen noch einmal ein "Willkommen!" ins Ohr. Anschließend huschte er mit wehender Soutane wieder um seinen Schreibtisch und setzte sich würdevoll auf den ledernen Bürostuhl.
Für einen Moment tat er weiter nichts, als einem nach dem anderen tief in die Augen zu blicken, während sein Verstand zweifelsfrei damit beschäftigt war, die drei Neuzugänge einzuschätzen. Als er seinen Blick zum dritten Mal über die Gruppe schweifen ließ, unterbrach Maik schließlich die Stille.

"Was ist mit der Frau, die uns begleitet hat?", fragte er den seltsamen Doktor, der vielmehr an einen Priester erinnerte.
Rüttgers blickte ihn verdutzt an. Offensichtlich hatte er nicht erwartet, dass jemand die Stimmung, die er gerade kunstvoll aufbauen wollte, einfach so ignorierte.

"Ihr geht es gut. Ich habe sie selber behandelt. Sie können sie gerne besuchen, wenn Sie wollen", sagte er schließlich, nachdem er die Fassung wieder gefunden hatte. "Aber warum lernen Sie unsere Gemeinde nicht erst einmal kennen? Einer unserer Schutzleute hat bemerkt, dass sie uns bald schon wieder verlassen wollen." Er beugte sich etwas über den Tisch und zog skeptisch die Augenbrauen nach oben. "Da draußen ist doch nichts mehr. Ich weiß zwar noch nicht, woher sie eigentlich gekommen sind ..."

"Aus der Nähe von Frankfurt", fiel ihm Maik ins Wort um zu verhindern, dass Felix oder Gregor nicht an die Geschichte dachten, die sie sich gemeinsam ersonnen hatten. Im Grunde beruhte der Großteil auf Felix Erlebnisse in dem alten Bauernhaus, nur dass sie die beiden Alten aus ihrer Version herausließen und stattdessen eine Flucht von dort mit dem Auto einfügten.

"Wenn Sie aus Frankfurt kommen", fuhr der Doktor fort, "dann haben Sie ja mit eigenen Augen gesehen, dass es dort draußen kein Leben mehr gibt." Er lächelte herausfordernd zu Maik hinüber. "Aber nun zu uns und unserer kleinen Gemeinde. Ich glaube, wenn Sie sich erst einmal eingelebt haben und die Sicherheit genießen, die ihnen bei uns geboten wird, werden Sie schnell bemerken, dass das Leben dort draußen keine wirklichen Alternativen bietet."

Felix interessierte das ganze Geschwafel nicht und hätten die Soldaten nicht so eindringlich darum gebeten, wäre er überhaupt nicht mit zu diesem Doktor gekommen.

"Wie können Sie da so sicher sein? Vielleicht gibt es noch andere Festungen", fragte Maik und verkniff es sich, die Sprache auf Marburg zu bringen.

Der Doktor sah ihn lange und intensiv an, schwieg aber beharrlich. Noch nie zuvor hatte sich Maik von einem Gesprächspartner verunsichern lassen. Schon gar nicht, wenn derjenige in ein rotes Nachthemd gehüllt war, aber irgendetwas war an dem Doktor unheimlich. Alles, was er von sich gab, schien gelogen zu sein, aber dennoch strahlte er eine ungeheure Macht aus. Eine Macht, die man besser nicht herausfordern sollte. Nervös begann er mit dem Fuß zu wippen. Zu allem Überfluss musste er spüren, wie die Pistole noch ein wenig weiter nach unten rutschte und das Metall des Laufs seinen Penis berührte, und er bereute seine Fragerei, die ihn noch länger hier festhielt. Mit aller Kraft konzentrierte er sich auf seinen Körper und befahl ihm stillzuhalten. Wenn die Pistole noch weiter rutschen würde, könnte er sie bald nicht mehr verbergen. Schlimmstenfalls würde es ihm mit einer lauten Explosion die Eier zerfetzen.

"Wir haben schon lange keinen Kontakt mehr zu anderen Städten. Ihnen fehlte einfach die nötige Akzeptanz, um sich mit der Situation zu arrangieren und zu überleben."

"Aber hier hat man diese Akzeptanz?", mischte sich Felix ein, der sich weniger als Maik von dem geheimnisvollen Gehabe des Doktors beeinflussen ließ. "Wovon sprechen Sie? Was hat man hier akzeptiert?"

Rüttgers ließ sich nicht aus der Fassung bringen und ignorierte Felix' Einwurf. Er richtete seine Worte weiterhin an Maik, den er zwar nicht für den intellektuellen Führer der Gruppe hielt, aber für denjenigen, der seine Meinung durchsetzen konnte.

"Der entscheidende Punkt ist", sagte er ruhig und sachlich, "dass Sie sich hier unter anderen Menschen befinden, und zwar in Sicherheit vor den Wandelnden, von der gut organisierten ärztlichen Versorgung einmal ganz zu schweigen." Jetzt schaute er wieder in die Runde. "Aber warum schauen Sie sich nicht selber um? Ich stelle Ihnen einen meiner Männer zur Seite, der Sie etwas herumführen wird. Heute Abend erwarte ich Sie zu unserer Versammlung. Dort werden Sie dann auch etwas über unsere Forschung und vor allem die daraus resultierenden Erkenntnisse hören. Ich will Ihnen nicht die Spannung nehmen, meine Freunde, aber ich wette, Sie werden verblüfft sein." Rüttgers winkte dem Soldaten, der sie bereits in den Raum begleitet hatte und nun in der Ecke neben der Tür wartete. "Zeigen Sie unseren Gästen die Anlage, Soldat!", befahl er. Dann drehte er sich ohne ein weiteres Wort zu seinem Computer um, der auf einem kleinen Beistelltisch hinter ihm aufgebaut war, und zeigte Maik und den Anderen schweigend den Rücken.

Felix war gerade im Begriff, seine Meinung über dieses seines Erachtens unhöfliche Benehmen kundzutun, da stieß ihm Maik mit dem Ellbogen in die Seite und schüttelte kaum merklich den Kopf, als er ihn ansah. Der Soldat hatte sich derweil neben Gregor aufgebaut und nickte der Gruppe zu.

"Gehen wir", sagte er freundlich und deutete mit einer ausladenden

Geste zur Tür. "Es gibt Einiges zu bestaunen."
Da Felix scheinbar immer noch versucht war, einen Kommentar abzugeben, zog ihn Maik kurzerhand am Arm mit sich, um der Aufforderung des Soldaten nachzukommen. Widerwillig folgte ihm Felix und zischte etwas in seine Richtung, was er aber nicht verstand. Gerade wollte der Soldat die Tür öffnen, da meldete sich Rüttgers noch einmal zu Wort.

"Ich denke, Sie sind keine besonders gläubigen Menschen", sagte er mit einem besorgten Tonfall zu den Dreien. "Schade. Ein starker Glaube kann sehr hilfreich sein. Aber ich denke auch, Sie werden ihre Einstellung bestimmt bald ändern." Dann drehte er sich wieder zu seinem Computer und präsentierte den Anwesenden die Rückenlehne seines Stuhls.
Jetzt ließ sich Felix nicht mehr den Mund verbieten.

"Hören Sie", legte er los. "Ich habe keinesfalls vor, hierzubleiben. Ich bitte Sie lediglich um ein Auto oder zumindest etwas Benzin. Dann falle ich Ihnen auch nicht weiter zur Last."
Rüttgers drehte sich schwungvoll zu ihm um und zog die Stirn kraus.

"Es steht Ihnen frei zu gehen", erwiderte er streng. "Aber wie Sie das anstellen, ist Ihre Sache. Unsere Vorräte sind beschränkt und nicht dafür gedacht, Ungläubige in den Tod fahren zu lassen." Dann entspannten sich seine Gesichtszüge wieder und er sagte freundlich: "Vielleicht können wir ja in ein paar Tagen noch einmal über ein Auto reden, wenn Sie dann immer noch weg wollen. Und jetzt entschuldigen Sie mich. Es ist eine zeitaufwendige Aufgabe, Gottes Plan zu verwirklichen."
Bevor er erneut etwas sagen konnte, stand der Soldat neben Felix und lächelte ihn an. "Sie haben es gehört. Der Doktor hat jetzt keine Zeit für weitere Gespräche. Lassen Sie uns gehen. Ich kann Ihnen auch sehr viel erklären." Wie zufällig richtete er den Lauf seines Gewehrs auf Felix' Unterbauch.
Achselzuckend schloss dieser zu Maik und Gregor auf und gemeinsam verließen sie das seltsame Büro mit dem noch seltsameren Doktor.
Als erstes ließ sich Maik eine Toilette zeigen, wo er endlich die Waffe in eine weniger gefährliche Position bringen konnte. Die anschließende Führung erwies sich länger, als man es dem kleinen Bereich

zugetraut hätte. Zunächst forderte Maik, dass sie der Soldat zu Veronika bringen sollte. Erleichtert stellte er fest, dass es ihr relativ gut ging und das Bein noch nicht einmal amputiert werden musste. Sogar Felix stand mit an ihrem Bett, vermied aber den Blickkontakt und sagte kein Wort. Eine Viertelstunde blieben sie noch bei ihr, und sie freute sich aufrichtig über den Besuch. Allerdings bedauerte sie, dass Felix sie nicht in den Arm nehmen wollte. Gregor hingegen versprach ihr noch, dass er sie bald wieder besuchen würde.
Dann folgten sie dem Soldaten weiter durch das Gebäude. Maik irritierten die vielen schwangeren Frauen, die ihnen in den Gängen begegneten, denn soweit er das in Marburg mitbekommen hatte, sollten sich hier ausschließlich Soldaten, Ärzte und Wissenschaftler aufhalten. Der Soldat nickte jedem, der ihnen über den Weg lief, freundlich zu und tätigte den ein oder anderen Smalltalk, was das Tempo der Führung erheblich verlangsamte. Alles in allem gab es aber ohnehin nichts wirklich Spektakuläres zu sehen. Das riesige verschlungene Gebäude war in einen Altbau und einen neu errichteten Komplex mit halbrunder Glasfassade, unterteilt. Die interessanteren Bereiche, wie zum Beispiel die Forschungsabteilung, waren für Zivilisten jedoch nicht zugänglich. Überhaupt gab es mehr verbotene als offene Gänge in der Klinik. Die Krankenzimmer der obersten Etagen dienten als Unterkünfte für Flüchtlinge. Dort war auch das Quartier, das Maik mit den anderen bezogen hatte. Darunter befand sie die Entbindungsstation, zu der nichtschwangere Zivilisten ebenfalls keinen Zutritt hatten. Die Soldaten und Ärzte hatten den kompletten Flügel des Altbaus besetzt, in dem, soweit man den alten Hinweistafeln Glauben schenken konnte, die Neurochirurgie untergebracht war. Betreten ließ sich der Bereich nur mit der entsprechenden Magnetkarte und einer Zahlenkombination, die man in die Tastatur neben der Tür eingeben musste. Ein dritter Komplex, in dem einst die Hals-Nasen-Ohren-Klinik beheimatet war, war grob mit Trassenband abgesperrt. Deutlich hörte man den Lärm von Baumaßnahmen aus diesem Bereich. In der Regel gingen sie an verschlossenen Türen vorüber und der Soldat erwähnte beiläufig, was sich dahinter befand. Es war ihm deutlich anzumerken, dass sein eigentlicher Job nicht darin bestand, Zivilisten durch das Lager zu führen. Aber mit jeder verschlossenen Tür wuchs Maiks Neugier. Einmal musste er stutzen, als der Soldat

in einem Nebensatz von Brutkästen sprach, als sie am verschlossenen Ende eines Ganges kehrtmachten. Aber noch hielt er sich mit Fragen zurück.
Dafür beobachtete er aufmerksam alles, was um ihn herum geschah und ließ keine Gelegenheit aus, durch geöffnete Türen zu spähen. Zu sehen bekam er allerdings nichts.

Gregor klebte wie ein Schatten an ihm und wusste nicht so recht, wie er sich verhalten sollte. Im Gegensatz zu Marburg war hier alles streng organisiert und vor allen Dingen unheimlich eng. Kein Platz um gemütlich einen zu rauchen. Immer wieder überprüfte er, ob das Etui noch in seiner Brusttasche steckte. Wenn er sich richtig erinnerte, dann befanden sich noch drei Joints darin.

Als sie sich schließlich am Ende des Rundgangs in der großen gläsernen Eingangshalle befanden und Felix feststellen musste, dass die Kellergeschosse ebenfalls abgeriegelt waren, beschloss er, noch ein paar Informationen aus dem Soldaten herauszukitzeln.

"Das ist ja alles ganz interessant, aber wirklich zum Staunen hat mich nichts gebracht", bemerkte er trocken.

"Was sagen Sie?", brach es aus dem Soldaten heraus. Sein Gesicht spiegelte Verwunderung und verletzten Stolz wider. "Wir haben hier ein voll funktionierendes Krankenhaus und sind in der Lage, für viele Menschen zu sorgen. Hier werden Kinder geboren, während dort draußen die Welt in Trümmern liegt. Pah!" Er schaute verächtlich an Felix herunter.

"Jep, ist verdammt beeindruckend", bemerkte Maik versöhnlich und stoppte so Felix, der gerade den Mund geöffnet hatte um weiter zu sticheln. Der Soldat blickte dankbar für diese Bemerkung zu ihm hoch.

"Ja, das meine ich so", sagte Maik zur Bestätigung. "Aber ein paar Fragen hätte ich da noch."

"Bitte", sagte der Soldat lächelnd, als hätte er die ganze Zeit nur darauf gewartet, eine konkrete Frage gestellt zu bekommen.

~ * ~

Der Prediger hatte die Karte auf den Knien ausgebreitet und fuhr mit dem Finger die in Frage kommenden Routen nach. Sein Kontaktmann in der Kirche des ewigen Lebens hatte ihm eine Eskorte zugesagt, die ihn auf dem schnellsten Weg durch die Untoten auf das sichere Gelände der Kirche bringen würde, sobald er Gießen erst einmal erreicht haben würde. Aber bis dahin waren es noch ungefähr zweihundert Kilometer. Bei der derzeitigen Reisegeschwindigkeit würde es also noch mindestens sechs Stunden dauern, bis er seinen göttlichen Auftrag erfüllt haben würde. Dann würden ihm die Menschen endlich dankbar dafür sein, dass er sie aus den Klauen der gottlosen Regierung befreit hatte. Ein wenig fühlte er sich wie Moses, der sein Volk in das Gelobte Land führte. Als er darüber nachdachte, musste er unwillkürlich voller Selbstgefälligkeit breit grinsen.

Zwei Motorräder kamen dem Bus entgegen und der Prediger nickte zufrieden, als sie ihm mit der Lichthupe signalisierten, dass die Straße wenigstens bis zur nächsten Kreuzung passierbar war. Einer von beiden war Zecke, der auch die Idee mit dem Vorauskommando gehabt hatte, nachdem sie das dritte Mal in einer Sackgasse gesteckt hatten und viele Kilometer zurückfahren mussten. Außerdem konnten sie so besser nach noch intakten und gefüllten Tankstellen Ausschau halten, von denen die meisten in oder zwischen den kleinen Dörfern zu finden waren.

Mit einem Tritt unter den Sitz des Fahrers gab der Prediger ihm zu verstehen, dass er anhalten sollte. Langsam rollte Zecke auf den Bus zu, bis er schließlich neben der Tür zum Stehen kam. Der Prediger stieg aus und streckte seinen gedrungenen Körper. Mit einem Taschentusch wischte er sich über das Gesicht. Heute war es ungewöhnlich heiß und obwohl sämtliche Fenster des Busses geöffnet waren, hatte der Schweiß sein Hemd durchnässt. Diese Hitze musste eine weitere Versuchung des Satans sein, wie er sie schon häufig überstanden hatte. Zusammen mit Zecke betrachtete er die Karte und teilte ihm die Route mit, für die er sich entschieden hatte. Zecke nickte und startete seine Maschine. Kurz darauf war er mit dem anderen Motorradfahrer zwischen den Bäumen verschwunden.

Die Umgebung hatte sich stark verändert, seit sie Hannover verlassen hatten. Das flache, über Kilometer hin einsehbare Land war zu einer hügeligen und stellenweise stark bewaldeten Berg- und Talbahn mutiert. Hinter jeder Kuppe konnte eine Gruppe Wandelnder warten oder die Straße dermaßen mit Autowracks blockiert sein, dass sie für die Busse nicht befahrbar war. Die nächsten dreißig Kilometer waren, bis auf gelegentlich nötige Slalommanöver, so die Aussage Zeckes, passierbar. Bis der Bus die Kreuzung erreicht haben würde, waren Zecke und sein Begleiter damit beschäftigt, die zwei davon abgehenden Straßen auszukundschaften.

Nachdem der Prediger auch den Fahrer von der Strecke in Kenntnis gesetzt hatte, lehnte er sich entspannt in seinem Sitz zurück und stellte sich vor, was ihn an seinem Ziel erwarten würde. Bisher wusste er nur soviel, dass dort ein gläubiger Mensch einen Zufluchtsort geschaffen hatte und an einem Mittel gegen die Untoten forschte, und wie er selbst behauptete, schon einen großen Durchbruch errungen hatte. Er hatte gesagt, dass er alle Menschen, die der Prediger mitbringen würde, versorgen könnte und dass sie dort die Zivilisation neu beginnen konnten. Bald würde er, der Prediger, das Oberhaupt dieser neuen Zivilisation sein. Letzteres hatte er natürlich nicht über den Funkkontakt mit Gießen erfahren, sondern Gott hatte es ihm vor einigen Nächten selbst in einer Vision mitgeteilt.

~ * ~

Obwohl Maik den Soldaten über eine Stunde mit Fragen gelöchert hatte, war er keinesfalls schlauer. Zwar wusste Maik jetzt, dass die Zombies, die an den Zaun gefesselt waren, dazu dienen sollten, andere Zombies abzuhalten. Wie das letztlich aber funktionieren sollte, konnte der Soldat auch nicht beantworten und flüchtete sich in Lobpreisungen über Rüttgers und wie gut er doch für die Menschen hier sorgte. Genauso wenig konnte oder wollte er sich über die Versuche, die hinter den verschlossenen Türen vor sich gingen, etwas sagen. Als Maik ihn auf die Nahrungsmittelreserven ansprach, erhielt er nur ein lapidares "Wir haben mehr als genug" zur Antwort. Maik war sich sicher, dass der Soldat mehr wusste, als er sagte. Außerdem ging ihm sein ständiges Lächeln gewaltig auf die Nerven.

Jetzt standen sie vor dem Eingangsportal der Klinik und leisteten dem Hund Gesellschaft. Der Soldat war sichtlich ungeduldig und trat von einem Fuß auf den anderen. Ihm war deutlich anzumerken, dass er weiteren Fragen lieber aus dem Weg gehen würde, wohl aus Angst, sich zu verplappern. Auch Felix erkannte das. Trotz des Lächelns konnte er die nervöse Angespanntheit der Wangenmuskeln erkennen. Ähnlich wie er es auch bei den Soldaten in Marburg öfter bemerkt hatte. Vielleicht war das der richtige Zeitpunkt, um ihn aus der Reserve zu locken, und er setzte alles auf eine Karte.

"Ich habe gehört, hier gibt es noch ein anderes, viel größeres Lager. Marburg war der Name, glaube ich." Er tat so naiv, wie es ihm möglich war, registrierte aber deutlich, wie der Soldat bei dem Namen der Stadt erschrak. Auch Maik erschrak und hoffte, dass Felix nicht alles versauen würde. Am liebsten hätte er ihn jetzt mit einem gezielten Schlag zum Schweigen gebracht, aber dazu war es nun zu spät.
Der Soldat überlegte merklich lange und schaffte es nicht mehr, Felix in die Augen zu sehen.

"Die gibt's nicht mehr", sagte er schließlich mit heiserer Stimme, aus der die Unsicherheit deutlich herauszuhören war. "Wir haben schon seit Monaten keinen Kontakt mehr dorthin."
Maik bedachte Felix mit einem finsteren Blick, der ihm körperliche Gewalt androhte, wenn er weiter über Marburg reden sollte. Aber für Felix war das Thema mit dieser Frage erledigt. Im Grunde war es nur ein kleiner Test, und er wusste jetzt, dass er auf die anderen Erklärungen auch nichts geben musste. Aber eigentlich war es ihm auch egal, was hier drinnen ablief. Wichtiger war es für ihn, so schnell wie möglich weiter zu kommen.
Auch Gregor hatte keine Lust mehr, hier unten zu bleiben, denn obwohl er auf der sicheren Seite des Zauns stand, bereitete ihm die Nähe zu den Zombies großes Unbehagen. Wenn es nach ihm ginge, würden sie sich jetzt zurückziehen und erst einmal einen rauchen. Anschließend würde er Veronika noch einmal besuchen.

"Tja, wenn das dann alles wäre", sagte der Soldat schließlich, "dann kann ich ja wieder meiner Arbeit nachgehen. Den Weg zu Ihrem Zimmer finden Sie?" Er drehte sich um und öffnete die Glastür. Im Hineingehen drehte er noch einmal den Kopf und sagte: "Vergessen Sie die Versammlung heute Abend nicht. Hier draußen auf dem Vorplatz. Es werden noch viele andere kommen."

Ohne eine Antwort abzuwarten ließ er die Tür hinter sich zufallen. Maik beobachtete ihn durch die Glasfront, bis er auf der Treppe verschwunden war, dann packte er Felix mit beiden Händen am Kragen und zog ihn so nah an sich heran, dass sich ihre Nasen beinahe berührten.

"Verdammtes Arschloch", zischte er Felix ins Gesicht. "Ich hab' dir gesagt, dass wir kein Wort über Marburg verlieren. Wenn du denkst, du kannst uns hier irgendwie reinreißen, dann reiß ich dir deinen verdammten Arsch auf." Er setzte ihn wieder auf die Erde und blieb wutschnaubend vor ihm stehen.

Der Hund stand neben ihm und knurrte Felix an, der noch völlig verdattert und mit zittrigen Knien dastand und ängstlich zu Maik hinaufblickte.

"Hey, was ist los?", fragte er verunsichert. "Was hab ich denn Schlimmes getan?" Ihm war absolut nicht klar, warum Maik gerade so ausgeflippt war, und deshalb fügte er etwas sicherer als Rechtfertigung hinzu: "Ich habe doch kein Wort davon gesagt, dass wir aus Marburg kommen. Außerdem liegt es mir fern, euch in irgendeiner Weise zu verraten. Aber mach dir keine Gedanken. Sobald es möglich ist, bin ich verschwunden."

Gregor beobachtete die Situation aus ein paar Meter Entfernung und wartete sehnsüchtig darauf, dass Maik dem Arschloch endlich eine verpassen würde. Leider geschah dies nicht, sondern Maik schien sich im Gegenteil wieder zu beruhigen.

"Ist in Ordnung", sagte Maik noch ziemlich kurz angebunden. "Sorry, dass ich so ausgetickt bin. Aber halt dich in Zukunft verdammt nochmal zurück, sonst kann ich für nichts garantieren." Ihm war klar, dass er überreagiert hatte, aber diese ganze bizarre Situation hier zerrte an seinen Nerven.

Allzu reumütig zeigte er sich dennoch nicht. Felix klar zu machen, wer hier das Sagen hatte, war schon seit längerer Zeit überfällig gewesen.

"Wie gesagt, ich bin bald weg. Bis dahin können wir uns ja aus dem Weg gehen", erwiderte Felix schnippisch und verschwand ohne ein weiteres Wort in der Klinik.
Wieder ärgerte sich Maik darüber, dass er Felix so falsch eingeschätzt und aufgrund dessen überhaupt erst mitgenommen hatte. Und in gewisser Weise war es ihm sogar peinlich vor Gregor, der mit seiner übertriebenen Skepsis diesmal recht behalten hatte.

"So ein Riesenarschloch", bemerkte Gregor von hinten und Maik musste ihm zustimmen. Dann wurde Gregor wieder nachdenklich. Gedankenverloren klopfte er im Rhythmus eines imaginären Liedes auf sein Zigarettenetui und schaute dabei an der gläsernen Fassade des Krankenhauses hoch.

"Hier ist es irgendwie unheimlich", sagte er schließlich, noch immer die Augen in den Himmel gerichtet. "Dieser Doktor ist der totale Freak. Ich will gar nicht wissen, was der hier erforscht." Dann schaute er wieder zu Maik, der inzwischen neben dem Hund hockte. "Außerdem ist unser Gras noch im Auto."
Nachdenklich richtete sich Maik wieder auf und kratzte sich in gewohnter Weise am Bart. Dass Gregor sich hier nicht wohlfühlte war in Anbetracht der Nähe zu den Untoten klar. Und dass er sein Gras vermisste, war selbstverständlich. Auch Maik wollte nicht einfach hinnehmen, dass die Ernte, die sie unter Einsatz ihres Lebens aus dem Wald geholt hatten, einfach so in einem Autowrack vergammelte. Und was den Doktor anging: Zwar hielt ihn Maik ebenfalls für einen durchgedrehten Spinner, aber die Neugierde war bei ihm wie immer stärker ausgeprägt als irgendwelche Bedenken. Er wollte der Sache auf den Grund gehen.

"Hast recht, Kumpel", sagte er schließlich. "Den Koffer holen wir noch." Dann grinste er. "Wäre doch verdammt schade um das wertvolle Zeug."
Gregor lächelte auch. Zum ersten Mal seit ihrer Flucht waren sie wieder alleine, einmal abgesehen von dem Hund, der ihn misstrauisch anstarrte.

"Was ist, Mann, wollen wir uns ein ruhiges Plätzchen zum Kiffen suchen? Drei Stück habe ich noch", sagte er und klopfte auf das Etui.

"Okay, Kumpel. Ich glaube, das kann ich jetzt gut gebrauchen." Maik schaute sich um. Links vom Hauptgebäude standen ein paar große Container voller Bauschutt, und eine Gruppe großer Bäume bot einen gewissen Sichtschutz. Außerdem stand noch eine Bank darunter, auf der sich einst die Patienten die sonnigen Nachmittage verkürzt hatten. "Da hinten sieht es ganz gemütlich aus." Mit gestrecktem Arm zeigte er auf die Bank.

~ * ~

Maurice Nachtigall lag angezogen auf seinem Bett und schaute auf den Wecker, dessen Radioteil nichts mehr empfangen konnte. Schon fast halb zehn. Seit mehr als zwei Stunden lag er schon so da und grübelte. Der gestrige Tag war eine Enttäuschung gewesen und das konnte er nicht einfach so hinnehmen. Warum war die Leiche des Kuriers erst so spät wieder erwacht? Was hatte es mit den Babys auf sich? Was hatte Rüttgers entdeckt? Diese Fragen gingen ihm immer wieder durch den Kopf und er ließ im Geiste noch einmal sämtliche Obduktionen, die er bisher gemacht hatte, Revue passieren. Aber so sehr er auch darüber nachdachte, ihm wollten keine Ungereimtheiten einfallen.

Noch immer ganz in Gedanken versunken, stand er schließlich auf und schlüpfte in seine Schuhe. Wenn er ganz gemütlich ging, dann wäre er genau um Zehn beim Labor. Insgeheim hoffte er, dass Pavel schon dort sein würde und somit den Boden wischen müsste.

Betont langsam spazierte er den steilen Weg, der zum Forschungstrakt des Konzerns führte, entlang. Das Wetter war heute unbarmherzig schwül und der süßliche Geruch verwesenden Fleisches kroch durch die Straßen. Kurz blieb er ihm Schatten einer Plakatwand stehen. Die ursprüngliche Botschaft „Gib AIDS keine Chance“ hatte irgendein Witzbold mit roter Farbe in „Gib ZOMBIES keine Chance“ abgewandelt. Verständnislos schüttelte er den Kopf und ging weiter.

Seine Armbanduhr zeigte ihm, dass er noch fast eine Viertelstunde Zeit hatte, also verringerte er seine Schrittgeschwindigkeit noch ein wenig und geriet wieder ins Grübeln. Wonach muss ich suchen? Was hat Rüttgers uns mitteilen wollen? Wieso hat es über zwei Stunden

gedauert? Dann dachte er plötzlich wieder an das Plakat und zog verächtlich die Nase kraus. AIDS konnte man in den meisten Fällen vorbeugen. Aber wie sollte die Prophylaxe gegen Zombies aussehen, außer mit dem sofortigen Beenden des Sterbens? Dann fiel es ihm wie Schuppen von den Augen. Das konnte der Schlüssel sein! Völlig unbewusst steigerte er sein Tempo, bis er schließlich rannte. Jetzt war es ihm egal, ob er den Boden wischen müsste. Er würde sogar den ganzen Sicherheitsbereich mit der Zahnbürste schrubben, wenn sich seine Idee bestätigen würde.
Schnaufend überquerte er den Vorhof und riss die Tür zum Eingangsportal auf. Dass die Soldaten, die normalerweise den Komplex bewachten, nicht anwesend waren, registrierte er überhaupt nicht. Ohne nach rechts oder links zu schauen, öffnete er die Sicherheitsschleuse und rannte den Gang hinunter. Seine Hände zitterten vor Aufregung und er musste sich stark zusammenreißen, um mit der Magnetkarte den Schlitz zu treffen. Er sprintete am Fahrstuhl vorbei die Treppe hinunter und nahm drei Stufen gleichzeitig. Aus dem kleinen Sichtfenster der letzten Sicherheitstür, die ihn noch von seinem Labor trennte, drang Licht, aber auch das nahm er nicht bewusst war. Gerade wollte er die Karte durch den Schlitz schieben, als der Kopf von Heidrun Patzinger gegen die Scheibe schlug und einen roten Fleck auf dem Glas hinterließ. Vor Schreck machte Nachtigall einen Sprung nach hinten und geriet ins Stolpern. Auf dem kalten Boden liegend versuchte er seine Gedanken zu ordnen.

Oh, mein Gott, dachte er, während er sich wieder aufrichtete, lass das nur eine Halluzination meines überarbeiteten Verstandes sein.
Da krachte es wieder auf der anderen Seite der Tür und abermals erschien das verzerrte Gesicht von Heidrun. Im Wissen, dass die Schleuse dem untoten Körper standhalten würde, trat er näher und spähte durch den gläsernen Spalt. Da war sie, der gute Geist des Leichenkellers, mutiert zu einer untoten Bestie, die sich wieder und wieder gegen die Tür warf und versuchte, durch das Glas hindurch zu beißen. Es krachte, als sie mit dem Kiefer erneut gegen die Scheibe schlug, und ihre Schneidezähne brachen. Durch den Schlitz war kaum noch etwas zu erkennen, soviel Blut lief auf der anderen Seite herunter. Doch dann bemerkte er noch etwas, was ihm das Blut in den Adern gefrieren ließ. Zwei Säuglinge, die er selber obduziert

hatte, krabbelten ebenfalls durch den Gang. Einer kratzte mit seinen kleinen Händen an der Tür. Sein Kreislauf drohte zu versagen und er musste sich an der Wand abstützen. Dann sank er, mit vor dem Gesicht zusammengeschlagenen Händen, daran hinunter. Lange blieb er aber nicht sitzen.

Pavel, schoss es ihm durch den Kopf. War sein Kollege etwa auch dort drinnen? Jetzt war keine Zeit um schwach zu werden. Er sprang auf, sprintete die Treppe wieder nach oben, um Hilfe zu holen.

Auf dem Hof schaute er sich suchend um. Wo waren die Soldaten? Die Sandsackstellungen waren verweist. Langsam beschlich ihn der schreckliche Verdacht, dass er den Untergang der Stadt verschlafen hatte. Aber das war Unsinn, denn so fest hatte er nicht geschlafen. Er rannte zur Hofzufahrt, blickte die Straße hinunter und versuchte zu schreien. Doch außer einem heiseren Krächzen verließ kein Laut seine Kehle. Ohne zu wissen wonach er Ausschau hielt, drehte er sich mitten auf der Straße stehend mehrmals im Kreis. Dann sah er Woitek fröhlich winkend die Straße nach oben laufen und die große Erleichterung, die sich in ihm breit machte, verhalf ihm wieder zu etwas Ruhe.

"Einen wunderschönen guten Morgen, Maurice", rief Woitek schon von weitem und setzte auf den letzten hundert Metern zu einem Dauerlauf an.

Nachtigall erwiderte nichts, sondern wartete unbeweglich, bis er bei ihm war.

"Ach du lieber Himmel, Maurice. Du siehst aus, als hättest du den Teufel persönlich gesehen. Was ist denn los?", flachste Woitek, bis er schließlich erkannte, dass wirklich etwas Schlimmes passiert sein musste.

"Heidi ...", begann er und stockte.

"Frau Patzinger? Was ist mit ihr?"

"Sie ist ..." Es fiel ihm ungeheuer schwer es auszusprechen. "Sie ist ... tot."

Woiteks Miene erstarrte. Er setzte mehrfach an, etwas zu erwidern, stotterte allerdings nur. Dafür ergriff Nachtigall wieder das Wort.

"Sie ist unten im Labor ... Aber das ist noch nicht alles ..." Er schluckte erneut. "Die Babies ... sie sind auch wieder aufgestanden."

Noch immer mit offenem Mund dastehend, fischte Woitek seine Zigaretten aus dem Jackett. Seine Hand zitterte, als er seinem Kollegen das Päckchen entgegenstreckte. Nachtigall zog mit ebenso nervösen Fingern eine Zigarette heraus und ließ sich Feuer geben. Die Kippe vibrierte in seinem Mundwinkel und für einen Moment schien er mit den Gedanken weit weg zu sein. Dann holte Woitek ihn in die Realität zurück.

"Wir müssen das melden, Maurice." Er schaute sich auf dem Hof um. "Wo sind denn unsere Beschützer?" Unsicherheit schwang in seiner Stimme mit und er zog fest an seiner Zigarette.

"Das weiß ich auch nicht." Erst jetzt fiel ihm das Fehlen der Soldaten auf. "Sonst waren sie doch immer so darauf bedacht, dass hier mindestens einer von ihnen Wache hielt."

"Ist sonst noch jemand drinnen?" Woitek zog heftig an seiner Zigarette.

"Ich weiß es ehrlich gesagt nicht", antwortete Nachtigall. "Ich wollte ziemlich zügig ins Labor ... und genauso zügig bin ich auch wieder heraus gestürmt." Dann wurde ihm wieder bewusst, warum er sich so beeilt hatte. "Ich hatte auf dem Weg hierher einen Geistesblitz, und vielleicht habe ich eine Spur." Und als Woitek ihn mit einer Mischung aus Entsetzen und Verwunderung anschaute, ergänzte er noch: "Aber das erkläre ich dir später. Zunächst sollten wir uns um Heidi kümmern."

Woitek hatte seine Zigarette schon beinahe aufgeraucht, als Nachtigall die Seine mit dem Absatz austrat. Mit gesenktem Haupt stand der Mikrobiologe da und schüttelte traurig den Kopf. Auch weil er sich davor scheute, selber mit Hand anlegen zu müssen.

Zögernd betraten sie schließlich den Komplex und das Echo ihrer Schritte hallte in den Korridoren. Sonst war es völlig still. Die Pförtnerloge war ebenso leer wie die Gänge. Doch bevor sie nach unten gingen, wollten sie ein paar Kollegen mitnehmen. Bestimmt hatte einer eine Waffe, denn Nachtigalls Pistole war unten in seinem Schreibtisch eingeschlossen. Aber abgesehen davon hätte er sie ohnehin nicht selbst benutzen können - nicht bei Heidi.

~ * ~

Nachdem der erste Joint abgebrannt war, hatte Gregor sofort den nächsten angezündet. Maik hatte ja schließlich gesagt, dass sie den Koffer noch holen würden. Er war zuversichtlich, dass ihn noch kein anderer entdeckt hatte. In diesem Fall erwiesen sich die Zombies sogar als nützlich. Denn ohne zu wissen, was dort in dem Auto war, würde sich niemand in das Getümmel aus lebenden Leichen stürzen. Er reichte den Joint an Maik weiter, der ihn dankend entgegennahm und den Rauch tief inhalierte.

Sie saßen auf der Bank ungefähr zwei Meter vom Zaun entfernt und beobachteten die gefesselten Zombies. Der Hund lag vor ihnen auf der Wiese und war sichtlich zufrieden mit sich und der Welt, was man von Gregor nicht behaupten konnte. Dessen Laune schwankte von ängstlich über nachdenklich bis hin zu drogenbedingten Lachanfällen. Maik hatte ihn dazu überredet, sich hier hin zu setzen, damit er sich an den Anblick der Zombies gewöhnen konnte, und offensichtlich ging sein Plan auf, denn Gregor begann bereits damit, Witze über die Untoten zu machen.

"Die wäre richtig niedlich, wenn ihre Muschi nicht so ausgeleiert wäre", scherzte er und deutete auf eine junge Frau, deren Unterleib völlig zerfetzt war.

"Vielleicht hat sie zu dem Falschen 'eat my pussy' gesagt", antwortete er und lachte, dass er fast von der Bank fiel. Bevor das passierte, gab er Gregor den Joint zurück. Bei ihm hatte das Gras noch eine wesentlich stärkere Wirkung als bei Gregor, der seine Toleranzschwelle binnen kürzester Zeit wieder auf den alten Stand hochgekifft hatte.

"Ist dir schon aufgefallen, dass viele von denen ganz nackt sind?", bemerkte Gregor und zog intensiv an der Tüte.

"Vielleicht wollen sie sich paaren", erwiderte Maik trocken. "Dann wissen wir ja, was der verrückte Doktor hier macht. Er züchtet die verdammten Biester." Dann lachte er wieder.

Gregor lachte nicht. So ganz konnte er die Möglichkeit nicht als Witz abtun und verstrickte sich in Gedanken über kopulierende Untote und das, was daraus entstehen würde. Als Maik bemerkte, wie still sein Freund geworden war, schaute er mit zugeschwollenen Augen und breit grinsend zu ihm hinüber.

"Hey Kumpel, das war ein Scherz. Außerdem kann deine Freundin hier sowieso nicht mehr schwanger werden."

Trotzdem war es ein grotesker Anblick, und er fragte sich nach dem eigentlichen Grund für die angebundenen Untoten. Die Erklärung des Soldaten, dass sie andere Zombies vom Zaun fernhielten, war mehr als fadenscheinig, zumal hinter den Gefesselten auch freie Zombies standen, die versuchten, ins Lager zu gelangen.

"Das ist nicht meine Freundin' , sagte Gregor gespielt beleidigt und gab den Joint wieder an Maik. Er musste an Veronika denken. So wie heute hatte er sie noch niemals wahrgenommen. Wenn sie nicht ständig auf Ärger aus war oder sich in irgendwelche Hirngespinste verstrickte, die zu Ärger führten, war sie eigentlich ganz nett. Er war froh, dass sie ihr nicht das Bein abgenommen hatten. Gleich würde er sie noch einmal an ihrem Krankenbett besuchen.

In der Zwischenzeit wanderte Felix nervös und ziellos durch die Gänge. Die Wut auf Maik ließ ihn nicht zur Ruhe kommen. Was bildete sich dieser Fettsack eigentlich ein? Dass er es war, der ihn vor Veronika gerettet hatte, verdrängte er. Wahrscheinlich wäre es ihm sogar besser ergangen, wenn er sich gar nicht eingemischt hätte. Irgendwie hätte er sich schon befreien können. Aber jetzt saß er in einem Krankenhaus fest, das von einem fanatisch religiösen Arzt geleitet wurde.

Eine junge Frau in Begleitung zweier Soldaten kam ihm mit gesenktem Haupt entgegen. Die Soldaten hingegen beäugten ihn misstrauisch. So wie es aussah, waren hier neunzig Prozent der Männer in Uniform gekleidet, auch wenn Felix inzwischen ziemlich sicher war, dass es sich nicht um die Bundeswehr handelte. Bei genauerer Betrachtung der Uniform fiel auf, dass die üblichen Rangabzeichen, wenn überhaupt, mehr oder weniger willkürlich angebracht waren. Dafür waren die Uniformen an beiden Oberarmen und auf dem Rücken mit verschiedenfarbigen Punkten gekennzeichnet, die mit farbigen Markierungen auf den verschlossenen Bereichen übereinstimmten.

Die ihm gerade entgegenkamen, hatten sowohl einen blauen, einen grünen und einen weißen Punkt. Schon vorher waren ihm Uniformierte begegnet, die ebenfalls so gekennzeichnet waren. Im Geiste hatte er mitgezählt und kam zu dem Schluss, dass der rote Bereich der geheimste sein musste, denn bislang war er nur Einem mit einem solchen Punkt über den Weg gelaufen. Den blauen Punkt hatte er hingegen bei jedem der Soldaten gesehen. Er beschloss, die Korridore noch einmal systematisch abzugehen und alle farbig markierten Bereiche zu suchen, um sie in seine Karte, die er sich im Geiste zeichnete, einzutragen.

Maik und Gregor hatten eine Runde entlang des Zauns gedreht und waren wieder an der Bank angekommen. Der Zaun war schnell abgelaufen gewesen und das einzige Tor befand sich auf der Rückseite des Gebäudes. Vielmehr waren es zwei Tore hintereinander, die eine Schleuse bildeten, sodass jeder Transport zunächst einmal in einem Drahtkäfig eingeschlossen werden konnte. Der Käfig bot genug Platz, dass zwei Laster hintereinander darin warten konnten, bis man alle Zombies, die mit reingerutscht waren, problemlos durch den Zaun hindurch töten konnte. Weiter führte die Straße direkt in die Garage der Klinik. Diese war allerdings von einer massiven Jalousie versperrt. Der Hund hatte es sich nicht nehmen lassen, unterwegs einen kleinen Imbiss zu besorgen. Jetzt lag er wieder vor der Bank und nagte genüsslich an einer modrigen Hand. Maik dachte nach. Im Vergleich zu Marburg war das Gelände geradezu winzig. Dennoch hatte er eine Stelle entdeckt, von wo aus sie das Gelände ungesehen verlassen könnten und der Zaun nicht mit Zombies bestückt war. Langsam kam ihm der Verdacht, dass die Zombies nur aus dem Grund daran gefesselt waren, um lebendige Menschen daran zu hindern, hinüber zu klettern.
Im Zweifel könnten sie auch den Weg nehmen, den sie gekommen waren. Von außen war es ein Einfaches, die Barrikaden vor den Fenstern zu lockern und durchzuschlüpfen. Diesmal musste es ohne die Unterstützung eines Soldaten gehen, der sie raus und wieder rein ließ. Diesen Jungs hier traute er nicht. Sie waren so ganz anders als die in Marburg, und je länger er darüber nachdachte, desto mehr erinnerte ihn die ganze Szenerie an das Hauptquartier einer Sekte als

an einen Militärposten. Lange würde er es hier bestimmt nicht aushalten. Zwar hatte er noch nicht die geringste Ahnung, wohin sie noch gehen könnten, aber laut Felix' Erzählung gab es dort draußen noch andere Menschen, die sich organisiert hatten.
Irgendwas würden sie schon finden, aber zunächst wollten sie solange bleiben, bis es Veronika wieder besser ging. Gregor bestand darauf, und Maik konnte sich des Gedankens nicht erwehren, dass sein Kumpel langsam aber sicher Gefühle für die Verrückte, wie er sie noch vor kurzem bezeichnet hatte, entwickelte. Außerdem wollte er selber noch herausfinden, was hier vor sich ging. Wenn wirklich jemand ein Heilmittel gefunden hatte, dann musste er es bekommen. Vielleicht könnten sie dann einfach wieder nach Marburg zurückkehren. Mit einem Medikament gegen die Zombies in der Tasche würden sie als Helden gefeiert und niemand würde mehr nach dem Unfall mit dem Feldwebel fragen. Er stellte sich vor, wie sie wieder mit einem Koffer voller Gras in der Hotellobby saßen und fast alles wieder beim Alten wäre. Felix spielte bei diesen Überlegungen allerdings keine Rolle mehr. Der sollte machen, was er wollte, aber allein.

Eine angenehme Kühle umschlang sie, als sie die Halle betraten, und Maik steuerte zielstrebig den Fahrstuhl an.

"Ich schaue noch mal nach Veronika", sagte Gregor, als sie vor der Aluminiumtür standen und auf den Lift warteten.

"Alles klar, Kumpel." Maik musste schmunzeln. Er reichte Gregor die Hand, zog ihn an sich heran und zwinkerte ihm zu. "Viel Spaß. Aber sei heute Abend fit, wenn du deinen Koffer haben willst."

"Klar will ich meinen Koffer." Gregor grinste etwas verlegen und machte sich auf den Weg zum Treppenhaus.
Die Fahrstuhltür schrie nach Öl, als sie sich öffnete. Maik drückte den obersten Knopf und lehnte sich schwitzend an die Wand der Kabine. Jetzt wollte er nur noch in einem weichen Bett ein wenig ausruhen. Er hoffte, dass Felix nicht auch auf dem Zimmer war.
Ruckelnd blieb der Fahrstuhl stehen und quietschend schob sich die Tür zur Seite. Zwei Soldaten schoben einen Rollcontainer, der mit Bettdecken beladen war, über den Gang und verteilten die Decken in den Zimmern. Als sie Maik sahen, flüsterten sie sich etwas zu und

verschwanden schließlich in einem leeren Zimmer, bis er daran vorbei gelaufen war. Im Moment war er zu bekifft für irgendwelche Nachforschungen. Also ignorierte er die Geheimniskrämerei.
Erleichtert stellte er fest, dass Felix noch unterwegs war und hoffte, dass das noch eine Zeit lang so bleiben würde. Kaum hatte er die Tür hinter sich geschlossen, zog er seine Pistole unter dem Hemd hervor. Er öffnete den Schrank, in dem sie ihre Waffen abgelegt hatten, um sein Schulterhalfter wieder in gewohnter Weise über einen Stuhl neben das Bett zu hängen, wurde aber bitter enttäuscht. Er riss die zwei anderen Schränke ebenfalls auf, in der Hoffnung, er hätte sich nur geirrt, aber alle waren restlos leer und von den Waffen keine Spur. Sogar sein Schulterhalfter und die Tasche mit der Munition waren weg.

Nachdem Gregor keine Reaktion auf sein Klopfen hörte, öffnete er leise die Tür und lugte durch den Spalt. Veronika lag schnarchend auf dem Rücken. Langsam betrat er das Zimmer und ging auf leisen Sohlen zu ihrem Bett. In ihrem Arm steckte eine Infusionsnadel und stetig wurden Tropfen klarer Flüssigkeit in ihre Ader geleitet. Mit dem Handrücken strich er zärtlich über ihre Wange. Gerade wollte er sich wieder davonschleichen, als Maik die Tür auf riss.

"Ist er hier?", rief er wütend in den Raum, während er noch im Türrahmen stand. Veronika öffnete benommen die Augen und stöhnte, während Gregor wie paralysiert neben ihrem Bett stand und Maik erschrocken anstarrte.

"W-w-wer?", stammelte er nach dem ersten Schreck.
Maik kam in das Zimmer gestampft und schaute sich hektisch um.

"Dieses verdammte Arschloch Felix, meine ich." Er bemerkte, wie entsetzt ihn Veronika anblickte und fügte als Erklärung für seinen Ausbruch noch hinzu: "Alle unsere Waffen sind weg und der Scheißkerl ist auch nicht mehr da. Tut mir leid, Veronika, aber dein Angebeteter hat uns alle gelinkt."
Veronikas Entsetzen rührte aber vielmehr von der Tatsache, dass sie so unsanft geweckt worden war und unter dem Einfluss starker Schmerzmittel nur eine gedämpfte Version der Realität wahrnahm. Noch immer blickte sie unsicher zwischen Gregor und Maik hin und her und versuchte zu verstehen, um was es überhaupt ging.

Gregor war schneller von Begriff, brachte aber außer einem fassungslosen "Was?" nichts weiter heraus.

"Wenn ich ihn erwische, dann mach ich ihn platt", rief Maik noch und war schon wieder aus dem Zimmer verschwunden.

Gregor lauschte noch einen Augenblick Maiks Schritten, die sich schnell entfernten, dann betrachtete er Veronika. Langsam schien auch ihr Geist zu erwachen und sie schaute ihn voller Unverständnis an. Er wusste nicht, ob sie wegen Maiks Auftritt so verwirrt war oder einfach nur, weil er hier neben ihr stand und seine Hand noch auf ihrem Kissen ruhte.

"Wie geht es dir?", fragte er, weil ihm nichts Besseres einfiel.

Veronika öffnete den Mund, doch nur ein Stöhnen drang heraus. Erst nachdem sie einen Schluck Wasser getrunken hatte, war sie in der Lage, Worte zu artikulieren.

"Ich bin furchtbar müde. Was ist hier eigentlich los?"

Auf diese Frage wusste auch Gregor keine Antwort und konnte nur das wiedergeben, was Maik vor wenigen Augenblicken in den Raum gebrüllt hatte. Mit weit aufgerissenen Augen und Unverständnis im Blick hörte sie zu.

"Warum sollte Felix so etwas tun?", fragte sie schließlich. Sie konnte sich nicht vorstellen, dass ihr Geliebter sie einfach hier zurücklassen wollte. Bestimmt würde er sie später, wenn sie wieder laufen konnte, abholen.

Gregor war verwundert über so viel Naivität und beschloss, ihr ein für allemal die Augen zu öffnen und berichtete, wie der von ihr so geliebte Felix daneben stand, während sich die Untoten auf sie gestürzt hatten und wie er nichts unternommen hatte, um ihr zu helfen.

Zwar hatte sie jedes einzelne Wort verstanden und sogar ein paar Tränen waren über ihre Wangen gelaufen, aber irgendwas tief in ihrem Inneren weigerte sich, Felix so zu sehen, wie er wirklich war. Als Gregor tröstend seinen Arm um sie legen wollte, stieß sie ihn barsch zurück.

"Lass mich allein", zischte sie und blickte verzweifelt zu ihm hoch. "Bitte", fügte sie noch hinzu und drehte den Kopf weg.

Aus irgendeinem Grund fühlte sich Gregor gekränkt und verließ ohne ein weiteres Wort das Krankenzimmer. Verärgert schlug er die Tür hinter sich zu. Mal sehen, ob er Maik finden konnte. Das würde ihn wenigstens wieder auf andere Gedanken bringen.

Ziellos irrte er durch die Gänge und verlor immer wieder die Orientierung. Bald schon hatte er vergessen, in welcher Etage er überhaupt war. Alles sah hier so gleich aus. Ein paar Soldaten, die ihm entgegenkamen, grinsten ihm ins Gesicht. Unsicher grinste er zurück, und als er an ihnen vorbei war, hörte er sie lachen. Schließlich endete der Gang an einer verschlossenen Tür, aus der die Soldaten zweifelsfrei hergekommen waren. Als er sich umdrehte, standen die Uniformierten am Ende des Korridors und schauten ihn an. Er fragte sich, was sie so lustig fanden, denn dass sie über ihn redeten, stand außer Frage. Da es keinen anderen Weg zurück gab, musste er wohl oder übel wieder an der Gruppe vorbei, und die schienen nur darauf zu warten. Mit gesenktem Blick versuchte er, sich an ihnen vorbei zu drängen und hoffte vergebens, dass sie ihn nicht ansprechen würden.

"Na, haben wir uns verlaufen?", fragte der erste Soldat spitzfindig. Gregor nickte.

"Da kommst du noch früh genug rein", sagte der zweite Soldat und deutete auf die verschlossene Tür mit dem großen grünen Punkt darauf, den Gregor er jetzt bemerkte.

"So oder so", sagte ein Dritter und augenblicklich brachen sie in lautes Gelächter aus.

Verunsichert bog Gregor um die nächste Ecke, aus dem Blickfeld der Soldaten. Er hatte nicht die geringste Ahnung, was sie damit andeuten wollten, und eigentlich wollte er auch gar nicht darüber nachdenken, aber solange er das Lachen durch die Korridore hallen hörte, ließ es ihm keine Ruhe. Erleichtert erkannte er den Aufzug, der zu seinen wenigen Orientierungspunkten gehörte. Dort angekommen drückte er den Rufknopf. Mittlerweile wurde es ihm enorm wichtig, Maik so schnell wie möglich zu finden. Diese verwirrenden Gänge und vor allem die Soldaten jagten ihm Angst ein. In dem ganzen Gebäude herrschte eine unheimliche Atmosphäre, und obwohl er hier in Sicherheit war, hatte er sich dem Tod noch nie so nahe gefühlt. Als der Fahrstuhl sich öffnete und Maik darin stand, wäre er ihm beinahe vor Erleichterung um den Hals gefallen. Doch Felix stand auch in der Kabine, und das irritierte ihn. Eigentlich war er nach Maiks Ausbruch davon ausgegangen, dass er jetzt irgendwo seine

Zähne zusammensuchen würde, oder zumindest irgendwo bluten würde. Aber nichts dergleichen war der Fall, und scheinbar war Maik nicht einmal wütend, schien aber sehr nachdenklich.

"Hey Kumpel", begrüßte ihn Maik ernst. "Steig ein, wir fahren hoch aufs Zimmer. Es gibt was zu besprechen."

Gregor blieb in der Tür stehen und blickte ungläubig zu Felix. "Und was ist mit dem?"

"Er hat nichts mit den Waffen zu tun", antwortete Maik, bevor Felix etwas sagen konnte. "Erkläre ich dir oben alles."

Felix sagte nichts, sondern bedachte Gregor nur mit einem giftigen Blick.

Enttäuscht über Felix' Unversehrtheit stieg Gregor ein. Kreischend schloss sich die Tür hinter ihm, dann ruckelte der Lift los.

~ * ~

Nachtigall zog ohne darüber nachzudenken die letzte Zigarette aus Woiteks Schachtel und steckte sie sich zwischen die Lippen. Seine Lunge schmerzte bereits, so viel hatte er in den letzten zwei Stunden geraucht, dennoch zündete er sie an und inhalierte so kräftig, dass ein spitzer Schmerz durch seine Brust jagte. Pavel saß ihm gegenüber und starrte auf seine Füße.

Hin und wieder schüttelte er ungläubig den Kopf. Dabei murmelte er auf tschechisch vor sich hin, wie er es immer tat, wenn er verzweifelt war. Ein paar Türen weiter lag der Leichnam von Heidrun Patzinger auf einem Obduktionstisch, gleich neben den Säuglingen, die noch immer zappelnd auf einem anderen Tisch festgebunden waren.

Einer der jungen Assistenten aus der oberen Etage hatte über eine kleine Pistole und die nötige Distanz zu Heidi verfügt, und sich bereit erklärt, das Problem, wie er es nannte, zu erledigen. Anfangs erschien er noch sehr abgebrüht und Nachtigall wies in mehr als einmal in die Schranken, als er in abfälliger Weise über die untote Heidi sprach, bevor er sie nach dem Öffnen der Tür gezielt niederstreckte. Als er jedoch die zwei Babies erblickte, die mit grotesk verzerrtem Blick auf ihn zu krabbelten, war er nichts weiter als ein schockierter Junge, unfähig, auf die kleinen Köpfe zu schießen. Letztendlich war es Nachtigall ganz recht, dass der Junge in dem weißen Kittel nicht geschossen hatte, so konnte er Untersuchungen am lebenden Objekt vornehmen. Aber das musste warten, bis er seinen Schmerz überwunden hatte.

Langsam und müde hob Pavel den Blick und seine Hand tastete nach den Zigaretten. Als er feststellte, dass sie alle waren, stand er wortlos auf und schlurfte gebeugt aus der Küche. Erst als er ein frisches Päckchen auf den Tisch warf und sich wieder setzte, bemerkte er, dass er Tränen in den Augen hatte. Die Obduktion eines nahestehenden Menschen war etwas Anderes als all die gesichtslosen Leichen, die sie bisher seziert hatten. Jeden Schnitt, den er angesetzt hatte, jeder Knochen, den er gebrochen hatte und jedes Organ, das er entnommen hatte, war begleitet von einem Gefühl der Hilflosigkeit. Die Todesursache war zweifelsfrei ein großes Hämatom am Hals. Der zahnlose Kiefer eines Babys hatte Heidis Kehlkopf zerquetscht, woran sie schließlich erstickt sein musste.

"Du hast etwas von einer Idee gesagt", beendete Pavel schließlich die bittere Stille, auch um sich selbst auf andere Gedanken zu bringen.
Maurice schaute verwirrt auf und wusste die Bemerkung im ersten Moment nicht einzuordnen. Mit beiden Händen massierte er seine Schläfen, als sei er gerade aus einem bösen Traum erwacht und müsse alle Konzentration aufwenden, um sich in der Realität zurechtzufinden. Dann fiel es ihm wieder ein, was ihn ursprünglich so begeistert hatte, dass er bereit war, eine Wette zu verlieren. Die Euphorie war nun gänzlich hinter der Trauer verborgen.

"Ach ja", sagte er mit gedämpfter Stimme. "Ich hatte da so eine Idee bezüglich des Immunsystems."
Pavel schaute interessiert und neugierig zu ihm hinüber, vermied es aber, ihn anzutreiben.

"Es ist nur so ein Gedanke", relativierte Maurice sogleich. "Ich muss zunächst noch die Blutwerte des Kuriers haben."
Jetzt drängte sich wieder der Wissenschaftler in Pavel in den Vor-

dergrund und seine Neugier ließ ihn nicht länger schweigen.

"Immunsystem?", fragte er. "Ich habe zwar noch keine Ahnung, worauf du hinaus willst, aber wenn es nur an den Blutwerten hängt, dann mache ich mich gleich an die Arbeit. Was brauchst du genau?"

"Ich will einen AIDS-Test", sagte Maurice fest und fingerte ungeschickt an der Folie des Zigarettenpäckchens.

Pavel dachte nach und beobachtete, wie Maurice verzweifelt versuchte, das Päckchen zu öffnen. Schließlich nahm er es ihm aus der Hand, zog die Folie ab, nahm sich einen Glimmstängel und gab die Schachtel an Maurice zurück.

"Du meinst ..." Er brach ab, denn im Grunde genommen hatte er keinen blassen Schimmer, was Maurice meinte. "Ich werde mich beeilen." Dann sprang er auf.

Maurice war noch etwas erstaunt über den plötzlichen Aufbruch und beschloss, erst einmal in Ruhe die Zigarette zu Ende zu rauchen.

Nach der Hälfte drückte er sie aus, da sein Hals wund war und brannte.

~ * ~

Felix schaute sich in dem kleinen Krankenzimmer, das laut Rüttgers ihr künftiges Zuhause darstellen sollte, gründlich um. Nach dem, was er hier bislang erlebt hatte, rechnete er fest damit, dass das Zimmer verwanzt war.

"Das ist paranoid", sagte Maik ärgerlich, als er auf dem Tisch stand und die Lampenverkleidung entfernte. "Die haben hier wirklich wichtigere Dinge zu tun, als Kameras in den verdammten Zimmern zu installieren. Und falls sie es wirklich gemacht haben, dann lachen sie sich wahrscheinlich gerade über dich kaputt, weil du sie nicht findest." Er zwinkerte Gregor zu, der schadenfroh zurückgrinste.

"Okay, okay. Du bist der Boss", reagierte Felix beleidigt und stieg wieder vom Tisch. Dann setzte er noch drauf: "Und der Boss hat gesagt, dass wir unbedingt hierher müssen."

"Setz dich einfach hin und halt die Fresse", sagte Maik zornig. "Wir haben dringendere Probleme, als deine verdammte Zickerei. Du

willst hier weg? Dann hilf uns gefälligst."
Schmollend setzte sich Felix auf sein Bett.
Dann erzählten sie sich nacheinander ihre Erlebnisse der letzten Stunden. Felix machte den Anfang und berichtete von seiner Entdeckung die farbigen Punkte betreffend, was vor allem bei Gregor Aufmerksamkeit erregte. Hatten die Soldaten ihm doch erklärt, dass er bald hinter die Tür mit dem grünen Punkt blicken dürfte, oder so etwas ähnliches. So gut, wie es ihm im Gedächtnis haften geblieben war, gab er die Sprüche wieder, die ihn so verunsichert hatten. Maik sagte nichts, sondern nickte nur hin und wieder.

"Wir sitzen also hier fest", stellte Felix schließlich provokant fest. Mit vor der Brust verschränkten Armen saß er da und war sichtlich angespannt. "Wenn die uns hier wieder raus lassen, dann nur zu Fuß und ohne Waffen."

"Ich habe noch eine Pistole", sagte Maik schließlich und wurde von beiden erstaunt angestarrt. Eigentlich hatte er vorgehabt, insbesondere vor Felix die Waffe nicht zu erwähnen, aber diese ständigen Sticheleien und Schuldzuweisungen ließen ihn seine Vorsicht vergessen. "Eine Pistole und acht Schuss."

"Na toll", provozierte Felix weiter. "Hoffen wir mal, dass es nicht mehr als acht Zombies dort draußen gibt."
Maik überhörte die Bemerkung. Wäre er darauf eingegangen, hätte er Felix über kurz oder lang geschlagen, und das wäre, zumindest im Moment, eher kontraproduktiv.

"Ich glaube kaum, dass die uns die Waffen einfach so wiedergeben, wenn wir danach fragen", sagte er nachdenklich. "Wir müssen also zusehen, dass wir anders an die Knarren kommen."

"Brauchen wir überhaupt das ganze Zeug?", fragte Gregor, der mit Schusswaffen sowieso nichts anfangen konnte. "Ich meine, bis hierher haben wir es doch auch fast ohne geschafft."

"Und wären jetzt tot, wenn wir sie nicht gehabt hätten", ergänzte Felix entnervt.

"Da hat er leider verdammt recht", bestätigte Maik. "Ganz ohne Waffen sind wir da draußen aufgeschmissen." Er stand auf und ging zum Fenster, und während er hinausblickte, sagte er: "Wir müssen so viel über diesen Laden herausfinden wie möglich. Ich will wissen, wie die es geschafft haben, dass Veronika ihr Bein behalten hat.

Vielleicht haben die hier wirklich ein Mittel entwickelt, dass wir noch brauchen können."
Felix verdrehte bei dem Namen Veronika die Augen. Er wollte nichts mehr über sie hören, und was hier genau vor sich ging, war ihm relativ egal. Er wollte einfach nur weg von hier.

"Ich gehe dann auf Erkundungstour", sagte Felix gelangweilt und fügte noch mit einem guten Schuss Ironie hinzu: "Ihr habt bestimmt noch viel zu kiffen." Dann stand er auf und ging zur Tür.
Maik überlegte einen Moment, ob er ihn festhalten sollte, kam aber zu dem Schluss, dass es sinnvoller war, ihn gehen zu lassen und die Sache mit Gregor alleine zu besprechen. Also sagte er nichts und wartete, bis Felix die Tür hinter sich geschlossen hatte. Dann setzte er sich wieder zu Gregor an den Tisch.

"Tut mir leid, Kumpel, dass ich uns diesen verdammten Idioten angehängt habe", sagte er etwas verlegen. "Aber ich verspreche dir, dass wir ihn nicht wieder mitnehmen, wenn wir hier abhauen."

"Veronika aber schon", sagte Gregor bestimmend.

"Klar Kumpel. Wenn du darauf bestehst." Maik grinste und Gregor musste verlegen lachen. "Aber das dauert bestimmt noch, bis sie wieder laufen kann. Heute ist erst mal der Koffer dran."

"Und was ist mit den Waffen?"

"Das muss warten, bis ich mir hier einen Überblick verschafft habe." Dann strich sich Maik über den Bart und grinste. "Wir sollten zusehen, dass wir Soldaten werden, Kumpel."

"Soldaten?" Gregor war erstaunt.

"Ja Kumpel. Wir werden verdammte Soldaten." Maik grinste wie ein kleines Kind, das gerade einen schlimmen Streich ausgeheckt hatte. "Aber jetzt muss ich erst mal pennen." Dann ließ er sich ohne ein weiteres Wort auf ein Bett fallen.
Gregor stand weiterhin mit ungläubiger Miene neben dem Tisch. In den letzten Tagen hatte er schon mehr als genug Überraschungen dieser Art erlebt. Obwohl Maik ihm den Rücken zudrehte und Schnarchgeräusche imitierte, hakte er nach.

"Hey Mann, was hast du vor? Oder sollte ich fragen, was wir vorhaben?"

"Ganz einfach Kumpel", antwortete er ohne sich umzudrehen. "Nachher, wenn diese komische Versammlung ist, gehen wir zu

Rüttgers, schwärmen ihm vor, wie toll wir das hier alles finden und erklären, dass wir uns unbedingt seiner verdammten Truppe anschließen wollen. Wahrscheinlich haben wir sowieso keine andere Wahl. Oder hast du schon einen Mann ohne Uniform in diesem Lager gesehen?" Jetzt drehte er sich um und schaute Gregor mit hochgezogenen Augenbrauen an. "Es ist bestimmt von Vorteil, wenn wir uns gleich freiwillig melden. Und jetzt lass mich schlafen!" Dann wandte er seinem Freund wieder den Rücken zu und vergrub den Kopf im Kissen.
Auch Gregor legte sich auf ein Bett, fand aber keine Ruhe. Die unheimliche Begegnung mit den Soldaten ließ ihn immer weiter ins Grübeln kommen. Wenn er nur wüsste, wie sie diese Äußerung gemeint hatten, die wie eine Drohung geklungen hatte. Gerne hätte er noch weiter mit Maik darüber geredet.
Insbesondere die Sache mit dem freiwillig Melden wollte er noch nicht so ganz verstehen. Er überlegte, ob er noch einmal zu Veronika gehen sollte, entschied sich aber, sie in Ruhe zu lassen. Wahrscheinlich würde sie ohnehin schlafen. Von der anderen Seite des Zimmers drang Maiks Schnarchen zu ihm hinüber. Diesmal war es echt. In Gedanken an den kommenden Abend zog er das Zigarettenetui aus der Tasche. Einsam und verlassen wirkte der letzte Joint darin, den er sich eigentlich für den Abend aufbewahren wollte. Ohne weiter darüber nachzudenken, schob er ihn sich zwischen die Lippen und zündete ihn an. Vom Fenster aus beobachtete er das Treiben außerhalb der Sicherung und stellte Überlegungen an, wie sie am besten das Auto erreichen könnten. Ein wenig wehmütig drückte er den Stummel schließlich auf dem Fensterbrett aus.
Immerhin war er jetzt so stoned, dass er keine seiner Ängste länger als ein paar Sekunden behalten konnte, und so auch seine schlimmsten Befürchtungen im Sumpf wirrer Gedanken untergingen. Für einen Moment gab er sich noch den Bildern hin, die in schnellem Wechsel vor seinem geistigen Auge aufflackerten, dann schlief er ein. Im Traum sah er sich wieder in seinem Hotel.
Er stand hinter dem Tresen der Rezeption und trug eine Reisegruppe in das Gästebuch ein. Die gesamte Lobby war mit Menschen gefüllt, die unentwegt flüsterten, sodass ein leises Zischen den gesamten Saal erfüllte. Mit einem Füller kritzelte er den Namen Rüttgers in die

dafür vorgesehene Spalte.
Das Zischen schwoll an, wurde zu einem dumpfen Murmeln. Ganz langsam hob er den Blick und verharrte in Hüfthöhe der Person vor ihm. Dicht an dicht standen seine Gäste da. Sie trugen Uniformen, für einen kurzen Augenblick verwandelten sich die Tarnfarben in einen Wald. Dann wölbte sich ihm der Wald entgegen. Jetzt waren es wieder Uniformen. Uniformen, unter denen sich dicke Bäuche gebildet hatten. Aus dem Murmeln wurde ein lauteres Brummen. Sie waren hochschwanger - alle. Seine Augen wanderten weiter nach oben, erreichten die Köpfe. Die Münder waren viel zu groß und weit aufgerissen. Von fauligen Zähnen tropfte zäher brauner Schleim. Es gab keine Nasen und keine Augen, nicht einmal Augenhöhlen. Die Köpfe schienen nur aus aufgerissenen Mäulern zu bestehen. Ansonsten waren sie völlig konturlos. Trotzdem hatte er das Gefühl, von allen angestarrt zu werden. Das Brummen wurde lauter und schließlich von einem gurgelnden Grollen abgelöst, das so durchdringend und tief war, dass der Tresen zitterte. Die Gestalten warfen ihre Köpfe in den Nacken, sodass die Kiefer noch weiter auseinander klafften. Und dann schrien sie. Laut und schrill brüllten sie ihn an. Dabei reckten sich ihre Hälse nach vorne, näher an ihn heran. Das Schreien wurde immer lauter. Lauter als alles, was er bisher gehört hatte. Sein Kopf begann zu schmerzen und er hielt sich verzweifelt die Ohren zu. Doch die Schreie wurden nicht leiser. Im Gegenteil schienen sie auch direkt aus seinem Kopf zu kommen. Er machte einen Schritt rückwärts und stieß gegen etwas Weiches. Die Gestalten vor ihm reckten ihre Hälse immer weiter. Sie waren wie aus Gummi, sodass selbst die Hintersten über die Köpfe der Vorderen schauen konnten. Vor dem Tresen hatte sich eine Wand aus aufgerissenen Mäulern gebildet und alle schrien ihm aus Leibeskräften ins Gesicht. Er wirbelte herum. Das Weiche hinter ihm war Maik. Er stand still und mit ernster Miene da, blickte ihm in die Augen und bewegte die Lippen. Doch der andauernde Schrei übertönte jedes andere Geräusch. Jetzt stand Maik wieder regungslos da. Sein Mund hatte aufgehört, stumme Worte zu formen, und er schaute mitleidig zu ihm herunter. Die Schreie hingegen wurden intensiver, durchdringender und schriller. Es klang, als würde sich die Panik der gesamten Welt durch die Rachen der Wesen entladen.

Maik betrachtete ihn weiterhin regungslos und eine Träne lief über seine Wange, bis sie im Bart verschwand. Jetzt griff er nach Maiks fleischigen Oberarmen und begann ihn zu schütteln, und endlich schien dieser aus seiner Trance zu erwachen. Maik beugte den Kopf zu ihm hinunter, bis er ganz dicht vor seinem Gesicht war. Langsam öffnete er den Mund und anfänglich sah es so aus, als wolle er etwas sagen. Doch der Mund öffnete sich weiter und weiter, und er stimmte in den Chor der Schreienden ein. Lauter als alle anderen brüllte dieser ihn an, und er blickte in einen tiefen dunklen Rachen. Er spürte, wie seine Finger in Maiks Armen wie in weichem Teig versanken, während dieser ohne Luft zu holen kreischte.

Er wollte weg, doch seine Hände wurden von der schwammigen Masse, die einst Maik war, festgehalten. Hinter ihm rückten die Mäuler über den Tresen stetig näher an ihn heran. Dann schrie auch er.

"Hey Kumpel, wach auf." Maik hatte ihn an den Schultern gepackt und rüttelte ihn durch. "Du hattest einen Alptraum."

Benommen und noch im Traum gefangen, öffnete er die Augen und rutschte erschrocken von Maik weg, sodass er sich den Kopf am Bett stieß. Der Schlag holte ihn in die Realität zurück.

"Was ...?", begann er.

"Du hast geschrien wie am Spieß", beantwortete Maik die Frage, bevor er sie stellen konnte. "Mann Kumpel, was hast du denn geträumt?"

Noch deutlich sah Gregor die brüllenden Fratzen vor sich, doch er sagte nur: "Keine Ahnung. War wohl ziemlicher Mist." Er zwang sich zu einem Lächeln und hoffte, dass die Bilder bald vom Bewusstsein verdrängt würden. "Wie spät ist es?"

"Halb vier. Wir haben noch jede Menge Zeit", sagte Maik und gähnte. "Du hast mich mit deiner Schreierei verdammt unsanft aus dem Schlaf gerissen."

"`tschuldigung, Mann."

"Ist schon in Ordnung, Kumpel. Hoffentlich hast du nicht das ganze Krankenhaus alarmiert." Maik grinste und boxte ihm spielerisch auf die Schulter. "Aber jetzt, wo wir schon wach sind, kann ich dir auch von meinem Entschluss erzählen, den ich gefasst habe."

"Was für ein Entschluss?" Gregor schaute ihn erwartungsvoll an.

"Ich habe mir Gedanken darüber gemacht, wohin wir gehen könnten, wenn wir hier abhauen, und mir ist eigentlich nur eins eingefallen." Er machte eine theatralische Pause, um Gregors Neugier noch weiter zu steigern, der sein Tabakpäckchen aus der Hosentasche gezogen hatte und sich gerade eine Zigarette drehte. "Wir gehen einfach zurück nach Marburg."

"Was?", unterbrach ihn Gregor. "Da können wir uns nicht mehr blicken lassen. Die machen uns mit Sicherheit alle."

"Nicht, wenn wir das Heilmittel mitbringen." Maik grinste triumphierend. "Die werden uns zu Ehrenbürgern machen."

"Aber ..."

"Kein Aber, Kumpel. Mit dem Heilmittel sind wir verdammte Helden, und können ganz locker wieder ins Hotel ziehen. Oder willst du etwa nicht wieder in dein Haus?"

"Doch natürlich. Scheiße Mann, klar will ich das. Aber ..."

"Okay, Kumpel. Dann ist ja alles klar, und wir müssen nur noch herausfinden, wie wir an das Zeug kommen", beendete Maik das Gespräch.

Gregor hatte seine Zigarette fertig gedreht und setzte sich auf. Noch immer spukten die Bilder seines Traums in seinem Kopf, und er merkte, dass er zitterte. Seine Mutter hatte ihm, als er noch ein Kind war, einmal erzählt, dass das, was man in der ersten Nacht in einem fremden Bett träumt, in Erfüllung ginge. Ihn fröstelte, als er sich mit einem Mal daran erinnerte.

Zum Glück habe ich das tagsüber geträumt, beruhigte er sich in Gedanken und zog den Rauch der Zigarette tief in die Lunge.

Maik riss ihn jäh aus seiner Grübelei, indem er ihm beherzt auf die Schulter schlug. "Lass uns noch ein bisschen raus gehen. Ist 'ne verdammt stickige Luft hier drin."

Auf dem Hof kam ihnen der Hund freudig entgegengelaufen und sprang aufgeregt an Maik hoch. Gregor beachtete er hingegen kaum. Im Gegensatz zum frühen Morgen herrschte jetzt reges Treiben vor der Klinik. Mehrere Soldaten machten sich am Zaun zu schaffen und besserten Schäden aus, hochschwangere Frauen spazierten über die Grünflächen oder saßen auf den Bänken und stetig kamen Soldaten mit Eimern voller Bauschutt aus dem mit Trassenband abgesperrten

Teil des Gebäudes, um sie in die Container zu entleeren.

Felix war nicht untätig gewesen. Mehrfach war er sämtliche Gänge abgelaufen und hatte die Karte in seinem Kopf vervollständigt. Anschließend hatte er sich die Gebäude intensiv von außen betrachtet und die ungefähren Maße bestimmt. Inzwischen kannte er sich, zumindest in den frei zugänglichen Teilen des Komplexes, perfekt aus. Ein paar Mal war er auch an Veronikas Zimmer vorbeigekommen. Hineingesehen hatte er jedoch nicht.
Eben wollte er zurück auf sein Zimmer, doch er hatte die Türklinke noch nicht losgelassen, da stieg ihm schon der süßliche Gestank dieses Mistzeugs in die Nase. Er hatte nur noch flüchtig wahrgenommen, dass Maik und Gregor auf ihren Betten lagen, bevor er die Tür wütend wieder zufallen ließ. Zwar hätte er auch etwas Schlaf vertragen können, aber er hatte keine Lust, sich in den Rauschgift-Dunst zu legen. Er wollte sich ein wenig mit den Soldaten unterhalten, musste aber sehr schnell feststellen, dass diese kein großes Mitteilungsbedürfnis hatten. Jetzt saß er draußen neben dem Tor, blickte auf das Rolltor zur Tiefgarage und dachte nach. Ein wenig ärgerte es ihn, dass er Rüttgers hatte wissen lassen, dass er alsbald wieder von hier verschwinden wollte. So wie es aussah, bestand der beste Weg, hier weg zu kommen, selbst einer von Rüttgers Leuten zu werden. Immerhin hätte das ja auch in Marburg funktioniert, wäre Maik ihm mit seiner Flucht nicht zuvorgekommen. Hier hatte er aber das Problem, dass Rüttgers, wenn er ihn überhaupt dabei haben wollte, ihn bestimmt für lange Zeit gründlich im Auge behalten würde. Wahrscheinlich beobachtete er ihn jetzt bereits, oder ließ ihn beobachten. Er studierte ausgiebig die Fassade und ordnete die Fenster den verschiedenen Farben zu. Erkennen ließ sich aber hinter keinem etwas.
Dann öffnete sich das Garagentor. Ungefähr zwanzig Uniformierte rannten die Einfahrt nach oben auf die Schleuse zu. Zwei öffneten das innere Tor der Schleuse, die restlichen postierten sich rechts und links um den Drahtkäfig. Aus der Garage erklang das dumpfe Dröhnen eines großen Motors und gleich darauf fuhren zwei gepanzerte Kettenfahrzeuge an ihm vorbei in den Käfig. Kaum waren sie draußen, schloss sich auch wieder die Jalousie der Garage.
Felix zögerte keine Sekunde und sprintete die Einfahrt hinunter. Wie

ein Action-Held rollte er sich gerade noch rechtzeitig unter dem Tor hindurch und rutschte im nächsten Augenblick über den staubigen Beton hinter eine Säule. Er vermutete hier noch weitere Soldaten und er konnte nicht ausschließen, dass ihn irgendjemand bei seiner Aktion gesehen hatte. Aber das Risiko nahm er in Kauf. Mit dem Rücken presste er sich an den Stützpfeiler und horchte nach Stimmen oder Schritten. Als alles still blieb, wagte er es wieder zu atmen. Vorsichtig lugte er um die Ecke des Pfeilers.
Die Halle war nur spärlich beleuchtet und er konnte nicht bis zum anderen Ende sehen. Rechts gab es eine große Tür mit der Aufschrift Notaufnahme. Wenn er es richtig einordnete, war das ein blauer Bereich. Vorsichtig verließ er seine Deckung und schlich zum nächsten Pfeiler. Zahlreiche Fahrzeuge standen hier unten. Neben einem Krankenwagen gab es noch diverse Militärfahrzeuge und einige zivile Autos. Nichts deutete darauf hin, dass hier noch jemand war.
Er sprang wieder auf, rannte zu den ersten Autos, duckte sich zwischen zwei Notarztwagen und lauschte noch einmal. Noch immer war sein Herzschlag das lauteste Geräusch in der Halle. Langsam stand er wieder auf und schaute nach, ob einer der Wagen vielleicht offen war. Er rechnete nicht damit und war daher umso überraschter, als sich schon die Tür des ersten Krankenwagens öffnen ließ. So arbeitete er sich Auto für Auto nach vorne vor und stellte erleichtert fest, dass lediglich ein paar wenige Fahrzeuge abgeschlossen waren. In den Krankenwagen steckten sogar die Schlüssel. Gerade war er in Höhe der Tür zur Notaufnahme, als diese mit einem lauten metallischen Ächzen aufgezogen wurde. Augenblicklich ließ er sich zu Boden fallen und kroch unter einen Militärlaster. Drei Soldaten kamen, sich unterhaltend, in die Halle geschlendert. Felix hoffte inständig, dass sie nicht seinetwegen hier waren.
Er hielt die Luft an und rutschte unter die Hinterachsen. Jetzt war er keine zwei Meter mehr von ihnen entfernt, konnte sie aber trotzdem nur bis zu den Hüften sehen. Das war eindeutig nah genug und er wollte nicht riskieren, doch noch entdeckt zu werden. Scheinbar waren sie nicht hier unten, um nach ihm zu suchen. Vielmehr lehnten sie sich lässig an die Wand und stellten auch ihre Gewehre dagegen. Felix blieb regungslos liegen und lauschte der Unterhaltung. Langsam realisierte er, dass er sich noch keine Gedanken darüber gemacht

hatte, wie er ungesehen wieder hier herauskommen könnte.

"... zwo, vier, sechs, acht, zehn, zwölf, vierzehn, sechzehn ... mindestens zwanzig", sagte einer.

"Dann sollten wir nicht lange warten und sofort anfangen", erklärte einer anderer.

"Erst rauche ich meine Kippe zu Ende", sagte der Erste wieder.

"Du bist der Truppführer."

"Wo sollen wir die Karren denn alle abstellen?", meldete sich der Dritte zu Wort, der bislang nichts gesagt hatte.

"Sag' ich dir, wenn ich aufgeraucht habe", gab der Erste genervt zurück.

Für einen Moment herrschte Schweigen und Felix sah nur noch, wie eines der Beinpaare nervös mit einem Fuß wippte. Dann fiel ein Zigarettenstummel gefährlich dicht an ihn heran und wurde gleich darauf von einem Stiefel zermalmt.

"An die Arbeit", sagte der, der jetzt direkt vor Felix stand und klimperte mit einem mächtigen Schlüsselbund. "Zuerst müssen wir die Karren da hinten dichter parken. Dann kriegen wir noch ein paar Stellplätze zusätzlich. Du nimmst die rechte Seite, du die linke. Wir brauchen Platz für neun Busse. Ich versuche in der Zeit herauszufinden, wo wir die Dinger parken sollen."

Die Beine entfernten sich zügigen Schrittes und Felix sah die Soldaten von hinten, wie sie in der Dunkelheit verschwanden. Er selbst blieb noch ein wenig regungslos in seinem Versteck und wollte gerade aufstehen, als helle Neonröhren an der Decke aufflackerten. Hektisch rutschte er wieder in den Schatten des Lkw. Die Soldaten waren zwar schon im hinteren Teil der Parkebene verschwunden, wo die Halle nach rechts abknickte, aber er konnte noch deutlich das Echo ihrer Schritte hören. Dann schlugen Autotüren und Motoren wurden angelassen.

Die Umparkaktion hatte begonnen und er fragte sich, wie lange er hier noch liegen bleiben könnte, bevor sie auch den Laster über ihm durch die Gegend rangieren würden. Allzu lange auf jeden Fall nicht. Er schielte zu der Tür, aus der die Soldaten gekommen waren. Er hatte nicht mitgekommen, dass sie abgeschlossen hätten. Aber selbst wenn sie offen wäre, wusste er nicht, wer oder was ihn dahinter erwarten würde.

Inzwischen bereute er seinen Wagemut, denn objektiv betrachtet saß er in der Falle. Kurz spielte er auch mit dem Gedanken, sich einfach einen Krankenwagen zu schnappen und zu flüchten. Das könnte sogar gelingen, aber wenn er Pech hatte, würden die Soldaten noch vorn am Tor stehen und ihn schlichtweg erschießen.
Der Lärm der Motoren und das Quietschen der Reifen, das aus einem entfernten Teil der Garage kam, gaben ihm Auskunft darüber, dass die Soldaten noch im hinteren Teil der Garage beschäftigt waren. Die würden ihn nicht bemerken, wenn er jetzt schnell zur Tür sprinten würde. Gerade als er sich dazu entschloss, schwang die Tür erneut auf und ein weiterer Soldat trat in die Halle.

Mist, dachte Felix, war aber auch gleichzeitig dankbar, dass er noch nicht unter dem Laster hervorgekrochen war.

Nachdem er einen Moment vor der Tür stehen geblieben war, ging der Soldat zügigen Schrittes dorthin, wo er die anderen vermutete. Zwar konnte Felix ihn nur von hinten sehen, aber er war sich ziemlich sicher, dass es sich bei dem Uniformierten um denjenigen handelte, der sie durch das Lager geführt hatte.
Und erst jetzt wurde ihm dessen Bedeutung bewusst, denn seinen Rücken schmückten vier verschiedene Farbpunkte.

"Wieso ist die Tür nicht verriegelt? Und was macht ihr Idioten überhaupt hier hinten?", hörte er schließlich eine zornig brüllende Stimme, als er aus seinem Sichtfeld verschwunden war.

So hört er sich also von seiner anderen Seite an, dachte Felix, dem das überfreundliche Gehabe gleich verdächtig vorgekommen war. Während der Führung hatte er die ganze Zeit über naiv gegrinst, jetzt klang er streng und herrisch. Ein weiterer Grund, sich nicht erwischen zu lassen.
Die Reaktion, die mit leiser Stimme von dem Raucher kam, konnte er nicht verstehen. Aufgrund der Tonlage vermutete er einen Rechtfertigungsversuch, der aber kurz darauf wieder von einem Brüllen unterbrochen wurde: "Bin ich denn nur von Schwachsinnigen umgeben? Die Decke ist hier doch viel zu niedrig. Da passt nie im Leben ein Bus hin. Denkst du überhaupt? Ich sollte dich sofort an den Zaun zu den Anderen binden. In der neuen Zivilisation können wir auf

Idioten wie dich verzichten."
Wieder nuschelte der Untergebene etwas Unverständliches, was ebenfalls mit lauter, strenger Stimme quittiert wurde.

"Natürlich den vorderen Teil der Halle. Schafft alles, was Räder hat, dorthin, und wenn es nicht anders geht, fahrt ein paar nach draußen. Hauptsache die Busse passen hier rein." Zu der Stimme gesellten sich die Schritte der vier Soldaten, die wieder näher kamen. "Der gesamte Einfahrtsbereich muss frei werden. Ihr habt dreißig Minuten."

Die Antwort, in Form eines lauten "Jawoll" konnte er deutlich hören. Gleich würden sie um die Ecke kommen, und er befürchtete, dass auch sein Versteck gleich umgeparkt werden würde. Ohne weiter darüber nachzudenken, kroch Felix unter dem Lkw hervor und schlüpfte unter der Plane hindurch auf die Ladefläche. Vielleicht hatte er ja Glück und er würde nach draußen gefahren werden. Zunächst einmal war er hier aber vor Entdeckung sicher, hoffte er.

Die Schritte wurden lauter und stoppten schließlich direkt neben ihm.

"Ich behalte dich und deinen Trupp im Auge", sagte der Vorgesetzte streng. "Gib dir Mühe, denn letztendlich bist du nichts weiter als ein bisschen Fleisch."

"Jawohl, wird gemacht", antwortete der Raucher eingeschüchtert.

Schließlich hörte er die Tür ächzen, bevor sie wieder zugeschlagen wurde.

"Oh Mann, der war ja mies drauf", sagte einer nach einem Moment des betroffenen Schweigens. "Was hast du dem denn getan?"

"Gar nichts", erklang die Antwort des Rauchers streng, der wieder die Rolle des Dienstgradhöchsten innehatte. Dann wies er seinen Helfern verschiedene Fahrzeuge zu. Die Angst vor den Konsequenzen bei Nichterfüllung seines Befehls schwang deutlich in seiner Stimme mit.

Felix kroch derweil in die hinterste Ecke der Ladefläche und überlegte, was hier eigentlich passierte und von welchen Bussen die Jungs da draußen ständig sprachen. Aber er würde es wohl sicher bald erfahren.

Die Ladefläche vibrierte unter ihm, als der Laster angelassen wurde und er drückte sich flach auf den Boden.

~ * ~

"HIV positiv! Du hattest recht." Pavel blickte von seinem Schreibtisch zu Maurice auf, der ungeduldig hinter ihm stand. "Woher wusstest du das?"
Nachtigall bekam weiche Knie vor Aufregung und sein angespannter Gesichtsausdruck wurde von einem zufriedenen Lächeln vertrieben. Pavel sah ihn weiterhin fragend an.

"Vielleicht war es eine Eingebung", antwortete Maurice und beugte sich über Pavel, um besser auf dessen Laptop schauen zu können. "Möglicherweise haben wir bis jetzt nach dem Falschen gesucht. Wir sind immer davon ausgegangen, dass wir in den Toten etwas finden, was da nicht hingehört.
Wie lange hatten wir eine Prionenerkrankung für möglich gehalten und uns nur darauf konzentriert, nur um festzustellen, dass es nichts damit zu tun hat." Er schaute wissend zu Pavel, der noch nicht verstand, auf was Nachtigall hinaus wollte. Also erklärte er weiter: "Ich weiß nicht, ob ich damit richtig liege, aber es könnte durchaus sein, dass der Übeltäter zu unserem Immunsystem gehört." Er betrachtete die Tabelle mit den Blutwerten auf dem Bildschirm. "Den größten Unterschied zu einem gesunden Menschen haben wir hier wohl bei den Lymphozyten." Er deutete mit seinem Finger auf die entsprechende Zeile. "Die Anzahl der CD4-Zellen ist deutlich verringert. Ich würde sogar sagen, dass unser Freund ohnehin nicht mehr lange zu leben gehabt hätte."

"Das ist wohl wahr", antwortete Pavel etwas unsicher. Bislang hatte er sich noch nie intensiver mit dem Virus beschäftigt. "Aber jetzt komm mal auf den Punkt."
Je länger Maurice die Werte studierte, desto sicherer wurde er sich, und desto mehr genoss er es, die Spannung noch ein wenig aufrecht zu erhalten. "Überlege doch mal, was das hier mit den Babies gemeinsam hat."

Pavel war nicht in der Stimmung für Ratespiele, also sagte er harsch: "Was weiß ich denn. Mein Gott, ich bin kein Kinderarzt." Er schaute flehend zu Maurice hoch. "Spann mich nicht auf die Folter und sag endlich, was das zu bedeuten hat."

"Naja, hier finden sich kaum CD4-Zellen." Er tippte mit dem Finger noch einmal auf den entsprechenden Wert. "Und bei Säuglingen ist das genauso."
Pavel nickte ungeduldig und zuckte gleichzeitig mit den Achseln, um seine Unkenntnis in diesem Bereich kundzutun.

"Neugeborene haben kein eigenes Immunsystem", erklärte Maurice. "Sie sind an das der Mutter gekoppelt, das sich mit der Geburt langsam zurückbildet. Es hält noch zweieinhalb bis drei Monate und erst ab dem fünften Monat hat der Säugling ein eigenes. Dazwischen gibt es also eine Phase, in der das Baby fast ungeschützt ist. In dieser Phase haben sich auch die Babys von Rüttgers befunden."

"Hmm", machte Pavel und betrachtete skeptisch seinen Kollegen, der aufgeregt von einem Bein auf das andere trat. "Du willst also sagen, dass die Lymphozyten dafür verantwortlich sind, dass Tote wieder aufstehen? Was im Umkehrschluss bedeutet, dass eine HIV-Infektion verhindert, dass jemand zurückkommt." Nachdenklich zog er die Augenbrauen nach oben. "Zumindest verzögert sie es. Schließlich sind sowohl der Soldat als auch die Babys zurückgekommen."
So ganz konnte er Maurice Gedanken nicht nachvollziehen. Letztlich kannte er die zombietypischen Veränderungen der Zellen ganz genau, aber andererseits musste er sich eingestehen, dass er noch keine Probe speziell auf die Lymphozyten untersucht hatte. Aber Maurice hatte diesen Gedanken gehabt, bevor er die Ergebnisse kannte, also konnte wirklich etwas dran sein. Pavels Hirn rotierte, und er beschloss erst einmal eine Zigarette zu rauchen, damit sich die Sache setzen konnte. Maurice stimmte zu und kurz darauf saßen sie wieder in der Küche vor dem überquellenden Aschenbecher. Pavel hatte den Kopf in den Nacken geworfen und schaute nachdenklich zur Decke, während ihn Maurice erwartungsvoll beobachtete und auf eine Reaktion wartete.

"Nun, was hältst du davon?", fragte Maurice schließlich ungeduldig.
Pavel senkte den Kopf und schaute Maurice direkt ins Gesicht. "Ich weiß es nicht", antwortete er ehrlich. "Wenn du damit wirklich recht hast, dann sind wir einen Schritt weiter, aber noch weit von einer Lösung entfernt. Oder sollen wir alle mit HIV infizieren?" Er räusperte sich. "Aber selbst wenn sich deine Vermutung bestätigt, wissen

wir immer noch nicht, warum es passiert." Er bemerkte, wie die Aufregung das Gesicht seines Gegenübers verfinsterte. "Wie auch immer, wir müssen das genauer untersuchen."

"Und dann den wahren Auslöser finden", sprach Maurice die Gedanken seines Kollegen aus.

"Genau", bestätigte dieser. "Und bis dahin würde ich vorschlagen, dass wir noch niemandem etwas davon erzählen."

Maurice nickte zustimmend und drückte zum Zeichen, dass er sofort weiterarbeiten wollte, energisch seine Zigarette aus.

~ * ~

Die Beine taten Christel vom langen Sitzen schon weh und zu allem Überfluss wurde es immer heißer, sodass die verschwitzten Körper in jeder Kurve aneinander klatschten. Auch ihre Kleidung war inzwischen völlig durchnässt.

Durch die Fenster drang der Gestank der Toten, der sich wie ein Film auf die Schleimhäute zu legen schien. Hier drinnen stank es nach Schweiß. In dieser Situation war es schwer zu entscheiden, ob nun die Toten oder die Lebenden das üblere Aroma verbreiteten. Die Frau neben ihr schnarchte leise vor sich hin und der Speichel lief ihr in langen Fäden aus dem offenen Mund. Es war zwar kein besonders schöner Anblick, aber es war nicht so unangenehm wie ihre ständigen Bekehrungsversuche. Christel lehnte den Kopf an die Scheibe und blickte nach draußen.

Wenn man sich die Autowracks, die Ruinen und die verrottenden menschlichen Überreste wegdenkt, ist das eigentlich eine ganz schöne Gegend, dachte sie. Aber so lange sie jetzt schon unterwegs waren, hatte sie keinerlei menschliches Leben ausmachen können. Wo auch immer sich diese Kirche befand, um sie herum war alles tot. Das waren keine guten Aussichten.

Die Frau neben ihr schnarchte plötzlich lauter, und eine große Blase aus Spucke zerplatzte auf ihren Lippen. Christel stieß ihr den Ellbogen in die Seite, und erschrocken blickte die Frau sich um. Dann bemerkte sie die Speichelfäden, die ihr am Kinn hingen und fischte

verschämt ein Taschentuch aus der Tasche, um sich das Gesicht zu trocknen. Christel schaute sie missbilligend an, dann drehte sie den Kopf wieder zum Fenster. In gar nicht allzu weiter Ferne konnte sie das Häusermeer einer Stadt erkennen. So nahe waren sie seit Hannover keiner größeren Siedlung mehr gekommen.
Dann stoppte der Bus.
Neugierig, warum sie hier in dieser schwer zu überschauenden Landschaft anhielten, stemmte sie sich in ihrem Sitz nach oben und versuchte nach vorne hinaus zuschauen. Allerdings waren auch schon andere auf die Idee gekommen, sodass sie nur Hinterköpfe erkennen konnte. Ärgerlich ließ sie sich wieder fallen und presste den Kopf an die Scheibe. Nach einer Tankstelle sah das hier nicht aus, außerdem hatten sie erst vor einer guten Stunde alle Busse aufgetankt. Da sie auf der rechten Seite des Busses saß und die Straße weiter vorn nach links schwenkte, konnte sie noch nicht einmal den Bus, in dem der Prediger saß, sehen. Dafür bemerkte sie viele Untote, die sich langsam auf den Konvoi zu bewegten. Sie kamen aus dem Unterholz und über die vielen kleinen Hügel gewankt. Die meisten aus Richtung der Stadt. Für einen Moment befürchtete sie, ihr verrückter Führer hätte beschlossen, die Leichen zu füttern. Zutrauen würde sie es ihm, denn im Grunde traute sie ihm alles zu.
Die Handbremse zischte und der Fahrer stellte den Motor aus. Das fehlende Geräusch wurde sofort vom Tuscheln der Passagiere ersetzt, die sich ebenfalls fragten, warum sie hier hielten.
Dann knackte es aus den in die Decke eingearbeiteten Lautsprechern. Der Fahrer hatte das Mikrophon eingeschaltet und räusperte sich.

"Liebe Freunde", begann er, und augenblicklich verstummte das Geflüster. "Unser hoch geschätzter Anführer hat mich gerade davon unterrichtet, dass wir die Kirche des ewigen Lebens bald erreichen. Er hat schon Kontakt mit dem Oberhaupt aufgenommen und wir werden in Kürze von einer Eskorte abgeholt und dorthin gebracht. Bewahren sie noch etwas Ruhe und haben sie noch einen Moment Geduld. Gott segne uns alle."
Die Lautsprecher knackten erneut, und für einen kurzen Augenblick herrschte andächtiges Schweigen. Dann, nach anfänglichem Gemurmel, brach ein schallender, von Halleluja-Rufen durchsetzter Applaus los. Auch in Christel machte sich so etwas wie Erleichterung

breit, und sie vergaß vorerst ihre Bedenken. Die Aussicht darauf, endlich in eine ordentliche Befestigung zu gelangen, ließ sie sogar die Untoten übersehen, die inzwischen mit fauligen Händen gegen den Bus schlugen.

"Sehen Sie", sagte die Frau neben ihr mit einem euphorischen Lächeln im Gesicht, das hart an der Grenze zum Wahnsinn angesiedelt war. "Wenn wir auf Gott vertrauen, wird alles wieder gut. Unser Prediger ist wahrhaft gesegnet, denn er hat uns durch die Hölle in ein Paradies geführt."

Ungläubig starrte Christel sie an. Ganz abgesehen davon, dass sie ihr Ziel noch nicht erreicht hatten, sondern hier umringt von Zombies in der Wildnis standen, schien diese Frau völlig vergessen zu haben, wie viele Menschen auf den Befehl des Predigers ihr Leben auf der Reise verloren hatten. Sie schüttelte nur mitleidig den Kopf und schaute wieder aus dem Fenster.

Die Eskorte sollte sich lieber beeilen, dachte sie, als sie die vielen Untoten betrachtete, die unermüdlich versuchten, in die Karosserie zu beißen.

Es dauerte noch zehn Minuten, in denen ganze Hundertschaften der Untoten über die Hügel kamen, bis die Leute auf der linken Seite aufgeregt durcheinander schnatterten und nach draußen deuteten.

"Die Eskorte", schrie jemand euphorisch durch den Bus und Christel richtete sich wieder auf. Diesmal zwängte sie sich an ihrer Sitznachbarin, die ebenfalls aufgesprungen war, vorbei, um auch etwas sehen zu können.

Draußen walzten zwei kleine Panzer über die Leichen und rissen eine rote, matschige Schneise in die Untoten, die alsbald wieder geschlossen wurde. Aus den Bussen heraus wurden sie heftig umjubelt. Viele winkten und einige schwenkten Taschentücher wie kleine Flaggen an der Innenseite der Scheibe hin und her. Christel setzte sich wieder auf ihren Platz. So richtig freuen konnte sie sich noch nicht. Viel zu skeptisch stand sie dieser Kirche gegenüber. Im Gang stolperten die Menschen übereinander, als der Bus sich ruckelnd wieder in Bewegung setzte und zielstrebig auf die Stadt zuhielt.

Je näher sie kamen, desto weniger vermutete Christel Leben in dieser Geisterstadt. Im Zickzack rangierten die Busse durch die verwüsteten Häuserschluchten entlang verbrannter Fassaden und kamen nur sehr

langsam vorwärts. Sah die tote, menschenleere Welt außerhalb der Städte schon beängstigend aus, bot sich Christel in der Stadt ein Bild des Horrors.
Ausgebrannte Hochhäuser, liegen gebliebene Autos und Zombies, soweit sie sehen konnte. Unwillkürlich musste sie an Felix denken und ihre Angst, dass er vielleicht einer der Zombies war, wuchs mit einem Mal so sehr, dass sie das Gesicht vom Fenster abwandte und auf ihre Knie starrte. Sie merkte, wie sie zitterte und umklammerte ihr Handy fest durch den Stoff ihrer Jacke.

~ * ~

Mit einem schrillen Ton wurde Beckmann von seinem Wecker aus dem traumlosen Schlaf gerissen. Er war schweißgebadet und blinzelte benommen. Seine Uniform war durchnässt und klebte an seinem Körper. Ächzend richtete er sich auf und griff den Wecker, um ihn zum Schweigen zu bringen. Dann hielt er ihn dicht vor sein verquollenes Gesicht und studierte das Ziffernblatt. Er fixierte es so lange, bis ihm der Schweiß in die Augen lief und er sie zukniff. Der Container glich einem Backofen, und die verbrauchte Luft lag schwer und feucht im Raum. Das Atmen fiel ihm schwer.

Sechs Uhr, murmelte er in Gedanken und musste sich mit einem Blick auf seine digitale Armbanduhr davon überzeugen, dass es Abend war und er seinen Verhörtermin nicht verschlafen hatte. Unter den Nachwirkungen des Valiums bemühte er sich aufzustehen, wobei er wie ein alter Mann stöhnte. Ihm war schwindelig und er musste sich mit beiden Händen auf die Schreibtischplatte stützen, um das Gleichgewicht zu halten. Schließlich stolperte er in seinen Stuhl und ließ die Arme hängen.

So ein höllischer Kater, dachte er und rieb sich die Schläfe. Aber immerhin saß er jetzt schon einmal halbwegs aufrecht und war mental bereit, mit der Arbeit zu beginnen. Ohne zu wissen, was jetzt eigentlich auf dem Programm stand, griff er sich die Akte, die vor ihm lag und schlug sie mit tauben Händen auf. Es war eine Personalakte. In Gedanken rekapitulierte er den letzten Tag und ihm wurde schmerzhaft bewusst, warum er sich den Wecker auf diese Zeit gestellt hatte. Augenblicklich verspürte er die gleiche innere Unruhe und Angespanntheit, wie er sie schon am Morgen empfunden hatte. Eine Mischung aus Wut über die Unfähigkeit seiner Soldaten, Resignation über die Entwicklung der gesamten Lage und schlichter Angst um das eigene Leben machten sich in seinem Kopf breit. Er wischte die Akte mit der Hand zur Seite, wobei sie schließlich von der Tischplatte rutschte und flatternd zu Boden fiel. Am liebsten hätte er die beiden Soldaten erst einmal für längere Zeit in den Bau gesteckt, aber in Anbetracht der bescheidenen Reste seines Trupps konnte er sich nicht erlauben, auch nur einen Soldaten von seinem Dienst zu befreien. Direkt nach ihrer Rettung hatte er sie zur Wache auf der mittleren Brücke eingeteilt, weit weg von den Toren, und dort hatten sie hoffentlich den Tag über gestanden. Wenn er sich richtig erinnerte, hatte er die beiden Versager für halb neun zu sich bestellt. Also hatte er noch über zwei Stunden Zeit.

Langsam bahnte sich die Realität ihren Weg durch den Schleier des Beruhigungsmittels und der Raum um ihn herum schwankte nicht mehr so stark. Dafür trat die Nervosität in den Vordergrund und weitete sich auf seine Eingeweide aus. Mit einem Mal überkam ihn eine schreckliche Übelkeit und er musste mehrfach trocken würgen. Seine Kehle war ausgetrocknet und brannte, als ein wenig Magensäure nach oben gepresst wurde. Er sprang auf und stolperte zur Tür. Obwohl es draußen schwül und noch weit über zwanzig Grad war, kam ihm die Luft, die ihm entgegenwehte, als er die Tür aufriss, wie eine eiskalte erfrischende Brise vor und Gänsehaut breitete sich auf seiner Haut aus. Er beugte sich vor und spie die Magensäfte aus. Als er wieder nach oben blickte, hatte er einen widerlich beißenden Geschmack im Mund und spuckte noch einmal auf die Erde. Zwei Gardisten, die etwas abseits standen, schauten fragend zu ihm hinüber.

"Alles in Ordnung", rief er ihnen zu und schaffte es gerade so den Arm zu heben und zu winken.

Die beiden Semimilitaristen winkten zurück und setzten ihren Weg fort.

Keine Schwäche zeigen, lautete seine Devise, und schon gar nicht vor der Zivil-Garde.

Erst jetzt bemerkte er den Briefumschlag, den jemand draußen vor die Türschwelle gelegt hatte. Fast hätte er ihn mit seinen Verdauungssäften getroffen. Er hob ihn auf und klopfte den Staub, der sich in den trockenen Tagen der letzten Wochen ständig in der Luft befand und binnen kürzester Zeit alles mit einer feinen Schicht überzog, von der Oberfläche. Ihm kam der Kurier aus Gießen wieder ins Gedächtnis, als er das Emblem des Krankenhauses in der linken oberen Ecke des Umschlages erkannte. Mit schwarzem Filzstift hatte jemand in schlampiger Handschrift "Beckmann" über die gesamte Breite geschrieben. Wahrscheinlich der Bericht, den er angefordert hatte. Jemand musste ihn dort platziert haben, als er geschlafen hatte. Es war ihm unangenehm, dass er so fest geschlafen hatte, dass er das Klopfen überhört haben musste. Trotz der gestauten Hitze schloss er die Tür wieder und bückte sich mit dem Umschlag in der Hand hinter seinen Schreibtisch. Darunter holte er eine kleine Kühlbox hervor und zog eine Flasche Wasser heraus. Die Kühlaggregate waren schon seit längerer Zeit nicht mehr kalt und das Wasser war lauwarm. Trotzdem leerte er die Hälfte der Flasche auf einen Zug und bemühte sich, den bitteren Geschmack aus dem Mund zu spülen, was ihm aber nur mit mäßigem Erfolg gelang. Den Rest des Wassers ließ er sich über Gesicht und Hals laufen, und es fröstelte ihn ein wenig. Er hoffte, dass nur der Stress für sein Unwohlsein verantwortlich war, denn eine Krankheit würde er sich nicht erlauben können.

Er hob noch die Akte vom Boden auf und setzte sich wieder auf seinen Stuhl, wo er sich mit dem Umschlag Luft zufächelte. Im Moment interessierte ihn vielmehr, wer Feldwebel Wenzelbachs Position einnehmen sollte. Eine große Auswahl hatte er nicht mehr, aber es war niemand darunter, dem er so blind vertrauen konnte, wie es ihm bei Wenzelbach möglich gewesen war. Die Hoffnung, dass der schon lange überfällige Nachschub Marburg erreichen würde, hatte er aufgegeben. Er legte den Umschlag zur Seite und klappte erneut die Akte auf, um sie gleich darauf wieder zu schließen. Diese verfluchte Nervosität ließ ihn nicht zur Ruhe kommen, geschweige denn, sich auf die Akte konzentrieren. Aber warum sollte ihn der Inhalt überhaupt interessieren? Es war ihm egal, wie der bisherige militärische Werdegang der Beiden verlaufen war. Sie hatten gestern riesigen Mist gebaut und dafür würde er sie sich zur Brust nehmen, auch wenn er nicht so recht wusste, wie man Soldaten zu dieser Zeit

überhaupt noch bestrafen konnte.
Er sprang wieder auf und lief wie ein wildes Tier in einem viel zu kleinen Käfig in seinem stickigen Container auf und ab. Sicherlich wäre es besser und vor allem erfrischender gewesen, einen kleinen Spaziergang nach draußen zu unternehmen, aber im Moment wollte er keinen anderen Menschen sehen, so absurd ihm dieser Gedanke in Zeiten wie diesen erschien. Aber er befürchtete nur weitere Katastrophenmeldungen von jedem, der ihm begegnen könnte. Außerdem war er nicht sicher, inwieweit sich der Vorfall mit Wenzelbach trotz absoluter Geheimhaltung schon unter den Zivilisten herumgesprochen hatte.
Und Fragen diesbezüglich wollte er sich nicht stellen lassen, solange die Mörder noch nicht gefasst waren. Er setzte sich auf sein Feldbett, stand wieder auf, ging zum Schreibtisch, spähte aus dem kleinen Fenster und zog seinen Kopf schnell zurück, als ein Schatten daran vorbei huschte.
Je wacher er wurde, desto unruhiger wurde er. Instinktiv ging er wieder zu seinem Schreibtisch und öffnete die Schublade. Das Päckchen Valium lag obenauf und automatisch griff seine Hand danach. Kurz flackerte sein Pflichtbewusstsein auf und erinnerte ihn an den Termin und dass er dazu besser bei klarem Verstand sein sollte. So, wie er sich jetzt fühlte, wäre er aber auch nicht in der Lage eine ordentliche Vernehmung durchzuführen. Erst musste er ruhiger werden. Zwei Stück sollten reichen. Es brannte in seiner Kehle, als er die Tabletten trocken hinunterschluckte, und fast wären sie auf halbem Weg hängen geblieben. Schnell spülte er noch den letzten Schluck warmes, nach Aluminium schmeckendes Wasser hinterher. Schließlich setzte er sich wieder auf den Stuhl und nahm sich den Brief des Krankenhauses vor.
Statt des erwarteten Berichts fand er nur eine kurze Notiz von einem Dr. Kleineke unterschrieben, die ihm mitteilte, dass der Leichnam des Kuriers in das Forschungslabor überführt worden war und weitere Informationen dort angefordert werden müssten. Zähneknirschend zerknüllte er die Notiz in der Hand und warf sie in den Papierkorb. Hatte er nicht ausdrücklich um eine Kopie des Berichts gebeten? Seine Autorität schwand scheinbar genauso wie die Anzahl seiner vertrauenswürdigen Soldaten. Er bückte sich unter den Tisch und

öffnete die Kühltasche. Lediglich eine ungeöffnete Flasche Whisky befand sich noch in der Box, die er eigentlich für den Tag der finalen Säuberung Marburgs aufgespart hatte. Normalerweise trank er kaum Alkohol und deshalb hatte er auch noch nie ein Verlangen gespürt, die Flasche vorher zu öffnen.
Jetzt, wo ihm die Befreiung der Stadt als unerreichbares Ziel erschien, sah er keinen Grund mehr darin, die Flasche unangetastet zu lassen. Zumindest würde das Aroma des Whiskys den widerlichen Geschmack aus seinem Mund vertreiben können. Da er kein Glas hatte, setzte er die Flasche direkt an. Er schüttelte sich, als der erste Schluck seine wunde Kehle hinunterlief. Dann hustete er und drohte, den Whisky mitsamt den Tabletten wieder zu erbrechen und konnte es im letzten Moment noch verhindern. Das Valium begann zu wirken und er wurde ruhiger.

Ich hätte schon viel früher mit dem Trinken anfangen sollen, dachte er sich, als er das wohlige Gefühl bemerkte, das sich in seinen Eingeweiden ausbreitete. Sein Blick war auf die vor ihm stehende Flasche fixiert und er las mehrfach das Etikett durch, bevor er sich einen weiteren, diesmal kräftigeren Schluck erlaubte. Das Verhör rückte in immer weitere Ferne und die Sinnlosigkeit dessen trat immer mehr in den Vordergrund. Am liebsten würde er die Sache einfach abblasen, die beiden Hippies verhaften und sie anschließend den Untoten zum Fraß vorwerfen.
Unbewusst drückten seine Finger zwei weitere Tabletten aus der Packung, und bevor er es realisierte, hatte er sie mit einem dritten Schluck aus der Whiskyflasche in seinen Magen befördert. Jetzt bemerkte er deutlich den Alkohol, der ihm zu Kopf stieg, und war für einen Moment unschlüssig, ob er das Gefühl genießen sollte. Hinzu kam eine nicht zu bekämpfende Müdigkeit, die ihn schließlich auf seinem Schreibtisch zusammensacken ließ. Den Kopf auf den Armen liegend, schlief er flach atmend ein.
Als die beiden Soldaten zu ihrem Verhörtermin erschienen, war Beckmann bereits seit einer halben Stunde tot. Sein Kreislauf hatte schließlich vor dem Alkohol-Valium-Gemisch kapituliert und eine Atemdepression den Tod herbeigeführt.
Ein Zivilist stand bereits vor dem Container und lauschte den Geräuschen, die von dort nach außen drangen. Keiner sprach es aus, aber

allen war klar, dass dort ein Untoter immer wieder mit seinem Leib gegen die Wand prallte. Als einer der Soldaten um den Container herumging, um durch das kleine Fenster zu spähen, sah er nur, was er erwartet hatte. Mit leerem Blick fiel Beckmann von einer Seite des Blechsarges zur anderen und kratzte dabei immer wieder mit seinen verkrampften Fingern an den Wänden entlang. Einige Male versuchte er hineinzubeißen.

Noch später am Abend befahl der letzte Feldwebel und somit Dienstgradhöchste, den Container aufzubrechen und den Leutnant zu erschießen.

~ * ~

Die beiden Freunde standen zusammen mit dem Hund etwas abseits und beobachteten das hektische Treiben um sich herum. Einmal hatte sie jemand angesprochen, ob sie nichts zu tun hätten, und Maik hatte wahrheitsgemäß mit Nein geantwortet und den Fragesteller von oben herab angeschaut, woraufhin dieser, nicht sicher, wie er darauf regieren sollte, achselzuckend wieder verschwunden war.
Jetzt standen sie neben dem VW-Bus, den die Soldaten als Sicherung vor den Eingang des kleinen Nebenhauses gestellt hatten. Auf dem Dach des Krankenhauses waren ein paar Soldaten damit beschäftigt, ein riesiges weißes Tuch, das aus vielen Bettlaken zusammengenäht war, auszurollen.

"Kirche des ewigen Lebens", las Maik leise und nachdenklich, während das Transparent über die obere Hälfte des gläsernen Vorbaus wehte. "Verdammt."
Unter den Lettern war in schillernden Farben ein riesiges Kruzifix gemalt, das einen überlebensgroßen Gekreuzigten trug, der von einer Aura aus stilisierten Sonnenstrahlen umgeben war. Im Gegensatz zu der klassischen Jesus-Darstellung hatte dieser keine Dornenkrone auf und wirkte alles andere als tot. Vielmehr lächelte er so übertrieben gütig, dass es fast wie ein Cartoon aussah.

"Hey Mann, hast du eine Ahnung, was die hier veranstalten? Das

kann ja schlecht wegen uns sein", sagte Gregor, als ein paar andere Soldaten eine Banderole mit der Aufschrift "Willkommen" über dem Eingangsportal aufhängten.
Maik ahnte es und erzählte Gregor ausführlich von den Funksprüchen, von denen ihm Felix berichtet hatte.

"Aha", sagte Gregor nur und betrachtete das gigantische Kruzifix.
Maik prüfte derweil die Tür des Bürogebäudes. Wie er sich gedacht hatte, war sie nicht verriegelt und wurde nur von dem VW-Bus versperrt, der ebenfalls nicht abgeschlossen war. Er müsste nur die Handbremse lösen und ihn einen knappen Meter nach vorne schieben, was aufgrund des ebenen Geländes ein Kinderspiel war. Wenn sich seine Vermutung bezüglich des Willkommen-Schildes bewahrheitete, dann würde hier bald so viel los sein, dass sie unbemerkt raus- und auch wieder reinkommen könnten. Es war auf jeden Fall besser, als über den Zaun zu klettern. Er hoffte nur, dass die Zombies, die sich vor dem Fenster versammelt hatten, inzwischen weiter gezogen waren. Den Koffer würden sie dann in diesem Haus lassen und sich eines der oberen Zimmer als ruhigen Kiffplatz einrichten. Zwar war sich Maik noch nicht ganz darüber im Klaren, wozu dieses Gebäude benutzt wurde, aber er spekulierte in Richtung eines Gefängnisses, dass offensichtlich nicht häufig benutzt wurde. Solange niemand eingesperrt war, wäre der Koffer dort sicher und für alle Fälle würde er ihn zusätzlich noch gut verstecken.
Sie schlenderten weiter am Zaun entlang, und mittlerweile zeigte Gregor nicht mehr die geringste Angst, wenn ihm die Untoten mit gefletschten Zähnen nachschauten. Als sie die Rückseite der Klinik einsehen konnten, blieb Maik abrupt stehen und zwang Gregor mit gestrecktem Arm ebenfalls zum Anhalten. Mindestens fünfzig Soldaten hatten sich um die Schleuse herum versammelt. Einige unterhielten sich, aber die meisten schauten erwartungsvoll hinaus auf die Straße.
Hinter einem Gebüsch fand Maik ein wenig Deckung und zog Gregor hinter sich her. Er wollte sich nicht unbedingt verstecken, aber auf dem Präsentierteller wollte er hier auch nicht stehen bleiben. Die Soldaten redeten plötzlich aufgeregt durcheinander und schließlich drängten alle zur Schleuse. Dann hörten auch Maik und Gregor das tiefe Grollen der Panzer und reckten ebenfalls die Hälse.

~ * ~

Felix lag auf der Ladefläche und wagte kaum zu atmen. Um den Lkw herum wimmelte es nur so von Soldaten. Hoffentlich kam keiner auf die Idee, unter die Plane zu schauen. Immerhin war er schon mal wieder aus der Tiefgarage herausgekommen, und wenn er die Soldaten richtig verstanden hatte, dann sollte dieser Laster auch weiterhin hier draußen geparkt bleiben. Er würde also solange geduldig warten, bis es ruhiger geworden war. Jetzt hörte er wieder die Motoren der Panzer, die nun offensichtlich auf das Lager zu rollten, und unter den Soldaten entstand ein stetig anschwellendes Gemurmel.

Neugierde packte ihn, und langsam rutschte er auf dem Bauch ans andere Ende der Ladefläche, sodass er unter der Plane hindurch einen Blick auf das Geschehen um ihn herum werfen konnte. Von oben herab sah er auf die Uniformierten, die ausnahmslos nach draußen blickten. Er erkannte die von den Kettenfahrzeugen aufgewirbelten Staubwolken und die Konturen der Busse, die sich dahinter abzeichneten. Die Soldaten jubelten, als der erste Bus mit einer ganzen Traube Zombies zusammen in die Schleuse fuhr. Dann sprangen einige direkt an den Zaun und stachen mit Eisenstangen auf die Köpfe der Untoten ein, die unentschieden zwischen dem Zaun und dem Bus hin und her taumelten.

Das gleiche Verfahren wie in Marburg, nur dass sie hier von einer Horde johlender Soldaten angefeuert wurden, und jeder geplatzte Schädel mit einem allgemeinen Aufschrei untermalt wurde. Es dauerte nicht lange und der letzte Untote lag mit einem großen Loch im Kopf auf dem Boden und das innere Tor wurde geöffnet. Direkt hinter dem Tor blieb der Bus stehen und zischend öffneten sich die Türen. Viel konnte Felix von seiner Position aus nicht sehen. Er sah noch, wie die Menschen den Bus verließen und dann aus seinem Sichtfeld verschwanden. Er vermutete, dass sie direkt zum Eingang geführt wurden. Dann verschwand der leere Bus in der Tiefgarage, während der nächste bereits in der Schleuse stand und die Soldaten mit den stählernen Stangen ihrer blutigen Arbeit nachgingen.

Als der letzte Bus die Schleuse verließ, lagen etliche Leichen übereinander in dem Käfig und wurden abschließend noch von zwei Pan-

zern überrollt. Die Soldaten, die den Käfig zu säubern hatten, waren sichtlich überfordert, und einer musste sich übergeben. Ein anderer näherte sich dem Lkw, kurz darauf startete der Motor.
Felix kroch wieder in die hinterste Ecke und hoffte, dass jetzt nicht das passierte, was er befürchtete. Doch er hoffte vergebens. Nach ein paar Metern Fahrt stoppte der Laster und jemand machte sich an der Ladeklappe zu schaffen. Felix verkroch sich unter den olivfarbenen Stoffbahnen, als die Sonne sein Versteck erleuchtete. Die Soldaten fluchten vor sich hin, und hin und wieder konnte er Würgelaute heraushören. Als zwei Soldaten die Ladefläche bestiegen, schwankte der Wagen und Felix schob sich noch weiter in die Ecke, als wolle er mit den Blechen verschmelzen. Was ihm Moment sogar wahrscheinlich erschien, denn binnen der kurzen Zeit, die der Lkw draußen stand, hatte sich sein Versteck wie eine Sauna nach einem Aufguss aufgeheizt. Schwitzend und leise atmend lag er unter der Zeltbahn und überlegte, wie er sich aus der Situation herausreden könnte, wenn sie ihn entdecken würden. Dann klatschte der erste Kadaver auf das Blech und blieb direkt vor ihm liegen. Trotz des dicken Stoffes konnte er den Fäulnisgestank deutlich riechen. Mit einem fleischigen Geräusch landete die nächste Leiche direkt auf ihm, und fast wäre er vor Schreck aufgesprungen. Der Gestank vernebelte ihm die Sinne. Übel riechende Flüssigkeit sickerte durch den Stoff, der ihn als einziges von dem toten Körper trennte.
Hastig drehte er den Kopf zur Seite, als der Schleim in seinen Mund zu tropfen drohte. Wieder wurde eine Leiche auf ihn geschmissen. Langsam fiel ihm das Atmen schwer, denn abgesehen von der kaum vorhandenen Luft, drückten jetzt noch mindestens zwei Körper auf seinen Brustkorb.
Dumpf vibrierten die Schläge in seinem Kopf, als wieder ein Toter auf das Blech geworfen wurde, während ein zähflüssiger Tropfen hinter seinem Ohr entlang zum Nacken lief. Immerhin war die Gefahr gebannt, entdeckt zu werden, wenigstens im Moment. Denn irgendwann würden sie die Leichen wieder irgendwo abladen. Auch wenn er noch nicht wusste, wie er seine Anwesenheit dann erklären sollte, hoffte er doch, dass das Abladen möglichst bald geschehen würde. Aber zurzeit waren sie noch mit dem Aufladen beschäftigt. Erst als die Soldaten wieder absprangen und er dumpf durch die Lei-

chen den Riegel der Klappe hörte, wagte er es, sich gegen die Kadaver zu stemmen und sich somit ein wenig Luft zu verschaffen. Nach wenigen Minuten, die ihm wie Tage vorkamen, heulte der Motor auf und der Laster setzte sich vibrierend in Bewegung. Der Leichenberg über ihm geriet ins Rutschen.

~ * ~

Auf dem Vorplatz standen die Flüchtlinge, umringt von Soldaten. Einige schauten verängstigt zu den gefesselten Zombies, die meisten jedoch wirkten erleichtert und hatten ihre Blicke auf das Rednerpult unter dem gigantischen Banner gerichtet. Maik, der mit Gregor am Rand der Versammlung stand, ließ seine Blicke über die Neuankömmlinge schweifen. Zwischen ihnen kauerte der Hund mit eingezogenem Schwanz. So viele Menschen auf einmal erschienen ihm suspekt, zumal sich keiner für ihn zu interessieren schien. Die Kranken und Verletzten waren bereits von den Soldaten abtransportiert worden und befanden sich im Inneren des Krankenhauses. Noch war das Pult mit den Mikrofonen leer und die Spannung der Menge war deutlich zu spüren. Er konnte sich noch gut an die Flüchtlinge erinnern, die früher in Marburg angekommen waren. Diese hier sahen weitaus mitgenommener aus.
Auf der gegenüberliegenden Seite des Platzes konnte er eine Gruppe Bewaffneter erkennen, die sich von den restlichen Menschen scheinbar abgesetzt hatte. Sie wirkten angespannt und nervös. Immer wieder blickten sie misstrauisch zu den Soldaten, während sie ihre Waffen verkrampft in den Händen hielten. Maik konnte es ihnen nicht verdenken. Wäre er ein wenig misstrauischer gewesen, hätte er seine Waffen im Bürogebäude deponiert.

Ein Raunen ging durch die Menge, als Rüttgers in seinem roten Gewand die kleine Bühne betrat. Gebieterisch hob er die Hände, und schallender Beifall brach aus. Sogar Gregor klatschte unbewusst mit. Neben Rüttgers konnte er einen kleinen dicken Mann mit blondem Haarkranz ausmachen, den er bis jetzt noch nicht gesehen hatte, und der aufgrund seiner Kleidung wohl auch den Flüchtlingen zuzuordnen war. Auch er riss jubelnd die Arme nach oben. Langsam schritt Rüttgers zum Rednerpult und genoss sichtlich das Spektakel um seine Person. Er wartete noch einen Augenblick, dann klopfte er auf das Mikrofon. Aus großen Lautsprechern rechts und links von ihm ertönte es vielfach verstärkt und endete mit einem Pfeifen. Der Applaus brach ebenso plötzlich ab, wie er begonnen hatte.

"Herzlich Willkommen, meine geliebten Brüder und Schwestern!", rief Rüttgers freudig in das Mikrofon und riss abermals die Arme nach oben, was unverzüglich mit Applaus belohnt wurde. Einen Moment ließ er den Beifall noch auf sich wirken, dann nahm er schließlich wieder die Arme herunter und eine erwartungsvolle Ruhe stellte sich ein. "Herzlich Willkommen in unserer bescheidenen Gemeinde." Noch einmal erhob sich ein zaghaftes Klatschten und Rüttgers machte eine beschwichtigende Geste. "Willkommen in eurem neuen Zuhause. Ich bin Pfarrer Rüttgers, oberster Hirte der Kirche des ewigen Lebens. Es ist eine Freude für mich, dass ich euch in meiner kleinen Gemeinde aufnehmen darf. Mit vereinten Kräften und Gottes Hilfe sind wir alle hier hingeführt worden, um eine neue Zivilisation zu errichten." Er ignorierte den wieder einsetzenden Beifall und sprach einfach weiter. "Ich weiß, dass ihr noch glaubt, dies sei die Apokalypse, das Ende der Welt und das jüngste Gericht stehe uns bevor ..." Er machte eine theatralische Pause und blickte herausfordernd in die Menge. Erst als die Menschen seiner Vermutung mit zaghaftem Nicken zustimmten, beugte er sich weit vor, sodass seine Lippen fast das Mikrofon berührten und rief laut hinein: "Geliebte Brüder und Schwestern. Ihr glaubt, dies ist das Ende. Dem ist aber nicht so." Jetzt blickten sich die Flüchtlinge verwundert an und begannen zu tuscheln. "Ich weiß, ich weiß. Ich sehe eure Verwirrung. Doch es ist wahr: Wir alle, du und du und du", wahllos deutete er in die Menge, "und auch ich, wir alle sind auserkoren, die Welt neu entstehen zu lassen. Das, was ihr da seht, ist nicht die finale Schlacht zwischen Gut und Böse, auch wenn es euch so vorkommen mag." Tief holte er Luft. "Nein. Es ist nicht das Ende. Es ist der Anfang. Was wir hier erleben, ist die neue Sintflut. Nein, diesmal ist es kein Wasser, das die sündige Menschheit von der Erdoberfläche spült. Gott hat sich in seiner unendlichen Weisheit für einen anderen

Weg entschlossen. Die Sünder werden von ihren eigenen Sünden gefressen. Sie werden zerrissen und der Hölle übergeben. Doch uns hat Gott auserwählt um zu leben. Nicht weil wir zufällig am rechten Ort waren, sind wir hierher gelangt. Nein, wir sind jene, die überleben mussten. Gottes Wille war es, der mich diesen Hort der Zuflucht für meine Brüder und Schwestern errichten ließ, und Gottes Wille war es, der euch zu mir führte." Er ließ den erneuten Beifall auf sich wirken und richtete sich wieder auf. Dann sprach er ruhiger weiter. "Gott hat mich ausgewählt, diese, unsere neue Zivilisation, zu führen. Er hat mir den Weg gezeigt und ich habe ihn in Demut angenommen, als sein treuer Diener. Mit seinem Wort, dem Wort Gottes, und der Erkenntnis, die ich in meinen jahrelangen Studien gewonnen habe, bin ich in der Lage, die Herrschaft der Wandelnden zu beenden und den Weg für unsere neue Zivilisation zu ebnen."

~ * ~

Felix stemmte sich gegen die Leichen, die ihn bedeckten und zwängte sich durch die fauligen Körper nach oben. Er konnte nicht warten, bis der Laster sein Ziel erreicht hatte. Spätestens beim Abladen der Körper würden sie ihn bemerken. Angewidert wischte er sich grob das viele Blut aus dem Gesicht, das aus den zerstörten Köpfen der Zombies über ihn gelaufen war. Gerade zog er sein Bein aus den Kadavern, da stoppte der Lkw schon wieder.

Verflucht, dachte Felix und ließ sich wieder zwischen die Leichen fallen. Hurtig zog er den ersten Leichnam, den er greifen konnte über sich. Zu spät stellte er fest, dass dessen Schädel nur noch zur Hälfte vorhanden war und die Reste des zermatschten Gehirns in seinem Gesicht landeten. Sich vor Ekel schüttelnd, spie er mehrfach aus und konnte gerade noch verhindern, sich zu übergeben. Dann fuhr der Lkw wieder an, ohne dass sich jemand an der Ladefläche zu schaffen gemacht hatte. Verwundert, aber auch ebenso verärgert über sein unnötiges Verstecken, befreite er sich wieder aus dem Leichenberg und krabbelte auf allen Vieren zum Heck.

Schon am Hall des Motorenlärms erkannte er, dass sie sich wieder in der Tiefgarage befanden, und als er die Plane vorsichtig beiseite schob, sah er die eng geparkten Busse, an denen sie gerade äußerst langsam vorbeifuhren. Viel Platz hatte der Lkw rechts und links nicht mehr, und der Fahrer musste sich anstrengen, um kein geparktes Fahrzeug zu streifen. Felix hob die Plane so weit, dass er seinen Kopf hindurchstecken konnte. Er könnte jetzt einfach abspringen und wäre wieder soweit wie vorhin, als er sich auf dem Laster versteckt hatte. Solange alle dort draußen bei der Versammlung waren, wäre es sogar möglich, dass er durch die Einfahrt wieder nach draußen gelangen könnte, eventuell sogar mit einem der Krankenwagen. Bestimmt gab es an der Innenseite einen einfachen Schalter, der die Jalousie nach oben gleiten ließ. Diese Überlegung wäre auf jeden Fall einen Versuch wert. Seine Neugier hingegen, wohin der Laster mit den Leichen fuhr, hielt sich stark in Grenzen. Als er sich noch davon überzeugte, dass keine anderen Soldaten in Sichtweite waren, überlegte er nicht länger und kroch unter der Plane hindurch über die Heckklappe und sprang. Der Lkw rollte langsam weiter und er hoffte, dass ihn niemand bemerkt hatte. Sofort hechtete er zwischen zwei Busse, die so eng geparkt waren, dass er gerade so dazwischen passte. Als er die Tür zur Notaufnahme erblickte, hatte das schon fast etwas Vertrautes. Allerdings vermutete er, dass diese nun abgeschlossen war und verzichtete darauf, es auszuprobieren. So wie er aussah, von Kopf bis Fuß mit Leichensäften und Dreck beschmiert, würden die ihn wahrscheinlich für einen Untoten halten und sofort schießen, wenn sie ihn entdeckten. Im Hintergrund hörte er den Lkw, wie er gerade um die Ecke bog und der Motor leiser wurde. Jetzt würde er schnell das Tor öffnen und sich dann den Krankenwagen schnappen. Die Schleuse konnte er wahrscheinlich einfach durchbrechen. Sollten die Anderen doch sehen, wie sie damit klar kämen. Hauptsache er wäre frei und könnte endlich nach Hamburg aufbrechen. Geduckt schlüpfte er zwischen den Bussen hindurch dem Tor entgegen.

Endlich konnte er die beiden Druckknöpfe neben der Jalousie erkennen, die seiner Meinung nach nur dazu da sein konnten, diese zu öffnen. Erleichtert beschleunigte er seinen Schritt und biss sich vor Schreck auf die Zunge, als er seinen Arm an einem verbogenen Nummernschild aufriss. Leise fluchend sah er sich die Bescherung

an. Zum Glück hatte er sich nur die Haut abgeschürft und ein paar kleine Tropfen Blut quollen aus dem beschädigten Gewebe. Nichts, über das er sich jetzt Gedanken machen musste, beschloss er. Gerade wollte er weitergehen, da verharrte sein Blick auf dem Nummernschild und ein Schauer lief ihm über den Rücken, während sich seine Gedanken überschlugen.
Dieser Bus hatte ein Hamburger Kennzeichen. Augenblicklich schlug sein Herz schneller und schien aus seiner Brust herausspringen zu wollen. Vor Aufregung kroch er noch einmal zurück und stellte fest, dass fast alle Busse aus Hamburg kamen. Noch wusste er nicht, ob er das als gutes oder schlechtes Zeichen deuten sollte. Er dachte an Goblin666. Waren das möglicherweise die Menschen, mit denen er ein paar Worte über Funk gesprochen hatte? Und befand er sich sogar inmitten dieser ominösen Kirche? Wenn er an das Büro von Rüttgers dachte, erschien das gar nicht einmal so unwahrscheinlich. Aber was viel bedeutsamer war: Christel und Julia waren zuletzt in Hamburg. Obwohl er es mit aller Gewalt unterdrücken wollte, um sich die Enttäuschung zu ersparen, drängte sich ihm der Gedanke auf, dass seine Verlobte jetzt möglicherweise dort draußen auf dem Hof stand und ließ ihn seinen Fluchtplan vergessen. Die letzten Meter bis zum Tor sprintete er.
Seine Finger verharrten an dem mit Gummi überzogenen Knopf, auf dem ein Pfeil nach oben gedruckt war. Der neue Plan war klar. Er würde das Tor nur soweit anheben, dass er darunter durchkriechen konnte, und bevor er das tun würde, den anderen Knopf drücken, damit die Jalousie wieder geschlossen wurde und niemand etwas von seinem Eindringen bemerkte. Was ihn allerdings auf der anderen Seite erwartete, konnte er sich nicht vorstellen, und er würde sich allein auf sein Glück verlassen müssen, dass dort keine Wachen standen.
Er atmete noch ein paarmal tief durch und schaute sich gründlich um. Das Motorengeräusch des Lkw war verklungen. Entweder sie waren dabei, ihre modernde Fracht zu entladen, oder waren schon zu weit weg. Wie weit die unterirdischen Hallen führten, konnte er nur anhand des darauf stehenden Gebäudes vermuten. Er hielt es aber nicht für ausgeschlossen, dass sich Gänge und Tunnel über das gesamte Gelände erstreckten. Dann drückte er den Knopf, und klappernd

zogen sich die Lamellen auseinander. Mit einer Hand am Schalter hockte er an der Ecke des Tors und hielt den Atem an.

Schallender Applaus drang von der anderen Seite des Gebäudes zu ihm hinüber. Vorsichtig lugte er um den grauen Betonpfeiler der Garagenausfahrt und stellte zu seiner Erleichterung fest, dass sich niemand unmittelbar davor aufhielt. Dafür hörte er die durch Lautsprecher verstärkte Stimme von Rüttgers, der in eindringlichen Worten vom Anbeginn einer neuen Zeitrechnung philosophierte. Blitzschnell schlüpfte er durch den Spalt und verbarg sich in einem nahen Gebüsch, während das Tor sich in seinem Rücken wieder senkte. Sehen konnte er weder Rüttgers, noch irgendeinen der Applaudierenden. Dafür bemerkte er gerade noch rechtzeitig einen noch sehr jungen Soldaten, nicht älter als achtzehn Jahre, der gelangweilt um die Ecke geschlendert kam. Glücklicherweise hatte der Beifall das Scheppern des Tors übertönt, so dass dieser nicht einmal in seine Richtung sah. Trotzdem hielt der Uniformierte auf Felix' Versteck zu und hockte sich zu allem Überfluss schließlich in den Schatten eines Baumes daneben - nur wenige Meter von ihm entfernt. Zwangsläufig beschloss Felix, noch einen Moment zu warten und zuzuhören, wie der selbst ernannte Führer der neuen Zivilisation seine polemischen Phrasen von sich gab. Auch wenn es ihm fernlag, auch nur ein Wort davon ernst zu nehmen, so erhoffte er sich zumindest einen kleinen Einblick in dessen Denkstruktur.
Der junge Soldat drehte sich derweil eine Zigarette und beobachtete die Welt außerhalb des Zauns. Auch er schien sich hier nicht sonderlich wohl zu fühlen. Hin und wieder schüttelte er verächtlich den Kopf, während weiter vorne der Applaus toste. Manchmal murmelte er etwas vor sich hin, und einige Male glaubte er das Wort "Idiot" heraushören zu können. Wahrscheinlich war das auch der Grund dafür, dass er lediglich einen einzigen Punkt auf seiner Uniform trug. Für einen Moment kam Felix der Gedanke sein Versteck zu verlassen, um den Jungen direkt anzusprechen. Letztlich entschied er sich aber dagegen. Dennoch prägte er sich das Gesicht des Zweiflers gut ein. Eventuell würde er noch einmal auf ihn zurückkommen. Im Moment hoffte er allerdings nur, dass er nicht allzu lange unter dem Baum hocken bleiben würde.

~ * ~

Gregor schaute kopfschüttelnd zu Maik.

"Oh Mann, was redet der bloß für einen Scheiß!", kommentierte er die Worte Rüttgers' und musste grinsen.

"Keine Ahnung, Kumpel. Aber die Leute scheinen es ihm zu glauben. Die hängen geradezu an seinen Lippen. Wie Fische an einem verdammten Angelhaken. Aber viel mehr interessieren mich die Typen da hinten." Mit dem Kinn deutete er auf die Gruppe Bewaffneter. " Irgendwie werde ich das Gefühl nicht los, dass es hier bald gehörig krachen wird."

Auch Gregor waren die feindseligen Blicke, die Rüttgers' Soldaten mit den bewaffneten Flüchtlingen austauschten, nicht entgangen, und er nickte zurückhaltend.

"Besser wir verpissen uns von hier, bevor es wirklich losgeht", sagte er besorgt und schaute sich bereits in der näheren Umgebung nach einer möglichen Deckung um.

"Abwarten, Kumpel. Ich glaube kaum, dass die hier ein Massaker veranstalten werden. So verrückt ist hier wohl keiner. Die werden sich ausrechnen können, was passiert, wenn hier auch nur einer das Feuer eröffnen würde. Und ich glaube nicht, dass einer von denen scharf darauf ist, das gesicherte Gelände in ein Schlachtfeld zu verwandeln."

Gregor war dennoch recht unsicher und rückte noch ein Stück näher an seinen Freund heran, was der Hund zum Anlass für ein tiefes Knurren nahm.

"Ruhig", sagte Maik erst zu dem Hund, dann zu Gregor. "Wir werden die Sache schon heil überstehen. Wir haben schon ganz andere Dinge geschafft."

Vorn verkündete Rüttgers weiterhin seine Vision einer neuen Welt, bevor er schließlich zum administrativen Teil seiner Ansprache wechselte.

"Ich möchte euch nun bitten", erklang es aus den Lautsprechern, "dass ihr euch entsprechend aufteilt. Frauen und Kinder werden selbstverständlich zuerst versorgt. Falls es Schwangere unter euch gibt, so bitte ich diese zum Eingang rechts von mir zu gehen. Alle

anderen bilden bitte eine Reihe zu meiner Linken. Die Frauen natürlich zuerst. Dort werdet ihr von meinen treuen und verständigen Helfern empfangen, die alles weitere in die Wege leiten werden. Auf dass ihr baldmöglichst eure Unterkünfte zugewiesen bekommt. Ich nehme außerdem an, dass ihr großen Hunger leidet. Auch hierfür ist gesorgt. Ein reichhaltiges Mahl wartet auf euch. Meine treuen und verständigen Helfer werden euch in Gruppen nacheinander zum Speisesaal geleiten. Es soll euch an nichts mangeln."
Der nun einsetzende Beifall war der lauteste bisher. Nur der kleine Dicke mit dem blonden Haarkranz verzog zunehmend sein Gesicht. Rüttgers schien dies zu bemerken und schloss seine Rede mit den Worten: "Und natürlich möchte ich vor allem dem Prediger danken, der es ermöglicht hat, dass ihr alle heute hier sein könnt." Er drehte sich zu ihm herum und mit einer gastfreundlichen Geste bat er den Prediger, nun selbst an das Pult zu treten. Diesmal war der Applaus etwas zurückhaltender. Und noch bevor er etwas in das Mikrofon sagen konnte, ertönten laute Orgelklänge aus den Lautsprechern. Irritiert blickte er zu den Boxen und klopfte zur Probe auf das Mikrofon um festzustellen, dass dieses bereits wieder ausgeschaltet war. Rüttgers stand nach wie vor neben ihm und grinste voller Stolz in die Menschenmenge, die langsam in Bewegung geriet und sich sortierte. Dem Prediger blieb nichts weiter als eine stumme Verbeugung, die aber von den Meisten ignoriert wurde, da sie sich bereits den entsprechenden Eingängen zuwandten. Lediglich die Engel und einige treu Ergebene bedachten ihn mit einem kleinen Beifall, der allerdings im allgemeinen Stimmengewirr und den Orgelklängen unterging.
Wie in einem Ameisenhaufen liefen die meisten Menschen zum Teil noch etwas orientierungslos umher. Überall standen kleine gemischte Grüppchen, die sich noch unsicher waren, ob sie sich wirklich voneinander trennen sollten. Einige Frauen schienen ihre Männer oder neu gefundenen Freunde nicht verlassen zu wollen. Andere wandten sich Hilfe suchend an die Soldaten, und wieder Andere richteten sich mit ihren Fragen an die Engel. Der Prediger selbst war inzwischen wieder vom Pult zurückgetreten und diskutierte mit Rüttgers, der gut und gerne zwei Köpfe größer war als er selbst und fortwährend mildtätig lächelte.
Es dauerte ungefähr zwanzig Minuten, bis sich schließlich eine lange

Schlange vor dem Eingang gebildet hatte und nur noch ein paar Vereinzelte, vorrangig Männer, in der Mitte des Platzes standen. Aber auch diese wurden letztlich von den Soldaten in die entsprechende Richtung dirigiert.

Maik und Gregor hatten sich ebenfalls nicht der Reihe angeschlossen, sondern sich im Gegenteil ein wenig weiter von den Eingängen und den Flüchtlingen entfernt. Maiks Augenmerk galt nach wie vor den Bewaffneten, die sich ebenfalls noch nicht bewegt hatten. Rüttgers Leute und die des Predigers standen sich jetzt in zwei ungefähr gleich starken Gruppen gegenüber. So wie es aussah, schienen sie zu streiten und Maik vermutete, dass es um die Waffen ging.

"Und was ist mit euch?" Ein Soldat hatte sich ihnen von der Seite genähert.

Gregor erschrak, denn auch er hatte den Uniformierten nicht bemerkt.

"Was soll schon sein?", fragte Maik betont freundlich zurück. "Wir haben unser Zimmer schon."

Der Soldat stutzte einen Augenblick, dann fiel sein Blick auf den Hund, und er schien sich zu erinnern.

"Ach ja, die von Gestern", sagte er forsch. "Ihr gehört ja nicht zu denen. Nichts für ungut, aber auch ihr solltet euch trotzdem in die Reihe stellen. Jetzt werden die Aufgaben verteilt."

"Welche Aufgaben?", mischte sich Gregor ein.

"Jeder hat eine Aufgabe hier", erklärte der Soldat bestimmt. "Schließlich baut sich eine neue Zivilisation nicht von alleine auf. Jeder wird seinen Fähigkeiten entsprechend eingesetzt. Und glaubt mir, selbst der Wertloseste findet hier seine Bestimmung." Beim letzten Satz konnte er sich ein Schmunzeln nicht verkneifen.

"Aha", erwiderte Gregor. Die Bezeichnung wertlos im Bezug auf Menschen behagte ihm überhaupt nicht. Schon gar nicht in einer Situation wie dieser. Bevor er jedoch noch weiter darauf eingehen konnte, übernahm Maik wieder das Gespräch.

"Wir würden uns gerne eurer Truppe anschließen", erklärte Maik, und als der Soldat skeptisch die Augenbrauen nach oben zog, fügte er noch hinzu: "Immerhin haben wir schon unter Beweis gestellt, dass wir kämpfen können. Sonst hätten wir das Lager niemals erreicht."

Der Soldat nickte zustimmend, zog aber die Stirn kraus und schien angestrengt nachzudenken.

"Nun ...", begann er und zog das Wort in die Länge. " Damit hast du wohl recht. Aber ich entscheide das nicht. Da müsst ihr schon den Chef selber fragen." Er wandte sich von den Freunden ab und wollte gerade wieder gehen, da drehte er sich noch einmal um. "Ich würde mir an eurer Stelle allerdings keine allzu großen Hoffnungen machen."

Dann ließ er die beiden stehen und ging zu seinen Kollegen. Dort hatten sich mittlerweile noch andere zu der Gruppe gesellt, sodass das Kräfteverhältnis zwischen Soldaten und Engeln nun zwei zu eins war. Trotz der Entfernung konnte Maik erkennen, wie die Luft zwischen den beiden Parteien knisterte. Offensichtlich waren die Neuankömmlinge nicht bereit, ohne Weiteres ihre Waffen abzugeben. Schließlich erschien Rüttgers wieder auf der Bildfläche. Im Schlepptau hatte er den Prediger, der wie ein geschlagener Hund hinter im her trottete, wobei er wild gestikulierend auf ihn einredete.

~ * ~

Endlich stand der junge Soldat wieder auf und schlich missmutig zum Vorplatz der Klinik zurück.

Felix wartete noch solange, bis er um die Ecke und aus seinem Sichtfeld verschwunden war, dann kroch er aus dem Gebüsch hervor und rannte gebückt hinter den Baum, unter dem der Junge eben noch gesessen hatte. Von Rüttgers' Ansprache war nichts mehr zu hören. Lediglich laute Orgelklänge drangen noch an seine Ohren. Sehen konnte er von seiner Position aus noch niemanden. Schnell sprang er zurück zur Wand und schlich daran entlang, immer darauf gefasst, augenblicklich in die Büsche zu springen.

Niemand hatte ihn bemerkt, und als er schließlich den Vorplatz erreichte, gelang es ihm, sich unauffällig in die lange Schlange aus Menschen zu mischen.

Das sind sie also, die Flüchtlinge aus Hamburg, dachte er und fragte sich gleichzeitig, wo diese ganzen Menschen untergebracht werden sollten. Er hatte nicht den Eindruck, dass das Krankenhaus ausreichend Platz bot. Die Menschen standen im Mäander über den ganzen Platz verteilt. Weiter hinten am Zaun konnte er ein paar andere Neuankömmlinge erkennen. Diese waren bewaffnet und lieferten sich ein Wortgefecht mit einer Überzahl von Rüttgers' Leuten. Selbst aus dieser Entfernung konnte er erkennen, dass die beiden Gruppen die Waffen aufeinander gerichtet hatten, und er hoffte inständig, dass die Situation nicht eskalierte. Denn dann würde es ein Blutbad geben, das sich sicher nicht auf die beiden Gruppen beschränken würde.

Er betrachtete die Männer vor sich und sah die Erschöpfung in jedes einzelne Gesicht gemeißelt. Direkt vor ihm stand ein hagerer Mann, dessen Alter wohl irgendwo zwischen zwanzig und vierzig lag. Wie die meisten Anderen hatte er sich seit Wochen oder Monaten nicht mehr rasiert, sodass eine genauere Schätzung nicht möglich war. Er stand mit dem Rücken zu Felix und schaute nachdenklich an dem gläsernen Vorbau mit dem Transparent empor.

"Was halten Sie davon?", riss ihn Felix aus den Gedanken.

Etwas verwirrt drehte sich der Mann zu ihm um. Scheinbar hatte er noch gar nicht bemerkt, dass Felix hinter ihm den Schluss der Schlange markierte.

"Wovon?" Der Mann musterte Felix. "Sie sind einer von dem Lager hier?"

"Ich bin gestern hier angekommen." Er legte sein Sonntagslächeln auf und streckte dem Flüchtling seine Hand entgegen. "Mein Name ist übrigens Felix Teichberger."

"Lars Juergens. Freut mich." Schwach griff er Felix Hand. "Was meinten Sie gerade? Wovon soll ich was halten?"

"Ich meinte das alles hier. Das Lager, die Ansprache und das alles." Jetzt blickte ihn der Mann erstaunt an.

"Was soll ich schon davon halten? Hier sind wir geschützt. Wir bekommen Nahrung, ärztliche Versorgung und ein sicheres Bett zum Schlafen." Jetzt grinste er über das ganze Gesicht und seine Augen begannen zu glänzen. "Ich bin glücklich, hier zu sein. Und was das Wichtigste ist: Gott hat uns hierhin geführt, damit wir der Menschheit eine neue Chance geben können. Wir sind ein Teil von Gottes Plan."

Kaum merklich verdrehte Felix die Augen.

Ist denn plötzlich jeder hier auf einem Gottes-Trip?, ging es ihm durch den Kopf. Insbesondere als noch ein anderer aus der Reihe zustimmend nickte.

Er erwiderte nichts darauf, sondern ließ seinen Blick weiter nach vorn zu den Frauen schweifen. Als gläubiger Mensch würde er jetzt dafür beten, seine Christel zu finden und tief in seinem Unterbewusstsein formten sich Hilfeschreie an irgendeine höhere Macht, die ihm jetzt helfen sollte. Dabei vermied er selbstverständlich Begriffe wie Gott oder Himmel.

Dann traf es ihn wie ein Blitz und sein Atem stockte. Ganz weit vorne, am Anfang der Schlange, glaubte er Christel zu erkennen. Sicher, er sah sie nur von hinten, aber allein die Art und Weise, wie sie die Hände in den Hosenbund steckte und dabei das rechte Bein etwas nach vorn stellte, ließ kaum noch eine Verwechslung zu. Sein Verstand bemühte sich vergebens, die geringe Wahrscheinlichkeit zu glauben, dass er die Frau, die seine einzige Hoffnung in dieser hoffnungslosen Welt darstellte, ausgerechnet hier wiedertreffen würde. Aber ohne den festen Willen, sie zu finden, hätte er die letzten Monate bestimmt nicht überstanden. Der Mann vor ihm redete noch mit ihm, aber seine Aufmerksamkeit galt einzig und allein nur der Gestalt, die beinahe schon die Tür erreicht hatte. Ohne weiter auf den Mann einzugehen, ging er auf sie zu, drängte sich durch die Schlange hindurch und ignorierte die empörten Rufe der Menschen, denen er auf die Füße trat oder sie mit seinen Ellbogen beiseite schob. Jetzt trennten ihn keine fünfzig Meter mehr von der Frau und seine Beine weigerten sich weiterzugehen. Plötzlich hatte er Angst, dass er Opfer einer durch die große Hoffnung herbeigeführte Halluzination geworden sei. Wie angewurzelt stand er da und fixierte die Frau, die seine über alles Geliebte sein sollte. Er befürchtete, dass sich die Gestalt in Luft auflösen würde, wenn er auch noch einen Schritt näher an sie heran ging. Kein Laut kam über seine Lippen, als er nach ihr rufen wollte. Die Schlange setzte sich wieder in Bewegung und zehn der Frauen verschwanden in dem dunklen Eingang. Aus den Lautsprechern erschallte noch immer Kirchenmusik und verlieh dem gesamten Szenario einen theatralischen, pompösen Anstrich. Mit den Nächsten, die eingelassen würden, wäre auch die Frau in dem gläser-

nen Bau verschwunden. Konzentriert setzte er einen Fuß vor den anderen, und bald darauf kam es ihm vor, als würde er schweben. Aber er kam seiner Verlobten näher und näher.
Jetzt stand er bei ihr. Sie hatte ihm den Rücken zugewandt und er befürchtete mehr denn je, dass er sich geirrt hatte und ihn gleich eine wildfremde Frau anschauen würde. Noch hatte sie keinerlei Notiz von ihm genommen. Vorsichtig streckte er den Arm nach ihr aus und tippte ihr behutsam auf die Schulter. Zuerst reagierte sie überhaupt nicht. Dann, nach einer unendlich langen Zeit des Wartens, drehte sie sich langsam um.

"Christel?", krächzte er heiser, noch bevor er ihr Gesicht sah.

~ * ~

Zecke starrte seinem Gegenüber grimmig in die Augen.

Hatte dieser Jungspund in Uniform tatsächlich gefordert, dass er sein Gewehr abgeben sollte?

"Damit das klar ist Jungchen, bevor ich die Knarre abgebe, werde ich sie in dir und dem ganzen Haufen hier entladen." Verächtlich spuckte er vor ihm aus und musterte ihn langsam von unten nach oben.

"So sehen Sie doch ein, dass Sie hier drin keine Waffen benötigen. Wir bemühen uns doch nur, das Risiko eines Unfalls so gering wie möglich zu halten. Wir sorgen schon für Ihre Sicherheit", mischte sich ein anderer, älterer Soldat ein. "Seien Sie doch vernünftig und legen Sie die Waffen ab."
Zecke funkelte ihn finster an und richtete die Mündung seines Gewehrs demonstrativ auf dessen Brust.

"Nichts werde ich. Komm doch und versuch sie mir abzunehmen." Mit fauligen Zahnstümpfen, die vor langer Zeit einmal ein Gebiss gewesen waren, grinste er ihn hämisch an. Und seine Augen sagten, dass er nicht zögern würde, abzudrücken.
Verunsichert schauten sich die Soldaten um. Niemand von ihnen wollte die Situation eskalieren lassen. Schon gar nicht, solange die anderen Flüchtlinge noch hier draußen waren.

"Traust dich wohl nicht, du Pisskopp", provozierte Zecke weiter und bleckte abermals sein verfaultes Gebiss, woraufhin die Anderen zu lachen begannen.

"Aber meine Herren, ich bitte Sie", rief Rüttgers beschwichtigend von hinten. Mit dem Prediger im Schlepptau stiefelte er quer über den Platz und einige der Soldaten drehten sich zu ihm um.

"Wir sind doch vernünftige Menschen", sagte er ruhig, als er die Gruppe schließlich erreichte. "Anstatt uns gegenseitig zu bekämpfen, sollten wir uns lieber unterstützen."

Zecke würdigte ihn keines Blickes, sondern fixierte weiterhin den Soldaten vor ihm.

"Ein Wort von dir, Boss, und ich mache ihn platt", bemerkte er, als Rüttgers sich zwischen seinen Männern hindurch schob und schließlich direkt vor ihm stand, sodass Zeckes Waffe auf ihn zeigte.

Sichtlich außer Atem kam nun auch der Prediger an, der die gesamte Strecke im Dauerlauf zurückgelegt hatte. Doch statt der erhofften Unterstützung winkte er nur ab.

"Lass es gut sein, Zecke. Wir sind hier unter Freunden", sagte er ein wenig gelangweilt und blinzelte ihm kaum merklich zu.

Zecke verstand und grinste noch etwas breiter. Dennoch hielt er den Lauf seiner Waffe weiterhin auf Rüttgers' Brust gerichtet.

"Es gibt keinen Grund für Aggressionen, meine Herren", sagte Rüttgers streng. Er richtete seine Worte nun an alle Anwesenden. "Wir halten hier zusammen, und wenn Sie ihre Waffen so gerne behalten möchten, mache ich ihnen den Vorschlag, sich meiner Schutztruppe anzuschließen." Dann sagte er noch mit Nachdruck und Zecke dabei direkt in die Augen blickend: "Aber bitte hören Sie auf, meine Leute zu bedrohen." Dann entspannten sich seine Züge wieder. "Am besten wir gehen jetzt direkt in mein Büro und verhandeln die Angelegenheit wie zivilisierte Menschen."

Etwas verunsichert schaute Zecke den Prediger an, und als dieser zustimmend nickte, senkte er seine Waffe. Die anderen Engel taten es ihm gleich, und Erleichterung machte sich auf den Gesichtern der Soldaten breit.

"Gehen wir also", sagte Rüttgers erhaben. Dann wandte er sich dem Prediger zu und sagte leise aber streng: "Ich hoffe, Sie haben Ihre Männer ebenso gut im Griff, wie ich die meinigen." Ohne eine

Reaktion abzuwarten drehte er der Gruppe den Rücken zu und schritt zielstrebig durch die Flüchtlinge auf den kleinen Seiteneingang zu. Der Prediger und seine Engel folgten ihm wortlos, während die Soldaten noch etwas unentschlossen stehen blieben und ihnen nachschauten. Erst als Rüttgers den Eingang schon beinahe erreicht hatte, schlossen sie auf.

"Was soll das jetzt werden, Boss?", fragte Zecke leise, während sie dem Arzt hinterher trotteten.

"Lass mich nur machen", flüsterte der Prediger zurück und winkte ab. "Wichtig ist nur, dass wir erst einmal mitspielen. Also bleib ganz entspannt und hör auf, diese Möchtegern-Soldaten zu provozieren!"
Widerwillig gab Zecke nach. Eigentlich hätte er nichts dagegen gehabt, diesen Idioten gründlich den Arsch aufzureißen. Er hatte die Angst in den Augen der Soldaten genossen. Viel traute er ihnen nicht zu. Höchstwahrscheinlich hätte er sie niedermähen können, bevor auch nur einer das Feuer hätte erwidern können. Irgendwann würde sich sicherlich eine entsprechende Gelegenheit ergeben.

Im Büro angekommen zeigte er sich wenig beeindruckt von all dem religiösen Pomp. Vielmehr musste er schmunzeln, als er die vielen Kruzifixe mit den zahlreichen gekreuzigten Gestalten betrachtete. Auch die anderen Engel, die in dem geräumigen Vorzimmer warteten, machten eher derbe Scherze darüber, als sich davon angetan zu fühlen.
Links und rechts von Rüttgers, der inzwischen hinter seinem Schreibtisch Platz genommen hatte, stand jeweils ein Soldat, der Zecke argwöhnisch betrachtete. Doch obwohl dem eine passende Bemerkung bereits auf der Zunge lag, hielt er sich ganz entgegen seiner Art zurück und überließ dem Prediger das Reden. Dieser erzählte von der Zuverlässigkeit seiner Engel, ihrem perfekten Umgang mit den Waffen und verbürgte sich sogar dafür, dass diese Menschen, trotz ihres mitunter erschreckenden Aussehens, die besten Männer seien, die er sich an seiner Seite wünschen konnte. Zwischendurch ergänzte er seine weltlichen Argumente mit passenden Bibelzitaten und stellte seine eigene Frömmigkeit heraus. Schlussendlich kamen sie überein, dass die gesamte Engel-Truppe in den Dienst der Klinik übernommen würde und der Prediger seine Be-

fehlsgewalt an Rüttgers abgeben sollte. Auch dies nahm Zecke stillschweigend hin, fest darauf vertrauend, dass seine große Stunde noch schlagen würde.

~ * ~

Christel und Felix lagen sich weinend in den Armen. Sie war zusammengebrochen, als sie ihren Felix erkannte und sofort waren zwei Sanitäter herbeigeeilt und hatten sie, nachdem Felix die Situation erklärt hatte, zusammen auf ein Zimmer gebracht, um das wiedergefundene Liebespaar sofort zu versorgen. So oder so ähnlich hatte sich einer der Soldaten ausgedrückt.

Jetzt lagen sie eng umschlungen auf dem Bett und ließen ihren Tränen freien Lauf. Christel war noch etwas benommen und hatte bisher kein Wort zu ihm gesprochen. Immer, wenn sie Mund öffnete und etwas sagen wollte, verschlug es ihr die Sprache. Dann drückte sie ihren Kopf fest an seine Brust, während sie mit den Armen seine Hüften umklammerte und ein Weinkrampf schüttelte ihren ausgemergelten Körper. Es dauerte über eine Stunde, die sie sich aneinander festkrallten, bis sie sich soweit beruhigt hatte, dass sie sich artikulieren konnte. Dann sah sie ihm tief in die Augen und sagte unterbrochen von lautem Schluchzen: "Julia ist ... tot", und brach erneut in Tränen aus. Felix hatte es geahnt, weil er sie noch nicht gesehen hatte. Dennoch traf ihn diese Nachricht und ein Stich ging durch seine Brust. Zärtlich strich er über ihren Hinterkopf, während sie sich von Weinkrämpfen geschüttelt an ihn schmiegte. Nach einigen Minuten wurde sie unerwartet still. Sie drückte sich mit den Händen auf seiner Brust von ihm ab und schaute ihm in die Augen.

"Wie ist es dir ergangen?", wollte sie wissen.

Felix vermutete richtig, dass sie noch nicht in der Lage war, über ihr eigenes Schicksal zu sprechen und etwas benötigte, dass sie von ihrem Leid ablenkte. Also erzählte er ihr die gesamte Geschichte, angefangen bei ihrem letzten Telefongespräch. Er berichtete von dem alten Paar, wie sie ihn aufgenommen hatten und wie sie schließlich als Untote nebeneinander auf dem Dachboden hingen. Er erklär-

te ihr, wie er nach Marburg gekommen war und die ganze Zeit über nur daran gedacht hatte, zu ihr zu gelangen. In fast allen Details beschrieb er ihr seine Flucht mit Maik, Gregor und Veronika. Auch wie er sich in Maik getäuscht hatte und wie sehr ihm der ständig zugedröhnte Gregor auf die Nerven ging.
Über Veronika erzählte er kaum etwas, und das unschöne Kapitel mit der Vergewaltigung ließ er komplett weg. Früher oder später würde er es ihr erzählen, im Moment jedoch wollte er Christel, die gerade wieder ihre Fassung gefunden hatte, nicht mit einer solchen Geschichte schockieren. Außerdem war ihm die ganze Angelegenheit mehr als peinlich. Zum Schluss erzählte er ihr noch, wie viel Glück sie hatten, dass sie sich hier schließlich getroffen hatten, zumal Felix eigentlich schon gestern weiterziehen wollte.
Als er endete, schlang Christel ihre Arme um seinen Hals und küsste ihn. Langsam ließ sie ihren Kopf wieder auf die Matratze sinken und blickte Felix, der noch über sie gebeugt war, entschlossen in die Augen. Dann brach es aus ihr heraus.

"Es war so schrecklich, Felix. Die Leute sind alle verrückt geworden und ich habe gedacht, du bist auch tot." Sie schluckte laut und wieder schossen Tränen aus ihren Augen. Sie fasste sich und fing ebenfalls ganz von vorne an: "Als wir miteinander telefoniert haben ..." Automatisch tastete ihre Hand nach dem Handy. "... da wusste ja noch keiner, was überhaupt passiert war. Im Fernsehen waren nur solche schrecklichen und bizarren Bilder zu sehen." Sie hielt einen Moment inne und dachte nach. "Damals waren sie nur schrecklich und unwirklich - heute ist es Alltag", fügte sie mit verächtlichem Unterton noch an. Dann begann sie wieder zu schluchzen. "Ich hatte solche Angst und wollte nur, dass du mich da rausholst. Ich hatte ja noch keine Ahnung, dass es überall passiert." Sie drückte sich wieder fest an ihn. "Ich bin so froh, dass du jetzt hier bei mir bist. Alle sind tot. Julia, meine Eltern, meine Schwester, meine Freunde ... einfach alle - außer dir." Wieder weinte sie und drückte ihr Gesicht in seinem Arm. Unvermittelt nahm sie die Erzählung wieder auf. "Zuerst haben sie Sondermeldungen im Fernsehen gebracht. Sie sagten, man solle nicht in die Innenstadt oder zum Hafen gehen.
Die Bilder dazu waren alle verwackelt und unscharf. Eigentlich konnte man gar nichts erkennen, außer dass sie immer wieder gesagt

haben, dass alles live wäre. Immer hat im Hintergrund irgendetwas gebrannt, immer hat man schreiende Menschen durch das Bild laufen sehen, alle in Panik, und keiner der Reporter konnte erklären, was dort passierte. Es war fast so wie damals, als die Flugzeuge in die Twin Towers geflogen sind. Nur war es diesmal viel näher. Und dann hat es auch den Reporter erwischt. Aber sogar da konnten wir nur erahnen, was sich dort zugetragen hatte, und die Wahrheit erschien uns zu dieser Zeit zu absurd, als das wir sie in Betracht gezogen hätten. Was wir sahen, war, wie sich ein Mann auf ihn geschmissen hat ... und der Kameramann hat die ganze Zeit über voll drauf gehalten. Er hat nicht einmal versucht, seinem Kollegen zu helfen. Und dann sind noch mehr Menschen gekommen und haben den Reporter unter sich begraben. Als er wieder aufgestanden ist, hat ihm das halbe Gesicht gefehlt, und er ist auf den Kameramann losgegangen. Für einen kurzen Moment war das entstellte Gesicht ganz groß auf dem Bildschirm zu sehen. Obwohl ich diesen Mann noch nicht einmal gekannt habe und inzwischen unzählige schrecklichere Dinge sehen musste, werde ich dieses Gesicht niemals mehr vergessen. Dann wackelte das Bild und man sah nur noch die Straße, und dann das Blut. Plötzlich war überall Blut. Dann war das Bild ganz weg und sie haben zurück ins Studio geschaltet, wo zwei völlig verzweifelte Moderatoren versucht haben, einen gefassten Eindruck zu machen. Aber auch die konnten nichts erklären. Sie haben nur noch einmal davor gewarnt, in die Innenstadt zu gehen. Aber da wäre nach diesen Bildern ohnehin niemand mehr hingegangen. Wir hatten alle solche Angst. Papa hat geglaubt, dass es einen GAU im Kernkraftwerk gegeben hätte und Mama saß nur noch weinend auf der Couch. In dem Moment hast du angerufen. Ich war so froh, deine Stimme zu hören und ich wollte dir so viel sagen, aber dann ging alles so schnell.
Draußen heulten Sirenen ... ganz bei uns in der Nähe. Autos rasten durch die Straße. Direkt vor unserem Haus sind zwei Wagen frontal aufeinander geprallt, und aus dem einen kroch diese Gestalt. Über und über mit Blut besudelt taumelte sie über die Straße, direkt auf unsere Haustür zu ... Mein Vater wollte doch nur helfen." Sie schluchzte und sagte wie zur Rechtfertigung: "Wir hatten ja keine Ahnung, dass die Toten wieder aufstehen. Wir dachten, dort draußen

wäre ein Schwerverletzter, der unsere Hilfe benötigt." Erneut brach sie in Tränen aus, und es dauerte einige Minuten, in denen Felix ihr zärtlich den Rücken streichelte, bis sie weitererzählen konnte. "Dieses Wesen hat Papa einfach die Nase abgebissen. Ich habe alles vom Fenster aus mit ansehen müssen. Mama ist sofort zu ihm gelaufen, und dieses Ding hat ihr ins Bein gebissen. Mein Gott, sie hat so laut geschrien, und dann ist sie gestürzt. Das Monster hat sich sofort auf sie geworfen und immer wieder zugebissen. Wir wollten ihnen helfen und sind auch zur Tür gerannt. Aber da kamen noch mehr von ihnen die Straße entlang. Noch bevor ich Mama erreicht hatte, stand sie schon wieder auf und wollte auf mich losgehen. Ich werde nie vergessen, wie sie mit einem riesigen Loch im Hals auf mich zu getaumelt kam und dabei ihre Zähne gefletscht hat. Ich konnte nur noch die Tür zuwerfen. Julia hat es auch gesehen. Sie stand bis zuletzt unter Schock und hat seitdem kein Wort mehr geredet."
Felix drückte sie an sich, als neue Tränen ihre Wangen hinunter liefen und sie schniefte. Er wollte ihr vorschlagen, dass sie sich erst einmal beruhigen sollte und nicht weitererzählen müsse, wenn es sie so aufwühlte. Aber Christel musste ihre Geschichte loswerden und so trug sie alles vor, was ihr seit Monaten auf der Seele lastete.
"Ich weiß gar nicht mehr, wie lange wir uns eingeschlossen hatten, bis wir endlich gerettet wurden, aber es hat bestimmt eine Woche gedauert. Draußen regierte das Chaos, und Beate, meine Schwester, hat nur noch auf dem Bett gelegen und an die Decke gestarrt. Wir hatten Glück ... wenn man das überhaupt so nennen darf ... dass genügend zu essen im Haus war. Im Fernsehen haben sie gesagt, dass man unbedingt in den Häusern bleiben soll, und diese am besten noch verbarrikadiert. Aber raus getraut hätten wir uns sowieso nicht. Denn in den Straßen wimmelte es nur so von lebenden Toten. Einige versuchten immer wieder in das Haus einzudringen. Sie schlugen gegen die Rollläden und die Tür. Es war so schrecklich. Wir saßen in der Falle und haben nicht zu hoffen gewagt, dass wir lebendig dort heraus kämen.
Erst recht, als der Strom ausfiel und wir im Dunkeln den Toten lauschten, die immer wieder gegen die Tür schlugen. Wir hatte uns bereits innerlich auf unseren Tod vorbereitet, als wir die Schüsse und die Lautsprecherdurchsagen von draußen hörten. Die Bundeswehr

fuhr mit großen Bussen durch die Straßen und suchte nach Überlebenden. und wir sind dann in einer Kaserne gelandet - einem riesigen Flüchtlingslager. Ich weiß nicht, wie viele tausend Menschen dort gestrandet waren, aber es waren zu viele. Katastrophale Zustände herrschten in dem Lager. Es gab kaum etwas zu essen und täglich sind Menschen um uns herum gestorben. Und immer, wenn das passierte, hörten wir die Schüsse, die uns sagten, dass die Toten noch immer aufstehen. Bald waren wir nicht mehr als tausend Leute - ohne eine Vision, wie es weitergehen sollte. So viele Zombies belagerten die Kaserne. Sie zerrten und rissen unentwegt am Zaun, klammerten sich fest und streckten ihre verfaulenden Arme durch die Eisenstäbe des Tors. Überall stank es nach Tod und Verwesung.
Selbst die Soldaten, die uns eigentlich beschützen wollten, waren mit ihren Kräften am Ende. Ich habe mindestens ein Dutzend von ihnen gesehen, die ihre Waffen gegen sich selbst gerichtet haben. Und dann ist es irgendwann passiert, dass einer völlig durchgedreht ist und eine Handgranate in den Zaun geworfen hat. Es dauerte nur wenige Minuten und abertausende Untote waren durch die Lücke gekrochen, um über uns herzufallen. Wir mussten uns in Sicherheit bringen und sind in die großen Hallen gerannt, wo sie normalerweise Panzer oder sowas geparkt hatten. Jetzt waren dort die Busse abgestellt, mit denen sie uns eingesammelt hatten. Als die Tore geschlossen waren, konnte ich Beate nirgendwo finden.
Den ganzen Tag bin ich zwischen den anderen hindurch gerannt und habe sie gesucht, bis ich mir eingestehen musste, dass sie es nicht geschafft hatte. Auch andere suchten ihre Angehörigen und Freunde, die draußen von den Zombies gefressen worden waren, oder jetzt ebenfalls als Untote umherliefen. Und dann kam der Prediger. Ich weiß gar nicht mehr, wie er es angestellt hatte, dass ihm die Leute plötzlich mehr vertrauten als dem Militär. Zunächst war es nur eine kleine Gruppe, nicht mehr als hundert Leute, die sich von seinen Bibelsprüchen um den Finger wickeln ließen. Doch bereits nach dem ersten Tag ohne Nahrung und Hoffnung wurden es stetig mehr, die an seinen Lippen hingen, wenn er vom jüngsten Gericht sprach und erklärte, dass wir uns von der versagenden weltlichen Macht abwenden und Gott zuwenden sollten. Und selbst als er sich gegen die Soldaten, die Menschen, die uns gerettet hatten, auflehnte, waren die

meisten Flüchtlinge auf seiner Seite. Sie halfen, die Soldaten zu überwältigen, und stahlen ihnen die Gewehre. Es waren sogar einige von ihnen selber dabei, die ihre Kameraden im Schlaf überfielen. Und als sie mit den Bussen von dort verschwinden wollten, hatte ich gar keine andere Möglichkeit, als mit ihnen zu gehen. Denn im Grunde hatte der Prediger recht mit seiner Argumentation, dass wir ohne Nahrung nicht mehr lange in dieser Halle überleben könnten. Nur sein religiöses Geschwafel ging mir gehörig gegen den Strich. Vor allem, wenn ich in die fanatischen Gesichter der Anderen blicken musste. Wie dumme Schafe ließen sie sich von ihm manipulieren, und niemand sagte etwas gegen seinen Vorschlag, die gefangenen Soldaten als Köder einzusetzen, damit der Rest mit den Bussen fliehen konnte. Es war grausam, sage ich dir, und er hat dieses Spiel noch ein paar Mal gemacht. Jedes Mal, wenn er uns in seiner Unfähigkeit in eine weitere Falle geführt hatte. Anfangs gab es sogar Freiwillige, die sich einreden ließen, Märtyrer zu werden, wenn sie sich zum Wohle der Anderen den Zombies zum Fraß vorwerfen ließen. Später, als es keine Freiwilligen mehr gab, bangte ich in stets um mein Leben."

Wieder fing sie an zu weinen, als das alles noch einmal in ihr hochkochte. Felix tat sein Bestes, um sie zu trösten und umarmte sie noch ein wenig fester. Sie erwiderte die Umarmung und presste ihr Gesicht wieder an seine Brust.

~ * ~

"Tut mir leid, aber ich habe keinen Bedarf", sagte Rüttgers trocken. "Gerade eben erst habe ich etliche neue Leute rekrutiert. Wer sagt mir überhaupt, dass ich euch trauen kann? Wenn ich mich recht erinnere, dann wolltet ihr doch direkt weiterziehen." Er grinste selbstgefällig.

"Wir haben es bis hierher geschafft. Das beweist ja wohl, dass wir uns verteidigen können", wiederholte Maik beleidigt, was er schon dem Soldaten gesagt hatte.

Es war ihm absolut unverständlich, wie dieser Mensch tatsächlich davon sprechen konnte, keine weiteren Soldaten zu benötigen. Immerhin galt es, diese kleine Festung zu sichern, und in Anbetracht der unzähligen Untoten dort draußen stellte jeder zusätzliche Soldat einen weiteren Sicherheitsaspekt dar. Außerdem fühlte er sich ertappt, denn Rüttgers' Misstrauen war ja durchaus berechtigt. Allerdings hatte er selbst noch keinerlei Anlass dafür gegeben. Wahrscheinlich hatte er das Felix zu verdanken, der sich bei ihrem ersten Gespräch unmöglich aufgeführt hatte. Aber selbst wenn dem so war, so hatte er jetzt ausschließlich von Gregor und sich gesprochen und Felix noch nicht einmal erwähnt.

"Außerdem", sprach Rüttgers ruhig weiter, "wenn ich mir eure Freundin so anschaue, kann ich nicht unbedingt behaupten, dass ihr euch wacker durchgeschlagen hättet."

Maik kochte innerlich vor Wut. Am liebsten hätte er den verrückten Arzt über seinen Schreibtisch gezerrt und gezeigt, wie sehr dessen Misstrauen begründet war. Doch er riss sich zusammen und ließ sich seinen Groll nicht anmerken.

In diesem Fall ließ sich mit Diplomatie mehr erreichen.

"Gibt es denn sonst eine Aufgabe, die wir übernehmen können?"

Rüttgers strich sich genervt die Haare von der schweißnassen Stirn. Seine Körpersprache verriet, dass er keine Lust mehr hatte, sich mit den beiden zu unterhalten.

"Um solche Sachen kümmere ich mich nicht persönlich", sagte er barsch. "Warum wart ihr noch nicht bei den anderen Neuankömmlingen? Reiht euch in die Schlange ein und wartet, bis ihr dran seid." Betont langsam musterte er die beiden von unten nach oben. "Dort bekommt ihr eure Aufgaben. Geht jetzt bitte."

"Was ist mit unseren Waffen?", fragte Maik fest, der sich nicht so einfach abspeisen lassen wollte. Auch wenn er sich nicht wirklich eine befriedigende Antwort versprach.

"Die Waffen haben wir an die Leute verteilt, die uns beschützen." Rüttgers hatte den fordernden Unterton in Maiks Stimme erkannt und war gerne zu einem kleinen Kräftevergleich bereit. "Sie sollten froh sein, dass die Waffen jetzt bei jemandem sind, der auch damit umgehen kann", provozierte er weiter, wobei er ungeduldig mit den Fingern auf die Tischplatte trommelte.

Maik legte sich noch die Worte zurecht, da platzte es aus Gregor

heraus. "Ziemlicher Scheiß-Verein hier", brach es auch ihm hervor. Gleichzeitig stieß er Maik den Ellbogen in die Seite um anzudeuten, dass er nicht länger hierbleiben wollte.
Rüttgers reagierte nur mit einem wissenden Nicken und deutete auf die Tür.
Maik packte seinen noch immer meckernden Freund am Arm und zog ihn aus dem Büro. Sie gingen durch das Vorzimmer, in dem einige Soldaten gelangweilt an den Wänden lehnten und schwiegen, bis sie vor den Fahrstühlen standen. Dann brach Maik das Schweigen.

"Verdammte Scheiße!", fluchte er und schlug mit der Faust gegen die Wand.

Währenddessen telefonierte Rüttgers in seinem Büro.

"Hoffmeister und Stern -...- So ein langhaariger Dicker und ein schmächtiger Dummschwätzer -...- Werden gleich zu euch runterkommen -...- Schick sie auf jeden Fall in die Küche. Das Gleiche gilt übrigens auch für ..." Er fingerte einen Zettel unter einem Aktendeckel hervor. "Teichberger, Felix Teichberger. Und sei vorsichtig, die scheinen sehr aufmüpfig zu sein."
Zufrieden lachend legte er den Hörer wieder auf die Gabel.

Die Schlange der Flüchtlinge endete einige Meter außerhalb des Gebäudes. Missmutig stellte sich Maik dort an und zog Gregor hinter sich her. Vor ihnen waren ein paar Männer in eine angeregte Unterhaltung verstrickt und beachteten die beiden Freunde gar nicht. In der Diskussion ging es um die Möglichkeiten einer neuen Zivilisation nach Gottes Geboten. Als sie Gregors angespannten, zornigen Gesichtsausdruck neben sich bemerkten, tuschelten sie etwas und schüttelten mitleidig die Köpfe.

"Wo ist eigentlich das Arschloch?", fragte Gregor demonstrativ laut, sodass die Männer ihre Unterhaltung gänzlich beendeten und ihn irritiert beäugten. Einer wich ängstlich vor dem Hund zurück, der sich zu Maik gesellt hatte und nun neugierig zwischen dessen Beinen hervor schnupperte.

"Was weiß ich denn, verdammt. Ist mir aber auch egal", gab Maik zurück. Er war nach wie vor davon überzeugt, dass einzig und allein

Felix' Benehmen zu Rüttgers' abweisenden Reaktion geführt hatte.

"Und was wird jetzt aus meinem Koffer?", hakte Gregor nach, dessen Gedanken sich seit geraumer Zeit um nichts anderes mehr drehten.

"Das kriegen wir schon hin, Kumpel. Aber zurzeit weiß ich noch nicht, wie wir es am besten anstellen. Wenn wir uns jetzt verdrücken, könnten wir uns alles versauen. Zuerst müssen wir uns wohl eine verdammte Arbeit beschaffen. Viel gibt es hier bestimmt nicht zu tun. Also suchen wir uns was Einfaches aus, bis wir uns wieder verpissen können. Es sei denn, du möchtest ohne Veronika gehen."

Gregor überlegte kurz und schüttelte dann entschlossen den Kopf. Maik musste erneut grinsen.

Ein paar Schritte rückte die Schlange dem Eingang entgegen und Maik erkannte, dass sie sich im Inneren der Klinik noch über den ganzen Gang erstreckte. Wenn es in diesem Tempo weiterginge, würden sie wohl noch mindestens eine Stunde hier herumstehen müssen. Gelangweilt kramte er seinen Tabakbeutel aus der Hosentasche und begann zu drehen.

"Aber wann wollen wir das Gras denn holen?", fragte Gregor noch einmal vorsichtig, dem die Tatsache, dass sein wertvoller Koffer dort unten in der Stadt unbewacht in der Gluthitze eines Autos stand, überhaupt nicht behagte.

"Lass uns erst einmal diese verdammte Sache hier hinter uns bringen." Im Moment wusste Maik keine bessere Antwort. Die Situation hatte sich drastisch verändert, seit er seinen ersten Plan gefasst hatte. Wehmütig schaute er zu dem kleinen Nebengebäude mit dem VW-Bus vor der Tür. "Vielleicht ergibt sich bei der Arbeitsverteilung eine ganz neue Möglichkeit. Aber wir können jetzt nicht einfach abhauen. Die Wahrscheinlichkeit, dass das jemand mitkriegt, ist einfach zu hoch. Dieser Rüttgers ist verdammt misstrauisch und ich wette, dass der uns im Auge behält." Als er Gregors verzweifelten Gesichtsausdruck bemerkte, fügte er noch hinzu: "Vielleicht geht es heute Nacht." Das sagte er allerdings nur, um seinen Freund zu beruhigen. Er hatte nicht vor, im Dunkeln durch die Straßen voller Untoter zu laufen. Zum Trost reichte er Gregor seinen Tabakbeutel.

Als sie endlich an der Reihe waren, setzte draußen bereits die Dämmerung ein, und die Sonne verschwand als rote feurige Kugel hinter dem Horizont und versprach abermals schönes Wetter für den nächsten Tag. Von den anderen Neuankömmlingen war keiner mehr zu sehen. Die meisten waren direkt, nachdem sie ihre Tätigkeit zugewiesen bekommen hatten, im großen Speisesaal verschwunden und hatten sich anschließend auf ihre Zimmer zurückgezogen, wo sie sich von den Strapazen der Anreise ausruhten. Da ein großes Schild darauf hinwies, dass man einzeln in das provisorische Büro einzutreten hatte, stand Maik nun alleine vor einem mit Papieren überlagerten Schreibtisch, hinter dem ein älterer Soldat saß und in seine Unterlagen vertieft war. Als Maik seinen Namen nannte, zeichnete sich ein feines Schmunzeln auf seinen Lippen ab.

"Küche", sagte er, ohne dass Maik noch ein weiteres Wort hätte sagen können.

Maik räusperte sich und wollte gerade nach Alternativen fragen, als der Mann ihn missmutig anblickte.

"Weiter gibt's nichts zu besprechen. Es gibt nichts anderes mehr. Und so, wie Sie aussehen, essen Sie ja äußerst gerne. Dann wird es ja mal Zeit, dass Sie auch die andere Seite kennenlernen." Er reichte Maik einen kleinen grünen Zettel. "Melden Sie sich morgen früh in der Küche und legen Sie den Zettel vor. Dann wird man Sie einweisen. Und jetzt schicken Sie mir den Nächsten rein."

Frustriert verließ Maik den Raum und deutete mit dem Daumen über die Schulter.

"Du bist dran, Kumpel."

Genauso schnell wie Maik wurde auch Gregor abgefertigt und es dauerte keine Minute, bis er mit einem identischen Stück Papier wieder neben Maik auf dem Gang stand.

Wieder in ihrem Zimmer angekommen stellten sie erleichtert fest, dass Felix offensichtlich umgezogen war. Sein Bett war unberührt und die wenigen Sachen, die er zuvor in den Schrank gelegt hatte, waren nicht mehr da. Maik wäre jetzt auch für einen weiteren Streit zu müde gewesen. Er schlüpfte aus seinen Klamotten, legte die Pistole unter die Matratze und vergrub sich in der Bettdecke.

"Gute Nacht, Kumpel", sagte er noch beiläufig und freute sich auf eine ordentliche Runde Schlaf. Neben sich hörte er noch, wie Gregor nervös mit den Fingern an die Wand trommelte.

"Und wann holen wir jetzt endlich unseren Koffer?", nörgelte Gregor, während er sich unruhig in dem Krankenbett hin und her wälzte.

"Bestimmt nicht mehr heute Nacht. Gib jetzt verdammt nochmal Ruhe!", nuschelte Maik.

"Aber wir holen ihn morgen bestimmt?", setzte Gregor nach.

"Ja, verdammt. Und jetzt lass mich verdammt nochmal schlafen. Der Tag war stressig genug. Also versau mir jetzt nicht auch noch die Nacht." Maik steckte seinen Kopf unter das viel zu kleine Kissen und beschloss, jede weitere Nörgelei zu ignorieren.

Gregor wälzte sich noch einige Zeit hin und her und grübelte über Bergung seines Koffers und welche Gefahren diese beinhaltete, bis er schließlich ebenfalls in einen traumlosen Schlaf sank.

~ * ~

"Ich bin nun mal kein Virologe", sagte Woitek missmutig und schob das Zigarettenpäckchen über den Tisch zu Nachtigall. "Und mit dem Immunsystem kenne ich mich auch nicht wirklich gut aus. Lass uns die Geheimniskrämerei beenden und mit den Ärzten aus dem Krankenhaus reden."

Maurice nickte nur und fingerte eine Zigarette aus der Schachtel.

Den ganzen Tag hatten sie sich ihrer neuen Erkenntnis gewidmet, die alten Blutproben aufgetaut und auf HIV untersucht. Wie erwartet waren sämtliche Proben, die sie von Untoten gesammelt hatten, negativ und mit jeder weiteren Bestätigung seiner Vermutung hatte sich Nachtigall ein wenig mehr in die Untersuchungen hineingesteigert. Einige Male hatte das Haustelefon geklingelt und zum allerersten Mal hatte er es ignoriert. Nichts konnte so wichtig sein, dass er seine Arbeit dafür unterbrochen hätte. Er hatte sogar seinen Kollegen zurückgerufen, als dieser das Gespräch annehmen wollte.

"Bloß keine Störungen jetzt. Wir sind kurz vorm Durchbruch", hatte er nur immer wieder vor sich hin gemurmelt und nicht weniger als hundert Petrischalen vorbereitet. Schlussendlich war er sogar soweit gegangen, dass er Versuchsobjekt #3 mit HIV infizierte, obwohl er stark daran zweifelte, dass das Virus in dem toten Körper lange überleben würde.

Jetzt saßen sie wie so oft in der kleinen Küche und hatten alles in die Wege geleitet, was ihnen in den Sinn gekommen war. Von einem Durchbruch waren sie aber noch meilenweit entfernt und die ursprüngliche Euphorie hatte sich in eine angespannte Stimmung verwandelt. Sicherlich gab es noch einige Ergebnisse von diversen Kulturen, die sie angesetzt hatten, zu erwarten, aber das würde mindestens noch bis zum nächsten Tag dauern. Und insbesondere Nachtigall war sehr ungeduldig. Vielleicht übersahen sie wirklich nur eine Kleinigkeit, die einem anderen sofort ins Auge gefallen wäre und zu weiteren Versuchen führen könnte.

"Wir gehen aber persönlich rüber", sagte Nachtigall schließlich. "Ich will nicht, dass sich hier irgendwelche Gerüchte verbreiten. Ich glaube, es ist noch zu früh, um den Leuten hier Hoffnungen zu machen. Denn selbst wenn das Immunsystem der Auslöser ist, können wir es selbst mit einer HIV-Infektion nur hinauszögern."

Woitek stimmte ihm nickend zu.

Als sie die letzte Sicherheitsschleuse hinter sich geschlossen hatten, fiel ihnen die ungewöhnliche Stille auf, die in der Eingangshalle herrschte.

Üblicherweise hallten stets die Schritte ihrer Kollegen, die hier oben arbeiteten, durch die Gänge. Aber jetzt war alles ruhig. Pavel schaute auf seine Uhr. Da es draußen bereits dunkel geworden war, rechnete er damit, dass sie, wie schon öfter, die Letzten im Haus waren. Trotzdem war heute etwas anders als sonst. Zwar konnte er noch nicht einordnen, was es war, aber es beunruhigte ihn. Seine Großmutter war in ihrem Heimatdorf als Seherin bekannt gewesen. Als Kind hatte ihn das noch fasziniert, doch spätestens mit dem Studium der Naturwissenschaften hatte er den Glauben daran verloren. Das unangenehme Gefühl, das ihn allerdings jetzt beschlich, brachte all diese Kindheitserinnerungen wieder zurück, wie seine Großmutter immer wieder von einem spirituellen Sinn gesprochen hatte, der zwar noch nicht wissenschaftlich nachgewiesen war, aber sich in allen Teilen dieser Welt in den unterschiedlichsten Formen zeigte. Sie selbst hatte ein ganzes Heer von Schutzengeln, die sich liebevoll um sie gekümmert und ihr Warnungen oder simple Ratschläge mit intensiven Vorahnungen oder gar Visionen gezeigt hatten. Und just in diesem Augenblick schien er endlich zu verstehen, was seine Großmutter damit hatte sagen wollen. Denn obwohl es keinen ersichtlichen Grund gab, fingen seine Knie an zu schlottern. Unwillkürlich verlangsamte er seinen Schritt und bremste somit auch Nachtigall aus.

"Haben wohl schon alle Feierabend gemacht", sagte er leise und versuchte seine Unsicherheit zu verbergen.

"Tja, wir sind eben die Fleißigsten hier", scherzte Nachtigall, dann stutzte er. "Aber warum ist hier alles dunkel? Die haben selbst die Flutlichter ausgeschaltet."

Jetzt wurde Pavel klar, was in dieser Nacht anders war. Es gab kein Licht - im Gegenteil. Normalerweise beleuchteten mehrere Scheinwerfer die Eingangspforte und den Hof. Wenn er jetzt durch die Glastüren nach draußen sah, blickte er in absolute Finsternis.

"Irgendwas stimmt hier nicht", sagte er jetzt sichtlich nervös.

"Wahrscheinlich sind die Lampen kaputt."

"Alle auf einmal?", erwiderte Woitek ungläubig.

"Unwahrscheinlich. Aber wo sind eigentlich unsere Beschützer?"

Langsam näherte sich Pavel der großen Glastür und spähte in die Dunkelheit. "Da ist niemand zu sehen. Aber es ist auch stockfinster."

"Das lässt sich ändern." Nachtigall ging zu dem kleinen Büro neben der Tür, in dem zu normalen Zeiten der Gebäude-Pförtner seinen Dienst verrichtete. Dort ging er zu einem kleinen Schaltkasten und die Neonröhren in der Eingangshalle begannen zu flackern. Zwar konnte er die Außenbeleuchtung von hier aus nicht einschalten, aber immerhin standen sie jetzt nicht mehr im Dunkeln. Um die Scheinwerfer der Flutlichtanlagen und Parkplatzbeleuchtung einzuschalten, hätte man in das kleine Häuschen des Hauptpförtners an der Zufahrt zum Werksgelände gemusst. Dazu wollte er sich aber nicht vorschnell bereit erklären.

Er trat neben Woitek und blickte ebenfalls nach draußen. Aber abgesehen von ein paar Metern, die nun im Lichtschein der Innenbeleuchtung lagen, war nichts zu erkennen.

"Vielleicht holen sie gerade Ersatzlampen", versuchte er die Anspannung abzuschwächen. Seine Hände ruhten auf dem breiten Türgriff und als er daran zog, bemerkte er den Widerstand.

"Abgeschlossen." Er rüttelte an der Tür, ein metallisches Klappern echote durch die Eingangshalle. "Die haben uns eingeschlossen." Er rüttelte noch etwas kräftiger, allerdings nur, um festzustellen, dass das Schloss wirklich eingerastet war.

Pavel zog jetzt ebenfalls an dem Flügel der Tür, an deren Scheibe er sich gerade noch die Nase platt gedrückt hatte.

"Zu", bestätigte er knapp, während sein Hirn auf Hochtouren arbeitete und die Möglichkeiten durchging, warum jemand die Tür abgeschlossen hatte. Es wäre zwar ein Leichtes, die Tür trotzdem von innen zu öffnen, immerhin gab es eine Entriegelung für Notfälle, aber irgendetwas sagte ihm, dass er es nicht tun sollte ohne zu wissen, was sie in der Dunkelheit erwarten würde.

Als Nachtigall nach dem Hebel griff, hielt Woitek seinen Arm fest.

"Warte Maurice. Ich traue der Sache nicht." Und als sein Kollege ihn fragend anschaute, fügte er noch schnell hinzu: "Ich will mich erst einmal telefonisch erkundigen, ob alles in Ordnung ist."

In gewisser Weise war Nachtigall für diesen Einwand dankbar, denn auch er hatte ein mulmiges Gefühl in der Magengegend verspürt.

"Okay. Wen rufen wir an?", fragte er scherzhaft, während er seinen Arm wieder sinken ließ.

Viele Möglichkeiten nach draußen zu telefonieren gab es nicht. Im Grunde genommen war es nur eine, und die führte in die Telefonzentrale, die das Militär notdürftig errichtet hatte. Von dort aus konnten Verbindungen zu allen wichtigen Einrichtungen, wie dem Krankenhaus und der Verwaltung, hergestellt werden. Der Apparat des Labors stand in der verwaisten Pförtnerloge direkt neben dem Eingang.

Pavel drehte mehrfach die kleine Kurbel des veralteten Feld-Telefons und rief das eine oder andere "Hallo" in den Hörer. Schließlich ließ er den Hörer sinken und blickte zu Nachtigall.

"Da meldet sich niemand", sagte er mit betroffener Stimme. Gleich darauf nahm er den Hörer wieder an Ohr und drehte ein weiteres Mal an der Kurbel. Diesmal schneller und andauernder.

"Probiere es weiter!" Nachtigall stand erwartungsvoll daneben und ließ seinen Blick immer wieder zwischen Eingangspforte und seinem Kollegen hin und her schweifen.

Woitek drehte die Kurbel noch einige Male und legte den Hörer schlussendlich mit bitterer Miene auf die Gabel.

"Nichts. Niemand. Da ist bestimmt wieder was passiert", befürchtete er und bemühte sich, etwas in der Dunkelheit zu erkennen. Aber selbst wenn die Soldaten noch auf ihren Posten stünden, würde er sie nicht sehen können.

"Es gibt zwei Möglichkeiten", sagte Nachtigall ernst. "Entweder wir öffnen jetzt diese Tür und finden heraus, ob alles in Ordnung ist." Er schüttelte flüchtig den Kopf, als ziehe er diese Möglichkeit nicht wirklich in Betracht. "Oder wir verbringen die Nacht hier und warten bis morgen früh auf die Kollegen."

So lange mussten sie allerdings nicht warten, bis sich etwas tat. Noch bevor Woitek etwas erwidern konnte, bemerkten sie die Lichtkegel, die sich schnell die Straße hinauf bewegten. Doch anstatt in den Hof vor dem Labor abzubiegen, fuhren sie zügig an der Einfahrt vorbei. Verdutzt blickten sich die beiden Wissenschaftler an, als der Konvoi, bestehend aus fünf LKWs, zielstrebig auf den Zaun zuraste, der den Gebäudekomplex von den Untoten abschirmte.

"Was zum ... ", begann Woitek. Da hatte der erste Laster den Zaun bereits niedergewalzt, und die restlichen Worte blieben ihm Hals stecken.

Auch Nachtigall beobachtete fassungslos, wie die LKWs rücksichtslos die Absperrung zerstörten und einer nach dem anderen durch die Lücke verschwand. Die beiden Wissenschaftler blieben solange regungslos und mit vor Erstaunen offenen Mündern stehen, bis auch das letzte Rücklicht hinter der Kuppel verschwunden war.

"Das waren Militär-Laster", schrie Woitek schließlich fast hysterisch. "Was hat das zu bedeuten?"

Nachtigall war gefasster und legte seinem Kollegen die Hand auf die Schulter. "Das waren die Soldaten. Die Leute, die uns beschützen sollten", sagte er beinahe gelangweilt, als hätte er nur auf diesen Moment gewartet.

Woitek war alles andere als gelassen. Nervös sprang er von einem Bein auf das andere. "Was soll das? Wollen die uns hier verrecken lassen?"

Er brauchte nicht viel Fantasie um sich vorzustellen, wie es bald dort draußen aussehen würde, wenn die Zombies die Lücke im Zaun bemerkten. "Wir müssen hier raus, solange es noch geht", stammelte er und war drauf und dran, den Notfallriegel der Tür zu öffnen.

Nachtigall hielt ihn davon ab. "Pavel, wir wissen nicht, was unten in der Stadt los ist. Vielleicht sind wir hier am sichersten."

"Willst du damit sagen, dass diese verfluchten Viecher die Stadt gestürmt haben?" Hilfe suchend sah er zu seinem Kollegen, merkte aber schnell, dass er von ihm keine Hilfe erwarten konnte.

Nachtigall hatte die Stirn an die Tür gelehnt und starrte mit ausdruckslosem Gesicht in die Dunkelheit. Vielleicht war es die Resignation vor dem Unvermeidbaren. Hatten sie wirklich geglaubt, dass sie der Situation Herr werden könnten, dass sich die Untoten irgendwann einfach in Wohlgefallen auflösen würden?

Woitek rannte zurück zum Telefon und drehte wie besessen an der kleinen Kurbel, und je länger er drehte, desto mehr schwand seine Hoffnung, dass sich jemand am anderen Ende melden würde.

"Es sieht so aus", beantwortete Nachtigall schließlich leise die Frage. "Wir haben wohl verloren." Mit der Stirn stieß er mehrfach gegen die Scheibe und brummte sarkastisch: "Als ob wir jemals eine Chance gehabt hätten." Dann sprach er lauter weiter. "Pavel, unsere Forschung ist an ihrem Ende angelangt. Es gibt wohl niemanden mehr, der Interesse an einem brauchbaren Ergebnis hat."

Woitek ließ den Hörer auf die Gabel fallen und kam mit großen Schritten auf seinen Kollegen zugerannt, packte ihn an der Schulter und riss ihn herum. "Sag mir, dass du das nicht ernst meinst, Maurice." Neben dem Schrecken und der Wut lag auch eine tiefe Trauer in seiner Stimme. "Wir waren doch so dicht dran. Warum ausgerechnet jetzt? Wieso hat uns niemand gewarnt? Wir können es doch noch schaffen." Seine Augen hatte er weit aufgerissen und eine dicke Ader pulsierte an seinem Hals.

"Vergiss es, Pavel. Wir waren nicht dicht dran. Vielleicht hätten wir es niemals herausgefunden. Und selbst wenn wir es noch schaffen würden, was fangen wir mit unserem Wissen jetzt an? Scheinbar liegt niemandem mehr etwas daran, die Apokalypse aufzuhalten. Vielleicht hat sich die Menschheit mit ihrem Schicksal abgefunden. Vielleicht haben sich tatsächlich die Prophezeiungen der Bibel erfüllt, und wir erleben hautnah die Wiederauferstehung Christi mit, den finalen Kampf zwischen der Armee Gottes und den Geschöpfen der Hölle. Nur dass wir erstere noch nicht zu Gesicht bekommen haben."

Woitek starrte den Neurochirurgen verwundert an. "Wie kannst du nur so einfach aufgeben?" Er schüttelte kräftiger an Nachtigalls Schultern. "Maurice, so kenne ich dich nicht. Hatten wir uns nicht darauf geeinigt, die Sache rational anzugehen, ohne Religion und Aberglaube? Du warst es doch, der mir erklärt hat, dass es keinen Gott geben kann, der so grausam zu seinen Geschöpfen ist." Woitek weinte jetzt. Immer heftiger rüttelte er an Nachtigall, der mit gesenktem Kopf dastand, als wäre er selber ein Untoter. "Wir werden eine Lösung finden. Wir dürfen jetzt nicht aufgeben. Jetzt erst recht nicht."

"Und dann?" Plötzlich wurde Nachtigall lauter. "Und DANN?", wiederholte er beinahe schreiend und funkelte Woitek mit wütendem Blick an. "Angenommen, wir finden wirklich einen Impfstoff. Was machen wir dann damit? Sollen wir uns impfen, damit wir nicht wieder zurückkommen, wenn uns die Bestien zerfleischt haben?" Er sah seinen Kollegen herausfordernd an. "Das wird nicht nötig sein, denn diese Biester werden nichts von uns übrig lassen, wenn sie erst zu Tausenden hier herumlungern und auf uns warten."

Woitek war einen Schritt zurückgewichen. So kannte er seinen Freund und Kollegen wirklich nicht, und voller Schrecken musste er sich eingestehen, dass er recht hatte.

"Wir schauen jetzt nach, ob alles abgeschlossen ist", erklärte der nun deutlich ruhiger weiter. "Dann legen wir uns einen Wasservorrat an, bevor die Leitungen nichts mehr hergeben und klauben alles an Lebensmitteln zusammen, was wir hier finden können. Vielleicht kommt ja wirklich noch eine Rettung. Und falls nicht, dann sollten wir unsere letzten Tage so angenehm wie möglich gestalten."

"Du willst wirklich einfach so aufgeben? Haben wir denn solange gekämpft, um jetzt einfach mit allem Schluss zu machen?"

"Wenn du einen besseren Vorschlag hast, dann lass ihn hören. Ich bin auch nicht scharf darauf, hier oben zu verhungern. Aber ich sehe die Angelegenheit realistisch. Die Soldaten sind weg, Marburg ist offensichtlich gefallen, und wir gehören zu den Glücklichen, die noch nicht als Zombiefutter ihr Leben gelassen haben. Es tut mir leid, Pavel, aber es ist wohl Gottes Wille, dass die Menschheit aussterben soll, und ich für meinen Teil habe den Kampf tatsächlich aufgegeben. Meine letzten Tage werde ich hier in der Sicherheit des Labors verbringen, mich, falls ich noch etwas Alkohol finde, betrinken, und unseren Schöpfer verfluchen."

"Himmel, Herrgott nochmal!" Jetzt war es Woitek, der die Stimme erhob. "Da werde ich nicht mitmachen. Wir wissen noch nicht einmal sicher, ob die Zombies schon in die Stadt eingedrungen sind. Ich für meinen Teil werde jetzt da runterlaufen und nachsehen." Er hatte die Fäuste geballt, und sein Blick verriet, dass er sich nichts sehnlicher wünschte, als dass ihn Nachtigall begleiten würde. "Selbst wenn dort wirklich niemand mehr lebt. Wir könnten vielleicht an ein Auto kommen und Marburg ebenfalls verlassen. Die Soldaten sind ja auch irgendwohin unterwegs. Vielleicht gibt es noch andere Festungen, die wir erreichen könnten."

"Es tut mir leid, Pavel." Nachtigall ließ den Kopf wieder hängen. "Ich wünsche dir alles Glück der Welt. Aber ich habe mein Leben gelebt, und wenn es so zu Ende gehen soll, dann füge ich mich meinem Schicksal. Alles ist besser, als dort draußen durch Tod und Verwüstung zu irren. Aber ich verstehe auch dich, Pavel. Ihr Tschechen gebt nicht so schnell auf." Er lächelte gezwungen und umarmte seinen Kollegen. "Dann sieh zu, dass du wegkommst. Noch sind keine Zombies hier. Pass auf dich auf."

Woitek löste sich vorsichtig aus der Umarmung. Seine Augen waren gerötet, und er blickte Nachtigall flehend an.

"Wenn ich ein Fahrzeug habe, hole ich dich ab, Maurice. Bleib an der Tür, damit du mich kommen siehst", sagte er schließlich hoffnungsvoll.

Nachtigall erwiderte nichts darauf.

~ * ~

Mit einem spitzen Schrei schreckte Veronika hoch. Ihr T-Shirt war von Schweiß getränkt und selbst die Bettdecke war nass. Draußen war es dunkel und die schmale Sichel des Mondes spendete nur wenig Licht. Sie brauchte einen Moment um sich zu orientieren und bewusst zu werden, wo sie sich befand. Mit jeder Minute kamen weitere Erinnerungen an die letzten Tage zurück und verdrängten die Bilder des Alptraums, der sie aus dem Schlaf gerissen hatte. Ihr Atem wurde wieder ruhiger und ihr Puls verlangsamte sich. Nur ihr Bein schmerzte höllisch, und als sie versuchte, es zu bewegen, schrie sie erneut auf.

Erst jetzt bemerkte sie, dass sie nicht allein im Raum war.

"Keine Angst, Schätzchen. Wir sind in Sicherheit", vernahm sie eine weibliche Stimme direkt neben ihrem Bett. Erschrocken riss sie den Kopf herum und ein neuerlicher Schmerz fuhr ihr durchs Bein. Eine Hand legte sich vorsichtig auf ihren Unterarm und begann ihre Haut sachte zu streicheln.

"Sie haben nur schlecht geträumt", meldete sich die Stimme erneut. Langsam erkannte sie die Schemen eines Gesichts keinen halben Meter von ihrem eigenen entfernt, das sie mildtätig anlächelte. Es gehörte einer Frau um die Fünfzig, deren langes graues Haar in Strähnen rechts und links der Augen hinunter hing.

"Wer sind Sie?", fragte Veronika verunsichert. Instinktiv zog sie ihren Arm zurück und ließ ihn unter der Bettdecke verschwinden.

"Oh, Entschuldigung, Liebchen. Ich wollte Sie nicht erschrecken. Mein Name ist Hannelore, aber Sie können mich Hanni nennen. Ich bin heute mit dem Prediger angekommen." Als sie die Verwunderung in Veronikas Blick erkannte, fuhr sie fort. "Oh, das haben Sie wohl gar nicht mitbekommen, so fest wie Sie geschlafen haben. Der Prediger hat uns hierher geführt. Er ist ein sehr gläubiger Mann, müssen Sie wissen. Wenn Sie wieder aufstehen können, müssen Sie ihn unbedingt kennenlernen. Ich glaube sogar, er hat einen direkten Auftrag vom lieben Gott." Sie reckte ihre Arme nach oben. "Gepriesen sei der Herr, der uns auserkoren hat, die neue Menschheit zu erschaffen. Und gepriesen sei der Prediger, der uns den Weg gezeigt hat."

Jetzt war Veronika erst recht verwirrt. Nicht nur, dass diese Frau, die neben ihrem Bett betete, von Dingen redete, die sie nicht verstand. Sondern auch, dass sie sich gar nicht bewusst war, so lange und fest geschlafen zu haben. Vorsichtig richtete sie sich unter starken Schmerzen auf, vermied es allerdings, abermals zu schreien.

"Wie spät ist es?", unterbrach Veronika die Lobpreisungen der Frau. Sie hatte nicht die geringste Ahnung, wie lange sie geschlafen hatte. Die Frau ließ die Arme wieder sinken und schaute mitleidig zu ihr herunter.

"Das kann ich Ihnen nicht sagen, liebes Kind. Aber ist das denn so wichtig? Schon in Bälde werden wir eine neue Zeitrechnung beginnen. Und auch Sie sind von unserem Herrn auserwählt worden."
Verständnislosigkeit machte sich in Veronikas Mimik breit.

"Auserwählt?", fragte sie. "Zu was auserwählt? Wovon reden Sie überhaupt?"
Die Frau hockte sich nun neben das Bett, sodass ihr Gesicht nur wenige Zentimeter von Veronikas entfernt war.

"Natürlich auserwählt, die neue Menschheit zu erschaffen", sagte sie leise, aber mit einer Selbstverständlichkeit, die Veronika erschreckte. "Spüren Sie denn nicht die Frucht unseres Gottes, die in Ihnen heranwächst?"

"Wenn Sie damit andeuten wollen, dass ich schwanger bin, muss ich Sie enttäuschen", erwiderte Veronika patzig. Dennoch stahl sich ihre Hand auf ihren Unterleib, um sich Gewissheit zu verschaffen. Und für einen Moment wurde sie unsicher. Sollte sie wirklich von Felix schwanger sein? Sie hatte zwar nicht verhütet, aber rein zeitlich gesehen war das unmöglich.
Als sie wieder zu der Frau blickte, lächelte diese sie wissend an und tätschelte sacht ihre Wange. Verdutzt zog Veronika den Kopf zurück.

"Was soll das Ganze?", sagte sie barsch. "Sind Sie etwa eine von diesen komischen Hellseherinnen?" Sie zog die Bettdecke hoch bis unters Kinn. "Geben Sie sich keine Mühe. An so etwas glaube ich nicht."

Jetzt lachte die Frau. "Aber nein, Kindchen, ich gebe doch nur das wieder, was der Arzt gesagt hat, als er Sie in das Zimmer gebracht hat."
Veronika stutzte. War sie etwa in ein anderes Zimmer verlegt worden, ohne etwas davon mitbekommen zu haben? Ohne auf die Schmerzen im Knie zu achten, streckte sie sich und tastete nach dem Lichtschalter.
Geblendet kniff sie die Augen zusammen und betrachtete ihre Um-

gebung durch einen schmalen Spalt zwischen ihren Lidern. In der Tat war dies nicht das Zimmer, in dem sie eingeschlafen war. Dieser Raum war eindeutig größer. Auf der anderen Seite lag noch eine Frau, die sich jetzt, wo das Licht aufflackerte, mürrisch grunzend unter der Bettdecke verbarg. Ihre größte Sorge galt jedoch Felix und ob er sie hier überhaupt wiederfinden würde. Mit einem Mal wurde ihr furchtbar übel, und sie übergab sich auf ihre Bettdecke.

~ * ~

Die Sonne hatte sich bereits über den Horizont geschoben, als Maik seinen Freund aus dem Schlaf riss.

"Morgen, Kumpel. Die Sonne lacht und die Zombies stinken vor sich hin. Wird Zeit, dass wir mit der Arbeit beginnen", sagte er mit gespielter Fröhlichkeit.

Vom unruhigen Schlaf benommen öffnete Gregor ein Auge und grummelte etwas, das man entfernt als "Guten Morgen" erahnen konnte. Blinzelnd blickte er sich um, ordnete seine Gedanken und richtete sich unter Ächzen und Stöhnen auf.

"Is' noch ziemlich früh", artikulierte er unbeholfen und warf Maik einen vorwurfsvollen Blick zu. Dann dachte er kurz nach und fügte hinzu: "Holen wir jetzt den Koffer?" Er wühlte in seinen Klamotten nach dem Tabakbeutel, bis Maik ihm schließlich seinen zuwarf.

"Eins nach dem anderen. Erst mal checken, welche Freiheiten uns der Küchen-Job lässt."

Während Maik sich langsam anzog, zündete Gregor seine Selbstgedrehte an und schaute von seinem Bett aus dem Fenster. Draußen auf dem Hof war schon einiges los. Viele der Neuen standen auf dem Hof, rauchten und unterhielten sich und einige von Rüttgers' Soldaten wiesen die neuen Rekruten ein. Der Hund war zum Schmusetier für ein paar Kinder geworden, was er offensichtlich genoss. Bis auf die Zombies, die hungrig an den Zaun gefesselt waren, ein insgesamt friedliches Bild. Und irgendwo da draußen wartete sein Gras auf ihn.

"Hat der Typ irgendwas gesagt, wann wir dort sein sollen?", fragte Gregor, während er sich langsam aus dem Bett schälte.

"Wir haben noch über eine Stunde Zeit", antwortete Maik und schaute zur Sicherheit noch einmal auf den grünen Zettel der Arbeitsverteilung. Dann verstaute er seine Pistole wieder im Hosenbund und ließ sein Hemd darüber hängen. "Sieht man was von der Knarre?", vergewisserte er sich, und als Gregor den Kopf schüttelte, schmunzelte er zufrieden.

Freudig kam der Hund angerannt, kaum dass Maik den Hof betreten hatte, und sprang aufgeregt an ihm hoch. Vor lauter Aufregung legte er sogar die Vorderpfoten auf Gregors Schultern und schleckte dessen ängstliches Gesicht. Schnell besann er sich und ließ sich von Maik hinter den Ohren kraulen. Die Kinder schauten enttäuscht zu den beiden Freunden, die ihnen gerade ihr Schmusetier genommen hatten und eines versuchte vergebens, den Hund zurück zu rufen.
Gregor hielt nach Felix Ausschau. Nicht, dass er ihn begrüßen wollte. Er wollte nur wissen, wo er sich aufhielt, damit er selber an einem anderen Ort sein konnte. Und immer wieder verharrte sein Blick auf dem kleinen Gebäude und dem VW-Bus davor.

"Lass uns an die Arbeit gehen, Kumpel", sagte Maik, dem Gregors hektisches Umschauen nicht entgangen war. "Wir holen deinen Koffer schon noch."

Die Küche war riesig. Eine große Halle vollgestopft mit Edelstahlschränken, Armaturen und gigantischen Kesseln. Und auch hier wirkte es im Gegensatz zur Außenwelt steril und sauber. Ein paar Männer im traditionellen Koch-Outfit waren bereits damit beschäftigt das Mittagessen vorzubereiten und verarbeiteten große Fleischbrocken zu Gulasch. Maik wunderte sich ein wenig, da er abgesehen von dem Hund noch kein größeres Tier oder Ställe innerhalb des abgesperrten Geländes gesehen hatte. Noch mehr erstaunte es ihn, als der Soldat, der die beiden empfangen und mit ausdruckslosem Gesicht ihre grünen Zettel entgegen genommen hatte, sie durch die Küche hindurch zu einer stählernen Tür führte, die mit einem roten Kreis gekennzeichnet war.

"Dort hinein", sagte der Uniformierte, der ebenfalls einen roten Punkt auf seiner Jacke trug, streng. Dann holte er einen Schlüsselbund aus seiner Hosentasche und öffnete die Tür.

"Wir sollten aber in der Küche arbeiten", bemerkte Gregor vorsichtig, dem die ganze Situation nicht behagte.

"Das ist die Küche", erwiderte der Soldat kurz und rang sich ein Lächeln ab.

Hinter der Tür befand sich ein kurzer Gang, der an einem Lastenaufzug endete. Dort hinein dirigierte der Soldat die beiden. Der Fahrstuhl selbst war nicht so sauber wie die Küche, sondern eine Patina aus angetrocknetem Blut bedeckte den gesamten Boden.

"Wo fahren wir hin? Geht's jetzt zum Schlachthof?", scherzte Maik, als sich der Lift rüttelnd in Bewegung setzte.

"Genau. Gehört auch zur Küche", antwortete der Soldat.

Gregor sah besorgt zu Maik. Die Vorstellung, irgendwelche Tiere schlachten zu müssen, drehte ihm einen Knoten in den Magen. Knirschend kam der Aufzug schließlich zum Stehen, und als der Soldat die Tür öffnete, fanden sie sich in einem komplett weiß gekachelten Flur wieder. Am Ende, dort wo eine weitere stählerne Tür die Sicht auf den vermeintlichen Schlachtraum blockierte, standen zwei Soldaten.

"Ich bringe weiteres Schlachtpersonal", sagte der Soldat, der die beiden Freunde hergebracht hatte.

Die zwei Soldaten vor der Tür nickten militärisch knapp, und der rechte von ihnen machte sich an den Riegeln der Tür zu schaffen.

"Dort entlang", sagte der erste Soldat überflüssigerweise, da es keinerlei Abzweigungen oder andere Türen gab. "Die Kameraden übernehmen alles Weitere." Dann stieg er in den Aufzug und schloss die Tür. Mit einem lauten Ächzen spannten sich die Drahtseile und beförderten die Kabine wieder nach oben.

Während der eine Wachposten die Tür öffnete, kam ihnen der andere mit entschlossenem Gesichtsausdruck entgegen, ging an ihnen vorbei und befand sich dann mit Gewehr im Anschlag in ihrem Rücken.

"Vorwärts!", kommandierte er, und sein Tonfall war nicht mehr einladend, sondern ein barscher Befehl. Dabei stieß er Maik demonstrativ den Lauf seiner Maschinenpistole in den Rücken.

"Hey, was soll die Scheiße?", fragte Maik überrascht.

"Schnauze halten und nur das tun, was ich sage, sonst hast du ein Loch im Kopf", antwortete der Soldat trocken.

Verdammte Scheiße, dachte Maik und setzte sich widerwillig in

Bewegung.
Gregor schaute entsetzt zu seinem Freund. Keiner der beiden wusste, was jetzt passieren würde, aber so viel stand fest, dass es sich hierbei nicht um einen Job in der Küche handeln würde. Diese Ahnung verstärkte sich jäh, als sie den Raum hinter der Tür betraten, der mehr einem provisorischen Operationssaal als einem Schlachthaus glich. Mehrere Aluminiumtische, wie man sie aus der Pathologie in Filmen beispielsweise kannte, standen dort. Und auch die vielen medizinischen Apparaturen hatten nichts mit einem Schlachtbetrieb zu tun.

"Was soll das? Wir sollen hier arbeiten", bemerkte Gregor ängstlich, doch außer einem "Schnauze halten!" und einen Stich mit dem Gewehrlauf in den Rücken bekam er keine Antwort von dem Soldaten.

Maik blieb stumm und rechnete sich seine Chancen aus, mit seiner Pistole aus dieser Situation zu entkommen. Gab es allerdings schnell wieder auf, als er drei weitere Soldaten und einen Menschen in einem blutgetränkten Arztkittel im hinteren Teil des Raumes sah. Zwei der Soldaten nahmen unverzüglich ihre Gewehre von der Schulter und legten auf sie an. Der dritte holte zwei Paar Handschellen von einem Tisch und kam auf sie zu. Der Mann im Arztkittel war gerade damit beschäftigt, einem Mann, der auf einem der Tische fixiert war, eine Injektion zu verabreichen.

"Hände auf den Rücken!", befahl der Soldat, der auf Gregor anlegte, während der mit den Handschellen hinter sie trat.

Maik registrierte alles, was in diesem weiß gekachelten Saal geschah, und kam nur zu einem Schluss: Sie mussten hier raus und zwar so schnell wie möglich. Doch da schlug auch schon die Tür mit einem lauten Knall zu, und das Quietschen der Riegel auf der anderen Seite machte deutlich, dass sie einen anderen Weg finden mussten. Er spürte, wie Gregor neben ihm zitterte und leise vor sich hin wimmerte.

"Hände auf den Rücken!", wiederholte der Soldat strenger, der jetzt direkt hinter ihnen stand.

Die anderen beiden klapperten zur Unterstützung des Befehls mit den Gewehren. Gregor zitterte immer heftiger und Maik befürchtete, dass sein Freund gleich umfallen würde. Langsam bewegte er seine Hände auf den Rücken und achtete darauf, dass sein Hemd am Bauch

nicht zu sehr spannte und den Knauf seiner Pistole als Relief preisgab. Gleichzeitig überschaute er die Lage und beurteilte die Möglichkeit, lebend hier rauszukommen. Der Raum war ungefähr zehn Meter lang und halb so breit. Es gab fünf Aluminiumtische, die parallel zueinander über die gesamte Länge des Raums aufgereiht waren. Auf dem letzten lag der Mann und schaute benommen zur Decke. Dazwischen standen medizinische Gerätschaften. An den langen Wänden standen außerdem noch ein paar Schreibtische und Regale mit diversen Flaschen. Außer der Tür, durch die sie gekommen waren, gab es noch zwei weitere Zugänge. Einer davon, eine doppelflügelige Schwingtür, befand sich an der gegenüberliegenden Wand. Eine normale Holztür mit einem kleinen undurchsichtigen Fenster in der oberen Hälfte befand sich zwischen zwei Schreibtischen zu seiner Rechten.
Die Soldaten, die ursprünglich vor der Schwingtür gestanden hatten, waren inzwischen näher gekommen und befanden sich nun nur noch einen Meter vor ihnen, ließen die Waffen aber weiterhin auf sie gerichtet. Der Mann im Kittel nahm keinerlei Notiz von ihnen, zu sehr war er damit beschäftigt, seinem Opfer verschiedene Infusionen zu legen. Dabei summte er leise vor sich hin. Maiks Gehirn rotierte. Vielleicht könnte er nach vorne springen und das Gewehr des Einen am Lauf packen. Möglicherweise wäre er sogar noch in der Lage, den Soldaten mit den Handschellen durch einen Tritt nach hinten vorläufig beiseite zu räumen. Den letzten Soldaten, der auf Gregors Kopf zielte, würde er allerdings nicht erreichen können. Selbst wenn er auf den Überraschungseffekt setzen würde, wäre das Risiko zu groß, dass einer von beiden eine Kugel in den Kopf bekommen würde.
Der Soldat hinter im packte ihn grob am Handgelenk, und einen Augenblick später spürte er, wie sich der kalte Stahl um seine Unterarme schloss und ihm ins Fleisch schnitt.

Zur gleichen Zeit holte ein freundlicher Soldat Felix aus Christels Armen und bat ihn höflich, mitzukommen, da er sich nun zum Küchendienst melden müsse. Schweren Herzens verabschiedete sich Felix und folgte dem Soldaten durch die Küche zum Lift.

~ * ~

Bis in die frühen Morgenstunden hatte Nachtigall neben der Tür gesessen und gewartet. Und als die Dämmerung einsetzte, konnte er die Folgen der Zerstörung des Zauns erkennen. Wenigstens einhundert Untote hatten sich bereits durch das große Loch geschoben und wankten in Richtung Stadt.
Ein paar taumelten auch auf dem Gelände des Labors umher, hatten ihn aber offensichtlich noch nicht wahrgenommen. Es war nicht das erste Mal, dass er sich hier oben eingeschlossen hatte, und obwohl sein Bewegungsspielraum heute deutlich größer war als beim letzten Mal, als sie sich im Keller verbarrikadiert hatten, war seine Hoffnung auf Rettung deutlich geringer.
Er hatte zu keiner Zeit damit gerechnet, dass Pavel wirklich zurückkommen würde, und wie es schien, zu Recht. Aber er vermied darüber nachzugrübeln, was seinem Freund und Kollegen widerfahren sein könnte. In der Ferne hatte er immer wieder vereinzelte Schüsse gehört. Ob diese aber nun aus der Stadt oder von den Soldaten kamen, die diese fluchtartig verlassen hatten, konnte er nicht lokalisieren.
Beim Aufstehen schmerzten seine Knie und knackten laut. Langsam schlenderte er durch die Gänge, schaute in die verwaisten Büroräume und fand sich schließlich in dem kleinen Labor wieder, wo Kollegen bis gestern noch an den Proben, die er nach oben geschickt hatte, gearbeitet hatten. Nichts wies darauf hin, dass sie ihren Arbeitsplatz fluchtartig verlassen hätten. Die Tische waren einigermaßen aufgeräumt und die Präparate lagen wohlsortiert in den Schränken. Mit dem Finger strich er über die Oberflächen, als er daran vorbei ging. Anfangs hatte er noch Hemmungen die Schreibtische zu öffnen und die Privatsphäre seiner Kollegen zu verletzten, aber je mehr er darüber nachdachte, desto sicherer war er, dass sich keiner von ihnen noch dafür interessieren würde - oder könnte. Er blieb stehen und betrachtete die Wand. Verschiedene Notizen, Postkarten und Bilder hingen über dem Schreibtisch.
Sein Blick blieb auf einem gerahmten Foto hängen. Es zeigte Dr. Schneider mit einer Frau und einem kleinen Jungen, der fröhlich in

die Kamera winkte. Aus Erzählungen von Dr. Schneider wusste er, dass es sich um dessen Frau und Sohn handelte, die er seit dem Tag der Apokalypse nicht mehr gesehen hatte. Behutsam, als wäre es ein lebendiges Wesen, zog er die Schublade auf und staunte nicht schlecht, als er unter den Forschungsakten eine noch fast volle Flasche Wodka fand. Vorsichtig schnupperte er daran. Es war tatsächlich Wodka. Nachdem er einen kräftigen Schluck genommen hatte und für einen Moment das wohlige warme Gefühl in der Kehle genoss, durchsuchte er die restlichen Tische und Schränke.

Am Ende hatte er jedes Fach auf dem gesamten Stockwerk inspiziert und fand noch eine weitere ungeöffnete Flasche Kartoffelschnaps, zwei Packungen dehydriertes Nudelgericht, eine halbe Tafel Schokolade, drei Päckchen Zigaretten und einen tiefgefrorenen Laib Brot. Aus den Ruheräumen nahm er sich noch zwei Decken mit und veranstaltete ein kleines Picknick in der Empfangshalle. Appetit hatte er keinen, deshalb beschränkte er sich auf den Wodka, den er aus einem Becherglas trank. Dabei prostete er den Untoten zu, die sich inzwischen vor der Tür drängelten und rotbraune Schmiere auf dem Glas hinterließen. Dann hob er sein Glas zur Decke und sagte: "Auf dich, Gott, und deinen verfluchten Hang zum Fatalismus."

~ * ~

Die restliche Nacht hatte Veronika kein Auge mehr geschlossen. Ihre Gedanken kreisten um ihre mögliche Schwangerschaft, derer sie sich keinesfalls bewusst war, und ihr war schlecht. Sie hatte noch niemals ein Kind geboren und wollte auch jetzt keines. Außerdem wusste sie gar nicht, ob sie wirklich schwanger oder einem üblen Scherz aufgeflogen war. Die Übelkeit konnte genauso gut von den Medikamenten herrühren, die fortwährend durch den Tropf flossen, und das Zwicken in ihrem Bauch hätte sie normalerweise als Blähungen abgetan.
Ihre beiden Mitbewohnerinnen schliefen noch tief und fest, aber darauf wollte sie keine Rücksicht mehr nehmen. Jetzt, da die Sonne aufgegangen war, hielt sie es nicht mehr länger aus und klingelte

nach der Schwester. Sie wartete unendlich lange Minuten, bis sich schließlich die Tür öffnete und die junge Frau mit der Augenklappe eintrat. Erwartungsvoll blickte sie Veronika an.

"Schönen guten Morgen. Was kann ich für dich tun?", leierte sie ihren Standardspruch motivationslos herunter.

"Stimmt es, dass ich schwanger bin?", platzte es aus Veronika heraus.

Die Krankenschwester spielte am Gummizug ihrer Augenklappe und lächelte. "Davon gehe ich mal aus. Wenn du es allerdings genau wissen willst, musst du einen der Ärzte fragen. Heute Nachmittag wird bestimmt einer zur Visite kommen." Sie ignorierte Veronikas bestürzten Gesichtsausdruck. "Und sonst ist alles in Ordnung?", fragte sie rhetorisch und wollte sich gerade wieder umdrehen und gehen, als Veronika sie zurückrief.

"Warum gehen hier alle einfach so davon aus, dass ich ein Kind bekommen würde?"

"Naja, deshalb bist du schließlich hier, oder?", antwortete die junge Frau lapidar.

Veronika merkte schnell, dass sie wirklich auf einen Arzt warten müsste, wenn sie eine befriedigende Information erhalten wollte. Dennoch wollte sie ihre Sorgen jetzt mit jemandem teilen, und dieser Jemand konnte nur Felix sein, der vermeintliche Vater ihres Kindes.

"Ich habe noch eine Frage", hielt sie die Krankenschwester auf, die die Türklinke schon in der Hand hatte und sichtlich genervt zu ihr herüber sah. "Kann ich vielleicht einen Rollstuhl haben, damit ich mich nicht wund liege? Und weißt du, wo ich Felix Teichberger finden kann?"

Die Schwester spielte wieder an ihrer Augenklappe, während das intakte Auge nachdenklich zur Decke schaute. "Ob ich einen Rollstuhl auftreiben kann, weiß ich nicht. Ich bin mir auch nicht sicher, ob du das in deinem Zustand überhaupt schaffst. Das Bein soll so ruhig wie möglich liegen. Immerhin hast du eine schwere Verletzung, die erst einmal richtig heilen muss. Da muss ich erst den Arzt fragen. Und wund liegen wirst du dich innerhalb so kurzer Zeit bestimmt nicht."

"Und was ist mit Felix? Wo kann ich ihn finden?", beharrte Veronika.

"Teichberger, sagst du? Ja, ich erinnere mich. Meine Güte, war das romantisch. Den haben wir gestern verlegt, damit er mit seiner Frau zusammen ein Zimmer hat. Stell dir das einmal vor. Er hat seine Frau seit sechs Monaten nicht mehr gesehen, und dann haben sie sich hier wiedergetroffen." Jetzt wirkte sie ein wenig bedrückt. Scheinbar erinnerte sie sich an ihre eigene Familie. "Ich wünschte, wir hätten alle so viel Glück."

Veronika musste schlucken. Hatte sie sich gerade verhört, oder hatte die Schwester wirklich von Felix' Frau gesprochen?

"Felix?", fragte Veronika unsicher und kämpfte gegen die Tränen an, die sich in ihren Augen sammelten. "Er hat seine Frau wiedergefunden?"

"Ja, der, der mit euch schon einen Tag früher angekommen ist. Da bin ich mir sicher. Du hast ja gestern schon nach ihm gefragt. Das war so herzzerreißend schön, wie die sich nach so langer Zeit wieder in den Armen lagen. Die sind fast gar nicht mehr voneinander losgekommen." Die Schwester schaute verträumt an Veronika vorbei. "Ach ja, mit manchen meint es Gott wirklich gut."

"Und wo ist er jetzt?", fragte Veronika erneut und versuchte, so gefasst wie möglich zu erscheinen, konnte allerdings ein Schluchzen nicht unterdrücken.

"Da muss ich erst nachsehen. Genau weiß ich es auch nicht. Aber du kannst ja sowieso noch nicht aufstehen. Wenn ich in der Liste nachgesehen habe, dann sage ich dir Bescheid. Und wenn ich ihn sehe, sage ich ihm, dass du nach ihm gefragt hast." Mit einem glückseligen Lächeln verabschiedete sie sich aus dem Zimmer und wünschte Veronika noch einen schönen Tag.

Kaum hatte die Krankenschwester die Tür hinter sich geschlossen, ließ Veronika ihren Tränen freien Lauf. Doch so schnell würde sie sich nicht abschieben lassen. Sie würde kämpfen. Kämpfen um ihren einzig Geliebten und den Vater ihres Kindes. Sie würde ihn zur Rede stellen, würde beweisen, dass nur sie die richtige Frau für ihn war. Die andere hatte ihn ein halbes Jahr im Stich gelassen, während sie sich liebevoll um ihn gekümmert hatte. Diese andere Frau war es einfach nicht wert, die Zukunft mit ihrem Geliebten zu verbringen. Sie würde ihn davon überzeugen. Notfalls auch mit Gewalt.

~ * ~

Wie die Perlen einer Kette waren die Gefangenen mit ihren Handschellen an einem dicken Stahlseil, das durch einen etwa zwanzig Meter langen Gang gespannt und an den Enden fest mit den Wänden verdübelt war, aufgereiht. Maik und Gregor teilten ihr Schicksal mit zweiundzwanzig anderen, die zum Teil schon seit mehreren Tagen hier unten waren. Es waren ausschließlich Männer. Die meisten hatten sich, soweit es ihre Fesseln zuließen, auf den Boden gesetzt, und viele davon kauerten sich wie verschreckte Tiere zusammen. Wenigstens wusste Maik jetzt, was sich hinter der Schwingtür befand. Die Luft war stickig und es stank nach Kot und Urin. Maik schüttelte es, und viel fehlte nicht, dass er die Aromapalette um frisch Erbrochenes erweitern würde. Am anderen Ende des komplett weiß gekachelten Gangs befand sich eine weiß gestrichene Stahltür.

Gregor achtete nicht auf den Geruch oder die Umgebung. Dazu war er viel zu beschäftigt mit seiner Angst. Wie ein kleines Kind presste er sich an Maik und wimmerte vor sich hin. Auch die anderen Männer schauten verängstigt und zuckten jedes Mal zusammen, wenn die Schwingtür sich nur ein wenig bewegte.
Maik schaute sich um und musterte die anderen Gefangenen. Er stand ganz außen in der Reihe. Glücklicherweise hatten die Soldaten seine Waffen nicht entdeckt, auch wenn er noch keine Ahnung hatte, wie sie ihm in dieser Situation von Nutzen sein könnte. Mit Gregor war zurzeit auch nicht viel anzufangen.

"Hey, beruhige dich, Kumpel", sagte er leise zu dem Häufchen Elend. "Wir kommen schon wieder hier raus."
Gregor erwiderte nichts, dafür fing der Junge neben ihm an zu kichern. Er war von gedrungener Statur und seine blonden struppigen Haare waren mit Blut und Dreck verklebt. Er war vielleicht gerade einmal volljährig.

"Was gibt's denn so verdammt Komisches?", zischte er den Jungen an.

"Du hast gesagt, wir kommen hier raus", antwortete er gelassen und kicherte von Neuem los. "Alle, die hier rausgekommen sind, waren tot." Nun lachte er laut auf.

"Verdammtes Arschloch", fauchte Maik ihn an. "Findest du das etwa lustig?"

Von weiter hinten meldete sich ein älterer Mann zu Wort. "Lassen Sie den Jungen doch zufrieden. Er ist schon zu lange hier. Wenn Sie erst einmal einen Tag und eine Nacht hier verbracht haben, werden Sie schon sehen, dass es gar nicht so schwer ist, den Verstand zu verlieren."

Maik wandte sich jetzt dem alten Mann zu. "Dann können Sie uns erklären, was hier, verdammt nochmal, gespielt wird? Warum ist er hier unten? Warum sind Sie hier unten?" Er nickte mit dem Kinn in Richtung des Jungen, dessen Lachen nun in ein heiseres Krächzen übergegangen war. "Und warum verdammt sind wir hier? Was haben die mit uns vor?"

"Warum Sie jetzt schon hier unten gelandet sind, kann ich Ihnen nicht sagen." Der alte Mann sprach ruhig und gelassen. "Ich bin hier, weil ich Rüttgers' perverses Gottesverständnis nicht länger unterstützen wollte." Maik bemerkte, dass jetzt auch die meisten anderen Gefangenen aufmerksam zuhörten und zwischen ihm und dem alten Mann hin und her schauten, als dieser weiterredete. "Wenn ich mich vorstellen darf: Professor Doktor Theodor Weinheim, ehemaliger Leiter der hiesigen Chirurgie. Ich bin ... beziehungsweise ich war, nachdem Rüttgers das Kommando übernahm, einer seiner engsten Mitarbeiter im Bereich der Zombie-Forschung. Solange, bis auch er den Verstand verloren hatte. Nur, dass es sich bei ihm nicht so harmlos äußerte wie bei unserem armen Freund hier. Er war besessen von der Idee, dass es sich hierbei um eine zweite, von Gott erdachte Sintflut handeln würde."

"Das tun viele", bemerkte Maik nebenbei.

"Das ist war", bestätigte der Alte. "Selbst ich halte diesen Gedanken für recht wahrscheinlich. Aber bei Rüttgers kommt hinzu, dass er sich für den Auserwählten hält, der die Neue Zivilisation gründen wird. Adam und Noah in einer Gestalt, wenn man so will. Er hat sich dermaßen in diese Sache und seine Rolle hineingesteigert, und ich habe die Ausmaße und die Gefährlichkeit dieses Wahns zu spät erkannt. Bedauerlicherweise hatte er zu diesem Zeitpunkt schon die meisten Leute mit seiner verrückten Idee infiziert. Insbesondere seine kleine Privatarmee, die vor allem aus ehemaligen Bundeswehr-Soldaten besteht. Nachdem er die denkenden Köpfe ausgeschaltet hatte, war ihm der Rest hörig. Zu ihrem Schutz muss ich allerdings sagen, dass das Gros seiner Anhänger nicht die geringste Ahnung hat, was er wirklich treibt."

"Kommen Sie zum Punkt, verdammt!", unterbrach ihn Maik barsch.

Der alte Mann ließ sich nicht beirren und sprach in aller Seelenruhe weiter. "Haben Sie Geduld. Sie wollten doch wissen, warum wir alle hier sind. Und wir haben noch den ganzen Tag und die ganze Nacht Zeit. Sie holen erst Morgen früh wieder welche.

Aber warum ich hier bin? Nun, nachdem die Flüchtlinge hier ankamen, da wusste ich sofort, was Rüttgers vorhatte und dass die Sache eskalieren wird. Glauben Sie nicht, dass auch nur einer von den armen Menschen überleben wird. Rüttgers wird sie genau so lange gebrauchen, wie es nötig ist. Dann werden sie ebenfalls hier unten sein. Nur dass wir das wahrscheinlich nicht mehr erleben werden."

"Warum, verdammt? Was hat dieser verdammte Mistkerl mit uns vor?", unterbrach Maik erneut.

Da wurde die Schwingtür aufgestoßen und der alte Mann schwieg. Herein kamen die drei Soldaten mit einem weiteren Gefangenen, den sie vor sich herschoben. Es war Felix, und auch er hatte die Hände auf dem Rücken gefesselt. Wie zuvor bei Maik löste ein Soldat eine Hand, schlang die kurze Kette der Handschelle um das Stahlseil und ließ sie anschließend wieder an Felix Handgelenk einrasten. Währenddessen zielte einer auf Felix, und der andere wandte sich mit dem Gewehr drohend den anderen Gefangenen zu.

"Was soll das? Ich habe doch nichts getan", rief Felix ihnen eingeschüchtert nach, während sie genauso wortlos, wie sie ihn hineingeführt hatten, wieder durch die Tür verschwanden. Dann blickte er sich zu den anderen Männern um. Erst jetzt erkannte er Maik und Gregor.

"Maik, was ist hier los?", fragte er verwirrt und musterte auch die anderen Gefangenen.

"Sei still und hör zu", erwiderte Maik noch knapp. Er war immer noch der Meinung, dass Felix' Auftritt dafür verantwortlich war, dass er hier unten festsaß. Gleichzeitig verschaffte es ihm aber auch eine gewisse Genugtuung, dass er nun ebenfalls hier gefesselt war. Dann drehte er sich wieder zu dem alten Mann um. "Erzählen Sie weiter."

Der Mann nickte. "Rüttgers hat eine wirre Theorie entwickelt, oder sollte ich besser sagen: Ein fataler Gedanke ist seinem wirren Geist entsprungen. Eine gefährliche Mischung aus irre geleitetem religiösen Wahn und falsch verstandener Forschung. Letztere ist der Hauptgrund, warum hier niemand überleben wird. Rüttgers hat sich die Idee in den Kopf gesetzt, dass es sich beim Zombie-Phänomen um eine Prionen-Krankheit handelt." Er bemerkte Maiks fragenden Gesichtsausdruck und fügte erklärend hinzu: "Das ist eine Eiweißverbindung, die das Gehirn schädigt. Sie haben das bestimmt schon einmal in Verbindung mit BSE gehört oder der Creutzfeld-Jakob-Krankheit."

Maik nickte, obwohl er noch nicht so recht wusste, worauf der alte Mann hinaus wollte.

"Diese Theorie ist gar nicht so abwegig", führte der Chirurg weiter aus. "Viele der so genannten Zombie-Forscher haben sich damit schon eingehend beschäftigt. Wirklich verwertbare Ergebnisse hat allerdings noch keiner vorzuweisen. Zumindest nicht die, die ich persönlich kenne. Im Gegenteil, wir selber haben herausgefunden, dass noch weitaus mehr dahinter steckt, aber das störte Rüttgers nicht. Er ist geradezu besessen von dieser Theorie und lässt die ganzen anderen Aspekte außer Acht." Er atmete einmal tief durch und schien sich unsicher zu sein, ob er weiter erzählen sollte, entschied sich aber letztlich doch dafür. "Wie dem auch sei. Es gibt eine Theorie bezüglich einer Gen-Mutation, die sich seit fünfhunderttausend Jahren in den menschlichen Chromosomen befindet und immun gegen einige Prionen-Krankheiten macht. Diese Mutation - wir nennen das Gen M129V - kommt überall auf der Welt vor, aber bisher gibt es keinerlei Beweis, dass es überhaupt etwas mit unserer Forschung zu tun hat. Rüttgers jedoch ist sich seiner Sache so sicher, dass er sich auf eine noch waghalsigere Theorie eingelassen hat. Aber dazu muss ich noch ein wenig ausholen, falls es Sie wirklich interessiert." Er schaute fragend zu Maik.

"In erster Linie interessiert es mich, warum wir in diesem verdammten Keller gefangen gehalten werden. Aber wenn es Ihnen hilft, meine Frage zu beantworten, bitte."

Weinheim nickte. "Gut, aber machen Sie sich auf etwas gefasst, was Ihnen bestimmt nicht gefallen wird."

"Nun sag ihm doch einfach, dass wir nichts anderes sind als Fleisch", fiel ihm ein weißhaariger älterer Mann ins Wort, der bislang auf den Boden vor sich gestarrt hatte.

Maik erschrak und blickte den Mann, der jetzt den Kopf hob und ein verschorftes Gesicht zeigte, erstaunt an.

"Genau, mein Freund", fuhr dieser fort. "Wir sind nichts weiter als Futter für die da oben. Und damit meine ich nicht die Zombies. Was denkst du denn, woher die das ganze Fleisch haben. Ich bin mir sicher, auch du hast schon einige von denen gefressen, die zuvor hier unten gefangen waren." Dann lachte er Maik verächtlich ins Gesicht.

Maiks Blick wanderte wieder zu dem Chirurgen.

"Leider hat er recht", sagte dieser. "Diese Prionen-Krankheit wird wahrscheinlich durch Kannibalismus ausgelöst. Gleichzeitig wurde die von mir erwähnte Gen-Mutation aber auch verstärkt bei Kannibalen gefunden, was einige Forscher den Schluss fassen ließ, dass der regelmäßige Verzehr von Menschenfleisch zu besagter Mutation und somit zur Immunisierung gegen gewisse Prionen-Krankheiten führt. Was natürlich völliger Blödsinn ist, wenn Sie mich fragen. Viel wahrscheinlicher ist, dass das M129V nur deshalb so oft bei den Kannibalen gefunden wurde, weil sich diese Wilden seit etlichen Generationen dem Kannibalismus verschrieben hatten. Und deshalb hat die Meisten wohl das Kuru dahingerafft, bevor sie sich vermehren konnten. So etwas wird ihnen jeder bestätigen, der sich auch nur ansatzweise mit dem Darwinismus auseinandergesetzt hat." Maik zuckte mit den Schultern, lauschte aber weiterhin angestrengt Weinheims Worten. "Anders ausgedrückt: Die Menschen mit der Mutation hatten innerhalb ihres Stammes die besten Chancen, Kinder in die Welt zu setzen, die ebenfalls das M129V in sich trugen, und die ohne Mutation starben recht früh an Kuru. Das ist übrigens auch so eine Prionen-Erkrankung, ähnlich unserem BSE. Nur leider scheint mein werter Ex-Kollege nichts davon zu verstehen. Er denkt, dass man nur genug Menschenfleisch essen muss, um dieses Gen zu entwickeln." Für einen Moment wurde er nachdenklich. "Vielleicht hätte ich ihn früher davon abbringen können. Aber er hat sich so schnell in diese Idee verrannt, dass er jetzt nicht mehr zugänglich ist für Logik und Wissenschaft. Und jetzt sorgt er dafür, dass wir uns solange gegenseitig auffressen, bis wir immun werden.

"Aber warum, verdammt? Was hat er davon?" Maik war wie vor den Kopf gestoßen, und als er an das gestrige Essen dachte, schien sich sein Magen zu verknoten.

"Nun, zum einen hat er erst einmal einen großen Vorrat an Nahrungsmitteln. Aber im Grunde geht es ihm um die Kinder. Sie haben sicherlich schon bemerkt, dass es hier kaum Frauen gibt, die nicht schwanger sind." Maik nickte betroffen. "Das sind alles Kinder von Rüttgers. Er hat es tatsächlich geschafft, den Schwangerschaftsverlauf dermaßen zu beschleunigen, dass von der Empfängnis bis zur Entbindung gerade einmal zehn Wochen vergehen. Seitdem produziert er Kinder am laufenden Band. Ich wage nicht zu glauben, dass diese Kinder besonders alt werden, nachdem sie mit einem Medikamenten-Cocktail in Windeseile hochgezüchtet worden sind. Diese erste Generation, wenn man so sagen darf, hat er bereits nach wenigen Wochen im Dienste der Wissenschaft umgebracht. Tatsächlich ist auch keines der Babys wieder ins Leben zurückgekommen. Aber das hatte einen gänzlich anderen Grund, wenn Sie mich fragen. Ich könnte wetten, dass wir bei keinem der Babys das M129V gefunden hätten. Das wusste er wohl auch selber und hat deshalb eine Obduktion der Leichen verboten."

"Aber warum sind die Babys nicht als Zombies wieder aufgestanden?" Maiks Neugier war geweckt. Noch immer hoffte er auf die Chance, mit einer Lösung des Zombie-Problems nach Marburg zurückkehren zu können.

"Das kann ich Ihnen nicht mit Sicherheit sagen. Nicht zuletzt, weil Rüttgers mich immer mehr aus seiner persönlichen Forschung herausgedrängt hatte. Meines Erachtens hat es etwas mit dem menschlichen Immunsystem zu tun. Bei allen meinen Untersuchungen konnte ich nämlich eine starke Infektion und die daraus resultierende Aktivierung des körpereigenen Abwehrsystems erkennen. Und das auch bei Menschen, die eigentlich gar keine größere Infektion haben dürften. Zu meiner Schande muss ich gestehen, dass ich sogar Versuche an Sterbenden vorgenommen habe, die mich zu diesem Resultat führten." Er verschwieg, dass er für diese Testreihe auch völlig gesunde Menschen getötet hatte, und anschließend einige der Soldaten unter anderem mit HIV infiziert hatte. Doch obwohl er deswegen mittlerweile ein schlechtes Gewissen hatte, schien ihm diese Forschung wesentlich sinnvoller als Rüttgers' aus der Luft gegriffene Kannibalen-Theorie.

Maik verstand nur die Hälfte dessen, was der Chirurg von sich gab und kam wieder auf seine eigentliche Frage zurück. "Und was hat das mit dem Essen von Menschenfleisch zu tun?"

"Rein gar nichts", antwortete Weinheim lapidar. "Das ist eine ganz andere Theorie. Die Babys, die hier in den nächsten Tagen und Wochen zur Welt kommen, sind seine Neue Zivilisation, wenn Sie so wollen. Er erwartet, dass die Meisten diese Mutation mit auf die Welt bringen oder im Laufe weiterer Generationen entwickeln, wenn schon ihre Mütter sich die gesamte Schwangerschaft über von menschlichem Fleisch ernähren. Deshalb werden die Frauen auch vorerst nicht hier unten landen. Es sei denn, sie sind zu alt um zu gebären. Die Männer dort oben werden einer nach dem anderen von den anderen gefressen werden. Jetzt verstehen Sie sicher, warum ich mich gegen Rüttgers gewandt hatte. Ich wollte den Menschen dort oben erzählen, was sie tagtäglich zu sich nehmen. Leider kam mir Rüttgers mit seinen Schergen zuvor. Und nun bin ich hier.'

Maik stockte der Atem. Neben ihm übergab sich Felix auf die Fließen, als gelte es, auch noch das letzte, bereits verdaute Stück Menschenfleisch aus den Eingeweiden herauszupressen. Mit Schrecken dachte er an Christel und dass Rüttgers sie bestimmt ebenfalls zu einer seiner Gebärmaschinen machen wollte.

"Und jetzt haben Sie vor, einfach so zu warten, bis Sie geschlachtet werden?" Maik richtete seine Frage an alle Gefangenen. "Ist denn hier noch niemand auf die Idee gekommen sich zu wehren?" Demonstrativ riss er an dem Stahlseil.

"Lassen Sie mich es so ausdrücken", ergriff der Doktor wieder das Wort. "Selbst wenn Sie die Handschellen lösen könnten, hätten Sie nicht die geringste Chance nach draußen zu gelangen. Allein hier unten im Schlachtraum sind immer mindestens drei gut bewaffnete und skrupellose Soldaten anwesend. Vor den Türen stehen ebenfalls welche. Und auch der Lift wird bewacht. Alles in allem würden Sie sich durch ungefähr zwanzig Soldaten kämpfen müssen. Da durchzubrechen ist sozusagen ausgeschlossen."

"Wir sind immerhin schon fünfundzwanzig", konterte Maik.
"Nicht wirklich. Die meisten von uns sind nicht mehr in der Lage, großen Widerstand zu leisten, und viele davon würden es auch nicht wollen. Wir haben schlichtweg aufgegeben, wenn Sie so wollen. Außerdem können wir davon ausgehen, dass unser Tod absolut schmerzfrei sein wird. Es ist, als ob Sie friedlich entschlummern. Wenn Sie erst einmal die Spritze bekommen haben, werden Sie keine Angst mehr haben. All Ihre Zweifel und Befürchtungen werden sich in Luft auflösen." Weinheim senkte den Kopf und schwieg. Seine Mimik verriet, dass er gerade intensiv über etwas nachdachte.
"Was für eine Spritze, verdammt?", riss Maik ihn aus der Grübelei.
"Oh ... diese Frage habe ich befürchtet ", antwortete Weinheim mit einem Anflug von Scham. "Es handelt sich um eine Substanz auf Opiatbasis, die, bevor sie das Herz des Probanden anhält, dafür sorgt, dass der Sterbende zuvor ein nicht zu beschreibendes Glücksgefühl erlebt und ihn sanft einschlafen lässt." Er schluckte und fügte noch kleinlaut hinzu: "Das habe ich entwickelt."
"Sie haben an dieser verdammten Scheiße mitgeforscht?" Maik schrie diese Worte fast.
"Verstehen Sie das nicht falsch", erwiderte der alte Mann entschuldigend. "Ich habe Ihnen doch erzählt, dass ich anfangs Rüttgers' engster Mitarbeiter war." Er senkte sein Kinn auf den Brustkorb und sprach leiser weiter. "Ich weiß, ich weiß, ich hätte ihn schon viel früher stoppen müssen, aber anfänglich fand ich seine Idee zumindest überlegenswert. Bei einem Phänomen wie diesem klammert man sich an jeden Strohhalm. Wir haben auch nur ein paar wenige Menschen getötet, und dann auch nur die, die sowieso nicht mehr lange gelebt hätten. Ich wollte diesen Menschen doch nur den Tod erträglicher, wenn nicht sogar schön machen. Rüttgers hätte sie einfach so erschießen lassen wollen und zuerst haben es auch nur er und die Mütter seiner Kinder gegessen. Es gibt noch jede Menge Konserven hier, müssen Sie wissen. Wir sind nicht auf Menschenfleisch angewiesen. Zumindest noch nicht." Er schaute mit traurigen Augen zu Maik, aber als er dessen zorniges Gesicht sah, wandte er sich schnell wieder ab und rechtfertigte sich weiter: "Wie hätte ich denn ahnen können, dass Rüttgers die Sache dermaßen übertreibt. Es dauerte nicht lange und er schwärmte nur noch von dem köstlichen

Geschmack, den dieses Fleisch hatte. Für ihn wurde das zunehmend wichtiger als das eigentliche, wenn auch zweifelhafte Experiment. Er studierte sogar Kochbücher und experimentierte selber in der Küche. Und wenn ihm ein Gericht besonders gut gelungen erschien, dann lud er auch die anderen dazu ein - auch mich." Er stockte. Dann sprach er lauter weiter. "Ja, ich habe wissentlich Menschenfleisch gegessen. Wenn Gott mich dafür bestrafen will, dann soll er das tun. Wahrscheinlich habe ich es verdient. Aber dann soll er mir auch erklären, warum er das alles zugelassen hat." Er war sichtlich erregt. Sein Gesicht war schweißnass und hatte sich dunkelrot gefärbt. Er atmete einige Male tief durch und sagte noch: "Entschuldigen Sie, mein Freund." Dann lehnte er sich mit dem Rücken an die Wand und schluchzte.

"Verdammter Kannibale", fluchte Maik leise vor sich hin.

Er fixierte den anderen Mann, der wieder vor sich auf den Boden starrte. "Hey du. Wohin führt diese Tür?" Maik nickte in Richtung der weißen Stahltür.

Der Mann sah auf. "Das weiß ich nicht. Aber dort schieben sie immer die Überreste unserer Freunde durch. Immer schön an uns vorbei, damit wir uns schon mit unserem Schicksal anfreunden können. Ich hoffe nur, dieser Hurensohn erstickt an meinem Fleisch. Pah!" Er spuckte verächtlich vor sich auf den Boden.

"So lange will ich, verdammt nochmal, nicht warten. Wenn ich mir was einfallen lasse, bist du dabei?"

"Wobei?", fragte der Mann verwirrt zurück und schüttelte den Kopf, um zusätzlich zum Ausdruck zu bringen, dass er nicht wusste, wovon Maik sprach.

"Wir müssen hier raus kommen. Und dann darfst du Rüttgers persönlich in den verdammten Arsch treten. Also, bist du dabei?"

Der Mann schien noch immer verwundert zu sein, zumindest schüttelte er nach wie vor seinen Kopf, sagte aber: "Natürlich würde ich ihm gerne in den Arsch treten." Dann lachte er kurz. "Aber der Doktor hat recht damit, was die ganzen Wachen angeht. Das wäre glatter Selbstmord. Und irgendwie ziehe ich das friedliche Einschlafen dem von Gewehrkugeln durchsiebten Dahinsiechen vor. Außerdem kriegen wir ja noch nicht einmal diese beschissenen Handschellen ab."

"Ich lass mir was einfallen, verdammt", grummelte Maik vor sich hin und überlegte verbissen, wie er und die anderen von dem Stahlseil loskommen könnten, ohne dass die Wachen alarmiert würden. Außerdem war es ihm noch deutlich in Erinnerung, wie er sich verzweifelt bemüht hatte, Felix mit einem Schuss von seinen Fesseln zu befreien, und das Stahlseil war viel dicker. Er schob sich an Felix, der noch kreidebleich und stumm dastand, heran und schaute sich die Befestigung an der Wand an.

~ * ~

Die Entwicklung der Lage, seit sie hier angekommen waren, bereitete dem Prediger Kopfzerbrechen. In seinen Träumen hatte er sich als Regent gesehen, den Gründer einer neuen Menschheit, von seinen Untertanen geliebt und gefürchtet. Schließlich war er so etwas wie ein neuer Papst. Zwar wusste er nicht, was aus dem alten Papst geworden war und ob dieser überhaupt noch lebte. Letztlich war das ja auch egal. Aber hier war er von einer auf die andere Minute nichts weiter als einer von vielen Helfern dieses verrückten Arztes geworden. Und mit jeder Stunde schien er unwichtiger für die Menschen zu werden, die er hierher geführt hatte. Es ärgerte ihn, dass er so etwas nicht früher in Betracht gezogen hatte. Dann hätte er die ganze Angelegenheit bestimmt anders angefangen. Aber jetzt war es zu spät und er überlegte krampfhaft, wie er wieder Herr der Lage werden könnte. Und das alles in möglichst kurzer Zeit, solange er zumindest für die meisten Flüchtlinge der Erretter und somit der Anführer war. Rüttgers war allerdings nicht zu unterschätzen. Rhetorisch war er eindeutig gewandter. Er musste noch nicht einmal Angst einsetzen, um sich die Leute gefügig zu machen.
Auf diesem Terrain kannte sich der Prediger weniger gut aus. Ihm blieb lediglich die wilde Entschlossenheit seiner Engel, so versicherte es ihm zumindest Zecke, mit dem er sich nun in seinem kleinen Zimmer getroffen hatte.
Zecke hatte ihm auch erzählt, dass die Engel allesamt genauso unzufrieden mit der Art und Weise waren, wie sie von Rüttgers' Soldaten

behandelt wurden. So hatten sie zum Beispiel nur zu den blau markierten Bereichen Zutritt und waren die meiste Zeit außerhalb des Gebäudes eingesetzt. Außerdem kam es immer wieder zu Provokationen von Seiten der Soldaten. Zecke konnte nicht dafür garantieren, dass es auf längere Zeit bei einer friedlichen Koexistenz bleiben würde. Im Grunde genommen juckte es ihn schon im Abzugsfinger, wenn er die Soldaten nur von weitem sah, und er wartete darauf, dass der Prediger ihm das Okay dafür geben würde, und er drängelte immer wieder darauf. So auch jetzt.

"Das kannst du vergessen", schimpfte Zecke zornig, nachdem ihn der Prediger zur Zurückhaltung ermahnte. "Wir sind nicht hier, um uns von diesen Möchtegern-Soldaten schikanieren zu lassen. Und ich kann auch nicht für die Anderen garantieren."

"Du musst", erwiderte der Prediger ruhig aber bestimmend. "Wir müssen mit Bedacht vorgehen, wenn wir etwas erreichen wollen. Rüttgers' Leute sind uns zahlenmäßig und auch mit ihrer Bewaffnung überlegen. Wir dürfen nichts riskieren."

"Nichts riskieren. Pah", wiederholte Zecke zynisch. "Es wird immer ein Risiko geben, und je länger wir warten, desto weniger können wir uns auf die Unterstützung der Flüchtlinge verlassen."

Das wusste der Prediger auch, aber dennoch musste so etwas gut koordiniert werden. Und er kam wahrscheinlich nicht umhin, auch noch einige der Flüchtlinge in seinen noch nicht ausgereiften Plan einzuweihen. Es gab sicherlich einige wenige, die sich für ihn und gegen Rüttgers entscheiden würden, wenn es hart auf hart kommen würde.

"Hör dich mal unter unseren Schäfchen um", sagte er. "Und stifte ein bisschen Unruhe. Aber sieh zu, dass die Soldaten nichts davon mitbekommen. Am liebsten wäre es mir, wenn der Aufstand vom Mob selber ausgeht und wir wieder als strahlende Retter dastehen. Genauso wie damals in Hamburg."

Allerdings glaubte er selber nicht daran, dass es noch einmal so einfach funktionieren würde. In Hamburg war die Situation einfach anders gewesen. Hier dagegen fühlten sich die Leute sicher. "Mach dich an die Arbeit. Fang damit an sie zu verunsichern, und halte die Anderen im Zaum. Wie ich bereits sagte: Kein unnötiges Risiko eingehen."

Zecke nickte und verzog den Mund zu einem dreckigen Grinsen.

~ * ~

Veronika schäumte vor Wut und Enttäuschung. Wie hatte ihr Felix nur so etwas antun können? Gerade war die einäugige Schwester bei ihr gewesen und hatte ihr einen Rollstuhl gebracht. Sie hatte ihr noch dabei geholfen, sich in den Stuhl zu setzen, und konnte ihr sogar die Zimmernummer von Felix sagen. Dann war sie, nachdem sie ihr noch einmal erzählt hatte, wie romantisch das Wiedersehen der beiden Verlobten gewesen war, mit einem Lächeln aus dem Zimmer verschwunden.
Jetzt war Veronika alleine, saß in dem Rollstuhl, das verletzte Bein gerade auf eine Stütze gestreckt und zermarterte sich das Hirn, was sie nun tun sollte. Ihre beiden Mitbewohnerinnen waren bereits zu ihren Diensten aufgebrochen. Und auch sie würde jetzt aufbrechen, um die Beziehung zu ihrem Geliebten zu retten. Ihr Ziel war das Zimmer mit der Nummer 637, eine Etage tiefer. Sie würde Felix zur Rede stellen, und im Zweifel diese Frau, die sich erdreistete, sich seine Verlobte zu nennen, über ihre Liebe aufklären.
Energisch rollte sie durch die langen Gänge, und mehr als einmal wäre sei beinahe mit dem schmerzenden Bein an der Wand hängen geblieben. Zunächst musste sie sich orientieren, dann schließlich fand sie den Aufzug, der sie ein Stockwerk nach unten bringen würde. Zwei Soldaten halfen ihr mit dem Rollstuhl in die Kabine, drückten den Knopf für die sechste Etage und schoben sie, dort angekommen, wieder hinaus. Während der Fahrt redeten sie nicht ein einziges Wort, was Veronika nur recht war, denn ihre Gedanken drehten sich ausschließlich um Felix und wie sie ihn zurückgewinnen konnte. Sie brauchte nicht lange, um das gesuchte Zimmer ihres Geliebten zu finden. Alsbald stand sie vor der pastellfarbenen Tür. Sie rollte ganz dicht an das Holz und presste, so gut es ging, ihr Ohr daran. Nichts war von drinnen zu hören. Bestimmt hatte Felix auch schon eine Aufgabe zugeteilt bekommen und war gerade damit beschäftigt. Zaghaft klopfte sie an die Tür und wartete. Wenn diese Schlampe

allein auf dem Zimmer war, dann könnte sie den Vorteil, dass diese sie nicht kannte, ausnutzen. Sie wartete einen Augenblick und als sie keinerlei Reaktion auf der anderen Seite der Tür vernahm, klopfte sie erneut - diesmal kräftiger und lauter.
Nichts passierte. Behutsam drückte sie die Klinke nach unten und freute sich, dass nicht abgeschlossen war. Langsam und vorsichtig öffnete sie die Tür und spähte durch den Spalt. Zwei der drei Betten waren zusammengerückt und die Bettwäsche zerwühlt. In Veronika kochte der Zorn, als sich ihr der Gedanke an das, was letzte Nacht dort passiert war, aufdrängte. Zielstrebig rollte sie in den Raum und verharrte kurz vor der Badezimmertür. Keinerlei Geräusch war zu hören, und sie drückte auch diese Tür auf. Das kleine Bad mit Toilette und Dusche war ebenso verlassen wie der Schlafraum. Sie rollte zum Bett und schnupperte an den Kissen. Zweifellos war das der Duft von Felix, allerdings auch der widerliche Gestank einer fremden Schlampe - und es roch nach Sex. Wutentbrannt schleuderte sie das Kissen an die Wand, und Tränen liefen ihr übers Gesicht. Das konnte sie sich nicht einfach so gefallen lassen. Mit Schwung riss sie die Schränke und Schubladen nacheinander auf. In einer fand sie ein Springmesser, dass Felix zu gehören schien. Sie ließ es aufschnappen und streichelte zärtlich über die Klinge.
War das ein Zeichen, was sie nun zu tun hatte? Sie klappte das Messer wieder zu und steckte es ein. Dann rollte sie ins Badezimmer, in das sie gerade so mit ihrem Rollstuhl hineinpasste. Zunächst wollte sie hier drinnen abwarten, wer als erstes in das Zimmer zurückkehrte. Mit etwas Glück war es Felix, den sie leicht überzeugen könnte, mit ihr zu kommen, bevor die Schlampe überhaupt etwas bemerken würde. Sollte die Schlampe allerdings vor Felix hier hereinplatzen, würde sie ihr erklären müssen, dass Felix nun zu ihr gehörte, und das könnte möglicherweise länger dauern.

~ * ~

Den ganzen Tag über hatten Maik und einige der anderen Gefangenen darüber nachgedacht, wie sie die Verankerung lösen könnten.

Mindestens zehnmal hatten zwei Soldaten einen großen Wäschebehälter, der bis oben hin mit den Überresten menschlicher Körper gefüllt war, an ihnen vorbeigerollt und sie dabei keines Blickes gewürdigt. Nur einmal hatte einer verächtlich zu Felix geschaut, als er in die Pfütze Erbrochenes trat. Als er den nun leeren Behälter zurückfuhr, ließ er einen alten Putzlappen darauf fallen und zischte Felix an, dass er seinen Dreck gefälligst aufwischen sollte, was dieser auch, soweit es ihm mit den Füßen möglich war, tat. Später hatte er den dreckigen Lappen an die gegenüberliegende Wand gekickt. Gregor hatte die Angst dermaßen zugesetzt, dass er nun schlaff auf dem Boden saß und schlief. Eine große Hilfe war er sowieso nicht gewesen. Felix hingegen hatte immer wieder auf Maik eingeredet und ihn schließlich auch davon überzeugt, dass er nicht für ihre Situation verantwortlich war. Dennoch hielt Maik sich ihm gegenüber zurück.

Inzwischen hatten sich weitere acht der Männer dazu bereit erklärt, Maik bei einer Flucht zu unterstützen, wenn sie nur von diesem verdammten Stahlseil loskämen. Sie hatten gemeinsam daran gezerrt und gerissen, mit ihren Ketten daran geschliffen, aber nichts mit alledem erreicht. Das Seil war solide wie eh und je, und auch die Verankerungen in der Wand hatten sich keinen Deut gelockert. Draußen im Schlachtraum herrschte Stille und schon seit einiger Zeit war keiner der Soldaten mehr in den Gang gekommen. Möglicherweise auch wegen des penetranten Gestanks nach Kot und Urin, da gerade Letzterer von den meisten Anderen ungeniert laufen gelassen wurde.
Maik musste sich wirklich zusammenreißen um nicht zu kotzen, und beherrschte sich mit aller Gewalt, nicht das Gleiche zu tun, obwohl seine Blase zum Bersten voll war.

"Wo sind die nächsten Soldaten?", wollte er von Weinheim wissen, doch dieser zuckte nur mit den Schultern und antwortete: "Woher soll ich das wissen? Wahrscheinlich stehen sie direkt vor der Tür und warten nur darauf, dass wir ausbrechen wollen."
Mit einem 'Wahrscheinlich' konnte Maik nichts anfangen. Er musste es genau wissen. Mit seinem Gestreckten Bein stieß er den Jungen an, der neben Gregor ebenfalls auf dem Boden saß und hin und wie-

der vor sich hin kicherte. Dann ließ auch er sich auf den Boden sinken.

"Hey, Kleiner", sagte Maik eindringlich, als der Junge erschrocken zu ihm hinüberblickte. "Tu mir einen Gefallen und schrei dir die verdammte Lunge aus dem Hals." Der Junge schaute ihn jedoch nur verwirrt an und verstand nicht, was Maik von ihm wollte, aber bevor er nachfragen konnte, erklärte er es ihm. "Du musst jetzt so laut und lange schreien, wie du nur kannst. Ich will sehen, wie lange die Soldaten brauchen, bis sie hier sind. Das kannst du doch bestimmt verdammt gut." Er sah den Jungen erwartungsvoll an. Als dieser ihn aber weiterhin nur erschrocken anblickte, bohrte Maik weiter. "Jetzt schrei schon, verdammt. Denk daran, wie sie deinen kleinen Körper ausweiden und zu Gulasch verarbeiten werden oder an irgendetwas anderes, was dir Angst macht." Da er weiterhin still blieb, sah Maik keine andere Möglichkeit und ließ seine Hacke, so fest er konnte, auf das Knie des Jungen fallen.

Ein bisschen tat es ihm ja leid, und am liebsten hätte er ja selber gern die Wachen alarmiert, aber er wollte die Aufmerksamkeit keinesfalls auf sich lenken, sondern sich schlafend stellen, wenn die Soldaten kommen würden. Doch sein Plan ging auf. Der Junge schrie dermaßen laut, dass Maik befürchtete, ihm die Kniescheibe zerschmettert zu haben, trotzdem feuerte er ihn noch weiter an und zählte im Geist die Sekunden, bis schließlich die Schwingtür aufgestoßen wurde und zwei Soldaten mit ihren Gewehren im Anschlag ärgerlich in den Gang blickten. Der Junge plärrte noch immer, als sie bereits vor ihm standen und der eine ihm mit der flachen Hand mehrmals ins Gesicht schlug. Maik hörte die Schläge allerdings nur, da er die Augen, wie die meisten anderen fest geschlossen hielt. Der Soldat hieb solange auf den Schreienden ein, bis dieser nur noch leise schluchzte, gab ihm noch den Ratschlag, nicht noch einmal so auszuflippen und stampfte mit seinem Kameraden wieder hinaus. Schließlich hörte er, wie eine Holztür zugeschlagen wurde.

Das waren mindestens zwanzig Sekunden, dachte Maik, und bei der Holztür konnte es sich nur um den Raum hinter der Milchglasscheibe handeln. Er wusste nicht, ob die Tür vorher aufgestanden hatte, aber jetzt war sie definitiv geschlossen. Was ihm möglicherweise noch ein paar weitere Sekunden verschaffen würde.

"Danke, Kleiner. Hast du gut gemacht", sagte er zu dem Jungen, der jetzt aus der Nase blutete und wimmernd vor sich auf den Boden starrte.
Zwischen ihm und dem Jungen war Gregor wieder erwacht und schaute irritiert nach rechts und links.

"Alles in Ordnung, Kumpel", beruhigte ihn Maik. "Das war nur ein kleiner Test um hier raus zu kommen." Dann stand er wieder auf und wandte sich an Felix. "Ich habe meine Pistole vorn im Gürtel stecken. Meinst du, du kommst da ran?" Er bemühte sich, soweit er konnte, sich umzudrehen, um mit seinem Bauch so nahe wie möglich an das Seil zu kommen.

"Ich glaube schon", flüsterte Felix und in seinem Gesicht keimte ein Funken Hoffnung auf.
Maik kugelte sich fast den Arm aus und biss die Zähne fest zusammen, falls es wirklich dazu kommen sollte. Außerdem schnitt der Stahl der Handschellen tief in seine Haut und drückte auf sein Handgelenk. Schließlich spürte er, wie Felix' Finger unter seinem Hemd nach dem Griff der Waffe suchten und letztlich auch fanden.

"Okay. Und jetzt gib sie mir", sagte Maik zufrieden und brachte seine Arme wieder in eine bequemere Stellung.
Felix nickte und reichte ihm die Waffe hinter dem Rücken. Maik rückte an ihn heran und griff danach, und beinahe hätte er sie fallen lassen. Die anderen Gefangen beobachteten gespannt, wie er sie mit gefesselten Händen hin und her balancierte. Doch schließlich hatte er sie fest in der Hand und probierte, wie weit er sie nach vorne richten konnte.

"Und was hast du jetzt damit vor?", fragte Felix ein wenig unsicher.

"Ich habe acht verdammte Schuss in der Kanone. Die Stahltür nach oben ist scheinbar gut isoliert. Hier unten befinden sich - hoffentlich - nur zwei Soldaten. Und ich glaube, dass ich mit zwei, drei Schuss das Seil durchtrennen kann, bevor die Wache hier ist. Wenn ich die beiden erledigen kann, können wir uns auch von den Handschellen befreien und dann haben wir schon drei Waffen. Alles Weitere sehen wir dann. Jetzt ist erst einmal wichtig, dass wir gut zusammenarbeiten." Dann wandte er sich an die Allgemeinheit. "Ihr müsst euch jetzt so fest es geht von der Wand abstoßen.

Das verdammte Seil muss fest gespannt sein."
Noch bevor die anderen zustimmen konnten, ertönte eine laute Sirene.

~ * ~

Über mehrere Stunden hatte Veronika in dem engen, fensterlosen Badezimmer gewartet, bis sich draußen etwas tat. Inzwischen hatte sie jegliches Zeitgefühl verloren und sich die Langeweile mit dem Abschlagen kleiner Keramiksplitter, die sie in die Zahnpastatube auf dem Waschbecken drückte, verkürzt und dabei vorgestellt, wie die Schlampe mit zerschnittenem Zahnfleisch vor dem Spiegel stand. Anschließend hatte sie noch ein paar feine Scherben in die Seife gesteckt. Dass es Felix treffen könnte, kam für sie nicht in Betracht, da er ja zu ihr zurückkehren würde, bevor er sich waschen könnte.

Bestimmt war es schon Nachmittag, als sie endlich das Schlagen der Zimmertür vernahm. Sie hörte keine Stimmen und vermutete daher, dass eine einzelne Person den Raum betreten hatte. Die Tür ihres Versteckes hatte sie im Rücken. Wäre sie andersherum in das kleine Bad gerollt, hätte ihr ausgestrecktes Bein sie daran gehindert, die Tür wieder hinter sich zu schließen.
Sie zögerte und wusste nicht so recht, wie die Schlampe reagieren würde, falls sie es war, die sich dort draußen aufhielt. Vorsichtshalber nahm sie das Messer in die Hand, ließ es aber noch eingeklappt. Mit der anderen Hand griff sie hinter sich nach der Türklinke und drückte sie entschlossen herunter. Rückwärts rollte sie aus dem Badezimmer und stieß prompt gegen etwas Nachgiebiges.
Ein spitzer Schrei ertönte hinter ihr, und als sie den Rollstuhl wendete, sah sie eine junge Frau ängstlich auf dem Bett hocken, die sie panisch anstarrte. Das musste die Schlampe sein.
"Wer sind Sie? Was ist hier los? Was haben Sie hier zu suchen?", fragte sie noch immer verängstigt.
Veronika genoss die Furcht in ihren Augen und musste unweigerlich grinsen. Diese Frau würde nicht die geringste Chance gegen sie ha-

ben, wenn Felix sich entscheiden musste. Ohne auf ihre Frage einzugehen, drehte sie den Rollstuhl weiter und starrte ihr in die Augen.

"Du bist die Verlobte von Felix?", sagte sie abfällig und fixierte sie mit den Augen. Obwohl sie äußerlich ruhig und gefasst erschien, rang ihr Geist mit der Vorstellung, dass diese Schlampe mit ihrem Geliebten geschlafen hatte.

"Das bin ich. Und jetzt will ich wissen, wer du bist und was hier gespielt wird?", antwortete Christel nun gefasster und mit nicht zu überhörendem Ärger in der Stimme. Gleichzeitig sprang sie vom Bett und näherte sich langsam der Tür. "Du bist auch aus Marburg", mutmaßte Christel. "Verona oder so. Hab ich recht?"

"Und wenn es so wäre?", konterte Veronika provokativ und rollte ebenfalls in Richtung der Tür und Christel in den Weg. "Hat Felix denn schon so viel von mir erzählt? Von dir hat er jedenfalls nie viel gesprochen."

"Was willst du damit andeuten? Und was willst du überhaupt von mir?" Christel wich zurück und ließ ihren Blick durch den Raum schweifen.

Veronika spürte Christels Angst und fühlte sich trotz ihrer Behinderung in der besseren Situation. "Deine Zeit mit Felix ist abgelaufen. Er gehört jetzt zu mir, und ich empfehle dir, ihn in Ruhe zu lassen."

"Bitte was?", fragte Christel ungläubig. Gleichzeitig überlegte sie, was Felix ihr verschwiegen hatte. Sie würde es ihm nicht übel nehmen, falls er in der Zeit, in der sie getrennt waren, etwas mit einer anderen Frau angefangen hatte, auch wenn sich das nicht mit dem deckte, was er ihr gestern noch alles erzählt hatte. Aber dass er sich in eine Frau wie Veronika verlieben könnte, hielt sie für gänzlich ausgeschlossen. Wie auch immer, sie würde Felix auf keinen Fall kampflos aufgeben. Demonstrativ ging sie mit grimmigem Blick auf Veronika zu. Als sie direkt vor ihr stand, beugte sie sich zu ihr hinunter, bis ihr Gesicht nur noch wenige Zentimeter von Veronikas entfernt war und zischte ihr ins Ohr: "Was auch immer du und Felix gemacht habt, jetzt bin ich wieder da, und du kannst vergessen, dass er mich wegen dir verlassen wird."

Einen kurzen Augenblick wunderte sie sich über Veronikas plötzliches Grinsen, dann vernahm sie ein leises metallisches Klicken, sah kurz eine Klinge aufblitzen und verspürte einen stechenden Schmerz im Bauch. Dann stürzte sie nach vorn und fiel auf Veronika, die weiter auf sie einstach. Die Klinge fuhr ins Christels Brustkorb, rutschte an einer Rippe ab und drang in ihre Lunge. Röchelnd brach sie mit entsetztem Gesicht auf Veronikas verletztem Bein zusammen.

Veronika war nicht minder überrascht. Eigentlich hatte sie Christel gar nicht verletzen wollen, und das Messer wollte sie, wenn überhaupt, nur zur Abschreckung benutzen. Wie in Trance betrachtete sie die blutige Klinge in ihrer Hand. Tief in ihrem Bewusstsein regte sich ein wenig Faszination, als sie den roten Lebenssaft ihrer Konkurrentin begutachtete, der warm über ihr Bein lief. Die Schmerzen in ihrem Knie bemerkte sie gar nicht mehr. Soeben hatte sie die Angelegenheit ein für alle mal klar gestellt, und es hatte nur wenige Sekunden gedauert. Ob Felix wohl stolz auf sie sein würde?

"Jetzt stehst du unserem Glück nicht mehr im Weg", flüsterte sie dem zuckenden Körper auf ihrem Bein zu. Dann wischte sie ihre Hand an dem blonden Haarschopf ab. Benommen schaute sie sich um. Überall um sie herum war Blut. Bevor Felix kommen würde, müsste sie noch ein wenig Ordnung machen. Kein Mann kommt gerne in ein Zuhause, das so dreckig war. Inzwischen hatte auch das Zucken und Röcheln nachgelassen und Christel lag schlaff über ihr. Behutsam schob sie sie von sich herunter, sodass sie in einer Blutlache auf dem Boden landete.

Was für eine Sauerei, dachte sie und war wütend, dass sie nicht laufen konnte. Aus dem Rollstuhl heraus würde sie einige Zeit brauchen, bis es hier wieder gemütlich sein würde. Außerdem musste sie noch das Bett frisch beziehen. Sie konnte Felix unmöglich auf demselben Laken lieben, auf dem sich die Schlampe ihm schon in ihrer widerlichen Geilheit hingegeben hatte.

Die Räder ihres Rollstuhls zogen roten Spuren über den PVC-Belag, als sie noch etwas planlos durch das Zimmer fuhr und überlegte, wo sie anfangen sollte. Zunächst würde sie einmal das Messer im Badezimmer abspülen, damit Felix sich nicht ärgern würde.

Mit glasigem Blick schaute sie in den Spiegel, während das Wasser das Blut von der Schneide spülte. Ihr ganzes Gesicht war verschmiert, und selbst ihre Haare trieften rot. Vielleicht hätte sie besser nicht so unkontrolliert auf Christel eingestochen. Jetzt musste sie sich auch noch die Haare waschen, was bestimmt nicht einfach werden würde. Immerhin war das Messer nun wieder sauber und die Klinge reflektierte das Licht der Lampe. Da hörte sie ein Poltern. Sollte Felix schon zurück sein? Schnell rollte sie rückwärts aus dem Badezimmer, wurde jedoch auf halbem Wege gestoppt. Mit einem Schlag wurde ihr bewusst, was sie in ihrer Euphorie völlig vergessen hatte, aber jetzt war es zu spät. Das Letzte, was sie sah, war das verzerrte Gesicht von Christel, bevor sich deren gebleckte Zähne tief in ihren Hals gruben.

~ * ~

Zecke hatte bisher wenig Erfolg mit seinen Unterhaltungen. Fast schien es, als wären die Flüchtlinge froh, nicht mehr der Willkür des Predigers ausgesetzt zu sein. Immer wieder musste er sich anhören, dass Rüttgers viel besser für die Menschen sorgen würde, und dass er es bestimmt schaffen würde eine neue Zivilisation zu gründen. Die Leute ließen sich auch nicht mehr so einfach von Zecke einschüchtern, wie es früher einmal war, wo schon ein grimmiger Blick von ihm gereicht hatte, um sein Gegenüber ihm nach dem Mund reden zu lassen.
Zur Zeit hielt Rüttgers wieder seine allabendliche Ansprache draußen auf dem Hof, und Zecke schien es, als wären es heute deutlich weniger Menschen, die seinen Zukunftsplänen lauschten. Wenn dem wirklich so war, dann gab es also doch noch welche, die sich nicht von ihm blenden ließen. Ein paar, die er auf seine Seite ziehen könnte, würden wahrscheinlich schon genügen, wenn diese wieder andere überzeugen könnten, Rüttgers abzulösen. Er ging zum Fahrstuhl und fuhr nach ganz oben. Systematisch würde er Zimmer um Zimmer nach möglichen Verbündeten absuchen.

In der obersten Etage fand er ganze drei, die sich ebenfalls unzufrieden mit der Art und Weise, wie dieses Lager hier geführt wurde, zeigten, aber keiner war auch nur ansatzweise bereit, etwas dagegen zu unternehmen. Vielmehr glaubten sie, dass sich die Situation bald von alleine regulieren würde, wenn sie sich nur anpassten. Aber das waren genau die Menschen, die auch dem Prediger ohne nachzudenken gefolgt waren. Hirnlose Schafe, die jedem nachlaufen würden, der ihnen nur glaubwürdig genug eine bessere Zukunft versprach. Selbst dann, wenn diese erst nach ihrem Tode erlangt werden konnte. Die besten Leute, die man sich vorstellen kann, solange man selbst der Führer ist, oder seine rechte Hand, wie in Zeckes Fall. Da man ihm keinen Belegungsplan der Zimmer hatte aushändigen wollen, nahm er sich eines nach dem anderen vor. Da die meisten leer waren, inspizierte er auch die Schränke und fand sogar das eine oder andere Brauchbare, was augenblicklich in seiner Tasche verschwand. Je weiter er kam und je mehr leere Zimmer er vorfand, desto weniger wichtig nahm er seinen ursprünglichen Auftrag, den ihm der Prediger erteilt hatte, sondern vollführte seinen eigenen kleinen Raubzug bei Menschen, die ohnehin kaum noch etwas besaßen.

Auch Zimmer 637 schien verlassen zu sein. Zumindest hörte er nichts, als er sein Ohr an die Tür presste. Ohne Anzuklopfen trat er ein und blieb wie angewurzelt stehen. Der Boden glich einem See aus Blut, und obwohl er solche Szenarien in der letzten Zeit häufiger zu Gesicht bekommen hatte, war er für einen kurzen Augenblick so perplex, dass er nicht daran dachte, sein Gewehr von der Schulter zu nehmen. Vielleicht lag es auch daran, dass er hier im vermeintlich sicheren Krankenhaus nicht damit gerechnet hatte.

Der Moment des Zögerns reichte jedoch aus, sich von Christels Attacke überraschen zu lassen, die neben der Tür gestanden hatte und nun mit zu Klauen gekrümmten Händen seinen Arm packte und im gleichen Augenblick in seine Hand biss.

Er schrie auf, als sie seinen Daumen mit den Zähnen abriss. Noch während er zurück auf den Gang taumelte, sah er einen zweiten Zombie aus dem hinteren Bereich des Zimmers auf ihn zu wanken. Die Gestalt hatte nur noch einen Arm und dort, wo der Hals sein sollte, klaffte ein riesiges Loch, sodass der Kopf wie bei einer schlecht verarbeiteten Puppe hin und her fiel. Ein Bein war in einem Metallgestell fixiert und als sie es belastete, rutschte es weg und sie landete bäuchlings in dem Blutsee. Zecke riss das Gewehr von der Schulter und musste feststellen, dass der fehlende Daumen das Greifen enorm beeinträchtigte.

Mit lautem Klappern landete die Waffe auf dem Boden. Die Untote mit der Beinschiene stützte sich auf die Arme und zog sich langsam, die Beine hinter sich her schleifend, auf ihn zu. Bevor Zecke sein Gewehr wieder aufheben konnte, hatte sich bereits der erste Zombie wieder auf ihn gestürzt, griff in seinen vor Schreck und Schmerzen geöffneten Mund und riss an seinem Unterkiefer. Er verpasste dem Wesen einen Schlag mit Faust, der allerdings kaum Wirkung erzielte. Zwar wurde der Kopf des Zombies zur Seite geschleudert, der Griff blieb aber eisern. Zecke biss mit aller Kraft zu. Was diese Leichen konnten, konnte er auch, und tatsächlich spürte er die Knochen zwischen seinem Kiefer splittern. Ein widerlicher Geschmack erfüllte seinen Mundraum. Mit dem Fuß stieß er die Untote nach hinten und spuckte zwei noch zuckende Finger aus. Er stolperte zurück und prallte mit dem Kopf gegen die Wand. Der Zombie wankte ihm hinterher. Auch die andere Untote war inzwischen durch den Türrahmen gerobbt und griff nach seinem Bein, bekam es zu fassen und holte ihn mit Schwung von den Füßen. Verzweifelt versuchte er das Gewehr zu erreichen, strampelte mit den Beinen und kickte wirkungslos nach den lebenden Leichen. Er sah noch, wie jemand aus einem anderen Zimmer ängstlich in seine Richtung schaute und etwas schrie, was er nicht verstehen konnte, da der erste Zombie sich gerade in seinem Ohr festgebissen hatte. Bevor es Nacht um ihn wurde, hörte er noch dumpf den Klang einer Sirene.

~ * ~

"Was passiert hier?", rief einer aus der Reihe der Angeketteten. Kurz nach dem Erklingen der Sirene hatten sie hektische Schritte hinter der Schwingtür erahnen können. Und wenn sie ihren Ohren trauen konnten, waren ihre Bewacher vor einem Moment mit lauten Rufen durch die Stahltür gestürmt. Noch verhielten sie sich still, als sie jedoch leise mehrere entfernte Schüsse hören konnten, schien die Sache klar.

"Das ist unsere Chance, verdammt", rief Maik in das Heulen der Sirene. "Strafft das Seil!"

Trotz der allgemeinen Aufregung konzentrierte sich Maik auf das Zielen. Der erste Schuss riss einige stählerne Fasern aus dem Seil. Laut hallte der Knall durch den Gang. Er zögerte nicht, legte erneut an und schoss ein zweites Mal. Wieder zerbarsten ein paar der Drähte. Diesmal jedoch entwickelte sich die Kugel zu einem Querschläger und hieb pfeifend neben dem Jungen in die Wand, sodass der Beton splitterte.

"Weiter spannen", brüllte Maik und schoss ein drittes Mal.

Diesmal hing das Seil nur noch an wenigen Drähten, die er mit einem beherzten Zerren durchtrennen konnte. Der Schwung hob die Gefangenen beinahe von den Füßen, als das Stahlseil nun schlaff da hing und die Handschellen freigab. Verhaltenes Jubeln machte sich breit, während sich die Letzten noch ausfädelten. Selbst die Zweifler, unter anderem auch der alte Chirurg, waren erleichtert, als sie sich nun wieder einigermaßen frei bewegen konnten und noch keinerlei Wachen erschienen waren. Dennoch waren sie alle mit den Händen auf dem Rücken gefesselt.

"Wir müssen diese Dinger loswerden", sagte einer und deutete mit dem Kinn nach hinten.

"Auf in den Wachraum", rief ein Anderer. "Da liegen bestimmt die Schlüssel."

Die Sirene war mittlerweile wieder verstummt, und jetzt konnten sie deutlicher die Schüsse hören, die zahlreicher zu werden schienen. Im Moment stellte sich niemand mehr die Frage, was dort oben los war. Wichtig war, dass sie sich so schnell wie möglich von den Fesseln befreiten.

Die ersten sprinteten an Maik vorbei durch die Schwingtür. Der Junge stolperte und schlug mit dem Kinn auf den Boden, wobei sein Kiefer laut zerbrach. Felix half dem Jammernden wieder auf die Beine. Ein anderer wurde von seinem Hintermann schlichtweg an die Wand gequetscht, als dieser sich vorbei drängelte. Maik blieb bei Gregor, der immer noch sehr unsicher auf den Beinen war und sich zunächst gar nicht bewegen wollte.

"Auf geht's, Kumpel", rief er ihm mit einem Lächeln auf den Lippen zu. "Die Freiheit wartet." Vorsichtig schob er ihn mit der Schulter vor sich her.

Die ersten waren schon dabei, die Tür zum Wachraum aufzutreten, was, da sie nicht abgeschlossen war, nicht weiter schwer war.

"Hier sind Gewehre", brüllte jemand jubelnd aus dem Raum, bevor Maik die Schwingtür passiert hatte.

In dem Moment wurde die Stahltür, die zum Aufzug führte, aufgestoßen und die zwei Wachsoldaten standen mit ihren Gewehren im Anschlag im Türrahmen. Ohne ein Wort zu verlieren feuerte einer eine Salve in den Pulk, der sich gerade in den Wachraum drängen wollte. Gewehrkugeln zerfetzten Textilien und Fleisch und die meisten brachen zusammen, bevor sie überhaupt realisiert hatten, was vor sich ging. Dem Mann, der sich als einer der ersten für eine Flucht ausgesprochen hatte, wurde von einem Projektil die Nase weggerissen, nachdem die Kugel in den Hinterkopf eingedrungen war, und mindestens fünf weitere Schüsse trafen ihn in Rücken und Hals. Ein Anderer, der sich bis zuletzt dafür entschieden hatte, dass er lieber sterben wollte und nun doch bei den ersten war, die das Büro stürmten, stürzte mit durchlöchertem Brustkorb durch den Türrahmen. Felix hatte etwas mehr Glück. Zwar war auch er schon in dem kleinen Wachraum, allerdings so weit vorn, dass die Kugeln von den Männern hinter ihm aufgehalten wurden. Lediglich eine zerfetzte seinen Mittelfinger, woraufhin er sich fallen ließ und augenblicklich unter einem anderem Mann, der aus mehreren Löchern in Hals und Schulter blutete, begraben wurde. Maik und Gregor befanden sich noch in ihrem Gefängnis, und als die Soldaten das Feuer eröffneten, drängte Maik seinen Freund wieder zurück in den Gang. Dorthin, wo noch einige andere Unentschlossene geduldig warteten, unter anderem auch der alte Arzt. Dieser hatte sich wieder an die Wand gelehnt und schüttelte, als hätte er genau dies erwartet, den Kopf. Die Pistole noch immer in der Hand hinter seinem Rücken rannte Maik zu ihm hin, und deutete Gregor an, ihm zu folgen. Vor der Tür hämmerten immer noch die Schüsse der Soldaten, untermalt von angsterfüllten Schreien und Flüchen der Sterbenden.

"Jetzt sehen Sie, was Sie angerichtet haben", sagte Weinheim verächtlich zu Maik. "In wenigen Augenblicken wird da draußen die Hölle los sein."

"Schnauze, verdammt", brüllte ihn Maik an. "Wir müssen hier raus, bevor es soweit ist." Er rannte an Weinheim vorbei zu der Stahltür. "Da lang."

Während sich ein untersetzter Mann mit langem Bart am Riegel der Tür zu schaffen machte, ebbten die Feuersalven hinter der Schwingtür ab und nur noch vereinzelte Schüsse machten deutlich, dass die Soldaten nun gezielt auf die Köpfe der Menschen schossen.

"Verdammte Bastarde", fluchte Maik und drehte sich zur Tür um. Er hatte nicht vor, den Helden zu spielen. Es war auch nicht so, dass er unbedingt das Leben der anderen retten wollte, aber letztlich ging es um seinen und Gregors Arsch.

Bevor er die Tür erreichte, wurde sie bereits aufgestoßen und einer der Soldaten stand mit seinem Gewehr an der Schulter im Gang.

"Wer sich bewegt, ist tot", sagte er nur knapp und zielte in erster Linie auf den Doktor, während sein Kollege draußen sein blutiges Handwerk vollendete.

Maik überlegte nicht lange und schoss aus der Hüfte. Drei Schuss gab er schnell hintereinander ab, wovon einer den Soldaten in die Brust traf. Mit überraschtem Gesicht brach er, eine letzte Salve in die Decke feuernd, zusammen. Maik war nicht minder überrascht, dass er trotz der sehr eingeschränkten Bewegungsfreiheit so gut getroffen hatte, aber Zeit zum Jubeln hatte er nicht. Zum einen gab es da draußen noch einen anderen Soldaten und zum anderen würde es nicht lange dauern, bis der Tote vor ihm als Untoter wieder aufstehen würde. Außerdem waren die Schüsse verstummt. Entweder war dem Soldaten die Munition ausgegangen, oder alle anderen waren tot.

"Alles im Griff da drin, Frank?", rief er durch die geschlossene Tür.

Maik sprintete los, kickte dem Toten das Gewehr aus der Hand und schob die Leiche mit dem Fuß, so weit es ging, als Barrikade vor die Tür. Dann hockte er sich daneben, drückte den Lauf seiner Pistole auf dessen Hinterkopf und zog den Abzug durch. Blut und Gehirnmasse spritzen auf den Boden. Jetzt hatte er nur noch einen Schuss in der Waffe.

Kaum hatte er sich wieder aufgerichtet, drückte jemand von außen gegen die Tür.

"Hey, Frank. Was ist da drin los?", rief die Stimme aufgeregt. "Frank! Antworte!"

Maik setzte alles auf eine Karte und trat mit aller Kraft, die er aufbringen konnte, gegen die Tür. Wie erhofft traf sie den Soldaten am

Kopf, woraufhin dieser nach hinten stürzte. Maik sprang über den Toten hinweg und trat dem erstaunten Mann ins Gesicht, bevor er die Fassung wieder erlangen konnte.
Im Eingang zum Wachraum erkannte er einen ganzen Berg Leichen. Es waren die Menschen, die er zur Flucht überredet hatte. Wütend und traurig trat er immer wieder zu, bis der Kopf des Soldaten nur noch aus einer blutigen Masse zu bestehen schien und sich nicht mehr rührte. Schlussendlich ließ er sich noch mit dem Knie voran auf seinen Hals fallen und feuerte seinen letzten Schuss in dessen Stirn. Noch einmal schaute er in das trotz des vielen Blutes immer noch erschrocken starrende Gesicht. Mitleid jedoch konnte er für diesen kaltblütigen Mörder und Kannibalen nicht empfinden.

"Hier ist offen", rief der Mann, der sich an der Stahltür zu schaffen gemacht hatte und war im gleichen Augenblick auch schon aus dieser verschwunden.
Maik nahm es zwar zur Kenntnis, reagierte aber nicht weiter darauf. Für ihn schien es zunächst wichtiger, sich von den Handschellen zu befreien. Also durchwühlte er die Taschen der toten Soldaten. Nach kurzer Zeit hatte er auch einen Schlüssel gefunden. Glücklicherweise handelte es sich bei den Handschellen um recht einfache Schlösser, die alle mit einem Standardschlüssel zu öffnen waren. Innerhalb weniger Sekunden hatte er Gregor befreit, der wiederum ihn und Weinheim von den in sein Fleisch einschneidenden Fesseln erlöste. Zufrieden rieb er sich die Handgelenke und griff sich das Gewehr des Soldaten. Dann erleichterte er den Toten noch um seinen Gürtel mit den Munitionstaschen. Gregor tat es ihm bei dem anderen Soldaten gleich. Die übrigen Männer waren bis auf Weinheim, der von einer Kugel in der Schulter getroffen war, trotz ihrer Fesseln bereits aus der Tür verschwunden. Gregor wäre am liebsten sofort hinterher gerannt, aber Maik hielt ihn zurück.

"Pass du auf unseren Doktor auf", befahl er Gregor. "Den nehmen wir mit. Er ist zwar kein Heilmittel, aber sicherlich kann er den Wissenschaftlern in Marburg einiges erklären. Das kann unser Freifahrtschein in die Heimat werden."

Bevor sie diesen Ort des Grauens verlassen würden, wollte er nach den anderen schauen, die im Büro lagen. Er wollte verhindern, dass ihnen plötzlich ein paar Zombies folgten, und da war noch Felix irgendwo unter den Leichen. Auch wenn es in der letzten Zeit heftigen Streit zwischen ihnen gegeben hatte, so waren sie durch ihre gemeinsame Flucht zu eng miteinander verbunden, als das er ihn einfach liegen lassen würde, ohne sicher zu sein, dass er wirklich tot war. Zwar protestierte Gregor dagegen, doch Maik wies ihn nur an, die Tür zum Aufzug zu schließen, um eine mögliche Nachhut aufzuhalten. Während Gregor den Riegel umlegte, kletterte Maik vorsichtig über die im Türrahmen liegenden Leichen. Die vorderen waren definitiv tot. Jeder einzelne von ihnen hatte einen sauberen Treffer zwischen den Augen. Wenigstens zehn seiner Mitgefangenen hatten dort ihr Ende gefunden. Er schüttelte den Kopf mit einer Mischung aus Trauer und Abscheu.

Weiter hinten jedoch glaubte er jemanden röcheln zu hören. Behutsam legte er Körper um Körper beiseite. Ganz unten fand er Felix. Allerdings ging das Röcheln nicht, wie er gehofft hatte, von ihm aus, sondern von einem Mann, der neben ihm lag, dessen Hals von zwei Schüssen durchlöchert war. Mit flehenden Augen streckte er die Hand nach Maik aus, während blutige Speichelblasen aus seinen Wunden quollen. Als Maik ihm die Hand reichte, stöhnte er noch einmal auf und sein Körper erschlaffte. Er ließ ihn wieder fallen und wandte sich Felix zu, der mit geschlossenen Augen, aber ohne sichtbare Kopfverletzung auf dem Rücken lag. Gerade wollte er den Puls an dessen Halsschlagader überprüfen, da riss er die Augen und Mund auf und starrte mit glasigem Blick an die Decke. Maik konnte seine Hand gerade noch rechtzeitig zurückziehen, bevor Felix Kiefer sie festhalten konnte.

"Immer noch so ein großes Maul, wie?", murmelte Maik und war im gleichen Moment über seinen Anflug von Sarkasmus erstaunt. "Jetzt kannst du dich doch noch einmal nützlich machen. Wenn hier Soldaten auftauchen, dann reiß sie, verdammt nochmal, in Stücke, mein Freund." Ohne weiter auf ihn oder den Mann mit der Halswunde, der auch schon wieder munter wurde, einzugehen, drehte er sich um und sprintete in den Gang, wo Gregor schon ungeduldig auf ihn wartete.

"Es geht los, Kumpel", sagte er und zog Gregor und Weinheim mit sich durch den Flur auf die offene Tür zu.

~ * ~

Bevor die Soldaten den Alarm einordnen konnten und die fragliche Etage erreichten, hatten der untote Zecke und seine beiden Begleiterinnen bereits fünf andere Flüchtlinge getötet, die sich ihnen nun angeschlossen hatten. Jetzt streiften sie von Hunger getrieben durch die Gänge.

Unten auf dem Hof rief das plötzliche laute Heulen der Sirene, das Rüttgers Ansprache jäh unterbrach, eine Massenpanik hervor. Im Schein der Flutlichtstrahler rannten die Flüchtlinge, ohne zu wissen, was der Alarm überhaupt zu bedeuten hatte, blind durcheinander. Die meisten drängten zu den Eingängen, da sie die Gefahr von außen vermuteten. Eine Frau wurde von der Masse zu Tode getrampelt, nachdem sie gestolpert war. Ein Mann, der ihr zur Hilfe eilen wollte, wurde rücksichtslos von den Nachkommenden zu Boden gerissen. Während die Menschen ihm ins Gesicht und auf die Brust trampelten, erwachte die Frau wieder zum Leben und riss ihm ein großes Stück Fleisch aus der Schulter.
Rüttgers stand auf seiner kleinen Bühne und überschaute mehr oder weniger hilflos das Geschehen.

"Bitte bewahrt doch Ruhe. Wir haben alles unter Kontrolle", rief er immer wieder ins Mikrofon, aber niemand schien ihm zuzuhören.
Schüsse krachten, als Rüttgers' Leute die Untote entdeckten, die weiteres Fleisch aus der Schulter des Mannes riss. Sie taten sich schwer, ihr Ziel zu treffen, da die panische Masse sich immer wieder in die Schusslinie schob. Eine Frau, die ein kleines Kind auf dem Arm hielt, wurde in den Oberschenkel getroffen und schlug mitsamt dem weinenden Kind auf den Marmorboden neben den Mann, dessen Arm nur noch an einigen Sehnen hing. Auch er war inzwischen tot, nicht zuletzt durch die vielen Tritte ins Gesicht, die er hatte einstecken müssen, und die Untote verlor das Interesse an ihm. Stattdessen packte sie die Frau, die sich schützend über das Kind legte. Während sie in ihr Bein biss, erwachte auch der Mann wieder und griff zielsicher nach dem inzwischen laut kreischenden Kind. Er schaffte es noch, den kleinen Hals zu zerquetschen, bevor ihn eine Kugel ins

Auge traf und seinen Kopf sprengte. Der Raum, der mittlerweile um die Toten entstanden war, bescherte den Soldaten nur bedingt eine bessere Schussbahn, denn viele Menschen hatten die Gefahr noch nicht erkannt und stolperten immer wieder vor die Gewehre.

Der Prediger, der seitlich des Podiums stand, analysierte die Situation ausgiebig, dann fasste er einen Entschluss. Rüttgers' Leute waren allesamt mit der Koordination der Menschenmassen beschäftigt, und auch einige der Engel waren dabei die Leute zu beruhigen. Trotzdem hallten mehr Schüsse durch die Luft, als nötig, und bis dahin gesunde Menschen brachen tödlich getroffen zusammen. Rüttgers war sicht-lich überfordert und bemühte sich vergeblich, die Flüchtenden zu beruhigen. Sie hörten ihm einfach nicht mehr zu. Langsam zog der Prediger seine Pistole aus dem Halfter und näherte sich vorsichtig dem Podium. Sich vorher vergewissernd, dass niemand zu ihm sah, legte er an und schoss. Die Kugel traf Rüttgers im Genick, und zerschmetterte beim Wiederaustritt seinen Unterkiefer. Noch mit dem Mikrofon in der Hand fiel dieser vornüber von der Bühne, wobei er das Rednerpult mit sich riss. Für die Engel, die direkt bei ihrem Führer standen, war das das Startsignal. Sie eröffneten das Feuer auf Rüttgers' Soldaten, die sich überrascht umschauten, als ihre Kameraden neben ihnen zusammenbrachen. Im Nu war ein wildes Feuergefecht zwischen den beiden rivalisierenden Truppen entstanden, welches auch viele Zivilisten in Mitleidenschaft zog, vor allem als auch Schüsse aus dem Inneren des Krankenhauses ertönten. Immer mehr Untote wankten über den Hof und in das Gebäude.

~ * ~

Hinter der Tür ging der gekachelte Gang in einen etwas breiteren mit grauen Betonwänden über. Neben dem Gestank von Tod und Verwesung roch es nun auch nach Autos und Abgasen. Irgendwo weiter hinten war das Geräusch eines startenden Motors zu hören. Maik folgte nicht der Blutspur, die nach rechts durch eine angelehnte Tür abknickte, sondern trieb Gregor weiter geradeaus, woher auch das

Motorengeräusch kam.
"Da geht es in die Tiefgarage", bemerkte Weinheim und lächelte wissend, wenn auch verkrampft.
Maik fragte sich, warum er das nicht schon früher gesagt hatte, als er danach gefragt hatte.
"Und jetzt?", fragte Gregor, der langsam wieder zuversichtlicher wurde. "Schnappen wir uns ein Auto? ... Und holen wir den Koffer?"
"Lass uns erst einmal hier raus kommen, Kumpel. Dann sehen wir weiter."
Schüsse krachten außerhalb der Garage. Und es waren so viele, dass Maik das Schlimmste befürchtete. Was, wenn das Lager von den Untoten gestürmt wurde? So wie es vor ein paar Tagen in Marburg war, als die Brücken-Barrikade zusammengebrochen war. Er schob den Gedanken fürs Erste beiseite. Es war erst einmal wichtig diesen Ort zu verlassen.
Er hörte das Quietschen von Reifen auf dem glatten Beton und das Knirschen von Blech. Sie sprinteten weiter, auch wenn Weinheim zusehends nach Luft schnappte und sich immer wieder an den Wänden abstützen musste. Bald, nachdem sie um einige Ecken gelaufen waren, sahen sie die Autos.
Dort standen neben den hier üblicherweise geparkten Notarztwagen diverse Militärlaster und eine ganze Reihe Busse. Am anderen Ende der Halle befand sich ein großes Rolltor, das langsam nach oben glitt. Davor stand ein Laster mit laufendem Motor. Als sie näher kamen, erkannte Maik die anderen Gefangenen auf der Ladefläche kauern. Er fragte sich, wer den Laster lenkte, da seinem Wissen nach alle noch ihre Handschellen trugen. Aber offensichtlich war es zumindest einem gelungen, sich davon zu befreien, denn der Lkw gab in dem Moment Gas, als das Tor gerade weit genug nach oben gezogen war. Doch das war nicht alles, was sie sahen. Draußen liefen Menschen schreiend vorbei und Soldaten schossen wild umher. Man konnte nicht erkennen, ob sie gezielt auf den Laster schossen, aber die eine oder andere Kugel fand ihren Weg in die Karosserie, während der Lkw die Auffahrt nach oben in die Freiheit jagte.
"Wir können einen Notarztwagen nehmen", bemerkte Weinheim, der schnaufend an die Wand gelehnt war. "Da hätten wir zumindest eine gewisse medizinische Grundausstattung."

"Wenn der Schlüssel steckt", erwiderte Maik. "Es sei denn, Sie können ein Auto auch ohne Schlüssel anlassen." Er mutmaßte, dass Weinheim bei seinem Vorschlag in erster Linie an sich selber dachte, da die Wunde in seiner Schulter stark blutete.
Der Chirurg verneinte, erklärte aber auch, dass die Notfallfahrzeuge in der Regel immer abfahrbereit waren, und er hatte recht. Der Rettungswagen war nicht abgeschlossen und auf dem Fahrersitz lag eine kleine Plastikmappe, die neben alten Fahrtenbüchern auch einen Zündschlüssel enthielt.

"Bingo", jubelte Maik und schwang sich hinters Steuer. Sein Gewehr stellte er in den Fußraum.

"Ich steige hinten ein und behandle meine Wunde", sagte Weinheim und öffnete die Hecktüren.
Gregor ließ sich auf den Beifahrersitz fallen, während Maik den Motor startete. Zufrieden stellte er fest, dass der Tank noch beinahe voll war.
Der Lkw war bereits verschwunden und Maik hoffte, dass er nicht weiter oben gestoppt worden war und den Weg versperren würde. Er schaltete das Licht ein und fuhr mit quietschenden Reifen los. Inzwischen drängten die ersten Menschen die Auffahrt hinunter und blickten sich nervös um. Einige winkten ihm Hilfe suchend zu, doch Maik trat rücksichtslos aufs Gas.

"Was ist mit Veronika?", fragte Gregor schließlich, als sie das Tor fast erreicht hatten.
Maik überlegte und fuhr in Schlangenlinien durch die Menschen.

"Ich weiß es nicht, Kumpel", sagte er kleinlaut. "Vielleicht läuft sie uns da draußen über den Weg. Vielleicht auch nicht, aber wenn wir jetzt anhalten und aussteigen, sind wir tot." Als er zu Gregor hinüber schaute und dessen vorwurfsvollen Blick sah, fügte er noch hinzu: "Es tut mir wirklich leid, Kumpel."

"Sie ist mir sowieso zu verrückt. Außerdem ist sie ja in das tote Arschloch verknallt", versuchte Gregor sich aus seinem Kummer zu reden.

Maik brachte das Gespräch auf eine andere Linie, indem er fragte: "Außerdem willst du doch so schnell wie möglich deinen verdammten Koffer haben, oder?"

Gregor schien für den Bruchteil einer Sekunde nachzudenken und abzuwägen. Dann durchforstete er die Armaturen und fand schließlich den Schalter für das Blaulicht und die Sirene.

"Lass uns fahren", sagte er noch etwas traurig und legte die Schalter um. "Ich will meinen Koffer."

Die Sirene hallte fast unerträglich laut in der Garage, aber erfüllte ihren Zweck. Die Menschen sprangen erschrocken zur Seite und bildeten eine Schneise für den Krankenwagen, als Maik die Auffahrt hinaufraste. Der Lkw war anscheinend direkt geradeaus gefahren und hatte den Zaun mitsamt den daran hängenden Untoten niedergewalzt. Andere Zombies hatten die Lücke bereits entdeckt und hielten auf das Gelände zu. Es holperte heftig, als der Wagen über die Leichen rollte. Die Soldaten waren nicht mehr zu sehen. Bestimmt hatten sie sich inzwischen ins Innere verzogen.

Ungefähr zehn Meter hinter dem eingerissenen Zaun trat er plötzlich auf die Bremse. Im ersten Moment dachte Gregor, dass er Veronika gefunden hätte und war ein wenig enttäuscht, als er den wahren Grund sah.

Maik riss die Tür auf. "Hey, Hund", rief er. "Hier her. Komm rein."

Der Hund, der neben dem Krankenwagen gerade einen Untoten zerfledderte, hob den Kopf und sprang schließlich schwanzwedelnd über Maik hinweg und setzte sich zwischen die beiden Freunde. Gregor würdigte er keines Blickes, sondern leckte begeistert Maiks Ohr. Der schloss die Tür und trat wieder aufs Gas. Zwischen den Gebäuden vor sich sah er noch das Rücklicht des Lasters verschwinden. Gerne hätte er gewusst, wohin diese Leute unterwegs waren und ob sie überhaupt ein Ziel hatten. Auf jeden Fall erging es ihnen noch besser als denen, die im Camp zurückgeblieben waren und jetzt einer nach dem anderen ihr Leben verloren. Für einen kurzen Augenblick überlegte er, ob er dem Lkw einfach folgen sollte, entschied sich aber dagegen. Zu groß war das Risiko, dass sie blindlings in ihr Verderben fuhren. Im Übrigen wollte er den Koffer auch nicht zurücklassen. Da der ganze Ärger wegen diesem verdammten Ding überhaupt erst angefangen hatte, so wollte er ihn auch mit dem Koffer beenden. Außerdem würde Gregor es ihm niemals verzeihen, wenn er ihn da vergammeln ließ. Und letztendlich verspürte auch er das

drängende Bedürfnis nach einer ordentlichen Pfeife, die ihm, zumindest vorübergehend, die Erinnerung an die letzten Tage nehmen würde.
So wie die Dinge hier oben aussahen, glaubte er, dass sich nicht allzu viele Zombies unten auf der Hauptstraße herumtreiben würden, denn die, denen er begegnete, und zum Teil überfuhr, wankten durchweg in Richtung der Klinik. Es schien, als hätte sich die Geschichte vom Loch im Zaun bereits in der ganzen Stadt unter den Untoten herumgesprochen. Zum wiederholten Male drängte sich Maik der Gedanke auf, dass diese Dinger auf irgendeine unheimliche Art miteinander kommunizierten.

Gregor war still geworden und mit seinen Gedanken bei Veronika. Starke Zweifel nagten an seinem Gewissen. War es wirklich richtig gewesen, sie einfach dort sitzen zu lassen? War es das Gras wirklich wert? Um es nicht ganz so schlimm werden zu lassen, rief er sich immer wieder ins Gedächtnis, was sie mit Felix angestellt hatte und dachte an ihren irren Gesichtsausdruck, als sie den Zombie am Zaun mit der Schaufel bearbeitete. Letztendlich hätte eine Frau wie sie nur für weiteren Ärger gesorgt, redete er sich ein.
Weinheims Gesicht, das durch die kleine Luke schaute, die die einzige Verbindung zwischen dem hinteren Teil und der Fahrerkabine darstellte, riss Gregor aus den Gedanken.

"Kommen wir durch?", fragte Weinheim und zeigte deutliche Zeichen von Schwäche.

Maik nickte und manövrierte den Wagen zwischen den Autowracks hindurch. "Sieht so aus, als wären alle verdammten Zombies auf dem Weg zu Rüttgers."

"Gut. Passen Sie auf mich auf, wenn sie hinten aufmachen", sagte Weinheim schwach und schloss die Milchglasscheibe wieder.

"Werde ich", erwiderte Maik ernst ohne den Kopf zu drehen.

Der Krankenwagen erwies sich als erstaunlich robust, als er verschiedene Barrikaden durchbrach. Sie mussten fast einmal komplett durch die Stadt fahren, bis sie den Ort erreichten, wo ihr Auto liegen geblieben war, und brauchten über eine Stunde dafür. Überall in der Stadt standen noch Fragmente alter Verteidigungslinien, deren Über-

reste an den schrecklichen Kampf ums Überleben der Stadtbewohner erinnerte. Sie entdeckten sogar den einen oder anderen verlassenen Panzer, aber da weder er noch Gregor wussten, wie man so ein Ding steuerte, kamen sie gar nicht erst in Versuchung umzusteigen.
Vermutlich befand sich sowieso kein Benzin mehr in den Tanks. Maik fragte sich, wie überhaupt jemand auf die Idee gekommen war, dass man Gießen sichern könne. Allem Anschein nach hatte von Anfang an eine koordinierte Planung gefehlt, denn die Sperren waren kreuz und quer verteilt und es gab jede Menge Nebenstraßen, die völlig frei waren. Viele Häuser waren komplett ausgebrannt, und in den meisten Straßen lagen haufenweise blanke Gebeine ehemaliger Bewohner - sauber abgenagt bis auf den letzten Rest Fleisch. Maik bemühte sich, nicht übermäßig viele davon mit den Rädern zu zermalmen.
Als der Jeep schließlich im Scheinwerferkegel auftauchte, fing Gregor an erwartungsvoll zu grinsen. Der Koffer war noch dort, wo sie ihn zurückgelassen hatten, und soweit die Scheinwerfer reichten, waren keine Untoten in Sicht.

"Okay, Kumpel", sagte Maik. "Wir müssen uns beeilen, bevor diese verdammten Biester auf uns aufmerksam werden. Du springst raus, holst den verdammten Koffer und ich halte dir die Dinger vom Leib." Er kurbelte das Fenster hinunter und streckte sein Gewehr hindurch.
Gregors Blick verriet, dass ihm die Sicherheit des Wagens lieber gewesen wäre, aber bevor er sein Veto einlegen konnte, ergänzte Maik: "Du glaubst ja wohl nicht, dass ich darauf vertraue, dass du triffst, wenn diese Gestalten wieder auftauchen sollten. Tut mir leid, Kumpel, aber du hast bereits bewiesen, dass du nicht mit Waffen umgehen kannst." Er zuckte mit den Schultern und blickte Gregor herausfordernd an. "Also, willst du dein Gras, oder nicht?"

"Pass gut auf mich auf, Mann", sagte Gregor, öffnete die Tür und sprang hinaus.

"Beeil dich, Kumpel", rief ihm Maik hinterher, obwohl er wusste, dass er das nicht extra erwähnen musste.
Mit riesigen Schritten sprintete Gregor zum Jeep und schaute weder rechts noch links. Seine ganze Aufmerksamkeit galt dem Koffer, den er zielsicher am Griff packte und aus dem Wagen zog. Er besaß so-

gar noch die Geistesgegenwart, eine kleine Kiste mit Konserven unter den anderen Arm zu klemmen und rannte zurück. Wie Maik befürchtet hatte, waren nicht alle Zombies auf dem Weg zur Klinik, und kaum hatte Gregor dem Jeep wieder den Rücken zugewandt, tauchte auch schon der erste von ihnen hinter der Motorhaube des Autos auf.

"Mach schnell, verdammt!", brüllte Maik aus dem Fenster, legte auf den Untoten an und feuerte. Der Schuss traf das Wesen an der Schulter, was es zwar nicht tötete, aber von den Beinen riss.

Gregor ließ vor Schreck die Kiste mit den Dosen fallen und beschleunigte auf doppelte Geschwindigkeit. Gerade als er wieder in den Krankenwagen einsteigen wollte, hatte sich ein anderer Zombie von hinten genähert und stand nun zwischen ihm und der Sicherheit der Fahrerkabine. Lauthals schrie er auf. Bevor Maik jedoch das Gewehr wieder durch das Fenster hereinholen und auf der Beifahrerseite anlegen konnte, war der Hund bereits auf dem Sprung. Er biss sich im Hals der Kreatur fest und riss sie zu Boden, sodass Gregor mit einem beherzten Sprung wieder auf den Beifahrersitz gelangte, den Koffer fest umklammert.

"Gut gemacht, Kumpel", sagte Maik und dann zu dem Hund: "Komm rein Hund, wir fahren nach Hause."

Der Hund gehorchte, ließ von seinem Opfer ab, sprang auf den Sitz neben Gregor und knurrte ihn an.

"Ist schon gut, Hund", versuchte Maik den Hund zu beruhigen, der sich wieder zwischen ihn und Gregor gedrängt hatte.

Gregor betrachtete den Hund mit Missgunst, dann wandte er sich seinem Koffer zu und fing hysterisch an zu lachen.

"Hey Mann. Wir haben unser Dope wieder", jubelte er und machte sich daran, den Koffer vorsichtig zu öffnen. In diesem Augenblick waren sämtliche üblen Gedanken an Veronika oder die letzten Tage verschwunden. "Wie wär's, wenn wir einen rauchen?", fragte er und fing schon an, die Pfeife auszupacken. Dann klopfte er an die Klappe nach hinten. "Hey Doc, gibt's da hinten Wasser?"

"Lass uns erstmal diese verdammte Stadt verlassen", sagte Maik gestresst, denn das Rückwärtsfahren erwies sich im Dunkeln als überaus kompliziert.

"Okay, Mann. Ich bereite trotzdem schon mal alles vor. Gibt's hier denn keine Musik?" Er drehte sich wieder nach hinten um. "Hey Doc, wie steht's mit Wasser?"
Von hinten kam keine Antwort.
"Mensch Gregor", sagte Maik energisch. "Halt doch mal die Bälle flach, bis wir hier raus sind, verdammt nochmal. Oder willst du fahren?"
"Hey Mann, ist schon okay", antwortete Gregor kleinlaut. Wenn Maik ihn beim Vornamen nannte, dann bedeutete dies, dass er es wirklich ernst meinte.
Sie erreichten die Stadtgrenze etwa eine Stunde später. Gregor hatte bereits eine fertige Mischung in die Pfeife gestopft und sich tatsächlich jeglichen Kommentar verkniffen. Maik hielt den Wagen an und atmete mehrmals tief durch.
"Wir sind wieder da, wo diese ganze verdammte Scheiße angefangen hat, Kumpel." Erleichtert schaute Maik die lange Straße hinunter auf die Stadt. Er dachte daran, wie Felix protestiert hatte, als er den Entschluss gefasst hatte, dort hinunter zu fahren, und es fiel ihm schwer sich einzugestehen, dass er letztlich recht gehabt hatte. "Wir haben noch genug Sprit bis nach Hause. Wollen wir wirklich nach Marburg zurück?" Ernste Zweifel überkamen ihn, denn er wusste nicht, wie man dort auf sie reagieren würde. Der Plan, ein Heilmittel mitzubringen, war gescheitert. Das Einzige, was ihnen mildernde Umstände einbringen konnte, war das Wissen des Chirurgen hinten im Wagen, der sich seit längerer Zeit nicht mehr gemeldet hatte.
"Ich weiß es auch nicht", antwortete Gregor und er war sich wirklich nicht sicher. Zum Einen sehnte er sich nach seinem vertrauten Zuhause, aber andererseits hatte auch er große Angst vor möglichen Konsequenzen seiner Tat. "Lass uns erst mal Einen rauchen."
Maik schaute sich nach allen Seiten um. Untote konnte er keine sehen. Allerdings war es mitten in der Nacht und seine Sicht beschränkte sich auf das Licht der Scheinwerfer. Er fuhr einmal im Kreis um sicher zu gehen.
"Es ist eine laue Sommernacht, und keine verdammten Zombies zu sehen. Warum eigentlich nicht", sagte er schließlich.
Gregor grinste über das ganze Gesicht und klopfte an die Milchglasscheibe. "Hey Doktor. Wir brauchen immer noch Wasser hier

vorne."
Nichts rührte sich.
Langsam schob er das Glas zur Seite und spähte nach hinten. Die Innenraumbeleuchtung war ausgeschaltet und undeutlich erkannte er den alten Chirurgen, wie er mit verzerrtem Gesicht auf der Bahre lag und schwer atmete.

"Scheiße Mann, der sieht nicht gut aus", sagte er zu Maik, der ebenfalls den Kopf nach hinten umdrehte. "Was machen wir nun?"
Jetzt steckte auch der Hund seine Schnauze durch das Fenster und knurrte tief.

"Ich habe nicht die geringste Ahnung", gab Maik zu. "Wir können nur hoffen, dass er bis Marburg durchhält. Dann bringen wir ihn sofort ins Krankenhaus. Also vergiss das mit dem Kiffen jetzt erst einmal." Dann wandte er sich dem Chirurgen zu. "Hey Doktor, halten Sie durch. Wir bringen Sie in ein vernünftiges Krankenhaus."
Der alte Mann hob die Hand zum Zeichen, dass er noch bei Bewusstsein war und bemühte sich zu lächeln. Letzteres misslang ihm.
Maik drehte den Krankenwagen wieder in Fahrtrichtung und setzte den Weg nach Marburg zügig fort. Diesmal steuerte er keine Sackgassen an, sondern fuhr genau den Weg, den sie gekommen waren. Kurz vor Marburg bog er auf die breite Bundesstraße ab, die direkt zum südlichen Haupttor führte. Und als sie am Horizont die ersten Lichter der Stadt erkennen konnten, hielt er den Wagen noch einmal an und drehte sich zu Gregor um.

"Also, wollen wir wirklich da hin?", fragte er. "Noch können wir uns anders entscheiden."

"Wo willst du denn sonst hin?", antwortete Gregor unsicher und starrte verträumt auf die gestopfte Pfeife, die er auf seinem Schoß festhielt. "Aber ich habe eine Scheißangst."
Maik wusste keine Alternative, war sich aber auch des großen Risikos bewusst, dass sie damit eingingen. Er drehte sich nach hinten um und öffnete erneut die schmale Luke.

"Doktor Weinheim?", fragte er nach hinten, aber immer noch kam keine Antwort. Das wenige Licht, dass durch den Spalt nach hinten fiel, offenbarte lediglich, dass er nicht mehr auf der Bahre lag. "Doktor Weinheim?", rief er erneut und etwas lauter.
Keine Reaktion.

"Hoffen wir, dass er nur bewusstlos ist", sagte er zu Gregor. Sicherheitshalber schob er das Fenster wieder zu.

"Scheiß drauf", sagte Gregor. "Scheiß auf alles. Ich werde jetzt diese beschissene Pfeife anrauchen. Auch ohne Wasser. Vielleicht ist es die letzte, die ich rauchen kann."

Bevor Maik darauf reagieren konnte, hatte er die Mischung bereits entzündet und inhalierte den Rauch, der sich im Glaskolben gesammelt hatte, tief. Dann hustete er und streckte Maik die qualmende Pfeife mit wackeligen Händen entgegen. Der Hund schnupperte und nieste mehrmals, bevor er die Schnauze abwandte.

"Nein, verdammt", sagte Maik zornig und schob das Rauchgerät zurück. "Es ist verdammt wichtig, dass wenigstens einer einen klaren Kopf hat, wenn wir ankommen. Denkst du etwa, die werden uns mit offenen Armen empfangen?

Verdammt, du hast einen Soldaten umgebracht. Erinnerst du dich? Du kannst froh sein, wenn sie uns nicht lynchen."

"Dann will ich erst recht bekifft sein", erwiderte Gregor lapidar und macht somit deutlich, dass die Droge bereits wirkte.

"Aber ich nicht, verdammt. Wenn du dich unbedingt volldröhnen willst, dann bitte. Ich werde auf jeden Fall versuchen, unsere verdammten Ärsche zu retten. Und mach wenigstens dein Fenster auf. Muss ja nicht gleich jeder riechen, was du in dem Koffer hast. Und sieh zu, dass du fertig wirst. Ich will hier, verdammt nochmal, nicht ewig warten."

Schmollend zog Gregor ein weiteres Mal an der Pfeife und leerte die Asche aus dem Fenster. Dann wickelte er das Glas wieder in das Handtuch, verbrannte sich dabei die Finger und verstaute die Pfeife im Koffer, den er wieder in den Fußraum stellte.

Mit zugeschwollenen Augen grinste er Maik an. "Dann mal los. Fahren wir in die Hölle des Löwen."

"In die *Höhle* des Löwen", korrigierte Maik, war sich letztlich aber nicht sicher, ob Hölle nicht doch der passendere Begriff war.

Es rumpelte aus dem hinteren Teil des Wagens, als dieser sich langsam in Bewegung setzte und Gregor zuckte ängstlich zusammen. Doch bevor er Maik darauf aufmerksam machen konnte, splitterte das Glas der Luke und ein Arm schnellte nach vorne. Maik trat auf die Bremse, als ihm eine Hand ins Gesicht schlug und sich an Nase und Mund festkrallte und ihm den Kopf herumriss. Gregor schrie auf. Der Hund reagierte prompt und biss sich im Unterarm des Zombies fest. Augenblicklich erschien das vom Tod entstellte Gesicht des Arztes in dem kleinen Fenster und bemühte sich vergeblich, seinen Kopf durch den schmalen Spalt zu stecken. Genauso wie der Hund den Arm nicht mehr freigab und daran zerrte, ließ der Untote Maiks Gesicht nicht mehr los. Mit den Fingern war er in den Mund eingedrungen und verzog Maiks Gesicht zu einer Grimasse. Gregor bemühte sich das Gewehr so anzulegen, dass er auf den Kopf des Untoten zielen konnte, was sich aber in der Enge des Führerhauses als unmöglich erwies, auch weil der Hund sich weigerte sein Opfer loszulassen und dabei immer wieder auf Gregors Schoß umhersprang. Maik schrie, als der Zombie seine Zunge zu packen bekam und daran riss. Unbeholfen boxte Gregor nach dem Kopf, konnte mit seinen Schlägen allerdings nichts ausrichten. Blut sprudelte aus Maiks Mund und ein blubberndes Röcheln drang aus seiner Kehle. Vergeblich versuchte er den Griff zu lösen. In diesem Moment bewies Gregor noch einen Rest Geistesgegenwart, sprang mit dem Gewehr in der Hand aus dem Auto und rannte zur Heckklappe, riss diese auf und schoss auf den untoten Chirurgen. Der Rückstoß des Gewehres ließ ihn nach hinten taumeln und die ersten Schüsse schlugen um den Zombie herum in die Verkleidung ein. Plastik splitterte und Glas brach. Schließlich, er wusste nicht wie oft er schon geschossen hatte, hämmerten drei Kugeln in den Oberkörper der lebenden Leiche und eine vierte durchschlug den Kopf. Endgültig tot, brach der Chirurg zusammen. Trotzdem feuerte Gregor noch das restliche Magazin in den Kopf, bis von diesem nichts mehr übrig war. Dann rannte er wieder nach vorne.

Der Hund winselte, als er die Fahrerkabine erreichte und einsteigen wollte. Neben ihm lag, auf dem Lenkrad zusammengesackt, sein Freund Maik. Der Hund leckte sein blutendes Ohr und legte ihm die Pfote auf die Schulter.

"Maik?", sagte Gregor unsicher. "Maik?"

Dann bemerkte er die Löcher in der Rückwand. Die Kugeln, die den Zombie verfehlt hatte, hatten das dünne Blech durchschlagen, zum Teil auch die Windschutzscheibe.

"Maik!", wiederholte er lauter. "Hey Mann, Maik." Vorsichtig

berührte er seine Schulter und rüttelte sanft daran. Doch sein Freund reagierte nicht. Er schüttelte kräftiger, bis Maik schließlich zur Seite kippte. Gregor begann zu schreien.
Maiks Gesicht war nicht mehr vorhanden. Mindestens eine Kugel war durch die Wand in seinen Hinterkopf gedrungen und hatte ihm beim Wiederaustritt schlichtweg das Gesicht weggerissen.
"Scheiße! MAIK!", weinte er und schüttelte Maiks toten Körper, während der Hund das Blut von der Sitzbank leckte.

Das Folgende erlebte er wie in Trance. Mit aller Kraft, die er aufbringen konnte, schob er den Körper seines Freundes auf die Beifahrerseite und setzte sich selbst hinters Steuer. Der Hund winselte und leckte vergeblich das Ohr seines toten Freundes.
Im Moment war ihm egal, wie man in Marburg auf seine Rückkehr reagieren würde. Mit Tränen in den Augen gab er Vollgas und der Leichnam des Chirurgen purzelte aus der offenen Hecktür auf die Straße. Durch einen Tränenschleier erkannte er die Umrisse des Tors. Er fragte sich nicht, warum dort keine Soldaten zu sehen waren. Er schaltete die Sirene wieder ein und steuerte direkt auf das Tor zu. Ein klein wenig erschrak er, als der Zaun rechts und links vom Kühler des Rettungswagens auseinandergerissen wurde, und er ging etwas vom Gas. Er registrierte nur unbewusst die Untoten, über die er rollte und die eigentlich gar nicht hier drin sein sollten, sondern steuerte zielstrebig auf sein Hotel zu. Erst als er in die steile Straße zur Oberstadt einbog, sah er, dass die Stadt gefallen war.

~ Epilog ~

Gregor saß in der Lobby seines Hotels und stopfte sich eine Pfeife. Aus den Boxen hämmerte der dumpfe Sound von Motörhead. Seine Hände zitterten, und es fiel mehr Gras auf den Boden, als in den Pfeifenkopf gelangte.

Maik hatte er im ehemaligen Biergarten begraben, und der Hund hatte den ganzen Tag winselnd am Grab gesessen. Jetzt lag er auf Maiks Lieblingssessel und knurrte hin und wieder in Gregors Richtung.
Alles hatte sich verändert.

Die Stadt war nicht gänzlich gefallen, aber sie hatte sich immens verkleinert. Lediglich der obere Teil der Altstadt war noch gesichert. Unten, wo einst das Militärlager gewesen war, tummelten sich nun die lebenden Leichen. Soldaten gab es keine mehr und die Verteidigung wurde von den Resten der Zivil-Garde übernommen, in die jeder integriert war, der in der Lage war, einem Zombie eine Stahlstange durch den Schädel zu treiben. Auch Gregor hatten sie sofort nach seiner Rückkehr zu Streifendiensten eingeteilt. Die Dienstpläne erstellte nach wie vor der Leiter der Zivil-Garde, Holger Scheidbrenner. Nebenbei hatte er sich zu einer Art Bürgermeister gemacht, koordinierte die Verteilung der letzten Essenvorräte und die Vergabe der wenigen Waffen, die ihnen noch geblieben waren. Wie man sich erzählte, waren sämtliche Soldaten, nachdem sie das Gros der Vorräte geraubt hatten, über Nacht aus der Stadt verschwunden. Die beiden Gewehre, die Gregor mit in die Stadt gebracht hatte, stellten die stärksten Verteidigungswaffen dar und die nicht einmal einhundert Schuss Munition dafür wurden von Scheidbrenner akribisch verwaltet. Spätestens wenn die Stadt wieder expandieren würde, wären sie für jeden Schuss dankbar. Der Pharmakonzern, aber auch die Felder und Weiden lagen weit außerhalb der schützenden Zäune, und es gab provisorische Pläne, wenigstens die landwirtschaftlichen Gebiete wieder einzugliedern, aber noch mangelte es an Menschen und Material, diese Arbeit zu bewerkstelligen. Überhaupt hatte man die Hoffnung aufgegeben, dass es jemals wieder so wie früher werden würde. Nachdem das Militär in rücksichtsloser Art das Weite gesucht hatte, war der letzte Rest Optimismus aus dem Denken der Menschen verschwunden. Es galt nur noch, die letzten Vorräte aufzubrauchen und dann zu verhungern. Einige beendeten ihr Leben schon vorher.

Niemand hatte Gregor auf den Mord an dem Soldaten angesprochen. Er wusste nicht, ob man es überhaupt bemerkt hatte, oder ob sich

niemand dafür interessierte. Ihm war es recht. Der tragische Tod von Maik bedrückte insbesondere Scheidbrenner. In Gregors Erzählungen allerdings war er an den Verletzungen des Zombies gestorben. Er ging davon aus, dass Maik ihm diese Lüge verzeihen würde.
Dennoch würde er alles dafür geben, es rückgängig zu machen. Am allerliebsten wäre es ihm gewesen, wenn er niemals dieses beschissene Gras im Wald ausgesetzt hätte. Aber das Einzige, was ihm einfiel gegen diese Zweifel vorzugehen, war eine Pfeife zu stopfen.

Am Abend des gestrigen Tages hatte er im alten Schloss einen Bericht über die Ereignisse in Gießen erstattet, und er war nicht sicher, ob die Menschen alles verstehen konnten, was er erzählte. Insbesondere die Ausführungen Weinheims konnte er nur unzusammenhängend wiedergeben.
Aber es gab hier sowieso niemanden mehr, der etwas mit diesem Wissen hätte anfangen können. Die Wissenschaftler, so hatte er später erfahren, waren von einem aufgewühlten Mob hingerichtet worden, nachdem sich das Gerücht verfestigt hatte, dass die Katastrophe ihren Anfang in dem Pharmakonzern genommen hätte. Eine Meinung hatte er dazu nicht. Zum Einen hatte er keinen von ihnen gekannt, zum Anderen musste er zwangsläufig immer an den verrückten Arzt denken, der dem Mann im Keller der Küche die Nadeln in die Adern gejagt hatte.

Jetzt saß er mit der qualmenden Pfeife in der Hand auf der Couch und blies den Rauch dorthin, wo vor wenigen Tagen noch der große Fernseher gestanden hatte. Irgendjemand musste ihn sich, wozu auch immer, unter den Nagel gerissen haben, nachdem das Militär das Hotel aufgebrochen und die Soldaten befreit hatte. Davon, dass sie wirklich nicht mehr dort unten waren, hatte er sich zuerst überzeugt. Und glücklicherweise war auch die Leiche des Feldwebels aus dem Kühlraum verschwunden.
Er stellte die Pfeife vor sich auf den Tisch. Der Müll, der sich darauf befunden hatte, lag in der ganzen Lobby verstreut. Scheinbar hatten die Soldaten ihren Frust daran ausgelassen. Langsam schlenderte er hinter den Tresen der Rezeption und wühlte in den verbliebenen CDs, die nicht zertreten waren, während der Hund ihn neugierig

dabei beobachtete. Er fand Maiks Lieblingsscheibe, schob sie in den CD-Player, drückte die Play-Taste und drehte die Lautstärke nach oben. Während die ersten Gitarrenklänge aus den Boxen schallten, ließ er sich wieder auf die Couch fallen und stopfte die Pfeife aufs Neue. Er hatte noch viel zu tun, denn so wie es aussah, würde sein Gras länger reichen, als die Lebensmittelvorräte.

"Auf dich Maik", sagte er mit Tränen in den Augen und zündete die Pfeife an. Alice Cooper sang „Hello Hooray“ und beinahe glaubte er zu hören, wie Maik das Lied mitgrölte, als er inhalierte. Immer mehr quollen die Tränen in seine Augen und die Umgebung verschwamm. Er schluckte mehrmals, dann heulte er lauthals los. Mit einem "Scheiße" schmiss er die qualmende Pfeife an die Wand, wo sie in tausend Stücke zersprang.

Der Hund erschrak und knurrte leise.

E N D E

IN BLUT GESCHRIEBEN

Die Apokalyptischen Schreiber

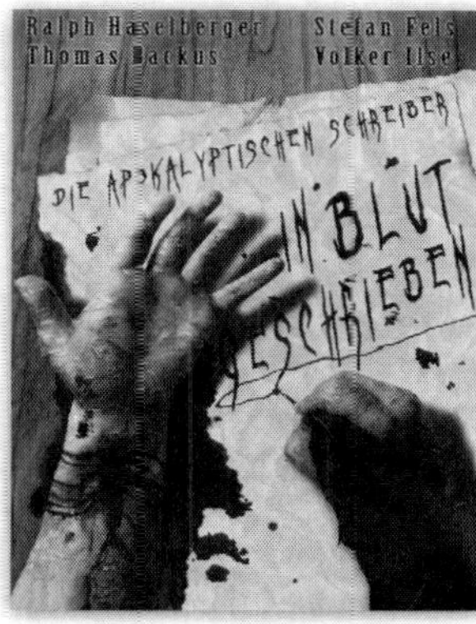

Grauenhafte Träume plagen die Menschheit seit Anbeginn der Zeit und manchmal steckt mehr dahinter, als der faulige Kuss eines Albs.
Die visionäre Kraft besonders schrecklicher Träume trieb vier finstere Gestalten in einer düsteren Nacht zusammen. Einer Eingebung folgend, nannten sie sich fortan Die Apokalyptischen Schreiber. Seitdem widmet sich der Eine den kriegerischen Auseinandersetzungen, der Zweite den Visionen des Hungers, ein Dritter gibt sich den Krankheiten und Seuchen hin. Der Letzte betrachtet sich als Epilog all dessen. Dabei hat jeder der Vier seinen eigenen Stil, der sich mitunter so sehr von dem der anderen unterscheidet, wie die Farben ihrer Gewänder. Eines jedoch haben sie gemeinsam: Sie haben sich alle dem gleichen apokalyptischen Genre verschrieben.
Manchmal so subtil, dass das Grauen erst in der folgenden Nacht an der Oberfläche des Bewusstseins kratzt, ein anderes Mal sehr direkt und aggressiv.

In diesem Buch erwartet den Leser eine Fülle von Albträumen - in Blut auf Papier gebannt. Aber sind es wirklich nur Träume, oder handelt es sich bei den Apokalyptischen Schriften um eine Dokumentation des Grauens?

Nehmt Euch in acht liebe Leser, denn die Antwort könnte Euch den Schlaf rauben.

Persimplex Verlag ISBN: 978-3-942157-08-7